W0345514

Perry Rhodan NEO

Vorstoß zur Wega

mit exklusiver NEO-Story
»Rhodans Geschenk«

Perry Rhodan

NEO

Vorstoß zur Wega

mit exklusiver NEO-Story
»Rhodans Geschenk«

EDEL

Impressum:

Ungekürzte Lizenzausgabe Edel Books,
ein Verlag der Edel Germany GmbH, Hamburg
© 2015 by Pabel-Moewig Verlag KG, Rastatt
www. perry-rhodan.net
Alle Rechte vorbehalten
Redaktion: Sabine Kropp
Titelillustration: Dirk Schulz / Horst Gotta
Umschlaggestaltung: STRAUB & LINARDATOS GmbH
Vertrieb: Edel Verlagsgruppe, Hamburg
www.edel.com
Druck und Bindung: optimal media GmbH
Printed in Germany 2015
ISBN: 978-3-86803-573-5

Inhalt:

Im Jahr 2036 reißt die Funkverbindung zu den amerikanischen, russischen und chinesischen Basen auf dem Mond ab, und Sonden übermitteln von dem Erdtrabanten Aufnahmen, auf denen ein rätselhaftes rundes Objekt zu sehen ist. NASA-Chef Lesly Pounder entsendet daher die Astronauten Perry Rhodan, Reginald Bull, Eric Manoli und Clark Flipper mit dem kleinen Raumschiff STARDUST zum Mond.

Hier treffen die Männer auf die Arkoniden, menschenähnliche Außerirdische, die mit ihrem riesigen Kugelraumschiff AETRON notgelandet sind. Die meisten von ihnen sind völlig in der Welt ihrer Fiktivspiele versunken. Handlungsfähig sind nur die herrische Kommandantin Thora, für die die Männer der STARDUST kaum mehr als Tiere sind, und der alte Wissenschaftler Crest. Weil Crest an Leukämie leidet, begleitet er Perry Rhodan und die übrigen Astronauten auf ihrem Rückflug zur Erde, wo er Heilung zu finden hofft.

Damit die arkonidische Technik, mit der sie ausgerüstet wurden, nicht zum Werkzeug irdischer Machtinteressen wird, sagen sich Rhodan und seine Begleiter von ihrer amerikanischen Heimat los und landen in der Wüste Gobi. Ein Schutzschirm schützt sie vor den Angriffen der chinesischen Armee, die unter dem Kommando von General Bai Jun mit der Belagerung beginnt. Im Schutz der Energiekuppel fangen arkonidische Roboter an, die Stadt Terrania zu errichten, das Symbol für Perry Rhodans Traum einer geeinten Menschheit.

Dass die Krise um die STARDUST nicht sofort in einen Atomkrieg ausartet, ist nicht zuletzt dem ehemaligen amerikanischen Homeland Security-Agenten Allan D. Mercant sowie dem außerordentlich reichen Homer G. Adams zu verdanken. Schon lange weiß Adams, dass es auf der Erde übersinnlich begabte Menschen, Mutanten, gibt, die er nun zu Helfern Perry Rhodans macht.

Aber auch der finstere Clifford Monterny hat für Homeland Security eine Truppe von Parabegabten zusammengestellt. Mit ihnen entführt er Crest, während dieser in Äthiopien in der Klinik des Nobelpreisträgers Dr. Frank M. Haggard behandelt wird.

Zur gleichen Zeit gelingt es einer weiteren amerikanischen Mondmission, die AETRON durch eine Atombombe zu vernichten. Thora entgeht dem Untergang ihres Schiffes, weil sie mit zwei Begleiterinnen das Sonnensystem erkundet. Die drei werden über der Venus abgeschossen. Der geheimnisvolle Rico birgt Thora und pflegt sie in einer uralten arkonidischen Festung auf dem zweiten Planeten gesund.

Zehntausende, die von einer besseren Welt träumen, versammeln sich in der Wüste Gobi um den Energieschirm, der das entstehende Terrania schützt. Dennoch beschließt die chinesische Führung, Rhodans unerwünschte Enklave durch einen Atomschlag zu beseitigen. Die Katastrophe wird im letzten Augenblick abgewendet, und General Bai Jun stellt sich, bestürzt über die Skrupellosigkeit der eigenen Regierung, mit seinen Soldaten auf Perry Rhodans Seite.

In den Vereinigten Staaten wird Crest der Prozess gemacht. Ihm droht das Todesurteil. Durch einen Einsatz der Mutanten, vor allem aber durch das Eingreifen Thoras, die zusammen mit Rico in der TOSOMA IX, einem Sechzig-Meter-Beiboot aus der Venusbasis, zur Erde zurückkehrt, kann der alte Arkonide aus dem Gerichtssaal befreit werden. Allerdings fällt das arkonidische Kugelschiff dabei in die Hände der Amerikaner, und Rico, der sich als Roboter erweist, wird fast völlig zerstört ...

Frank Borsch

Rhodans Hoffnung

Kapitel 1

25. Juli 2036
Perry Rhodan

Im Westen, im Licht der ersten Strahlen der aufgehenden Sonne, reckte sich die Skyline Manhattans dem Himmel entgegen. Dichter schwarzer Rauch stieg zwischen den Türmen der Wolkenkratzer auf, hüllte den Freedom Tower fast vollständig ein. Nur noch die Spitze mit der riesigen amerikanischen Flagge ragte hervor.

»Geoff! Sehen Sie nur! Manhattan brennt!«

Jenny Luwalski, die in den letzten fünfzehn Stunden neben Rhodan gesessen hatte und ihn nur unter seinem Decknamen kannte, legte die Hand auf seinen Unterarm und drückte fest zu.

Perry Rhodan unterdrückte den Impuls, ihre Hand wegzuschieben. Die junge Frau konnte nicht ahnen, wie wenig ihm ihre Geste behagte. Ihr Griff rieb die Kunsthaut, die seine Hände und Arme bedeckte, gegen seine eigene Haut. Es brannte.

Rhodan beugte sich vor, um durch das kleine Bullaugenfenster zu sehen, während überall in dem in die Jahre gekommenen Boeing Dreamliner Menschen aufgeregt zu flüstern begannen. Die Maschine war voll besetzt. Aber nicht wie in gewöhnlichen Zeiten von Touristen und Geschäftsleuten, sondern von in Übersee lebenden Amerikanern, die zurück nach Hause zu ihren Familien, ihren Freunden eilten, um nach dem Rechten zu sehen.

Wie die quirlige Mittzwanzigerin Jenny, die mit achtzehn vor ihren strenggläubigen Eltern und ihrer Mega-Kirche davongelaufen war, um schließlich in Quatar zu einer Modedesignerin zu avancieren, nach deren Look sich die halbe islamische Welt verzehrte.

Wie er selbst. Vorgeblich. Sein Pass wies Perry Rhodan als Geoff Seymour aus. Ende dreißig, Tiefbauingenieur aus Upstate New York. Als Gastarbeiter am Golf und nun hektisch aufgebrochen, um nach seiner daheimgebliebenen Frau und seinem dreijährigen Sohn zu sehen.

Der Dreamliner schwenkte zur Landung ein, passierte Manhattan so dicht, dass die Skyline zum Greifen nahe schien. Das Rattern von Maschinengewehren übertönte das gleichförmige Brummen der Triebwerke, gefolgt von einem dumpfen Knall. Eine neue Wolke aus Rauch und Trümmern wallte auf, schickte sich an, das United Nations Building zu verschlucken.

»Großer Gott!«, flüsterte Jenny. »Das ist wie damals, nicht?«

Rhodan antwortete nicht. Ihm wurde schwindlig. Das dort war nicht die neue Welt, die er erschaffen wollte. Das Brennen breitete sich von seinem Unterarm in die Hand aus, bis in die Fingerspitzen. Es hatte nichts zu bedeuten, sagte er sich. Eine Nebenwirkung, mehr nicht. Die zweite Haut hielt Belastung stand, hatte man ihm versichert.

Jenny ließ seinen Unterarm los, griff nach seiner Schulter. »Geoff, alles in Ordnung?«, fragte sie. »Soll ich eine Stewardess rufen?«

Rhodan holte tief Luft, legte seine Hand auf die Jennys und drückte sie. Sie nahm sie in ihre und erwiderte die Geste. Der Druck linderte das Brennen. »Danke!«, sagte er. »Es geht schon wieder. Es ist nur ...«

»Sie brauchen nicht weiterzusprechen, Geoff«, tröstete ihn Jenny. »Mir geht es genauso. Aber, Geoff, das wird wieder! Wir schaffen das! Wie damals. Wir werden diesen Terroristen Rhodan zur Strecke bringen! Ihn und seine gesamte Bande in der Gobi!«

»Ja, das werden wir«, bekräftigte Rhodan leise.

Auf dem Display in der Rückenlehne vor ihm erschien der Kopf einer Stewardess. »Hochverehrte Damen und Herren, wir landen in wenigen Minuten. Quatar-Southwest ersucht Sie höflichst, die Gurte anzulegen.«

Rhodan machte seine Hand aus dem Griff Jenny Luwalskis los und folgte der Aufforderung.

Soldaten der Nationalgarde hatten den Terminal besetzt, standen in Paaren an den Gates. Jenny war wegen der Anwesenheit der Bewaffneten erleichtert. »Sehen Sie, Geoff?«, sagte sie auf dem Weg zur Gepäckausgabe. »Unsere Regierung hat alles im Griff!«

Rhodan nickte höflich und behielt seine Gedanken für sich. Der Terminal war überfüllt. Überall saßen Menschen, oft ganze Familien. Sie wirkten, als campierten sie im Flughafengebäude. Die Snack-Automaten waren leer, die Fast-Food-Outlets waren geschlossen, die Laufbänder standen still. Es stank, wenn sie die Toiletten passierten. Die Luft war heiß und stickig. Die Klimaanlage musste ausgefallen sein, oder man hatte sie abgeschaltet, um das überstrapazierte Stromnetz vor dem Zusammenbruch zu bewahren.

Zu Rhodans Überraschung war das Gepäck bereits ausgeladen, als sie die Ausgabe erreichten. Er half Jenny, den übergroßen mit arabischen Schriftzeichen übersäten Koffer vom Band und auf einen Gepäck-Trolley zu wuchten. Dann nahm er seinen Rollenkoffer, ein abgenutztes graues Etwas. Ehemalige chinesische Geheimdienstler, die auf die Seite Terras übergelaufen waren, hatten den Koffer für Rhodan gepackt. Jedes einzelne Stück war sorgfältig ausgesucht, trug zum stimmigen Porträt eines überhastet aufgebrochenen, besorgten Familienvaters bei.

Rhodan und Jenny reihten sich in die Schlange vor der Einreisekontrolle ein. Er war froh, die junge Frau bei sich zu haben, auch wenn sie ihn auf der Stelle den Behörden ausgeliefert hätte, wenn sie seine wahre Identität erkannt hätte. Doch Jenny bedeutete Unterhaltung. Und Unterhaltung bedeutete Ablenkung. Vom Brennen seiner Haut, von seinem Puls, der unangemessen schnell pochte. Vom Anblick des brennenden Manhattan. Von dem, was vor ihm lag.

»Holt Ihre Familie Sie ab, Geoff?«, fragte Jenny.

Rhodan schüttelte den Kopf. »Meine Frau wollte es. Aber es war mir zu riskant. Drei Stunden Fahrt in der gegenwärtigen Lage ...«

»Sie haben recht. Aber meine Eltern haben sich nicht abhalten lassen. Wenn Sie wollen, können wir Sie ein Stück mitnehmen.«

»Danke. Das ist sehr aufmerksam von Ihnen, Jenny. Aber ich habe bereits arrangiert, dass man mich abholt.«

Jenny war an der Reihe. Sie passierte den Körperscanner, ohne dass er einen Alarm ausgelöst hätte. Am Schalter schenkte sie dem Beamten, einem übergewichtigen Schwarzen, ein strahlendes Lächeln und hatte die Kontrolle innerhalb von Augenblicken passiert.

Dann war Rhodan an der Reihe. Sein Puls machte einen Satz.

»Bitte legen Sie Ihr Gepäck auf das Band, Sir«, trug ihm eine Beamtin auf, eine Latina mittleren Alters. »Anschließend darf ich Sie bitten, in den Scanner zu treten. Die Füße bitte auf die Markierung, die Arme heben Sie bitte leicht an.« Die Beamtin hob die Arme auf halbe Höhe. Unter den Achseln kamen große Schweißflecken zum Vorschein.

Rhodan hievte den Koffer auf das Band, trat auf die Markierung und hoffte, dass der Beamtin das Zittern entging, das ihn erfasst hatte. Ein Vorhang senkte sich über ihn. Rhodan mutete es an wie eine gnädige Geste. Er holte tief Luft, zwang sich, langsam zu atmen, um seinen pochenden Puls zu beruhigen. Er hörte ein Surren, spürte einen Luftzug, als Scannerarme auf und ab fuhren. Dann hob sich der Vorhang wieder.

Die Beamtin beugte sich über ihr Tablet. Ihre Augen verengten sich, als sie das Display ablas. Dann wischte sie mit den Fingern darüber.

»Ist etwas?«, fragte Rhodan und ärgerte sich über sich selbst, noch bevor er die Frage ausgesprochen hatte. Er wollte, er durfte keine Aufmerksamkeit auf sich ziehen.

Die Beamtin antwortete nicht, hantierte weiter an ihrem Tablet.

Das Brennen in Rhodans rechtem Arm flammte erneut auf, wanderte die Schulter hinauf und sprang auf den linken Arm über. Er presste die Zähne aufeinander, versuchte, sich nichts anmerken zu lassen.

Endlich blickte die Beamtin auf. Sie lächelte entschuldigend. »Entschuldigen Sie, Sir. Ein Fehler in der Datenbankabfrage. Sie können passieren.«

»Danke!«

Rhodan nahm seinen Koffer und ging an den Schalter. Er hatte die erste Hürde genommen. Sein Puls beruhigte sich etwas. Das Brennen auf seiner Haut ließ nach.

»Ihre Papiere, Sir!«, forderte ihn der Beamte auf. Er trug eine Brille. Sein Job gab wohl nicht genug her, um sich eine Augenbehandlung zu leisten. Rhodan reichte ihm den gefälschten Ausweis. Mercant hatte das Dokument für ihn besorgt.

Der Beamte hielt den Ausweis auf die Prüffläche. Einen Augenblick später leuchtete sie grün auf.

Die zweite Hürde war genommen.

»Bitte legen Sie die rechte Hand auf die markierte Fläche vor Ihnen, Sir!«

Die letzte, entscheidende Hürde.

Rhodan streckte den Arm aus und legte die Hand auf die Prüffläche. Die Haut brannte bis in die Fingerspitzen. Es war ein unsichtbarer Brand. Die zweite Haut, die Rhodans Hand bedeckte, wirkte natürlich.

Sie war natürlich.

Rhodan spürte einen Stich in der Kuppe des Mittelfingers, als der Prüfautomat ein winziges Stück Haut entfernte, um die DNS mit der Datenbank von Homeland Security zu vergleichen. Die Suche würde ins Leere laufen – das hatten ihm zumindest Mercant und die anderen ehemaligen Geheimdienstleute versichert. Die DNS, die der Automat abgeschabt hatte, war nicht die Rhodans. Dr. Frank Haggard, der geniale Nobelpreisträger für Medizin, der zusammen mit Crest und Eric Manoli sicher nach Terrania zurückgekehrt war, hatte innerhalb kürzester Zeit ein Verfahren ausgetüftelt, Homeland Security zu überlisten. Mit einer menschlichen Haut, die über Rhodans Händen und Armen gewachsen war. Das Verfahren stand erst am Anfang. Haggard war zuversichtlich, dass es ihm bald gelingen würde, weit größere Flächen, vielleicht sogar den Körper eines Menschen, abzudecken. Doch für den Augenblick würden die Hände genügen.

Hoffte Rhodan.

Seine Hoffnung wurde nicht enttäuscht.

Der Beamte beäugte das Ergebnis der Datenbankabfrage auf einem in den Schalter eingelassenen Display und quittierte es mit einem Fingerdruck.

Die letzte Hürde war genommen.

»Ich danke Ihnen, Sir.« Der Beamte reichte ihm den Ausweis zurück. »Willkommen zu Hause!«

Jenny Luwalski wartete an der automatischen Tür auf ihn, die zum Empfangsbereich führte. »Ich wünsche Ihnen alles Gute, Geoff!« Sie umarmte ihn. »Und machen Sie sich nicht zu viele Sorgen. Alles wird gut! Ich spüre es – und glauben Sie mir, auf meinen Bauch ist Verlass!«

Jenny stemmte sich gegen den schwer beladenen Trolley und schob ihn durch die Tür. Hunderte von Menschen drängten sich im Empfangsbereich, sahen jedem Neuankömmling erwartungsvoll entgegen. Jemand in der Menge schrie schrill auf. Jenny erwiderte den Ruf, und wenige Augenblicke später versuchte die junge Frau, die beiden Eltern, vor denen sie vor Jahren geflohen war, gleichzeitig zu umarmen. Sie schluchzte haltlos.

Rhodan blieb vor der Tür stehen, sah sich um. Überall hoben Menschen selbst gemachte Schilder in die Höhe, um ihre Angehörigen zu begrüßen. Wo war ...? Im zweiten Anlauf sah er das Schild, das er suchte. Es war klein, kaum DIN-A4-groß, und zeigte ein Firmenlogo: »BSC Airport Shuttle Services«. Ein kleiner Mann in einer ausgewaschenen Firmenuniform hielt es hoch. Rhodan näherte sich ihm. Und zögerte. Der Mann hatte volles schwarzes Haar und eine breite Nase, die das ganze Gesicht bestimmte.

Er hob die buschigen Augenbrauen, als er Rhodans Zögern bemerkte, und ging auf ihn zu. »Geoff Seymour?«

»Ja.«

Der Mann blieb vor ihm stehen. »Ich bin der Fahrer, den Sie bestellt haben.«

Rhodan musterte den Mann. Sein Blick blieb an den Augen hängen. Sie waren grau, nicht blau, wie sie es eigentlich sein sollten, aber genau dieses Faktum bestätigte, dass er den Richtigen vor sich hatte. Sein Gegenüber war getarnt wie er selbst.

»Allan?«, fragte er.

»Genau. Allan Mercowitz. Zu Ihren Diensten, Sir!« Der Mann, der tatsächlich Allan D. Mercant hieß, zwinkerte ihm verschwörerisch zu. »Kommen Sie, Sir! Darf ich Ihnen Ihr Gepäck abnehmen?«

Allan Mercant führte Rhodan zu dem für Taxis und Shuttle-Dienste reservierten Parkplatz. Ein beigefarbener Mini-Van mit dem Logo von BSC stand etwas abseits. Die Morgensonne hing inzwischen schräg am Himmel. Ein klarer Tag, aber Rhodan konnte sich nicht helfen. Es roch verbrannt.

Mercant entging es nicht. »Sie täuschen sich nicht, Sir. Es riecht verbrannt.«

Der kleine Mann setzte sich ans Steuer des Mini-Vans, Rhodan auf den Beifahrerplatz. Mercant fuhr los. Der Verkehr auf dem Gelände des Flughafens war dicht, aber als sie auf die Interstate nach Norden einbogen, nahm er rasch ab. Immer wieder passierten sie langsam fahrende Armeekonvois. Panzer auf Tiefladern, gepanzerte Fahrzeuge und – zu Rhodans Überraschung – von Zeit zu Zeit gewöhnliche Pick-up-Trucks, auf deren Ladeflächen man schwere Maschinengewehre verankert hatte.

»Die Verzweiflung auf Regierungsseite nimmt zu«, bemerkte Mercant. »Präsident Drummond hat vor drei Stunden den Ausnahmezustand ausgerufen. In den meisten Großstädten sind Unruhen ausgebrochen.«

»Was ist mit Manhattan?«

»Schwer zu sagen. Ich bekomme keine Nachrichten herein. Das Netz ist tot.«

»Was vermuten Sie?«

»Es wird gekämpft. Es gibt viele Leute, die noch eine Rechnung mit Wall Street offen haben.«

Mercant bremste ab, als vor ihnen ein Checkpoint auftauchte. Der ehemalige Geheimdienstler fuhr langsam an die Sperre. Ein Polizist, er trug Körperpanzer, richtete einen Scanner auf das Nummernschild und winkte den Mini-Van durch.

Mercant beschleunigte. »Wie war Ihr Flug?«

»Ich habe mehr über zeitgemäßes Modedesign und das Nachtleben in Doha erfahren, als ich je zu hoffen gewagt habe.« Rhodan zuckte die Achseln. »Ansonsten viel angespannte Langeweile. Der Flug wurde mehrmals umgeleitet.«

»Die Regierung hat Teile des Luftraums sperren müssen. Über Los Angeles sind drei Verkehrsflugzeuge heruntergeholt worden, nachdem Aufständische ein Depot mit schultergestützten Boden-Luft-Raketen gestürmt haben.«

»Was?« Rhodan ruckte hoch. »Wozu das?«

»Keine Ahnung. Aber die Welt ist voller Verrückter. Und in Zeiten wie diesen kriechen sie aus ihren Löchern. Zeit, dass das hier vorbei ist.«

»Was ist mit den anderen?«

»Anne Sloane ist bereits im Stützpunkt und befindet sich in den Händen des Meisters. John Marshall und Sid González sollten in diesem Moment in Newark ankommen ...« Mercant wischte über den Pod, den er am Armaturenbrett befestigt hatte. »Ich sehe, ihr Flug ist verfrüht eingetroffen. Sie haben eben die Einreisekontrollen passiert. Meine Leute haben Kontakt mit ihnen. Sie sind auf dem Weg.«

»Gut.« Rhodan war aufrichtig erleichtert. John Marshall hatte er in den letzten Tagen rasch als ruhig und zuverlässig schätzen gelernt. Sid dagegen ... Buchstäblich Tausende von Menschen standen in der Schuld des Jungen. Wenn er nicht gewesen wäre, hätte die vom chinesischen Geheimdienst unter dem Energieschirm in der Gobi platzierte Atombombe zahllose Leben gekostet. Aber Sid hatte die Explosion selbst nur mit nackter Not überlebt – und das hitzige Temperament des Jungen war unberechenbar. Dennoch brauchten sie Sid. Der Junge allein war es, der aus ihrem aberwitzigen Plan einen verwegenen machte.

»Was ist mit Thora?«, fragte Rhodan.

Thora da Zoltral, die Arkonidin, war der zweite wunde Punkt ihres Plans. Sie musste sich als Menschen ausgeben, die Sicherheitskontrollen passieren, musste vorgeben, eine gewöhnliche Amerikanerin zu sein, die in der Stunde der Not nach Hause eilte.

Konnte es Thora gelingen?

Und: Konnten sie Thora vertrauen?

Rhodan hoffte es. Es musste so sein. Rhodan und seine Kameraden, all jene Menschen, die sich der Idee von Terra, dem Traum einer geeinten Menschheit, verschrieben hatten, Thora und ihr arkonidischer Mentor Crest da Zoltral – sie alle saßen im selben Boot. Sie würden die Menschheit einen und zu den Sternen vorstoßen – oder sie gingen gemeinsam unter ...

Die Menschen brauchten Thora. Und Thora brauchte die Menschen, brauchte Rhodan. Doch die Arkonidin, das hatte Rhodan schon mehr als einmal erfahren müssen, hatte ihren eigenen Kopf.

Doch genau diesen Kopf benötigten sie. Ohne Thora war ihr Plan unmöglich.

Mercant wischte über den Pod, rief Flugdaten ab. »Thoras Flug nach Albany ist pünktlich. Vier meiner besten Leute holen sie ab.«

»Bestens.« Rhodan lehnte sich zurück. Etwas von der Anspannung fiel von ihm ab. Die erste Hürde war geschafft. Ihr Team hatte unerkannt die Vereinigten Staaten erreicht.

Die beiden Männer schwiegen. Rhodan nutzte die Gelegenheit, sich Allan Mercant genauer anzusehen. Mercant war in Nevada Fields stationiert gewesen, als er mit der STARDUST zum Mond aufgebrochen war. Ein in die Jahre gekommener Agent des Ministeriums für Homeland Security. Einer von vielen, ein Gesicht unter Zehntausenden im Raumfahrtzentrum der NASA. Mercant hatte die Seiten gewechselt, noch bevor überhaupt klar war, dass es eine Seite gab, auf die man hatte wechseln können. Man sagte ihm ein unheimlich anmutendes Gespür für die Zukunft nach.

»Waren Sie am 11. September 2001 in New York, Rhodan?«, brach Mercant die Stille.

»Nein. Und selbst wenn, hätte ich nicht viel mitbekommen. Ich war damals zwei. Was ist mit Ihnen?«

»Anfang dreißig. Ich bin ein alter Mann.«

»Sie waren in New York?«

Mercant schüttelte den Kopf. »Nein. Ich habe ferngesehen wie alle anderen. Aber das hat genügt. Am nächsten Tag habe ich mich zur Armee gemeldet.«

»Sie waren Soldat? Das wusste ich nicht.«

»War ich auch nicht.« Mercant machte eine wegwerfende Handbewegung. »Sie haben mich nicht genommen. Zu alt. Wieder nicht.« Er lachte leise. »Ich hatte es mit achtzehn schon einmal versucht. Damals war ich der Armee zu klein gewesen. Nun, es stellte sich heraus, dass Homeland Security nicht so wählerisch ist. Der Rest ist, wie man so schön sagt, Geschichte.«

»Sie bereuen Ihre Wahl?«

»Sie bereuen Ihre?«

Die Gegenfrage Mercants traf Rhodan unvorbereitet. Er suchte nach einer Antwort. Der ehemalige Agent winkte ab. »Lassen Sie es gut sein. Die Frage war unfair. Wir sind alle nur Menschen. Wir müssen das tun, was uns unser Gewissen befiehlt.«

Mercant konzentrierte sich auf die Steuerung, als sie einen weiteren Militärkonvoi passierten. Tieflader mit Pionierpanzern. Die überbreiten Fahrzeuge ließen nur einen schmalen Überholstreifen frei. Als der Konvoi hinter ihnen zurückblieb, schälten sich am Horizont die Flanken von bewaldeten Hügeln aus dem Dunst. Die Catskill Mountains. Rhodan hatte dort, in einem Camp an einem See, die Sommer seiner Schulzeit verbracht. Er erinnerte sich, wie er sich in klaren Nächten mit seinem Schlafsack und seiner Matte hinter die Hütte seiner Gruppe geschlichen hatte. Er hatte zu den Sternen sehen wollen. Weshalb, hatte er sich nicht erklären können.

»Wir sind gleich da.«

Mercant setzte den Blinker und verließ die Interstate. Ein Industriegebiet zog sich entlang eines vierspurigen Stripway nach Westen. Es war aufgegeben, ein Opfer der rapiden Deindustrialisierung der vergangenen Jahre. Der Stripway verengte sich auf zwei Fahrbahnen. Sie passierten ein letztes Gebäude, einen ehemaligen Fast-Food-Drive-in. Einige Minuten lang säumten verwilderte Felder die Straße, dann tauchte zur Rechten ein breiter Betonstreifen auf, übersäht mit breiten schwarzen Bremsspuren.

Sie stammten von Flugzeugen.

Ein dreistöckiger Turm, der aus einer Ansammlung windschiefer Hangars ragte, markierte das Flugfeld. Mercant stoppte den Mini-Van ab. Ein nur noch an einer einzigen Befestigung baumelndes Schild verriet Rhodan, wie der Ort hieß: »Vickers Airstrip«. Eines von Tausenden Flugfeldern in den Vereinigten Staaten, denen der Höhenflug des Ölpreises in den letzten Jahren den Garaus gemacht hatte. Die verbliebenen lagen brach, seit Präsident Drummond vor einigen Tagen per Dekret den privaten Flugverkehr bis auf Weiteres untersagt hatte.

»Kommen Sie, Rhodan. Unser Flug wartet!« Mercant stieg aus und ging zu einem der Hangars. Rhodan folgte ihm. Den Koffer Geoff Seymours ließ er zurück. Er würde ihn nicht mehr brauchen.

Mercant stieß eines der Hangartore auf. Es glitt lautlos zur Seite. Jemand musste es kürzlich geschmiert haben.

Rhodan trat an das offene Tor. Im Halbdunkel des Hangars zeichnete sich der Umriss eines Hubschraubers ab. Mercant ging an die Seitenwand, drückte einige Knöpfe. Scheinwerfer leuchteten auf, tauchten den Hangar in grelles Kunstlicht.

Der ehemalige Testpilot Rhodan erkannte den Typ des Hubschraubers augenblicklich. Ein Sikorsky UH-60. Als Black Hawk bis vor einigen Jahren Arbeitspferd der U.S. Air Force. Doch dieser Hubschrauber war kein gewöhnliches Modell. Der Rumpf war dunkelgrün lackiert. Eine doppelte weiße Linie zog sich horizontal entlang des Rumpfs. Die Fläche oberhalb des Cockpits war weiß.

Eine amerikanische Flagge zierte die Turbine unterhalb der Rotorblätter. Hinter der Passagierkabine, auf dem Leitwerksträger, stand in großen Buchstaben »United States of America«.

»Marine One, der Hubschrauber des Präsidenten.« Mercant war neben Rhodan getreten. »Eine perfekte Replica – für unsere perfekte Replica des Präsidenten!«

Kapitel 2

25. Juli 2036
Reginald Bull

Fassade!, hatte Reginald Bull seiner Frustration Luft gemacht, bevor Perry Rhodan in das Land aufgebrochen war, das nicht mehr länger ihre Heimat war. *Das ist hier alles Fassade. Wir sind Fassade!*

Jetzt, da er sich im zentralen Lift dem Dach des Stardust Towers entgegenarbeitete, bestätigten ihn die brennenden Muskeln seiner Oberarme. Er verrichtete primitive Handarbeit – während ihn arkonidische Hightech buchstäblich einhüllte.

Ein Liftschacht reichte vom ersten Stock bis zur Spitze des höchsten Gebäudes von Terrania. Ein Antigravlift ohne Kabinen. Beispiellos auf der Erde und zugleich eine Mutprobe. Ein unsichtbares Energiefeld erzeugte im Schacht Schwerelosigkeit. Vertraute man sich ihm an, schwebte man.

Leider aber nicht mehr. Die Polung, die halbseitig einen leichten Aufwärts- beziehungsweise Abwärtszug bewirken sollte, funktionierte nicht. Weshalb, konnten weder die arkonidischen Baurobotер noch Thora oder Crest erklären. Sie waren sich allerdings einig, dass man sich dem Feld bedenkenlos anvertrauen könne.

Bull vertraute ihnen, zumindest in dieser Hinsicht. Nur: Was nützte es, hilflos in der Luft zu zappeln? Reginald Bull, der Tüftler, hatte schließlich Abhilfe ersonnen. Abschleppseile. Die chinesische Belagerungsarmee hatte Tausende von Fahrzeugen um den Landeplatz der STARDUST herum zurückgelassen, jedes von ihnen mit Abschleppseil ausgerüstet. Bull hatte einen Teil davon einsammeln, miteinander verbinden und an einem Stahlgerüst an der Spitze des Schachts anbringen lassen.

An den Seilen konnte man sich nach oben oder unten ziehen. Mit etwas Übung – und die stellte sich für Reginald Bull, der von morgens bis abends im Stardust Tower unterwegs war, unvermeidlich ein – genügte ein gut gezielter Zug, um zwei oder drei Stockwerke zu klettern. Dann hatte der Luftwiderstand den Schwung aufgezehrt.

Bei derzeit 34 Stockwerken – der Turm wuchs täglich um eine weitere Etage – genügten Bull morgens meist elf Züge, um die Höhe zu überwinden. Nachmittags, wenn seine Kräfte zu erlahmen begannen, stieg ihre Zahl auf fünfzehn oder mehr.

An diesem Nachmittag genügten ihm neun.

Die trockene Sommerhitze der Gobi erwartete ihn auf dem Dach. Die Sonne stand hoch am Himmel, brannte auf jedem Flecken ungeschützter Haut. Nachts, wenn die Temperaturen fielen, prickelte sie auf derselben Haut. Es gab geeignetere Orte auf der Erde, um eine Stadt zu gründen. Oder, wie Bull einmal verzweifelt ausgestoßen hatte: »Großer Gott, was haben wir in unserem früheren Leben nur angestellt, dass wir hier am Hintern der Welt landen mussten!«

Doch es war zu spät. Hier war der Ort, an dem sie ihre Träume wahr machen – oder sterben würden.

Bull erreichte das Gerüst, an dem die Seile angebracht waren, fasste nach einer Strebe und stieß sich zur Seite ab. Er glitt waagrecht durch die Luft, bis unvermittelt die Schwere der Erde einsetzte und ihn auf das Dach holte. Bull kam mühelos auf. Die Jahre als Testpilot und später als Astronaut hatten ihm einen weit überdurchschnittlichen Gleichgewichtssinn beschert.

Am Rand des Dachs stand ein Mann, links und rechts von einer hüfthohen Wand von Displays eingekreist. Sie zeigten Standbilder, Nachrichtenstreams aus allen Teilen der Erde.

Der Mann wandte Bull den Rücken zu. Er war nicht groß, reichte Bull, der für einen Amerikaner eher klein gewachsen war, kaum über die Brust. Sein dichtes schwarzes Haar war kurz geschoren wie das Bulls. Doch im Gegensatz zu Bull, dessen rote Borsten buchstäblich seine Widerborstigkeit verkörperten, wirkte es bei dem Mann streng. Militärisch.

Und das war etwas, das Bull nicht ausstehen konnte.

»Sie trauern alten Zeiten nach, General?«, fragte der ehemalige Astronaut laut und trat hinter den Mann.

Bai Jun wandte sich langsam um. Der Chinese wirkte, verglichen mit dem stämmigen Bull, dünn und zerbrechlich. Er trug weiter die Uniform der Volksbefreiungsarmee, doch ohne Insignien und Rangabzeichen.

»Der Titel ist überholt, Mr Bull«, antwortete er in akzentfreiem Englisch. Sein Tonfall war beiläufig, als weise er sein Gegenüber auf einen nebensächlichen Aussprachefehler hin.

»Ja? Täusche ich mich, oder lag in Ihrem Blick nicht eine gewisse Sehnsucht?« Bull wies auf den Hügel, der sich in der Nähe der

Stadt aus der Ebene aus Sand und Geröll erhob. Linien zogen sich über seine Flanken und den Gipfel, die Reste von Wegen, Schützengräben und Behausungen, die die chinesische Armee dort angelegt hatte. Auf den Befehl Bai Juns, der die in der Gobi gelandete STARDUST belagert hatte. Der alles darangesetzt hatte, Bulls Kopf und die seiner Kameraden dem Generalsekretär der Kommunistischen Partei Chinas auf einem Tablett zu präsentieren.

Der Feldherr Bai Jun hatte auf dem Gipfel sein Zelt aufgeschlagen, um auf die Belagerten hinabzusehen.

»Und was, wenn es so wäre?«, fragte der Chinese. »Was, wenn ich in meinem Herzen Sehnsucht tragen würde? Wäre es ein Verbrechen? Ich habe mich von meiner früheren Existenz gelöst. Aber das ist kein Grund, frühere Entscheidungen zu verteufeln. Wir sind erwachsene Menschen. Jeder von uns hatte ein Vorleben, nicht wahr, Systemadministrator Bull?«

Die Anspielung war offensichtlich. Reginald Bull hatte ein Leben lang den Vereinigten Staaten von Amerika gedient. Aus Überzeugung. Bis sie auf dem Mond auf die Arkoniden gestoßen waren und unvermittelt keine der alten, für unvergänglich erachteten Überzeugungen mehr gegolten hatten. Dem in Technik vernarrten Bull hatte der Anblick des arkonidischen Schiffs die Augen geöffnet. Eine stählerne Kugel von nahezu fünfhundert Metern Durchmesser. Eine stählerne, zwischen den Sternen fliegende Kugel. Unmöglich, aber real. Und Bull war Realist.

»Das ist richtig«, gestand der ehemalige Astronaut. Sein rasender Puls wollte sich nur langsam beruhigen. Der Zorn hielt die Frequenz hoch. »Ich frage mich nur, wie nachhaltig Ihr Gesinnungswechsel ist. Wieso, frage ich mich, sehe ich überall in der Stadt wieder Soldaten? Chinesische Soldaten? Wieso fahren wir mit chinesischen Fahrzeugen, essen aus chinesischen Essgeschirren und graben mit chinesischen Schaufeln?«

»Sie haben Vorurteile?«

»Nein, nur Augen im Kopf. Ich frage mich, ob Ihre Armee nicht doch noch den Kampf um Terrania gewonnen hat.«

»Sie sehen Gespenster.«

»Ja? Wieso haben Ihre Soldaten dann einen Ring um Terrania gebildet? Wieso haben sie Checkpoints an den Pisten eingerichtet?«

»Es sind *unsere* Soldaten, Mister Bull«, wies ihn Bai Jun zurecht. »Soldaten der Terranischen Union. Aber Ihre Fragen sind leicht zu beantworten: Wir benutzen die chinesische Ausrüstung, weil wir keine andere haben. Und wir bewachen unsere Grenzen, weil wir sonst wehrlos sind. Wir brauchen die Soldaten.«

»Wozu? Mir schien, dass es hier erheblich friedlicher zugeht, seit Terrania nicht mehr von Ihrer Armee eingekreist ist.«

»Für den Augenblick ja.«

Was ging in dem Chinesen vor? Bull, der viel auf sein Einfühlungsvermögen gab, rannte bei Bai Jun gegen eine Wand des Gleichmuts. Kannte dieser Mann keine Gefühle? Bai Jun mutete ihm fremder an als die Arkoniden Crest und Thora.

»Sparen Sie sich Ihren Zynismus«, wies er den ehemaligen General zurecht. »Sie wissen so gut wie ich, dass in diesen Augenblicken etwas Unvorstellbares geschieht: Menschen aus aller Welt brechen aus den alten Bahnen aus.«

»Was ich bereits getan habe«, beschied ihm Bai Jun. »Doch Menschen sind Menschen. Es wäre töricht, die Euphorie der ersten Tage überzubewerten. Die Truppen berichten mir von ersten Spannungen. Meist sind es nur Missverständnisse, die aus kulturellen Prägungen herrühren. Sensibilitäten im Umgang und Ähnliches. Aber wenn wir nicht aufpassen, werden die Spannungen in Streitigkeiten und Konfrontationen umschlagen.«

»Sie unterschätzen die Menschen. Sie sind mit guten Absichten nach Terrania gekommen.« Bull war heiß. Die ehemalige chinesische Armeeuniform, die er trug, zwickte. Sie war zu klein für den kräftigen Amerikaner.

»Daran habe ich keinen Zweifel. Aber wir alle kennen hehre Ideale, nicht? Wir halten an ihnen fest, bis unsere Mägen zu knurren beginnen. Und von diesem Punkt sind wir nicht mehr weit entfernt. Die Vorräte meiner ehemaligen Armee gehen zur Neige. Nachschub ist nur schwer zu bekommen, trotz der Bemühungen Ihres Homer G. Adams. Die Wüste wimmelt von desertierten Soldaten, ideologischen Eiferern und gewöhnlichen Kriminellen. Der Luftraum ist gesperrt, die loyalen Teile der chinesischen Luftwaffe kontrollieren ihn.«

»Und deshalb riegeln Sie die Stadt ab?«

»Es muss sein. Wir wissen nicht, wie wir die Mäuler stopfen sollen, die bereits hier sind. Es wäre fahrlässig, noch weitere aufzunehmen. Außerdem müssen wir uns schützen. Nicht jeder hat erkannt, dass eine neue Zeit angebrochen ist. Es gibt auf der Erde noch Millionen Menschen, die an der alten Ordnung festhalten. Alles wird wieder wie früher, wenn es nur Terrania und die Arkoniden nicht mehr gibt, glauben sie. Meine Leute haben bereits zwei Bombenattentate vereitelt.«

Reginald Bull schwieg, blickte über die Wüste. Zwei Staubfahnen erhoben sich am Gipfel des ehemaligen Feldherrnhügels, wanderten rasch über die Flanke bis hinunter zur Ebene. Sie mussten von Fahrzeugen stammen. Bull kniff die Lider zusammen. Motorräder? Er konnte es nicht erkennen. Möglich war buchstäblich alles. Bull hatte in den letzten Tagen die abenteuerlichsten Konstruktionen gesehen. Menschen, die ihre alte Existenz hinter sich gelassen, ihr Haus verkauft, ihre Ersparnisse eingesetzt hatten, um nach Terrania zu gelangen. Sie abzuweisen bedeutete, sie zu verraten. Verrat an ihren Träumen, an ihren Idealen.

Es war nicht recht.

Und doch hatte Bai Jun recht. Und das, musste sich Bull eingestehen, war vielleicht der eigentliche Kern seiner Wut.

»Mister Bull, ich kann Ihr Unbehagen nachvollziehen. Glauben Sie mir. Aber wir dürfen nicht blind für die Realitäten sein. Darf ich Ihnen eine Kostprobe geben?« Der Chinese machte eine Handbewegung, ohne eine Entgegnung Bulls abzuwarten.

Die Nachrichten-Streams auf den Displays erwachten zum Leben.

Panzer rollten durch die Straßen einer Stadt. Ein Amateur-Feed, mit einer Pod-Kamera aufgenommen. Bull kannte die Stadt nicht, aber sie musste in einer warmen Zone der Erde liegen. Palmen säumten die Straße. Menschen stellten sich den Panzern in den Weg. Sie waren unbewaffnet. Einige hatten aus einem Bettlaken die Flagge der Terranischen Union improvisiert: das Band der Milchstraße auf dunkelblauem Hintergrund. »Hört auf!«, riefen die Menschen. »Wir sind alle Terraner!«

Ein zweites Display zeigte einen offiziellen Stream. »Petersburg«, war auf einem Streifen am unteren Rand zu lesen. Hunderte von Menschen, aneinandergefesselt, wurden abtransportiert. »Verräter an Mutter Russland«, kommentierte ein Sprecher. »Sie werden ihre gerechte Strafe erhalten.«

Ein weiteres Display zeigte Aufnahmen, die von einer Drohne oder einem Hubschrauber stammen mussten. Ein Häusermeer bis an den Horizont, durchschnitten von Autobahnen. ?Autos, Häuser und Fabriken brannten. Dutzende von Rauchsäulen stiegen auf, der Wind trieb den Qualm zu einer Decke, die die Stadt erstickte. Auf einem Hügel über der Stadt stand ein Gebäudekomplex. Er erinnerte an eine Burg. Sie war schneeweiß. Bull kannte das Bauwerk, das Getty Center über Los Angeles. Er spürte einen Knoten im Magen. Er hatte Freunde in der Stadt.

»Die Bilder gleichen sich«, sagte Bai Jun. »Überall auf der Welt erheben sich die Menschen gegen ihre Regierungen.«

»Und sie werden sich durchsetzen«, fügte Bull hinzu.

»Ich hoffe es. Aber ich warne vor übertriebenem Optimismus. Die Kommunistische Partei hat mein Land für beinahe ein Jahrhundert regiert. Sie wankt im Augenblick, aber noch ist nicht ausgemacht, dass sie stürzt. Terrania ist lediglich ein Brückenkopf. Ein Symbol. Ein potenziell mächtiges Symbol. Aber Symbole allein werden uns auf die Dauer nicht genügen.«

»Und deshalb schicken Sie dieselben Soldaten aus, die noch vor wenigen Tagen alles darangesetzt haben, uns zu fangen oder sogar umzubringen?«

»Wen sonst? Terrania braucht eine Ordnung. Jetzt. Um eine neue Ordnung zu etablieren. Meine Soldaten sind erfahren und eingespielt. Wir können auf robuste Befehlsketten zurückgreifen.«

»Und wenn Ihre ach so zuverlässigen Soldaten beschließen, die Macht an sich zu reißen?«

»Wären wir wehrlos«, gestand der Chinese ohne Zögern ein. »Aber das werden sie nicht. Sie haben ihr Leben lang Gehorsam gelernt. Sie werden folgen, solange wir befehlen. Außerdem frage ich Sie, ob es eine Alternative gibt. Was wollen Sie sonst mit meinen Soldaten anfangen? Sie von der Gründung Terras ausschließen? Oder gar erschießen? Das kann nicht Ihr Ernst sein.«

»Der Gedanke würde mir nicht einmal im Schlaf kommen. Aber ...«

»Aber Sie trauen mir nicht«, vervollständigte Bai Jun den Satz. »Das ist es. Nicht?«

»Offen gestanden: nein.«

»Wieso? Wenn Sie schon meinen Worten nicht glauben, dann sollten meine Taten Sie überzeugen. Ich hatte die Gelegenheit, Sie zu töten. Ich habe die Gelegenheit verstreichen lassen. Ich habe die Seiten gewechselt, den Generalsekretär der Kommunistischen Partei festgenommen.«

»Und wieder freigelassen!«

»Es war das einzig Vernünftige. Was hätten wir mit ihm anfangen sollen? Einen Schauprozess inszenieren?«

»Nein!« War diesem Mann mit nichts beizukommen? Je mehr er auf den Chinesen eindrang, desto ruhiger schien er zu werden. Bull räusperte sich, sein Mund war ausgetrocknet. »Sie sind ein kluger Mann, Bai Jun«, sagte er mit aller Ruhe, die er aufbringen konnte, »ein gerissener Mann. Davon haben wir während der Belagerung mehr als eine Kostprobe erhalten. Und ich muss Ihnen eines lassen: Sie können mit Worten umgehen.«

»Was ist daran falsch?«

»Nichts. Aber was mich eigentlich interessiert, ist nicht, was Sie sagen, sondern was Sie denken. Geben Sie uns Einblick!«

»John Marshall. Der Telepath.« Bai Jun trat einen Schritt zurück. Bull konnte nicht umhin, sich eine gewisse Genugtuung einzugestehen.

»Ja. Sie haben John kennengelernt. John ist ein Mann, der sehr hohe moralische Ansprüche an sich selbst stellt. Er würde seine Gabe niemals missbrauchen. Sie können ihm vertrauen.«

»Das tue ich. Ohne meine Zusammenarbeit mit Mister Marshall stünde an dieser Stelle keine Stadt, sondern es würde sich eine radioaktiv strahlende Einöde erstrecken. Haben Sie schon vergessen?«

»Nein, natürlich nicht. Aber damals stand Ihr eigenes Leben auf dem Spiel ...«

Bai Juns Augen verengten sich. »Sie verlangen von mir, dass ich mein Innerstes offenlege?«

»Ich bitte Sie darum. Sobald Marshall von seiner gegenwärtigen Mission zurückgekehrt ist.«

»Und was geschieht, wenn ich mich weigere?«

»Ich hoffe, dass Sie ein Einsehen haben. Es steht zu viel auf dem Spiel. Ich *muss* sicher sein, dass ich Ihnen vertrauen kann.«

Bai Jun wandte sich ab, sah eine Zeit lang schweigend zu dem Hügel, von dem aus er die Belagerung der STARDUST befehligt hatte. Bull drang nicht weiter auf den ehemaligen General ein. Er spürte, dass es nichts genützt hätte.

»Also gut«, sagte Bai Jun schließlich und drehte sich wieder zu Bull. Seine Stimme war leise, entschlossen. »Sie wollen wissen, wie ich ›ticke‹, wie Sie Amerikaner sagen. Sie vertrauen mir nicht – das ist mir vertraut.« Er machte einen Schritt auf Bull zu, reckte den Kopf nach vorne. »Sehen Sie mir ins Gesicht! Was sehen Sie?«

Worauf wollte Bai Jun hinaus? »Einen Menschen«, sagte er vorsichtig.

»Richtig. Einen gewöhnlichen Menschen. Was noch?«

Bull starrte seinem Gegenüber ins Gesicht, versuchte irgendetwas Ungewöhnliches zu erkennen. Eine Narbe vielleicht? Aber da war nichts. »Worauf wollen Sie hinaus, Bai Jun?«

»Wie würden Sie die Form meiner Augen beschreiben?«

»Ich ...«

»Sprechen Sie es nur aus. Hier geht es nicht um politische Korrektheit.«

»Also gut ... geschlitzt?«

»Richtig. Im Vergleich zu Ihren, Mister Bull.« Der ehemalige

General blinzelte. »Rufen Sie sich jetzt die Augen meiner Offiziere und Soldaten ins Gedächtnis. Sie haben in den letzten Tagen Hunderte von ihnen gesehen. Fällt Ihnen etwas auf?«

Bull dachte nach. »Sie sind weniger geschlitzt, nicht? Sie könnten beinahe zu einem Europäer gehören.«

Bai Jun nickte.

»Und?« Bull machte eine wegwerfende Handbewegung. »Was hat das schon zu bedeuten?«

»Für mich? Alles. Mein Vater ist Han-Chinese, meine Mutter Uigurin. Es steht in meinem Gesicht geschrieben. Mein Leben lang habe ich zu China gehört, mein Leben lang hat man an meiner Loyalität gezweifelt. Ein Leben lang war meine Loyalität unerschütterlich. Verstehen Sie?« Tränen standen Bai Jun in den Augen.

Bull erkannte, dass sein Gegenüber die Wahrheit sagte. Der Schmerz war aufrichtig. Bulls Wut verflog augenblicklich. »Ich glaube, ja. Ich ...«

Bai Jun griff mit einer Hand in die Brusttasche seiner Uniform und zog einen Streifen Stoff heraus. Er hielt ihn Bull hin. Es war eine amerikanische Flagge, wie er und seine Kameraden von der STARDUST sie bis vor einigen Tagen an ihren Raumanzügen und Uniformen getragen hatten. Herunterhängende Fäden zeigten, dass die Flagge mit Gewalt abgerissen worden war.

»Am Tag, als ich in die Gobi kam«, sagte der ehemalige General, »habe ich diese Flagge gefunden. Dort drüben, auf dem Hügel. Im Sand. Achtlos weggeworfen. Von Perry Rhodan, wie sich rasch herausstellte. Ich habe sie an mich genommen.«

»Um sie kurz darauf vor Perry wieder in den Sand zu werfen!«

»Es war nötig in der Situation. Ich habe die Flagge wieder aufgehoben und behalten. Wollen Sie wissen, warum? Weil sie mir mehr über Sie und Perry Rhodan verrät als alle Geheimdienstdossiers. Sie hat mich zum Nachdenken angeregt. Und als der Moment gekommen war, habe ich es Rhodan gleichgetan.« Bai Jun griff ein zweites Mal in die Tasche. Als seine Finger wieder zum Vorschein kamen, hielten sie eine chinesische Flagge. In der Größe der amerikanischen, ebenfalls von einer Uniform gerissen. »Seit diesem Tag trage ich beide Flaggen am Herzen. Damit ich niemals vergesse, welche Irrwege ich einst beschritten habe. Auf dass ich niemals wieder in meinem Leben irren werde.«

»Ich ... ich ...« Bull brach ab. Er hatte diesem Mann unrecht getan. Er war ein Mensch wie er. Mit Gefühlen wie er. Er tat sein Bestes. Wie er. »Bai Jun, ich möchte mich bei Ihnen ...«

»Lassen Sie es gut sein. Sie sind nicht der Erste, der sich in mir getäuscht hätte.« Bai Jun strich die beiden Flaggen glatt und verstaute sie behutsam wieder in der Brusttasche. »Kommen wir zum Geschäft, ja? Was hat Sie zu mir geführt, Mister Bull?«

Der ehemalige General öffnete ihm eine Tür, um das Gesicht zu wahren. Bull schritt durch sie. »Adams«, sagte er. »Ich suche unser Finanzgenie. Man hat mir gesagt, er sei bei Ihnen.«

»Er ist bereits weiter, hinunter in die Stadt.«

»Was will er dort?«

Bai Jun spitzte geheimnisvoll die Lippen. »Oh, nur sich einen Wunsch erfüllen, von dem er nie geglaubt hätte, dass er jemals in Erfüllung gehen könnte ...«

Kapitel 3

25. Juli 2036
Julian Tifflor

Nach sieben Tagen Wüste war es so weit: Terrania lag vor ihnen.

Julian Tifflor überprüfte ihre Position mit einem Blick auf den am Lenker angebrachten Pod. Er musste den Kopf senken und von einem schrägen Winkel darauf sehen. Der Wüstensand hatte das Display milchig gerieben, ließ ihn nur mit Mühe die Anzeige erkennen. Ein Tickerband lief am unteren Rand über das Display. »Suche: ›William Tifflor‹. Keine Treffer«, zeigte es an.

Julian wischte das Tickerband mit der behandschuhten Hand weg. Er stoppte die schwere Bullet auf einem flachen Abschnitt kurz vor dem Gipfel des Hügels und wartete auf Mildred Orsons.

Die Wüste Gobi bekam ihrer Maschine nicht. Seit dem Vortag lief der Motor nur noch mit gedrosselter Leistung. Aber immerhin, er lief.

Mildred holte ihn ein, und gemeinsam erreichten sie den Gipfel des Hügels.

Sie hielten an.

Zu ihren Füßen, am Rand einer Ebene, die sich am vor Hitze flimmernden Horizont verlor, lag eine Stadt, wie sie es noch nie in der Geschichte der Menschheit gegeben hatte. Eine Stadt, die sich anschickte, die Geschicke der Menschheit unwiderruflich in neue Bahnen zu lenken.

Terrania war eine junge Stadt, keinen Monat alt. Eine kleine, überschaubare Stadt. Ihr Kern war ein Kreis mit einem Durchmesser von ungefähr einem Kilometer. Es war die Fläche, die der Energieschirm der Arkoniden bis vor wenigen Tagen abgedeckt hatte. Er hatte den amerikanischen Astronauten Perry Rhodan und seine Kameraden sowie den Arkoniden Crest da Zoltral vor den Angriffen der chinesischen Armee geschützt.

Dieser Perry Rhodan, der zum Verräter an seinem Land geworden war, hatte Terrania gegründet. Als Tor zu den Sternen, als Hauptstadt einer neuen Menschheit, die die Fesseln ihrer irdischen

Herkunft abschütteln sollte. Eine Stadt für Menschen, doch nicht von Menschenhand. Arkonidische Roboter hatten sie errichtet. Die autonomen Maschinen hatten den Sand und das Geröll der Gobi verwandelt.

Verwandelt wozu?

Es war schwer zu sagen. Julian Tifflor mutete es an, als blicke er auf die ins Vielfache vergrößerte Haut eines Krokodils. Die eng aneinandergeschmiegten Gebäude waren wie Schuppen, erhoben sich zu Hügeln und senkten sich zu Tälern. Als wäre diese Stadt nicht erbaut worden, sondern aus dem Boden der Wüste gewachsen. Ihre Häuser waren unscheinbar, die höchsten schätzte Julian auf zehn, vielleicht ein Dutzend Stockwerke.

Und aus ihrer Mitte wuchs eine Nadel in den Himmel, die Julian Tifflor an eine Rakete erinnerte.

Bereit, zu den Sternen vorzustoßen.

»Genug gestaunt, Herr Raumkadett?«, fragte Mildred spitzbübisch.

Sie liebte es, ihn mit seinen Träumen von den Sternen aufzuziehen. Es hätte ihn ärgern sollen, doch seltsamerweise zog es Julian nur noch mehr zu ihr hin. Mildred war anders als alle anderen Frauen, die er bisher getroffen hatte. Freunde nannten Julian oft einen Frauenhelden. Er bestritt es, doch unbestreitbar war, dass er immer eine Schleppe von Frauen hinter sich herzog, die alles taten, um ihm zu gefallen – und die ihn gleichzeitig unendlich langweilten.

Mit Mildred war es nie langweilig.

»Ich schätze, ja, *Milly*«, antwortete Julian.

»Pass auf, was du sagst! Du machst mich wütend.« Es gab eines in der Welt, was Mildred Orsons nicht ausstehen konnte: wenn man sie »Milly« nannte.

»Und wennschon?«

»Dann musst du eben sehen, wie du allein klarkommst.« Der Motor ihrer Bullet heulte auf. Julian Tifflor fand sich in eine Staubwolke gehüllt. Als sich der Sand wieder legte und sein Husten nachließ, sah er, dass Mildred bereits auf halber Höhe war. Sie fuhr den direkten Weg, ignorierte die Piste, die in Serpentinen nach Terrania führte. Sie musste vom chinesischen Militär angelegt worden sein.

Julian folgte der Piste. Mildred war die bessere Abfahrerin. Versuchte er, mit ihr gleichzuziehen, handelte er sich lediglich die Chance ein, sich in Sichtweite Terranias das Genick zu brechen.

Kurz vor der Stadt holte er Mildred ein. Kopf an Kopf rasten sie über die Piste, Terrania entgegen. Julian hätte Mildred überholen können, ihr stockender Motor hätte es ihm leicht gemacht. Aber er ließ es sein. Gemeinsam hatten sie die Wüste durchquert, gemeinsam würden sie ihr Ziel erreichen.

Doch der Weg war versperrt. Zwei gepanzerte Fahrzeuge standen links und rechts von der Piste. Zwischen den Fahrzeugen hatten sich Soldaten mit Maschinenpistolen aufgebaut. Einer hob seine Waffe, feuerte eine warnende Salve in die Luft.

Sie bremsten ab, fuhren langsam an die Sperre und hielten an. Sie nahmen die Helme ab. Julian zählte knapp zwei Dutzend Soldaten. Chinesen. Sie trugen Uniformen der Volksbefreiungsarmee, aber ohne Rangabzeichen und nationale Insignien. Stattdessen trugen die Soldaten blaue Armbinden, darüber weiße Punkte verstreut. Julian erkannte darin sofort das Band der Milchstraße. Es war die Flagge der Terranischen Union.

Ein Soldat trat auf sie zu. »Wohin ihr wollt?«, fragte er in unbeholfenem Englisch.

»Wohin wohl?«, antwortete Julian. »Nach Terrania natürlich.«

»Terrania voll ist. Geht!«

»Was sagst du da? Terrania ist frei! Rhodan hat uns gerufen! Er hat alle Menschen der Erde gerufen! Wer seid ihr, dass ihr ...«

»Ich fasse es nicht!«, rief eine Stimme. »Royal Enfield Bullets!« Ein weiterer Mann kam auf sie zu. In ehemaliger Uniform, aber kein Chinese. Er war braun gebrannt, hatte schwarze Haare und dichte Brusthaare, die aus dem lässig aufgeknöpften Hemd quollen. Ein Aufreißer an einem Strand, hätte Julian Tifflor ihn eingeordnet, wenn da nicht das Datenvisier gewesen wäre, das die obere Hälfte seines Gesichts verdeckte.

Der Braungebrannte ging neben der Maschine Tifflors in die Knie, um sie aus nächster Nähe zu betrachten. »Wo habt ihr die her?«

»Ulan-Bator«, antwortete Mildred.

Der Braungebrannte stand auf, ging langsam um die Maschinen herum. Die Sonne glitzerte auf seinem Visier. Julian Tifflor sah sein eigenes Spiegelbild: ein Jungengesicht, trotz des Staubs der Gobi, der seinen Weg in den Helm gefunden hatte und an ihm klebte, trotz des spärlichen Barts, der ihm in den vergangenen Tagen gewachsen war. Die Schutzbrille, die er zusätzlich zum Helm trug, hatte weiße Ränder um seine Augen ausgespart, ließ seine Augen größer wirken, als gehörten sie einer Mangafigur. Seine Träumeraugen, wie Mildred sie immer nannte.

»Aus indischen Armeebeständen ausgemustert«, sagte der Braungebrannte mehr zu sich selbst als an Julian und Mildred gerichtet.

»Oder erbeutet.« Er streckte eine Hand aus, streichelte über den Tank von Mildreds Maschine, als handele es sich um eine Katze. »Wie lange habt ihr gebraucht?«

»Sieben Tage.«

»Ihr habt Glück gehabt. In der Wüste rennen zurzeit eine Menge Verrückte herum. Nicht alle sind so nett wie die Jungs hier.«

»Die ›netten Jungs‹ haben uns mit einer Salve begrüßt«, warf Mildred ein. Sie mochte es nicht, wenn ihr irgendwer vorschrieb, was sie zu tun oder zu lassen hatte.

»Alte Gewohnheiten. Wird sich geben.« Der Braungebrannte zuckte die Achseln. »Dein Motor will nicht mehr so recht, was?« Er klappte das Visier hoch, um den stotternden Motor von Mildreds Bullet genauer zu beäugen. Sein linkes Auge fehlte. Ein Metallsockel steckte in der Augenhöhle, darin war ein künstlicher Augapfel eingebettet.

»Was ist mit dir passiert?«, fragte Mildred.

»Ach, das Auge ...« Der Braungebrannte sah nicht von dem Motorrad auf, als er es sagte. »Ein chinesischer Soldat hatte den Finger linientreu am Abzug, als der Energieschirm endlich fiel.« Er wischte mit dem Finger über einen Schlauch, befreite ihn von ölverschmiertem Sand. »Aber zum Glück sind die Chinesen gut ausgerüstet. Sie haben Leute mitgebracht, die wissen, wie man ein weggeschossenes Auge ersetzt.« Er schnüffelte an dem Schmutz auf dem Finger und stand auf. »Ist besser als das alte. Reicht bis in das Infrarotspektrum. Und das ist nur chinesische Hightech. Bin gespannt, was ein arkonidisches Auge bringt ...«

»Was wird jetzt aus uns?«, fragte Julian. »Wir ...«

»Ihr kommt natürlich rein. Wäre schade um die Bullets.« Er wandte sich an den chinesischen Soldaten und erklärte ihm weitschweifig, wieso sie in diesem Fall eine Ausnahme machen mussten. Auf Englisch. Der Chinese antwortete ihm in seiner Muttersprache – und beide schienen einander zu verstehen.

»Alles klar«, sagte der Braungebrannte schließlich. »Ihr könnt passieren. Aber ohne die Maschinen. Die Jungs bringen sie nachher in die Stadt.«

»Woher willst du das wissen? Ihr sprecht nicht dieselbe Sprache.«

»Ach so, das!« Er legte den Finger erst auf das Headset, das er im Ohr trug. »TerraNet erledigt das für uns.«

»TerraNet?«

»Der Rechnerverbund, den ein paar Kumpels und ich zusammengeflickt haben. Die Chinesen haben eine Menge Rechenpower mitgebracht – wir machen was Nützliches draus. Wie zum Beispiel Echtzeitübersetzung. Noch etwas holprig und nicht in jeder Sprachkombination verfügbar, aber besser als nichts. Wenn diese Stadt eines braucht, dann sind das Verständigungshilfen.« Er tätschelte eine der Bullets, als fiele es ihm schwer, Abschied zu nehmen. »Nehmt am besten mit, was ihr alles für den ersten Tag braucht.«

Julian und Mildred streiften die schweren Monturen ab, zogen leichtere Kleidung an und nahmen die Rucksäcke, die sie für den Notfall gepackt hatten. Dann ließen sie die Bullets mit gemischten Gefühlen bei den Soldaten zurück.

»Ich bin übrigens Julio«, stellte sich der Braungebrannte vor, als sie zu Fuß zur Stadt aufbrachen.

»Julian Tifflor.«

»Mildred Orsons.«

»Amerikaner?«

»Hoffentlich bald gewesen. Und du?«

»Spanier.« Julio lachte. »Gewesen.« Er klappte das Visier herunter, ging schneller.

Julian und Mildred folgten ihm, so gut es ging. Es war Mittag geworden, die Temperaturen mussten fast vierzig Grad erreichen, und ihre Glieder waren nach einer Woche auf den Motorrädern steif geworden.

Am ersten Ausläufer der Stadt blieb Julio stehen. »Willkommen im Terrarium der Menschheit!« Er verbeugte sich spielerisch. »Der Ort, an dem nichts unmöglich ist – und alles erst möglich gemacht werden muss.« Er zeigte auf die Stadt. »Wir unterscheiden zwei Teile: die innere und die äußere Stadt. Die innere Stadt wurde während und nach der Belagerung durch arkonidische Roboter errichtet. Allerdings tut sich dort derzeit nicht mehr viel.«

»Wieso?«

»Die Roboter fallen aus. Es gibt keine Ersatzteile und niemanden, der sie qualifiziert warten könnte. Die Gobi ist erbarmungslos – auch zu arkonidischen Wundermaschinen.«

»Aber an dieser Rakete da wird gearbeitet«, sagte Mildred und zeigte auf den Turm, der sich in der Mitte der Stadt in den Himmel reckte. »Ich sehe Roboter.«

»Das ist die Ausnahme: der Stardust Tower. Er ist das Zentrum der Stadt. Rhodan und Bull und ihre engsten Vertrauten haben sich dort eingerichtet. Aber der Stardust Tower ist weder Rakete noch Raumschiff, sondern ein Gebäude. Heißt es wenigstens. Die verbliebenen Roboter arbeiten an dem Turm.«

Sie gingen weiter. Eine Baugrube tat sich vor ihnen auf. Darin ein Bagger und – wie Julian schätzte – mehrere hundert Menschen, die mit Schaufeln die Grube vertieften. Der Bagger war nicht in Betrieb.

»In der Stadt geht ein Scherz um: Der chinesische Armeeklappspaten ist das eigentliche Symbol Terranias. Wir haben mehrere Millionen von der Belagerungsarmee geerbt. Jemand in Peking muss es sehr gut mit den Soldaten gemeint haben.«

»Was ist mit dem Bagger?«

»Seit drei Tagen ohne Sprit.« Julio winkte sie weiter. »Kommt, bevor mir die Sonne das Visier wegbrennt!«

Sie passierten eine Handvoll weiterer Baugruben sowie drei bereits in Handarbeit fertiggestellte Gebäude – sie erinnerten Julian an die windschiefen Behausungen, die er vor einigen Monaten in einem Slum außerhalb von Lhasa gesehen hatte – und betraten schließlich die innere Stadt.

Die Hitze fiel augenblicklich von ihnen ab, abgelöst von einer angenehmen Kühle. Julian legte den Kopf in den Nacken. Er sah keinen Himmel. Es schien, als liefen die Wände schräg nach außen, ähnlich wie die eines Trichters. Zusammen bildeten sie ein geschlossenes Dach über der Stadt.

»Die Häuser absorbieren die Wärme des Tages und halten die Stadt kühl«, sagte Julio. »Nachts kehrt sich der Prozess um, und die Häuser geben die gespeicherte Wärme ab. Es wird selbst im Sommer ungemütlich kalt hier in der Wüste.«

»Davon können wir ein Lied singen«, warf Mildred ein.

»Das kann ich mir denken.«

Julio führte sie in das Zentrum. Überall auf den Straßen waren Menschen. Die Chinesen schienen in der Überzahl, aber Julian kam es so vor, als wäre jede ethnische Gruppe, jede Nation der Erde in Terrania vertreten. Und überall saßen die Menschen zusammen und diskutierten, Tablets auf dem Schoß.

»Wir versuchen, arkonidisches Wissen zu knacken«, erläuterte Julio. »Reginald Bull hat es geschafft, einen Teil der Datenbestände dieser Positronik zu kopieren, die die Arkoniden in die STARDUST eingebaut haben. Es sind nur Bruchstücke. Aber jeder Krümel von ihrem Tisch kann für uns unermesslich wertvoll sein.«

Schließlich erreichten sie den Fuß des Stardust Towers. Das Erdgeschoss war ein offener Raum ohne Wände. Meterdicke Säulen stellten das Fundament dar, auf dem der Turm ruhte. Zwischen ihnen standen verstreut Tische.

»Die Anlaufstelle für frisch Eingetroffene und das Koordinationszentrum für Arbeitseinsätze«, sagte Julio. »Hier bekommt ihr eine Aufgabe und einen Platz zum Schlafen. Geht einfach an einen freien Tisch. Ihr seht ja, hier ist gerade nicht viel los.«

»Etwas anachronistisch, nicht?«, sagte Mildred. »Euer TerraNet sollte die Koordination problemlos regeln können.«

»Tut es auch. Wenn der Verbund nicht gerade hängt – wir sind in der frühen Betaphase, wenn überhaupt. Außerdem gibt es Dinge, die man immer noch am besten von Angesicht zu Angesicht regelt. Wie das hier.« Er griff sich an die Armbinde. »Ihr wollt doch Terraner sein, oder?«

»Ja!«, antworteten beide im Chor.

»Dann los!« Julio klappte das Visier herunter. »Wenn ihr mich jetzt entschuldigt? Ich werde gebraucht ...« Mit einem »Wir sehen uns!« machte er kehrt und verschwand in der Menge.

Als die Nacht anbrach, saßen Julian und Mildred auf einer Bank, die man aus einer ausgedienten Munitionskiste improvisiert hatte, und aßen ihre erste Mahlzeit: eine Schale Reis und Sojasauce. Wasser hatte es keines gegeben. Sie tranken ihre letzten eigenen Vorräte. Um sie herum kauerten ausgetrocknete Büsche. Der Platz war als Park vorgesehen, einer von vielen, die sich in der inneren Stadt Terranias verbargen.

Sie waren erschöpft. Im Stardust Tower hatte man ihnen Armbinden und Headsets gegeben und die Aussicht, morgen zur Arbeit eingeteilt zu werden. Den übrigen Tag hatten sie damit verbracht, ziellos durch die Stadt zu spazieren, die reale Stadt Terrania mit ihren Träumen in Übereinstimmung zu bringen. Mildred schien es zu gelingen. Doch Julian selbst ... Die Sorge um seinen Vater ließ ihn nicht los. Immer noch keine Spur.

Er schaltete den Pod aus, ärgerlich über sich selbst. Er hatte sich von seinem Vater losgesagt, um seinen Träumen zu folgen, nicht? Nun war er am Ziel seiner Träume und dachte ständig an ihn ...

Julian Tifflor sah auf. Es war eine klare Nacht, doch der Himmel war nicht zu sehen. Die Häuser bildeten ein geschlossenes, schützendes Dach über ihnen.

»Das ist also Terrania«, flüsterte Julian. Er spielte an der Armbinde herum, die sie im Stardust Tower erhalten hatten. Sie verrutschte immer wieder.

»Bist du enttäuscht?«, fragte Mildred.

»Ehrlich gesagt, ja. Ich hatte es mir anders vorgestellt. Die meisten Leute scheinen hier damit beschäftigt, mit Klappspaten im Wüstenboden zu wühlen.«

Sie legte eine Hand auf seine Schulter. »Nicht, was du dir erhofft hast. Ich weiß. Aber das ist nur der Anfang. Sie legen die Fundamente. Perry Rhodan ...«

»... ist auch nur ein Mensch. Einer, den seit Tagen niemand gesehen hat. Wie sollen wir nach den Sternen greifen, wenn wir im Boden wühlen?« Julian wusste, dass er ungerecht war, und dieses Wissen stachelte seinen Zorn nur weiter an. »Wir könnten irgendwo auf der Erde sein! Sogar die üblichen Spinner mit ihren Flugblättern sind unterwegs ...« Er nickte in Richtung eines alten, buckligen Mannes, der zwischen den Gruppen im Park umherging und ihnen Zettel in die Hand drückte.

Als hätte der Mann seine Worte gehört, kam er auf sie zu. Julian schätzte ihn auf siebzig. Er trug einen Anzug, der einmal teuer gewesen sein musste. Vor vielen Jahren. Nun war er fadenscheinig und mit Flicken an Knien und Ellenbogen versehen.

»Hier, für euch!« Der alte Mann hielt ihnen einen Zettel entgegen. Dem Akzent seines Englischs nach musste er Brite sein.

Julian wollte ihn ignorieren, aber Mildred nahm den Zettel. Es war ein Geldschein. Ein Raumfahrer mit einem klobigen Helm und eine Rakete, in der Julian die STARDUST erkannte, waren darauf abgebildet. Am rechten Rand stand eine große Zehn und darunter das Wort »Solar«.

»Hübsch«, sagte Mildred anerkennend. »Selbst gemalt?«

»Sozusagen. Und eigenhändig vervielfältigt.«

Ein Spinner, eindeutig. Und auch nicht. Der Bucklige war zu gelassen. Mildreds Kommentar schien ihm nichts auszumachen, genauso wenig wie Julians demonstratives Schweigen.

»Wozu?«, fragte sie.

»Eine neue Zeit braucht eine neue Währung, nicht?«

Mildred überlegte einen Augenblick, dann sagte sie: »Vielleicht. Aber vielleicht braucht eine neue Zeit überhaupt keine Währung?«

»Dieser Tag wird kommen. Aber fürs Erste sollte das hier taugen. Jeder kann so viel davon haben, wie er will.« Der Bucklige langte in die Tasche seines Jacketts und holte ein Bündel weiterer Scheine hervor.

»Selbst gemachtes Geld? Jeder kann so viel davon haben, wie er will? Sie träumen!«

»Ja. Aber wenn ich eines gelernt habe, ist es, dass man seine Träume in die Hand nehmen muss, um sie wahr zu machen. Wärt ihr beide sonst hier?«

Mildred sah von dem Schein zu dem Buckligen und wieder auf den Schein. »Da ist etwas dran. Aber wieso bleiben Sie dann in der Vergangenheit stecken?« Sie zeigte auf den Raumfahrerkopf. War das nicht das Gesicht Perry Rhodans? »Ein weißer Mann. Das zwanzigste Jahrhundert ist seit Längerem vorüber.«

»Richtig. Wieso drehst du den Schein nicht um?«

Sie tat es. Eine schwarze Frau zierte die Rückseite des Scheins.

»Und noch mal.«

Ein neues Gesicht. Ein Asiat. Mildred drehte den Schein erneut und sah ein weiteres Gesicht.

»Wie haben Sie das angestellt?«, fragte Mildred.

»Arkonidisches Wissen. Wer Raumschiffe zu bauen vermag, die zwischen den Sternen verkehren, hat noch ein paar weitere Tricks im Ärmel.« Der Bucklige steckte das Bündel Scheine wieder weg und wandte sich an Julian, der so tat, als interessiere ihn die Unterhaltung der beiden nicht. »Du siehst unglücklich aus, Junge. Gefällt dir Terrania nicht?«

»Ich ...« Julian spürte, wie ihm Röte ins Gesicht schoss. Dieser alte Spinner hatte ihn durchschaut! »Nein. Das tut es nicht.« Er sagte es trotzig und kam sich dabei vor wie ein kleines Kind.

»Es ist nicht so, wie du es dir vorgestellt hast, was?«

»Ich habe geglaubt, man könnte hier die Sterne spüren.«

»Ich verstehe.« Der alte Mann nickte wissend. Eine Geste, die Julian von seinem Vater vertraut war und ihn zur Weißglut reizte. »Vielleicht kann ich dir weiterhelfen.«

»Wie das?« Julian versuchte, verächtlich zu klingen.

»Ich glaube, da ist jemand, den du treffen solltest ...«, sagte der alte Mann, als hätte er den Unterton nicht registriert. Er nahm den Geldschein heraus, schrieb zwei Buchstaben darauf und gab ihn Julian Tifflor. »Hier, ich verspreche dir, das wird dich auf andere Gedanken bringen.«

Kapitel 4

25. Juli 2036
Perry Rhodan

»Noch sechs Minuten!«, rief Thora da Zoltral in makellosem Englisch.

Die Arkonidin hielt den Kopf gerade, den Blick auf das enge Flusstal gerichtet, dessen Verlauf der Hawk-Helikopter folgte. Sie hielt den Steuerknüppel lässig zwischen Daumen und Zeigefinger, hielt die Maschine so tief über dem reißenden Fluss, dass Rhodan glaubte, Fische in der Gischt zu erkennen.

Ihr Tiefflug war riskant, aber notwendig. Sie mussten ihre Gegenüber überraschen.

Zumindest dafür standen ihre Chancen nicht schlecht. Thora beherrschte den Hawk, als hätte sie ihr Leben lang nichts anderes getan, als auf rückständigen Planeten primitive Fluggeräte zu steuern. Die Arkonidin ging ganz in ihrer Aufgabe auf. Rhodan, der in der Tür zwischen Cockpit und Passagierkabine stand, weil ihn die Aufregung nicht länger auf dem Sitz hielt, ertappte sich dabei, wie er staunend Thoras Züge musterte. Sie spiegelten sich in der Cockpitscheibe des Helikopters.

Aus weißem Haar war dunkles geworden, aus roten Augen blaue. Ihre Blässe war dem gesunden, gebräunten Teint einer Sportlerin gewichen. Von den Augenwinkeln verzweigten sich Fältchen, zeigten an, dass sie die vierzig überschritten haben musste. Eine energische Frau von Format. Eine Frau, der man es zutraute, die Rolle der Stabschefin des Präsidenten der Vereinigten Staaten auszufüllen. Die Maskenbildner, die Mercant über seine Verbindungen hatte auftreiben und zum Flugfeld bringen lassen, hatten erstklassige Arbeit geleistet.

Doch es war nicht das Bild einer Arkonidin, die sich zum Menschen gewandelt hatte, das Rhodan innehalten ließ. Es war, was diesem Bild fehlte: Der Hochmut, die Abwehr war aus den Zügen Thoras gewichen. In diesen Minuten war die Arkonidin Thora da Zoltral endlich auf der Erde angekommen, hatte die Bürde ihrer Herkunft abgestreift.

»Vorsicht!«, warf Mercant ein, der auf einem Display ihren Kurs verfolgte. »Wir nähern uns dem ersten Außenposten!«

Der ehemalige Agent hatte neben der Arkonidin den Platz des Kopiloten eingenommen. Er strich das Jackett seines Anzugs zurecht, stellte sicher, dass der Griff seiner Waffe sich an der Brust abzeichnete. Der ehemalige Geheimdienstler hatte den einfachsten Part ihres Plans erhalten. Mercant musste nur spielen, was er sein Leben lang gespielt hatte: den unerschütterlichen Geheimdienstmann, ganz auf seine Aufgabe konzentriert.

Die Turbinen des Hawks heulten auf, als die Arkonidin den Helikopter in eine enge Kurve zwang. Rhodan hielt sich an der Lehne von Mercants Sitz fest, als ihn der Andruck zu Boden presste. Ein Elch, von der Maschine überrascht, machte sich davon. Er verschwand in den dichten Wäldern, die den größten Teil der Adirondacks bedeckten. Diese Landschaft im Norden des Bundesstaats New York war von Menschen unberührt.

Nahezu. Und deshalb waren sie zurückgekehrt in das Land, von dem sich Rhodan losgesagt hatte.

»Alles in Ordnung?« Rhodan drehte sich um, sah in die Passagierkabine des Helikopters. Ihre Kameraden warteten dort auf den Einsatz und versuchten ihrer Nervosität Herr zu werden, jeder auf seine Weise.

Sid González, der junge Latino, war tief in den Sitz gesunken und spielte mit seinem Pod. Er streckte die Knie hoch, als handele es sich bei ihm um einen gewöhnlichen Teenager, der auf einer langen Fahrt vor Langeweile starb. Sid, bis vor einem Monat noch ein dicker Junge, war dürr. Seine Gabe, die er weit über die Grenzen hinaus beansprucht hatte, zehrte ihn aus. Eigentlich brauchte der Junge Ruhe. Doch sie brauchten ihn. Sid war ein Teleporter. Er vermochte es, sich selbst und andere per Gedankenkraft an andere Orte zu versetzen.

John Marshall, der nachdenkliche ehemalige Investmentbanker, der für Sid wie ein Vater war, saß kerzengerade. Der ruhige, korrekte Marshall hatte sich als Einziger vorschriftsgemäß angeschnallt. Der Telepath, der es vermochte, die Gedanken anderer Menschen zu lesen, hatte die Augen geschlossen, als horche er in sich hinein oder hätte die Welt um sich herum vergessen.

Oder gab er es nur vor?

Anne Sloane kauerte auf der Kante des Sitzes, der am weitesten von Marshall entfernt war, drahtig und sprungbereit. Als ehemalige Surferin zeichnete sie ein außergewöhnlicher Gleichgewichtssinn aus – neben anderen, verborgenen Talenten. Marshall und Anne

Sloane waren einander in den letzten Tagen nähergekommen. Vielleicht zu nahe. Seine Gabe machte Marshall außergewöhnlich – und außergewöhnlich empfindlich. Die leidenschaftliche, aber sprunghafte Telekinetin musste eine erhebliche Anziehung auf ihn ausüben. Und sie musste ihn immer wieder, ungewollt, zutiefst verletzen.

Sid trug Shorts und ein T-Shirt mit einem Aufdruck der Milchstraße. Ein Pfeil zeigte auf einen Ausläufer der Galaxis, beschriftet mit »Sie befinden sich hier!« Sid musste sich vor der Landung im Helikopter verstecken. Ein Teenager an Bord der Marine One würde augenblicklich Misstrauen erregen.

John trug einen Anzug, Anne ein konservativ geschnittenes Kostüm. Auf den ersten Blick wirkten sie – hoffte Rhodan jedenfalls – wie gewöhnliche Regierungsbeamte. Und einen zweiten oder längeren Blick würden sie nicht zulassen. Sid, John und Anne waren ihre Reserve, ihre Lebensversicherung.

»Sichtkontakt!«, rief Allan Mercant. Der ehemalige Geheimdienstler zeigte nach rechts unten. Rhodan drehte sich um, folgte mit dem Blick seiner ausgestreckten Hand und sah eine mit Sandsäcken befestigte Stellung. Zwei überraschte Soldaten versuchten vergeblich, ihr schweres Maschinengewehr auf den Helikopter zu richten. Ein dritter hielt ein Funkgerät an die Seite des Kopfes.

Man hatte sie bemerkt.

»Sie kommen!«, sagte Thora. Es war eine Feststellung, mehr nicht. Über ihnen am blauen Himmel schälten sich schwarze Punkte heraus, wurden rasch größer. Autonome Drohnen. Sie nahmen die Verfolgung des Helikopters auf, schlossen zu ihm auf. Die Läufe der Buggeschütze ruckten herum, nahmen den Eindringling ins Visier.

Thora schenkte ihnen keine Beachtung. Sie nahm Schub heraus, als die enge Schlucht in ein weites Tal überging. Moor und Feuchtwiesen erstreckten sich an seinem Grund, dazwischen waren kleine Nadelwaldhaine verstreut. Eine ungepflasterte Straße wand sich über einen Grat und in Serpentinen in das Tal, um dort kerzengerade nach Norden zu führen. Sie war mit Militärfahrzeugen übersät. Tanklaster, Sattelschlepper, eskortiert von gepanzerten Fahrzeugen. Dazwischen immer wieder Geländewagen, die jede Lücke nutzten, um einige Meter im langsamen Strom der schwereren Fahrzeuge zu gewinnen.

»Ihrem Präsidenten scheint unser Schatz äußerst wichtig zu sein«, bemerkte Thora sarkastisch. Der Augenblick, in dem sie im

Hier und Jetzt aufgegangen war, war vorüber. Die stolze Arkonidin hatte in ihr wieder die Oberhand gewonnen.

»Er ist nicht mehr mein Präsident«, entgegnete Rhodan schärfer als beabsichtigt.

»Natürlich. Ich vergaß. *Sie* sind ja jetzt der Präsident ...«

Zumindest für die nächsten Stunden. Rhodan tastete über die neue Maske, die er trug. Er hatte Falten erhalten, dünne Lippen und hervorstechende Segelohren, war um zwei Jahrzehnte gealtert. Als die Spezialisten Mercants mit ihm fertig gewesen waren, hatte ihn ein Fremder aus dem Spiegel angesehen. Ein Mann Mitte fünfzig. Hager, entschlossen. Stanley Drummond, Präsident der Vereinigten Staaten von Amerika. Der Mann, der das arkonidische Expeditionsschiff auf dem Mond hatte vernichten lassen. Der Crest da Zoltral den Prozess gemacht und nichts unversucht gelassen hatte, Rhodan und seine Kameraden in seine Gewalt zu bringen. Der Mann, der vor keiner Tat zurückschreckte, um die Illusion wiederherzustellen, der Mensch sei allein im Universum, sei die Krone der Schöpfung.

Drei Tage hatte Rhodan vor dem Flug nach New York damit verbracht, Körpersprache und Sprechweise Drummonds zu erlernen. Eine Operation an den Stimmbändern hatte er abgelehnt. Drummond klang stets leicht heiser, die Spätfolge einer Kriegsverletzung. Rhodan hatte versucht, sie nachzuahmen, indem er sich heiser redete.

Mit gewissem Erfolg: »Echter als echt!«, hatte sein Freund Reginald Bull ihm beim Abschied bescheinigt und ihm auf die Schulter geklopft. »Du musst dich nur räuspern, und diese Kommissköppe werden übereinander stolpern, um dir zu Diensten zu sein. Wirst schon sehen!«

Es knackte in Rhodans Ohrhörer. »Unbekannter Helikopter! Sie befinden sich über militärischem Sperrgebiet. Drehen Sie unverzüglich ab!«

Mercant übernahm es zu antworten. »Sagen Sie, Mann, sind Sie eigentlich blind?«, bellte er in das Mikrofon vor seinem Mund.

Einige Sekunden lang rauschte es, während der Mann um seine Fassung rang. »Was fällt Ihnen ein? Sie ...«

»Sie halten jetzt die Luft an«, schnitt ihm Mercant das Wort ab. »Ihre Drohnen umschwirren uns wie lästige Fliegen. Haben Sie schon einmal daran gedacht, sich die Bilder anzusehen, die Ihre Kameras übermitteln?«

»Natürlich. Sie ...«

»Dann quatschen Sie nicht rum! Hier ist Marine One.«

Rauschen im Ohrhörer. Der Soldat war von der plötzlichen Wendung überfordert.

Mercant ließ ihm keine Möglichkeit, wieder zu Sinnen zu kommen. »Sie wissen, was das bedeutet, Mann?«

»Der Präsident ... Sir?«

»Genau. Der Präsident der Vereinigten Staaten von Amerika, Stanley Drummond. Und wenn Sie auch nur die geringste Aussicht haben wollen, Ihren Rang zu behalten, weisen Sie die Drohnen an, nicht länger auf die Maschine des Präsidenten zu zielen, klar?«

»S... selbstverständlich, Sir!« Die Läufe der Geschütze ruckten herum. Aus der Abfangstaffel war eine Eskorte geworden. Vorerst.

»Gut so, Junge«, lobte Mercant väterlich. »Name und Rang?«

»Sergeant Michael Snider, Sir! B... bitte entschuldigen Sie mein Vorpreschen. Wir hatten nicht mit dem Präsidenten gerechnet. Es heißt, Sie wären in Los Angeles, um persönlich die Revolte ...«

»Ich geben Ihnen einen guten Rat, Junge: Hören Sie niemals auf Gerüchte, wenn Sie es noch zu etwas bringen wollen!«

»Ja, Sir! Ich werde es beherzigen!«

»Das hoffe ich. Und jetzt holen Sie mir gefälligst den Kommandanten dieser Operation an das Funkgerät, klar?«

»Sofort, Sir!«

Das Rauschen erstarb. Mercant wandte sich zu Rhodan. »Na, wie war ich?« Mercant, der auf die fünfundsechzig zuging, grinste wie ein kleiner Junge, dem es eben gelungen war, einen Lehrer mit einem Streich an der Nase herumzuführen.

»Nicht übel«, antwortete Thora. »In der Flotte des Imperiums würde man Sie als Kadetten nehmen.«

»Tatsächlich? Ich dachte, in Ihrer Flotte wäre kein Platz für Barbaren ...«

Mercant spielte mit dem Stolz der Arkonidin. Rhodan erwartete eine scharfe Zurechtweisung, stattdessen verzog Thora die Lippen zu einem süffisanten Lächeln. »Natürlich. Sie als Mann von Welt wissen, dass es in jeder Flotte einen unstillbaren Bedarf an Idealisten gibt, die bereit sind, für die gerechte Sache zu sterben, nicht wahr?«

Mercants Grinsen erstarrte zu einer Maske. »Ich habe nicht die Absicht ...«

Er brach ab, als eine neue Stimme aus den Ohrhörern drang: »Hier General Joshua de Soto. Was gibt es?« Sie war laut und bestimmend.

De Soto. Mercants Kopf ruckte hoch. Er holte tief Luft und sagte:

»Das werde ich mit Vergnügen General Harrison erläutern, dem Befehlshaber ...«

De Soto schnitt ihm das Wort ab. »Harrison füllt gerade in einem Vorzimmer im Pentagon seinen Antrag auf vorzeitige Pensionierung aus. Er wurde vor vier Stunden seines Kommandos enthoben. Was wollen Sie?«

Mercant warf Rhodan einen fragenden Blick zu. Der Kommandeurswechsel kam unerwartet. Aber auch ein Grund, ihre Mission abzubrechen? Rhodan schüttelte den Kopf.

Mercant sagte: »Präsident Drummond ist hier, um sich vom Fortgang der ...«

»Das habe ich mir längst zusammengereimt, Mann. Und jetzt geben Sie mir meinen alten Kameraden Stanley!«

Meinen alten Kameraden. De Soto kannte Drummond persönlich! Der General würde Rhodan innerhalb von Minuten durchschauen. Es war vorbei, ehe es überhaupt begonnen hatte.

Mercant schaltete das Funkgerät aus. »Rhodan, wir müssen abbrechen! Wir können diesen de Soto nicht täuschen. Sid springt mit uns aus dem Hubschrauber, bevor der General oder sonst ein Soldat Verdacht schöpft!«

Rhodan antwortete nicht. Mercant hatte den einzig möglichen Weg gewiesen. Noch konnten sie sich unerkannt davonstehlen.

Rhodan sah aus dem Cockpit. Thora hielt unverändert Kurs, zielte schnurgerade auf die Ansammlung von Gebäuden vor ihnen. Ein Teil war ausgebrannt. Vielfach gewundene Stahlgerippe ragten aus den schwarzen Aschehaufen. Fort Sunrise. Der Ort, an dem der Mutant Clifford Monterny um ein Haar Thoras Mentor Crest da Zoltral umgebracht hätte – und Thora selbst.

Einige hundert Meter weiter flussaufwärts befand sich, weshalb sie gekommen waren. Eine große, runde Zeltplane. Ihr Durchmesser mochte um die einhundert Meter messen. Dutzende von gepanzerten Fahrzeugen umringten sie, formten eine Wagenburg.

Unter dieser Plane war das arkonidische Schiff verborgen, mit dem die Arkonidin Crest – und auch Rhodan und Bull – im letzten Augenblick gerettet hatte. Eine stählerne Kugel mit einem Durchmesser von sechzig Metern. Ein Wunderwerk, das selbst die kühnsten Träume des ehemaligen Astronauten übertraf. Keine Rakete, ein echtes Raumschiff. Ein Schiff, das für Rhodan den Schlüssel zum Überleben und für die Menschheit das Tor zu den Sternen darstellte.

Rhodan dachte an den Anflug auf New York, das von Kämpfen erschütterte, brennende Manhattan. An das »Großer Gott!« von Jenny

Luwalski, der jungen Frau, die einfach nur ihr Leben leben wollte und deren unerträgliche Furcht sie in blinde Wut flüchten ließ.

Perry Rhodan durfte nicht umkehren.

Er räusperte sich, sog den heiseren Klang des Lauts auf. Dann schaltete er sein Funkgerät auf Sendung. »Joshua, alter Halunke, hier ist Stanley. Wir reden später, klar? Wo können wir landen?«

»Klar!«, kam die Antwort. »Sag deinem Piloten, er soll den Drohnen folgen.«

Die autonomen Kampfmaschinen beschleunigten. Thora warf ihm einen fragenden Blick zu. Die Arkonidin wirkte konzentriert. Die plötzliche Wendung schien sie nicht zu ängstigen.

»Folgen Sie ihnen!«, befahl Perry Rhodan.

Thora tat, was er ihr hieß.

Kapitel 5

26. Juli 2036
Reginald Bull

»Guten Morgen, Reg!«

Die Stimme war ruhig und freundlich. Reginald Bull kannte sie. Er zog das alte T-Shirt weg, das er sich zusammengerollt über die Augen gelegt hatte, damit ihn die Morgensonne nicht blendete. Sein Apartment im Stardust Tower – er nannte es Kabine, was zu seiner geringen Größe passte – besaß keinen Sonnenschutz. Noch nicht. Er würde kommen, hatte ihm der arkonidische Roboter versprochen, den er sich vorgeknöpft hatte. Sobald der Turm seine endgültige Größe erreicht hatte. Eines Tages. Bis dahin mussten sie sich behelfen.

»Eric!«, sagte er. »Es ist halb sieben – du hast besser einen stichhaltigen medizinischen Grund dafür, mich mitten in der Nacht aus dem Bett zu holen.«

Eric Manoli war ehemaliger Bordarzt der STARDUST und vielleicht der zuverlässigste Mensch, dem Bull je begegnet war. Der unscheinbare Mann mit den schwarzen Haaren sagte: »Hier, deine Medizin!« Er hielt ihm einen großen Becher entgegen. Kaffeeduft drang aus der schmalen Trinköffnung. »Americano. Drei Schuss Espresso, sechs Stück Zucker.«

Bull richtete sich auf, schnappte dem Freund den Becher aus der Hand und nippte daran. Heiß und bittersüß. Genau, wie er ihn mochte. »Okay, ich habe deinen Köder geschluckt. Was willst du von mir?«

»Dir etwas zeigen.«

»Okay, zeig her!«

»Das geht nicht. Du musst mitkommen.«

Bull nahm einen zweiten, längeren Schluck. »Unmöglich. Die Stadtplaner und Geologen warten auf mich. Terrania braucht eine zuverlässige Wasserversorgung.«

»Sicher. Aber wenn du mich fragst, braucht die Wasserversorgung Terranias nicht Reginald Bull. Überlass das den Experten. Sie können das besser. Deine Stärken liegen woanders.«

Bull blickte den Freund verblüfft an. Eric Manoli war so etwas wie die graue Maus der STARDUST-Crew gewesen. Ruhig und unauffällig. Eric schwieg oft, aber wenn er etwas sagte, blieb Bull regelmäßig der Mund offen stehen.

»In Ordnung.« Bull diktierte seinem Pod, den Termin abzusagen, schlug die Decke zurück und stand auf. Er trug immer noch dieselbe ausgemusterte chinesische Uniform, in der er am Vorabend eingeschlafen war.

»Du schläfst in Kleidern?« Eric Manoli verzog eine Braue – ungefähr das Maximum, was er je an Überraschung zu zeigen pflegte.

»Klar, dieses elende An- und Ausziehen überlasse ich anderen, die das besser können.« Bull ging zur Tür, die sich automatisch öffnete. Im Türrahmen drehte er sich um und sagte schmunzelnd: »Worauf wartest du noch? Oder hast du heute Morgen noch nicht deine eigene Medizin gekostet?«

Gemeinsam hangelten sie sich durch den Antigravschacht zum Grund des Towers. Eine Erfahrung, die die menschlichen Sinne in kürzester Zeit durcheinanderbrachte: Man stieß sich an den Seilen ab – aber nach *unten*. Bull und Manoli fiel es dank ihres Astronautentrainings nicht schwer.

Man weiß eben nie, wozu etwas gut ist, dachte Bull, der sich daran erinnerte, wie er gegen die sinnlos erscheinenden Übungen aufbegehrt hatte. Aber an Lesly K. Pounder, damals Flight Director der NASA, hatte sich Bull die Zähne ausgebissen. Er hatte schließlich nachgegeben, ohne zu ahnen, dass ihm diese Übungen eines Tages zustattenkommen würden. Und noch weniger, dass er mit dem alten Knochen Pounder eines Tages einen Turm bewohnen würde, der von Alien-Robotern gebaut wurde und in einer Stadt in der Wüste stand, die zur Hauptstadt einer neuen Menschheit bestimmt war.

Sie erreichten den Boden des Schachts, der zugleich die Decke des Foyers bildete. »Hier lang, Reg!« Manoli bog nach rechts in das Gewirr von Räumen ab, das innerhalb von zehn Tagen entstanden war.

Das Krankenhaus war das Werk des ehemaligen Bordarztes. Ausgestattet war es – was sonst? – aus den Beständen der ehemaligen chinesischen Armee. Erstklassiges Material, das Manoli in naher Zukunft um arkonidische Technik zu ergänzen hoffte. Besetzt mit hochkarätigen Ärzten und Pflegern aus mehreren Dutzend Nationen. Bislang arbeiteten sie ohne Lohn, auch wenn das

Finanzgenie Homer G. Adams versprochen hatte, dass sich das bald ändern würde. Der Einwand Bulls, dass die irdischen Währungen angesichts der globalen Unruhen in Kürze nicht mehr das Papier wert sein würden, auf das sie gedruckt waren, hatte den buckligen alten Mann nicht aus der Fassung gebracht.

»Wie ist der Stand, Eric?«, fragte er. Krankenbetten reihten sich entlang der Korridore. Die meisten von ihnen waren leer, ab und zu passierten sie einen Patienten. Viel war nicht zu sehen. Sie schliefen, während aus Infusionsflaschen tröpfchenweise Flüssigkeit in ihre Körper floss.

»Zum Glück besser.« Der Arzt ging so schnell, dass Bull Mühe hatte, mit ihm gleichauf zu bleiben. »Ich glaube, wir haben das Schlimmste hinter uns. In den ersten Tagen hatten wir vor allem zwei Arten von Verletzten. Solche mit Schusswunden und sehr, sehr viele entkräftete und dehydrierte Menschen. Schusswunden hatten wir seit dem Ende der Belagerung nur noch drei. Zwei davon aufgrund von Unfällen beim Einsammeln der Waffen. Dehydrierung kommt jetzt nur noch selten vor. Jeden Tag vielleicht ein, zwei Dutzend Leute, die sich beim Arbeitseinsatz überschätzt haben.«

»Und trotzdem müsst ihr immer noch Leute auf die Gänge auslagern?«

»Leider. Dank Sid González ist die Atombombe, die der chinesische Geheimdienst platziert hat, weitab von Terrania detoniert. In der Wüste, die eigentlich menschenleer ist. Aber das war sie nicht. Denk an die vielen Tausenden, die versucht haben, zum Schirm vorzudringen. Radioaktive Strahlung ist unsichtbar. Hunderte, ja Tausende haben sich erhöhte Strahlendosen zugezogen – auch wenn es sich angeblich um eine ›saubere‹ Bombe gehandelt hat. Dazu kommen die Unvorsichtigen und Unwissenden, die die Sperrzone um den Explosionsort ignorieren.«

»Ihr könnt ihnen helfen?«

»Leidlich. Ehrlich gesagt, unsere Medizin steht Strahlenvergiftungen immer noch nahezu hilflos gegenüber. Wir können lindern und den Körper unterstützen. Viel mehr nicht.« Es war Manoli anzusehen, dass es ihm nicht behagte. Der ehemalige Bordarzt war mit Leib und Seele Mediziner.

»Was ist mit den Arkoniden?«, fragte Bull.

»Fehlanzeige. Weder Crest noch Thora besitzen eine medizinische Ausbildung. Aber nach dem, was ich von ihnen erfahren habe, ergeht es der arkonidischen Medizin ohnehin nicht viel besser als unserer.«

»Kaum zu glauben.« Bull strich sich durch die Borsten. »Ihre gesamte Zivilisation beruht auf der Energie aus Kernfusion, die wir seit fast hundert Jahren in den Griff zu bekommen versuchen, ohne mehr als einen Millimeter voranzukommen. Sie bauen Raumschiffe mit einer Masse von Tausenden von Tonnen, fliegen von Stern zu Stern, aber wenn etwas schiefgeht, können sie nur die Hände über dem Kopf zusammenschlagen. Verrückt.«

»Ja, verrückt.« Manoli dachte einen Augenblick nach. »Und irgendwie geradezu verblüffend menschlich, oder? Unsere Art ist nicht gerade ein Überflieger, wenn es darum geht, hausgemachte Katastrophen zu lösen.« Der Arzt machte vor einer Tür halt, bevor Bull zu einer Entgegnung kam. »Hier ist es schon.« Manoli öffnete die Tür.

Ein Behandlungsraum erwartete Bull. In der Mitte stand eine Liege, umringt von unzähligen Gerätschaften, dem Feinsten, was irdische Medizintechnik aufzubieten hatte. Auf der Liege hatte man einen großen Karton abgestellt. Bull schätzte ihn auf ungefähr zwei Meter Länge. Er konnte sich nicht helfen, der Karton erinnerte ihn an einen Sarg. An der Seitenwand klebte ein Zettel: »medical supplies«. Er hing schief.

Ein Mensch und ein Fremder standen an der Liege.

Dr. Frank Haggard, der Medizin-Nobelpreisträger, zog gerade Gummihandschuhe über. Wie Manoli trug er Weiß. Doch während man in dem unscheinbaren, eher schmächtigen Manoli sofort den Intellektuellen erkannte, wirkte der muskulöse Haggard wie ein Model, das man für eine Rolle in einer Arztserie verpflichtete. Nicht ohne Grund: Der Australier war ein ehemaliger Rugby-Profi und ließ keinen Tag verstreichen, ohne trainiert zu haben. Im Stardust Tower ging das Gerücht um, er habe bereits ein terranisches Rugby-Team gegründet.

Neben ihm, auf einen Stock gestützt, wartete Crest da Zoltral. Vor zwei Wochen noch war der alte Arkonide vom Tode gezeichnet gewesen. Sein Schicksal hätte sich erfüllt, hätten Manoli und Haggard ihn nicht gerettet. Crest wirkte dürr, ja zerbrechlich, aber in seinen roten Augen war ein Feuer erwacht, das Bull sagte, dass der Arkonide noch lange nicht bereit war, Abschied vom Leben zu nehmen.

»Da seid ihr ja!«, begrüßte Haggard sie. »Können wir endlich anfangen?« Der Mediziner strahlte erwartungsvoll wie ein Junge, der es nicht abwarten konnte, ein Geschenk zu öffnen.

»Was habt ihr da?«, fragte Bull. »Ein neues medizintechnisches Spielzeug?«

»So ähnlich.«

Manoli zog ebenfalls Gummihandschuhe über. Gemeinsam machten sich die beiden Ärzte daran, den Karton zu öffnen. Sie benutzten dazu Skalpelle, zogen die Klingen so vorsichtig über das Material, als handelte es sich dabei um menschliches Gewebe. Ein Geruch machte sich in dem Raum breit.

Bull verzog das Gesicht. Kein Geruch. Es stank. Nach einer Mischung aus verschmortem Plastik und verbranntem Fleisch.

Die Ärzte hatten den Karton in etwa zwanzig Zentimetern Höhe rundum durchtrennt. Der abgetrennte Teil rutschte zur Seite. Manoli und Haggard packten ihn, nickten einander zu, hoben ihn hoch und legten ihn zur Seite.

Bull trat an die Liege. Der Becher rutschte ihm aus der Hand. Das Gefäß prallte auf den Boden, der Deckel rutschte ab. Eine dampfende braune Brühe breitete sich aus.

Vor ihm lagen die Reste eines Menschen. Wenig mehr als ein Kopf und ein Rumpf waren von ihm geblieben. Die Beine waren in der Mitte der Oberschenkel abgetrennt, der linke Arm fehlte ganz. Der rechte Arm lag an der Seite, mehrfach – und eigentlich unmöglich – verdreht. Der Tote war verbrannt, seine Haut war verkohlt und verschrumpelt. Oder handelte es sich dabei um die Reste von Kleidung, die sich in die Haut gebrannt hatten?

Der Duft von Kaffee mischte sich mit dem Gestank des verbrannten Fleischs. Reginald Bull wurde übel. Er hatte das Glück gehabt, bislang nur wenige Male dem Tod zu begegnen. Eine dieser Begegnungen hatte ihn noch jahrelang in Albträumen verfolgt. Es war ein Autounfall auf der Verbindungsstraße zwischen Nevada Fields und Las Vegas gewesen. Ein kerzengerader Strich durch die Wüste, wenig Verkehr. Und doch waren dort immer wieder schwere Unfälle geschehen, wenn Personal des Space Center nach einem durchgefeierten Wochenende in die Basis zurückkehrte. Bull war der Erste an der Unfallstelle gewesen. Er hatte hilflos zusehen müssen, wie die Insassen verbrannt waren, als der Tank des alten Benziners Feuer gefangen hatte.

»W... was wollt ihr mit dem Toten hier?«, brachte Bull hervor, während er aus dem Augenwinkel registrierte, dass Crest ungerührt schien. Der alte Arkonide musste mit dem Tod vertraut sein. »Wer ist das?«

»Das ist kein Toter, Reg«, entgegnete Manoli. »Sieh genau hin!«

»Ich habe genug gesehen. Ich ...«

»Sieh auf den Brustkorb, Reg!«

Bull wollte es nicht, aber er hätte Manoli jederzeit sein Leben anvertraut. Er zwang sich, direkt an die Liege zu treten. Der Kopf der

Leiche war nach rechts gedreht, von ihm abgewandt. Bull war froh darüber. Er wollte dem Toten nicht in die Augen sehen.

Der Brustkorb war offen, wie von innen nach außen gestülpt. Die Öffnung war eine schwarze Höhle – und darin funkelte im Licht der starken Lampen etwas metallisch.

»Und, geht dir jetzt ein Licht auf?«, fragte Manoli.

»Ein Roboter ...?« Einen Moment später blitzte eine Erinnerung in Bull auf. Die Kaserne in den Adirondacks. Fort Sunrise. Crest, von Clifford Monterny als Geisel genommen. Er und Rhodan im verzweifelten Versuch, den alten Arkoniden zu befreien. Eine Gestalt in einem arkonidischen Kampfanzug war Crest zu Hilfe geeilt, nur um von dem Telekineten Roster Deegan getötet zu werden. Er und Rhodan hatten geglaubt, es hätte sich um Thora gehandelt. Ein Irrtum ...

»Rico«, übernahm es Crest, für Bull zu antworten. »Die Maschine, die unser aller Leben gerettet hat.«

»Wie kommt ... wie kommt *er* hierher?« Rico war ein Roboter gewesen, keine Person, kein Mensch. »Es« wäre die richtige Bezeichnung gewesen. Aber etwas in Bull sträubte sich gegen das unpersönliche Pronomen.

»Adams, Mercant und Pounder haben es eingefädelt«, antwortete Manoli.

»Mittels Bestechung, Agentenschläue und der Sturheit einer Bulldogge?«

Manoli lachte auf. Früher, erinnerte sich Bull, hatte der Arzt allenfalls ein schuldbewusstes Lächeln für seine Scherze übrig gehabt. »So ungefähr. Du und die Übrigen musstet euch nach dem Tod Monternys so schnell wie möglich davonmachen. Die Armee hat Fort Sunrise eingenommen und sich gleich auf den Jackpot gestürzt: das abgestürzte arkonidische Raumschiff. Rico haben sie sich ebenfalls gesichert, aber nur nebenbei.«

»Und dann spazierte Adams mit seiner dicken Brieftasche daher?«

»Genau, den Rest haben vom Glauben abgefallene Geheimdienstleute und die Weltraumverrückten Pounders erledigt – zusammen mit global verstreuten Schwarzhändlern, die für gewöhnlich ihr Brot mit dem Schmuggel von aussterbenden Arten und Medikamenten verdienen.«

Frank Haggard hatte mittlerweile die Reste der Kartonwände abgeschnitten. Es blieb nur noch die Pappe unter dem Körper. »Ich bin so weit«, sagte er. »Fangen wir an?«

»Du entschuldigst mich, Reg?« Manoli wandte sich ab, nahm aus einem Regal ein Headset und räusperte sich: »Protokoll der Obduktion von ...«, er zögerte, »unbekanntem Wesen mit dem Namen Rico. Ausführende Ärzte: Dr. Frank Haggard und Dr. Eric Manoli. Wir beginnen mit der Dokumentation.«

Bewegliche Kameraarme fuhren unter der Liege aus und wanderten langsam über den verstümmelten Körper.

»Nicht übel«, sagte Bull anerkennend. »Habt ihr zwei auch noch was zu tun?« Er hatte ein Faible für technische Spielereien, doch in diesem Moment diente die Bemerkung dazu, seine Beklemmung abzuschütteln.

»Ja, später«, antwortete Haggard. »Wenn wir ihn aufschneiden.«

Bull sagte nichts.

Die Kameraarme klappten wieder ein. Eine enge Röhre schob sich vor, stülpte sich über die gesamte Liege. Ein rotes Licht flammte auf, und kurz darauf drang ein unregelmäßiges Klappern aus der Röhre. »Keine Angst«, sagte Haggard betont. »Da klopft keiner. Gewöhnliche Geräusche bei einem Kernspin.« Er sah auf seinen Pod. »Das wird einige Minuten dauern.«

Die drei Menschen und der Arkonide schwiegen. Nach einiger Zeit fragte Crest: »Sie denken an den Kampf mit Monterny zurück, Mister Bull?«

»Sie nicht?«

»Nein. Zumindest versuche ich es nicht zu tun. Was geschehen ist, ist geschehen. Man muss im Leben weitergehen.«

»Ganz meine Linie ...« Bull fuhr mit einer Hand über das Gesicht. Seine Finger blieben an der Narbe hängen, die sich über seine Wange zog. Eine Erinnerung an den Abschuss der STARDUST.

»Aber?«, hakte der Arkonide nach.

»Ich weiß nicht.« Bull zog die Hand weg. »Ich halte mich für einen umgänglichen Kerl, auch wenn mir ab und zu der Kragen platzt. Aber seit wir zum Mond aufgebrochen sind ... Irgendwie will mir immer irgendwer an den Kragen. Manchmal frage ich mich, was ich falsch mache.«

»Ich kann verstehen, dass Sie sich diese Frage stellen.« Crest bedachte Bull mit einem Blick, als überraschte ihn, dass der polternde Mensch zu solch tiefsinnigen Gedankengängen fähig war. »Aber Sie sollten sich lieber die Frage stellen, was Sie neuerdings richtig machen. Je mehr andere die eigene Person hassen und ihr nachstellen, desto stärker sollte man an dem festhalten, was man glaubt.«

»Sie sprechen aus Erfahrung?«

Crests Augen weiteten sich.

Ein Summen ertönte, die Röhre zog sich zurück und gab den Körper frei. Er lag unverändert.

»Sehen wir uns den Scan an!«, sagte Haggard und deutete auf ein Display, das eine der Wände beinahe zur Hälfte ausfüllte. »Bitte beachten Sie: Das ist nur eine rudimentäre Aufarbeitung der gewonnenen Daten, die Farbgebung ist von der Software gewählt, die Detailschärfe noch ungenügend. Aber für einen ersten Eindruck genügt es.«

Der Scan bestätigte ihre Vermutungen. Anfangs. Rico war eine Maschine. Statt Adern liefen Leitungen durch seinen Körper, statt Organen füllten Aggregatbündel seinen Rumpf aus. Gleichzeitig war Rico ein Lebewesen. Die Haut, die seinen Körper bedeckte, bestand aus Zellgewebe. Und nicht nur die Haut: Zellgewebe reichte ins Innere des Körpers, füllte die Hohlräume zwischen Leitungen und Aggregaten.

Manoli und Haggard unterhielten sich aufgeregt, riefen immer neue Innenansichten des Körpers auf. Sie vergaßen alles um sich herum.

Crest schwieg. Aus der Hand, die den Knauf des Stocks umklammerte, wich jede Farbe. Der Arkonide zitterte.

»Ist Ihnen nicht gut?«, fragte Bull. Er stützte den Arkoniden mit einer Hand unter der Achsel. Er spürte viele harte Knochen und wenig Fleisch.

»Es ist dieser Roboter, dieses Wesen. Sie wissen, ich bin weder Techniker noch Naturwissenschaftler. Aber Geschichte, die genaue Beobachtung von Gesellschaften ist mein Feld. Man lernt über vieles dabei, auch über Technologie.«

»Sie kennen diese Art von Roboter?«

»Nein!« Crest schüttelte heftig den Kopf in einer Geste, die er unwillkürlich von den Menschen übernommen hatte. »Gerade das ist es. Diese Maschine ist *nicht* arkonidischen Ursprungs!«

Bull musterte den alten Arkoniden, dem Tränen der Erregung in den Augen standen. Er sah zu den Resten des Roboters auf der Diagnoseliege. Nicht arkonidischen Ursprungs – aber wer hatte diese Maschine, die womöglich überhaupt keine war, dann gebaut? Und wie kam sie in eine vergessene arkonidische Station auf der Venus? Und wieso hatte Rico sich als Arkoniden ausgegeben – und dabei einen irdischen Namen benutzt?

Crests Eröffnung warf zahllose Fragen auf. Doch Bull kam nicht dazu, sie zu stellen. Die Tür ging auf, ohne dass jemand geklopft hätte, und eine Frau trat in den Raum. Sie war schlank, hatte dunkelbraune, halblange Haare – und einen durchdringenden Blick, der Reginald Bull zuwider war.

»Was wollen *Sie* hier?«, fragte er laut statt einer Begrüßung.

Sie war Tatjana Michalowna, stammte aus Großrussland, konnte Gedanken lesen und war bis vor wenigen Tagen eine willige Helferin des Verbrechers Clifford Monterny gewesen. Bis zum letzten Augenblick, bis zum Kampf in Fort Sunrise. Bull hätte sie dort zurückgelassen, aber Perry Rhodan hatte darauf bestanden, sie nach Terrania mitzunehmen. Somit lief die Telepathin Tatjana Michalowna, der Bull keinen Millimeter weit traute, frei in der Stadt herum.

Jetzt stand sie in diesem Raum, in dem sie nicht das Geringste verloren hatte. Bei den Resten einer mysteriösen Maschine, von deren Anwesenheit in Terrania sie nichts ahnen durfte.

»Ich will mit Crest sprechen«, sagte Tatjana Michalowna.

»Kommen Sie ein andermal wieder. Wie Sie sehen, hat er zu tun.«

»Ich bin sicher, Crest da Zoltral kann einige Minuten für mich erübrigen.« Sie fixierte den Arkoniden mit ihrem durchdringenden Blick. Die grotesken, verschmorten Überreste Ricos beachtete sie nicht. »Nicht wahr?«

Es klang beinahe wie eine Drohung – und der Arkonide gab ihr nach. »Ich denke schon.« Crest machte sich aus Bulls Griff los.

Es war zu viel. Ein Klumpen bildete sich in Bulls Hals. Der Zorn stieg in ihm auf, gewann die Oberhand, und ...

... und der aufmerksame Eric Manoli ging dazwischen. »Die Feinauswertung der Daten wird eine Stunde in Anspruch nehmen. Bis dahin gibt es hier nichts zu tun. Genügt Ihnen das für Ihr Gespräch, Miss Michalowna?«

Kapitel 6

25. Juli 2036
Mildred Orsons

»Hier muss es sein!«

Mildred Orsons und Julian Tifflor irrten seit einer guten Stunde durch Terrania. Die Stadt hatte sich als verwinkelter und vielfältiger erwiesen als vermutet – und als verlassener: Niemand war in diesem Teil Terranias zu sehen. Die Menschen mussten schlafen oder an den Stadträndern arbeiten. Dem vielfachen Scharren nach zu urteilen, das aus der Ferne kam, traf das Letztere zu. Und wieso auch nicht? Wenn man schon mit Klappspaten Fundamente in dieser Wüste aushob, dann wenigstens in der Kühle der Nacht.

Die beiden hielten vor einem niedrigen Gebäude an, das sich in nichts von seinen Nachbarn unterschied. Mit einer kleinen, allzu leicht zu übersehenden Ausnahme: Jemand hatte mit Kreide zwei Buchstaben an die Wand gekritzelt.

E. E.

Mildred legte die Hand auf die Buchstaben. Die Wand war weich und hart zugleich, als berühre sie die Flanke eines Tieres und nicht ein statisches Bauwerk. Wenige Augenblicke später entstand eine Tür vor ihnen. Die Wand zog sich zurück wie ein Muskel.

»Nicht übel«, flüsterte Mildred. »Der bucklige Alte war vielleicht doch nicht der Spinner, für den du ihn gehalten hast ...«

»Wie würdest du einen Menschen bezeichnen, der durch einen Park geht und selbst gemachte Geldscheine verteilt?«, entgegnete Julian. Er wartete ihre Antwort nicht ab und trat durch die Öffnung.

Mildred sagte nichts. Julian, der eigentlich ein unerschütterliches Naturell besaß, war nicht mehr derselbe, seit ihn in Ulan-Bator die Nachricht vom Verschwinden seines Vaters erreicht hatte – am selben Tag, als sie von ihrem letzten Geld die alten Motorräder gekauft hatten und im Begriff waren, nach Terrania aufzubrechen. Julian hatte vor der Entscheidung gestanden, seinen Träumen zu folgen oder in die Vereinigten Staaten zurückzukehren, um zu versuchen, das Schicksal seines Vaters aufzuklären.

Eine Nacht lang hatte Julian mit sich gerungen, um dann seiner Sehnsucht nachzugeben. Es war die richtige Entscheidung gewesen, Mildred war sich sicher. Julian hätte in den Vereinigten Staaten nichts ausrichten können, wäre allenfalls selbst in Gefahr geraten. Homeland Security schätzte es nicht, wenn einfache Bürger bohrende Fragen stellten. Und in diesen Zeiten würde die Geduld des mächtigsten Ministeriums der Vereinigten Staaten noch begrenzter sein als üblich.

Die richtige Entscheidung, aber die Sorge und seine vermeintliche Schuld lasteten schwer auf Julian Tifflor.

Mildred Orsons litt mit ihm. Sie wusste, wie es sich anfühlte, wenn man seine Eltern so sehr liebte, dass man es nicht mit ihnen aushalten konnte – aber auch nicht ohne sie.

Sie folgte Julian. Sanftes Licht glomm auf. Es kam nicht von Lampen, sondern direkt aus den Wänden. Eine Treppe führte nach unten. Wie der Bucklige angekündigt hatte. Immerhin. Mildred ging weiter. Die Öffnung schloss sich lautlos hinter ihnen.

Die Luft war warm und trocken, nicht feucht und modrig, wie Mildred erwartet hatte. Und es lag ein Unterton in der Luft, der sie an eine Klinik erinnerte. Die Treppe schwenkte nach rechts. Sie mündete in einen Raum, ungefähr so groß wie das Zimmer, das sie im Haus ihrer Eltern in einem Vorort von Seattle bewohnt hatte. Doch Mildreds Zimmer war vollgestopft gewesen mit den unzähligen Ablenkungen, die zum Leben des Nachwuchses der dahinschmelzenden gehobenen Mittelklasse gehörten.

Dieser Raum war nahezu leer.

Ein Bett stand in seiner Mitte. Darin lag ein Mann. Auf dem Rücken, die Augen geschlossen. Die Arme waren über der Decke und über seinem Oberkörper gefaltet. Wie ein Toter, den ein Bestatter pietätvoll für die Leichenschau zurechtgemacht hatte. Am Kopfende war ein kleines Display montiert. Weiße, schnurgerade Linien zogen sich von links nach rechts über einen schwarzen Hintergrund.

Neben dem Bett saß ein zweiter Mann, über ein Tablet gebeugt, und murmelte leise Silben vor sich hin. Sie klangen fremd, stammten aus keiner Sprache, die ihr vertraut gewesen wäre. Der Mann hatte die langen Haare zu einem Zopf zusammengebunden.

Mildred und Julian zögerten, blieben unschlüssig auf dem Absatz stehen. Doch es war zu spät. Der Mann hatte sie bemerkt. Er richtete sich auf und sagte: »Kommt ruhig runter! Ernst und ich beißen nicht.«

Mildred schüttelte ihre Scheu als Erste ab. Sie ging langsam weiter. Eine Ehrfurcht hatte von ihr Besitz ergriffen, die sie sich nicht erklären konnte. Als hätte sie einen besonderen Ort betreten, der nicht zu dieser Stadt Terrania gehörte, die das Tor zu den Sternen sein sollte, aber primitiver war als die meisten Städte, die Mildred in den Monaten gesehen hatte, seit sie um die Welt reiste.

Sie blieben vor dem Bett stehen. Der Mann, der vor ihnen lag, war blass, ja bleich. Er hatte kurze braune Haare. Stoppeln bedeckten sein Kinn. Seine Augen waren geschlossen. Mildred schätzte ihn auf Anfang, Mitte dreißig und damit zehn Jahre älter als sich selbst. Er schien nicht zu atmen, der Brustkorb bewegte sich nicht.

»Wer ist das?«, fragte Mildred.

»Ein Deutscher«, antwortete der Mann neben dem Bett. Er stand auf. »Er heißt Ernst Ellert. Ein Terraner der ersten Stunde.«

Ernst Ellert. Das erklärte das »E. E.« an dem Gebäude.

»Und du bist?«, stellte Mildred die nächste der vielen offenen Fragen.

»Timothy. Timothy Harnahan. Terraner der zweiten oder dritten Stunde.« Der Mann lächelte über seinen milden Scherz. Er war klein und schlaksig, eher ein großer Junge als ein Erwachsener, trotz der unregelmäßig verteilten Bartstoppeln auf seinem Kinn.

»Was machst du hier?«

»Sieht man das nicht? Ich leiste Ernst Gesellschaft. Jeden Tag für zwei oder drei Stunden. Ist eine gute Gelegenheit, zur Ruhe zu kommen. Und ...« Timothy hob das Tablet an. Mildred erkannte fremde Schriftzeichen auf dem Display. »... und ich komme dazu, etwas Arkonidisch zu büffeln.«

»Woher weißt du von ... von Ernst Ellert?«, fragte Mildred. Sie musste sich zwingen, den Namen auszusprechen. Der Mann im Bett war anwesend – und irgendwie auch nicht. Auf jeden Fall fühlte es sich seltsam an, *über* ihn zu sprechen. Hörte dieser Ernst Ellert, was sie sagten?

»Ein alter Mann mit einem Buckel hat mir vor ein paar Tagen von ihm erzählt.«

»Uns auch!«, platzte Mildred heraus. »Er hat selbst gemachte Geldscheine verteilt.«

»Dann muss es derselbe sein. Im ersten Moment denkt man, er wäre ein Spinner. Aber wenn man mit ihm redet, merkt man schnell, dass er seinen Verstand beisammenhat. Er denkt nur anders als gewöhnliche Menschen.« Timothy schob das Tablet in die Oberschenkeltasche seiner viel zu weiten Cargohose.

»Was ist mit Ernst Ellert geschehen?« Mildred trat so nahe an das Bett, dass sie es beinahe berührte. Sie roch einen Anflug von Schweiß. Als lebte dieser Mann, der nicht atmete.

»Er hat versucht, zu Perry Rhodan vorzustoßen«, sagte Timothy. »Zusammen mit Freunden, noch während die Chinesen den Landeplatz der STARDUST belagerten und der arkonidische Energieschirm stand. Sie haben einen Tunnel gegraben, aber die Chinesen haben davon Wind bekommen und sie überrascht.«

»Die Chinesen haben auf ihn geschossen?« Es hieß, die Soldaten hätten auf jeden geschossen, der sich zu nahe an den Schirm wagte. Mildred ließ den Blick über den Mann im Bett wandern. Sie konnte keine Verletzungen an ihm erkennen. Vielleicht verbarg die Decke sie? Aber sie glaubte nicht daran. Im Gesicht Ernst Ellerts las Mildred keinen Schmerz, nur eine tiefe Zufriedenheit, wie sie ihr nie zuvor begegnet war.

»Ja, aber sie haben ihn nicht getroffen.« Timothy legte das Tablet auf dem Stuhl ab. »Im selben Moment, als die Chinesen kamen, sind er und seine Kameraden auf Perry Rhodan getroffen. Roboter hatten für Rhodan einen Tunnel gegraben. Der Schirm hatte sich an der Stelle abgeschaltet, um Ernst Ellert und seine Kameraden in Sicherheit schlüpfen zu lassen. Ernst Ellert war vorne. Gerade als er im Begriff war, in den Tunnel Rhodans zu wechseln, schaltete sich der Schirm wieder ein.«

»Aber die Berührung mit einem arkonidischen Energieschirm ist tödlich!«, meldete sich Julian zu Wort. Er hatte bislang geschwiegen, was gar nicht seiner Art entsprach. War es die Sorge um seinen Vater, die ihn schweigsam machte? Oder vielleicht Ehrfurcht?

Mildred musterte ihn. Julian war verändert. Er wirkte wie elektrisiert, auf dem Sprung. Wie der Mann, den sie vor einigen Monaten in den Vorbergen des Himalaja getroffen hatte, um sich augenblicklich in ihn zu verlieben.

»Eigentlich ja.« Timothy rieb sich über die Bartstoppeln. »Aber ihr seht es ja selbst. Ernst Ellert ist nicht verbrannt. Er befindet sich sozusagen in einer Art Winterschlaf. Seine Körpertemperatur liegt bei konstant acht Grad, sein Herz schlägt zweimal die Stunde, er atmet einmal in der Stunde.«

»Wie kommt er hierher?«

»Rhodan und Bull haben ihn versteckt. Im Chaos nach der Explosion der Atombombe hat niemand von ihm weiter Notiz genommen.«

Mildred beugte sich vor und versuchte die langsame Bewegung des Brustkorbs zu erkennen. Es gelang ihr nicht. »Sei mir nicht böse, Timothy – aber die Geschichte klingt zu unglaublich, um wahr zu sein. Allein schon der Zufall, dass genau an der Stelle, an der Ernst und seine Kameraden ihren Tunnel graben, auch Perry Rhodan einen gräbt ... Die Wahrscheinlichkeit ist so gering, sie geht gegen null.«

»Ich weiß.« Timothy hob die Schultern. »Aber hier liegt Ernst Ellert. Und ich kann euch nur sagen, was Walt und KaHe mir erzählt haben.«

»Wer?«

»Walt und KaHe. So nennen sie einander. Ihre richtigen Namen kenne ich nicht. Zwei Kameraden Ernsts, die mit ihm zusammen von Deutschland aus zur Gobi aufgebrochen sind. Sie kommen öfters her und schauen nach ihm. Aber immer nur einzeln. Sie sind Kameraden, aber sie scheinen es nicht immer einfach miteinander zu haben.«

»Was glauben sie, was mit Ernst Ellert passiert ist?« Mildred trat wieder einen Schritt zurück. Es schien ihr unpassend, diesen seltsamen Mann wie eine Jahrmarktattraktion zu begutachten.

»Wenn du KaHe fragst, eine Art Schock oder Koma«, antwortete Timothy. »Er ist überzeugt, dass wir der Sache schnell auf den Grund kommen, wenn wir erst einmal das arkonidische Wissen ganz für uns nutzen können. KaHe denkt, dass es eine wissenschaftliche Erklärung für den Zustand Ellerts geben muss.«

»Und was sagt Walt?«

»Walt?« Timothy lächelte, als er an den zweiten Kameraden Ellerts dachte. Das Lächeln war voller Wärme, verriet, dass Timothy diesen Walt mochte. »Oh, nur, dass Ernst Ellerts Seele oder Geist den Körper verlassen hat. Sein Freund Ernst ist unterwegs, glaubt er. Irgendwo da draußen im unendlichen Universum. Oder in anderen Universen oder anderen Zeiten. Ernst Ellert war ein besonderer Mensch, sagt Walt. Er träumte oft. Aber nicht wie andere Menschen. Ernst Ellert schien in seinen Träumen zu anderen Orten, in andere Zeiten zu reisen.«

Mildred und Julian sahen einander an. Eine schöne Vorstellung. Aber war es denn nicht nur Wunschdenken?

»Was denkst du, Timothy?«, fragte Mildred.

»Dass ich, wenn es nach meinen Eltern ginge, nicht hier bei diesem Mann wachen sollte, der eigentlich tot sein müsste. Dass ich meinem Vater auf unserer Farm in Kansas zur Hand gehen sollte, damit ich sie eines Tages übernehmen kann. So, wie er es bei seinem Vater getan hat und alle unsere Vorväter seit beinahe einhundertfünfzig Jahren. Dass ich nicht mit siebzehn hätte durchbrennen sollen und ich mir stattdessen an der Highschool eine nette

Farmerstochter hätte angeln sollen, damit mein Sohn eines Tages die Farm wiederum von mir übernehmen kann – und jetzt bin ich hier. Wer hätte das für möglich gehalten?«

»Ja, wer?« Mildred fühlte sich mit Timothy Harnahan verbunden. Seit sie sich erinnern konnte, hatten ihre Eltern große Pläne mit ihr gehabt. Beide hatten Professorentitel, beide hielten viel darauf, »progressiv« zu sein und ihre Tochter von früher Kindheit an zu einem Menschen mit eigenem Kopf zu erziehen – und für beide war eine Welt zusammengebrochen, als Mildred den sicheren Studienplatz in Virologie an einer Elite-Uni samt Stipendium in den Wind geschossen hatte, um eines Morgens auf ihr Fahrrad zu steigen und loszufahren. Zwei Jahre lang hatte Mildred sich durchgeschlagen. Als Kellnerin, als Helferin auf dem Feld, Animateurin in teuren Clubs, als Straßenkünstlerin. Sie hatte nichts vermisst, hatte die ultimative Freiheit genossen, nichts zu besitzen und nicht zu wissen, was der nächste Tag brachte.

Dann hatte sie Julian getroffen und hatte sich auf das Unvorstellbare eingelassen: eine feste Beziehung. Ihr Aufbruch nach Terrania schien ihr daneben beinahe eine Kleinigkeit. Die Durchquerung der Gobi mit den Bullets war ein Aufbruch in eine Ungewissheit gewesen, die ihr vertraut war. Die Beziehung zu Julian dagegen der Vorstoß in ein unbekanntes Land, das ihr zuweilen so viel Angst machte, dass sie ihn in nackter Notwehr von sich stieß.

»Von Ernst Ellert hätte nicht mehr als ein Häufchen Asche bleiben dürfen«, kehrte Timothy wieder zu dem Mann zurück, der vor ihnen lag. »Niemand weiß, wie arkonidische Energieschirme funktionieren – auch wenn KaHe immer was von ›fünfdimensional‹ und ›Feinabstimmung der Feldoszillation‹ sagt –, aber fest steht, dass ihre Berührung tödlich ist. Eigentlich ...«

Stille kehrte ein, als die drei ihren Gedanken nachhingen.

Sie endete abrupt, als Timothys Tablet wie ein vorsintflutlicher mechanischer Wecker läutete. Er angelte es aus der Tasche. Das Display pulsierte rot. Timothy wischte über das Display, stoppte den Alarm. Er nahm den Rucksack, den er an das Bett gelehnt hatte. »Ich muss los. Meine Nachtschicht beginnt gleich. Die Entwickler der Echzeitübersetzung für TerraNET treffen sich. Es hat mich gefreut, euch ...«

»Mildred Orsons«, warf Mildred rasch ein. »Und das ist Julian. Julian Tifflor ...«

»... von seinen Freunden auch ›Tiff‹ genannt«, brachte Julian den Satz zu Ende.

»Ihr seid neu in Terrania?«

Julian sah auf seinen Pod. »Seit drei Stunden und vierundfünfzig Minuten hier. Zählt das noch als neu?«

»Ich schätze, ja.« Timothy lachte. »Ihr habt schon einen Platz zum Schlafen?«

»Ja, aber wir waren noch nicht da.«

»Arbeit? Eine Aufgabe?«

Kopfschütteln. »Wir wollten uns morgen darum kümmern.«

»Irgendeine Ahnung, wie es in Terrania zugeht?«

Mildred und Julian wechselten einen Blick. »Na ja, ein gewisser Julio hat uns ...«

»Julio! Ihr habt Glück, dass er euch nicht gleich verkabelt und in die Cyborg-Community assimiliert hat, von der er pausenlos schwärmt!« Timothy hob die Hand und hielt sie vor die Augen. Wie ein Datenvisier – oder ein Brett vor dem Kopf. »Wenn ihr wollt, könnt ihr mit mir kommen. Ich schlafe drei Häuser weiter ...«

»Gerne!«, sagte Mildred rasch. Dieser schlaksige Kerl mit dem langen Zopf und seiner viel zu weiten Hose war etwas Besonderes. Sie spürte es.

»Dann kommt!« Timothy Harnahan schulterte den Rucksack und ging zur Treppe. Auf der untersten Stufe hielt er an und drehte sich zu dem Mann im Bett. »Oh, und Ernst, stell keinen Unsinn an, während wir weg sind, ja?«

Kapitel 7

25. Juli 2036
John Marshall

Was mache ich hier eigentlich?

Die Frage hallte in John Marshalls Gedanken nach, als Thora unweit von Fort Sunrise zur Landung ansetzte. Die Kaserne war aufgegeben. Ein Feuer hatte die Gebäude auf verkohlte Grundmauern und verbogene Stahlgerippe reduziert.

Vor einem Monat noch war John Marshall ein Exinvestmentbanker gewesen, der über weit mehr Herz als Verstand verfügte, wie seine Exbankerfreunde es genannt hatten. Ein Spinner, der seine Boni in ein privates Waisenhaus in Houston gesteckt hatte, statt sie zu investieren, um aus seinen Millionen noch weitere Millionen zu machen.

Die Eskorte aus Drohnen steuerte einen von einem Ring von Armeefahrzeugen markierten Platz an, kreiste mehrmals über ihm und stieg wieder in die Höhe. Marshall war erleichtert, die autonomen Kampfmaschinen machten ihm Angst.

Thora hielt den Helikopter über dem Platz. Dunkle, feuchte Erde, von Kettenfahrzeugen zu einer festen Oberfläche verdichtet. Aus dem endlosen Strom der Versorgungsfahrzeuge löste sich ein Geländewagen und raste auf den Landeplatz zu. Er musste General de Soto gehören. Dem Mann, den Rhodan täuschen musste – was nur mit seiner, John Marshalls, Hilfe gelingen konnte.

Thora setzte den Helikopter sanft auf. Das Dröhnen der Turbinen ging in das abschwellende Flapp-flapp der auslaufenden Rotoren über.

Der Geländewagen erreichte den Landeplatz. Schlamm spritzte auf, als der Fahrer hart abbremste. Ein Mann stieg aus. Er war wuchtig. Die Sonne glänzte auf seinem kahlen Schädel.

General Joshua de Soto.

Marshall mochte ihn nicht.

»Bereit?«, fragte Mercant in die Runde.

Ohne die Antworten abzuwarten, ging er an die Tür des Hubschraubers, öffnete sie und fuhr die Klapptreppe aus.

»Sitzen die Masken?«, fragte Rhodan.

Mercant stellte sich vor Rhodan. Sein Blick wanderte über das Gesicht, das Marshall fremd und vertraut zugleich war. Marshall hatte zahllose Bilder und Videos von Stanley Drummond im Netz gesehen. Rhodans neues Gesicht glich ihm bis ins letzte Detail. John Marshall befremdete es. Drummond war ein Mann, den das Leben bitter und misstrauisch gemacht hatte. Tiefe Falten hatten sich in das Gesicht des Präsidenten gegraben. Sie passten nicht zu Rhodan.

»Sie sehen hervorragend aus, Mister President«, sagte Mercant, nachdem er seine Prüfung abgeschlossen hatte. Er stellte sich vor Thora auf, musterte prüfend ihr Gesicht. Zwischen den Augenbrauen zeichneten sich zwei tiefe Furchen ab, die Thora eine Strenge verliehen, die unwillkürlich einschüchterte. Sie passten zu der Arkonidin. Und sie passten ebenfalls zu der Rolle, die sie zu spielen hatte.

»Sie ebenfalls, Stabschefin Tansley«, sagte Mercant. Für Marshall hatte Mercant nur einen Seitenblick übrig. Marshall stand nicht auf der Liste der Topterroristen von Homeland Security. Es hatte genügt, seine Haare schwarz zu färben und ihm Koteletten anzupassen.

»Dann los!« Rhodan straffte sich und stieg aus dem Hubschrauber. Thora folgte ihm. John Marshall zögerte.

»Alles klar, John?« Sid war neben ihn getreten.

Marshall nickte. »Ich brauche nur einen Augenblick, um mich zu konzentrieren.«

»Du schaffst es.« Der Junge, der ihm beinahe wie ein Sohn war, nahm seine Hand und drückte sie fest. »Ich weiß es. Und wenn es brenzlig wird, hole ich euch raus.« Sid zwinkerte ?Marshall zu.

Marshall warf ihm einen verwunderten Blick zu. Sid nahm *ihn* bei der Hand? Vor einem Monat noch war der Junge so scheu gewesen, dass er es nicht geschafft hatte, seinem Gegenüber bei einem Gespräch in die Augen zu sehen. Der Telepath bedankte sich und sah sich nach Anne Sloane um. Die Telekinetin war auf ihrem Platz geblieben. Als sie seinen Blick bemerkte, wandte sie den Kopf ab.

Es hatte keinen Sinn. Marshall trat an die Tür. Gefolgt von Thora, überquerte Rhodan in dem getragenen Tempo, das dem Präsidenten der Vereinigten Staaten anstand, den Landeplatz.

John Marshall hatte Rhodan schon einmal beobachtet. Als er auf Sids flehende Bitten nach Nevada Fields gekommen war, um den Start der STARDUST zu verfolgen. Von der Zuschauertribüne aus hatte er zugesehen, wie Rhodan und seine Kameraden in ihren Raumanzügen zum Startturm marschiert waren. Wie konnte es sein, hatte er sich nur gefragt, dass Männer von ihrem Format ihr Leben auf eine nutzlose Träumerei wie die Weltraumfahrt verschwendeten?

Es war ihm unbegreiflich gewesen.

Doch in den vergangenen Wochen hatte er die Antwort gelernt.

Der Weltraum war real, die Raumfahrt keine Träumerei. Die Arkoniden bewiesen es. Die Menschheit war weder allein im Universum, noch war sie einzigartig.Die Menschen mussten sich dieser Erkenntnis stellen oder untergehen.

John Marshall, der gewöhnliche Mensch mit einer ungewöhnlichen Gabe, musste sich ihr stellen.

Er gab sich einen Ruck, nahm vorsichtig die Stufen und blieb stehen. John Marshall schloss die Augen, richtete seine Aufmerksamkeit ganz nach innen. Er vergaß die feuchte, nach Sumpf riechende Luft, in die sich die Abgase von Dutzenden im Leerlauf nagelnden Dieselmotoren mischten. Er vergaß die Sommersonne, die auf seiner nackten Haut brannte. Er vergaß die Läufe der Waffen, die auf Marine One, auf seine Kameraden, auf ihn, John Marshall, gerichtet waren. Er vergaß den brennenden Schmerz, der in seiner Wade aufflammte. Die Erinnerung an den Durchschuss, der vor einem Monat das Ende seiner alten Existenz besiegelt hatte.

Er öffnete die Augen wieder und fixierte Joshua de Soto. Der General war groß und kräftig, erinnerte Marshall an einen Bullen. Er stand breitbeinig am Rand des Landefelds und erwartete die Neuankömmlinge. Die Arme verschränkt. Herausfordernd. Nicht, wie ein Offizier seinen obersten Befehlshaber zu empfangen hatte.

Marshall streckte die Fühler seiner Gabe aus, drang in die Gedankenwelt de Sotos ein. Ihm wurde heiß.

Stanley Drummond und Joshua de Soto waren Kameraden, so viel war klar. Aber wie eng waren sie? Was wusste de Soto über Drummond? Was musste Rhodan über de Soto wissen, um seine Rolle spielen zu können?

John Marshall ging in de Soto auf, lebte sein Leben in Schlaglichtern nach.

Die Kindheit im Süden Georgias, geborgen auf einer Farm. Und gelangweilt. Die Jugend. Abhängen mit Freunden. Die ewigen Gespräche über Mädchen und wie man an sie rankommt. Langeweile. Saufen, Pillen, illegale Straßenrennen. Leben, als wäre er unsterblich. Leben ohne Sinn. Dann der elfte September. Die Twin Towers, die in Fontänen von Rauch und Schutt in sich zusammenstürzen. Der Sinn. Die Armee. Afghanistan, dann Irak. Staub, Hitze, Durst. Die Angst.

Das erste Leben, das er nimmt. Die weiteren. Kameraden, die sterben. Kameraden ...

Drummond. Wo war Drummond?

... Kameraden, die sterben. Dann: Dschungel. Kolumbien. Der Krieg gegen die Narcos. Und endlich: Drummond. Jung, idealistisch. Ein Hinterhalt. De Soto und Drummond überleben als Einzige ihres Zugs. Geiseln. Lösegeld, das ausbleibt. Folter. Den Narcos ist langweilig. Schläge, Hunger, Durst, simuliertes Ertrinken. Immer wieder simuliertes Ertrinken. De Soto und Drummond klammern sich aneinander. Bis zur Befreiung ...

John Marshall flüsterte keuchend, was er sah. Was er spürte. Rhodan und Thora lauschten über Funk seinen Worten.

... Befreiung. Drummond verlässt die Armee, wechselt zu Homeland Security. De Soto bleibt. Die Armee ist sein Leben. Kein anderes ist denkbar. Das Band, die Freundschaft bleibt. Drummond macht steile Karriere, wird Minister, wird Präsident. De Soto steigt langsam auf, lehnt Beförderungen ab. Er vermutet, dass sein Freund Drummond dahintersteckt. Er ...

De Soto setzte sich in Bewegung, kam den Neuankömmlingen entgegen. »Stan, was zum Teufel treibst du hier?« Er streckte die Arme aus, drückte Rhodan fest an sich. »Ich dachte, du bist in L. A. und gibst diesen Terroristen, was sie verdienen!«

Rhodan löste sich aus der Umarmung. »So ist es.« Seine Stimme war heiser, glich der des Präsidenten. »Du kannst es im Netz verfolgen.«

»Eben. Wie kannst du dann gleichzeitig hier sein?«

»Wofür gibt es Doubles?«

»Stan, du weißt immer einen Trick, was?« De Soto schüttelte den Kopf. Anerkennend. Und tadelnd. »Wieso fällst du hier dann unangekündigt ein? Mit dem alten Ding? Und nur mit ihm? Meine Leute hätten dich um ein Haar vom Himmel geholt. Zu Recht.«

Marine One flog niemals allein. Mercant hatte es ihnen erläutert. Vier andere, identische Hubschrauber begleiteten die Maschine, um Angreifern einen gezielten Schlag zu erschweren. Doch mehr als einen Hubschrauber umzurüsten hatte ihre Möglichkeiten überstiegen.

»Ungewöhnliche Zeiten erfordern ungewöhnliche Schritte«, sagte Rhodan. »Das Marine Corps hat den Hawk in Reserve vorgehalten – und ein Hubschrauber zieht weniger Aufsehen auf sich als ein halbes Dutzend.«

Wieso kommst du dann mit Marine One und nicht mit irgendeiner Maschine?, las Marshall in de Sotos Gedanken, aber der General sprach es nicht aus. Eine andere Frage war ihm wichtiger. »Verstehe. Und wer sind die beiden? Ich habe ihre Gesichter noch nie gesehen. Was ist mit O'Brian?«

O'Brian, die rechte Hand des Präsidenten. *Ein gemeinsamer Freund,* las Marshall. Sein Fehlen machte den General misstrauisch. Und seine eigene Anwesenheit und die Thoras behagten ihm nicht. Marshall flüsterte es Rhodan zu.

»O'Brian ist in Los Angeles und leitet die Operationen. Das hier sind Janine Tansley und Joe Markham. Meine neue Interim-Stabschefin und mein neuer Leibwächter.«

De Soto kniff die Augen zusammen, musterte Marshall und Thora. »Spar dir die Märchen für deine Neujahrsansprache, Stan. Wer sind die beiden? Und was murmelt dieser schwitzende Typ ständig vor sich hin?« Er fixierte Marshall. Der Telepath zwang sich, den Kopf nicht abzuwenden.

»Einen Versuch war es wert.« Rhodan grinste jungenhaft. »Es sind Leute Monternys.«

»Das dachte ich mir. Was sollen sie können?«

»Eine Menge. Joe nennen wir einen ›Wellenreiter‹. Er kann sich mit der Kraft seines Geistes in Kommunikationskanäle einklinken, Sendungen hören und sehen.«

De Soto schnaubte. »Das kann jeder Pod!«

»Ja, aber selbst der beste Pod kann nicht mit einer bestechenden Analyse in Echtzeit aufwarten, wie sie Joe gelingt.«

»Deshalb murmelt er ständig?« Marshall mutete es an, als durchbohrte ihn der Blick des Generals.

»Ja.«

»Und das Mädchen?«

»Janine ist eine Technofühlerin. Sie spürt, wie Maschinen ticken. Jemand wie sie fehlt noch in deinem Team.«

De Soto verschränkte erneut die Arme. »Klingt wie ›X-Men‹ Teil siebzehn oder irgendeine bescheuerte Science-Fiction-Geschichte!«

»Stimmt. Wie die Arkoniden. Und jetzt haben wir sie am Hals. Aber nicht mehr lange.« Rhodan sah in Richtung der Zeltplane. »Bring mich auf den Stand, Joshua! Was ist mit dem Schiff?«

»Wir sind dran.«

»Ist es noch flugfähig?«

»Vielleicht. Sieh es dir am besten selbst an. Deshalb bist du doch gekommen, nicht wahr?« Der General bedeutete den Soldaten mit einer Handbewegung, am Landeplatz zu bleiben, und ging los. Allein. Hatte Rhodan sein Misstrauen zerstreut? Marshall konzentrierte sich, versuchte die Gedanken des Generals aufzuschnappen.

Er las von den tausend drängenden Aufgaben, die das Kommando mit sich brachte.

Planken bildeten einen provisorischen Weg. Gerade breit genug für den General und den Mann, den er für den Präsidenten hielt. Marshall und Thora hielten zwei Schritte Abstand.

»Wir sind nicht so weit, wie ich es mir wünschte«, sagte de Soto.

»Das ist mir klar, Joshua. Was denkst du, weshalb ich Harrison abgelöst habe?«

»Ich weiß. Und wenn ich nicht schnell Ergebnisse liefere, löst du mich ab. Ich kenne dich, Stan.«

Die Hitze wurde unerträglich. Marshall lockerte den Krawattenknoten, versuchte sich etwas Luft zu verschaffen. Er schwitzte am ganzen Körper. Der Durst! Was hätte er dafür gegeben zu trinken! Er schloss für einen Moment die Augen, fixierte seinen Blick auf den tätowierten Stiernacken des Generals. Es gelang ihm noch einmal, in die Gedanken de Sotos einzudringen ...

... ein Junge auf einer Schaukel. Derselbe Junge, ein junger Mann. Ein Diplom in der Hand. Derselbe junge Mann in der Uniform eines Marine. Philip. De Sotos Sohn. In Los Angeles, in diesem Augenblick. Verwundet. Der General hat die Nachricht vor wenigen Minuten erhalten ...

Marshall flüsterte es Rhodan zu. Ein Detail, das wichtig werden mochte. Die Gelegenheit für eine Geste.

»Harrison hat viel Zeit damit verschwendet, Truppen zusammenzuziehen.« Der General machte eine wegwerfende Geste. »Überflüssigerweise. Sollten die Chinesen oder Russen oder Brasilianer oder sonst wer sich regen, haben sie einen langen Weg vor sich. Wir würden sie stoppen, lange bevor sie in diese vom lieben Gott verlassenen Berge kämen. Außerdem bezweifle ich, dass sie die nötigen Kapazitäten besitzen. Im Augenblick gibt es keinen Staat auf der Erde, der nicht jeden Bewaffneten brauchte, um die innere Ordnung aufrechtzuerhalten.«

De Soto hielt an, um Rhodan den Vortritt über einen provisorischen Steg zu lassen. Er führte über einen Seitenarm des Flusses. Aufgewühlte Erde hatte das Wasser schmutzig braun gefärbt.

»Und was diesen Verräter von Rhodan angeht, ist alles, was wir an konventionellen Truppen aufzubieten haben, wirkungslos. Das haben die Chinesen in der Gobi gelernt und mit einem Bürgerkrieg bezahlt. Wenn wir uns vor diesem Verrückten schützen wollen, bleibt uns nur eins: das hier!«

Der General blieb stehen. Die runde Zeltplane war nur wenige

Schritte entfernt, war ungefähr in Augenhöhe angebracht. Ein hüfthoher, provisorischer Zaun säumte den Rand der Plane. John Marshall blickte zwischen den beiden Männern hindurch und sah, was die Plane verbarg. Ein riesiges Loch im Boden. Es erinnerte ihn an das Foto einer illegalen Diamantenmine in Brasilien, das er einmal gesehen hatte. Ein Trichter, der übergangslos in die Tiefe führte, gegraben von unzähligen Menschen, Ameisen gleich, auf der Suche nach den Schätzen der Erde.

In dieser Grube gab es nur einen Schatz: das Schiff der Arkoniden, mit dem Thora von der Venus gekommen war, um ihren Ziehvater Crest da Zoltral zu retten. Eine stählerne Kugel mit einem Durchmesser von etwa sechzig Metern, an ihrem Äquator ein Wulst, der die Triebwerke beherbergte. Das Schiff lag schräg wie ein Ball, den ein Kind nach seinem Spiel achtlos hatte liegen lassen. Ein geschwärzter, ausgebrannter Ball.

»Wieso ist das Schiff so tief eingesunken?«, fragte Rhodan. Er ließ sich nicht anmerken, was der Anblick in ihm auslöste. Für Drummond stellte das Schiff nur ein Werkzeug dar. Eines unter vielen. »Der Aufprall?«

»Auch. Der Boden hier ist weich, und die Experten schätzen das Gewicht dieses Dings auf mehrere hundert Tonnen, möglicherweise Tausende. Nach einem Sturz aus zweihundertfünfzig Metern Höhe ist das eine gewaltige Wucht. Es ist ein kleines Wunder, dass das Schiff nicht auseinandergebrochen ist.« De Soto zeigte auf den Grund der Grube. Über und über mit Schlamm verschmutzte Soldaten hielten einen Schlauch, aus dem eine zähe graue Masse quoll. »Zement«, erläuterte der General. »Wir versuchen die Grubenwände und den Boden unter dem Schiff zu stabilisieren. Die Wände haben wir inzwischen im Griff. Aber unterirdische Wasseradern reißen uns den Grund unter den Füßen weg. Das Schiff sinkt immer noch zehn Zentimeter die Stunde tiefer ein.«

»Es sieht nicht gut aus«, sagte Rhodan.

John Marshall musste ihm zustimmen Der Rumpf war geschwärzt und an mehreren Stellen aufgerissen. Grotesk verbogener Stahl mutete an wie Arme, die sich Hilfe suchend nach allen Seiten streckten. Als hätten Explosionen im Innern das Schiff zur Strecke gebracht, hätte sich der Druck Wege nach draußen gesucht. Marshall fragte sich, was Thora damit anstellen wollte.

»Leider. Unsere Experten schätzen, dass dieser Goratschin Explosionen ausgelöst hat, die denen taktischer Atomsprengköpfe entsprechen.« De Soto strich sich über sein von Stoppeln übersätes Kinn. »Verrückt. Ein einzelner Mann. Macht die Augen zu, konzentriert sich – und ›bamm!‹ fliegt dieses Wunderding in die Luft. Ich würde es nicht glauben, stünde ich nicht hier.« Er stemmte die Arme in die Hüften. »Hat man diesen Goratschin inzwischen gefasst?«

»Nein.«

»Er darf nicht entkommen. Der Mann ist ein potenzieller Massenmörder. Er muss auf unserer Seite stehen – oder wenigstens nicht auf einer anderen.«

»Wir kriegen ihn, verlass dich darauf.«

In die Trichterwände gegrabene, steile Treppen führten in die Grube. Es fiel John Marshall schwer, das Gleichgewicht zu behalten. Seine Knie zitterten. Die Schusswunde im Unterschenkel versetzte ihm einen schmerzhaften Stich, jedes Mal, wenn er den Fuß aufsetzte.

»Sieht aus wie ein Schrotthaufen, was?«, sagte de Soto, als sie auf einer Handvoll Planken eine Rast einlegten. Der Triebwerkswulst des Schiffs kam dem Steg so nahe, dass man ihn mit ausgestreckten Armen beinahe hätte berühren können. Links von ihnen fehlte ein mehrere Meter durchmessendes Segment des Wulsts. Ein Triebwerk musste an dieser Stelle explodiert sein.

»Aber ich kann dich beruhigen, Stan«, fuhr der General fort. »Von innen sieht es nicht so schlimm aus. Es existiert eine Notenergieversorgung. Auf welcher Basis, steht noch nicht fest. Die Spezialisten sind sich jedenfalls sicher, dass keiner der beiden Fusionsreaktoren in Betrieb ist.«

Eine weitere Treppe führte sie tiefer. Marshall nahm jede Stufe einzeln. Zu seiner Überraschung blieb Thora zurück. Wortlos hielt sie ihm die Hand entgegen. Marshall nahm sie und stützte sich auf die Arkonidin. Ein weiterer Steg erwartete sie – verankert an der Wand und innerhalb des Schiffs. Ein unregelmäßiges Loch, die Ränder geschwärztes und verbogenes Metall. Marshall schätzte den Durchmesser der Öffnung auf ungefähr drei Meter.

Sie traten ein.

Ein Raum erwartete sie, dessen Größe Marshall überraschte. Eine Halle eigentlich. Sie war hell erleuchtet, ohne dass eine Lichtquelle auszumachen gewesen wäre. »Wir halten das hier für einen Hangar«, sagte de Soto. »Allerdings haben wir keine Beiboote oder Rettungskapseln oder Ähnliches gefunden. Wir gehen aber davon aus, dass sie ursprünglich existiert haben.«

»Was ist mit ihnen geschehen?«, fragte Rhodan.

»Darüber können wir nur Vermutungen anstellen. Wir können noch nicht einmal mit Sicherheit sagen, woher dieses Schiff gekommen ist. Es dürfte eigentlich nicht existieren. Es gehört nicht zu dem Schiff der Arkoniden, das wir auf dem Mond vernichtet haben. Wir ...«

Marshall wurde schwindlig. Der Boden unter ihm neigte sich. Es fiel ihm schwer, das Gleichgewicht zu behalten. Niemand bemerkte es. De Soto war in seinem Vortrag gefangen, Rhodan in der Rolle des Zuhörers, und Thora, die Arkonidin, schien plötzlich abwesend, von Emotionen überwältigt.

Frische Luft. Er brauchte frische Luft. Marshall ging zurück auf den Steg, atmete tief durch. Draußen war es kühler. Der Grund des Trichters war zu tief, als dass die Strahlen ihn erreicht hätten. Dazu kam die Plane. Er sah nach oben. Vom Mittagshimmel war nur ein schmaler, sichelförmiger Streifen zu sehen.

Die Luft flimmerte.

Marshall erstarrte. Er kannte dieses Flimmern. Er hatte es schon einmal gesehen. In der Gobi. Der Energieschirm der Arkoniden hatte es erzeugt. Das hieß ... Er konzentrierte sich auf die Gedanken des Generals, wirbelte herum und rannte in den Hangar.

Er kam zu spät.

Der General hatte die Pistole gezogen. Ihr Lauf zeigte auf Rhodan. »Genug der Spielereien. Sie sind nicht Stan.«

Rhodan behielt die Nerven. »Was soll der Unsinn, Joshua? Ich bin dein alter Kamerad, wer sonst? Seit Kolumbien.«

»Sie haben gut recherchiert. Aber nicht gut genug. Der Kommandowechsel hat Sie überrascht. Sie haben Harrison erwartet. Wie kann das sein?, frage ich mich. Stan hat mich persönlich eingesetzt.«

»Das habe ich«, beteuerte Rhodan. »Nur weil ein Mitarbeiter nicht auf dem Stand ist ...«

»Genug. Eben hat sich O'Brian gemeldet. Er ist nicht in Los Angeles. Und er weiß nichts von einem Double. Merkwürdig, was?« De Soto flüsterte etwas in sein Funkgerät. Marshall musste nicht seine Gedanken lesen, um zu wissen, dass er Verstärkung aus dem Schiff anforderte.

Und sie waren ihm ausgeliefert. Der Schirm machte eine Flucht unmöglich – und er sperrte Sid und Anne aus, ihre Retter.

»Wer sind Sie?«, fragte der General. »Dieser Rhodan hat Sie geschickt, nicht?«

Rhodan schüttelte den Kopf. »Joshua, ich bitte dich. Wir ...«

Rhodan brach mitten im Satz ab, als ein Schemen auf den General zuschoss. Es war Thora. Sie war ganz ausgestreckt, glich einem Pfeil. Ihre Schuhe rammten de Soto ins Gesicht. Ohne einen Laut ging der General zu Boden. Er war bewusstlos. Thora kam in einer fließenden Bewegung, die eine Katze neidisch gemacht hätte, auf dem Boden auf. Die Arkonidin nahm de Soto die Waffe aus den schlaff gewordenen Fingern und warf sie verächtlich zur Seite.

»Was war das?«, fragte Rhodan.

Thora verzog das Gesicht. »Wir nennen es ›Dagor‹. Ich erzähle Ihnen vielleicht einmal mehr darüber. Bei einer passenderen Gelegenheit. Wir müssen weg hier!«

Die Absätze von Stiefeln knallten auf dem Stahl, kamen näher. Die Verstärkung, die de Soto angefordert hatte.

»Schnell!«, rief Thora. Sie rannte auf eine Wand zu – und im letzten Moment, bevor die Arkonidin aufschlug, entstand eine Öffnung.

John Marshall stand wie gelähmt da, traute seinen Augen nicht. Dann packte ihn Rhodan an der Schulter und zog ihn mit sich und durch die Öffnung.

Die Öffnung verschloss sich wieder – und einen Augenblick später prasselten Kugeln wie Hagel gegen die Wand.

Kapitel 8

26. Juli 2036
Crest da Zoltral

»Sie haben einen schönen Blick«, sagte Tatjana Michalowna, als sie in den Raum trat.

»Das bringt die Höhe mit sich«, antwortete Crest unverbindlich.

Crest hatte die Menschenfrau gebeten, ihn in sein Apartment im Stardust Tower zu begleiten. Reginald Bull hatte das mit einem missbilligenden Stirnrunzeln kommentiert. Der Arkonide spürte, dass er von der Menschenfrau nichts zu befürchten hatte. Nicht auf der Ebene wenigstens, die den impulsiven Bull beunruhigte.

»Ich habe keine Aussicht in meinem Zimmer.« Michalowna drehte sich zu Crest. »Man hat mir einen Keller zugewiesen, am Stadtrand.«

»Die Versorgungslage ist nicht einfach. Das wird sich geben.«

»Sicher.« Sie umfasste mit einer Handbewegung das Gebäude. »Man sagt, Sie hätten den Tower entworfen, Crest?«

Die Menschenfrau hatte ihn mit Sicherheit nicht aufgesucht, um Höflichkeiten auszutauschen. Aber Crest beschloss abzuwarten. Arkoniden wie Menschen hatten in diesem Bereich ähnliche Normen.

»Das ist eine Übertreibung. Ich habe den Robotern den Bau des Turms befohlen, das ist alles. Die Idee stammt von Lesly Pounder. Er hat sich von dem Kontrollturm von Nevada Fields inspirieren lassen. Der Abschied muss ihm schwergefallen sein.«

»Es ist kein gewöhnliches Gebäude.«

»Das war nicht die Absicht. Die STARDUST war ein Symbol für viele Menschen. Wir brauchten für Terrania ein neues.«

Tatjana Michalowna trat auf den Balkon. Noch lag die Kühle des Morgens über der Stadt, aber die Strahlen der Sonne brannten bereits auf der Haut. Crest blieb im Schatten.

»Wie hoch wird er sein?« Die Menschenfrau beugte sich weit über die Brüstung und reckte den Kopf nach oben. Die Höhe schien ihr keine Angst zu machen.

Crest schon. Er beeilte sich, ihr zu folgen, trat so nahe an sie heran, dass er sie hätte packen können, sollte sie das Gleichgewicht verlieren. »So hoch wie nötig«, sagte er. Er hielt ihr auffordernd eine Hand entgegen.

Sie ignorierte die Hand und lehnte sich noch weiter über die Brüstung. »Bei Ihnen zu Hause, auf Arkon. Baut man dort auf diese Weise?«

Was war mit dieser Frau los? Der Arkonide wartete darauf, dass die Stimme in seinem Innern sich zu Wort meldete und ihm riet. Sie schwieg wie so oft, seit er sich zu den Menschen begeben hatte. Als hätte seine Kühnheit ihr die Sprache verschlagen.

»Auf viele Weisen«, antwortete Crest. »Terrania ist ein winziger Einblick in unsere Möglichkeiten. Die einzigen Grenzen, die es für uns Arkoniden gibt, sind die unserer Phantasie.«

Grenzen, die allzu oft so eng waren, dass sie Crest wie eine Fessel angemutet hatten, die ihn langsam, aber sicher erdrosselte. Aber das sagte er Michalowna nicht. Er würde es niemals einem Menschen anvertrauen.

»Sie reden nicht gern über Ihre Heimat, nicht?«

»Wie kommen Sie darauf?«

»Ich spüre es. Mir geht es genauso. Es schmerzt. Es schmerzt so sehr, dass ich schon mehr als einmal am Abgrund stand. Ein Schritt, und der Schmerz ist vorbei ...«

Deshalb hatte die Menschenfrau keine Angst vor der Höhe! »Das dürfen Sie nicht! Das Leben ist das wertvollste Gut im Universum!«

»Wer sagt das?« Sie richtete sich wieder auf, ging an ihm vorbei ins Zimmer und sah sich suchend um. »Haben Sie etwas zu trinken?«

Crest folgte ihr. »Natürlich.« Er nahm ein Glas und eine verbeulte Plastikflasche aus einem Schrank. Sie waren mit chinesischen Schriftzeichen verziert, die er nicht lesen konnte. Manchmal fragte er sich, ob er mit dem Englischen nicht die falsche Menschensprache erlernt hatte. Er schenkte ein und hielt der Menschenfrau das Glas hin. »Hier, trinken Sie!«

Sie lachte auf, als hätte er einen Scherz gemacht. »Nein danke.«

»Wieso? Es ist Trinkwasser. Sie ...«

»Lassen Sie es gut sein. Ich meinte nicht diese Art von Wasser.« Sie legte eine Hand auf die seine, die das Glas hielt, und führte sie auf das Board. »Sie müssen noch viel über uns Menschen lernen, wenn Sie auf der Erde bestehen wollen.« Sie zog ihre Hand wieder zurück. Crest stellte das Glas ab. »Wissen Sie«, sagte die Menschenfrau, »wo ich herkomme, gibt es immer die andere Art von Wasser – Wodka. Wir haben ihn getrunken, meine Freunde und ich, wenn wir Tusovka gemacht haben. Kennen Sie Tusovka?«

»Nein.«

»Tusovka ist das Leben. Freunde. Gemeinsame Zeit. Zu trinken. Wodka. Viel Wodka. Tusovka ist Geborgenheit.«

»Wieso sind Sie dann nicht zu Hause geblieben?« Diese Menschen ... Immer wenn Crest geglaubt hatte, er hätte sie verstanden, musste er erkennen, dass er kaum die Oberfläche angekratzt hatte.

»Weil ich anders bin. Ich habe ein besonderes Talent, das wissen Sie. In vielen Dingen ist es ein Segen. Ich werde selten überrascht und nie übervorteilt. Ich mache mir keine Illusionen über meine Mitmenschen.« Sie presste die Lippen so fest aufeinander, dass sie zu bleichen Strichen wurden. »Sie lügen. Alle Menschen lügen. Aber besonders in Russland. ›Großrussland‹! Der Name allein ist eine Lüge. Ein Land, in dem jeder nur daran denkt, wann er als Nächstes wieder Wodka bekommt, während sein Volk ausstirbt, weil niemand mehr den Mut hat, Kinder in die Welt zu setzen.«

»Das klingt nicht nach einem Ort, dem Sie nachtrauern sollten, Miss Michalowna«, sagte Crest leise.

»Sie haben recht. Ich sage es mir jeden Tag, jede Stunde. Aber es nützt nichts. Es ist meine Heimat. Ich verabscheue sie. Ich liebe sie. Kennen Sie das?«

Ja, nur zu gut!, dachte Crest. Er sprach es nicht aus.

»Also bin ich gegangen, als Clifford Monterny mich aufspürte. Clifford hat mich herausgeholt, hat mich zu dem gemacht, was ich bin.«

Und er hatte Crest entführt, ihn zur Geisel gemacht, ihm um ein Haar das Leben genommen – mithilfe Tatjana Michalownas. Der Arkonide wich einen Schritt zurück.

»Sie halten Clifford für einen Verbrecher, nicht? Einen bösen Menschen?« Sie sah ihn unverwandt an. »Ich verrate Ihnen ein Geheimnis: Es gibt keine bösen Menschen. Ich muss es wissen, nicht? Es gibt nur Menschen. Menschen, die glauben, das Richtige zu tun. Und dabei manchmal Böses tun. Unbeschreiblich Böses tun. Aber Clifford war nicht böse!«

Sie rückte zu ihm auf.

Er spürte ihren Atem. Er roch schlecht. Crest kam der Geruch bekannt vor, er hatte ihn schon bei anderen Menschen wahrgenommen. Stank so dieser Wodka? Sie streckte die Arme aus, packte seine Handgelenke und umklammerte sie fest. Der Stock entglitt seinen Fingern und kam laut polternd auf dem Boden auf.

»Sie tun mir weh!«, rief er und versuchte sich frei zu machen. Aber sie war zu stark.

»Alle hier glauben, dass Clifford böse war. Und weil ich bei Clifford war, glauben alle, dass ich auch böse bin. Aber das bin ich nicht! Ich will nicht hier sein! Ich will nur wieder zurück nach Hause!« Sie sah ihn beinahe flehend an. Dann sagte sie leise: »Aber ich kann nicht mehr zurück. Zu Hause will mich niemand mehr. Sie würden mich einsperren. So, wie man es mit Ihnen machen würde, Crest. Nicht wahr?«

Der Herzschlag des Arkoniden machte einen Satz. Seine Wangen brannten, als ihm verräterische Röte ins Gesicht schoss. »Lassen Sie mich los!« Er wand sich, auch wenn er wusste, dass er gegen diese Frau nicht ankommen würde. Sie war jung und stark und verzweifelt.

Zu seiner Überraschung gab sie ihn frei. Die Menschenfrau machte einen Schritt zurück. Sie schwankte, als hätte sie Mühe, das Gleichgewicht zu halten. Schweißperlen traten ihr auf die Stirn. »Wieso geben Sie es nicht zu? Es ist offensichtlich. Jeder Mensch, der nur einen Funken Verstand im Kopf hat, ist längst darauf gekommen. Sie und Ihre Artgenossen sind mit einem riesigen Raumschiff auf den Mond gekommen und dort gestrandet. Dort waren Sie wochen-, vielleicht sogar monatelang. Und Sie haben niemanden um Hilfe gerufen? Niemand in Ihrem Großen Imperium hat es für nötig befunden, nachzuforschen, was mit Ihrem Schiff geschehen ist? Und überhaupt: Wieso sollte ein todkranker Mann wie Sie seine Heimat und damit die medizinische Versorgung, die ihn am Leben erhält, hinter sich lassen und sich auf eine Expedition zu einer von Barbaren bevölkerten Welt begeben? Wieso nur?«

Jede Frage der Menschenfrau traf Crest wie ein Schlag. Er sank zurück, lehnte sich mit den Schultern gegen die Wand. Sein Schädel begann zu pochen. Immer schneller und härter, bis er ... bis er verstand. Die Telepathin drang mit ihren Psi-Gaben auf ihn ein!

»Hören Sie auf!« Er stieß sich von der Wand ab. »Hören Sie sofort damit auf, in meinen Gedanken herumzuwühlen!«

Ihre Augen weiteten sich. Sie hatte nicht mit einer derartig vehementen Gegenwehr gerechnet.

»Gehen Sie!«, schrie Crest. »Gehen Sie, bevor ich um Hilfe rufe!«

»Nein.« Ihre Pupillen verengten sich wieder. »Das werde ich nicht. Nicht bevor ich mit Ihnen gesprochen habe.«

»Sie sprechen längst mit mir! Was wollen Sie von mir?«

»Dass Sie mich teilhaben lassen.«

»Woran teilhaben? Ich weiß nicht, wovon Sie reden! Meine

Gedanken gehören mir. Ihre Gabe versagt bei mir. Sie können meine Gedanken nicht lesen!«

»Nicht jetzt. Vielleicht niemals wieder. Aber einmal ist es mir gelungen. Als Clifford mit Ihnen gesprochen hat.«

»Sie meinen, als er mich verhört hat!«, wies er sie zurecht.

Sie ging nicht darauf ein. »Ich habe mich ganz auf Sie konzentriert, Crest. Und ich habe herausgefunden, weshalb Sie zu uns Menschen gekommen sind. Sie suchen das ewige Leben!«

»Sie ... Ich ...« Er bekam nicht mehr als ein Stottern heraus. Niemand wusste um sein Geheimnis. Außer ihm selbst und Thora und dem treuen Charron, der auf Arkon geblieben war. Niemand!

»Den Planeten des ewigen Lebens. Deshalb haben Sie Arkon den Rücken gekehrt. Ein todkranker Mann – in seiner Heimat unerwünscht –, der alles auf eine Karte setzt, um ein neues Leben zu gewinnen. Ein Leben, frei von Krankheit, Unsterblichkeit.« Sie trat wieder auf ihn zu. Langsam, fast ehrfürchtig. »Sie sind ein mutiger Mann, Crest.«

Er ging rückwärts, bis er die Ecke erreicht hatte und ihm keine Möglichkeit blieb, weiter auszuweichen.

»Sie brauchen keine Angst vor mir zu haben«, flüsterte die Menschenfrau. »Ich will Ihnen nichts Böses. Ihr Geheimnis ist bei mir in guten Händen. Niemand wird davon erfahren ...«

Sie holte tief Luft. Crest roch wieder ihren stinkenden Atem. Er drehte den Kopf zur Seite.

»Niemand wird davon erfahren«, wiederholte sie. »Sie müssen mir nur eines versprechen: Wenn Sie das ewige Leben finden, geben Sie mir davon ab! Werden Sie das tun?«

Crest hielt den Kopf zur Seite gewandt, vermied es, sie anzusehen. Sie wusste es! Leugnen war zwecklos, sie hatte die Wahrheit in seinen Gedanken gelesen – sie war zu weit hergeholt, als dass diese Menschenfrau sie hätte erraten können. Eine Erinnerung kehrte zurück: Monterny, der ihn in Fort Sunrise bedrohte. Michalowna war dabei gewesen, sie hatte alles mitgehört. Crest hatte nur wie von weiter Ferne mitbekommen, was die Menschen von ihm wollten. Schlafmangel und Erschöpfung hatten ihn fest im Griff gehabt.

Jetzt hatte ihn Tatjana Michalowna in der Hand. Sie konnte ihn jederzeit verraten. Sie ...

»Weg von Crest!«, bellte eine Stimme. »Sofort!«

Sie gehörte Reginald Bull. Der ehemalige Astronaut war unbemerkt in den Raum getreten – begleitet von drei chinesischen Soldaten.

Sie hatten ihre Sturmgewehre auf Tatjana Michalowna gerichtet.

Die Menschenfrau wandte sich um, hob aufreizend langsam die Hände. »Was wollen Sie von mir? Wir haben nur geredet!«

Bull beachtete sie nicht. Sein Gesicht war gerötet, die bleichen Narben traten hervor. »Entschuldigen Sie bitte diesen Auftritt, Crest. Aber wir haben keine andere Wahl.«

»Ich ... ich war nicht in Gefahr«, brachte er hervor. Sie wusste es! Was sollte er nur tun?

»Das hoffe ich.« Bull bebte vor Wut. »Aber ich bin nicht hier, weil ich Angst hatte, dass diese Frau Ihnen etwas antut. Wir mussten sichergehen, dass sie uns nicht entkommt.«

»Wieso das? Ich sehe keinen Grund ...«

»Der Körper Ricos ist verschwunden«, unterbrach ihn Bull. »Und ich schwöre, ich werde die amerikanische Staatsbürgerschaft wieder annehmen und mich bei Präsident Drummond persönlich entschuldigen, wenn Miss Michalowna uns nicht sagen kann, was mit Rico geschehen ist!«

Kapitel 9

26. Juli 2036
Julian Tifflor

Die ersten Strahlen der Morgensonne, die sein Gesicht kitzelten, weckten Julian Tifflor.

Mildred, die in den Nächten von ihm abrückte, weil sie sonst nicht schlafen konnte, um sich dann am frühen Morgen im Tiefschlaf an ihn zu klammern, regte sich. Sie gähnte und schmiegte sich von Neuem an ihn. Ihr Griff war fest.

Timothy Harnahan war bereits wach. Er saß im Licht der Sonne im Schneidersitz auf dem Boden. Das Tablet im Schoß, das er offenbar nie aus der Hand gab. Er murmelte fremde Silben, als meditiere er.

Vielleicht tat er das auch. Aber in erster Linie lernte er Arkonidisch. Eine Sprache, die sich ihm hartnäckig zu entziehen suchte.

Julian hatte keinen Zweifel, dass Timothy sie bezwingen würde. Dem schlaksigen Jungengesicht, das der Sportler und Frauenheld Julian Tifflor in seinen Highschooljahren nicht einmal einer bissigen Bemerkung für würdig befunden hätte, wohnte eine Stärke inne, die ihn beeindruckte.

Timothy Harnahan würde seinen Weg gehen – wohin dieser ihn auch führen mochte.

»Guten Morgen!«, sagte Julian. Er machte sich aus Mildreds Griff los und richtete den Oberkörper auf.

»Morgen!«, antwortete Timothy, ohne den Kopf zu wenden. »Fünf Minuten, okay?«

»Okay.«

Timothy murmelte weiter seine arkonidischen Vokabeln. Julian lehnte sich über Mildred. Er rüttelte an ihr, flüsterte ihr sanft ins Ohr. Lange geschah nichts, dann schreckte Mildred hoch. Sie rückte von ihm ab, als habe sie aus Versehen einen Fremden umarmt. Ihre Augen weiteten sich. Wut blitzte in ihnen auf. Auf sich selbst, die Julian in ihr Innerstes Einblick gegeben hatte. Auf Julian, der in ihr Innerstes gesehen hatte. Dann war es vorüber, und sie sagte beiläufig: »Schon Morgen?«

Julian nickte.

Wortlos löste Mildred sich von den selbst aufblasenden Feldmatten der chinesischen Armee, die ihnen als Bett gedient hatten, und zog sich an.

Julian sah ihr zu und fragte sich, wieso er von Mildred nicht lassen konnte. Sie war schön, auf ihre Art. Nicht wie die Highschool Queens und Cheerleader, denen Julian in seinen Teenagerjahren nachgestellt hatte. Diese Mädchen waren Kunstwerke auf zwei Beinen gewesen. Sorgfältig arrangierte Schönheiten, die endlos lange im Badezimmer gebraucht hatten. Mildred Orsons war meist schneller aus dem Bad, als er brauchte, um sich anzuziehen. Zähne putzen, ein Spritzer Wasser ins Gesicht, Deo unter die Achseln – mehr stand für gewöhnlich nicht auf Mildreds Programm. Mehr brauchte es auch nicht. Mildred Orsons machte immer eine gute Figur. Egal, was sie trug. Egal, was sie anfing.

Und das war, erkannte Julian, was sie von allen anderen Mädchen und Frauen unterschied, mit denen er zu tun gehabt hatte. Mit den anderen hatte man zum Drive-in fahren können, auf dem Rücksitz herummachen, in Clubs bis zum Morgengrauen tanzen. Nicht übel für den Anfang, aber Julian zu wenig. Mit Mildred konnte man buchstäblich alles unternehmen – nicht zuletzt mit ausgemusterten ehemaligen indischen Militärmotorrädern die Wüste Gobi durchqueren, um in einer wenige Tage alten Stadt nach dem Tor zu den Sternen zu suchen.

Mildred hätte seinem Vater gefallen. Er ...

»Und, fertig gestaunt?« Mildred war nicht entgangen, dass er sie beobachtete. Sie drehte sich zu ihm, beide Hände in die Hüften gestemmt. Vorgeblich wütend, aber tatsächlich geschmeichelt von seiner Aufmerksamkeit.

Julian ließ demonstrativ seinen Blick von oben nach unten über sie wandern. Dann versuchte er sich an seinem schmierigsten anzüglichen Grinsen und sagte: »Weiß nicht ... kommt noch mehr?«

»Klar. Hier!«

Er sah einen Schemen auf sich zukommen. Im nächsten Moment traf ihn sein zusammengeknülltes T-Shirt mitten ins Gesicht.

»Na, Herr Raumkadett? Sind wir jetzt bereit, zu den Sternen aufzubrechen?«

Timothy, Julian und Mildred halfen an einem Versorgungsstand im inneren Bezirk der Stadt. Genauer gesagt: Sie *waren* der Versorgungsstand. Die übrige Besetzung des Standes erschien nicht. Sie lag, wie Timothy über TerraNet herausfand, im Krankenhaus Terranias. Magen-Darm-Komplikationen.

»Das Übliche«, sagte Timothy, als er das Tablet in der Oberschenkeltasche seiner Cargohose verstaute. »Menschen von überall her kommen zusammen – und ihre Keime.«

Zusammen bauten sie den Stand auf. Viel war nicht zu tun. Drei Klapptische, drei Klappstehstühle. Sie arrangierten sie in einem Dreieck in der Mitte des Platzes. »Optimal für den Ansturm«, sagte Timothy.

Welcher Ansturm?, wollte Julian fragen – die Straßen waren verlassen –, aber im selben Moment hielt ein Laster an dem Stand. Natürlich aus chinesischen Armeebeständen. Die Nationalflaggen auf seiner Karosserie waren mit neuen Insignien übermalt, eine Menschenhand und die Klaue eines Aliens im Handschlag vor dem Hintergrund des Sternenhimmels.

Zusammen mit dem Fahrer – einem älteren dicken Asiaten, der Julian an eine Buddhastatue erinnerte, aber doppelt so viel Gewicht tragen konnte wie er selbst – luden sie die Fracht aus: Wasserflaschen aus Plastik und Gebinde mit Konservendosen.

»Ist das alles?«, fragte Mildred, als der Laster weitergefahren war und sie sich daranmachten, die Vorräte in der Mitte ihres Dreiecks aufzuschichten. »Wasser und Hundefutter?«

»Menschenfutter.« Timothy löste eine Dose aus dem Gebinde, warf sie hoch und fing sie wieder auf wie einen Spielball. »Einmannrationen der chinesische Armee. Wahlweise Reis mit Gemüse oder Gemüse mit Reis.« Er zwinkerte ihr zu. »Wir haben ein paar Millionen davon.« Timothy stellte die Dose wieder ab. »Aber das Wasser ...« Er zog sein Tablet heraus, wischte über das Display. »Leider kein Irrtum, die Wasserrationen sind gekürzt. Zwei Liter pro Person.«

»Das ist knapp. In der Hitze.«

»Ja, aber mehr ist nicht drin. Das Wasser war schon während der Belagerung knapp. Die Druckwelle der Atombombe hat einige Tankwagen gekostet, Nachschub kommt keiner durch. Und unser eigenes Wasser kommt nicht so recht voran.«

»Eigenes Wasser?«

»Im Augenblick aus dem Goshunsee. General Bai Jun hatte dort eine Entsalzungsanlage errichten lassen. Beim Ende der Belagerung war sie beinahe fertiggestellt. Aber eben nur beinahe. Die Bohrungen nach Wasseradern waren leider noch nicht erfolgreich.« Er ging zu einer Flasche und drehte den Verschluss auf. »Ein Schluck gefällig?« Julian formte die Hände zu einer Schale und hielt sie unter die Flasche. Timothy füllte sie mit Wasser. Julian trank und musste sich beherrschen, es nicht sofort wieder auszuspucken.

»Der Geschmack der Gobi. Eigen. Aber ich tröste dich, man gewöhnt sich dran.« Timothy sah auf. »Die Nachtschicht kommt! Es geht los!«

Die Freiwilligen kamen von den Baustellen der äußeren Stadt. Sie waren schmutzig. Der Staub der Gobi hatte ihre Kleider durchdrungen, hatte sich mit ihrem Schweiß zu einer öligen ?grauen Schicht vermischt, die ihre Haut bedeckte. Nur die Augen, die von Schutzbrillen geschützt waren, waren frei geblieben. Es waren sehr müde Augen. Aber auch Augen, in denen der Stolz geschrieben stand, Teil einer großen Sache zu sein.

Geduldig stellten die Freiwilligen sich an, bildeten drei gleich lange Schlangen. Die Ausgabe ging rasch vonstatten. Wasser und Essen waren kostenlos, auch wenn sich eine Handvoll Freiwillige den Spaß machten und mit Solarscheinen bezahlten. Timothy, Julian und Mildred machten den Spaß mit und funktionierten eine leere Schachtel zur Kasse um.

Die Nachricht, dass die Wasserration gekürzt war, nahmen die Freiwilligen ohne Aufhebens hin.

Mit einer Ausnahme.

»Zwei Liter? Gestern waren es noch vier!«, hörte Julian hinter seinem Rücken. Eine Männerstimme. Schneidend scharf und mit einem tiefen, rollenden »R«, das keinen Zweifel daran ließ, dass Englisch nicht die eigentliche Muttersprache des Mannes war.

»Es tut mir leid«, hörte er Timothy antworten. »Aber mehr geht nicht. Wir haben Probleme mit der Entsalzungsanlage und den Quellen.«

»Aber ich habe Durst! Es ist heiß hier! Fürchterlich heiß!«

Julian wandte den Kopf, um den Mann zu sehen. Er war schlank und drahtig, vielleicht Anfang, Mitte dreißig. Er trug eine Uniform ohne Rangabzeichen. Aber keine chinesische, ihr Schnitt war anders. Sie war sauber. Der Mann kam nicht von einer der Baustellen. Er musste zur Verwaltung gehören.

»Es ist heiß für uns alle, Kamerad«, sagte Timothy.

»Aber ich ... Wir ...« Der Mann brach ab, suchte nach Worten. Als traue er seinen Ohren nicht. Als wäre er es gewohnt, immer das zu bekommen, was er wollte.

»Komm heute Abend wieder, Kamerad«, versuchte Timothy den Mann zu trösten. »Vielleicht läuft bis dahin die Entsalzungsanlage wieder einwandfrei, und wir haben eine zweite Ration für dich.«

»Aber das geht nicht!«

»Mehr geht nicht. Tut mir leid. Aber wenn du willst, kannst du zwei Einmannrationen haben. Davon haben wir genug.«

Es arbeitete im Gesicht des Mannes. Er öffnete den Mund, schloss ihn wieder, schnappte sich eine Flasche und drei der Dosen und stolzierte stocksteif davon.

Timothy, Julian und Mildred sahen ihm nach. »Wenn ihr mich fragt, marschiert er schnurstracks zur nächsten Versorgungsstelle und holt sich dort Wasser«, sagte Mildred.

Timothy zuckte die Achseln. »Soll er es versuchen. Bis er bei der nächsten Stelle ist, wird dort das Wasser bereits aus sein.«

»Vielleicht. Vielleicht auch nicht. Es sollte ein Zuteilungssystem geben, damit niemand betrügen kann.«

»Wozu?«, widersprach Timothy. »Betrüger wie ihn gibt es vielleicht eine Handvoll. Mit einem Zuteilungssystem würde alles für alle komplizierter, und wir brauchten ein paar Dutzend Leute, die es überwachen – statt sinnvolle Arbeiten zu erledigen. So wie wir!«

Sie widmeten sich wieder den Wartenden. Julian wechselte immer wieder Worte mithilfe der Simultanübersetzung von TerraNet. Es war ein merkwürdiges Gefühl, etwas auf Englisch zu sagen und eine Entgegnung in einer unbekannten Sprache zu erhalten. Doch eines, an das er sich rasch gewöhnte.

Nach und nach wurden die Schlangen kürzer, dann hatten sie alle Freiwilligen der Nachtschicht versorgt. Schließlich klatschte Timothy zufrieden in die Hände und setzte sich auf ein Gebinde Dosen, um sich über sein Tablet zu beugen. Es schien, als wäre Timothy jede freie Minute damit zugange.

»Büffelst du wieder Arkonidisch?«, fragte Julian.

»Nein. Heute Abend wieder, wenn ich zu Ernst Ellert gehe.« Er hielt das Tablet so, dass Julian und Mildred das Display sehen konnten. Es zeigte Balkendiagramme und Haufen von Punkten auf Schwarz, die an Sterne erinnerten.

»Was ist das?«

»Datensätze des Radioteleskops in Arecibo. Genauer gesagt: Auswertungen. Ich habe Rechnerzeit in der Cloud von TerraNet reserviert, lasse meine eigenen Analyseprogramme darüber laufen.«

»Arecibo?«, wiederholte Mildred. »Suchen die nicht nach Aliens?«

»Schon seit Jahrzehnten. Und seit es das Netz gibt, kann man selbst mitmachen. Ich bin mit Seti@home groß geworden.

Irgendwann kam ich auf die Idee, noch einen draufzusetzen. Lag irgendwie nahe.«

Mildred zwinkerte Timothy zu. »Klar. Was macht man in Kansas sonst, als nach Aliens zu suchen?«

»Na ja, Traktor fahren, sich am Wochenende besaufen ...«

»Aber das hat dir nicht genügt?«

»Wie du siehst.«

»Und was treibst du, wenn du nicht gerade Arkonidisch büffelst, über Scheintote wachst, Rationen ausgibst oder nach Aliens suchst?«

»Was wohl?« Timothy erwiderte Mildreds Zwinkern. »Ich schreibe Geschichte. Oral History. Ich lasse Menschen ihr Leben erzählen, schneide es zusammen und stelle es online.«

»Davon kann man leben?«

»Immerhin essen. Und der Rest findet sich. Was ist mit euch?«

»Ich sollte Anwalt werden«, antwortete Julian.

»Das bedeutet Geld.«

»Schmerzensgeld, wenn du mich fragst. Ich will mein Leben nicht am Schreibtisch verschwenden. Ich will zu den Sternen!«

Mildred legte Julian eine Hand auf die Schulter. »Tiff ist etwas verrückt, weißt du?«

»Dann ist er in Terrania richtig. Was ist mit dir, Mildred? Was suchst du?«

Mildreds Griff wurde übergangslos härter. Timothy hatte ihren wunden Punkt getroffen. »Ehrlich gesagt, ich weiß es nicht«, sagte sie. »Ich weiß nur, dass es noch mehr geben muss, als sich immer Sorgen darum zu machen, ob man nach der Uni einen Job findet, und sich dann aus Angst, ihn zu verlieren und die Rechnungen für das Haus und das Auto nicht mehr bezahlen zu können, totzuarbeiten.«

»Leuchtet ein.«

Timothy steckte das Tablet weg, als sich erneut Schlangen an dem Stand bildeten. Freiwillige auf dem Weg zur Frühschicht an den Baustellen oder zu den Planungszirkeln in der inneren Stadt wollten ihre Rationen.

Julian ging in der Aufgabe auf. Terrania war anders, als er es sich vorgestellt hatte. Er hatte eine Stadt voller technologischer Wunder erwartet, Menschen, die mit nichts anderem beschäftigt waren, als das arkonidische Wissen umzusetzen, den Sprung der Menschheit in das All vorzubereiten.

Doch das reale Terrania war ein Ort des Mangels und der Improvisation. Ein Ort, an dem die Menschen mit Spaten im Wüstenboden gruben, bis ihnen die Hände bluteten. Ein Ort, an dem die Menschen von einer Flasche Wasser und aus Dosen lebten.

Doch es störte ihn nicht mehr. Was zählte, war nicht das Terrania, wie es war. Was zählte, war das Versprechen, für das es stand. Und das Versprechen war überwältigend.

Er dachte an den Stardust Tower, der jeden Tag höher in den Himmel wuchs. An Ernst Ellert, der in einem rätselhaften Tiefschlaf lag. An Timothy, den Farmjungen aus Kansas, der an Ellerts Bett wachte, Arkonidisch büffelte und nebenbei nach Aliens suchte.

Er, Julian Tifflor, gehörte an diesen Ort. Er half mit, das Versprechen Terranias wahr zu machen.

»He!«, hörte er Mildred rufen. »Du schon wieder!«

Julian wirbelte herum und sah einen Mann am Tisch seiner Freundin stehen. Staubig, das Gesicht mit Schmutz verschmiert. Ein Freiwilliger von einer der Baustellen, schien es. Ein Nachzügler der Nachtschicht. Er trug einen großen Rucksack. Der Stoff stand unter Spannung. Julian glaubte die Konturen eines Oberarms und einer Schulter zu erkennen. Was ...?

»Du hast schon gehabt!«, rief Mildred und versuchte, die Flaschen vom Tisch zu fegen, bevor der Mann nach ihnen greifen konnte. Er war schneller. Der Mann schnappte sich drei Flaschen, drehte sich um und rannte los. Der Stoff des im Takt seiner Schritte auf und ab springenden Rucksacks riss. Eine glänzende, unregelmäßige Kante kam zum Vorschein. Sie glitzerte metallisch.

»Halt!«, rief Julian Tifflor. »Bleib stehen!«

Mit einem langen Satz nahm Julian die Verfolgung auf. Er sprang über den Tisch – und blieb mit der Fußspitze an der Tischkante hängen. Der Schwung ließ den Tisch umkippen. Sein Schuh kam frei, aber es war zu spät, als dass er sich noch hätte abfangen können. Der Länge nach schlug Julian hin. Der Aufprall war hart. Einige Augenblicke lang wurde ihm schwarz vor Augen.

Hände halfen ihm hoch, wollten ihn zurückhalten.

»Lass es gut sein«, sagte Mildred. »Er hat drei Flaschen Wasser, mehr nicht.«

Julian stützte sich auf sie. Sein linkes Knie pochte. Er sah an sich hinunter. Die Hose war aufgerissen, das Knie blutete.

»Es geht nicht um das Wasser!«, keuchte er. »Im Rucksack. Er hat Arkonidentechnik gestohlen! Wir müssen ihn kriegen!«

Julian rannte los. Er wusste nicht, ob Mildred und Timothy ihm folgten. Er wusste nur, dass er diesen Mann einholen musste. Und er würde es!

Julian Tifflor war in seiner Jugend ein Läufer gewesen. Und er musste keinen schweren Rucksack schleppen. Meter um Meter schloss er zu dem Mann auf, der immer öfter den Kopf wandte, um festzustellen, dass sein Verfolger nicht aufgab.

Der Mann erreichte den Rand der inneren Stadt. Staubwolken wirbelten auf, als er an Baugruben entlang in die Wüste hinausrannte. Dorthin, wo er Julian nicht entkommen konnte. In der Stadt hätte der Dieb sich verstecken können, aber in der deckungslosen Ebene würde Julian Tifflor ihn früher oder später einholen.

Eher früher.

Der Mann wurde langsamer, seine Kräfte erlahmten. Hundert Meter trennten Julian noch von dem Dieb, als ihn plötzlich ein Geländewagen überholte und neben dem Dieb in einer Wolke aufstiebenden Sands hielt. Ein Mann saß am Steuer, eine zierliche Frau – eine Asiatin – auf dem Beifahrersitz. Der Dieb streifte den Rucksack ab, wuchtete ihn auf die Ladefläche, sprang hinterher. Im selben Moment, in dem er auf der Pritsche aufkam, gab der Fahrer Gas.

Tifflor blieb hustend in einer Staubwolke zurück, die Hände vor Wut geballt.

Er hörte Schritte. Mildred schloss zu ihm auf, gefolgt von Timothy. »Mist!«, sagte sie. »Die sind auf und davon!«

Julian Tifflor schüttelte den Kopf. »Noch nicht.« Er tippte das Headset an und sagte: »Julio? Hörst du mich?«

Kapitel 10

25. Juli 2036
Thora da Zoltral

Was mache ich hier eigentlich?

Thora stützte sich mit beiden Händen gegen die strukturvariable Wand, die sie und ihre menschlichen Begleiter vom Hangar trennten. Sie vibrierte in unregelmäßigem schnellem Rhythmus. Die Menschen mussten die Wand mit ihren Projektilwaffen traktieren.

Ihr war schwarz vor Augen. Dagor war eine mächtige Waffe. Sie setzte unvermutete, außerordentliche Kräfte in jedem frei, der die Disziplin in mühevoller, jahrelanger Arbeit erlernt hatte – doch Dagor verlangte auch außerordentliche Kräfte. Kräfte, die Körper und Geist nur kurz aufzubringen vermochten. Und nur zu einem hohen Preis.

Thora zitterte. Sie lehnte ihr ganzes Gewicht gegen die Wand, stützte sich mit der Stirn ab. Die Wand war fest und weich zugleich, warm, als wäre sie ein lebendiges Wesen. Das Gefühl war ihr vertraut seit ihrer Kindheit. Ein Stück Heimat fern von der Heimat.

Falls sie noch eine besaß.

Vor einem Monat noch hätte sie die Frage bejaht, wenn auch zögerlich.

Vor einem Monat war sie die Kommandantin der AETRON gewesen. Auf einer Forschungsmission, deren Tragweite alles in den Schatten gestellt hatte, was Arkoniden seit Jahrhunderten gewagt hatten. Es war ein zähes Ringen gewesen, die Expedition Wirklichkeit werden zu lassen. Ein Kampf gegen Gleichgültigkeit, Bequemlichkeit und Gewohnheit, der sie oft hatte verzweifeln lassen. Aber schließlich war es gelungen, und sie und Crest hatten Arkon hinter sich gelassen. Die Heimat, der Inbegriff dessen, was ein gutes Leben ausmachte, und längst zu einer Fessel geworden.

Doch Thora war nicht geflohen. Sie hatte Arkon hinter sich gelassen auf der Suche nach Hoffnung. Für Arkon, für Crest, dessen Lebenszeit sich unerbittlich dem Ende zuneigte, und schließlich für sich selbst. Sie hatten die Welt des ewigen Lebens gesucht, eine oft belächelte und gleichzeitig nicht zu erstickende Legende. Crest, ihr Ziehvater, ein Gelehrter von einem Format, wie es Arkon in seiner langen Geschichte noch nicht gesehen hatte, glaubte daran, dass diese Welt existierte. Und Thora glaubte an Crest.

Und nun? Die AETRON war von Wilden vernichtet. In blinder Furcht, weil nicht sein konnte, was nicht sein durfte. Sie und Crest waren die einzigen Überlebenden, waren unter diesen Wilden, den Menschen, gestrandet. Und sosehr sich Thora auch bemühte, sie kam immer wieder zum Schluss, dass es Crest selbst gewesen war, der dieser Katastrophe den Weg geebnet hatte. Es war Crest gewesen, der Kontakt zu den Menschen aufgenommen hatte, wider alle Regeln, wider jede Vernunft. Er hatte sie erst auf die AETRON aufmerksam gemacht.

Thora hatte sich dem Irrsinn entgegengestemmt, mit aller Kraft.

Sie war gescheitert.

Sie hätte niedergeschlagen sein sollen, von rasender Wut erfüllt. Sie hätte dieser würdelosen Existenz längst ein Ende mit Würde setzen sollen. Sie hatte es nicht getan. Aus Furcht vor dem, was nach dem Tod kommen mochte? Aus Furcht, dass nichts nach dem Tod kam? Weil ihr die Ironie, auf der Suche nach dem ewigen Leben das eigene Leben zu nehmen, unerträglicher anmutete als ihre Verzweiflung?

Alle diese Antworten trafen zu, aber sie blieben weit hinter der Erkenntnis zurück, dass ein ganz anderes Gefühl sie bestimmte. Ein Gefühl, das Thora so fremd war, dass sie Tage gebraucht hatte, es zu verstehen.

Thora fühlte Zufriedenheit.

Sie hatte alles verloren, was ihr Leben ausmachte.

Sie war frei, zum ersten Mal in ihrem Leben.

Und passte sie nicht auf, war sie bald tot.

»Thora! Kommen Sie bitte!«

Es war Perry Rhodan. Der Mensch, der ihr Crest genommen – und ihn ihr zurückgegeben hatte. Geheilt und um Jahre verjüngt. Rhodan beugte sich über John Marshall. Der Mensch, der Gedanken las, lag am Boden.

»Was ist mit ihm?« Thora kniete neben dem Bewusstlosen nieder. Ihre eigene, momentane Schwäche war vergessen. Sie mochte John Marshall. Er war ein stiller, unauffälliger Mann, der von vielen seiner Artgenossen unter der Hand als Spinner bezeichnet wurde, weil er ein Leben in Luxus weggeworfen und seinen Reichtum an andere verschenkt hatte. Aber Marshall war nicht verrückt. Er hatte sich lediglich befreit.

»Überhitzung. Dehydration.«

»Das ist unmöglich. John hat getrunken, unmittelbar bevor wir den Helikopter verlassen haben. Ich habe es gesehen.« Und Thora hatte sich gewundert. Marshall hatte eine Flasche Wasser in einem Zug geleert.

Rhodan legte eine Hand auf die Stirn des Bewusstlosen, zog sie wieder zurück. »Das hat er. Aber es hat nicht gereicht.«

»Das glaube ich nicht. Sie führen eine raue Existenz auf Ihrem Planeten. Menschen können nicht derart empfindlich sein!«

»Gewöhnliche Menschen nicht. Aber John ist kein gewöhnlicher Mensch. Er hat laufend die Gedanken des Generals gelesen, mir soufliert. Seine Gabe erfordert enorme Energien. Der Körper kann sie kurzzeitig bereitstellen, aber erzeugt dabei eine enorme Hitze ...«

»... die er versucht, durch Schweiß abzuleiten.«

»Genau.«

Thora musterte den Menschen, der vor ihr lag, fühlte sich plötzlich mit ihm verbunden. War John Marshalls Gabe nicht wie Dagor? Einen kurzen Augenblick lang wuchs man über sich hinaus – aber nur um einen Preis.

»John muss trinken«, sagte Rhodan. »Wo gibt es hier Wasser?«

Eine schlichte Bitte. Aber beinahe unmöglich zu erfüllen. Die TOSOMA IX war in der Hand der amerikanischen Armee. Überall waren Soldaten, die nur darauf warteten, dass sie sich zeigten. Sie ...

John Marshall regte sich. Er stöhnte, schlug die Augen auf. Sie glänzten, wirkten größer als sonst. Oder erweckte es nur den Anschein, weil das Gesicht des Menschen eingefallen war?

»S... Sid! Was ist mit Sid? Und Anne?«

»Sie sind in Sicherheit, John.« Rhodan drückte den Oberkörper des Telepathen sanft wieder auf den Boden.

»Woher wissen Sie das? Die Soldaten ...«

»Sid hat die Explosion einer Atombombe überlebt. Der Junge weiß nach sich zu sehen. Er wird mit Anne und Mercant teleportiert sein.«

John Marshall schwieg und verarbeitete, was Rhodan gesagt hatte. Dann flüsterte er rau: »Ich habe Durst!«

»Natürlich. Wir finden Wasser für Sie, John. Thora kümmert sich darum. Nicht wahr, Thora?« Rhodan sah auf, blickte Thora mit diesem Blick an, der sie vom ersten Moment an unruhig gemacht hatte. Als hätte sie Furcht, vor diesem Mann zu bestehen.

Unsinn!

Wasser. Natürlich. Aber unmöglich. Zuerst ...

Sie tastete nach der Hand des Telepathen, fand und hielt sie. »John?«

»Ja?«

»Ich habe eine Bitte an Sie: Können Sie den Durst noch etwas aushalten?« Thora ignorierte Rhodan, der scharf Atem holte.

»I... ich glaube schon«, antwortete Marshall. Er vertraute ihr. »Wieso?«

»Weil es zu gefährlich wäre. Die amerikanischen Soldaten warten nur darauf, dass wir uns sehen lassen. Und wir sind ja schließlich hier, um uns dieses Schiff zu holen, nicht?«

»Was haben Sie vor, Thora?«, ging Rhodan dazwischen, bevor Marshall etwas sagen konnte.

»Der aktivierte Energieschirm belegt zwei Dinge«, sagte Thora und wunderte sich dabei, mit welcher Mühelosigkeit sie Rhodans Blick standhielt. Dieses Schiff war ein Stück Heimat. Hier kannte sie sich aus. »Erstens: Das Schiff ist in dem Zustand, den wir uns erhofft haben. Es ist zumindest teilweise funktionstüchtig. Das bedeutet, dass die Autoreparaturroutinen greifen. Und zweitens: Den amerikanischen Soldaten ist es gelungen, zumindest teilweise die Bedienung des Schiffs zu erlernen. Das bedeutet für uns: Wir müssen ihnen die Herrschaft über das Schiff abnehmen, wollen wir überleben.«

»Wie wollen Sie das anstellen? De Sotos Leute sind klar in der Übermacht.«

»Ja. Aber sie sind hier fremd. Das hier ist ein Kriegsschiff der arkonidischen Flotte. Ausgelegt auf maximale Autonomie. Dazu, monate-, oft jahrelang ohne Kontakt zum Mutterschiff oder zu einem Stützpunkt zu operieren.«

»Das ist gut zu wissen. Und was hilft uns das?«

Thora ignorierte den Sarkasmus Rhodans. Er gab ihr nur zurück, was sie ihm mehr als einmal verabreicht hatte. »Die Erfahrung hat die Flotte des Imperiums schon vor langer Zeit gelehrt, dass ihre Schiffe nicht nur von außen bedroht sind«, fuhr sie fort. »Bei planetaren Aufenthalten droht die Gefahr, dass ein Schiff gestürmt oder infiltriert wird. Auf langen Missionen kommt es erfahrungsgemäß immer wieder zu Meutereien. Das natürliche Ziel von Angreifern ist die Schiffszentrale. Wem die Zentrale gehört, dem gehört das Schiff.«

»In unserem Fall de Soto. Wie wollen Sie ihn und seine Leute aus der Zentrale vertreiben?« Rhodan hatte eine Hand unter den

Hinterkopf Marshalls geschoben, stützte den Gedankenleser. Marshall hatte die Augen geschlossen. War er noch bei Bewusstsein?

»Gar nicht«, entgegnete Thora. »Das wäre aussichtslos. Wir ignorieren de Soto und die Zentrale. An Bord jedes arkonidischen Kriegsschiffs existiert eine zweite, versteckte Zentrale. Sie ist übergeordnet.«

»Das heißt, die eigentliche Zentrale wird nutzlos?«

»So ist es.«

Rhodan nickte langsam. »Wo ist diese Notzentrale?«

»Ihr Standort ist nur dem Schiffskommandanten bekannt. Ich weiß es nicht.«

»Sie wissen es nicht? Aber wie ...«

»Ich habe meine Vermutungen.«

»Und die sind?«

»Ich denke, die Notzentrale muss sich in der Nähe der eigentlichen Zentrale befinden.«

»Wie kommen Sie darauf?«

»Der grundsätzliche Aufbau eines arkonidischen Kriegsschiffs. Er hat sich in den letzten Jahrtausenden nicht verändert. Jedes Schiff hat eine innere Kugel. Dort, im geschützten Zentrum, sind die Zentrale, die überlebenswichtigen technischen Einrichtungen, die Mannschaftsquartiere. Darum legt sich eine Kugelschale, in der sich das Transitionstriebwerk befindet. Es nimmt den Großteil des Schiffsvolumens ein. Eine weitere, äußere Kugelschale reicht bis zum gepanzerten Rumpf. Dort sind die Hangars, die Schutzschirmgeneratoren, die Bewaffnung und nicht überlebenswichtige Einrichtungen.«

»Wir sind in dieser äußeren Kugelschale«, stellte Rhodan fest. »Wie gelangen wir unbemerkt in den inneren Bereich?«

»Ich muss Sie korrigieren. Wir sind *an* der äußeren Kugelschale. Der Raum, in dem wir uns befinden, ist ein positronisch toter Raum. Der Bordrechner kennt ihn nicht. Also kennen ihn auch Eroberer oder Meuterer nicht.«

Rhodan überlegte. »Angenommen, wir finden diese Notzentrale. Wie gelangen wir hinein?«

Er hatte den wunden Punkt getroffen. »Sie vergessen, ich war die Kommandantin der TOSOMA IX. Ich habe das Schiff von der Venus zur Erde gebracht. Die Notzentrale wird sich mir öffnen.«

Es war eine Hoffnung, mehr nicht, aber Thora wollte vor dem Menschen nicht eingestehen, dass sie sich ihrer Sache nicht sicher war. Rico, der sich im Nachhinein als Roboter entpuppt hatte, hatte das Schiff geführt.

»Also gut, versuchen wir es!«, sagte Rhodan. Er wandte sich an den am Boden Liegenden. »John, können Sie aufstehen?«

»Ich glaube, ja«, sagte der Gedankenleser leise.

»John kann hier auf uns warten«, wandte Thora ein. »Gelingt es uns, die Notzentrale zu erreichen, ist er gerettet.« Und sie kämen schneller voran. Marshall wäre auf dem Weg eine Bürde.

»Nein. Was, wenn die Soldaten einen Weg finden, sich durch diese Wand zu arbeiten? John wäre verloren. Wir nehmen ihn mit!«

Thora widersprach nicht, auch wenn Rhodans Ansinnen allem zuwiderlief, was man sie auf der Raumakademie gelehrt hatte. Arkon war weit weg – und sie mochte diesen Menschen John Marshall. Sie wollte, dass er lebte.

Sie kamen nur langsam voran.

John Marshall gab sein Bestes, aber der Gedankenleser war erschöpft, dem Zusammenbruch nahe. Dazu war ihr Weg schwierig, stellenweise unmöglich. Er führte durch enge, gewundene Röhren, gerade groß genug, um einen Menschen oder Arkoniden passieren zu lassen. Stellenweise führten Sprossen nach oben. Eine verborgene Welt in der Welt des Schiffes. Eine Welt, frei von technischen Gerätschaften, deren Streustrahlung sie hätte verraten können.

»Wie weit noch?«, fragte Rhodan, als sie einen Knotenpunkt erreichten. Drei Röhren zweigten von hier ab.

»Einige Minuten«, log Thora. Sie hoffte, dass die Notzentrale tatsächlich in dem Bereich lag, den sie genannt hatte. Mehr nicht. Ihre Selbstsicherheit gegenüber den Menschen war gespielt. Sie deutete auf die mittlere der Röhren, die steil anstieg. »Hier entlang!«

Ihre Worte gingen in metallischem Schlagen unter. Es schien von überall herzukommen. Als würden Hunderte von Hämmern gleichzeitig auf das Schiff einschlagen. Der Boden vibrierte.

»Was ist das?«, fragte sie.

»Vermutlich Gewehrkolben«, antwortete Rhodan.

»Sie meinen, die Soldaten dreschen mit ihren Waffen auf das Schiff ein? Wozu?«

»Psychologische Kriegführung. De Soto lässt eine Treibjagd auf uns veranstalten. Er hofft, uns aufzuscheuchen.«

»Treibjagd? Was ist das?«

Rhodan erklärte es ihr.

»Ich verstehe den Sinn nicht.« Das Hämmern machte es schwer, sich zu konzentrieren. »Wo ist das spielerische Element? Die Beute hat keine Chance.«

»Eben.«

Sie sah sich suchend um. »Der Begriff ist nicht passend. Wir sind kein Wild. Die Soldaten können uns hier nichts antun.«

»Ich hoffe es«, sagte Rhodan.

Sie setzten ihren Weg fort. Der Schacht führte zur Kugelschale des Transitionstriebwerks. Ein Steg überquerte den Raum, der im Halbdunkel lag. Seine Maße waren exakt bestimmt, und dennoch vermochte Thora das Gefühl von einer endlosen Weite nicht abzuschütteln. Das Hämmern der Soldaten schien hier wie aus weiter Ferne zu kommen.

Der Steg endete an einem weiteren Knoten. Unvermittelt brach das Hämmern wieder über sie her. Es war lauter als je zuvor, als bearbeiteten die Soldaten die angrenzenden Wände.

»Wohin?«, fragte Rhodan, der John Marshall unter den Schultern gepackt hatte. Er ließ den Gedankenleser sanft auf den Boden gleiten.

Vier Röhren standen zur Auswahl. Thora hatte keine Ahnung, welche sie wählen sollte. Die Arkonidin musterte die unverkleideten Wände auf der Suche nach einem Hinweis. Es musste einen geben. Ein Kommandant in einer Notsituation würde wie sie sich an irgendeiner Stelle in das Geflecht der Röhren retten. Von dort musste er seinen Weg finden. So rasch wie möglich. Also musste es ...

Ein Licht flammte in einer der Röhren auf. Es flackerte wie die Flamme einer Kerze.

Thora versteifte sich.

»Was ist?«, fragte Rhodan.

»Dort!« Sie zeigte auf das flackernde Licht.

»Was ist dort?«

»Das Licht natürlich!« Sie musste beinahe schreien, um das Hämmern zu übertönen.

»Ich sehe kein Licht. John?« Rhodan wandte sich an den Gedankenleser. Marshall kniff die Lider zusammen, sah in die angegebene Richtung und schüttelte den Kopf.

Spielten ihre Sinne unter dem Druck verrückt? Thora schloss die Augen, öffnete sie wieder. Das Licht war noch da, schien sogar an Helligkeit gewonnen zu haben. Sie ging auf das Licht zu, um es sich genauer zu beschauen – und das Licht bewegte sich weg von ihr, in die Röhre. Was hatte das zu bed...?

Thora schlug sich mit der flachen Hand gegen den Kopf, als sie plötzlich verstand. Das Licht war das Zeichen, das sie gesucht hatte! Ein Zeichen, das nur sie sehen konnte.

»Die zweite Röhre von rechts!«, sagte sie laut. »Kommen Sie!«

Die Röhre stieg schräg an. Der Winkel wurde steiler, bis die Röhre senkrecht nach oben reichte. John Marshall war in diesem Abschnitt auf sich allein gestellt. Die Röhre war zu eng, als dass Rhodan oder sie selbst dem Gedankenleser hätten helfen können.

Keuchend ließ sich Marshall fallen, als sie wieder ebenen Boden erreichten. Thora ging neben ihm in die Knie. Das Vibrieren des Bodens übertrug sich auf den ganzen Körper. »John?« Sie beugte sich über ihn. »Wir sind gleich da. Halten Sie durch, ja? Wir ...«

Sie brach ab, als das Hämmern aussetzte. Die plötzliche Stille fühlte sich wie eine Bedrohung an.

»Was ist los?« Sie sprach unwillkürlich leise. »Haben die Soldaten aufgegeben?«

»Das bezweifle ich.« Rhodan drehte sich langsam auf dem Absatz. »De Soto hat keinen Grund dazu. Wir können ihm nicht weglaufen.«

John Marshall regte sich. Sein Kopf ruckte hoch. »Sie ... sie sprengen!«

Rhodan warf sich herum, prallte mit voller Wucht gegen Thora. Sie kam hart auf dem Boden auf. »Was fällt Ihnen ein?«, brüllte sie. »Sie ...«

Eine Explosion schnitt ihr das Wort ab. Der Boden bäumte sich unter ihr auf, heiße Luft strich über sie, wollte sie davonzerren.

Im nächsten Moment packte sie jemand an der Schulter. Rhodan. »Thora!«, brüllte er. »Dieses Licht! Sehen Sie es noch?«

Es war noch da. Die Explosion hatte es nicht zum Erlöschen bringen können. »Ja!«, brachte sie hervor und zeigte in den Gang, der sich zu ihrer Rechten öffnete.

»Schnell!« Rhodan riss an ihrer Schulter. Sie kam auf die Beine. Rhodan bückte sich, half Marshall auf. Thora stolperte los. Hinter ihr hörte sie laute Stimmen. Menschenstimmen. Die Soldaten! Sie würden sie fangen und dann ...

»Stehen bleiben!«, hallte ein Befehl durch die Röhre.

Thora rannte schneller, folgte dem Licht. Ihrer Hoffnung.

»Stehen bleiben, oder wir schießen!«

Das Licht bewegte sich schneller – und verschwand in der Wand.

Einen Augenblick lang war Thora wie gelähmt, dann erkannte sie, was geschah. Ihre Rettung. Sie rannte auf die Wand zu. Eine verborgene Tür öffnete sich für sie, gewährte ihr Einlass. Mit einem Sprung war sie durch. Sie kam auf, wirbelte herum und sah Rhodan und Marshall, die durch die Röhre torkelten.

Hinter ihnen strömten Soldaten in den Gang.

»Stehen bleiben!«

Der Vorderste der Soldaten hob das Gewehr, zielte und drückte ab. Einige Schüsse schlugen über den Köpfen Rhodans und Marshalls ein, prallten an dem Stahl ab und heulten als Querschläger durch die Röhre.

Dann waren die beiden Menschen heran. Die verborgene Tür schloss sich hinter ihnen, schützte sie vor dem Kugelhagel, der ihnen folgte.

Die Notzentrale erwies sich als kleiner, kahler Raum, gerade groß genug für Thora und die beiden Menschen.

»Das ist sie?«, fragte Rhodan. »Sie sind sich sicher?« Er führte John Marshall, der sich auf seine Schultern stützte an die Wand, löste sanft den Griff. Der Gedankenleser sank an der Wand hinab, blieb gegen sie gelehnt sitzen. Er war bleich, das Weiß seiner Augen hatte einen gelben Stich angenommen.

»Ja, natürlich.« Thora bemühte sich, ihre Enttäuschung zu verbergen. Der Raum war staubig. Es stank nach Schimmel. Ein mechanisch im Boden verankerter Sessel war die einzige Einrichtung, die zu sehen war. Immerhin, sie waren vor den Soldaten sicher. Die Notzentrale war gepanzert.

»Gibt es hier Wasser für John?« Rhodan drehte sich langsam auf dem Absatz.

»Ich hoffe es.« Thora glitt in den Sessel. Ein holografisches ?Menü entstand automatisch vor ihr, bildete eine aus sich selbst heraus leuchtende Sichel. Sie berührte es. Aus der nackten Wand zu ihrer Rechten löste sich ein Nahrungs- und Wasserdispenser heraus. Es musste Rhodan wie pure Magie anmuten. Der Mensch ging mit der Selbstverständlichkeit auf den Dispenser zu, als handele es sich um einen ihm vertrauten Wasserhahn, formte mit beiden Händen eine Schale und hielt sie unter die Öffnung.

Der Wasserstrom blieb aus.

Thora wischte über das Holomenü, rief eine Anzeige auf. »Der Tank ist leer. John muss noch etwas durchhalten.«

Die Arkonidin wandte den Kopf ab, damit Rhodan nicht die Tränen in ihren Augen sah. Der leere Tank traf sie. Arkonidische Technik, die versagte. Es war diese märchenhafte Technologie, auf der ihr Anspruch der Überlegenheit beruhte – und es war dieselbe Technologie, von der ihr Überleben abhing.

Thora machte eine Geste. Ein zweites Holo entstand. Es schwebte in Kopfhöhe und mutete wie ein Fenster an. Es blickte auf die

Zentrale des Schiffs. Sie war voller Menschen. Soldaten in Uniformen, Dutzende Männer und Frauen in Overalls. Techniker, Wissenschaftler, Spezialisten. Menschen, denen es gelungen war, diesem Schiff, das jenseits ihrer Vorstellungskraft lag, zumindest in Teilen ihren Willen aufzuzwingen – der Energieschirm, der nach wie vor aktiviert war, belegte es.

In der Mitte der Zentrale stand de Soto. Der wuchtige General war über ein primitives irdisches Computer-Tablet gebeugt, las eine Nachricht oder einen Bericht in einer Seelenruhe, als hätte er nicht rätselhafte Eindringlinge an Bord. Er erinnerte Thora an ihren Onkel Charron da Gonozal. Der unerschütterliche Charron hatte die Expedition der AETRON erst möglich gemacht, gegen den ausdrücklichen Willen des Regenten. Thora fragte sich, was aus ihm geworden war. Der Regent vergaß nie eine Niederlage. Charron würde für sein Vorgehen bezahlen, früher oder später. Wenn er es nicht bereits getan hatte.

»De Soto hat die Ruhe weg.« Rhodan war neben sie getreten. »Kein Wunder. Er weiß, dass er nur warten muss. Der Schirm verhindert, dass wir Hilfe von außen bekommen. Und hier im Schiff hat er eine erdrückende Übermacht ...«

»Ja. Aber de Soto ahnt nichts von der Notzentrale.«

»Dabei soll es auch bleiben. Vorerst. In welchem Zustand ist das Schiff? Ist es startbereit?«

Thora schob das Holo beiseite, ging die Statusmeldungen des Schiffs durch. Es sah übel aus. Einen Augenblick fühlte sie sich in ihre Jugend zurückversetzt, an die Akademie auf Arkon. Die Ausbilder hatten einen geradezu sadistischen Hang besessen, die Kadetten mit unmöglich zu bewältigenden Simulationen zu konfrontieren. Zumindest waren sich die Kadetten, von denen nur jeder zehnte zur Flotte zugelassen wurde, darin einig gewesen. Jetzt erkannte Thora, dass sie sich geirrt hatten: Die Ausbilder hatten lediglich die Realität abgebildet. Ihre Härte war tatsächlich Güte gewesen.

»Was ist, Thora?«, drängte Rhodan. »Sieht es so schlimm aus?«

Thora gab sich einen Ruck. »Es sieht zumindest nicht gut aus. Vier der sechzehn Impulstriebwerke sind ausgefallen, drei weitere erbringen nur noch zwischen einundzwanzig und sechsundvierzig Prozent der Soll-Leistung. Einer der beiden Fusionsreaktoren ist einsatzbereit, der zweite wird es in voraussichtlich vierzehn Stunden sein, prognostiziert die Autoreparaturroutine. Die Andruckabsorber und der Antigrav in ungefähr siebzehn Stunden.«

»Die Andruckabsorber – das sind die Geräte, die die g-Beschleunigung neutralisieren?«

»Ja. Jedes arkonidische Raumschiff ist mit ihnen ausgestattet. Ohne Andruckabsorber könnten wir nur einen Bruchteil der Triebwerksleistung ausnutzen.«

»Bis nach Terrania kommen wir ohne sie aus«, sagte Rhodan.

»Ich denke, ja.« Thora rief weitere Statusmeldungen auf. »Aber der Ausfall des Antigravs ist gravierender. Ohne Antigrav ist die TOSOMA IX nur über die Impulstriebwerke in der Luft zu halten. Die Serie von Explosionen, die Iwan Goratschin ausgelöst hat, hat die Masseverteilung des Schiffs verändert. Dazu kommen die ausgefallenen und angeschlagenen Impulstriebwerke.«

»Ihre Positroniken sollten das spielend ausgleichen. Die Bordcomputer der STARDUST ...«

»Wir haben keine Positronik zur Verfügung.«

»Was?«

»Die Explosionen haben Teile der Positronik und der Redundanzrechner zerstört. Was übrig war, hat sich nach dem Absturz selbst blockiert, um dem Gegner keine Informationen in die Hand fallen zu lassen. De Sotos Leute waren klug genug, die Positronik bisher nicht anzufassen. Sonst hätte sie sich selbst vernichtet.«

Rhodan musterte sie skeptisch. »Und das Schiff selbst. Etwas zu drastisch, wenn Sie mich fragen.«

»Nein«, widersprach Thora. »Die einzige Möglichkeit. Es ist das Erste, was Kadetten auf Arkon lernen. Keine Daten an den Gegner. Insbesondere nicht die Position der eigenen Welten und Stützpunkte. Andernfalls beschwört man unvorstellbare Gefahren herauf.«

»Ich werde es mir merken. Aber Sie haben meine Frage noch nicht beantwortet: Können Sie das Schiff in die Luft bringen oder nicht?«

»Ich kann es. Aber was wäre damit gewonnen? De Soto und seine Leute sind wir damit nicht los.«

»Doch. Im Augenblick sind wir in der Unterzahl. Landen wir erst in Terrania, sind *sie* es.«

Natürlich. So offensichtlich. Und eigentlich hätte sie selbst darauf kommen sollen. *Meist ist der Umweg der kürzeste Weg!,* hatten ihnen die Ausbilder immer wieder eingebläut.

»Langsam verstehe ich, wie Sie es geschafft haben, Crest auf Ihre Seite zu ziehen ...«, sagte Thora.

»Sie irren sich«, antwortete Rhodan. »Wir standen niemals auf verschiedenen Seiten.«

Thora sagte nichts. Sie rief die Steuerung auf. Mehrere Holos entstanden, gespeist von den im Rumpf integrierten Außenkameras. Viel war nicht zu sehen. Der Schirm lag eng um das Schiff wie eine Hülle, die man über den Rumpf gestülpt hatte. Mehrere der Stege fehlten, sie mussten im Schirm verpufft sein. Doch die Außenwände der Grube hielten.

Rhodan bemerkte ihren skeptischen Blick. »Die Wände werden abrutschen, sobald die Triebwerke einsetzen.«

»Wahrscheinlich.«

»Lose Erde und Geröll werden in den Schirm rutschen. Kann er eine solche Masse absorbieren?«

»Ja. Aber wir werden keinen Schirm haben. Ich benötige die Kraftwerksleistung für die Triebwerke.«

»Der Rumpf hält die Belastung aus?«

»Spielend.« Der Sessel war mit Gurten ausgestattet. Primitive Technologie, aber passgenau für verzweifelte Situationen wie diese. Thora legte die Gurte an. »Setzen Sie sich zu John und halten Sie ihn fest. Ich kann für nichts garantieren.«

Sie schaltete den Schirm ab. Über das Holo sah sie, wie in die Menschen der Zentrale Unruhe kam.

Thora gab vorsichtig Schub, einen Bruchteil der Leistung, die die Impulstriebwerke aufbrachten. Ein Test, um zu sehen, wie die Triebwerke auf echte Belastung reagierten. Nummer dreizehn, bislang als funktionstüchtig aufgeführt, reagierte nicht.

Das Schiff erbebte. Ein ohrenbetäubend lautes Schrammen erfüllte den Raum. Es durchdrang alle Räume des Schiffs, wusste Thora. Ein Prasseln gesellte sich dazu, als Teile der Grubenwände ins Rutschen kamen und Steine und Geröll gegen den Rumpf knallten.

Thora erhöhte die Leistung. Quälend langsam wie eine der primitiven Raketen der Menschen löste sich das Schiff vom Boden. Die einstürzenden Wände rieben und kratzten am Rumpf, dann kam das Schiff frei. Die Außenkameras fingen das Flusstal ein, das im hellen Licht der Nachmittagssonne lag. Die verkohlten Ruinen von Fort Sunrise stachen heraus, daneben der Landeplatz, in seiner Mitte das ausgebrannte Wrack eines Hubschraubers.

De Soto hatte nicht gezögert. Thora hatte es nicht anders erwartet. Sie hätte an seiner Stelle nicht anders gehandelt. Doch sie zweifelte nicht daran, dass Sid ihre Gefährten in Sicherheit gebracht hatte. Mercant war ein Gespür zu eigen, mit dem er vielleicht sogar in der Schlangengrube des Regentenhofs hätte bestehen können.

Geschützläufe schwenkten herum, richteten sich auf das Schiff.

Soldaten warfen sich auf den feuchten Boden, zielten mit ihren Gewehren. Sie feuerten nicht. Erkannten die Menschen, dass sie nichts gegen das Schiff ausrichten konnten? Oder folgten sie dem Befehl de Sotos, der zu klug war, um seine Grenzen nicht zu kennen?

Thora erhöhte den Schub. Der Beschleunigungsdruck presste sie in den Sessel. Das Schiff gewann an Höhe, und Thora nahm Kurs nach Osten, Richtung Atlantik. Das Dröhnen der Triebwerke flachte ab, als das Schiff die Schallmauer durchstieß. Thora beschleunigte weiter.

Sie hatten es geschafft!

Thora sah zu Marshall. Der Telepath hatte die Augen wieder geöffnet. »Halten Sie durch, John! Bald sind wir in Terran...«

Ein brutaler Schlag schnitt ihr das Wort ab.

Kapitel 11

26. Juli 2036
Reginald Bull

»Der Roboter ist verschwunden?«, rief Crest. Der alte Arkonide kam aus der Zimmerecke, in die er sich vor Tatjana Michalowna geflüchtet hatte. Er ignorierte den Stock, der auf dem Boden lag. Der Schock, den Bulls Eröffnung ausgelöst hatte, hielt ihn aufrecht. »Wie ist das möglich?«

»Wir wissen es nicht«, sagte Bull. »Noch nicht.« Er bedeutete den Soldaten, die Waffen zu senken. Tatjana Michalowna stand drei Schritte von Crest entfernt. Sie konnte ihm nichts tun. Nicht diese beinahe ausgezehrt wirkende Frau, die ihn aus großen – vor Überraschung geweiteten? – Augen anstarrte. »Spezialisten der chinesischen Armee untersuchen in diesem Augenblick das Behandlungszimmer, die Klinik und das Erdgeschoss des Stardust Towers auf Spuren. Ich bin sicher, sie werden Erfolg haben. Bai Jun hat während der Belagerung die Besten der Besten in die Gobi geholt.«

Bull wünschte sich, er wäre so zuversichtlich, wie er sich gab. Ricos Verschwinden war unerklärlich. Unmöglich. Eigentlich.

»Aber natürlich wäre ich erfreut, wenn wir die Angelegenheit abkürzen könnten. Miss Michalowna?« Er wandte sich der Russin zu. »Wo ist der Roboter? Was haben Sie mit ihm angestellt?«

»Ich weiß es nicht. Ich habe nichts mit seinem Verschwinden zu tun!«

»Ja? Darf ich Sie erinnern, was sich in der letzten Stunde zugetragen hat?« Bull stemmte die Hände in die Hüften, baute sich breitbeinig vor der Telepathin auf. »Die Überreste des Roboters Rico treffen in Terrania ein, getarnt als medizinische Versorgungsartikel. Nur Dr. Manoli und Dr. Haggard wissen darum sowie um den Ort, an dem die Untersuchung stattfindet. Und eine halbe Stunde später spazieren Sie hinein – die Gedankenleserin! –, locken Crest unter einem Vorwand hinaus und veranlassen uns, die Überreste allein zu lassen ... und schwupp! Eine weitere halbe Stunde später hat sich der Roboter in Luft aufgelöst! Wie erklären Sie das?«

»D... das kann ich nicht.« Tatjana Michalowna schwankte. »Ich wusste nichts von einem Roboter. Ich wollte nur mit Crest sprechen. Es war nicht meine Idee, dass Sie, Manoli und Haggard den Raum verlassen!«

Das war richtig, musste sich Bull eingestehen. Manoli hatte den Vorschlag gemacht, eine Pause an der frischen Luft einzulegen. Aber, ermahnte Bull sich, er hatte keinen gewöhnlichen Menschen vor sich.

»Und worüber haben Crest und Sie geplauscht? Den Wetterbericht?«

»Das geht Sie nichts an!«

Bull sah auffordernd zu Crest. Der Arkonide blinzelte und wandte den Kopf ab. Er sagte nichts.

Was ging hier vor?

»Glauben Sie mir doch, Mister Bull«, beteuerte die Russin. »Die Angelegenheit ist privat.«

Reginald Bull schnaubte. »Für wie dumm halten Sie mich eigentlich? Privat! Sie kennen Crest nicht! Das Einzige, was Sie ...«

Er zwang sich, nicht weiterzureden. Michalowna war dem Suggestor Clifford Monterny eine loyale Helferin gewesen. Aber nicht, weil er sie mit seiner Suggestivgabe dazu gezwungen hätte. Die Telepathin war immun gegen Monternys Psi-Kräfte gewesen. Sie hatte ihm aus freien Stücken gedient. Sie hatte Crest verhört.

Bull trat auf die Telepathin zu, um ihr aus nächster Nähe, von Angesicht zu Angesicht, zuzureden. Auf halbem Weg hielt er an. Ihr Atem stank nach Schnaps. Bull verharrte. Die Russin war angetrunken! Im selben Moment, als er es erkannte, zerbrach das Bild, das er sich von ihr gemacht hatte. Tatjana Michalowna war kein finsterer Übermensch, der mittels seiner telepathischen Gabe gewöhnliche Menschen manipulierte, sie wie ein Marionettenspieler an unsichtbaren Fäden führte.

Tatjana Michalowna war ein gewöhnlicher Mensch.

Ein schwacher, verzweifelter Mensch.

»Miss Michalowna«, sagte er leise. »Bitte helfen Sie uns! Ich haben Ihnen eben die Umstände erklärt – wie soll ich Ihnen vertrauen?«

Sie senkte den Kopf, hob ihn wieder. »Ich ... ich habe einen Vorschlag. Ich bin bereit, mich John Marshall zu öffnen. Unter der Bedingung, dass er für sich behält, was er in meinen Gedanken liest. Er wird Ihnen sagen, dass ich nichts mit der Sache zu tun habe. John vertrauen Sie doch, oder?«

»Das tue ich. Aber John ist nicht in Terrania, das wissen Sie.«

»Das wusste ich nicht. Sie überschätzen mich.«

Tat er das? Er versuchte, die Frau, die vor ihm stand, mit anderen Augen zu sehen. Tatjana Michalowna war Mitte zwanzig. Eine zierliche Frau mit vollen, für seinen Geschmack zu grell geschminkten Lippen. Sie kam aus Petersburg. Er versuchte, sie sich in ihrer Heimat vorzustellen. Bull hatte vor einigen Jahren einige Tage in der großrussischen Hauptstadt verbracht, auf einer Goodwilltour, zu der NASA-Flight-Director Pounder ihn gezwungen hatte. Bull hatte sich gesträubt, hatte Kälte und Dunkelheit und düstere Menschen erwartet. Aber Petersburg im Juni war ein warmer, lebendiger Ort gewesen. Mit langen Tagen, die nicht zu Ende hatten gehen wollen, und mit jungen Leuten, die überall auf den Plätzen der Stadt feierten.

Tatjana Michalowna war jung – aber sie gehörte nicht in diese Welt der Leichtigkeit. Ihre Lippen waren aufgeplatzt, Schweiß verklebte ihre Haare, und in den Augenwinkeln hatten sich vor der Zeit Krähenfüße in die Haut gegraben. Ihre Gabe, verstand Bull, war eine Last, die die Russin niederdrückte, sie zu ersticken drohte.

Die Telepathin merkte, dass es in ihm arbeitete. »Mister Bull, ich bin bereit, mein Inneres komplett offenzulegen. Was kann ich noch tun?« Sie sah ihn an. Ihr Blick war flehend.

»Sie gehören nicht hierher«, entgegnete er, einer plötzlichen Eingebung folgend. »Wieso gehen Sie nicht?«

»Ich würde nichts lieber tun. Ich habe nicht in Ihre Stadt gewollt.«

»Es ist nicht meine Stadt.«

»Mag sein.« Sie zuckte die Achseln. »Aber Sie haben recht. Ich gehöre nicht hierher. Nur: Können Sie mir einen Ort auf der Erde nennen, an den ich gehöre?«

»Sie könnten zurück in Ihre Heimat, nach Russland.«

»Russland ist nicht mehr meine Heimat. Außerdem würde ich nicht über die Grenze hinauskommen. Der Geheimdienst weiß, wer ich bin. Und was ich kann. Ich bin zu wertvoll, um mich in Ruhe zu lassen.«

Und zu gefährlich!, dachte Bull. Kein Staat der Welt würde Tatjana Michalowna ungeschoren lassen. Eine Gedankenleserin war eine potenziell unbezwingbare Waffe – und eine, die man vorzugsweise auf der eigenen Seite wusste.

Die Vernunft sagte Bull, dass das auch für ihren Traum für Terra galt. Sie brauchten Menschen wie Tatjana Michalowna, damit er Wirklichkeit wurde.

Sein Gefühl sagte Bull, dass er diese Frau aus der Stadt jagen sollte. Er wünschte sie sich nur weg. Wünschte, dass statt tausend unlösbar scheinenden Aufgaben sich nur neunhundertneunundneunzig vor ihm auftürmten.

Was sollte er mit ihr anstellen?

Bai Jun enthob ihn einer Antwort. Der ehemalige General trat in Crests Apartment. Er trug ein Datenvisier, das sein Gesicht ab der Mitte der Wangen verdeckte. Lichtreflexe, in denen Bull eingehende Statusmeldungen erkannte, huschten über das Display.

Bai Jun blieb neben Bull stehen, klappte das Visier hoch. »Terrania ist abgeriegelt. Nicht einmal eine Wüstenmaus kommt mehr unerkannt hinein oder hinaus.«

»Haben Sie schon erste Mäuse gefangen?«

»Nein, aber das ist nur eine Frage der Zeit. Meine Leute sind überall in der Stadt und in den Tunneln, die die Belagerer angelegt haben, unterwegs. Wer immer hinter diesem Diebstahl stecken mag, wird nervös werden und einen Fehler begehen. Dann schlagen wir zu.«

Der Blick des Generals hatte etwas Glasiges. Als wäre er nur mit einem Teil seiner Aufmerksamkeit zugegen. Eine Beobachtung, die zutraf, wie Bull im selben Moment erkannte. Bai Jun trug ein Headset im Ohr, lauschte den einlaufenden Berichten.

»Was ist mit der Klinik?«

»Wir sind an der Arbeit. Meine Leute haben DNA-Spuren gefunden, die weder Ihnen noch Crest, noch Miss Michalowna oder den beiden Ärzten zugeordnet werden können. Wir überprüfen das Personal der Klinik und werden die Betreffenden beizeiten befragen.«

Bai Jun drehte den Kopf weg, flüsterte auf Chinesisch in sein Headset.

»Sie sehen, Miss Michalowna«, sagte Bull, »Ihre Komplizen sind so gut wie gefasst. Ich bitte Sie: Überdenken Sie noch einmal Ihre Entscheidung! Sagen Sie uns die Wahrheit! Ich gebe Ihnen mein Ehrenwort, dass Ihnen nichts geschehen wird.«

Die Russin schlug die Hände vor das Gesicht und sank mit dem Rücken gegen die Wand. Die Telepathin schluchzte leise.

»Mister Bull?«, sagte Crest vorsichtig. Der Arkonide schien einen Entschluss gefasst zu haben. Er suchte Blickkontakt mit Reginald Bull – und hielt ihm stand. »Sie irren sich. Diese Frau ist unschuldig.«

Und wieso rücken Sie damit erst jetzt heraus?, dachte Bull. *Wieso haben Sie die ganze Zeit geschwiegen? Was haben* Sie *zu verbergen, Arkonide?*

»Ich würde Ihnen nur zu gern glauben, Crest.«

»Mein Wort genügt Ihnen nicht?«

»Wenn ich ehrlich bin, nein.« Bull strich sich über das Kinn, auf dem kratzige rote Stoppeln sprossen. »Zu viel steht auf dem Spiel. Terrania ist ein Traum, der in Erfüllung gegangen ist. Ein Symbol der Hoffnung. Auf eine bessere Welt, eine gerechtere Gesellschaft. Sie wissen das so gut wie ich. Dieser Turm, der nach Ihren Entwürfen gebaut wird, ist der handfeste Beweis.« Bull stampfte auf. »Aber noch ist Terrania ein Brückenkopf, der jederzeit überrannt werden kann. Um uns zu halten, brauchen wir jedes Stück arkonidischer Hightech, das wir in die Finger bekommen können.«

»Darf ich Sie darauf hinweisen, dass dieser Roboter kein arkonidisches Erzeugnis ist? Darüber hinaus handelt es sich um Trümmer.«

»Sie dürfen. Beide Hinweise sind korrekt, beide sind nebensächlich. Diese Trümmer sind Erzeugnisse einer Technologie, die der arkonidischen noch weit überlegen sein dürfte. Nicht wahr?«

Crest antwortete nicht und bestätigte damit Bulls Vermutung.

»Wir können aus den Trümmern dieses Roboters unendlich viel lernen. Deshalb kann ich diese Sache nicht auf sich beruhen lassen. Deshalb werde ich notfalls Himmel und Hölle in Bewegung setzen, um herauszufinden, was geschehen ist. Und deshalb frage ich Sie ein letztes Mal: Was hatten Sie und Tatjana Michalowna zu besprechen?«

Ein feuchter Glanz trat in Crests Augen. Tränen lösten sich und rannen über die Wangen des Arkoniden. »Es tut mir leid, Mister Bull. Ich kann es Ihnen nicht sagen. Unser Gespräch war vertraulich.«

Reginald Bull war es gewohnt, gegen Mauern zu rennen und sich eine blutige Nase zu holen. Er war ein dickes Kind gewesen. Der Fettsack, den auf dem Schulhof alle hänselten, beim Sportunterricht auslachten und auf dem Heimweg verdroschen. Seine Eltern, die damit beschäftigt gewesen waren, sich gegenseitig die Schuld daran zuzuschieben, dass ihr Leben nicht so verlaufen war, wie sie sich das vorgestellt hatten, hatten seine Not nicht bemerkt. Der junge Reginald war geflohen. In sich selbst und zu den Sternen in Büchern und Filmen. Und nach und nach hatte er in sich die Kraft gefunden zu bestehen. Aus dem dicken Jungen war ein kräftiger junger Mann geworden. Aus dem Sohn eines arbeitslosen Automobilarbeiters ein Stipendiat, dann ein Testpilot und schließlich ein Astronaut.

Jeden Meter seines Weges hatte sich Reginald Bull aus eigener

Kraft geebnet. Oft hatte seine gewinnende Freundlichkeit ihm weitergeholfen, aber mindestens ebenso oft seine Hartnäckigkeit, die an Sturheit grenzte. Ein Schlag ins Gesicht war für Bull lediglich die Aufforderung, sich den nächsten abzuholen, hatte Eric Manoli einmal angemerkt und damit den Nagel auf den Kopf getroffen. Nur, hatte der Arzt hinzugefügt, diese Strategie war nicht immer klug. Es gab Situationen, in denen Hartnäckigkeit eine Sackgasse darstellte, die einem statt einer blutigen Nase nur zwei, drei oder vier einhandelte. Manchmal durfte man nicht mit dem Kopf durch die Wand. Manchmal musste man die Wand erklettern. Oder sie umgehen. Oder sie mit einem einzigen Satz nehmen.

Aber wie das anstellen? Crest und Michalowna hatten ein Geheimnis – und sie würden es für sich behalten, ganz gleich, ob er bat, bettelte oder drohte.

Diese Wand war unüberwindlich.

»Mister Bull?« Bai Jun war wieder an seine Seite getreten.

»Was ist?«

»Wir empfangen einen Hilferuf über Funk. Ein paar Freiwillige haben Schmuggler gestellt, aber sie sind ihnen nicht gewachsen.«

Ein Gedanke kam ihm: Was, wenn er der Wand den Rücken kehrte?

»Wo sind sie?«

»Etwa vierzig Kilometer nordwestlich von Terrania, in der Wüste.«

Die Chance, dass diese Schmuggler die Diebe Ricos waren, war verschwindend gering. Aber es würde ihm guttun, endlich wieder etwas anderes zu tun, als endlos zu reden, sich blutige Nasen zu holen – und hinterher würde er vielleicht wissen, wie er vorzugehen hatte.

»Haben Sie einen Hubschrauber für uns einsatzbereit?«

Bai Jun lächelte. »Er ist eben auf dem Dach des Stardust Towers gelandet.«

»Ich hatte nichts anderes von Ihnen erwartet.« Er erwiderte das Lächeln. »Los, gehen wir! Die Soldaten werden dafür sorgen, dass Miss Michalowna uns nicht auch noch verloren geht!«

Der Halb-Chinese rührte sich nicht vom Fleck.

»Worauf warten Sie, Bai Jun?«

»Auf nichts. Ich komme nicht mit.«

»Wieso das?«

»Mein Platz ist hier. Ein guter General stellt sich nicht an die Spitze seiner Truppen, er stellt sich hinter sie. Er sorgt dafür, dass ihr

Einsatz wohl überlegt und wohl ausgestattet ist, und das gilt auch für ehemalige Generäle.«

Bull musterte den kleinen, dunkelhäutigen Mann, der vor ihm stand. »Ich danke Ihnen, Bai Jun«, sagte er und wandte sich zum Gehen, um sich im Antigravschacht in die Höhe zu hangeln.

Ein Ruf hielt ihn zurück. »Mister Bull, einen Augenblick!«

Tatjana Michalowna stand in der Mitte des Raums. Sie weinte nicht mehr, aber ihre Augen waren gerötet. »Nehmen Sie mich mit!«

»Weshalb?«

»Ich weiß nicht, was Sie vorhaben – aber vielleicht können Sie dabei eine Gedankenleserin gebrauchen?«

Reginald Bull zögerte – und gab sich einen Ruck. »Gut möglich. Kommen Sie!«

Kapitel 12

26. Juli 2036
Mildred Orsons

Vier Minuten nachdem der Geländewagen sie am Stadtrand von Terrania in einer Staubwolke hatte stehen lassen, traten Julian Tifflor, Mildred Orsons und Timothy Harnahan in einen Rohbau am Nordwestende der Stadt.

Julio erwartete sie mit hochgeklapptem Visier, die Arme verschränkt und stolz auf sein Werk: zwei Royal Enfield Bullets, die glänzten, als hätten sie eben das Werk im indischen Chennai verlassen.

Nach vier Minuten und dreißig Sekunden hatte Julian Tifflor sich bei Julio mit einem Schulterklopfen bedankt, den Helm übergezogen und raste hinaus in die Vormittagssonne.

Timothy sah ihm keuchend und fassungslos nach. »Das ist aussichtslos! Sie sind längst über alle Berge. Er kann sie unmöglich einholen.«

Mildred war auf die Bullet gestiegen. Der abgenutzte Ledersattel, an dem sie sich die ersten Tage so gestört hatte, fühlte sich vertraut an. »Da kennst du Tiff schlecht. Bist du dabei, Timothy?«

»Klar! Was denkst du?« Timothy beeilte sich, hinter sie auf den Sitz zu klettern.

Mildred setzte den Helm auf und ließ den Motor an. Er sprang augenblicklich an, dröhnte kraftvoll. Julio hatte nicht nur das Chrom der Maschinen gewienert. Sie gab dem Spanier, der davon träumte, sich mit Maschinen zu verbinden, einen hochgestreckten Daumen und Gas.

Von hinten hörte sie einen erschreckten Aufschrei. Gleich darauf klammerte sich Timothy fest an sie. Seine Finger drückten ihr beinahe schmerzhaft in die Hüften.

»Dein Freund ist verrückt!«, brüllte er.

Es war gerade laut genug, dass sie ihn trotz des Fahrtwinds und des hochtourig laufenden Motors verstehen konnte.

»Ich weiß«, antwortete sie.

Mildred zog Julian oft genug damit auf. Eigentlich jeden Tag. Ihren »Weltraumkadetten«. Julian *war* verrückt. Auf seine Art. Er setzte sich ständig Sachen in den Kopf, die unmöglich waren. Sich als Ausländer in die verbotene Stadt Lhasa einzuschleichen. Afghanistan, seit Jahrzehnten ein Kriegsschauplatz, zu Fuß zu durchqueren. Mit ausgedienten ehemaligen Militärmotorrädern von Ulan-Bator nach Terrania vorzustoßen. Oder eben Verfolgungsjagden durch die Wüste.

Setzte sich Julian etwas in den Kopf, ließ er sich durch nichts und niemanden aufhalten. Doch es gab eine Sache, die ihm noch wichtiger war als Abenteuer: Gerechtigkeit.

Mildred glaubte, dass Julian diesen Zug von seinem Vater übernommen hatte. Dem Vater, vor dessen alles erdrückendem Schatten Julian davongelaufen war. William Tifflor war einer der Topanwälte der Vereinigten Staaten, seine Honorare bewegten sich im zweistelligen Millionenbereich. Gleichzeitig hatte sein Vater sich immer wieder ohne Honorar für Menschen eingesetzt, die keine Mittel besaßen, um Gerechtigkeit für sie zu erstreiten: schon während seines Studiums für die Internierten von Guantanamo Bay, später für Occupy-Aktivisten, aber auch für radikale Libertarianer und rechtsgerichtete Waffennarren. Oder, wie zuletzt, für den Außerirdischen Crest da Zoltral. William Tifflor hatte es gewagt, den alten Arkoniden in dem Schauprozess zu verteidigen, den US-Präsident Drummond in Washington hatte inszenieren lassen. Julians Vater hatte die Inszenierung kräftig durcheinandergewirbelt – und hatte damit möglicherweise sein Leben verspielt. William Tifflor war spurlos verschwunden.

Julian hatte sich bei ihr oft über seinen Vater beklagt. Er wollte anders sein – und glich ihm weit mehr, als ihm bewusst war.

Gerechtigkeit war der eigentliche Grund, weshalb Julian Tifflor vor ihr in einer Staubwolke in die Wüste raste. Nicht drei Flaschen Wasser. Nicht, was dieser Mann in Terrania gestohlen haben mochte. Sondern dass dieser Mann sich herausnahm, seine Rechte über die seiner Mitmenschen zu stellen.

Terrania blieb rasch hinter ihnen zurück. Mildred konzentrierte sich auf die Staubwolke, die Julians Weg unübersehbar markierte. Sie folgte ihr, achtete aber darauf, schräg hinter ihr zu bleiben. Sie hatte genug Sand und Staub geschluckt.

Nach und nach schloss sie auf. Die Maschine lief sauber, besser als je zuvor. Julio hatte sie von der schweren Ausrüstung befreit, die sie für die Wüstenquerung gebraucht hatten. Timothy war ein Fliegengewicht im Vergleich, fiel buchstäblich kaum ins Gewicht.

Trotzdem standen ihre Chancen schlecht. Der Geländewagen hatte mehrere Minuten Vorsprung. Die Piste war sandig, in den vergangenen Wochen von unzähligen Rädern aufgewühlt. Senken hatten sich gebildet. An manchen Stellen schien der Sand so tief, dass die Bullet darin zu versinken drohte.

Immer wieder geriet die Maschine ins Schlingern, musste Mildred Gas herausnehmen, die Bullet einige Augenblicke lang gleiten lassen, bis sie sich wieder stabilisiert hatte, um dann vorsichtig wieder zu beschleunigen.

Der Geländewagen hatte es einfacher. Sein Allradantrieb war rechnergesteuert, verhinderte, dass einzelne Räder durchdrehten oder der Wagen ins Schleudern geriet. Der Fahrer musste einfach Gas geben, den Rest regelte der Bordrechner.

Mildred und Julian hatten nur das Gespür für die Wüste, das sie sich in den letzten Tagen erworben hatten.

Timothy drängte sich noch enger an sie. Er war steif wie ein Brett. »Was denkst du, was hat der Typ gestohlen?«, brüllte sie, um Timothy von seiner Angst abzulenken.

»Schwer zu sagen«, brüllte er zurück. »Sah aus wie eine Leiche. Oder Teile davon. Gruselig!«

»Das glaube ich nicht. Was sollen sie mit einem Toten anfangen? Und da war Metall!«

»Ja, schon.«

»Ein arkonidischer Roboter?«, riet sie.

»Kaum. Ich habe noch keinen gesehen, der aussieht wie ein Mensch!«

Die Staubwolke, die Julians Standort markierte, war zum Stehen gekommen. Julian hatte angehalten. Er winkte Mildred zu, bedeutete ihr, neben ihm zu halten.

Julian hatte den Helm abgenommen. Staub war in das Innere gedrungen. Er hatte sich in dunklen Striemen auf seiner nackten Haut abgelegt, betonte noch die Kantigkeit seiner Züge.

»Da vorne! Das müssen sie sein!« Er streckte den Arm aus, zeigte auf eine Staubwolke, die sich nach Nordwesten entfernte.

»Dort ist nur Wüste!«, warf Timothy ein.

»So ist es. Deshalb haben sie versucht, sich mit Wasservorräten auszustatten.«

»Aber dort draußen gibt es nichts!«

»Einige hundert Kilometer weit nicht. Aber im Norden liegt die Mongolei. Dort herrscht praktisch Bürgerkrieg. Der passende Ort, um mit seiner Beute unterzutauchen, findet ihr nicht?« Er beugte sich vor und wischte mit der flachen Hand über das Display des Pods, der in der Lenkermitte angebracht war. »Mildred, sieh dir die Karte an!«

Mildred wischte ebenfalls über ihr Display, hielt dann beide Hände um seine Ränder, als wolle sie eine Kerzenflamme vor dem Wind schützen. Es war Vormittag geworden. Die Sonne stand hoch, sorgte dafür, dass das von Sand und Staub abgeschmirgelte Display nur mit Mühe lesbar war.

»Auf dem Weg nach Terrania sind wir hier in ungefähr zehn Kilometern Entfernung vorbeigekommen«, sagte Julian. »Im Süden und Westen erstreckt sich weiter die Ebene, schließt sich die Sandwüste der westlichen Mongolei an.«

Mildreds Pod übernahm automatisch die Bildschirmdarstellung von Julians Gerät, zeigte fast ausschließlich konturloses Braun. Dann verschob er den Ausschnitt. Höhenlinien erschienen. Hügel, die von lang gestreckten, beinahe schnurgeraden Tälern durchzogen wurden.

»Im Norden beginnt die Felswüste«, erklärte Julian. »Wenn die Mongolei ihr Ziel ist, müssen sie sie durchqueren – und dieses Tal hier ist der schnellste Weg. Es gibt dort eine Piste, die für Geländewagen befahrbar ist.« Einer der Einschnitte auf dem Display leuchtete auf. »Aber«, fuhr er fort, »ein zweites, engeres Tal verläuft parallel dazu.« Ein zweiter Einschnitt leuchtete auf. »Beide Täler münden auf diesem Höhenrücken. Seht ihr das?«

»Ja.« Timothy war im Sitz aufgestanden, lugte über Mildreds Schultern auf das Display. »Aber was nützt uns das?«

»Wir trennen uns. Ihr bleibt an dem Geländewagen dran. Ich fahre durch das parallel führende Tal, überhole den Wagen, drehe um und versperre ihm an dieser Engstelle den Weg.« Julian zoomte die Karte heran. »Kurz vor der Mündung in den Höhenrücken müssen sie zwischen diesen Felsen durch. Die Engstelle reicht genau aus, um ein Fahrzeug passieren zu lassen – solange sich ihm kein Hindernis in den Weg stellt. Klar?«

Er zog den Helm auf, ohne eine Antwort abzuwarten, und fuhr los. Mildred folgte ihm. Innerhalb einer Minute hatten sie die Mündung des engen Tals erreicht. Julian bog ab, verschwand rasch zwischen den über den Boden verstreuten, mannshohen Felsen.

Mildred fuhr weiter über den trügerisch weichen Sand, bis sich die Mündung des breiteren Tals vor ihr öffnete. Sie schlug nach rechts ein. Der Sand blieb hinter ihnen zurück, abgelöst von Felsen und Geröll. Mildred beschleunigte. Die Bullet, befreit von den unsichtbaren Krallen, mit denen der Sand sie festgehalten hatte, folgte willig. *Das* war ihre Chance. Der schwere Geländewagen war in diesem Gelände im Nachteil. Sie würden ihn einholen – wenn Julians Spekulationen zutrafen und die Diebe diese Strecke genommen hatten.

Eine eher zu erahnende als zu sehende Fahrspur führte in weiten Bogen das Tal hinauf, überquerte mehrmals das Geröllfeld im Talboden. Es war ein saisonales Flussbett. Es regnete selten in der Gobi. Aber wenn es regnete, fiel das Wasser in solchen Mengen vom Himmel, dass sich innerhalb von Stunden reißende Flüsse bildeten, die ebenso schnell wieder versiegten.

Waren sie richtig? Mildred beäugte den Weg vor ihnen forschend. Hin und wieder passierten sie kleinere Überbleibsel von Sand. Mehrmals glaubte sie Reifenspuren zu sehen, aber sie war sich nicht sicher. Zu schnell hatte sie die Passagen hinter sich gelassen, und anzuhalten kam nicht infrage. Sie mussten dranbleiben, Julian beistehen.

Das Tal wurde enger, wandelte sich zu einer Schlucht. Felswände begannen zu beiden Seiten aufzuragen, zunehmend höher. Fahrspur und Flussbett wurden eins. Die Bullet bockte, als die Federung die Stöße nicht mehr auszugleichen vermochte. Mildred nahm Gas heraus, sah auf den Pod. Gleich waren sie an der Stelle, an der Julian den Geländewagen aufhalten wollte.

Sie passierten eine Felsnase. Das Flussbett verengte sich, knickte scharf nach links ab – und da war der Geländewagen!

Mildred stieg in die Bremsen. Timothy wurde hart gegen ihren Rücken geworfen. Mildred nahm den Schmerz kaum wahr. Ihre ganze Aufmerksamkeit galt dem, was sich vor ihr abspielte.

Dreißig Meter weiter war Julian. Er hatte sich mit der Bullet schräg auf die Fahrspur gestellt. Er hatte den Helm abgenommen und streckte einen Arm in die Höhe. Er hatte die Handfläche geöffnet. Ein Stopp-Zeichen.

Auf der Ladepritsche des Geländewagens stand der Mann auf, den sie verfolgt hatten. Den Rucksack hatte er abgelegt, dafür hielt er ein chinesisches Sturmgewehr in den Händen. Er zielte auf Julian und sagte: »Aus dem Weg! Oder ...«

Julian Tifflor rührte sich nicht.

Mildred Orsons stockte der Atem. Sie wollte Gas geben, Julian zu Hilfe eilen. Aber sie unterdrückte den Impuls. Sie würde zu spät kommen. Sie konnte Julian nicht helfen.

Sie spürte, wie Timothy hinter ihr das Gewicht verlagerte. Wollte er zu Julian rennen? Sie drehte sich um, um ihn aufzuhalten. Aber das war nicht nötig. Timothy Harnahan tat lediglich, was er immer tat, wenn er vor einer schwierigen Aufgabe stand: Er zog sein Tablet aus der Hosentasche.

Kapitel 13

25. Juli 2036
John Marshall

Das Schiff fiel.

John Marshall fiel. Er fühlte sich hochgehoben. Leicht. Einen Moment lang waren die schmerzenden Glieder, das Hämmern in seinem Schädel, der quälende Durst vergessen.

Die Triebwerke hatten ausgesetzt. Es war still. Für gewöhnliche Menschen, nicht für John Marshall. Der Telepath hörte Gedanken, die Angstschreie von Dutzenden, ja Hunderten von Menschen. Sie waren unerträglich laut, hallten in seinen Gedanken wider. John rollte sich zusammen, barg den Schädel zwischen den Händen, presste die Finger in die Ohren. Es nützte nichts.

Thora zischte laut. Es mussten arkonidische Flüche sein. Ihre Hände rasten über das Hufeisen aus Licht, das vor ihr schwebte. John musste an einen Schlagzeuger denken, der ein Solo spielte.

»Was ist los?«, fragte Perry Rhodan.

»Triebwerk drei ist explodiert.«

»Wie kann das sein? Das Schiff hat es als einsatzbereit gemeldet!«

»Ich weiß.« Die Arkonidin hielt einen Moment lang inne. Ihre Augen glänzten feucht. Sie zitterte. Nicht vor Angst, vor Wut. Dann rief sie: »Legen Sie sich flach auf den Boden!«

Rhodan warf sich blitzschnell hin. John ließ sich nach links kippen. Sein Oberkörper rutschte auf den kalten Stahl.

Die Triebwerke setzten dröhnend ein. Abrupt endete die Leichtigkeit des freien Falls. John wurde mit einer Macht gegen den Boden gedrückt, als hätte sich sein eigenes Gewicht vervielfacht.

Er hörte Rhodan stöhnen, der neben ihm am Boden lag. Sein Gesicht war eine Fratze. Unsichtbare Finger versuchten das Fleisch von den Knochen zu ziehen.

Er hörte sich selbst aufschreien.

Er hörte in Gedanken die Schreie der Soldaten. Niemand hatte sie vor dem gewarnt, was kommen würde. Sie ... Ein Gedankenstrang stach aus dem Chor der Stimmen hervor. Er war ruhig, gelassen. John kannte diese eine Stimme ...

Das erdrückende Gewicht ließ langsam nach.

»Geschafft«, sagte Thora und wischte mit einer Bewegung, die beinahe ein Streicheln war, über das Hufeisen aus Licht. »Der Absturz ist gestoppt. Das Schiff ist wieder stabil.«

Rhodan stand auf. Mühelos. Als hätte ihn die Beschleunigung nicht ebenfalls zu zerquetschen gedroht. Es musste das Training sein, fiel John ein. Sid hatte ihm oft genug davon vorgeschwärmt, welchen außerordentlichen Belastungen die Astronauten, die er wie Helden verehrte, standhalten mussten. Perry Rhodan war bis vor Kurzem einer gewesen.

»Wie konnte es zu der Explosion kommen?«, fragte Rhodan.

»Ich vermute, defekte Diagnosefühler. Die Steuerung muss dem Triebwerk einen weit überhöhten Energiewert zugeführt haben. Oder ...«

John hörte Thoras Stimme wie aus weiter Ferne. Sein Geist konzentrierte sich auf die vertraute Gedankenstimme. Er spürte Entschlossenheit, die ihm Angst machte.

»... oder«, fuhr Thora fort, »die Leute General de Sotos haben das Triebwerk unwissentlich beschädigt. Sie untersuchen das Ganze ...«

De Soto! Er fing die Gedanken des Generals auf!

»D... de S... Soto!« John bekam nur ein heiseres Krächzen hervor. Sein Mund war ausgetrocknet. »E... es war kein Unfall! De Soto hat das Triebwerk sprengen lassen!«

Rhodan und Thora sahen ihn entgeistert an. Rhodan kniete neben ihm nieder, stützte seinen Kopf. »Hat der Mann den Verstand verloren? Das ist glatter Selbstmord!«

»Das weiß er. Aber bevor er das Schiff uns überlässt, vernichtet er es!«

»Sind Sie sich sicher, John?«

Der Telepath horchte auf die Gedankenstimme. »Ja. Er ist fest entschlossen.«

Er spürte, wie Rhodans Hand an seinem Hinterkopf sich einen Augenblick lang verkrampfte. »John, weiß de Soto, wer wir sind?«

Der Telepath konzentrierte sich. »Nein. Er hält uns für Mutanten Monternys, die zu Rhodan übergelaufen sind.«

»Gut.«

Rhodan legte Johns Kopf sanft auf dem Boden ab. »Bleiben Sie liegen, John. Schonen Sie Ihre Kräfte, ja? Wir brauchen Sie!«

Rhodan stand auf. »Thora, können Sie eine Verbindung zu de Soto herstellen?«

»Natürlich. Wozu?«

»Ich will mit ihm reden. Wir müssen diesen Wahnsinn stoppen.«

»Ich glaube nicht, dass dieser Mensch ...«

»Ich auch nicht. Aber wir müssen es versuchen. Ich bitte Sie, stellen Sie die Verbindung her!«

Thora zögerte einen Augenblick – musste sie ihren Stolz überwinden? –, dann erschienen zwei dieser Hologramme, die John wie Fenster anmuteten, durch die man blickte. Thora nannte sie knapp »Holos«.

Rhodan räusperte sich. »General de Soto!«

Der wuchtige Mann drehte sich langsam zur Kamera. Hatte er geahnt, was kommen würde? Ja, las John Marshall in seinen Gedanken.

»Ah, unser Möchtegernpräsident!«, sagte er. »Sie wollen sich ergeben?«

»Dazu besteht kein Anlass.«

»Glauben Sie? Meine Pioniere sind gerade dabei, die übrigen Triebwerke zu präparieren. In ...«, der General hob den Arm und sah auf seine Armbanduhr, »... in vier Minuten und siebenunddreißig Sekunden werden wir ein weiteres Triebwerk sprengen.«

»Ich bitte Sie, General, überdenken Sie noch einmal Ihren Entschluss. Es handelt sich bei diesem Schiff um ein besseres Wrack. Wollen Sie dafür Ihr Leben opfern? Und das Leben der Männer und Frauen, die Ihnen unterstellt sind?« Rhodans Ton war betont sachlich.

»Wenn es nötig ist, ja. Ich bin Soldat. Ich habe einen Eid geleistet, mein Heimatland zu beschützen. Wenn nötig, auch unter Einsatz meines Lebens. Ich habe nicht die Absicht, diesen Eid zu brechen.«

»Ich zolle Ihrem Mut und Ihrer Integrität meinen Respekt, General. Aber es ist eine neue Zeit angebrochen! Ihr Eid ...«

»Was hat dieser Verräter Rhodan nur mit Ihnen angestellt?«, schnitt ihm der General das Wort ab. »Haben seine Mutanten Sie einer Gehirnwäsche unterzogen? Oder verraten Sie Ihre Heimat für Geld? Sind ...«

Rhodan gab Thora ein Zeichen. Das Holo verschwand, als hätte es nie existiert.

»John?« Rhodan blickte ihn fragend an.

»E... er meint jedes Wort ernst«, sagte John. Sein Mund war so ausgetrocknet, dass ihm jede Silbe wehtat. »De Soto ist in der Armee, seit er achtzehn ist. Er hat sein ganzes erwachsenes Leben in ihr verbracht. Ein halbes Dutzend Kriege, vier Verwundungen, Gefangenschaft, Folter ... alles für das Vaterland. Er *kann* nicht nachgeben.«

»Dann müssen wir ihn und seine Leute außer Gefecht setzen.« Rhodan wandte sich an die Arkonidin. »Thora, Sie sagen, diese Notzentrale ist unter anderem für den Fall einer Meuterei gedacht. Sie müssen also über Möglichkeiten verfügen, Meuterer zu bekämpfen, nicht?«

»Im Prinzip ja. Ich habe die Wahl, ob ich die Meuterer vergifte, ersticken lasse oder lediglich betäube. Aber Sie haben leider recht: Dieses Schiff ist momentan tatsächlich ein besseres Wrack, die Funktionen reagieren nicht.«

»Was ist mit Robotern? Können wir Maschinen gegen de Soto einsetzen?«

»Sie kennen die Antwort: im Prinzip ja. Doch dieses Schiff verfügt über keine.«

»Was ist mit einem Überraschungsangriff?«, ließ Rhodan nicht locker.

»Mit bloßen Händen? Die Waffenkammern sind leer. Auch die der Notzentrale.«

Die Zeit wurde knapp. John fing auf, wie der General befahl, den Zünder der Sprengladung an Triebwerk sechs scharf zu machen.

»Unter diesen Umständen sehe ich keine andere Möglichkeit, als uns zu ergeben«, sagte Rhodan.

»Was?« Thora ruckte herum. »Haben *Sie* den Verstand verloren? Haben Sie schon vergessen, was diese Menschen Crest angetan haben?«

»Sie haben ihn vor Gericht gestellt.« Rhodan hielt ihrem zornigen Blick stand. »Aber bis dahin haben sie ihn gut behandelt. Sie wussten, wie wertvoll er ist. Und de Soto ist kein Dummkopf. Er will uns lebend. Aber er wird nicht lange Freude an uns haben. Sid González und Mercant werden uns herausholen.«

»Wenn sie uns finden! De Soto und Drummond sind keine Dummköpfe – Sie haben recht, Rhodan. Diese Menschen werden dafür sorgen, dass man uns nicht findet. Und dann ...« Tränen schossen in Thoras Augen. »Nein! *Ich* werde mich nicht ergeben.«

»Dann werden wir sterben!«

»Nein, *sie* werden sterben!«

»Was meinen Sie damit?«

»Dass wir keine Waffen brauchen, um mit de Soto fertig zu werden.« Sie zeigte auf das leuchtende Hufeisen. »Ich steuere die Funktionen des Schiffs. Unter anderem die Schleusen und Schotten.«

»Was nützt uns das? Wenn Sie alle Durchgänge verschließen, haben Sie die Soldaten eingesperrt. Aber das hindert sie nicht daran, die Triebwerke zu sprengen!«

»Ich denke nicht an Schließen, sondern an Öffnen.«

Rhodan musterte das leuchtende Hufeisen. »Das funktioniert nicht. Wir befinden uns auf knapp dreitausend Metern Höhe. Die Luft ist dünn, aber nicht dünn genug, als dass die Soldaten das Bewusstsein verlieren würden. De Soto wird Gelegenheit haben, die Sprengsätze zu zünden!«

»Nicht, wenn wir es richtig anfangen. Sie haben erlebt, welche Schubkraft die Triebwerke entfalten. De Soto und seine Leute werden hilflos am Boden kleben, bis wir den Weltraum erreichen ...«

Rhodan wurde schlagartig blass. »Wo sie ersticken! Das wäre Mord!«

»Falsch, Notwehr! Diese Menschen wollen uns umbringen, nicht wir sie.«

»Und wir sollen uns auf eine Stufe mit ihnen stellen? Nein!«

»Dann machen Sie einen besseren Vorschlag, Rhodan. Sie haben noch zwei Minuten und vierzehn Sekunden!«

John stöhnte. Es war zu viel. Die Wut Rhodans. Die Wut Thoras. Die Verzweiflung der Arkonidin. Die grimmige Entschlossenheit de Sotos. Die Angst der Soldaten, in Schach gehalten von der Disziplin, die man ihnen eingebläut hatte.

Der Telepath konnte sich nicht mehr erwehren. Aus fremder Wut wurde die seine, aus fremder Verzweiflung die seine. Er bäumte sich auf. Er wollte weg hier. Sich verkriechen. Allein sein. Endlich wieder allein. Und trinken. Der Durst ... »W... Wasser ... zu trinken ... Ich ...«

Rhodan beugte sich über ihn. »Gleich, John. De Soto wird Ihnen Wasser geben. Der General ...«

Thora unterbrach ihn. »Wasser!«, rief sie. »Das ist es!« Sie löste die Gurte, ging neben John Marshall in die Knie. Sie legte ihm die Hand auf die Stirn. Die Finger muteten ihm eiskalt an. Die Berührung tat ihm gut.

»John, Sie sagen, de Soto hat keine Angst vor dem Tod. Aber jeder Arkonide, jeder Mensch, jedes Lebewesen hat vor etwas Angst. Sie haben in den Gedanken des Generals gelesen, dass die Narcos ihn und Drummond gefangen hielten, nicht?«

»J... ja.«

»Die Narcos haben ihn und Drummond gequält. Sie haben de Soto Angst gemacht. Mit Wasser!« Thora nahm die Hand von seiner Stirn, fasste die seine. »John, können Sie noch einmal horchen? Können Sie das bestätigen?«

»Ich ... ich kann es versuchen.« Der Telepath schloss die Augen, öffnete sich ganz de Soto, tauchte erneut in die Gedankenwelt des Generals ein. Kehrte zurück nach Afghanistan, in den Irak, nach Kolumbien ... und blieb dort hängen.

Eine Hütte im Dschungel. Durst, immer Durst. Ungeziefer. Ein Narco-Soldat, der sagt: »Du hast Durst? Wir geben dir Wasser!« Dann: ein Tisch. Vier Männer, die ihn festhalten. Ein Tuch spannt sich über sein Gesicht. »Hier hast du Wasser!«, sagt der Narco-Soldat. Kaltes Wasser spritzt über ihn. Ein Strom, der kein Ende nimmt, ihm über das Gesicht rinnt, den Mund, in die Nase, in ihn hinein ...

John Marshall bäumte sich auf. Er schnappte nach Luft, aber da war nur Wasser. Es drang in seine Lungen. Er würgte. Er ...

»John!«, hörte er eine Stimme. »John, es ist vorbei! Sie sind bei uns!« Hände hielten seinen Kopf, seine Schultern. Hände, die an ihm zogen, ihn zurückholten zu sich selbst.

Aus dem Würgen wurde ein Husten. Er öffnete die Augen. Rhodan und Thora, ihre Gesichter ganz nahe. Voller Sorge.

»John?«, sagte Rhodan. »Geht es wieder?«

»J... ja.« Er hustete. »Der General ... man hat ihn gefoltert, in Kolumbien ... simuliertes Ertränken. Allein der Gedanke daran, zu ertrinken, löst Panik in ihm aus.«

»Damit können wir ihn brechen!«, sagte Thora. »Er hat größere Furcht vor dem Ertrinken als vor dem Tod!«

»Nein!« Rhodan sagte es laut, aber er schrie nicht.

»Wieso?« Thora musterte ihn befremdet. »Ist mein Plan fehlerhaft?«

»Nein. Aber er ist falsch. Moralisch falsch.«

Es arbeitete in Thora. »Dieser Mann will uns töten. Er will Ihren Traum töten. *Das* ist moralisch falsch!«

»Das bedeutet noch lange nicht, dass wir uns ...«

Eine zweite Explosion erschütterte das Schiff. John Marshall schrie auf, als der Schlag ihn gegen die Wand schleuderte. Er spürte, wie ein Körper auf ihn fiel. Rhodan. Es hatte ihn von den Beinen gerissen. Er kam nicht wieder hoch. Das Schiff begann zu taumeln.

»Dieser unverschämte Emporkömmling!«, schrie Thora. »Was bildet dieser Mensch sich ein?« Die Gurte hielten sie sicher im Sessel. Ihre Hände wischten rasch über das leuchtende Hufeisen. Die Triebwerke brüllten auf, setzten mit einer Wucht ein, die Marshall die Luft aus den Lungen presste. Nach langen, endlos langen Sekunden ließ der Druck wieder nach.

»De Soto!« Ein neues Holo war entstanden. Es zeigte den wuchtigen Soldaten. Er war auf den Knien.

»Hören Sie auf der Stelle mit diesem Unsinn auf!« Thora forderte es in demselben Tonfall, wie man ein Kind zurechtwies.

Der General blinzelte. Er war ein feinfühliger Mann. »Sie zwingen mich zu diesem ›Unsinn‹. Wenn Sie dem gesunden Menschenverstand folgen würden und ...«

»Das ist mir unmöglich.«

»Machen Sie sich nicht kleiner, als Sie sind. Sie ...«

»Ich bin kein Mensch.«

Thora senkte den Kopf, barg das Gesicht in beiden Händen. Ihre langen Fingernägel schnitten in die Haut der Stirn. Sie hob den Kopf wieder und riss sich mit einem Ruck die Maske von der Stirn. Bleiche, makellose Haut kam zum Vorschein. Ein langes arkonidisches Gesicht, in dem zwei Gefühle miteinander stritten: Wut und Ekel.

Die Augen des Generals weiteten sich. »Sie ... Sie sind diese Arkonidin! Thora!«

»Richtig. Thora da Zoltral. Aus dem Geschlecht der Gonozal, einer der ältesten, edelsten der Familien, die Arkon zu seiner Größe geführt haben, beispiellos in der Galaxis. Meine Vorfahren sind zu den Sternen vorgestoßen, haben ihre Wunder gekostet, als Ihre Vorfahren noch damit beschäftigt waren, in ihren Höhlen zu frieren und das Mark aus den Knochen ihrer mageren Beute zu schlagen.«

Mit zwei schnellen Handbewegungen machte sie sich von den Kontaktlinsen frei. John Marshall mutete es an, als brenne in den roten Pupillen, die zum Vorschein kamen, ein Feuer. »Thora da Zoltral, die für Barbaren wie Sie nur Verachtung kennt. Thora da Zoltral, die ein Blutbad unter den chinesischen Belagerern der Energiekuppel angerichtet hat. Thora da Zoltral, die vor wenigen Tagen in ihrem gerechten Zorn in diesem Schiff um Ihren lächerlichen kleinen Planeten gerast ist und nach Gutdünken zerstört hat, was ihr nicht gefiel. Sie wollen sich mir ernsthaft entgegenstellen?«

Der General war ein Mann von außergewöhnlichem Mut. »Ja«, sagte er nur und meinte es. John las es in seinen Gedanken.

»Ich räume Ihnen eine letzte Chance ein, General. Ich gebe Ihnen und Ihren Leuten fünf Minuten Ihrer Zeit, die Zentrale und die übrigen Teile des Schiffs zu räumen und sich in Hangar vier zu versammeln. Ich sichere Ihnen bei der Ehre meines Geschlechts zu, dass Sie und Ihre Soldaten ungeschoren bleiben und nach der Landung des Schiffs in Ihre Heimat zurückkehren dürfen.«

»Sie verkennen die Lage, Thora da Zoltral. Ich bin es, der die Forderungen stellt.« Der General hatte die Hände in die Hüften gestemmt. Auf seiner Stirn traten Zornesadern hervor.

Die Arkonidin ging nicht darauf ein. »Sie glauben, für eine gerechte Sache zu kämpfen, General, nicht?«

»So ist es.«

»Wofür? Für eine Nation?«

»Ja. Die Vereinigten Staaten von Amerika.«

»Glauben Sie, dieser lächerliche Planet wäre amerikanisch? Sein Mond, auf dem Ihresgleichen Ihre lächerliche Flagge gepflanzt haben? Dieses Sonnensystem? Diese Galaxis?«

»Die Ideale unserer Nation sind universell.«

»Verschonen Sie mich mit Ihrem Geschwätz von Idealen, General! Sie drohen, mich umzubringen. Mich, meine Kameraden und Ihre Soldaten!«

»Es ist mein Ideal, für meine Nation selbst das letzte Opfer zu bringen.«

Thora schwieg einige Sekunden. Dann sagte sie leise: »Sie glauben, Sie haben nichts zu fürchten, General, nicht wahr?«

»Ich kenne den Tod zu gut, um ihn zu fürchten.«

»Sie täuschen sich«, sagte Thora leise.

Das unterdrückte Dröhnen der Triebwerke, die das Schiff in der Luft hielten, verstummte abrupt. Sie fielen.

»Erinnern Sie sich an Kolumbien, General?«, fragte Thora. »Ein schmutziger Krieg, um ein schmutziges Geschäft zum Stillstand zu bringen. Sie und Stan haben dort aus tiefster Überzeugung gekämpft. Für eine gerechte Sache. Trotzdem haben Sie dort gelernt, was Furcht bedeutet ...«

»Was ... Woher wissen Sie von ...?«

»Ich weiß es, General. Ich weiß noch viel mehr über Sie. Und ich wünsche Ihnen und den Ihren nur das Beste. Ich bin sicher, Ihr Sohn Philip wird durchkommen.«

»Woher ...?« Der General brach ab. »Kein Mensch kann das wissen!«

»Sie vergessen, mit wem Sie es zu tun haben. Ich bin kein Mensch. Ihre Erde ist nicht mehr der exklusive Spielplatz Ihrer Art. Sie wird es nie wieder sein.« Thora sah auf das leuchtende Hufeisen. »Eintausend Meter Höhe.« Sie blickte wieder auf. »Aber zurück zur Furcht. Man hat Sie in Kolumbien gefoltert, General. Doch man hat Sie nicht brechen können. Bis zu dem Tag, als man Ihnen ein Tuch über das Gesicht ...«

»Hören Sie auf!«

»Wieso sollte ich? Es muss furchtbar sein, zu ertrinken – was glauben Sie?« Sie warf einen weiteren Blick auf das Hufeisen. »Keine fünfhundert Meter mehr. Unter uns ist der Nordatlantik. Wasser. So weit das Auge reicht.« Thora legte die linke Hand auf das leuchtende Hufeisen. Das Fallgeräusch veränderte sich, wurde zu einem Pfeifen. »Riechen Sie die salzige, würzige Luft, General? Seeluft. Sie dringt durch die offenen Schleusen des Schiffs ...«

Die Triebwerke setzten ein, bremsten den Fall. Ein harter Schlag folgte. Etwas klatschte gegen den Rumpf. Es waren Wellen.

Wasser!

John Marshall hörte den General in Gedanken aufschreien.

»Sie kennen sich doch auf diesem Planeten aus, General. Was glauben Sie, wie tief ist das Meer an dieser Stelle?«

De Soto zitterte. Das Schiff begann zu schaukeln, als der Wellengang es erfasste.

»Wieso antworten Sie mir nicht, General? Sie sind doch sonst nie um eine Antwort verlegen ...«

Thora rief weitere Holos auf. Sie zeigten, wie dunkles Meerwasser in reißenden Strömen in das unterste Deck des Schiffs strömte. »Hier, General, Sie sollen den Untergang auch miterleben.« De Soto sah nach oben. Thora musste dieselben Holos in die Zentrale geschaltet haben.

»Was glauben Sie, General, wie lange wird das Schiff brauchen, um zu sinken?«

»Das werden Sie nicht zulassen!«

»Glauben Sie etwa, Sie wären hier der Einzige, der bereit ist, sein Leben für eine gerechte Sache zu opfern? Was, denken Sie, ist das Fundament des Großen Imperiums? Es sind nicht unsere Kriegsschiffe, unsere technologische Überlegenheit. Nein. Es ist die bedingungslose Opferbereitschaft der Arkoniden. Es ist mir eine Genugtuung, meinen Ahnen die Ehre zu erweisen!«

Das Schiff begann zu sinken. Das Wasser des Atlantiks lief durch eines der Löcher im Rumpf herein. Das Schiff legte sich langsam zur Seite.

»Aber keine Sorge, General. Sie werden nicht lange leiden. Wie lange kann ein Mensch ohne Luft überleben? Eine, vielleicht zwei Minuten, dann ist es vorbei. Glauben Sie, dass Ihre Ahnen Sie im Jenseits erwarten?«

»Ich ... ich ...« John Marshall stöhnte auf, als die Panik des Generals seine eigenen Gedanken überschwemmte. Dann, übergangslos, war es vorbei. De Soto war gebrochen.

»Sie haben gewonnen, Arkonidin«, flüsterte der General tonlos. »Wir ergeben uns.«

»Begeben Sie sich in den Hangar!«

Thora beugte sich über das Hufeisen. Mit heulenden Triebwerken befreite sich das Schiff aus den Wellen.

Kapitel 14

26. Juli 2036
Julian Tifflor

»Aus dem Weg!«

Julian Tifflor sah in die Mündung des Sturmgewehrs.

Es war, als verlangsame sich die Zeit. Sein Puls, den die Aufregung der Jagd nach den Dieben eben noch hatte hämmern lassen, schien stillzustehen. Julian spürte jeden Stein unter seinen Stiefeln, als schützten ihn keine Sohlen. Die Sonne brannte auf seiner Haut, die heiße Luft stach in seinen Lungen, trocknete ihn von innen aus. Er hatte Durst.

Julian Tifflor hatte Angst. Er wollte weg.

Aber er durfte, nein, er *konnte* es nicht.

Er zwang seinen Blick weg von dem Gewehr auf den Mann. »Die Waffe ist nichts«, hatte sein Vater ihm immer wieder gesagt, wenn sie auf die Fälle zu sprechen kamen, die er vertrat, »es ist der Mensch, der sie hält, der zählt.«

Der Mann, der die Waffe hielt, war schlank und blass. Er hatte sein Gesicht gewaschen, den Schmutz aus seiner Kleidung geklopft. Er musste es während der Fahrt gemacht haben, mit dem wertvollen Wasser, das er in Terrania gestohlen hatte. Es musste ihm viel bedeuten, wie er auftrat. Und: Was er gestohlen hatte, musste ihm viel bedeuten. Sonst hätte er sich nicht dazu herabgelassen, sich zu beschmutzen.

»Hörst du nicht?«, brüllte der Mann. Englisch war nicht seine Muttersprache, das harte, rollende »R« verriet es. »Aus dem Weg!«

Als Julian ein Kind gewesen war, hatte sein Vater einmal einen Einbrecher in ihrem Haus gestellt. Er hatte eine Waffe getragen. Sein Vater, der eben erst für die National Rifle Association einen Präzedenzfall gewonnen hatte, der den freien Zugang zu Handfeuerwaffen absicherte, war unbewaffnet gewesen – für sich persönlich lehnte er Schusswaffen ab. Julians Mutter, die niemals die Fassung verlor, hatte seinen Vater hinterher angeschrien. Wie hatte er nur so verrückt sein können, sich mit bloßen Händen einem Bewaffneten entgegenzustellen?

Sein Vater hatte geantwortet: »Es war nicht verrückt. Ich war stärker als er. Ich wusste, dass ich für eine richtige Sache stand. Er wusste, dass es falsch war, was er tat.«

Die Antwort hatte sich Julian eingeprägt. Aber erst jetzt, Tausende Kilometer entfernt, in dieser Wüste, verstand er sie ganz.

Dieser Mann und seine Begleiter hatten gestohlen. Arkonidische Technik, von der sie sich wohl Geld und ein Leben in Luxus erhofften oder was auch immer. Ihr Antrieb war stark – aber verglichen mit seinem war er schwach.

Julian Tifflor wusste, dass er für eine richtige Sache stand. Er war stärker als der Mann mit dem Gewehr.

»Nein«, sagte er.

Julian sah über den Mann hinweg auf dessen beide Begleiter, die sitzen geblieben waren und zu dem Gewehr aufblickten. Eine Frau und ein Mann. Ihre Augen waren geweitet. Als fürchteten sie den Mann mit dem Gewehr.

Mildred und Timothy hatten aufgeschlossen. In Rufweite, aber viel zu weit entfernt, um ihm helfen zu können. Timothy hatte sich über sein Tablet gebeugt, schien alles um sich herum vergessen zu haben. Er murmelte vor sich hin. Mildred suchte Blickkontakt mit Julian und schüttelte langsam den Kopf. Sie kannte ihn. Sie wusste, dass er nicht nachgeben würde. Sie hielt ihn für verrückt – und gleichzeitig liebte sie ihn dafür. Ein warmes Gefühl breitete sich in Julians Bauch aus, stärkte ihn.

»Zum letzten Mal, Junge!«, schrie der Mann. »Geh aus dem Weg! Du hast kein Recht, uns aufzuhalten!«

»Sie irren sich. Ich habe das Recht.«

»Ja? Gehört dir etwa die Wüste?«

»Ja. Genauso wie Ihnen und Ihren Freunden. Ich bin Terraner.« Er legte eine Hand auf die Armbinde, die er in Terrania erhalten hatte. »Genauso wie ihr Terraner seid. Die Erde gehört uns allen, genauso wie diese Wüste und Terrania – und alles, was dazugehört. Aber ihr habt gestohlen! Ihr seid Diebe!«

»Du bist verrückt, Junge!«

»Das höre ich öfter.«

»Wo ich herkomme, macht man mit Verrückten kurzen Prozess.« Der Mann schoss. Die Kugel schlug zu Julians Füßen ein, spaltete einen Stein und raste als Querschläger weiter. Das Echo des Knalls untermalte ihr Heulen.

Julian Tifflor wäre am liebsten davongerannt und hätte sich verkrochen.

Er rührte sich nicht.

Die Frau, die auf dem Rücksitz saß, schnellte hoch, wollte dem Schützen eine Hand auf den Arm legen. Aber im letzten Moment zögerte sie, sank wieder auf den Sitz zurück. In dem Winkel seines Geistes, der nüchtern beobachtete, registrierte Julian, dass sie zierlich war. Eine Asiatin, jünger als die beiden Männer.

»Das nächste Mal ziele ich auf dich. Aus dem Weg!«

»Nein!«

»Wie du willst. Ich habe dich gewarnt.« Der Mann hob das Sturmgewehr erneut und zielte.

Julian Tifflor schloss die Augen. Er dachte an seinen Vater, der niemals nachgab, wenn er für eine Sache eintrat, die er für gerecht hielt. An Mildred, die sich von niemandem etwas vorschreiben ließ. An Ernst Ellert, der alles für seinen Traum gegeben hatte und jetzt im Niemandsland zwischen Leben und Tod in einem Keller in Terrania lag. Er ...

»Sie sind kein Mörder, Raskujan«, rief plötzlich eine Stimme. »Legen Sie die Waffe weg!«

Julian öffnete die Augen. Ein Mann stand neben ihm, gedrungen und kräftig. Er hatte kurze rote Haare. Eine Wunde, kaum verheilt, zog sich über seine linke Wange. Eine zweite verlief entlang der Augenbraue. War das nicht ...?

»Reginald Bull!«, rief der Mann mit dem Gewehr. »Wie kommen Sie hierher?« Der Lauf des Gewehrs senkte sich etwas.

Bull ging nicht auf die Frage ein. »Noch einmal: Legen Sie das Gewehr weg, Raskujan. Es passt nicht zu Ihnen. Nicht annähernd so gut wie das Sektglas, das Sie in der Hand hielten, als wir uns das letzte Mal in Baikonur gesehen haben.«

»Das ist lange her.«

»Keine drei Jahre.«

»In einem anderen Zeitalter.« Der Lauf des Gewehrs ruckte hoch. Raskujan hatte sich entschieden. »Das ist vorbei! Und jetzt gehen Sie aus dem Weg – beide!«

»Ich denke nicht daran. Und ich bin sicher, wir werden zu einer vernünftigen Lösung kommen – wie zivilisierte Menschen.« Bull schnippte mit dem Finger. Er hob den Kopf, sah demonstrativ nach oben.

Julian folgte seinem Blick. Überall auf den Felsen waren chinesische Soldaten in Position gegangen. Es mussten ein Dutzend oder mehr sein. Sie hatten ihre Gewehre auf Raskujan gerichtet.

Raskujan schwieg. Er blinzelte, als traue er seinen Augen nicht, wolle er die plötzliche Wendung der Ereignisse nicht wahrhaben. Dann senkte er das Sturmgewehr, sicherte es und warf es neben den Geländewagen. Verächtlich, als ärgere er sich über sich selbst, so tief gesunken zu sein, zu Gewalt zu greifen.

»Ich wusste, dass ich mich auf Sie verlassen kann, Raskujan.« Bull nickte zufrieden. »Und jetzt will ich wissen, was hier los ist! Wieso fuchteln Sie mit einem Gewehr herum?«

»Ich habe lediglich versucht, den Weg frei zu machen.«

»Wohin fahren Sie?«

»Wohin wohl? Nach Hause.«

»Terrania gefällt Ihnen nicht?«

»Terrania ist ein schlechter Scherz!« Raskujan ballte die Hände. »Es soll die Hauptstadt der Erde sein, der Ort, von dem wir zu den Sternen aufbrechen sollen. Und Sie lassen die Leute mit Klappspaten im Boden wühlen! Meine Freunde und ich haben genug davon. Das ist alles. Wir waren auf dem Weg nach Hause – und dann kommt dieses halbe Kind und stellt sich uns in den Weg! Sagen Sie ihm, er soll verschwinden!«

Bull wandte sich an Julian. »Wir kennen uns noch nicht. Wer bist du?«

»Julian ... Julian Tifflor.«

»Und die beiden?« Bull nickte in Richtung seiner Freunde, die von der Maschine gestiegen waren, aber weiter Abstand von dem Geländewagen hielten.

»Mildred und Timothy. Wir sind Freiwillige.«

»Das dachte ich mir. Wieso haltet ihr Raskujan auf?«

»Er ist ein Dieb!« Julian berichtete von der Versorgungsstelle und den Vorfällen des Morgens.

»Der Junge phantasiert!«, rief Raskujan.. »Was ist schon dabei, Wasser zu holen? Wir brauchen es, um Terrania verlassen zu können. Die Wüste ist groß. Was soll daran ein Verbrechen sein?«

»Das werden wir sehen«, sagte Bull nur.

Er gab den Soldaten ein Zeichen. Zwei von ihnen blieben auf den Felsen, die übrigen kletterten herunter auf den Weg und umstellten den Geländewagen. Bei ihnen war eine Frau. Eine Europäerin, vielleicht Mitte zwanzig. Als sie Julians neugierigen Blick bemerkte, wandte sie den Kopf ab. Doch Julian entging nicht, dass ihre Augen rot unterlaufen waren. Als hätte sie vor Kurzem noch geweint. Wer war diese Frau? Was tat sie bei Bull?

Die Soldaten machten sich daran, den Geländewagen zu durchsuchen. Raskujan und seine Begleiter stiegen aus, verfolgten trotzig den Vorgang. Der Mann war kräftiger als Raskujan. Seine Züge waren kantig, ließen ihn auf den ersten Blick hart erscheinen. Doch in seinem Blick lag eine Wärme, die überraschte. Er nahm die zierliche

Asiatin in die Arme, flüsterte ihr beruhigend ins Ohr. Julian registrierte, dass der kleine Finger ihrer linken Hand ungewöhnlich kurz war. Die Spitze mit dem Nagel fehlte.

Mildred kam zu Julian, nahm seine Hand. »Alles in Ordnung?«

Er drückte ihre Hand. »Ja, klar.«

Sie erwiderte seinen Händedruck. So fest, dass es wehtat. »Von wegen ›ja, klar‹! Wenn du noch einmal so ein Ding bringst, erschieße ich dich persönlich, klar?«

Die Durchsuchung dauerte nur Minuten. Neben einem Verbands- und Werkzeugkasten förderte sie Proviant, eine große Reisetasche, drei Schlafsäcke und Matten sowie einen Rucksack zutage. Die Soldaten legten sie neben dem Wagen auf dem Boden ab.

»Darf ich bitten?«, sagte Bull.

Raskujan ging in die Knie und öffnete zuerst die Tasche, anschließend den Rucksack. Er verteilte den Inhalt auf dem Geröll. Eine Uniform kam zum Vorschein, ähnlich der, die Raskujan trug. An den Ärmeln waren russische Flaggen aufgenäht. Weitere Kleidungsstücke, ein Kulturbeutel, mehrere Tablets.

»Habe ich es nicht gleich gesagt?«, sagte Raskujan. »Der Junge phantasiert!«

Julian spürte, wie ihm Röte ins Gesicht schoss. »Aber das ist unmöglich! Ich habe es mit eigenen Augen gesehen. Sein Rucksack war prall! An einer Stelle hatte sich Metall durch den Stoff gebohrt und stand heraus!«

Raskujan nahm den Rucksack, drehte ihn. »Ich sehe kein Loch.«

»Dann ...« Julian überlegte. »Dann müssen Sie den Rucksack weggeschafft haben!«

»Natürlich. In der Wüste. Erst sollen wir ach so wertvolle Arkonidentechnik gestohlen haben – und dann werfen wir sie einfach weg. Der Junge ist verrückt!« Raskujan stemmte beide Hände in die Hüften.

Bull schwieg einige Sekunden lang, als wäre er in Gedanken. Er warf der Frau mit den traurigen Augen einen Blick zu, dann nickte er langsam. »Sie können gehen, Raskujan«, sagte er. »Entschuldigen Sie bitte, dass wir Sie aufgehalten haben. Aber auch wenn Terrania Sie enttäuscht hat, werden Sie sicherlich verstehen, dass wir in keiner einfachen Lage sind und jedem Hinweis nachgehen müssen.« Er gab den Soldaten ein Zeichen. Zwei von ihnen schoben Julians Bullet zur Seite, damit der Geländewagen passieren konnte.

Raskujan und seine Begleiter packten ihre Habseligkeiten ein und verstauten sie wieder auf der Ladefläche.

Reginald Bull wünschte ihnen eine gute Fahrt. Raskujan bellte etwas, das im Aufheulen des Motors unterging. Sekunden später war der Geländewagen um die nächste Biegung des Tals verschwunden.

»Das ist ...« Julian Tifflor konnte es nicht fassen. »Wie ... wie haben Sie sie nur fahren lassen können? Dieser Raskujan hat gelogen! Ich schwöre es.«

»Natürlich hat er das«, antwortete Bull. »Aber er hat uns trotzdem alles verraten, was wir wissen wollten.« Er klopfte Julian auf die Schulter. »Komm, wir sehen uns ihre Beute an!«

Kapitel 15

26. Juli 2036
Perry Rhodan

Perry Rhodan kauerte auf dem Boden des arkonidischen Raumschiffs und sah nach draußen.

Sein »Fenster« war das unregelmäßig gezackte Loch, das die Explosion eines der Triebwerke gerissen hatte. Die Ränder aus Stahl – wenn der Begriff für das arkonidische Material überhaupt richtig gewählt war – waren ausgefranst. Sie erinnerten Rhodan an Stoffstreifen. Doch sie wehten nicht im Fahrtwind, sondern stemmten sich ihm trotzig entgegen. Die vorbeistreifende Luft pfiff hell, überlagerte das Dröhnen der verbliebenen Triebwerke, die ihre Beute nach Terrania trugen.

Unter ihm, zwei- oder dreihundert Meter tiefer, zog der Boden Innerasiens vorbei. Er glich einem huschenden Schemen. Der erfahrene Testpilot Rhodan schätzte ihre Geschwindigkeit auf knapp unter Mach eins.

»Störe ich?«

Perry Rhodan wandte sich um. John Marshall, der Telepath, war hinter ihn getreten. Rhodan hatte ihn nicht kommen hören. Wie auch? Der Lärm hätte es einer halben Hundertschaft erlaubt, sich unbemerkt anzuschleichen. Doch das hatte Rhodan nicht zu fürchten. De Soto und seine Soldaten und Spezialisten waren in einem Hangar des Schiffs eingesperrt. Thoras Unerbittlichkeit hatte ihren Willen gebrochen.

»Nein. Überhaupt nicht.« Er rieb mit der Hand über das Gesicht. Er hatte die nutzlos gewordene Maske abgenommen. Das Material hatte sich verblüffend einfach lösen lassen, doch seitdem plagte ihn ein lästiges Jucken. Die Haut war gereizt, würde einige Zeit brauchen, sich wieder zu beruhigen.

John Marshall, der ehemalige Investmentbanker, ging neben Rhodan in den Schneidersitz. Eine Position, fand Rhodan, die nicht so recht zu einem Banker passen wollte.

»Sie haben geschlafen?«, fragte Rhodan.

»So gut es ging.« Der Telepath zuckte die Achseln. »Eigentlich hätte ich nach der Anstrengung in Tiefschlaf fallen sollen. Aber ...«

»Zu unruhig?«

»Ja.«

»Das kenne ich.«

Marshall blickte ihn forschend an. »Sie sind nicht zufrieden?«

»Sie haben es in meinen Gedanken gelesen?«

»Nein. Ich wäre viel zu erschöpft dazu. Selbst wenn ich es wollte.« Marshall hob eine Wasserflasche an den Mund, die er mitgebracht hatte. Sie stammte aus den Beständen de Sotos. Die Züge des Telepathen waren eingefallen, erinnerten an die eines Greises. Seine Psi-Gabe brachte das Leistungsvermögen seines Körpers an seine Grenzen.

Marshall nahm die Flasche wieder von den Lippen. »Außerdem will ich es nicht. Glauben Sie mir, es ist gut, dass wir Menschen voreinander Geheimnisse haben.«

»Das kann ich mir vorstellen.«

Der Telepath stellte die Flasche vor sich ab. Sie blieb stehen. Rhodan betrachtete sie einen Augenblick lang, als stellte sie ein Wunder dar. In gewisser Weise war sie es: Dieses Schiff musste Tausende von Tonnen wiegen, war Tausende von Jahren alt und schwer beschädigt. Trotzdem ritt es auf den Strahlen seiner verbliebenen Triebwerke. Und das so ruhig, dass es dieser Flasche einen stabilen Untergrund bot.

Dieses Schiff *war* ein Wunder. Ihre Hoffnung. Und es gehörte ihnen. Doch um welchen Preis?

»Sie wissen vielleicht«, sagte Marshall, »dass ich meine Gabe erst vor Kurzem verstanden habe. Sie ist wie ein Wunder ...« Rhodan sah auf, musterte den Telepathen. War seine Wortwahl Zufall? Oder hatte er unwillkürlich einen Gedanken Rhodans aufgeschnappt und umgesetzt?

»... ein Wunder, das große Verantwortung mit sich bringt.« Marshall hatte seinen Blick nicht bemerkt. Der Telepath war zu sehr mit den eigenen Gedanken beschäftigt. »Meine Gabe ist eine Macht, die sich allzu leicht missbrauchen lässt. Wir haben es bei Clifford Monterny erlebt. Sie braucht Prinzipien. Ich habe mir zur Regel gemacht, die Gedanken anderer niemals gegen deren Willen zu lesen. Es sei denn, ein Notfall liegt vor.«

»Wie in unserem Fall«, sagte Rhodan.

»Wie in unserem Fall«, bestätigte Marshall.

Eine in der Sonne glitzernde Wasserfläche wurde unter ihnen

sichtbar. Sie reichte bis zum Horizont. Es musste der Baikalsee sein. Thora hatte sich entschieden, das Schiff über das Eismeer zum Nordpol zu steuern und von dort direkt über die menschenleeren Weiten Sibiriens nach Süden vorzustoßen, um Kontakte mit Flugzeugen zu vermeiden. Bislang war ihre Planung aufgegangen, ihr Flug war ungestört geblieben.

»Sie geben eine Menge auf Prinzipien, John, nicht?«, sagte Rhodan. »Homer G. Adams hat mir von Ihrem Heim für Straßenkinder erzählt.«

Marshall, der Investmentbanker, hatte vor einigen Jahren seine angesparten Boni in eine Stiftung übertragen, um in Houston eine alte Villa in den sogenannten Pain Shelter umzuwandeln.

»Haben Sie bereits herausgefunden, was mit den Kindern geschehen ist?«, fragte Rhodan.

»Nein. Homer hat seine Beziehungen spielen lassen, aber ohne Ergebnis. Das Haus des Shelters ist abgebrannt.«

»Das muss nichts heißen. Ohne Sie waren die Kinder sich selbst überlassen. Ein Unfall.«

»Möglich. Oder Homeland Security hat sie verschleppt.« Es knackte, als Marshall den Griff um die Plastikflasche verstärkte.

»Das glaube ich nicht. Was sollte Homeland Security mit Kindern anfangen?«

»Seit wann schert sich Homeland Security um den gesunden Menschenverstand oder Anstand?«

Rhodan versuchte nicht zu widersprechen. John Marshall hatte recht. Das Ministerium glaubte, über Gesetz und Moral zu stehen. »Sie haben getan, was Sie für richtig hielten«, versuchte er den Telepathen zu trösten.

»Ja. Und trotzdem fühle ich mich schuldig. Nicht anders als Sie.« John Marshall blickte ihn aus seinen tief in den Höhlen liegenden Augen an. Rote Äderchen verästelten sich über den Augäpfeln.

»Wie meinen Sie das?«

»Die Landung der STARDUST in der Gobi statt in Nevada Fields. Ihre Weigerung, die Technologie der Arkoniden einer einzigen Nation auszuliefern. Ihr Einsatz für Crest, der Sie auf dem Mond um ein Haar dem Erstickungstod ausgeliefert hätte. Ihre Ausrufung von Terrania als der Stadt aller Menschen ... Die Liste ließe sich noch weiter fortführen. Sie haben getan, was Sie für richtig hielten, nicht?«

Rhodan nickte. »Mir blieb keine andere Wahl. Ich hätte sonst alles verraten, an was ich glaube.«

»Mit dem Resultat, dass ungefähr die Hälfte der Menschheit Sie für einen Verräter hält. An ihrer Nation. An ihrer Weltanschauung, die Sie zertrümmert haben. An unserer Art. Das setzt Ihnen zu.«

»Natürlich. Ich bin ein Mensch.«

»Lassen Sie sich nicht beirren!«, forderte Marshall ihn auf.

»Das versuche ich. Aber es ist nicht leicht. Wissen Sie ...« Rhodan strich mit der flachen Hand über den Boden des Schiffs. »Seit ich mich erinnern kann, habe ich davon geträumt, zu den Sternen zu fliegen. Deshalb bin ich Astronaut geworden.«

»Sie *sind* zu den Sternen geflogen.«

»Zum Mond. Was ist das schon? Ich habe davon geträumt, zu anderen Welten zu reisen, die bewohnt sind. Fremde zu treffen. In einem echten Raumschiff. Wie diesem hier.«

»Dieses Schiff gehört jetzt uns. Ihre Träume haben sich erfüllt.«

»Nicht, wie ich es mir vorgestellt habe. Wir haben dieses Schiff gewonnen, indem wir General de Soto mit Folter gedroht haben. Das ist nicht recht!«

Das Blau des Baikalsees blieb zurück, wich der braunen, endlos anmutenden Steppe der Mongolei. Terrania war nicht mehr weit.

»Nicht wir«, wandte Marshall ein. »Thora hat es getan. Wir konnten nichts dagegen unternehmen.«

»Sie hätte es nicht tun dürfen.«

»Hätte sie de Soto nicht gebrochen, wären wir jetzt tot oder Homeland Security würde uns foltern.« Der Telepath nahm einen langen Schluck aus der Flasche. »Ich billige nicht, was Thora getan hat, aber ich verurteile sie nicht. Sie ist kein Mensch. Sie ist nicht an unsere moralischen Maßstäbe gebunden.«

»Sie ist auf der Erde!«

»Sie ist hier gestrandet, unter Fremden. Sie hat Angst.«

Thora und Angst? Rhodan dachte nach. Aus diesem Blickwinkel hatte er die Arkonidin noch nicht betrachtet. Aber Angst ... Es erklärte vieles. »Damit könnten Sie richtigliegen, John.«

»Wir werden es herausfinden. Wenn ihre Angst nachlässt, werden wir die wahre Thora kennenlernen.« John Marshall hatte die Flasche geleert. Er verschloss sie sorgfältig und stellte sie neben sich ab. »Ihnen liegt noch mehr auf dem Herzen, nicht?«

»Viel mehr. Alles.« Rhodan hob die Schultern, ließ sie wieder sacken. »John, die Erde steht am Rand eines globalen Bürgerkriegs. Überall sind Unruhen, gibt es Kämpfe.«

»Das ist nicht Ihre Schuld. Sie haben das nicht gewollt.«

»Aber ich habe den Anstoß dazu gegeben. Verstehen Sie?«

»Ja. Aber ich glaube, wir hatten diesen Anstoß bitter nötig.« John Marshall strich mit der Hand über die Stirn, wischte sich

Schweißperlen von der Haut. Der Temperaturhaushalt seines Körpers war aus dem Takt gekommen. Es würde Tage dauern, bis er wieder ein Normalmaß erreichte. »Haben Sie gewusst, dass ich beim Start der STARDUST in Nevada Fields war?«

»Nein.« Wieso wechselte der Telepath das Thema? »Was hat Sie dort hingeführt?«

»Sid. Er ist wie Sie, ein Träumer von den Sternen. Er hat mich so lange genervt, bis ich mit ihm in einen Bus nach Nevada gestiegen und über zweitausend Kilometer gefahren bin. Für eine Veranstaltung, die ich, höflich ausgedrückt, für überflüssig hielt. Dort habe ich Sie und Ihre Kameraden zum ersten Mal gesehen, als Sie in Ihren Raumanzügen über das Startfeld stapften. Und wissen Sie, was in mir bei diesem Anblick vorging?«

»Ich bin kein Telepath. Sagen Sie es mir!«

»Was für eine Verschwendung! An Geld und Material, an guten Männern. Wie kann es sein, habe ich mich gefragt, dass hochintelligente Männer wie Sie und Bull sich ins All flüchten, während die Erde unter Ihren Füßen zum Teufel geht?«

»Das ist nicht gerade ein Kompliment.« Worauf wollte Marshall hinaus?

»Das ist höflich ausgedrückt. Und ich schulde Ihnen eine Entschuldigung. Seit dem Start der STARDUST ist kaum mehr als ein Monat vergangen, aber mir kommt es vor, als gehörte es in ein anderes, fernes Zeitalter. Unendlich viel ist seitdem geschehen – und ich habe dazugelernt. Nicht Sie, Perry, lagen falsch. Ich war es.«

»Sie sind zu hart zu sich selbst! Ihr Shelter hat Dutzenden von Kindern eine Perspektive gegeben. Sie ...«

»Genau das ist es«, unterbrach ihn Marshall. »Dutzende. Genau das ist der Fehler. Ich habe etwas ausrichten und die Erde zu einem besseren Ort machen wollen. Aber in meinem Eifer habe ich etwas übersehen: Es war aussichtslos. Einunddreißig Kinder hatten im Pain Shelter Platz. Einunddreißig von Tausenden Straßenkindern allein in Greater Houston. Einunddreißig von Millionen weltweit. Was wir brauchen, ist nicht Wohlfahrt von wenigen für einige, kein Herumdoktern an Symptomen. Wir müssen uns von den Fesseln losmachen, die wir uns selbst angelegt haben. Sie, Perry, geben uns die Chance, sie abzuschütteln!«

Der Flug des Schiffs verlangsamte sich. Es ging tiefer.

Rhodan spürte, wie ihm Röte ins Gesicht stieg. »John, Sie ...« Er suchte nach den passenden Worten, fand sie nicht. Er setzte zu einem neuen Anlauf an – und wurde von unerwarteter Seite aus seiner Verlegenheit gerettet.

Die Luft vor ihnen flimmerte. Ein Holo entstand. Thora in der Zentrale des Schiffs, die von Soldaten geräumt war. »Perry, John, wir sind gleich in Terrania. Machen Sie sich bereit!«

Vor ihnen schälte sich Terrania aus dem Horizont.

Thora drehte das Schiff so, dass Rhodan und Marshall freie Sicht durch das von der Explosion gerissene Loch im Rumpf hatten. Sie hatte die Fahrt verlangsamt. Der Fahrtwind zerrte an den beiden Männern, aber konnte sie nicht umwerfen. Die Luft war beißend heiß, erwärmt von der Sonne und zusätzlich erhitzt von den glühenden Strahlen der Triebwerke.

Die Skyline Terranias war niedrig. Die Gebäude der Stadt waren nur wenige Stockwerke hoch – mit Ausnahme des Stardust Towers, der sich aus ihrer Mitte dem Himmel entgegenreckte und anmutete, als warte er nur darauf, die Schwere der Erde abzuschütteln und zu den Sternen vorzustoßen. Eine Oase in der Wüste. Ein Ort der Hoffnung.

Tränen traten in Rhodans Augen.

Der beißende Fahrtwind trieb sie aus den Drüsen – und eine Erkenntnis, die unvermutet in ihm aufwallte: Terrania war nun seine Heimat.

»Wir werden erwartet«, sagte Thora, die neben den beiden Männern zu stehen schien, aber sich tatsächlich weiter in der Zentrale des Schiffs aufhielt. Die Darstellung des Hologramms war täuschend lebensecht.

Wir. Kein »Sie werden erwartet, Rhodan!«

Kurz vor der Stadt drehte Thora ab und begann lange Schleifen zu fliegen. Das Schiff neigte sich, gab die Sicht auf den Boden frei. Er war übersät mit Menschen. Sie hatten sich zwischen der Stadt und dem Ufer des Goshunsalzsees versammelt. Sie standen so dicht, dass sie wie ein weiterer See wirkten, der sich auf wundersame Weise in der Wüste gebildet hatte. Und er wuchs. In Strömen drängten weitere Menschen aus der Stadt. Sie erinnerten an Zuflüsse, die sich in den See ergossen, sich mit ihm verbanden. Die Oberfläche des Sees war glatt bis auf eine Plattform, die sich in seiner Mitte erhob. Rhodan glaubte einen einzelnen Menschen auf der Plattform zu erkennen.

Eine freie Fläche bildete sich in der Mitte des Sees, als das Schiff in den Sinkflug ging. Von der Sonne ausgebleichter Wüstenboden wurde sichtbar. Die Fläche wurde zu einem unregelmäßigen Kreis, an dessen Rand sich die Plattform befand.

Die Arkonidin hielt direkt auf die Fläche zu. Das Schiff erbebte, als Thora den Schub erhöhte und die Fahrt der stählernen Kugel aufzehrte. Mit einer Sanftheit, die selbst dem virtuosen Reginald Bull ein widerstrebend respektvolles Räuspern abgerungen hätte, setzte die Arkonidin das Schiff auf. Die Strahlen der Triebwerke erreichten den Boden, fegten Sand und loses Geröll beiseite, entfachten einen Sturm, der sich mit den Gewalten messen konnte, die die Gobi zuweilen entfesselte.

Thora nahm den Schub heraus. Das Dröhnen der Triebwerke erstarb, ein lautloses Vibrieren nahm seinen Platz ein. Das Schiff war gelandet. Der von den Triebwerken entfesselte Sturm legte sich, gab den Blick über die Wüste frei. Der See aus Menschen hatte ihn unbeschadet überstanden, er war keinen Zentimeter gewichen. Vor den beiden Männern, auf Höhe des Triebwerkwulsts und ungefähr zehn Meter von ihnen entfernt, war die Plattform.

Rhodan erkannte den Mann, der sie erwartete: Bai Jun.

Der ehemalige chinesische General klopfte den Sand aus seiner Uniform, von der er wie Rhodan und Zehntausende chinesische Soldaten seiner ehemaligen Belagerungsarmee die Ranginsignien und Nationalflaggen entfernt hatte.

»Ihre große Stunde, Perry. Worauf warten Sie?« Rhodan sah zu der Arkonidin. Er hörte keinen Sarkasmus aus ihrer Bemerkung heraus. Es verwunderte ihn. Erhaschte er bereits einen Blick auf die wahre Thora, von der Marshall gesprochen hatte?

»Was ist mit Ihnen?«, antwortete er mit einer Gegenfrage. »Es ist unsere große Stunde. Wir haben dieses Schiff gemeinsam erobert.«

»Ich bin keine Terranerin.« Thora ließ keinen Blickkontakt zu. Ihr Kopf war schräg zur Seite gerichtet. Sie musste mit den zahllosen Fehlermeldungen der Schiffssysteme befasst sein. »Außerdem werde ich hier in der Zentrale gebraucht. Die Autoreparaturroutinen des Schiffs haben ihre Arbeit aufgenommen. Die Maschinen arbeiten zielgerichteter, wenn ein lebendes Wesen sie anleitet.«

Das mochte sein. Aber hatte das nicht Zeit? Er setzte an, Thora umzustimmen, als ihm John Marshall die Hand auf den Arm legte. Der Telepath schüttelte wortlos den Kopf. Die Arkonidin wollte nicht.

»Wie kommen John und ich hinaus?«, fragte Rhodan. Sie befanden sich fast vierzig Meter über dem Boden.

»Standesgemäß.«

Thora machte eine Handbewegung. Ein unsichtbares Energiefeld erfasste die beiden Männer, hob sie hoch. Marshall stieß einen überraschten Ruf aus. Rhodan spürte ein Kribbeln. Die Haare auf seiner Haut stellten sich auf, als hätte elektrische Statik sie aufgeladen.

Rhodan und Marshall schwebten aus dem Schiff und zu der Plattform. Stille lag über der Wüste. Das Schiff der Arkoniden mutete den Menschen wie ein Wunder an. Ein Wunder, wie sie es sich von Terrania erhofft hatten und das bisher ausgeblieben war.

»Willkommen zu Hause!« Bai Jun reichte zuerst Rhodan, anschließend Marshall die Hand. Der ehemalige General trug eine Schleife mit der Flagge Terras am Oberarm, der Milchstraße auf blauem Grund.

Rhodan drehte sich langsam auf dem Absatz, sog das Panorama ein. Die stählerne Kugel, die auf mächtigen Landebeinen ruhte, die Silhouette Terranias, der endlos weite Horizont der Ebene, die Zehntausende von Menschen, die zusammengeströmt waren.

»Ich muss ehrlich sagen, mit einem solchen Empfang hatte ich nicht gerechnet.«

»Wieso nicht? Sie sind ein Held, Rhodan. Und Helden bekommen Heldenempfänge.«

Ein Held? Rhodan dachte zurück an das brennende Manhattan, an den gebrochenen General de Soto. »Sie irren sich. Ich bin kein Held.«

»Das ist ein Irrtum. Sie fühlen sich nicht wie ein Held, aber für diese Menschen sind Sie einer. Ein Symbol. Und wir brauchen Symbole.«

»Wie zum Beispiel ein geschundenes und kaum flugfähiges Arkonidenschiff?«

»Zum Beispiel. Die Operation lief glatt?«

»Nicht, wie wir es uns vorgestellt haben. Präsident Drummond hatte den befehlshabenden General durch einen Freund ersetzt. Ohne John wären wir gescheitert, bevor wir überhaupt angefangen haben.«

»Ich habe etwas in der Art vermutet.« Bai Jun drehte sich um, ging zu einer Kiste, die auf der Plattform befestigt war, öffnete sie und holte eine Flasche heraus. »Hier, John, Wasser.«

Der Telepath nahm die Flasche und leerte sie in einem Zug. »Haben Sie von Sid und Anne gehört?«, fragte er dann.

»Ja. Sie sind wohlauf und zusammen mit Allan Mercant in einem Privatjet, der vor zwei Stunden das amerikanische Hoheitsgebiet verlassen hat.«

»Das ist gut. Danke!«

Einen Moment lang standen die drei Männer schweigend beisammen. Es war immer noch still, aber Rhodan glaubte jetzt ein leises Summen zu hören. Es kam von dem Arkonidenschiff. Die Reparaturroutinen, von denen Thora gesprochen hatte, mussten eingesetzt haben. Würden sie es schaffen, aus diesem halben Wrack wieder ein voll funktionstüchtiges Schiff zu machen? Es mutete Rhodan unmöglich an. Aber das hatte auch gegolten, als Thora den Plan unterbreitet hatte, das angebliche Wrack in ihre Gewalt zu bringen.

Jetzt gehörte es ihnen. Ein Symbol dafür, dass der Traum von Terra keine wilde Vision war, sondern ein handfestes, erreichbares Ziel. Geballte Macht, die dafür sorgen würde, dass kein verwirrter Militär oder Politiker auf den selbstmörderischen Gedanken kam, einen Militärschlag gegen Terrania zu befehlen. Ein Gefährt, das sie zur Venus tragen würde, wo eine arkonidische Station existierte. Ein Schatz aus Wissen, der es der Menschheit ermöglichen würde, Jahrtausende der Entwicklung zu überspringen. Hatten sie ihn erst gehoben ...

Rhodan erwartete, dass Bai Jun ihn und Marshall die Treppe hinunterführen würde, die zum Boden reichte. Doch der Halb-Chinese machte keine Anstalten. Er langte in eine Tasche seiner Uniform und zog ein Headset heraus. »Hier, damit die Menschen Sie hören.«

»Sie wollen, dass ich eine Rede halte?«

»Nein. Was mich angeht, habe ich über die Jahre so viele Reden erduldet, dass mein Bedarf für dieses Leben gestillt ist. Was uns fehlt, ist ein symbolischer Akt.« Bai Jun wandte sich ab und holte aus der Kiste eine zweite Flasche hervor. Sie war grün und aus Glas.

»Ein Perrier-Jouët, Jahrgang 2003, aus den Beständen eines meiner höheren Offiziere. Er hat sich nicht durchringen können, die Zeichen der Zeit zu erkennen, und sich in Richtung Peking abgesetzt, um an den Kämpfen über die Nachfolge des Generalsekretärs teilzunehmen. Freundlicherweise hat er uns seine persönliche Habe zurückgelassen.«

Bai Jun hielt Rhodan die Flasche hin.

»Sie wollen, dass ich ...« Rhodan deutete mit dem Kopf in Richtung der stählernen Kugel.

»Dieses Schiff taufe? Genau. Es ist das erste Sternenschiff der Menschheit. Es braucht selbstverständlich einen Namen.«

Rhodan nahm die Flasche. »Sie haben sich bestimmt einen Namen ausgedacht, Bai Jun. Sie denken doch an alles.«

»Ich danke Ihnen für das Kompliment. Aber ich bin lediglich ein phantasieloser Exmilitär. Visionen sind Ihre Sache ...«

Rhodan wog die Flasche in der Hand. Er blickte auf, sah sich suchend um.

»Die Zeit hat nicht für einen Ausleger mit Seil gereicht«, erklärte Bai Jun. »Ich denke, ein gut gezielter Wurf wird den Zweck ebenso erfüllen.«

Rhodan steckte sich das Headset ins Ohr und hauchte. Das Geräusch wurde von Lautsprechern am Gerüst der Plattform übertragen. Die Menschen würden jedes seiner Worte hören.

Er trat an den Rand der Plattform und packte den Flaschenhals mit der rechten Hand. Dann holte er Schwung und warf. In hohem Bogen flog die Flasche dem Schiff entgegen und zerbrach am oberen Rand des Ringwulsts. Weißer Schaum breitete sich aus, wusch den Ruß weg.

»Ich taufe dieses Schiff auf den Namen GOOD HOPE«, sagte Rhodan.

Stille antwortete ihm, dann erhob sich Jubel. Erst zögernd, als trauten die Menschen ihren Sinnen nicht, dann wurde er lauter und lauter.

In dem Loch im Rumpf der GOOD HOPE bewegte sich etwas. Thora. Sie schwebte aus dem Schiff zu der Plattform.

Rhodan schaltete das Headset aus. »Thora!«, rief er. »Es freut mich, dass Sie sich doch noch dazu entschlossen haben, sich uns an...« Rhodan brach ab, als er merkte, dass die Arkonidin bebte.

Das Energiefeld setzte sie unmittelbar vor ihm ab. Tränen standen in ihren Augen.

»Thora, was ist geschehen?«

»Ich ... ich ... Die Hyperfunkanlage ist repariert. Wir ...« Sie sah auf, fixierte Rhodan mit ihrem Blick. »Wir können nicht auf dieser Welt bleiben!«

Kapitel 16

26. Juli 2036
Reginald Bull

Bull steuerte den Hubschrauber eigenhändig.

Es war ein WZ-12 der chinesischen Volksbefreiungsarmee, ein Modell mit überragenden Stealth-Eigenschaften, dessen Existenz von offizieller Seite stets bestritten wurde. General Bai Jun hatte eine Handvoll der Kampfhubschrauber mit auf die Seite Rhodans gebracht, als er übergelaufen war. Bull, der Techniknarr, hatte sich in der ersten freien Minute auf die Fluggeräte gestürzt. Mithilfe chinesischer Mechaniker hatte er eines buchstäblich auseinandergenommen und wieder zusammengesetzt – und hatte sie ausnahmslos entwaffnen lassen.

Durch die Ankunft der Arkoniden war jedes Produkt menschlicher Technologie schlagartig veraltet. Dennoch blieben die Kampfhubschrauber tödliche Werkzeuge. Es wäre töricht gewesen, sie zu ignorieren.

Reginald Bull gab Schub. Der WZ-12 sprang ruckartig in den Himmel. Am Boden blieb der schwere Transporthubschrauber zurück, der die Soldaten befördert hatte. Das Letzte, was Bull von ihnen sah, waren zwei Staubwolken, als sie die Bullets heranfuhren, um sie abzutransportieren.

»Mister Bull?« Ein Räuspern. »Sir?«

Es war Julian Tifflor, der sich den Dieben in den Weg gestellt hatte. Unbewaffnet. Verrückt hatte ihn Raskujan genannt. Raskujan hatte es als Beleidigung gedacht. Bull hatte es genau andersherum aufgefasst. Er hatte eine Schwäche für Verrückte. Insbesondere für Verrückte mit Schneid.

»Für meine Freunde Reginald.« Er schüttelte spielerisch tadelnd den Kopf. »Oder einfach Reg, Julian.«

Der junge Mann – Bull schätzte ihn auf Anfang zwanzig – schluckte hörbar, fasste sich aber augenblicklich. »Tiff. Meine Freunde nennen mich Tiff.« Er zeigte auf die Wüste, die sich zweihundert Meter unter ihnen erstreckte. Bull hatte Fahrt aufgenommen, zog nach und nach größer werdende Kreise, während er auf die Anweisungen Tatjana Michalownas wartete. Aber das konnte der junge Mann nicht wissen.

»Wohin fliegen wir?«

»Zum Versteck dieser Diebe.«

»Ich habe es gewusst!« Julian Tifflor schlug sich mit der Faust auf den Oberschenkel. »Aber ... aber woher wissen Sie, ich meine, weißt du, wo es ist? Haben die Soldaten einen Hinweis im Gepäck gefunden? Oder hat eine Drohne ihre Flucht aufgezeichnet?«

»Weder noch. Es ist viel simpler – und viel komplizierter. Hier, Miss Michalowna«, er sah zu der Telepathin, die auf dem Platz des Kopiloten saß, »ich meine, *Tatjana,* kann es erklären.«

Es war eine Geste. Die Telepathin verstand sie augenblicklich. Ihre Augen weiteten sich vor Überraschung, und plötzlich stand in ihrem Blick ein Ausdruck, den er von ihr nicht gekannt hatte: Dankbarkeit. Bull hatte die Mutantin für sich gewonnen.

»Natürlich, Reg«, sagte sie und wandte sich Julian zu. »Ich besitze eine außergewöhnliche Gabe. Ich bin Telepathin.«

»Was? Du kannst Gedanken lesen?« Mildred hatte die Frage gestellt. Die junge Frau hatte sich neben Julian gestellt. Sie hatte lange schwarze Haare, und in ihren Zügen glaubte Bull eine seltene Kombination zu lesen: Wärme *und* Härte. Das letzte Mitglied des Trios, Timothy Harnahan, hatte sich ganz hinten in der Kabine zurückgezogen. Der schlaksige junge Mann mit dem Zopf spielte mit seinem Tablet herum. Seine Umwelt schien er vergessen zu haben. Es war Timothy gewesen, der den Notruf abgesetzt hatte, der Bull auf die Spur der Rico-Diebe geführt hatte.

»Genau«, antwortete Tatjana Michalowna.

»Wie geht das?«

»Ehrlich gesagt: Ich weiß es nicht. Ich kann es einfach.«

»Aber ...« Julian stieß Mildred in die Seite. Liebevoll, aber bestimmt. »Deshalb hast du gewusst, wie der Typ heißt, Reg?«, fragte er. »Tatjana hat es dir gesagt?«

»Auch, aber das war nicht nötig. Ich hätte ihn auch so erkannt. Stepan Raskujan war Kosmonaut, bis vor Kurzem der Superstar des großrussischen Raumfahrtprogramms. Er war ursprünglich Offizier, hat sich in den Grenzkriegen im Kaukasus zum Helden Großrusslands hochgearbeitet. Dann kam irgendwer im Kreml darauf, den Helden ins All zu schicken.«

Bull schwieg einen Moment, dachte an seine erste Begegnung

mit Stepan Raskujan zurück. Es war bei einem Koordinationstreffen zwischen Vertretern der NASA und der großrussischen Raumfahrtbehörde Roskosmos gewesen. Man hatte die Möglichkeiten einer gemeinsamen bemannten Venusmission ausgelotet. Raskujan war eben erst zum Kosmonauten bestimmt worden, hatte sowohl in Rang wie Erfahrung unter den übrigen Anwesenden gestanden. Und doch hatte er das Treffen dominiert. Der schlanke, bleiche Mann hatte etwas Aristokratisches. Raskujan glaubte von sich selbst, zu Großem bestimmt zu sein. Dem Arbeitersohn Bull war er vom ersten Moment an zuwider gewesen.

Bull zuckte die Achseln, schüttelte die Erinnerung ab. Laut sagte er: »Aber das war einmal. Die Helden von gestern sind die Lumpen von heute.«

»Und die anderen beiden?«, fragte Julian.

»Der Beifahrer heißt Artjom Tomisenkow«, antwortete die Telepathin. »Ebenfalls Kosmonaut. Oder besser: Exkosmonaut.«

»Ebenfalls Exkriegsheld?«

»Nein. Tomisenkow war Schwimmer, mehrfacher Olympiasieger. Bis der Kreml ihn zum Kosmonauten machte.«

»Zwei Helden als einfache Diebe«, meldete sich Mildred zu Wort. »Was geht in ihnen vor?«

»Das kann ich dir sagen. Sie sind verbittert. Raskujan und Tomisenkow waren Helden – bis vor einem Monat die STARDUST mit Crest an Bord in der Gobi gelandet ist. Jetzt steht Großrussland davor auseinanderzubrechen. Und ihr stolzes Raumfahrtprogramm hat sich als schlechter Witz entpuppt.«

»Die beiden können froh sein, dass ihr geliebtes Großrussland sie nicht zum Mond geschickt hat«, schnaubte Bull. »Sonst wären sie längst tot!«

»Wahrscheinlich, aber so sehen sie es nicht.«

»Was ist mit der Frau?«, fragte Julian. »Sie ist keine Kosmonautin, nicht?«

»Nein.« Die Telepathin zögerte. »Zumindest glaube ich es nicht. Sie heißt Ishy Matsu und ist Japanerin. Mehr konnte ich nicht in ihr lesen. Das ist ungewöhnlich. Man könnte fast meinen, sie wäre ...«

Auf der Cockpitscheibe entstand ein Bild. Bai Jun, semitransparent und bleich wie ein Gespenst, auf dem Dach des Stardust Towers.

»Bull?«

»Bai Jun, was gibt es?«

»Perry Rhodan ist auf dem Rückweg.«

Bull spürte, wie ein Teil der Anspannung ihn schlagartig verließ. Perry hatte es geschafft! Der Arkonidenraumer gehörte ihnen!

»Alles nach Plan gelaufen?«, fragte er.

»Anscheinend nicht. Aber Rhodan, Thora und Marshall ist es wohl gelungen, die amerikanischen Soldaten an Bord zu überwältigen. Wie ... darauf bin ich gespannt.« Der ehemalige General sah auf die Uhr. »Rhodan wird in wenigen Minuten eintreffen. Ich lasse einen Heldenempfang für ihn vorbereiten. Wie ist der Stand bei Ihnen?«

»Wir sind so gut wie auf dem Rückweg. Tatjana hat die Gedanken der Rico-Diebe gelesen. Sie haben den Roboter in der Wüste versteckt. Wir holen ihn ab und sind rechtzeitig zu Ihrem großen Empfang zurück.«

»Bestens.« Sollte Bai Jun über Bulls vertrauliche Anrede für die Telepathin überrascht sein, zeigte er es nicht. Er sah schräg zur Seite auf eines der vielen Displays. »Meine Leute haben übrigens recherchiert. Eine Freiwillige, die in der Klinik gearbeitet hat, ist seit heute Morgen verschwunden. Eine Japanerin. Sie heißt Ishy Matsu.«

»Sie ist einer der Diebe, neben zwei ehemaligen russischen Kosmonauten! Wie haben sie den Diebstahl angestellt?«

»Ehrlich gesagt? Wir haben nicht die geringste Ahnung. Die Klinik wimmelt ...«

»Ich schon!«, unterbrach ihn Tatjana Michalowna. »Ich konnte ihre Gedanken nicht lesen. Sie muss eine Mutantin sein!«

Bai Jun strich sich über das Kinn. »Das würde einiges erklären. Was für eine Gabe besitzt diese Frau?«

»Das kann ich nicht sagen. Tut mir leid.«

»Das macht nichts. Wir werden es herausfinden, sobald unsere Soldaten die Diebe nach Terrania bringen.«

»Ich fürchte, daraus wird nichts«, schaltete sich Bull wieder ein. »Ich habe die drei ziehen lassen.«

»Sie haben was?« Bai Jun versteifte sich. »Wieso haben Sie das getan, Bull? Es sind Diebe, sie haben Strafe verdient. Und diese Japanerin ... Wenn sie wirklich eine Mutantin sein sollte, ist sie von unschätzbarem Wert für uns!«

»Möglicherweise. Aber sie ist kein Werkzeug. Sie ist ein Mensch. Wenn sie auf unsere Seite tritt, dann aus freien Stücken.«

»Aber denken Sie nur, was ...«

»Ich denke, dass es unmöglich ist, einen Menschen zu seinem Glück zu zwingen. Selbst wenn man die besten aller Absichten verfolgt. Das dürfen wir nicht vergessen. Sonst wird unsere schöne neue Welt so schön, dass es darin nicht auszuhalten ist, nicht?«

Bai Jun starrte Bull an, seine Züge zu einer Maske erstarrt. Dann holte er tief Luft und sagte: »Sie haben recht, Bull.«

»Hin und wieder. Aber vor allem habe ich dazugelernt. Nicht zuletzt von Ihnen.«

»Hier muss es sein!«, rief Tatjana Michalowna. Die Telepathin hatte die Augen geschlossen, konzentrierte sich auf die Bilder, die sie in den Gedanken der beiden ehemaligen Kosmonauten gefunden hatte. Kleine Schweißperlen bildeten sich auf ihrer Stirn.

»Wir sehen uns gleich, Bai Jun!« Reginald Bull unterbrach die Verbindung. Er ließ den WZ-12 kreisen. Sie hatten die Mündung des Tals erreicht. Die sandige Ebene begann hier. Am Horizont stand die Skyline Terranias. In der flimmernden Hitze des Mittags erschien die Stadt wie eine Fata Morgana.

»Sie haben Rico unter einem Felsen versteckt«, sagte die Telepathin.

»Das bietet sich an.« Unter ihnen war ein Meer von Felsen. Es musste buchstäblich Tausende von Verstecken geben.

»Ich kann ihn genau sehen, in Gedanken.« Tatjana Michalowna öffnete die Augen, sah auf den Boden, während Bull die Maschine weiter Kreise ziehen ließ. »Aber nicht mit meinen Augen!« Sie sagte es wütend. Die Schweißperlen auf ihrer Stirn vereinten sich zu kleinen Strömen. Schweiß lief ihr in die Augen, rötete sie erneut. »Von oben sieht die Landschaft ganz anders aus!«

»Ich gehe tiefer.« Bull drückte den WZ-12 nach unten. Er fand die Fahrspur, folgte ihr im Langsamflug und in wenigen Metern Höhe das Tal hinauf.

Tatjana Michalowna beugte sich vor. Ihre Hände umklammerten die Seitenlehnen des Sitzes. »Es ... es geht nicht«, sagte sie. »Es ist zu anders.«

Bull nickte. »Keine Sorge, wir bekommen das hin. Wir landen und gehen die Strecke zu Fuß ab. Das wird eine Weile dauern, aber wir ...«

»Ich weiß, wie wir das hinkriegen!« Timothy Harnahan war zwischen den Sitz des Piloten und des Kopiloten getreten. Seine Freunde hatten ihm bereitwillig Platz gemacht.

»Du kennst dich mit Telepathie aus?« Bull beäugte den schlaksigen jungen Mann skeptisch.

»Nein, aber damit!« Er hielt sein Tablet zwischen Bull und Michalowna. »Ich habe mir die Freiheit genommen, die Videodaten zu speichern, die Mildreds Pod vom Lenker der Bullet aus aufgenommen hat. Ich habe die Daten hier auf dem Tablet und getaggt.«

»Aha. Und das bedeutet?«

»Das hier!« Auf der Cockpitscheibe erschienen die Fahrspur und das Tal – aufgenommen von der Kamera Timothys. »Das ist dieselbe Perspektive, die die Diebe hatten. Vielleicht kann Tatjana meine Aufnahmen mit den Bildern zusammenbringen, die sie in den Gedanken der Kosmonauten gesehen hat?«

Bull sah fragend zu der Telepathin. Sie nickte. »Einen Versuch ist es wert.«

Timothy ließ die Aufnahmen ablaufen. Zweimal innerhalb kurzer Zeit ließ die Telepathin sie anhalten, zweimal verwarf sie die Stellen. Schließlich rief sie ein drittes Mal: »Halt!«

Timothy stoppte die Aufnahme.

»Da rechts!« Michalowna beugte sich vor, tippte mit dem Finger auf eine Felsplatte. Ihre Spitze lag auf einem Felsen auf, der senkrecht einen Meter hochragte. Die Platte lag schräg. »In dieser Spalte muss es sein!«

Timothys Finger huschten über das Tablet. Die Aufnahme der Kamera verschwand, machte einer Koordinatenangabe Platz. Bull steuerte den Punkt an. Er befand sich im unteren Drittel des Tals. Neben der Fahrspur war ein ausreichend großer freier Platz, um den Hubschrauber zu landen. Er stellte die Turbinen ab. Noch während die Rotorblätter ausliefen, verließen sie die Maschine und eilten zu der Felsspalte.

Julian Tifflor blieb mit Bull gleichauf. »Reg, was haben die Diebe eigentlich gestohlen? Bai Jun hat etwas von einem Roboter gesagt. Und ›Rico‹, nicht?«

»Du hast richtig gehört. Ich erkläre es euch, sobald wir ihn gefunden haben, okay?«

»Okay!«

Bull merkte, dass er zu rennen begonnen hatte. *Wieso eigentlich?*, fragte er sich. *Auf ein paar Sekunden früher oder später kommt es doch nicht an. Niemand klaut uns die verkohlten Reste.*

Tatjana schloss zu ihm auf, übernahm die Führung. »Da!«, rief sie. »Ich sehe ihn!« Sie beschleunigte auf ein Tempo, das Bull der zierlichen Russin nicht zugetraut hätte. Er blieb dran, aber nur mit Mühe. Sie überquerten die breite Fahrspur. Dahinter begannen die Felsen. Die Telepathin verfiel in einen Zickzack, ohne langsamer zu werden.

Sie gelangten zu der schräg liegenden Felsplatte. Sie bildete eine schmale, an ihrer höchsten Stelle hüfthohe Spalte. Im grellen Licht der Mittagssonne wirkte der Schatten wie Schwärze. Bull ging in die Knie, um den Rucksack mit Rico aus der Spalte zu ziehen.

Sie war leer.

»Das ist doch ...«

Er musste sich irren. Er ging auf alle viere, kroch unter den Fels. Da war nichts. Die Felsspalte war leer.

Er kroch wieder hinaus. Erwartungsvolle Blicke erwarteten ihn. Julian und seine Freunde und die Telepathin hatten einen Halbkreis gebildet.

»Nichts. Da ist nichts.« Bull stand auf. »Sie müssen sich geirrt haben, Tatjana.«

Sie schüttelte den Kopf. »Nein, das ist die Felsspalte. Ich habe ganz genau vor Augen, wie Raskujan den Rucksack hierher gebracht hat.« Sie wandte sich um. »Er kam hier entlang. Tomisenkow hatte den Geländewagen weiter vorne angehalten. Raskujan hat nach einem guten Platz gesucht, der nicht von der Fahrspur einzusehen ist.«

»Da ist ein Stiefelabdruck im Sand!« Julian war einige Meter in die Richtung gelaufen, die die Telepathin angegeben hatte. »Er stammt von keinem von uns!«

»Dann sind wir richtig hier«, schloss Bull. »Die Chance, in dieser Einöde zufällig auf die Spur eines Menschen zu treffen, ist gleich null. Aber was ist dann mit Rico geschehen?«

»Hier sind weitere Spuren, von einem Tier!«, rief Julian.

»Was sollte ein Tier mit einem Roboter anfangen?«

»Vielleicht gehörte es einem Nomaden? In der Gobi gibt es doch Ureinwohner. Vielleicht hat einer von ihnen gesehen, wie Raskujan den Rucksack versteckte, und hat ihn mitgenommen, nachdem der Geländewagen weitergefahren ist?«

Reginald Bull sah über die Wüste. Bis an den Horizont, wo Terrania aufragte, war keine Menschenseele zu sehen, kein Fahrzeug, kein Haus oder eine andere von Menschen geschaffene Struktur. Was Julian anbot, war eine mögliche Erklärung. Aber Bull glaubte nicht daran. Zu unwahrscheinlich. Er ...

Sein Pod summte. Bull zog ihn aus der Tasche, aktivierte ihn. Das Gesicht Perry Rhodans erschien auf dem Display.

»Perry!«, rief er. »Ihr habt es geschafft! Wie habt ihr ...« Er brach ab, als er den Ernst bemerkte, der in den Zügen des Freundes stand. »Was ist los? Habt ihr das Schiff im letzten Moment verloren?«

»Nein. Aber ich bitte dich, so schnell wie möglich nach Terrania zurückzukommen. Ich brauche dich!«

Kapitel 17

27. Juli 2036
Perry Rhodan

Perry Rhodan lauschte der Stimme.

Die Aufnahme war klar. Schloss er die Augen, glaubte er, der Sprecher stünde vor ihm.

Eine Illusion. Eine Entfernung, so gewaltig, dass sie das menschliche Vorstellungsvermögen sprengte, trennte ihn von dem Sprecher.

Der Sprecher war kein Mensch. Er sprach Arkonidisch. Keine Sprache, die Menschen vertraut war. Und doch war Rhodan vertraut, was die Stimme mitteilte. Ihre Heiserkeit, die betonten, harten Plosiv-Laute drückten eine Verzweiflung aus, die Rhodan bewegte.

Er spielte die Aufnahme ein weiteres Mal ab, versuchte, sich den Sprecher auszumalen. Als die letzten Laute verklungen waren, sagte eine Stimme leise hinter ihm: »Echsen haben uns gefunden. Sie werden das System überrennen! Dunkelheit verdrängt das Licht! Du lebst länger als die Sonne, heißt es. Eile herbei! Kerlon.«

Die Stimme gehörte einer Frau. Sie sprach Englisch, übersetzte den Notruf. Mit einer Makellosigkeit, die einer Nachrichtensprecherin gut angestanden hätte.

Doch diese Frau war kein Mensch.

Perry Rhodan stoppte die Wiedergabe mit einem Nicken in Richtung des leuchtenden Hufeisens und wandte sich um. Thora da Zoltral hatte ihren Platz mitten in der Zentrale der GOOD HOPE verlassen. »Sie machen sich Sorgen?«, fragte die Arkonidin. Sie hatte ihre Fassung wiedergewonnen, war distanziert und beherrscht. Doch Rhodan hatte gelernt, dass es sich dabei um eine Maske handelte und die wahre Thora eine andere war.

»Sagen wir, Gedanken.«

»Verraten Sie sie mir? Ich bin keine Gedankenleserin, und meine Kenntnisse der menschlichen Mimik gehen noch nicht weit genug, um sie zu erraten.« Thora trug eine ausgemusterte chinesische Armeeuniform. Die Ranginsignien waren entfernt, aber auch unnötig. Ihre Haltung zeigte an, dass sie es war, die in dem arkonidischen Raumschiff das Sagen hatte.

»Die offensichtlichen«, entgegnete Rhodan. »Zum Beispiel: Wer sind diese Echsen? Oder wer ist dieser Kerlon, der den Notruf abgesendet hat? Und an wen ist er gerichtet? Wer ist es, der herbeieilen soll?«

Die weiteren Fragen, die ihn bewegten, behielt Rhodan für sich. Wie war es möglich, dass sich die Erschütterung der Arkonidin binnen vierundzwanzig Stunden in Entschlossenheit verwandelt hatte? Eine Entschlossenheit, spürte Rhodan, die nicht aus der Einsicht erwuchs, sich einer schwierigen Situation stellen zu müssen, sondern einer Aufregung, die unerklärlich schien. Als erhoffe sich Thora eine Erlösung von dem Flug. Glaubte sie, dass sich ihr damit das Tor zur Rückkehr nach Arkon öffnete?

»Das sind wichtige Fragen, das gebe ich zu.« Thora verschränkte die Arme in einer Geste, die sie unbewusst von den Menschen übernommen haben musste. »Aber fest steht, dass das Leben von Arkoniden auf dem Spiel steht. Und dass wir über diese Fragen bis an das Ende unserer Tage spekulieren können. Die Antworten können wir nur an dem Ort finden, von dem dieser Notruf stammt: aus dem System der Sonne, die Sie Menschen Wega nennen.«

»Das hoffe ich.«

»Wieso hoffen?«

»Der Notruf wurde in einem Kode der Flotte des Großen Imperiums gesandt. Einem Kode, der jahrtausendealt ist.«

»Das ist richtig.« Sein Einwurf erschütterte die Selbstsicherheit der Arkonidin. »Aber wir sollten ...«

»... uns überlegen, was das bedeutet«, schnitt ihr eine Stimme das Wort ab. Sie gehörte Reginald Bull. Der Freund erschien so unvermittelt zwischen Rhodan und Thora, als hätte ihn ein Teleporter in die Zentrale der GOOD HOPE gebracht. Allerdings war dieser Bull, der sich von der Spitze des Stardust Towers über Funk einschaltete, lediglich zweidimensional – geschuldet der unvollkommenen Kopplung von irdischer und arkonidischer Technologie.

»Dieser Notruf ist aller Wahrscheinlichkeit nach jahrtausendealt«, fuhr Bull fort. »Wer immer dieser Kerlon sein mag, er ist längst tot.«

»Tatsächlich?« Blanke Wut funkelte in Thoras Augen, als sie Bull musterte. Seine Hemdsärmeligkeit und ihr arkonidisches Standesbewusstsein waren wie zwei chemische Elemente, die bei Berührung heftig miteinander reagierten. »Und wie erklären Sie sich,

Mister Bull, dass wir diesen Funkspruch vor einem Tag Ihrer Zeit aufgefangen haben?«

Bull zuckte die Achseln. »Was weiß ich? Ein hyperphysikalisches Phänomen? Sie sind die Expertin hier, nicht?«

Tränen der Erregung traten in Thoras Augen. Sie ballte die Hände zu Fäusten – und entschied sich gegen die Konfrontation. »Der Start erfolgt in fünf Minuten«, sagte sie eisig. »Fassen Sie sich kurz!« Sie wandte sich ab und ging zurück in die Mitte der Zentrale, an den Platz der Kommandantin.

Die beiden Freunde sahen ihr wortlos nach. »Was gibt es, Reg?«, brach Rhodan schließlich das Schweigen. »Ein letzter Versuch, mich umzustimmen?«

Bull grinste versöhnlich. Mit dem Freund ließ sich gut streiten – aber mindestens ebenso gut versöhnen. »Natürlich. Was hast du erwartet?« Er strich sich über das Kinn. Rote Bartstoppeln zeigten an, dass er auch an diesem Morgen nicht dazu gekommen war, sich zu rasieren. »Perry ... auch auf die Gefahr hin, dass ich wie der Warnhinweis auf einer Zigarettenschachtel klinge, halte ich es für meine Pflicht als Freund, dich ein letztes Mal daran zu erinnern: Der Raumflug mit einem schrottreifen, zehntausend Jahre alten Schiff außerirdischer Herkunft zu einem fremden Stern, um einem mysteriösen Notruf Folge zu leisten, kann unvorhergesehene Auswirkungen auf Ihren Leib und Ihr Leben haben – und das Ihrer Angehörigen!«

»Ich weiß.« Perry Rhodan konnte sich ein Schmunzeln nicht verkneifen. Niemand konnte Reginald Bull das Wasser reichen, wenn es darum ging, seine Bedenken auf eine Art zu äußern, die das Gegenüber entwaffnete.

»Sagt der Kettenraucher und zündet sich die nächste Kippe an!«, sagte Bull. »Perry, dieser Flug ist Wahnsinn, und du weißt das!«

»Es wäre Wahnsinn, ihn nicht zu unternehmen. Siebenundzwanzig Lichtjahre sind in den neuen Dimensionen, in denen wir denken müssen, ein Nichts. Das ist unser Vorgarten. Wir müssen wissen, was im Wegasystem geschieht. Thora und Crest haben in dieser Hinsicht recht.«

»Ja? Was kümmert es uns, wenn Heuschrecken über den Garten herfallen?« Bull schüttelte den Kopf. Sein Gesicht war rot angelaufen. Die beiden Narben, die er sich beim Absturz der STARDUST über der Gobi eingehandelt hatte, traten hervor.

Sie waren bleich. »Wir müssen sehen, dass uns hier auf der Erde der Laden nicht auseinanderfliegt!«

»Wir müssen sehen, dass wir morgen noch einen Laden besitzen«, widersprach Rhodan. »Die Arkoniden sind sozusagen nur die Spitze des Eisbergs. Dort draußen, zwischen den Sternen, wimmelt es von Leben. Intelligentem Leben. Dutzende, Hunderte, vielleicht Tausende von Arten beherrschen die Raumfahrt auf einem Niveau ähnlich dem der Arkoniden – und besitzen ein militärisches Potenzial, das es ihnen erlaubt, die Erde auf Knopfdruck einzuäschern!«

»Und?« Bull zuckte die Achseln. »Womit sie keinen Laden erben würden, sondern einen Haufen Asche, der ihnen zwischen den Fingern davonrieselt – ergibt nicht besonders viel Sinn, wenn du mich fragst.«

»Wenn du mich fragst, auch nicht. Aber schau dich mal um, was auf der Erde passiert, was dir und mir widerfahren ist, seit wir die STARDUST in der Gobi gelandet haben. Ergibt das Sinn?«

»Nicht besonders viel.«

»Genau. Und trotzdem ist es passiert. Weil wir Menschen fehlbar und schwach sind, wir von Ängsten getrieben sind und Sehnsüchten, die wir uns selbst nicht erklären können. Wie die Arkoniden. Und wie – wage ich zu behaupten – alle anderen Wesen dort draußen.«

»Mag sein. Aber was wollt ihr schon ausrichten?« Bull hob beschwörend die Hände. »Die GOOD HOPE ist ein Beiboot! Was immer bei der Wega vorgehen mag, ihr werdet nichts ausrichten können!«

»Reg«, sagte Rhodan beschwörend. »Das ist mir klar. Und ich verstehe, dass dir unser Flug nicht schmeckt. Aber er muss sein. Es ist eine Erkundung, mehr nicht. Wir fliegen zur Wega, sehen nach, was dort los ist, und kehren zurück. Das ist alles. In spätestens vierundzwanzig Stunden sind wir zurück.«

»Sagst du!« Bull strich sich durch das rote Borstenhaar. »Also gut, ich gebe auf. Ich weiß, dass ich dich nicht aufhalten kann. Aber versprich mir wenigstens eins: Stell keinen Unsinn an, okay?«

Perry Rhodan musterte den Freund. Den treuen Kameraden, der stets für jeden Unsinn zu haben war – und erkannte, was in ihm vorging.

»Reg, Hand aufs Herz! Du würdest am liebsten mitfliegen, nicht?«

»Quatsch!« Es kam zu schnell und zu laut. »Könntest du dir jemanden vorstellen, der besser geeignet wäre, Haus und Herd zu hüten, als ich?«

»Ich bin sicher, dass dir nicht langweilig wird«, tröstete er ihn.

»Ich auch!« Bull beugte sich vor, der Kamera entgegen. »Perry, pass auf dich auf, ja? Es gibt hier nach vorsichtigen Schätzungen ungefähr ein bis zwei Milliarden Menschen, die sich nichts sehnlicher wünschen, als dass du spurlos vom Antlitz dieser Erde verschwindest und sie endlich ihre kleine, beschauliche Welt wiederbekommen, die eben im Begriff war, zum Teufel zu gehen – aber ich sentimentaler, treuherziger Exastronaut, dem man das Schiff unter dem Hintern weggeschossen hat, würde dich vermissen, klar?«

»Klar. Wir sehen uns morgen, Reg!«

Reginald Bull verschwand, als er die Verbindung unterbrach, und gab den Blick in die Zentrale der GOOD HOPE frei.

Die Zentrale war ein kreisrunder Raum von etwas über zehn Metern Durchmesser, die Decke eine Kuppel. In ihrer Mitte stand Thora. Leuchtende, virtuelle Schaltflächen umgaben sie in Hüfthöhe. Der Streit schien vergessen. In dieser Hinsicht glich die Arkonidin Bull mehr, als sie sich jemals eingestehen würde. Ihre Wut war wie eine Stichflamme. Heiß und verzehrend, aber nur von kurzer Dauer.

Die Arkonidin bediente die Schaltflächen mit souveränen, flinken Handbewegungen. Perry Rhodan sah sich an eine Dirigentin erinnert – und er und die übrige Mannschaft stellten ihr Orchester dar.

Holografische Steuerelemente flammten vor Rhodan auf. Einige wenige, ein Bruchteil der Komplexität, die Thora so spielerisch bewältigte. Der Lernmodus. Thora war die Einzige unter ihnen, die das Schiff beherrschte. Sollte ihr etwas zustoßen, war Rhodan bewusst, würden er und seine Kameraden gestrandet sein, unendlich weit weg von ihrer Heimat. Ein weiterer Risikofaktor unter vielen, tröstete er sich.

Rhodan ließ den Blick über die Zentrale schweifen, sah in die Gesichter der Kameraden, die mit ihm zusammen den ersten Flug wagten, der Menschen zu einem fremden Stern bringen würde. Es waren acht. Vier davon waren ehemalige Astronauten wie er selbst.

Rod Nyssen, sehnig, beinahe ausgemergelt. Ein Marathonläufer, der über die Jahre das letzte Gramm Fett von seinem Körper abgeschmolzen hatte. Er wirkte fahrig. Rhodan beunruhigte es nicht. Er kannte den Grund: Rod Nyssen rauchte, er vermisste bereits jetzt seine Zigaretten.

Conrad Deringhouse, ein schlaksiger, hochgeschossener Mann. Er wirkte wie ein großer Junge. Und das war er auch. Deringhouse ging Risiken mit der Unbekümmertheit eines Kindes ein, dem der Gedanke, es könne sich etwas tun, fremd war.

Darja Morosowa. Die ehemalige großrussische Kosmonautin war still und unscheinbar. Doch sie besaß einen wachen Geist und eine außergewöhnliche Wahrnehmungsgabe. Morosowa sah stets hinter die Kulissen.

Schließlich Alexander Baturin. Ein Intellektueller, in dem man nicht einen der zähesten Kosmonauten der großrussischen Raumfahrt vermutet hätte.

Für Rhodan und die Astronauten und Kosmonauten erfüllte sich mit dem Flug der GOOD HOPE die Sehnsucht nach etwas, das sie bis vor Kurzem für einen unerfüllbaren Traum gehalten hatten.

Die übrigen vier Kameraden waren Mutanten.

Ras Tschubai. Der Sudanese war tiefschwarz, athletisch und unerschütterlich. Rhodan und Bull hatten ihm das Leben zu verdanken. Tschubai, der Teleporter, hatte sie mithilfe seiner Psi-Gabe vor den Bewohnern einer australischen Kleinstadt gerettet, die die beiden hatten lynchen wollen.

Tako Kakuta. Die Eltern des schmächtigen Japaners waren an den Spätfolgen ihrer Verstrahlung durch die Fukushima-Havarie gestorben. Der Waise, ein Teleporter, war von Clifford Monterny aufgespürt worden. Monterny hatte Kakuta wohl das Leben gerettet – doch die Schuld, einem Verbrecher gedient zu haben, lastete schwer auf dem Japaner. Rhodan hoffte, dass er sie fern von der Erde würde abschütteln können.

Anne Sloane. Ihre Gabe hatte die Telekinetin zu einer Meistersurferin gemacht. Sloane war sportlich drahtig, gab sich ausgelassen. Aber Rhodan spürte, dass sich hinter dieser Maske eine zweite Anne Sloane verbarg, vielleicht die wahre. Anne beachtete die Steuerelemente nicht, ihr Blick war auf Rod Nyssen fixiert. Rhodan versuchte ihn vergeblich zu deuten. Er hoffte, dass es keine Differenzen zwischen Nyssen und Sloane gab. Auch wenn ihre Mission nur kurz sein würde, kam es darauf an, dass sie reibungslos zusammenarbeiteten.

Der vierte Mutant war Wuriu Sengu. Wie Kakuta ein Opfer der Katastrophe von Fukushima. Der dicke junge Mann, der wie ein Rapper aus dem frühen einundzwanzigsten Jahrhundert wirkte, besaß eine Gabe, die man »Spähen« getauft hatte. Sengu vermochte durch feste Materie zu sehen, als wäre sie nicht vorhanden.

Thora leitete den Start ein. Die Triebwerke der STARDUST dröhnten auf, ließen das gesamte Schiff vibrieren. Drei der Triebwerke fehlten. Die Autoreparaturroutinen des Schiffs hatten unter der Anleitung der Arkonidin innerhalb von vierundzwanzig Stunden Wunder bewirkt – nahezu. Die in Stücke gerissenen und zerschmolzenen Triebwerke hatten sie nicht ersetzen können. Stattdessen hatte das Schiff die Löcher in seinem Rumpf verschlossen.

Rhodan muteten sie an wie zugewachsen, als handele es sich bei dem Schiff um ein Lebewesen.

Thora hatte versichert, dass der geflickte Rumpf den Belastungen des Fluges würde standhalten können.

Entlang der Zentralewände entstand ein Holo. Es zeigte den Startplatz und seine Umgebung, als blickten sie durch ein Panoramafenster, das das gesamte Rund der Zentrale umlief.

Die GOOD HOPE löste sich vom Boden.

Rhodan spürte den Start nicht, er sah ihn nur über das Holo. Die Andruckabsorber, die alle Beschleunigungs- und Bremskräfte neutralisierten, arbeiteten wieder. Es war die Vorbedingung für ihren Flug gewesen. Ohne Andruckabsorber hätte der Schub der Triebwerke die Besatzung zerquetscht.

Meter um Meter hob sich die GOOD HOPE in den Himmel über Terrania. Thora wandte nur einen Bruchteil der möglichen Triebwerksleistung auf. Die Arkonidin wollte der Menschenmenge, die den Start verfolgte, ein Schauspiel bieten.

Rhodan hatte den Start der GOOD HOPE angekündigt. Offiziell führte der Flug zur Venus, zu der arkonidischen Basis, die Thora durch einen Zufall entdeckt hatte.

Ein zweites Holo entstand über ihren Köpfen, als die GOOD HOPE die Atmosphäre durchstieß. Es bildete den Raum ab, der vor ihnen lag. Innerhalb von Minuten erreichte das Schiff den Mond.

Rhodans Blick blieb an der bleichen, kraterübersäten Kugel hängen. War es ein Zufall, dass sie den Trabanten der Erde in nächster Nähe passierten? Oder handelte es sich um eine Spitze Thoras, eine beiläufige Demonstration der arkonidischen Überlegenheit? Rhodans STARDUST hatte drei Tage benötigt, um die Distanz zwischen Erde und Mond zu bewältigen.

Rhodan riss sich von dem Anblick der toten Welt los, auf der er und seine Kameraden von der STARDUST um ein Haar das Leben verloren hatten, und sah zu Thora. Er versuchte, die Miene der Arkonidin zu lesen. Sie war konzentriert und ausdruckslos. Thora ging ganz in ihrer Aufgabe auf, das Schiff zu steuern.

Die Arkonidin schlug einen Kurs ein, der das Schiff im rechten Winkel zur Ekliptik des Sonnensystems führte, erhöhte den Schub.

Innerhalb einer halben Stunde beschleunigte die GOOD HOPE auf knapp unterhalb der Lichtgeschwindigkeit.

Dreihunderttausend Kilometer in der Sekunde.

Unvorstellbar schnell und hoffnungslos ungenügend.

Siebenundzwanzig Jahre war das Licht der Wega unterwegs, bevor es die Erde erreichte.

Sie hatten nur vierundzwanzig Stunden.

Die GOOD HOPE würde die unvorstellbare Distanz in Nullzeit überbrücken. Mit einem Sprung durch den sogenannten Hyperraum, der der fünften Dimension angehörte. Es klang wie aus einer der Science-Fiction-Geschichten, mit denen Perry Rhodan aufgewachsen war. Jetzt war es Realität.

»Vorbereiten auf Transition!«, sagte Thora laut.

Sie ließ sich auf eine Konturliege sinken, die leuchtenden Steuerelemente folgten ihrer Bewegung, ordneten sich über ihr neu an.

Rhodan und die übrige Besatzung folgten ihrem Beispiel. Rhodan griff in die Hosentasche, holte einen Gebissschutz hervor und steckte ihn in den Mund. Haggard, der Rugbyspieler, hatte die Besatzung der GOOD HOPE damit ausgestattet. Nicht ohne Rhodan grinsend zu ermahnen, rechtzeitig zurückzukehren. Das erste Spiel der terranischen Liga stand an. Sie brauchten die Ausrüstung.

»Dreißig Sekunden!«, sagte Thora.

Rhodan dachte an Reginald Bull. Er hätte den Freund lieber an seiner Seite gehabt. Aber das war unmöglich. Er und Bull waren zu Symbolen für die neue Zeit geworden, die auf der Erde angebrochen war. Einer von ihnen hatte zurückbleiben müssen.

»Zwanzig Sekunden!«

Was mochte sie bei der Wega erwarten? Crest und Thora kannten das System nicht, ebenso wenig wie die wenigen arkonidischen Positroniken, die ihnen geblieben waren. Fest stand, dass die Wega Planeten besaß. Irdische Astronomen hatten sie vor einigen Jahren nachgewiesen. Einen riesigen Gasriesen, der an Jupiter erinnerte. Ein Planet mit Ringen, ähnlich denen des Saturn. Gab es im Wegasystem auch einen Planeten, der der Erde ähnelte?

»Zehn Sekunden!«

Vielleicht nicht der Erde. Aber es musste dort Leben geben. Noch. Rhodan rief sich noch einmal den Notruf ins Gedächtnis: »Echsen haben uns gefunden. Sie werden das System überrennen! Dunkelheit verdrängt das Licht! Du lebst länger als die Sonne, heißt es. Eile herbei! Kerlon.«

»Sprung!«, rief Thora.

Die Punkte der Sterne, die im Holo über Rhodan glitzerten, blähten sich sprungartig auf, verwandelten sich in eine Kaskade aus grellem Weiß. Aus Weiß wurde übergangslos Schwarz, ein bodenloser Abgrund.

Er verschlang Perry Rhodan.

Kapitel 18

28. Juli 2036
Reginald Bull

Ein dumpfes Klopfen riss Reginald Bull aus dem Schlaf. Es klang, als bearbeitete jemand die Tür seines Apartments mit einem Gummihammer.

»Reg, komm schnell!«, hörte er eine Stimme von jenseits der Tür.

Bull sah auf die Uhr. Kurz vor sieben. War das etwa sein neues Leben? »Ich denke nicht daran!«, rief er. »Es sei denn, die Welt geht unter!«

Verblüfftes Schweigen antwortete ihm. Dann: »Reg, es ist Perry! Er kommt zurück!«

In einer fließenden Bewegung – eine Behändigkeit, die er seinem Astronautentraining zu verdanken hatte – war Bull aus dem Bett und an der Tür. Sie glitt zurück und gab den Blick frei auf ein Mädchen – ein zerbrechliches Kind, dessen linker Arm in einem Stumpf endete. Es war Sue. Ein Straßenkind, dem John Marshall in seinem Shelter in Houston eine Heimat gegeben hatte und das sich wie Marshall auf außergewöhnliche Weise als begabt erwiesen hatte.

»Perry ist zurück? Wieso sagst du das nicht gleich?«

Er wandte sich um, besah sich im Spiegel. Er trug die ausrangierte chinesische Uniform, in der er spät in der Nacht auf dem Bett eingeschlafen war. Sie mutete ihm so faltig und zerknittert an wie sein eigenes Gesicht. Rote Stoppeln sprossen über den Furchen des Kinns, schickten sich an, sich mit den Stoppeln des Haupthaars zu vereinigen. Die beiden frisch verheilten Wunden standen heraus. Bull verzog das Gesicht zu einem Grinsen. Die Narben schwollen an, verliehen ihm eine finstere Note. Einen Moment lang betrachtete er sich zufrieden. Als Kind hatte niemand den dicken Jungen ernst genommen. Er hatte sich immer gewünscht, so finster dreinzublicken, dass man wenigstens Angst vor ihm hatte. Dieser eine Wunsch schien sich erfüllt zu haben.

»Übst du für die Reggie Horror Picture Show?«, fragte Sue spitz und bewies ihre erstaunliche Bildung. Sue war eigentlich viel zu jung, um über uralte Filme Bescheid zu wissen. Selbst Bull, der ein Faible für schlechte Unterhaltung früherer Jahrzehnte hatte, war erst kurz vor dem Mondflug der STARDUST über die Rocky Horror Picture Show gestolpert. Bull musste lachen. »Du hast mich durchschaut.«

»Das ist nicht weiter schwer.« Sue erwiderte sein Lachen. »Komm! Die anderen sind schon oben!«

Sie sprangen in den zentralen Schacht. Die Schwere der Erde fiel von ihnen ab. Bull bekam ein Seil zu fassen und stieß sich ab, nach oben. Sue hielt mit, machte die fehlende Hand mit Präzision wett. Bull wechselte zwischen den Seilen, als ihn sein eigener Schwung im schrägen Winkel nach oben trug. Sue arbeitete sich kerzengerade den Schacht hinauf.

»Die GOOD HOPE ist schon gelandet?«, fragte Bull.

Sue schüttelte den Kopf. »Nein. Aber Bai Jun hat sie auf deinem ... deinem ...«

»Taster«, half er aus.

»Auf deinem Taster. Es ist eindeutig, sagt er.«

So eindeutig es möglich war. Der Taster war ein arkonidisches Gerät. Es hatte sowohl die Vernichtung der AETRON auf dem Mond überstanden als auch den Absturz der STARDUST. Thora hatte das verkohlte, ramponierte Etwas identifiziert. Der Kollisionswarner eines Beiboots. Bull hatte es mit den Worten, dass er zum Teufel wissen wolle, was in ihrem Sonnensystem vorgehe, einer Gruppe von Ingenieuren überlassen. Innerhalb einer Woche hatten sie das Kunststück geschafft, den Taster so mit irdischer Technologie zu verbinden, dass er halbwegs brauchbare Ergebnisse ausspuckte.

Die beiden erreichten das Dach in neuer Rekordzeit. Bull stieß sich ab, glitt aus dem Feld und kam auf den Beinen auf, als die Erdschwere ihn wieder erfasste.

Knapp drei Dutzend Menschen hatten sich auf dem Dach des Stardust Towers versammelt, der engste Kreis um Rhodan und Bull.

Lesly Pounder, der ehemalige Flight Director der NASA und der Mann, der die STARDUST zum Mond geschickt hatte, beugte sich über ein Display. Ein halbes Dutzend Männer und Frauen waren bei ihm. Bull kannte sie von Nevada Fields. Es waren ehemalige NASA-Mitarbeiter, die wie Pounder auf die Seite Rhodans gewechselt waren.

Eine zweite Gruppe hatte sich um John Marshall gebildet. Tatjana Michalowna war unter den Menschen, ebenso wie der Teleporter Sid González, der in der Nacht vor Rhodans Start zusammen mit Allan Mercant und Anne Sloane wohlbehalten nach Terrania zurückgekehrt war.

Eine dritte Gruppe scharte sich um Bai Jun. Sie bestand aus ehemaligen Offizieren der Belagerungsarmee.

Etwas abseits stand der Arkonide Crest.

Bai Jun wandte sich um, als er hörte, wie Bull auf dem Dach aufkam. »Ah, Mister Bull«, sagte er. »Ich sehe, Sie haben sich dem Anlass entsprechend zurechtgemacht.« Der ehemalige chinesische General, der stets die äußere Form wahrte, ließ einen unverhohlen kritischen Blick über Bull gleiten.

»Ich hatte nicht vor heute Nachmittag mit seiner Rückkehr gerechnet. Wenn man Perry Leine gibt, nutzt er sie für gewöhnlich bis zum Anschlag aus.« Und oft ging er darüber hinaus. Wie auf dem Mond. Bull war klar, dass er und seine Kameraden auf dem Mond erstickt wären, hätte sich Perry nicht über alle Anweisungen hinweggesetzt.

Er trat zu Bai Jun. »Wo steckt er?«

»Ungefähr auf Höhe der Marsbahn.« Der ehemalige General winkte ihn zu einem der Displays heran. Es gab nicht viel zu sehen. Eine symbolische Darstellung des Sonnensystems. Dünne Kreise markierten die Bahnen der Planeten, unterschiedlich große Kreise die Planeten selbst. Ein grüner, flackernder Punkt bewegte sich auf die Erde zu, zog eine geschwungene Linie hinter sich her.

»Die GOOD HOPE ist vor sieben Minuten erschienen.« Bai Jun wischte über das Display. Das Bild baute sich neu auf. Der grüne Punkt erschien. Weit draußen, jenseits der Jupiterbahn, verharrte er und nahm schließlich Kurs auf die Erde.

»Der Anflug im Zeitraffer«, erläuterte Bai Jun. »Das Schiff trat mit annähernd Lichtgeschwindigkeit aus dem Hyperraum – um die Formulierung Crest da Zoltrals zu übernehmen – und bremste nun stark ab.« Der ehemalige General wischte erneut über das Display. Es kehrte zur ursprünglichen Ansicht zurück. Nur noch ein Fingerbreit trennte den grünen Punkt von der Erde.

Die GOOD HOPE im Anflug. Bull spürte, wie sich eine Last von ihm hob. Das ramponierte Schiff hatte den Flug zur Wega und den Rückflug überstanden. Was mochten Rhodan und die Besatzung dort vorgefunden haben?

Von überall her kamen aufgeregte Stimmen, überboten einander in Spekulationen, was der Grund des Notrufs sein mochte, dem Rhodan gefolgt war.

Bull lauschte ihnen, lauschte in sich hinein – und spürte ein Unbehagen, das er sich nicht erklären konnte. Er sah sich um. Selbst Lesly Pounder, der sich lieber die Zunge abbiss, als Freude zu zeigen, unterhielt sich angeregt.

Doch Crest ... Tränen standen in seinen Augen. Was war los mit ihm? Sah er etwas, das Bull und die Übrigen übersahen? Bull versuchte Blickkontakt mit Crest aufzunehmen, aber es gelang ihm nicht. Der alte Arkonide wandte den Kopf ab. Er schwankte, stützte sich auf seinen Stock. Es musste die Sorge um Thora sein. Sie war wie eine Tochter für den alten Arkoniden. Es musste ihm unendlich schwergefallen sein, sie mit der GOOD HOPE ziehen zu lassen. Das musste der Grund sein. Er sah Gespenster.

»Die GOOD HOPE wird gleich hier sein«, sagte Bai Jun. »Ich werde die Menschen über TerraNet benachrichtigen. Sie sollen Gelegenheit haben, zum Landeplatz ...«

»Nein!«, schnitt ihm ein Ruf das Wort ab.

Er kam von Crest. Der Arkonide war näher getreten. »Bitte, tun Sie das nicht, Bai Jun«, fügte er hinzu. Leise, wie es eigentlich seine Art war.

»Wieso nicht? Dies ist ein historischer Augenblick.«

»Weil ...« Der Arkonide schüttelte unwillig den Kopf, als sträube er sich innerlich gegen das, was er zu sagen hatte. »Bitte warten Sie ab. Es ist besser so.«

Bai Jun musterte Crest forschend. Dann sagte er: »Wie Sie wollen.«

»Da ist sie!«, rief Sue hell. Sie reckte ihren gesunden Arm, zeigte hoch in den Himmel.

Eine zweite Sonne flammte dort auf. Ein glühender Punkt, der rasch größer wurde, als das Schiff auf den Strahlen seiner Triebwerke reitend Terrania entgegenfiel. Jubel brandete auf dem Dach auf, ging in Dröhnen unter, als der Schall des Triebwerkslärms die Stadt erreichte.

Unnötig, aber Thora wollte offenbar aus der Landung eine Schau machen, die es mit dem Start der GOOD HOPE aufnehmen konnte.

Wenn es Thora war, die das Schiff steuerte. Während Bull gebannt den Kurs des glühenden Balls verfolgte, kehrten seine Gedanken zurück zu der Aufzeichnung, die Bai Jun ihm gezeigt hatte. Der grüne Punkt, der aus dem Hyperraum trat, einige Minuten lang verharrte – wohl um sich zu orientieren – und dann Kurs auf die Erde nahm. Plötzlich verstand Bull, was ihm Unbehagen bereitete. Wieso diese Orientierung? Sie war nicht nötig. Thora kannte ihr Ziel genau. Was also ...?

Die Triebwerke schalteten ab. Das Glühen erstarb und gab den Blick frei auf das Schiff.

Sue fand als Erste Worte. »Das ... das ist nicht die GOOD HOPE!«

Die GOOD HOPE war eine Kugel, dieses Schiff glich – Bull suchte in Gedanken nach einem passenden Vergleich – einer Spindel. Einer riesigen Spindel.

Mit einigen Augenblicken Verzögerung erstarb das Donnern der Triebwerke. In perfekter, unwirklich anmutender Stille senkte sich das Spindelschiff dem Boden entgegen. Es ging vor der Stadt nieder, auf dem Platz, von dem aus die GOOD HOPE zur Wega aufgebrochen war. Die Plattform, von der aus Bai Jun Rhodan und Marshall begrüßt hatte, stand noch. Sie lieferte ihnen einen Maßstab.

Das Spindelschiff war fünfmal so groß wie die GOOD HOPE.

Landebeine fuhren aus, versanken knirschend im Wüstenboden.

Dann herrschte wieder Stille.

Diesmal war es Bull, der sie brach. »Sieht so aus, als hätten wir Besuch«, sagte er leise.

Kapitel 19

28. Juli 2036
Die Fremde

Sie verfolgte von einem Hügel in der Nähe Terranias den Anflug des Schiffs. Ein ausgedienter Schützengraben gab ihr Sichtschutz. Mehr benötigte sie nicht. Ein zufälliger Beobachter hätte keinen Anlass gehabt, ihrem vorgeblichen Menschsein zu misstrauen.

Das Donnern brach ab, als die Impulstriebwerke aussetzten. Lautlos glitt das Schiff, getragen von den Antigravprojektoren, dem Boden entgegen.

Für die Menschen musste sein Auftauchen eine Überraschung, ja ein Schock sein. Nicht für sie. Die Positronik ihres Aufklärers hatte sie gewarnt. Über eine verschlüsselte Funkverbindung stand sie in Kontakt mit der Maschine, die in einem Versteck darauf wartete, dass sie gebraucht wurde.

Der Aufklärer war ein Raumschiff. Eine autarke Einheit und allem überlegen, was die Menschen aufzubieten hatten. Und dennoch genügte es nicht. Wollte sie dieses System verlassen, benötigte sie ein überlichtschnelles Gefährt. Der Aufklärer war lediglich lichtschnell.

Sie musste einen anderen Weg zurück in die Zivilisation finden.

Er führte nicht über die Terraner. Nicht für sie. Thora und Crest hatten diesen Weg eingeschlagen. Crest hatte seine Entscheidung um ein Haar mit seinem Leben bezahlt. Menschen hatten ihn vor ein Gericht gestellt, hatten ihn hinrichten wollen. Es war nicht geschehen. Aber Crest hatte Glück gehabt, mehr nicht. Dieser Planet brodelte. Überall gingen Menschen einander an die Kehle. Wer sich mit ihnen einließ, ging ein unkalkulierbares Risiko ein.

Und außerdem hatte sie genug Proben von Thoras unerträglicher Arroganz gekostet. Die da Zoltral würde ihren Dünkel nie ablegen, auch wenn Crest sie ab und an zügelte. Der alte

Mann war zu schwach, um sich auf Dauer gegen Thora durchzusetzen.

Nur noch wenige Meter trennten das Spindelschiff vom Boden.

Die Fantan? Eine Möglichkeit, ja. Eine letzte, verzweifelte. Wenn alle anderen erschöpft waren. Sie konnte darauf verzichten, als *Besun* zu enden.

Und noch hatte sie ihre Möglichkeiten nicht erschöpft. Sie rief die aktuellen Orterdaten auf, die der Aufklärer ihr übermittelte. Das große Fantanschiff verursachte eine Vielzahl von fünfdimensionalen Impulsen. Ein undurchschaubares Geflecht, ein Wirrwarr, der es leicht machte, zu übersehen, was eigentlich zählte.

Sie blendete das Fantanschiff aus.

Ein einziger, schwacher fünfdimensionaler Energieimpuls blieb. Er war schwach, unter der Schwelle der Orter der Fantan. Die leistungsstarken Orter des Aufklärers nahmen ihn wahr, wenn auch knapp. Immer wieder erstarb der Impuls, flackerte auf.

Der Impuls kam aus der Wüste.

Es war ein Impuls, der nicht von Menschenmaschinen stammen konnte.

Er war ihre Chance, ihr Weg.

Als die Landebeine des Fantanschiffs den Boden berührten, kletterte sie aus dem Graben. Sie stieg auf das Motorrad, das sie einem Menschen gestohlen hatte, und brach in die Wüste auf.

Eine Schleppe aus aufgewirbeltem Sand stieg von ihrem Motorrad auf.

Niemand nahm von ihr Notiz.

Christian Montillon

Im Licht der Wega

Ich bin mir nicht sicher, ob ich jemand bin.

Denn trägt nicht jeder Jemand auch einen Namen? Wenn ich an mir hinabsehe, gibt es jedoch nur Metall und irgendwelche Dinge, die so aussehen, als wären sie menschlich.

Eine recht passable Kopie, das muss ich zugeben, wenn sie sich momentan auch noch in einem erbärmlichen Zustand befindet.

Ich bin mitten in der Wüste zu mir gekommen, in einem Versteck, unter Steinen verborgen. Meine Speichereinheiten sagen, ich wurde einfach weggeworfen.

Die automatischen Reparaturvorrichtungen haben mich danach aktiviert, als sie eine Annäherung meldeten: ein Tier – Rohmaterial, um mich zu perfektionieren. Der Vorgang ist noch nicht abgeschlossen. Ich trage den Kadaver bei mir, wie er zuvor mich trug. Zunächst muss ich ein geeignetes Versteck aufsuchen.

Inzwischen funktioniere ich immerhin so gut, dass ich mich auf den Weg machen kann.

Mein Name ist Rico, und ich habe ein Ziel.

Kapitel 1

Das Licht der fremden Sonne
Perry Rhodan

Der bodenlose Abgrund verschlang Perry Rhodan.

Das leuchtende Weiß der Sterne war genau wie jegliches andere Licht nur noch eine blasse, ferne Erinnerung. Die Schwärze war das Hier und Jetzt, war alles, war das gesamte Universum.

Rhodans Körper glühte in einem plötzlichen Schmerz, und flammende Funken tanzten vor seinen Augen. Diesen Phantomlichtern folgte echte Helligkeit. Das Leben kehrte zurück, der Abgrund stieß sie aus. Die GOOD HOPE beendete ihren Überlichtflug.

Für Thora stellte all dies Routine dar, für alle anderen an Bord ein überwältigendes Erlebnis. Und ein überwältigender Schmerz, der jedoch ebenso plötzlich abebbte, wie er gekommen war. Die irrealen Flammen vor Rhodans Augen verschwanden mit einem letzten Flackern. Die Zentrale des arkonidischen Beiboots schälte sich wieder in die Wirklichkeit.

Er atmete tief durch, bemerkte, dass ihm etwas Speichel aus dem Mundwinkel floss, und wischte ihn mit einer beiläufigen Handbewegung weg. Mühsam kehrte er auch gedanklich in die Realität zurück.

Während der Schmerz nachließ, schaute er sich nach seinen Begleitern um, die ihn auf diesem Flug ins Unbekannte begleiteten. Neun Gefährten, die in der Fremde des Alls aufeinander angewiesen waren, die eng zusammenarbeiten und einander blind vertrauen mussten, wenn sie überleben wollten. Neun Menschen – falls man Thora als einen *Menschen* bezeichnen konnte.

Eigentlich eine Arkonidin, stand sie ihm zugleich unendlich nah und fern. War sie als intelligentes, ähnlich denkendes Wesen nicht genauso Mensch wie er selbst? Rhodan wusste es nicht, und es blieb ihm auch keine Zeit, darüber nachzudenken. Es war nur eine von tausend fast philosophischen Fragen, die die neue Ära aufwarf. Die Menschheit und mit ihr jeder einzelne *Terraner* würden ihr Selbstverständnis völlig neu überdenken müssen.

»Ich sehe Sie alle leiden«, hörte er Thoras Stimme. »Es ist normal beim Wiedereintritt in das Standarduniversum. Eine Folge des Sprungs an einen viele Lichtjahre weit entfernten Ort.«

»Transitionsschmerz«, presste Rhodan heraus. Crest hatte ihm bereits in Terrania davon berichtet; es selbst zu erleben war im Vergleich dazu wie der Unterschied zwischen der gekritzelten Zeichnung eines Kleinkindes und dem Meisterwerk eines begnadeten Künstlers.

Viel wichtiger war ohnehin das übergroße Hologramm, das vor Thora in der Luft schwebte. Es zeigte im Zentrum eine lodernde blauweiße, riesige Sonne. *Die Wega ...*

Rhodan starrte das dreidimensionale Abbild an. Ein fremdes Sonnensystem mit Welten, die von seiner Heimat viel zu weit entfernt waren, um sie dermaßen klar und deutlich zu beobachten – zu bestaunen. Zwar hatte man mit irdischer Technologie schon vor Jahren die Existenz von Planeten im Wegasystem nachgewiesen, aber *das hier* übertraf Rhodans kühnste Träume. Lichtjahre weit von der Heimat entfernt und offenbar von fremden Intelligenzen bewohnt – und zum Greifen nah.

Die gigantische Riesensonne Wega stand im Mittelpunkt des Sternensystems. Noch blieben einige Bereiche des Hologramms unscharf, wie verschwommen. Thora betonte, dass die Ortersysteme ständig neue Daten sammelten, um das Abbild zu perfektionieren. »Normalerweise würde es viel schneller gehen, nur leider ist die GOOD HOPE nicht gerade in einem guten Zustand.«

Trotz dieser Einschränkungen verschlug es Rhodan den Atem, als er die schiere Unzahl von Planeten sah, die um die Sonne kreisten; ganz zu schweigen von der Masse an Monden, die wiederum ihre Bahn um die einzelnen Welten zogen. Mal gab es keinen Trabanten, mal einen einzigen, wie man es von Terra gewohnt war ... dann wieder drei, fünf oder scheinbar gleich ein ganzes Dutzend. Er starrte die holografische Wiedergabe an, und nun, da er sich darauf konzentrieren konnte, fand kein anderer Gedanke mehr Raum.

Die irdische Wissenschaft wusste einiges über Wega; seit Jahrzehnten war Wega das, was man als *gut erforscht* bezeichnete. Doch nun in unmittelbarer kosmischer Nähe zu stehen, änderte alles. Als Astronaut kannte Rhodan viele Daten über diesen Stern, wusste, dass er größer und weitaus heller war als die heimatliche Sonne – aber *hier zu sein* war etwas völlig anderes. Ein überwältigendes Gefühl. Er brannte darauf, nicht nur ein Hologramm zu sehen, sondern einen direkten Blick auf den Stern und einige seiner Planeten zu werfen.

»Verwirrt?«, fragte Thora. »Nicht alle Sonnensysteme sind so überschaubar und behaglich wie das Ihrige.« Sie selbst schien allerdings ebenfalls von einer gewissen Ehrfurcht ergriffen zu sein. Nach wie vor umgaben sie die leuchtenden, virtuellen Steuerflächen, genau wie vor ihrem Aufbruch.

Mithilfe dieser holografischen Elemente hatte Thora die GOOD HOPE von Terra aus bis zu dem Hyperraumsprung ebenso virtuos wie gelassen gesteuert. Nicht anders, als spiele sie zu ihrem Vergnügen ein Instrument – mehr noch, als beherrsche sie ein gesamtes, perfekt harmonisierendes Orchester mit tausend Handbewegungen gleichzeitig. Der anschließende Transitionsschmerz hatte die Arkonidin nicht einmal zum Wanken gebracht, soweit Rhodan es mitbekommen hatte.

Die holografischen Schaltflächen leuchteten noch immer in Hüfthöhe rund um sie, doch sie musste sie nicht mehr bedienen. Die GOOD HOPE hatte ihre Reise vorerst beendet. Das Beiboot trieb im Leerraum des fremden Sonnensystems.

Ein Sprung über viele Lichtjahre lag hinter ihnen; eine Entfernung, die Rhodans Vorstellungsvermögen sprengte. Er konnte zwar mit den Zahlen jonglieren, Distanzen zueinander in Bezug setzen, aber er *begriff* es nicht. Seine Imagination kapitulierte notgedrungen. Ein Leben lang war der Abstand der Erde zum Mond das gewesen, was man mit dem Einsatz sämtlicher Mittel und unter größter Lebensgefahr maximal überbrücken konnte. Nun schrumpfte diese Strecke im Verhältnis zu weniger als dem ersten tapsigen Schritt eines Kleinkindes zusammen.

Thora wandte den Blick vom Hologramm des Wegasystems ab, legte den Kopf in den Nacken, blickte kurz zur Decke der Zentrale, die sich über ihr wölbte, und schloss die Augen. Das weiße Haar streichelte ihre Schultern, fiel über den Rücken. Sie atmete aus, straffte ihre Haltung und schien über etwas nachzudenken. Oder versuchte sie ihre Gefühle unter Kontrolle zu bringen? Nur worüber erregte sie sich so sehr? Ein Lichtschein spielte auf ihrem Kinn.

»Was wissen wir bereits über das System?«, fragte Rhodan.

Sie antwortete, ohne die Augen zu öffnen. »Die Ortersysteme liefern laufend neue Ergebnisse, die das Echtbild-Hologramm zur Perfektionierung nutzt. Alle grundlegenden Vorsichtsmaßnahmen habe ich sofort nach unserer Ankunft ergriffen. Es gibt keine Schiffe in unmittelbarer Reichweite, was nach einem Notruf alles andere als selbstverständlich ist. Wir könnten inzwischen ebenso gut mitten in einer Raumschlacht stecken und angegriffen werden. Oder längst alle in unsere Atome zerblasen worden sein.«

Rhodan nickte, während er seinen Blick nicht von der blauweißen Sonne inmitten des Hologramms wenden konnte. »Ich danke Ihnen, Thora. Ihre Hilfe ist unverzichtbar. Ich gebe mich nicht der Illusion hin, dass einer von uns auch nur ansatzweise so gut mit der Steuerung der GOOD HOPE umgehen kann wie Sie.«

Nun sah sie ihn aus ihren roten Augen direkt an. »Sie sollten Ihre Schwäche nicht allzu sehr betonen.«

»Unter Freunden sehe ich keinen Grund, die Wahrheit nicht auszusprechen. Hier, mitten im All, sind wir aufeinander angewiesen. Sie vielleicht in Kürze ebenso auf uns.«

Ihr kühles, hellhäutiges Gesicht blieb zunächst ausdruckslos, bis die roten Augen vor Erregung zu tränen begannen. »Es wäre nicht das erste Mal.«

Rhodan lächelte. Sie wuchsen zu einer Einheit zusammen. Sie alle. Doch nun drängte es ihn, mehr über die Wunder dieses fremden Sonnensystems zu erfahren.

Allerdings riss ihn etwas aus der staunenden Faszination: Tako Kakuta schrie auf. Der gequälte Laut ging in ein Gurgeln über. Der japanische Teleportermutant griff sich an den Hals. Das Gesicht lief blau an, er wankte, die Arme ruderten hilflos in der Luft. Er suchte nach einem Halt, den er jedoch nirgends fand.

Im nächsten Augenblick sackte er in sich zusammen. Der Kopf prallte auf die Füße der Telekinetin Anne Sloane, die noch versucht hatte, ihn zu stützen. Die Zähne schlugen krachend aufeinander.

Als Rhodan sich neben ihm bückte, bildete sich eine kleine rote Blase vor den Lippen des Japaners. Der Mund öffnete sich. Ein einzelner, dunkler Blutstropfen perlte auf der Zunge, die nach hinten in den Rachen rutschte. Tako Kakuta würgte, und die Augen verdrehten sich.

In seinem Zustand drohte ihm die Gefahr zu ersticken. Vorsichtig überstreckte Rhodan Kakutas Kopf, doch es half nichts. Die Zunge blieb zu weit im Rachen und verstopfte die Luftröhre. Der japanische Teleporter versuchte zu atmen, schnappte nach Luft, doch es gelang ihm nicht. Ein gurgelndes Geräusch drang aus seinem Mund, Arme und Beine zuckten krampfhaft. Die Pupillen waren nicht mehr zu sehen, nur noch der Rand der Iriden und viel zu viel von dem Weiß, durch das sich kleine, blutig rote Adern verästelten.

Ohne zu zögern, umklammerte Perry Rhodan Kakutas Kiefer, presste Daumen, Zeige- und Mittelfinger auf die Gelenke und drückte den Mund auf. Der Kopf bebte in seinem Griff, zuckte krampfhaft hin und her.

»Ruhig, Tako, ich helfe dir.« Er wusste nicht, ob der Japaner ihn hörte. Rasch packte er zu, fasste Kakutas Zunge, zog sie nach vorne. Mit Blut vermischter Speichel klebte zwischen seinen Fingern.

Der Teleporter gurgelte. Die Kiefer entwickelten erstaunliche Kraft, als sie im Reflex zuschnappten. Rhodan vermochte sie mit der freien Hand nicht zu halten, es gelang ihm auch nicht, die Hand rechtzeitig vollständig zurückzuziehen. Schmerzhaft bohrten sich die Zähne des Japaners in seinen Daumen.

Jemand packte plötzlich Kakutas Kopf. Ras Tschubai zog die Kiefer auseinander, Rhodan konnte seine Finger befreien. Pochender Schmerz jagte durch die ganze Hand. Der kurze Krampfanfall des Teleporters endete, der Körper streckte sich und blieb reglos liegen.

»Ohnmächtig«, erklärte Tschubai, ohne ein weiteres Wort über den Vorfall zu verlieren, »aber er atmet. Keine akute Gefahr.«

»Sicher?«

»Ich bin kein Arzt und habe noch nie einen Überlichtflug mit einem arkonidischen Beiboot hinter mich gebracht ...« Tschubai kicherte ohne einen Funken Amüsement. »... aber ja, ich bin mir ziemlich sicher.«

Rhodan unterdrückte das Zittern seiner verletzten Hand. Kleine Fleischwunden, nicht mehr. Er konnte die Finger bewegen. »Danke!«

Der Sudanese lachte, diesmal klang es echt und aufrichtig. Die tiefschwarze Gesichtshaut rund um den Mund legte sich in Falten. Ein Schweißtropfen glitzerte am Ansatz seines kurz geschorenen Kraushaares. »Keine Ursache. Wenn Anne ihre telekinetischen Fähigkeiten weiter perfektioniert, kann sie einen Mann, der an seiner Zunge zu ersticken droht, vielleicht mit reiner Geisteskraft retten, ohne mit den Händen zuzugreifen. Bis dahin müssen wir auf die guten alten Methoden zurückgreifen.«

»Du hast eine völlig falsche Vorstellung von Telekinese«, erwiderte Anne Sloane. Dann stutzte sie und verschränkte die Arme vor der Brust. »Oder – vielleicht hast du sogar recht. Ich muss meine Fähigkeit perfektionieren, um sie noch besser lenken zu können!« Sie klang voller Tatendrang. So hatte Rhodan sie kennengelernt, ausgelassen, spontan, fast etwas überdreht, als wolle sie damit das Unfassbare überspielen, das die telekinetische Gabe ihrem Leben verlieh. In ihr lag ein großes Potenzial verborgen, und sie besaß den starken Willen, den eisernen Charakter, den sie benötigte, um es freizulegen.

»Es geht ihm also gut, ja?« Mitleid lag in Thoras Stimme, eine Empfindung, die Rhodan noch vor Kurzem bei ihr für unmöglich gehalten hatte. Ihr Verhältnis zu Tako Kakuta war ohnehin ein besonderes: Der Teleporter hatte ihr das Leben gerettet, als sie im abgestürzten Arkonidenschiff nach dem Kampf mit Clifford Monterny zu verbrennen drohte. »Ich kenne derlei Symptome bei Transitionen. Jeder geht mit dem Schmerz anders um. Ihn hat es extrem hart getroffen.«

»Aber er wird es überstehen«, betonte Ras Tschubai noch einmal.

»Dann kümmern wir uns jetzt um die aktuellen Informationen über dieses Sonnensystem«, sagte Thora. Mit einem Mal war sie wieder viel distanzierter, erinnerte an die unerreichbare, über allem thronende Schiffskommandantin, als die Rhodan sie auf dem Mond kennengelernt hatte.

»Man muss Prioritäten setzen«, sagte er.

Sie schaute ihm direkt in die Augen. »Wie wahr.« Sie lächelte auf ihre eigene, undurchschaubare Art; kühl und schön wie die perfekt harmonische Statue einer altgriechischen Göttin. Das schlohweiße Haar verstärkte die distanzierte Ausstrahlung noch.

Die Zentrale des arkonidischen Beibootes bot keine direkte Sichtmöglichkeit ins All. Einige Dutzend Meter und etliche Wände aus Arkonstahl, vor allem in der äußeren Kugelschale, lagen zwischen ihnen und dem Weltraum. Das Hologramm vor Thora bot allerdings einen mehr als guten Ersatz: eine inzwischen perfekte, dreidimensionale Aufnahme ihrer kosmischen Umgebung.

Ras Tschubai trat einen Schritt vor und streckte die Hand aus. Die Fingerspitzen verharrten kurz vor den äußeren Grenzen des Hologramms, in dem sich die Planeten und Monde unablässig bewegten. Nur die Sonne stand als glühender, fast faustgroßer – und in Wirklichkeit zweifellos gigantischer – Flammenball unbeweglich im Zentrum. Die schwarzen Finger des Sudanesen ragten in das Sonnenabbild. Sie zitterten, ehe sie sich zu einer Faust ballten. Der Teleportermutant konnte seine Erregung kaum verbergen. »Wie viele Welten sind es?«

»Zweiundvierzig Planeten«, erklärte die Arkonidin. »Die Zahl der Monde spielt keine Rolle.«

»Für Sie vielleicht nicht. Sie haben schon alles gesehen. Ich jedoch ...« Tschubai brach ab.

Offenbar hatte er keinerlei Lust, mit Thora darüber zu diskutieren, ebenso wenig wie Rhodan. Der Augenblick zählte, der Moment, als Mensch des Planeten Erde unendlich viel tiefer ins All vorgedrungen zu sein als jeder andere vor ihnen. Bis in ein fremdes Weltensystem, das eigenes Leben hervorgebracht hatte.

»Das ist wohl leicht übertrieben, Mister Tschubai. Ich habe bei Weitem nicht alles gesehen. Diese große Ansammlung von Planeten beeindruckt mich ebenfalls – vielleicht genauso sehr wie Sie, wenn auch auf eine andere Weise. Viele dieser Welten tragen Leben. Allein das gebietet mir Ehrfurcht.« Die Arkonidin veränderte die Bildwiedergabe, indem sie die Wegasonne näher heranzoomte. Weltenkugeln wuchsen, rasten zu den Begrenzungen des Hologramms und verschwanden. »Lassen Sie mich Ihnen allen etwas zeigen.«

Thora

Thora war tatsächlich beeindruckt. Sie fragte sich, ob sie in diesem Planetensystem den Hinweis finden würde, den sie suchte. Genau wie Crest. *Schon so lange.*

Inzwischen zeigte das dreidimensionale Abbild nur noch das zentrale Gestirn und exakt neun Planeten auf den jeweiligen Abschnitten ihrer Bahn rundum. »Es geht mir um die Positionen sieben bis neun.« Thora verlieh ihrer Stimme eine lehrerhafte Neutralität. »Den Ortungsergebnissen zufolge gibt es noch mehrere Himmelskörper in diesem System, die besiedelt zu sein scheinen, aber diese drei Welten weisen die größte Bevölkerungsdichte auf. Sie alle tragen eine Sauerstoffatmosphäre, die derjenigen der Erde extrem ähnlich ist. Dieses Volk kann also genau auf denselben Planeten ungeschützt überleben wie die Menschheit und die Arkoniden.«

Sie sah in die Runde. Wie nicht anders erwartet, versammelten sich inzwischen alle an Bord rund um das Hologramm und schauten es mit großen Augen an. Thora schätzte ihre Gefühle als eine Mischung von Begeisterung und Ehrfurcht ein. Etwas, das vielen Arkoniden, wenn nicht sogar fast allen, verloren gegangen war. Thora war erleichtert darüber, dass sie selbst sich in einem Wandel befand, dass sich ihr Blick wieder weitete.

Nur einer fehlte selbstverständlich in dem Reigen der Terraner – der noch immer ohnmächtige Japaner Tako Kakuta. Er besaß offenbar eine schwache Konstitution, wenn er bereits auf eine so kurze Transition derart extrem reagierte. Vielleicht spielten bislang unbekannte Komponenten mit hinein; der Umgang mit Mutanten war auch für Thora etwas Neues. Sie hoffte, dass Kakuta sich bald einsatzbereit zeigen würde. Er war unverzichtbar für diesen Flug, den Rhodan lediglich für eine Rettungsmission aufgrund eines Notrufes hielt.

Thora hatte sich die Namen all ihrer Begleiter genau eingeprägt. Nach ihren bitteren Erfahrungen mit der lethargischen Besatzung ihrer AETRON war es ein Genuss, mit diesen Menschen voller Tatendrang zusammenzuarbeiten. Vor Kurzem hätte sie es noch für unmöglich gehalten, je zu einer solchen Einschätzung zu gelangen.

Am linken Rand des Hologramms stand Rod Nyssen, gefolgt von Conrad Deringhouse, Darja Morosowa, Alexander Baturin, Ras Tschubai, Anne Sloane und Wuriu Sengu. Einschließlich Rhodan waren immerhin fünf von ihnen Astronauten, zumindest ihrem Verständnis nach. Echte Weltraumfahrt sah jedoch völlig anders aus als die kurzen Vorstöße ins All bis zum Trabanten ihres Planeten, die die Menschen der Erde bislang vollbracht hatten. Auf sie alle, sollten sie lange genug überleben, warteten noch eine Menge Überraschungen.

Gerade die nicht weltraumerfahrenen Mutanten konnten besonders wertvolle Helfer sein. Mochten es nun die Teleporter Tschubai und Kakuta sein, die Telekinetin Anne Sloane oder Wuriu Sengu, der sogenannte *Späher*.

Ein interessanter Zufall, dass gerade in diesen Tagen auf der Erde so viele Männer und Frauen mit besonderen Fähigkeiten auftauchten. Wenn man es denn einen Zufall nennen wollte, zumal die Heimatwelt dieser Menschen ausgerechnet so nahe am Wegasystem lag. Thora war sich allerdings noch nicht sicher, ob ...

Sie riss sich aus den Gedanken. Es gab in diesen Minuten leider Wichtigeres. Alles der Reihe nach. Wie hatte Rhodan es genannt? *Man muss Prioritäten setzen.*

»Mit einiger Wahrscheinlichkeit«, fuhr sie fort, »stammte der Notruf, der uns hierher geführt hat, von einer dieser Welten auf den Positionen sieben bis neun. Zur allgemeinen Erinnerung spiele ich noch einmal eine Aufzeichnung der Worte vor.«

Es kostete nur eine kurze Schaltung, und die Worte, die wohl ohnehin alle an Bord auswendig zitieren konnten, erklangen erneut.

Echsen haben uns gefunden. Sie werden das System überrennen! Dunkelheit verdrängt das Licht! Du lebst länger als die Sonne, heißt es. Eile herbei! Kerlon.

»Zum nächsten Punkt«, sagte sie, als der Notruf verklang. »Niemand von uns weiß etwas über dieses Sonnensystem, das Sie Wega nennen. Weder Crest noch ich kannten es, und in unseren wenigen verbliebenen Positroniken ließen sich ebenfalls keine Aufzeichnungen darüber finden. Der Ursprung der Hyperfunksendung wurde allerdings korrekt zugeordnet, er stammt zweifelsohne aus diesem System. Auch wenn alles friedlich wirkt.«

»Lassen wir uns von dem Schein nicht trügen«, sagte die russische Kosmonautin Darja Morosowa. »Diese Echsen, von denen in Kerlons Botschaft die Rede ist. Wer ist damit gemeint?«

Selbstverständlich hatte Thora längst eine Theorie entwickelt, doch diese wollte sie nicht zum Besten geben, solange es keine Beweise dafür gab. »Wie ich bereits erwähnte, ist mir dieses System ebenso unbekannt wie Ihnen. Die blumige Sprache von Dunkelheit, die das Licht verdrängt, mutet außerdem verwirrend an.«

»Genau wie der Hinweis, dass etwas – oder jemand – länger lebt als die Sonne«, ergänzte Rhodan. »Vielleicht sollten wir versuchen, diesen Kerlon ausfindig zu machen, der den Notruf absandte.«

Länger leben als die Sonne ... Thora sah auf eine der virtuellen Schaltflächen, die sie als Bildschirm nutzte, auf dem die Positronik des Schiffs unablässig die einkommenden Ortungsergebnisse auswertete. »Den Möglichkeiten der GOOD HOPE sind leider Grenzen gesetzt, und mit Ihrem Wunsch verlangen Sie, diese Grenzen zu überschreiten. Wir dürfen Technologie nicht mit Magie verwechseln.«

»Das habe ich gewiss nicht vor. Es geht mir lediglich darum, den exakten Ursprungsort des Notrufs ...«

»Moment«, unterbrach Thora. »Die Schiffssysteme haben einen Datenstrom aufgefangen, der mit einer Bildinformation unterlegt ist. Die Entschlüsselung und Übertragung läuft. Mit etwas Glück können wir gleich einen Bewohner dieses Sonnensystems sehen.«

Wäre die GOOD HOPE kein halbes Wrack gewesen, hätte die Bildwiedergabe längst zur Verfügung gestanden. Dennoch war das teilzerstörte arkonidische Beiboot immer noch vielen überlichtfähigen Raumschiffen anderer Völker überlegen. Dass die Bewohner dieses Sonnensystems etwas Gleichwertiges aufweisen konnten, wagte Thora zu bezweifeln. Diesen Nachteil würden sie allerdings im Zweifelsfall durch schiere Masse leicht wettmachen, und für die GOOD HOPE gab es nun einmal keinen Nachschub, keine weiteren Einheiten, um sie zu unterstützen. Also galt es, extreme Vorsicht walten zu lassen, solange nicht feststand, was es mit dem etwas exzentrisch formulierten Notruf auf sich hatte.

Noch ehe die Entschlüsselung eine holografische Bilddatei lieferte, erbebte die Zentrale. Ein Stoß durchlief die GOOD HOPE, den die Absorber nicht neutralisieren konnten. Metall ächzte, schriller Lärm hallte durch den Raum.

Thora spannte sich an und fing den Ruck ab; Rhodan gelang es ebenfalls. Rod Nyssen stürzte, und Anne Sloane stieß einen kurzen Schrei aus. Die anderen nahm Thora nicht wahr. Mit einem tausendfach geübten, routinierten Handgriff gab sie automatisch Befehle in die leuchtenden Schaltflächen ein. Sie musste dazu noch nicht einmal den Blick senken.

Das Hologramm der inneren Planeten erlosch. Ein letzter Lichtpunkt irisierte und verwehte. Stattdessen baute sich ein anderes Bild auf, schematisch und stilisiert; eines, das nicht mehr darauf abzielte, durch optische Details Eindruck zu schinden, sondern das nüchterne, effektive Informationen lieferte.

Es war genauso, wie Thora befürchtet hatte. Schiffe stürzten mitten im System in den Normalraum zurück. Große Schiffe. Kriegsschiffe. Und, bei allen Sternengöttern, die GOOD HOPE steckte mittendrin!

Kapitel 2

Eine Spindel in der Wüste
Sid González

Der ehemals dicke Junge schwitzte in der Hitze der Wüste Gobi. Er produzierte schon immer viel zu viel Schweiß und stank dann wie fauliger Seetang; so hatten es die anderen Straßenjungen zumindest bezeichnet. Inzwischen war er dürr und am Ende seiner Kräfte, weil seine Teleportergabe ihn auszehrte – aber das Schwitzen war nicht verschwunden.

Mist.

Es gehörte zu den Sachen, die er an sich überhaupt nicht mochte. Die Liste war auch sonst nicht gerade kurz, obwohl er sich hütete, mit jemandem darüber zu reden. Was Sid González von Sid González hielt, ging nur ihn selbst etwas an.

»Ich wollte schon immer Außerirdische sehen«, sagte er, »und die Arkoniden sind ja auch klasse. Na ja, manche davon. Darum bin ich auf diese Fantasy-Leute erst recht gespannt.« Das konnte er tatsächlich kaum abwarten.

»Fantan-Leute«, verbesserte Sue Mirafiore. Sid sah ihr an, dass sie am liebsten gerannt wäre, um schneller voranzukommen, doch Reginald Bull hatte ihnen eingetrichtert, einen ruhigen und gelassenen Eindruck zu erwecken. Und das hieß vor allem, auf keinen Fall zu rennen. *»Fantan«,* wiederholte sie. »Nicht *Fantasy,* kapierst du das?«

Sid tippte sich an die Stirn. »Ist klar. Kann mir eben auch nicht jedes dämliche Detail sofort merken, was der alte Crest so von sich gibt. Was hat er denn erzählt über diese ... äh ...«

»Fantan«, sagte Sue so langsam, als würde sie zu einem kleinen Kind sprechen. Dabei hob sich ihr Armstumpf, was an ihrem T-Shirt im Schulterbereich seltsam aussah. Der Stoff beulte sich aus.

Sieht aus, als krabble darunter eine riesige Spinne, dachte Sid. Er zog die Nase hoch. Er war müde und schlecht gelaunt. Trotzdem mochte er Spinnen. *Wenn ich kein Teleporter wäre, hätte mich Regi-*

nald Bull garantiert nicht für diese Erstkontaktmission ausgewählt. Ich würde zwar eine Menge verpassen, aber ich könnte auch gemütlich auf irgendeiner Couch in Terrania herumliegen und ein Nickerchen halten. Doch gedanklich vor sich hin zu jammern half ihm bestimmt nicht weiter. »Also, was hat Crest über diese Leute gesagt?«

»So gut wie nichts«, mischte sich Reginald Bull zum ersten Mal in das Gespräch ein. »Das ist das Problem. Unsere Informationen sind sehr spärlich. Der alte Arkonide hat das Spindelraumschiff gesehen, als es neben Terrania zur Landung ansetzte, und gemeint, dass es wahrscheinlich den Fantan gehört. Das war's schon.«

»Super.« Sid gab einen knurrenden Laut von sich. »Das hätte ich auch noch hinbekommen. Mal schnell einen Namen erfunden. Passt auf.« Er verstellte die Stimme. »In dem Schiff sitzen möglicherweise die Jeroen-Leute. Das ist rasch gesagt. Und wenn es später doch nicht stimmt, hat man ja keinen Fehler gemacht.«

»Was soll das, Sid?« Sue klang aggressiv wie eine angreifende Klapperschlange. »*So* hat Crest das bestimmt nicht gemeint.«

Er wusste selbst nicht, was mit ihm los war. Vielleicht war es die Müdigkeit oder dieses Gefühl, dass ihm diese ganze Sache über den Kopf wuchs. Die Angst. Sein Leben. Es war alles so schnell gegangen. Wo war sie hin, die Zeit, als er noch ein Straßenjunge gewesen war, ein Niemand, nach dem sich keiner umdrehte und der tun und lassen konnte, was immer er wollte?

Inzwischen galt er – bei aller Bescheidenheit – als einer der wichtigsten Leute auf der Erde. Ein Teleporter. Einer, den man auswählte, wenn es darum ging, den Erstkontakt zu einem fremden Sternenvolk herzustellen, das soeben mit einem äußerst seltsam aussehenden, *verdammt riesigen* Raumer einfach so, ohne Vorankündigung, direkt neben dem entstehenden Terrania gelandet war. Der neuen, geplanten Hauptstadt der friedlich vereinten Erde, wenn es nach Rhodan und den anderen Träumern ging, zu denen er selbst gehörte.

Das Schiff dieser Fantan-Leute – Sid hatte sich bewusst so schnoddrig gegeben, als hätte er den Namen vergessen – sah aus, als wäre ein geisteskranker Ingenieur und Raumschiffsdesigner auf die Idee gekommen, zwei halbe Torpedos mit den Spitzen aneinanderzumontieren. Oder, um Reginald Bulls nüchterne Beschreibung zu benutzen, es besaß die Form einer Spindel.

Damit allerdings konnte Sid nichts anfangen. Er hatte nie zuvor eine Spindel gesehen. Und wahrscheinlich hatte noch nie irgendein Mensch auf diesem Planeten auf eine Spindel gestiert, die derart riesig in den Himmel ragte.

Vierhundert Meter lang, hatte Bull gesagt, als er das Pod darauf gerichtet und eine Fernmessung angestellt hatte. Vierhundert Meter! Darin konnten Hunderte oder Tausende dieser Außerirdischen namens Fantan sitzen. Eine ganze Armee, die zuerst Terrania und danach alle Großmächte auf der Erde plattmachte.

Zack, und das war sie gewesen, die Geschichte von Sid González, Sue Mirafiore, Reginald Bull und den anderen sogenannten Helden. Over und out, Ende.

Dass es nicht so kam, dafür wollten fünf Leute sorgen: Reginald Bull, Eric Manoli, Sue Mirafiore, Tatjana Michalowna und er, Sid González. Sein echter Vorname lautete Chico, aber den hatte er schon fast vergessen. Er war ein ganz normaler Junge. Zumindest wäre er das gern gewesen. Er hatte sich nicht ausgesucht, ein Held mit der Paragabe der Teleportation zu sein. Aber er freute sich auch auf das, was ihnen bevorstand. Sein Leben lang war er Weltraum- und Science-Fiction-Fan gewesen, hatte von genau einem Moment wie diesem immer wieder geträumt ...

Die allgegenwärtige Hitze der Wüste Gobi ließ die Luft flirren. Die ständig durch den Einsatz von Roboterheeren wachsenden Gebäude Terranias blieben zurück. Die kleine Gruppe erreichte die Stadtgrenze. Nicht weit entfernt stand das Spindelschiff der Fantan. Darin wartete ...

... ja, was? Das Verderben? Ein feindliches Heer? Freundliche Außerirdische, die ihnen die Hände schüttelten? Wie sahen sie wohl aus? Auch so menschenähnlich wie die Arkoniden? Ähnelten *alle* Völker im All einander so sehr? Oder würden sie gleich intelligente Pilze treffen, die nicht redeten, um zu kommunizieren, sondern ihre Sporen in genau dosierten Wolkenstößen verströmten?

Bei dem Gedanken musste Sid grinsen. Wahrscheinlich hatte er doch zu viele Weltraum-Science-Fiction-Comics gelesen. Intelligente Pilze. So ein Unfug. Das Grinsen verwandelte sich in ein Lachen.

Tatjana Michalowna beugte sich zu ihm. »Was ist so lustig, Junge?«

Sie sah sexy aus, auf ihre Art. Nicht Sids Typ und viel zu alt, aber sexy. Doch, das konnte er nicht leugnen. Trotzdem mochte er sie nicht leiden. Sie hatte mit Clifford zusammengearbeitet, dem Mutanten, der ihm jahrelang entsetzliche Angst eingejagt und sein Leben zur Hölle gemacht hatte. »Das kapierst du nicht.«

»Du nimmst das alles wohl nicht sehr ernst? Es ist sehr gefährlich!«

»So? Sie greifen uns nicht an. Mit einem so riesigen Schiff hätten sie doch mit Leichtigkeit ein paar Bomben auf Terrania werfen können, und es wäre nur ein Schutthaufen geblieben.«

Sie erwiderte nichts, obwohl ihr Mund halb offen stand, als ob sie etwas sagen wollte. Ihre Zähne waren leicht gelblich verfärbt, wie Elfenbein, fand Sid.

»Weißt du«, meinte er, »ich stelle mir eine Menge Fragen. Ich weiß nicht, wie es dir geht, aber ...«

»Bitte seid still«, unterbrach Reginald Bull. Der bekennende Nachrichtenjunkie tippte auf seinem Pod, hielt den Blick darauf gerichtet und hob ihn nur manchmal, um zu dem riesigen Spindelschiff zu schauen. »Wir müssen uns konzentrieren.«

Sid deutete auf den tragbaren Minicomputer. »So wie du, ja?«

»Er versucht uns den Hintern zu retten«, erläuterte Eric Manoli. »Der Landeplatz wird weiträumig abgesperrt, damit uns niemand in die Quere kommt. Es sind eine Menge Leute nötig, die sich darum kümmern. Bai Jun zum Beispiel oder John Marshall. Menschen mit mehr Erfahrung, als du sie hast, Sid. Das alles will organisiert sein. Also bitte, Sid, reiß dich am Riemen!«

Der Junge knirschte mit den Zähnen. Ein Funke tanzte zwischen seinen Fingern. *Nicht jetzt!* »Verstanden«, sagte er und ging weiter, dem Fantanraumer entgegen.

Die Russin Tatjana Michalowna kam ihm so nahe, dass ihre Arme sich berührten. »Ich verstehe also nicht, warum du gelacht hast?« Sie flüsterte die Worte, vielleicht, damit Reginald Bull und die anderen nichts davon mitbekamen. »Dabei vergisst du eins, Junge. Ich bin Telepathin.«

Er starrte sie wütend an. Sie lächelte nur. »Raus aus meinem Kopf!«, verlangte er.

»Ich war nie drinnen. Bleib ruhig. Ich stehe auf deiner Seite.«

»Vielleicht habe ich gar keine Seite«, murmelte er. Es war gar nicht für Tatjanas Ohren bestimmt, sondern nur Ausdruck seiner plötzlichen Wut. Aber ihm war klar, dass er Perry Rhodan unterstützen wollte, und darum Reginald Bull. Und wenn es sein Job war, die Erde vor dieser Fantanspindel zu retten, dann würde er das tun, sogar gemeinsam mit Leuten wie dieser Russin.

»Eins noch, ehe wir dort vorne mal kräftig anklopfen«, sagte Bull. »Crest kennt diesen Raumer. Oder besser gesagt: Er kennt diese Art von Raumschiff. Es handelt sich um einen ausrangierten Arkoniden-Transportraumer.«

»Ich dachte, um ein Fantanschiff«, wandte Sue ein.

Kleine, ahnungslose Sue. »Hast du nicht zugehört?« Sid räusperte sich. »Eine ausrangierte Baureihe. Wahrscheinlich haben diese Fantan-Kerle es aufgekauft.«

Reginald Bull ließ den Pod in seiner Hosentasche verschwinden. »Viel wichtiger ist noch etwas anderes. Dieser Gigant ist kein Kriegsschiff. Das *beweist* zwar nicht, dass darin keine Feinde sitzen, die eine Invasion planen, aber es gibt mir Hoffnung. Und Hoffnung ist immer gut.«

»Sie lässt nicht zuschanden werden«, sagte Tatjana mit eigenartiger Betonung.

Sid kam dieser Spruch irgendwie bekannt vor, als hätte er ihn schon einmal gehört, aber er konnte ihn nicht zuordnen. Egal. Das war eines der unwesentlichen Details.

Seltsam, was einem alles durch den Kopf geht und worüber man sich unterhält, während man auf den Erstkontakt mit einem fremden Volk wartet, dachte Sid. Der menschliche Geist war erfinderisch, wenn es darum ging, sich von dem Unfassbaren abzulenken.

Die kleine Gruppe ging noch ein Stück weiter, und ehe Bull *tatsächlich* anklopfen musste, indem er gegen die Metallhülle hämmerte, klackte es, und ein Schott schob sich dicht über dem Boden langsam – sehr langsam – zur Seite.

Dahinter kam das seltsamste Ding zum Vorschein, das Sid jemals gesehen hatte.

Reginald Bull

Während sich das Schott in dem fremden Raumer öffnete, hakte Reginald Bull in Gedanken noch einmal alle Punkte ab. Nicht zum ersten und ganz sicher auch nicht zum letzten Mal.

Er hatte sein Team in aller Schnelligkeit zusammengestellt, ohne lange nachdenken zu können und ohne besonders wählerisch sein zu dürfen, denn alle hatten nicht nur vor Ort in Terrania, sondern sogar in unmittelbarer Nähe sein müssen. Dennoch war er sehr zufrieden mit der Auswahl.

Tatjana Michalowna, als Telepathin von unschätzbarem Wert, wenn es darum ging, die Fremdwesen einzuschätzen: *Check!*

Sid González, als Teleporter ihre bewegliche, personifizierte Exit-Strategie, der Weg in die Sicherheit: *Check!*

Sue, als Verstärkerin der Psi-Gaben der anderen Mutanten und trotz ihres jugendlichen Alters als weise Ratgeberin: *Check!*

Eric Manoli, als Arzt unter möglicherweise fremdartigen Bedingungen im Spindelschiff wichtig, aber vor allem die Besonnenheit, die Reginald selbst fehlte, in Person: *Check!*

Zuverlässige Leute wie Bai Jun, John Marshall, Allan Mercant und Lesly Pounder, die wussten, was Verantwortung war und das Gebiet rund um den Landeplatz abriegelten, sodass er sich darum nicht auch noch kümmern musste: *Check!*

Mehr Zeit zum Nachdenken blieb nicht. Es hätte ohnehin nichts genutzt. Sie mussten die Reaktion der Fremden abwarten, mochten sie nun, wie von Crest vermutet, Fantan-Leute sein oder nicht.

Das Schott gab den Blick auf etwas frei.

Oder – auf jemanden? War *das* einer der Außerirdischen? Bull, dem bereits sein Name und eine möglichst lockere Begrüßungsfloskel auf den Lippen lagen, schluckte beides wieder hinunter. Ihm verschlug so leicht nichts die Sprache, aber dieser Anblick war einfach unfassbar.

Das Ding – Bull schämte sich ein wenig für diese Bezeichnung, die sich in seine Gedanken drängte – mochte knapp zwei Meter groß sein. Mit diesem doch sehr allgemeinen und vagen Merkmal endete bereits die Ähnlichkeit zu einem Menschen oder auch einem Arkoniden.

Es sah aus wie ein feingeschuppter Zylinder mit abgerundeten Enden.

Es – oder er. Der Fantan-Mann. Oder die Fantan-Frau. Falls es diesen Unterschied überhaupt gibt. Bull hörte Eric Manoli ächzen. Von Sid kam ein erstickter Laut. Aus dem Augenwinkel sah er, wie der Junge einen Augenblick lang taumelte. *Vielleicht ist es zu viel für ihn. Ich weiß ja nicht mal, ob es zu viel für mich ist!*

Dieses Wesen konnte ebenso gut einem uralten Schwarzweiß-Science-Fiction-Film entstiegen sein wie einem technisch perfekten 3-D-Schocker. Aber in der Realität hatte es nichts zu suchen. Noch nicht einmal in der Post-STARDUST-Zeit voller Arkoniden und Überlichtgeschwindigkeitsraumschiffe, mit denen Perry Rhodan mal eben siebenundzwanzig Lichtjahre zum nächsten Sonnensystem flog!

In der oberen Hälfte des Zylinderkörpers gab es mehrere Öffnungen, die wie dunkle Löcher aussahen. Bull fragte sich, ob es sich um Sinnesorgane handelte, um Münder, vielleicht Nasen, Ohren oder Augen.

Gliedmaßen ragten an scheinbar völlig willkürlichen Stellen von dem Körper weg. Insgesamt fünf, nein sechs solcher ... Arme und Beine entdeckte Bull. Auf zweien davon stand der Zylinderkörper, zwei weitere hielten etwas, das Reginald Bull nicht erkennen konnte; er sah lediglich ein metallisches Blitzen, als sich das Wesen vorbeugte und ein Sonnenstrahl darauf fiel.

Auf einem der freien Extremitäten, die er eben noch als Arm eingeschätzt hatte, ruhte der Fantan im nächsten Augenblick. Die ganze Gestalt hüpfte aus dem Schott und landete auf dem Boden der Wüste Gobi.

Einer kleiner Schritt für ihn, schoss es Bull durch den Kopf, *aber ein großer Schritt für die Fantan-Leute.* Fast hätte er gelacht, egal wie unangemessen es in dieser Situation sein mochte. Im nächsten Augenblick nahm ihn das bizarre Geschehen wieder gefangen.

Ein zweiter Zylinderkörper tauchte im offenen Schott auf. Spontan hielt Bull ihn dem ersten Alien für absolut ähnlich, als sei er diesem aus dem Gesicht – das es nicht gab – geschnitten. Dann erkannte er die Unterschiede, die am augenscheinlichsten darin bestanden, dass der Neuankömmling zwar auch sechs Gliedmaßen besaß, diese aber an völlig anderen Stellen aus dem Körper ragten. Ob sie vollbeweglich über den Leib wandern konnten? Oder von Geburt an je nach Individuum verschiedenartig ansetzten? Gab es für diese Wesen überhaupt eine Geburt?

Tausend Fragen stürzten auf Reginald Bull ein, und ihm wurde wieder einmal klar, dass er so gut wie nichts wusste über die Wunder, die der Kosmos bereithielt. Die ganze Menschheit, die sich für ach so unendlich schlau hielt mit ihrer Wissenschaft und Bildung, musste umdenken. Sie war nur ein Staubkorn, stolz darauf, sich selbst zu verstehen – und blind dafür, dass rundum eine riesige Wüste existierte.

Plötzlich flirrte es in der Hand der Gestalt, die das Spindelschiff verlassen hatte. Etwas sirrte auf Bull und seine Begleiter zu.

Sid schrie, Reg sah im Augenwinkel Funken sprühen. »Nicht springen!«, rief er dem Jungen zu. Sie durften sein Geheimnis nicht offenbaren, nicht ohne echte Gefahr, denn das, was auf sie zuflog, konnten keine Schüsse sein. Es ging viel zu langsam.

Vor Bull und den anderen landeten kleine silberne Scheiben auf dem Boden. *Wie CD-Rohlinge aus meiner Jugend,* dachte er.

Er bückte sich, hob seine Scheibe auf. Sie fühlte sich kühl an. Bei dem Gedanken, dass eben noch ein vollkommen fremdartiger Außerirdischer sie berührt hatte, überlief ihn ein Schauer. Was, wenn er sich allein durch die Berührung mit irgendeinem Virus oder Bakterium infizierte, das aus einer fremden Welt stammte?

In Gedanken hielt er dagegen, dass die Fantan sicher einen einfacheren Weg wüssten, um ihn umzubringen. Und wenn sie mit ihrem riesigen Schiff nur mitten in Terrania gelandet wären und alles unter sich zermalmt hätten. Andererseits konnte der Fantan vielleicht gar nicht wissen, dass er für Menschen tödliche Keime mit sich trug. Und wiederum andererseits war ein Weltraumreisender garantiert erfahren genug, um keine solchen Fehler zu begehen.

Seine Gedanken drehten sich erstaunlich schnell im Kreis, er argumentierte vor sich selbst hin und her. Bis er sah, dass seine Begleiter ihre Silberscheiben ebenfalls aufhoben. Sogar Eric Manoli. *Also sterben wir wenigstens alle gemeinsam, wenn es sein muss.*

Von dem Fantan kamen unverständliche Laute. Bull sah den Fremden an, während die Scheibe leicht zu vibrieren oder in einem unhörbaren Rhythmus zu schwingen begann. Das Wesen hob eine seiner Extremitäten; in der *Hand* glitzerte ebenfalls eine der Scheiben. Damit hielt es sie sich gegen den Zylinderleib, dicht unterhalb eines der klaffenden, dunklen Löcher.

Die stumme Aufforderung war klar. Der Außerirdische bat darum, dass sie ebenso verfuhren.

Bull zögerte keine Sekunde. Alles oder nichts! Er hob sich die silbrige Scheibe an die Brust und war nicht einmal überrascht, dass sie dort selbsttätig haften blieb, während sie in seinen Händen keinerlei Anzeichen gezeigt hatte, kleben zu bleiben.

Im gleichen Moment verwandelten sich die unverständlichen Laute des Fantan in klare Worte in perfekt reinem Englisch. *Ein Translator,* dachte Bull. *Diese Scheiben sind automatische Übersetzungsmaschinen.* Dann erst wurde ihm klar, was der Außerirdische gesagt hatte, und diese erste Botschaft eines fremden Volkes mutete in höchstem Maß seltsam an: »Was wollen Sie von uns?«

Er fragt uns, was wir von ihm wollen? Reginald Bull konnte es kaum fassen. »Genau dasselbe wollte ich auch gerade fragen!«, rief er.

In diesem Augenblick rasten ein Dutzend und mehr tellerförmige, mehrere Meter durchmessende Objekte aus dem Spindelschiff und jagten in alle Himmelsrichtungen davon. Beiboote, die ausschwärmten, um sich im Umfeld oder sogar im ganzen Land oder der ganzen Welt zu verteilen.

Also doch eine Invasion, dachte Bull bitter. Aber noch war das letzte Wort nicht gesprochen. Er hob seine zur Faust geballte Rechte und legte sie auf die Silberscheibe, als könnte er damit den Kontakt zu den Fremden verstärken. »Ich habe Ihnen etwas zu sagen!« Denn ein Reginald Bull ließ sich so leicht nicht unterkriegen ...

Kapitel 3

Rico: Was zuvor geschah

Der Lebensfunke zündete nicht gleichzeitig mit der Verschmelzung von Samen- und Eizelle. Auch nicht mit dem Augenblick einer Geburt, sei es nun, weil ich aus einem Mutterleib gepresst wurde, eine Eierschale sprengte oder einen Ableger von mir warf, dessen Neuralsystem nun eigenständig arbeiten musste. Oder was dergleichen mehr an kreatürlichen Vorgängen in den Weiten des Alls existierte, wenn sich rein biologische Wesen vermehrten.

Nein, meine Existenz begann erneut, als die Autoreparaturmechanismen ein wenig Energie in meine anorganischen Bestandteile leiteten. Dazu nutzten sie das Kunstfasergewebe des Rucksacks, in dem ich *weggeworfen* worden war; sie lösten es auf, wandelten es um und starteten die grundlegenden Regenerationsfunktionen. In diesem Augenblick kam der erste klare Gedanke: Rico.

Mein Name.

Diesem schloss sich sofort eine Frage an, nämlich die, ob ich jemand war. Ein ... Individuum. Das stand leider keineswegs fest, denn Personen bestanden für gewöhnlich aus Fleisch und Blut. Zumindest galt das für Humanoide, deren Abbild ich nachempfunden worden war. Wenn ich an mir hinabsah, gab es da allerdings nur Metall und irgendwelche Dinge, die so aussahen, als wären sie menschlich, organisch.

Eine recht passable Kopie, das musste ich zugeben, wenn sie sich momentan auch noch in einem erbärmlichen Zustand befand. Denn mein *Körper,* wenn ich diesen zerschmetterten Berg aus Metall und Schrottteilen überhaupt so nennen wollte, lag in Einzelteilen irgendwo auf Wüstenboden unter Steinen.

Ein Versteck, erklärte mir die automatische Speichereinheit, die sogar dann aktiv geblieben war, als ich ohnmächtig gewesen war. Oder desaktiviert. Es kam ganz darauf an, unter welchen Voraussetzungen man diesen Zustand interpretierte; ein feiner, aber alles andere als unwesentlicher Unterschied.

Jedenfalls war es nicht lange her, dass jemand meine Überreste an diesem Ort deponiert hatte. Weggeworfen. Diese Menschen waren auf der Flucht gewesen. Die Autoreparaturmechanismen hatten daraufhin sämtliche verfügbaren Mittel und Energien eingesetzt, um den Vorgang des Erwachens zu beschleunigen.

Nach dem Denken folgte als zweiter Schritt ein Lichtblitz, und ich konnte sehen. Was ich sah, war allerdings nicht von Bedeutung: eben jenes Versteck unter Steinen.

Doch halt, da war noch mehr. Ein Insekt. Mehrere Beine, ein glänzender Panzer aus Chitin und eindeutig nicht von Intelligenz beseelt. Der Käfer – das Wort fiel mir plötzlich ein – krabbelte genau auf meine Hand zu. Oder auf das zerstörte Stück Schrott, das wieder meine rechte Hand werden würde.

Kontakt steht unmittelbar bevor, teilten mir die Autoreparaturmechanismen unnötigerweise mit. Das sah ich schließlich selbst.

Eine Berührung – meine Finger griffen zu –, der Chitinpanzer knackte, als er brach. Ich nahm die biologische Körpersubstanz in mich auf. Immerhin 99,53 Prozent konnte ich verwerten, kein schlechter Schnitt. Was übrig blieb, war ein hauchdünnes, zerbröselndes Etwas, feiner als der Wüstensand.

Trotz dieser Effektivität bildete das winzige Insekt für mich nur einen Tropfen auf dem heißen Stein; so lautete eine der Redensarten der Bewohner dieses Planeten. Sie sprachen viel in solchen Wortbildern, was zwar ineffektiv war, aber einen gewissen Reiz besaß, das konnte ich nicht leugnen. Wahrscheinlich lag es an meinem biologischen Anteil, dass ich dieses sinnlose Sprachelement zu würdigen vermochte.

Die Energie dieser winzigen Biomasse verlieh mir allerdings einiges an Beweglichkeit. Oder genauer gesagt: Sie verlieh diese Beweglichkeit *meiner Hand.* So bot sich mir die Gelegenheit, der Zerstückelung meines Körpers etwas Positives abzugewinnen. Mit den Fingern zog ich dieses Bruchstück meines Leibes zu der Kuhle, in der sich der größte Stein in den Boden gebohrt hatte. Die Erfahrung lehrte, dass dort ...

Tatsächlich, meine Hand wurde fündig. Viele Käfer wuselten dort unter- und übereinander, und es gab sogar einige Larven. Deren Gehalt an Eiweiß und verwertbaren Proteinen und Aminosäuren war sehr hoch.

Währenddessen arbeiteten die Autoreparaturmechanismen unablässig weiter. Bald konnte ich nicht mehr nur denken und sehen, sondern zudem hören und fühlen, ja, sogar sprechen, wenn diese Fähigkeit auch momentan völlig nutzlos blieb.

Drähte fuhren aus, verkabelten sich, zurrten Körperteile zusammen. Außerdem hatte ich Glück, denn etwas näherte sich mir, und es war kein Mensch.

Das sehr stattliche Exemplar eines Dschiggetais senkte den Schädel und schnupperte. Wenn es überhaupt zu einem einfachen Gedanken fähig war, fragte es sich wohl, was dort vor ihm im Sand lag.

Mein Erinnerungsspeicher schlug an: *Dschiggetai, auch Equus hemionus, der Asiatische Esel. Für gewöhnlich im ausgewachsenen Zustand mit einer Kopfrumpflänge von zwei Metern. Gleicht dem Equus asinus, dem Afrikanischen Esel, besitzt aber viele Merkmale der Gattung Pferd. Zahlreiche regionale Bezeichnungen wie Onager, Kulan oder Khur, in diesem Gebiet des Planeten Dschiggetai genannt.*

Ehe die Flut sinnloser Informationen weiterging, stoppte ich den Zufluss mit einem scharfen Gedankenbefehl. Stattdessen wartete ich auf den richtigen Augenblick. Als letzter Körperteil verband sich soeben meine zu den Insekten gewanderte Hand mit dem Rest des Leibes. Die Voraussetzungen waren erfüllt.

Die Autoreparaturmechanismen informieren mich, dass das Auftauchen des Asiatischen Esels ausgerechnet zum Zeitpunkt meines Erwachens keineswegs einen Glücksfall darstellte, wie ich zunächst vermutet hatte. Im Gegenteil, sie riefen, erweckten und aktivierten mich, als sie die Annäherung des Tieres aus der Ferne registrierten.

»Komm«, sagte ich mit tiefer Stimme, dem eines alten Mannes nachempfunden.

Der Esel hob einen seiner Vorderhufe, setzte ihn dicht neben mir auf. Seine Nüstern blähten sich. Er schnupperte. Ob er den Tod wohl roch, der auf ihn wartete? Ich schnellte hoch, trat ein einziges Mal auf und klammerte mich an den Leib des Tieres.

Es gab einen kläglichen Laut von sich und rannte davon. Mich trug es mit sich, ich baumelte an seinem dicken Körper zwischen den galoppierenden Hufen.

Irgendwann blieb das Tier stehen. Ich beschloss, dass dieser Ort weit genug von meinem ursprünglichen Versteck entfernt lag. Die Menschen, die mich vielleicht suchten, würden die Spur bis hierher nur mit äußerster Mühe verfolgen können.

Ich empfand eine Mischung aus Rührung und Dankbarkeit, als ich den Esel mit einem gezielten Genickbruch tötete. Um die Qualen der Kreatur zu verkürzen, bohrte ich zugleich meine Finger in das Fleisch und durchtrennte das Rückenmark.

Sofort danach setzte ich meine Regeneration fort ...

... und fraß.

Kapitel 4

Das Leid der Fremden
Tako Kakuta

Das Gesicht seiner Mutter zerplatzte ebenso wie die Erinnerung an den tiefen Schlaf, den er als Kind stets unter drei dicken Wolldecken genossen hatte, die sein Vater jeden Abend über ihm ausbreitete. Jener bleierne Schlaf, in den er nun seit Jahren zum ersten Mal wieder versunken war ...

... nur dass er diesmal nicht schön und erholsam gewesen war. Die Klauen einer dunklen Bestie hatten ihn in eine dumpfe Ohnmacht gerissen, der Tod war mit wehendem Umhang herbeigeeilt. Tako Kakuta erinnerte sich an Stimmen; an diejenige Perry Rhodans, die seinen Namen nannte; an Ras Tschubai, dessen Atem er nah an seinem Gesicht hörte und der versicherte, dass Tako noch lebte.

All dies gehörte der nahen Vergangenheit an, und die Bilder des Traums, der sich angeschlossen hatte, lösten sich auf. Kakuta schlug die Augen auf.

Sein Kopf schmerzte. Und nun erst begriff er, was ihn geweckt hatte: ein durchdringender Signalton. Ein Alarm, der durch die Zentrale der GOOD HOPE heulte.

»Schalten Sie es ab, Thora!«, hörte er Rhodan sagen.

Fast im selben Moment verklang der Lärm, und die Arkonidin teilte etwas mit zitternder Stimme mit: »Beinahe fünfhundert Schiffe.« Sie klang fassungslos. »Eine massive Invasionsflotte! Um so viele Kriegsraumer in den Kampf zu schicken, sind gigantische Ressourcen nötig.«

Kakuta hob die Hände an sein Gesicht. Die Finger zitterten. Der kleine Japaner wischte sich über die Stirn. Er fühlte einen schmierigen Film von kaltem Schweiß und setzte sich auf. Alle starrten auf die Arkonidin – nein, auf das Hologramm, das in Brusthöhe vor ihr schwebte.

»Wer sind diese Fremden?«, fragte Rhodan.

Thora antwortete nicht. Ihre Hände flogen über die virtuellen

Schaltflächen. »Ich nehme mit der GOOD HOPE Kurs auf die inneren Welten. Weg von den Angreifern.«

Angreifer? Kakuta erhob sich endgültig. Schwindel drohte ihn von den Füßen zu reißen, doch er zwang sich, stehen zu bleiben. Nun erst schmeckte er das metallische Aroma von Blut im Mund. Die dick geschwollene rechte Hälfte seiner Zunge pochte schmerzhaft.

Anne Sloane drehte sich um. Ihre Finger nestelten an den Spitzen der dunklen Haare. »Du bist wach.«

»Was ist passiert?« Die ersten Worte seit seiner Ohnmacht schmerzten in Kakutas Kehle. Danach blieb ein Kitzeln, das ihn zum Husten reizte.

»Schiffe.« Ihre Stimme klang dumpf; ihr fehlte die extrovertierte Frische, die sie sonst verströmte. Die Schultern hingen etwas herab. »Eine ganze Invasionsflotte ist plötzlich materialisiert.«

»Greifen sie an?«

»Noch verhalten sie sich still. Wir wissen auch nicht, was ...« Sie brach ab, als Thora wieder mit lauter Stimme zu sprechen begann. Anne Sloane wandte sich der Arkonidin zu. Kakuta sah kurz auf ihren Rücken, richtete den Blick dann auf Thora.

»Ich bringe die GOOD HOPE auf eine Position hinter ?den dicht besiedelten Welten sieben bis neun. Zum dritten Planeten. Dort steht ein Mond günstig, um uns zumindest ?fürs Erste vor den Ortern der fremden Schiffe zu verbergen.«

»Sind wir dort sicher?«, fragte Rod Nyssen, der ausgemergelte Marathonläufer, der auf Kakuta von Anfang an fahrig und nervös gewirkt hatte.

Thora lachte völlig humorlos. Ihre Augen tränten. »Angesichts von fast fünfhundert Kriegsschiffen ist man im gesamten System nirgends mehr sicher! Darüber hinaus befinden wir uns in einem kleinen Beiboot, das von einem Mutanten Ihrer Art um ein Haar zerstört worden wäre. Fragen Sie mich also nicht nach Sicherheit!«

Rhodan dachte merklich praktischer: »Was können wir tun?«

Die Antwort der Arkonidin fiel ernüchternd aus. »Nichts. Nur beobachten und beim ersten Anzeichen echter Gefahr fliehen, solange es möglich ist.«

Ein weiteres Hologramm entfaltete in der Luft. Aus den leuchtenden Bildpunkten formte sich die Gestalt eines der fremden Schiffe, ein länglicher, dünner Zylinder, in dessen Zentrum eine Kugel saß. Daneben lief eine Zahlenkolonne ab. Thora deutete darauf und übertrug die arkonidischen Angaben in das irdische Messsystem.

»Die meisten Einheiten messen zweihundertfünfzig Meter in der Länge.«

Tako Kakutas Hände ballten sich unwillkürlich zu Fäusten. Jeder einzelne dieser Raumer war ein Gigant im Vergleich zur GOOD HOPE, die lediglich sechzig Meter durchmaß. Er verfluchte den Umstand, dass er das Bewusstsein verloren und damit die ersten Minuten im Wegasystem verpasst hatte. Wo waren die Schiffe hergekommen? Gab es bereits ein Lebenszeichen von den Bewohnern dieses Sternensystems?

Doch ihm war auch klar, dass dies nicht der richtige Moment war, um Fragen zu stellen. Thoras Reaktion sprach ebenso wie Anne Sloanes wenige Worte dafür, dass niemand an Bord zu diesem Zeitpunkt bereits mehr wusste.

Das Abbild des Hologramms veränderte sich. Ein anderes Raumschiff formte sich aus, dem ersten ähnlich, und doch ... größer. *Größer.*

»Achthundert Meter.« Thora atmete zischend ein. »In der Invasionsflotte gibt es einige Einheiten mit achthundert Metern Länge. Kriegsriesen. Truppentransporter. Wir sollten so schnell wie möglich aus diesem System verschwinden.«

»Wir warten«, entschied Rhodan. »Wir müssen beobachten, was hier geschieht!«

»Was wohl?«, fragte die Arkonidin. »Wie ist das Wort dafür, das ihr auf eurer Welt benutzt, ohne je auch nur ansatzweise verstanden zu haben, was es bedeutet? Die Apokalypse zieht herauf!«

Zuerst glaubte Tako Kakuta, dass Thora ein allzu theatralisches, effekthascherisches Wort gewählt hatte. Wenig später begriff er jedoch, dass es keine treffendere Beschreibung für das gab, was diesem Sonnensystem bevorstand.

Auf dem Hologramm der Außenortung spielte sich ein unfassbarer Truppenaufmarsch ab. Wie Insektenwolken brachen aus den Orbits der bewohnten Welten und ihrer Monde Schiffe auf. Es waren filigrane Gebilde. Länglich und zerbrechlich, nicht dafür ausgelegt, jemals auf einem Planeten niederzugehen. Die Art von Schiffen, die Menschen vielleicht eines Tages gebaut hätten. Wären nicht die Arkoniden auf den Plan getreten. Wäre es der Menschheit gelungen, weder sich selbst noch den Planeten zu vernichten, der ihre Lebensgrundlage darstellte. Die größten der Schiffe waren über einen Kilometer lang. Sie rotierten langsam um ihre Längsachse, um ihrer Besatzung eine Art künstliche Schwerkraft bereitzustellen.

Die Flotte der Invasoren sammelte sich in Höhe der Umlaufbahn des elften Planeten um seine Sonne. Sie schien abzuwarten. Keines der Schiffe ging zum Angriff über.

»Die Schiffsanzahl auf beiden Seiten ist ausgeglichen.« Thora deutete auf einen virtuellen Bildschirm vor sich, der eine schematische Darstellung des Sonnensystems zeigte. Jedes Schiff, ob es zu den Verteidigern oder den Angreifern gehörte, bildete ein Symbol, das an ein verschlungenes *g* erinnerte; die der Planetenbewohner leuchteten blau, die der Angreifer rot. »Allerdings besitzen die Aggressoren bedeutend größere und damit wohl auch stärkere Einheiten.«

Echsen haben uns gefunden, kam es Kakuta in den Sinn. Übelkeit stieg in ihm auf, als ihm klar wurde, welche Zerstörungskraft sich aufgemacht hatte, die Welten der Wega zu überrennen. Ein Krieg von entsetzlichem, mehr als nur *globalem* Ausmaß drohte, denn nicht nur eine Welt stand vor dem Untergang. Oder würden sich die Bewohner des Wegasystems doch verteidigen können? Verfügten sie womöglich über die besseren Waffen?

So oder so – wie es aussah, wartete ein *Gemetzel.* Oder, wie Thora es bezeichnet hatte, die Apokalypse.

»Wir haben unsere Position in der Nähe des Mondes erreicht«, teilte die Arkonidin mit. »Ich stehe bereit, jederzeit zu fliehen.«

»Tun Sie das, Thora«, kommentierte Perry Rhodan. Die Worte lösten einen Knoten in Kakutas Magen, den der Teleporter nun erst bemerkte. Wieder perlte Schweiß auf seiner Haut, diesmal frisch und im Nacken. Rhodans nächste Sätze stellten allerdings klar, wie er seine letzten Worte meinte: »Bleiben Sie in Bereitschaft. Wir warten. Wir sammeln so viele Informationen wie möglich. Und vielleicht ...« Er brach ab.

Niemand fragte nach. Der Japaner ahnte, was er hatte sagen wollen; er glaubte, den ehemaligen amerikanischen Astronauten gut genug zu kennen. *Und vielleicht können wir eingreifen, ehe es zu spät ist.*

Genau diese wilde Hoffnung musste in Rhodan toben. Kakuta erging es nicht anders. Aber ihnen waren die Hände gebunden. Auf der Erde mochte die GOOD HOPE eine gewaltige Macht darstellen, auf diesem Schlachtfeld jedoch war sie nur ein kleines Schiff inmitten einer gigantischen Übermacht, das wahrscheinlich binnen Augenblicken zwischen den Fronten zerrieben werden würde.

Im nächsten Moment fielen die ersten Schüsse, und die Weltraumschlacht begann.

Rhodan starrte auf das Hologramm, auf dem soeben ein Symbol erlosch. Es stand für eines der filigranen Raumschiffe der Planetenbewohner.

Ein erloschenes Symbol – ein explodiertes Schiff. Der Tod einer kompletten Mannschaft, vielleicht Dutzende oder noch mehr intelligente Lebewesen. Intelligenzen wie diejenige, die den Notruf über die Grenzen ihres Sternensystems hinausgeschickt hatte. Wesen voller Angst und der Gewissheit, in einen entsetzlichen Krieg zu ziehen.

Ein weiteres blaues Symbol verschwand, als sich die Schiffspulks einander näherten. Ein drittes, viertes.

Perry Rhodan beobachtete es, und er fühlte sich hilfloser als je zuvor in seinem Leben. Hilfloser als während der Mondmission der STARDUST, als festgestanden hatte, dass er mit seiner Mannschaft auf dem Erdtrabanten ersticken würde. Damals hatte sie letztlich die gestrandete AETRON vor dem sicheren Tod gerettet. Ein solches Wunder konnte es in diesem Fall nicht geben.

Acht erloschene Symbole.

»Thora«, sagte Rhodan. Mehr nicht. Seine Lippen waren eiskalt.

»Wir können nichts tun«, wiederholte die Arkonidin. Sie hatte die Hände angezogen, drückte sie dicht unter dem Brustkorb auf den Bauch. Die Fingerspitzen dellten den Stoff der Uniform ein, als wollten sie sie hindurchbohren. Sie war verkrampft. Entsetzt.

Funksprüche gingen ein, die Thora auf den Lautsprecher stellte. Worte in einer fremden Sprache erklangen, die der Bordrechner bislang nur unzureichend zu analysieren vermochte. Eines allerdings stand fest: Es handelte sich um Notrufe. *Verzweifelte Schreie um Hilfe.*

Siebzehn Symbole erloschen, ehe sich Pulks der verfeindeten Einheiten auf Höhe der zwölften Planetenbahn miteinander vermischten. In der schematischen Orteranzeige wurde es dunkler ... und dunkler ...

Als das erste Angreiferschiff verging, existierten bereits siebenundvierzig Raumer der Verteidiger nur noch in der Erinnerung.

Die Ohnmacht quälte Rhodan. Es war entsetzlich, zusehen zu müssen und nicht eingreifen zu können. So viele intelligente Wesen starben in diesen Augenblicken in einem Krieg, dessen Hintergründe er nicht kannte und der ihn doch bis ins Mark erschütterte.

Ihm war klar, dass er gut beraten wäre, sich mit der GOOD HOPE zurückzuziehen, solange es die Möglichkeit dazu gab. Was immer in den nächsten Minuten und Stunden geschehen mochte, sie würden nichts ausrichten können. Und das Letzte, was ihnen bei ihren eigenen Problemen auf der Erde momentan half, war, in einen Konflikt hineingezogen zu werden.

Dennoch zögerte er, mehr noch, er *konnte* nicht einfach fliehen. Er durfte sich nicht abwenden und das Wegasystem und seine Bewohner sich selbst überlassen. Sei es Bestimmung, Schicksal oder nur ein kosmischer Zufall, der ausgerechnet ihn hierher geführt hatte – er durfte es nicht ignorieren. Er musste herausfinden, was hier vor sich ging.

»Thora«, sagte er, diesmal mit fester, entschlossener Stimme. »Wir müssen näher an die Hauptplaneten heran.«

Ihre Augen brannten, rot wie ein Feuer, rot wie purer Zorn. »Das ist Wahnsinn! Haben wir nicht längst genug gesehen? Was soll es nützen?«

Genau diese Frage hatte Rhodan erwartet. Was sollte es helfen, wenn sie ohnehin nicht in den Verlauf der Schlacht eingreifen und den Bewohnern der Wega beistehen konnten? Doch er kannte auch die Antwort. Sie lag so klar vor ihm, und sie besaß eine solch bestechende Logik, dass sie ihr weiteres Handeln bestimmen musste.

»Was hier geschieht, kann sich schon morgen in unserem Sonnensystem wiederholen«, argumentierte er. »In kosmischem Maßstab gesehen, für die Möglichkeiten dieser Aggressoren, liegt die Erde nur einen Schritt weit entfernt. Wenn diese Übermacht über uns herfällt, bedeutet das das Ende der Menschheit! Wir können uns noch nicht einmal in dem Maß wehren wie die Wegabewohner. Sie sind uns weit überlegen. Und doch den Angreifern hoffnungslos unterlegen.«

Nach seiner Erklärung herrschte atemlose Stille, die Tako Kakuta als Erster unterbrach. »Du hast recht.« Die Worte schienen ihm schwerzufallen. »Wir benötigen Informationen.«

Die Arkonidin teilte ihre Meinung nicht mit, sondern betrachtete gebannt die Anzeige eines virtuellen Bildschirms, den nur sie einsehen konnte. »Es gibt einen Weg, mehr zu erfahren«, sagte sie schließlich. »Viel mehr.«

Ich wusste es, dachte Rhodan. Thora war der Joker in diesem Spiel, die große Variable, mit einem unschätzbar wertvollen Fundus an Erfahrung und Wissen über das, was bis vor Kurzem noch weit außerhalb der Vorstellungskraft eines jeden Menschen gelegen hatte. Für Rhodan war es unvorstellbar gewesen, in eine Raumschlacht dieses Ausmaßes hineingezogen zu werden.

Er hob langsam den Kopf und schaute sie auffordernd an.

In ihrer Haltung lag nichts mehr von dem Entsetzen, das sie zunächst anscheinend wie ihn selbst gelähmt hatte; auch die Wut war aus ihrem Blick gewichen, die ohnehin wohl nur ein Ventil gewesen war, um die Verzweiflung über ihre Hilflosigkeit zu kanalisieren.

Oder legte er ein zu menschliches Raster für ihr Verhalten an? Wie gut kannte er Thora da Zoltral, die stolze und kühle Arkonidin, wirklich? Sie mochte sich verändern, aber bedeutete das auch, dass er in der Lage war, sie und ihre Motivation vollkommen zu verstehen? Oder verbarg sie etwas vor ihm? Nach ihrer Ankunft hatte er einen Augenblick lang den Eindruck gewonnen, ihr sei das Wegasystem doch nicht so unbekannt, wie sie behauptete. Dass sie mehr wusste oder zumindest ahnte, etwas, das sie nicht offenbarte. Was trieb diese Frau an?

»Der Positronik«, sagte die Arkonidin, »ist es gelungen, die Sprachinhalte auszuwerten und die Funksprüche zu übersetzen. Wie erwartet, handelt es sich um weitere Hilferufe. Aber nicht allgemeiner Natur.«

»Sondern?«

»Es sind Notsignale aus Rettungskapseln. Einige dieser Überlebenseinheiten wurden inzwischen vernichtet, doch eine Kapsel sendet den Notruf noch immer. Den Ortungsdaten zufolge ist sie beschädigt, aber nicht völlig zerstört.« Thora atmete tief ein. »Der Schiffbrüchige treibt in erreichbarer Nähe im Raum. Wir sollten uns beeilen. Ich bringe die GOOD HOPE auf Kurs.«

Da war sie, die Möglichkeit, endlich nicht mehr nur zuzusehen, sondern aktiv zu handeln. »Ich lege einen Raumanzug an«, kündigte Rhodan an. »Darja, du begleitest mich!«

Die russische Kosmonautin bestätigte. Es gab weder eine Diskussion noch unnötige Fragen. Nun musste es schnell gehen. Jede Sekunde zählte.

»Perry!«, meldete sich Anne Sloane zu Wort, als Rhodan bereits zu einem der Ausrüstungsräume eilte, in dem eine Handvoll arkonidische Raum- und Kampfanzüge lagerte; ein kümmerlicher Überrest der einstmals viel besser bestückten Ausrüstung. »Ich weiß, dass ich noch nie im Weltraum war«, fuhr die Telekinetin fort, »aber bei einer teilzerstörten Rettungskapsel könnte ich mit meiner Gabe möglicherweise helfen.«

Rhodan hörte die Entschlossenheit in ihrer Stimme. Er war es gewohnt, schnelle Entscheidungen zu fällen. Während seiner Zeit bei der NASA war ihm dieser Ruf vorausgeeilt. Er stimmte zu, und kurz darauf eilten sie nicht nur zu dritt, sondern zu viert in Richtung der Ausrüstungskammer. Ras Tschubai, der Teleporter, schloss sich ihnen ebenfalls an.

Sie waren bereit, den Schiffbrüchigen aus seiner Rettungskapsel zu bergen.

Bereit, die GOOD HOPE zu verlassen.

Kapitel 5

Erstkontakt
Sid González

Sid González erinnerte sich daran, dass er vor einigen Minuten noch darüber sinniert hatte, ob in dem Spindelraumer womöglich intelligente Pilze auf sie warteten. Das hatte er für eine lächerliche Idee gehalten. Und tatsächlich, genau das war es auch. Aber aus einem ganz anderen Grund als zunächst gedacht: Die Wirklichkeit war viel bizarrer. Denn intelligente Pilze konnte man sich wenigstens noch vorstellen, irgendwie, wenn man genügend Comics kannte. Aber ... das hier? Dieses geschuppte Zylinderding?

Da kamen ihm die silbrigen Scheiben schon wieder viel realer vor. Klar, eine Übersetzungsmaschine in dieser Qualität, das wäre vor Kurzem unfassbar gewesen, aber wenn man bedachte, was die Arkoniden vermochten, überraschte einen so schnell nichts mehr. Sid jedenfalls beschloss, seine Übersetzungsscheibe keinesfalls mehr herzugeben.

»Ich habe Ihnen etwas zu sagen!«, sagte, nein, schrie Reginald Bull in diesem Augenblick an seiner Seite den Fremden entgegen. Sid konnte sein Entsetzen, ja, seine Angst förmlich spüren, seit vor wenigen Momenten die ersten Beiboote das Spindelschiff verlassen hatten und in alle Richtungen davongejagt waren. Wahrscheinlich befürchtete Bull, dass diese kleinen Raumer über den Großstädten in Position gingen und anfingen, alles in Schutt und Asche zu schießen.

Sid hingegen kamen diese Leute nicht sonderlich bedrohlich vor. Die Fantan sahen fremdartig und grotesk aus, aber seiner Meinung nach nicht schrecklich oder gefährlich. Nicht wie Monster. Klar, das sagte eigentlich nichts über ihre Gesinnung aus, aber Sid hatte da dieses – Gefühl. Und wenn sie Zerstörung hätten anrichten wollen, warum waren sie dann erst mal mit ihrem Hauptschiff gelandet?

Sid empfand vor allem Faszination, und er kam sich vor wie in einem seiner Träume von einer besseren Zukunft.

»Die Erde ist unser Planet!«, fuhr Bull fort. »Wir würden Sie gern als wohlwollende Gäste willkommen heißen, aber was gibt Ihnen das Recht, mit Beibooten ...«

»Seien Sie ruhig«, unterbrach ihn eines der Zylindergeschöpfe; dasjenige, das sein Schiff verlassen hatte. Eines der schwarzen Löcher im feingeschuppten Leib weitete sich bei den Worten ein wenig; offenbar der Mund. Hochinteressant, fand Sid. Seine Finger nestelten am Rand der Silberscheibe. Ob er versuchen sollte, einfach in das Raumschiff zu teleportieren? Die Strecke war lächerlich kurz, das müsste doch gelingen. Es war eine irre Vorstellung, einen Blick auf den ... Maschinenraum zu werfen, auf den Antrieb, in die Zentrale ...

Zwei der sechs Arme des Fantan hoben sich, überkreuzten sich vor der Brust. Dabei zeigten sie eine erstaunliche Beweglichkeit und Dehnbarkeit, gar nicht wie menschliche Arme, sondern als hätten sie ein Dutzend Gelenke oder gar keine Knochen. Sid nannte sie bei sich Tentakel, das war vielleicht nicht völlig korrekt, kam ihm aber passend vor.

Der Fremde kam auf den drei Tentakeln, die er momentan als Beine benutzte, ein wenig näher. »Wir sind bereit, mit *Besun* zu reden.«

»Besun?«, fragte Reginald Bull. »Falls Sie telepathisch in meinen Gedanken gelesen haben, ist Ihnen ein Fehler unterlaufen. Mein Name ist *Bull,* nicht Besun.«

Der Fantan antwortete mit einem blubbernden Laut, der Sid verblüffend an etwas erinnerte, was er aus seiner Kindheit kannte. Er sah dieses Tier wieder vor sich, einen Straßenköter, wenn er sich nicht täuschte; sein Bellen hatte wie das Lachen eines heiseren Mannes geklungen. Und wie dieser Laut des Zylinderwesens, das sich auf den Beintentakeln einige Zentimeter in die Höhe reckte. »Eine absonderliche Überlegung, Bull. »Besun ist Besun. Ihr Name ist etwas völlig anderes. Kommen Sie in die SREGAR-NAKUT.«

»Das ist die Bezeichnung des Spindelschiffes?«, fragte Sid, was ihm einen scharfen Blick von Bull einbrachte. Sid musste kein Telepath sein, um zu verstehen, was Reginald Bull ihm mitteilen wollte: *Lass mich reden.*

Also ging die kleine Gruppe los, an der Spitze Bull und Tatjana Michalowna, gefolgt von Eric Manoli. Sid und Sue, die sich, ob bewusst oder unbewusst, stets an seiner Seite hielt, folgten ihnen in geringem Abstand.

»Wir müssen vorsichtig sein«, flüsterte der ehemalige Bordarzt der STARDUST. Obwohl es für Bulls Ohren bestimmt war, hörte

Sid es ebenfalls. Und über die Silberscheiben verstanden die Fantan wahrscheinlich auch jedes Wort.

Diese Vermutung behielt Sid jedoch für sich. Er verspürte nicht die geringste Lust, erneut eine Verwarnung einzufangen. Außerdem war Manolis Hinweis ohnehin eine Binsenweisheit; wenn diese Aliens auch nur ein wenig Verstand besaßen, würden sie sich nicht über diese Worte wundern. Oder? Vielleicht dachten sie in völlig anderen Kategorien als die Menschheit; womöglich begriffen sie überhaupt nicht, was ihr Auftauchen für die Bewohner dieses Planeten bedeutete.

Der Fantan stand nur noch einige Schritte entfernt. Bull sah ihn mit entschlossenem Blick an. »Nun kennen Sie meinen Namen. Wie lautet der Ihre?«

»Jenves«, antwortete das fremde Wesen. »Lassen Sie uns den Austausch in unserem Schiff fortführen. Aber sie nicht.« Er deutete mit einem ausgestreckten Tentakel auf Tatjana Michalowna.

Der Vormarsch der fünf Terraner stockte. »Wieso?«, fragte Bull. »Sie gehört zu uns. Wir können sie nicht einfach zurücklassen. Sie ist nicht ohne Grund ein Teil meiner Gruppe, die ...«

»Keine Diskussion! Sie ist nicht Besun«, lautete die wenig hilfreiche Antwort.

Warum übersetzten die Silberscheiben sonst alles, aber dieses eine Wort nicht? Sid dachte einen Moment an eine Fehlfunktion dieser Translatortechnologie, ehe ihm in den Sinn kam, dass es womöglich kein entsprechendes Wort in ihrer Sprache gab. Mit Fragen wie diesen würden sich wohl bald klügere Köpfe als er auseinandersetzen müssen. Dies war bestimmt nicht das letzte Verständigungsproblem, das auf die Menschheit zukam.

Was mochte es bedeuten? Die Russin war also nicht Besun, die anderen, einschließlich er selbst, aber schon? Um Frauen und Männer ging es sicher nicht, sonst wäre Sue ebenfalls der Zutritt verweigert worden. Oder sahen die Fantan in Sue ein Kind, keine Frau? Konnte ja auch sein, dass sie gar nicht verstanden, was eine Frau von einem Mann oder einem Kind unterschied. Diese beiden Aliens jedenfalls wirkten nicht männlich oder weiblich. Möglicherweise waren sie ja eingeschlechtliche Kreaturen wie Regenwürmer, die sich auf völlig andere Art und Weise vermehrten. So genau kannte Sid sich da nicht aus, aber er hatte davon mal etwas in einem Science-Fiction-Film gesehen.

»Wir warten auf Ihre Entscheidung«, blieb der Fantan unerbittlich. »Sie sind willkommene Gäste. Diese Frau nicht.«

»Ich gehe in das Schiff«, rief Sid impulsiv. Diese einmalige Gelegenheit durfte er sich nicht entgehen lassen, auch wenn ihm bei der Vorstellung durchaus mulmig zumute war.

»Wir folgen Ihnen alle und akzeptieren Ihre Bitte.« Sid bewunderte Reginald Bulls gelungene Wortwahl. Indem er den Befehl hinsichtlich der Russin Michalowna als eine Bitte bezeichnete, deutete er die Situation völlig um. Das Ergebnis war zwar dasselbe, die Interpretation aber eine ganz andere. »Tatjana, geh zurück nach Terrania. Wir werden bald voneinander hören.«

Die Russin schaute ihn an und nickte langsam. Sid fragte sich, ob Bull ihr gleichzeitig eine konzentrierte gedankliche Botschaft übermittelte, die sie telepathisch in seinem Verstand lesen sollte. Sie drehte sich um und marschierte mit weit ausladenden Schritten zurück zur Stadt.

Sid und die drei anderen gingen an dem Fantan vorbei. Der Außerirdische roch nach herben Kräutern und irgendwie – ölig. Der Junge mochte es nicht. Der zweite Fremde, der bislang reglos im Schott des Spindelschiffs gestanden hatte, gab den Weg frei, und die kleine Gruppe betrat das Schiff, eine exotische, unbekannte Welt.

Etwas berührte Sid erst am Arm, dann an der Hand: Sues Finger. »Ich habe Angst«, flüsterte das Mädchen ihm zu.

Seine Antwort überraschte ihn selbst: »Ich auch.«

Skelir

Obwohl Skelir sich fürchtete, hoffte er, gehen zu dürfen.

Während sich Jenves und Rokarn als Erstversorger um die Abgesandten dieser Planetenbewohner kümmerten, saß er etliche Decks höher in dem kleinen Kasinoraum und spielte um sein Schicksal. Mit etwas Pech musste er Rokarns Platz einnehmen und sich der Betreuung und *Lieferung* annehmen.

Jenves, den Bedauernswerten, hatte es auf jeden Fall getroffen; sein Befehl lautete, in der SREGAR-NAKUT zu bleiben. Aber das letzte Besun-Boot im großen Hangar stand kurz vor dem Aufbruch und wartete noch auf einen Passagier. Es blieb nur die Frage, ob Rokarn oder Skelir auf die Jagd nach Besun gehen durfte. Der andere würde mit Jenves zurückbleiben und lästige Formalitäten erledigen müssen.

»Dein Einsatz, bitte«, schnarrte die blecherne Stimme der alten Positronik. »Das Wahlspiel beginnt.«

»Bin ich nicht schon genug gestraft?«, antwortete Skelir und wusste genau, wie die seelenlose Maschine auf diese allgemein gehaltene Beschwerde reagieren würde. Und richtig, er täuschte sich nicht.

»Eine Verkrüppelung verändert die Pflichten eines Fantan nicht, solange er voll einsatzfähig bleibt. In deinem Fall trifft dies zu. Der Verlust von zwei Extremitäten schränkt dich nicht ein, einfache Dienste kannst du nach wie vor reibungslos abwickeln.«

»Ja! Ich verstehe. Die Regeln sind mir bekannt, also hör auf!« Bei Skelir weiteten sich die Schuppen am Hinterleib, wenn er dieses phrasenhafte Geschwätz vernahm. Er hatte es schon tausend Mal gehört. Manchmal wünschte er der Positronik, dass sie erleben musste, wie es sich anfühlte, verstümmelt zu werden! Zu dumm, dass eine Maschine derlei nicht durchmachen konnte einschließlich sämtlicher Schmerzen und Gefühle und der Qual, die im weiteren Leben wartete – und inklusive der Angst vor dem, was zugleich als Einziges seine Selbstverachtung ein wenig minderte: Besun.

»In diesem Fall, wenn du die Bestimmungen kennst«, tönte es vom Spieltisch, »deinen Einsatz, bitte.«

Skelir dachte einen Augenblick daran, das Akustikausgabefeld zu zertrümmern. Aber was hätte das geändert? Über seinen Einsatz hatte er im Vorfeld lange nachgedacht. Er spekulierte hoch, versuchte aber gleichzeitig, den potenziellen Verlust am möglichen Nutzen abzuwägen. »Besun Nummer 22-Nullsechs-74 aus meinem persönlichen Besitz«, eröffnete er mit seinem ersten und zugleich einzigen Spielzug.

»Rokarn hat bereits 03-Elf-77 geboten.« Eine Sekunde Pause. Die Auswertung lief. »Damit hast du verloren. Ich informiere Rokarn, dass er das Schiff im letzten Boot verlassen darf. Du wirst mit Jenves die aktuelle Notbesatzung an Bord bilden und dich um die Abgesandten der Planetenbewohner kümmern.«

Skelir ließ sich auf all seine vier verbliebenen Gliedmaßen nieder und nutzte sie als Beine. Na wunderbar. Die Angst verschwand augenblicklich, aber zufrieden war er trotzdem nicht. Die leidige Pflicht fiel mal wieder ihm zu. Und das ausgerechnet mit Jenves, der nicht gerade der Angenehmste und Amüsanteste aller möglichen Partner war.

Aber das Wahlspiel hatte entschieden, daran gab es nichts zu rütteln. Die Stallwache fiel ihnen beiden zu. Skelir beschloss, das Beste daraus zu machen. Ein wenig Optimismus schadete nicht.

Er verließ den Kasinoraum und machte sich auf den Weg. Den Korridor so leer und verlassen vorzufinden verstärkte seine Trübsal, weil es ihn daran erinnerte, dass fast alle anderen bereits unterwegs waren. Eine neue Welt, eine neue Spielwiese, herrliche Möglichkeiten für Besun.

Die Beleuchtung im gesamten Raumer stand auf Notbetrieb, auch in diesem Zentralkorridor herrschte dämmriges Halbdunkel. Erst als Skelir in den Bereich des ersten Sensors trat, flammte Helligkeit rund um ihn auf. Der Korridor verlief schnurgerade, der verkrüppelte Fantan blickte in dunkle Abschnitte vor ihm, die im Zwielicht verschwanden.

Bald erreichte er den Lageplatz einiger kleiner flugfähiger Transportroboter; praktische Überbleibsel ihres vorletzten Besuchs der Welt. Man hatte sämtliche alten Einmannschwebeplattformen zur raschen Fortbewegung im Schiff damit ersetzt.

Skelir versuchte sich an den Namen der Herkunftswelt zu erinnern, doch er wollte ihm partout nicht einfallen. Jedenfalls waren die Nischen der Reinigungsroboter von den Bauarbeitern an Bord extra modifiziert worden, sodass die Transportroboter dort Platz fanden. Dostis – so hatten die Erfinder dieser vorletzten Welt die kleinen Maschinen genannt, das wusste er noch genau. Aber wie hieß doch gleich der Planet?

Egal.

Er bestieg einen Dosti und ließ sich in den Passagiersitz sinken. In diesem Bereich waren einige Modifikationen nötig gewesen, um die Einheiten den Bedürfnissen eines Fantan anzupassen, aber das war hervorragend gelungen. »Besucherhalle«, nannte er sein Ziel und schaltete mit einer routinierten Bewegung sowohl die Wärmefunktion als auch den Pflegemodus ein.

Der Dosti flog los, während kühler Wasserdampf, gelenkt von variablen Düsen, Skelirs feine Schuppen säuberte. Winzige Symbiontentiere, kaum bakteriengroß, sorgten für eine perfekte Durchblutung. Die alte Weisheit, die viel Besun mit vielen Annehmlichkeiten gleichsetzte, entsprach durchaus der Wahrheit.

Vor ihm erhellte sich ein neuer Bereich des Korridors. Weil Skelir schnell vorankam, sprang Beleuchtung um Beleuchtung in raschem Rhythmus an, wenn er in die jeweilige Sensorerfassung hineinflog, bis der Dosti schließlich in einen Vertikalschacht einschwebte. Die Antigravwirkung zog ihn tiefer, bis zur untersten Ebene.

Noch im Schacht beendete der Transportroboter die Reinigung und schaltete für wenige Sekunden in den Rüttelmodus. Skelir erhöhte die Intensität und genoss diesen letzten Moment der Ruhe, ehe er sich mit diesen – wie hießen sie doch gleich – Terranern auseinandersetzen musste.

So nannten sich die Bewohner wohl erst seit Kurzem, aber diese Bezeichnung tauchte in unendlich vielen Funk- und Nachrichtenbotschaften auf. Der ganze Planet stand geradezu kopf, und die lächerlichen Einzelstaatenregierungen befeindeten sich in einem unüberschaubaren Netzwerk an Intrigen und offenen Konflikten gegenseitig. Dennoch hielten sich die Bewohner dieser Welt für etwas Besseres, und das nur, weil sie ein wenig Arkonidentechnologie zum *Spielen* gefunden hatten. Stümper! Die Fantan waren ihnen weit voraus.

Auf dem Schweberoboter verließ Skelir den Antigravschacht, raste der Besucherhalle entgegen und übernahm kurz vor dem Ziel die Steuerung selbst. Er bugsierte die Maschine in die letztmögliche Nische mitten im Pflanzenareal, stieg ab, streckte sich und staunte erneut darüber, wie gut eine Dosti-Reinigung tat. Er fühlte sich frisch und belebt, und es kam ihm sogar so vor, als würden seine Schuppen die ätherischen Öle in der Luft besser aufnehmen als sonst.

Vor der Schleuse, die in die Besucherhalle führte, wartete bereits Rokarn. »Möge dir viel Besun beschieden sein«, zitierte dieser die alte Segnungs- und Höflichkeitsfloskel, allerdings in einem Tonfall, der genau das Gegenteil ausdrückte. Die nächsten Worte klangen da wesentlich ehrlicher: »Wird auch Zeit, dass du auftauchst! Ich darf nicht gehen, ehe du mich ablöst.«

»Ich kenne die Regeln!« Skelir kam sich vor, als müsste er sich schon wieder mit der seelenlosen Schiffspositronik auseinandersetzen, was seine Laune um einiges trübte. »Es ging nicht schneller. Wo ist Jenves?«

»Na, wo wohl? In der Halle, bei den anderen.«

»Fünf dieser Menschen sind an Bord, richtig?«

»Vier. Eine war nicht Besun.«

»Warum hat mich niemand darüber informiert?«

Rokarns Sehmulden schrumpften zusammen. »Woher soll ich das wissen? Ich verschwinde jetzt.«

»Möge dir viel ...«

»Ja, ja.« Der andere eilte davon und bestieg, ohne um Erlaubnis zu bitten, den Dosti, den sich Skelir für den Rückweg geparkt hatte. Auf ihn warteten die herrlichsten Abenteuer.

Ganz im Gegensatz zu Skelir. Aber er würde das Beste aus seiner Situation machen und nicht an den Abscheu denken, den er vor sich selbst empfand.

Skelir, das verkrüppelte Etwas, das sich vor dem fürchtete, was jeden Fantan im Grunde seines Wesens bestimmte.

Er durchquerte die Schleuse, die stets für die nötige Dekontaminierung sorgte, wenn Besun von draußen ins Schiff kam.

Gleich darauf sah er zum ersten Mal einen Menschen von Angesicht zu Angesicht. Wobei deren Angesichter durch extreme Hässlichkeit glänzten wie bei sämtlichen humanoiden Lebensformen. Arkoniden waren da auch nicht besser, besaßen aber meistens immerhin den Anstand, große Teile ihres widerlichen Schädels mit langen Haaren zu verdecken.

Anders diese Menschen. Vor allem derjenige, der sich offenbar als Anführer betrachtete. Er trug auf dem Kopf nur einen roten Flaum, ähnlich wie bei einem neugeborenen Vogel, nur weniger flauschig. Eigentlich mochte Skelir ja Vögel; eins dieser Tiere war sein allererstes Besun gewesen. Aber dieser Terraner war ihm gleich unsympathisch.

Sein Blick wanderte weiter zu dem Kleinsten der Planetenbewohner. Er stockte. Den typisch humanoiden Merkmalen zufolge war dies ein weibliches Kind, aber es unterschied sich von seinen Begleitern. Ihm fehlte etwas.

Genau wie mir ... Er, Skelir, besaß nur vier Extremitäten, dieses Mädchen nur einen Arm, anders als die übrigen Menschen mit ihrem hässlichen Körperaufbau, der sich in der Leibesmitte längs spiegeln ließ.

Was er mit dieser Erkenntnis anfangen sollte, wusste er noch nicht, aber es weckte sein Interesse an diesem Mädchen. Und seinen Abscheu.

Vielleicht war es doch gut, dass er das Wahlspiel verloren und zur Stallwache bestimmt worden war.

Vielleicht war es besser, als in einem Boot über den Planeten auszuschwärmen.

Vielleicht fand er genau hier das beste Besun seines Lebens.

Kapitel 6

Rico: Erinnerung und Erneuerung

Ich verleibte mir den Kadaver des Dschiggetai vollständig ein. Anders als im Fall der Insekten gelang mir nur eine Verwertung von knapp über siebenundneunzig Prozent, aber ich war zufrieden. Zurück blieb etwas Staub aus den knöchernen Bestandteilen, denen ich jegliche Feuchtigkeit und durch einfache Materieumwandlung auch Aminosäuren und Ballaststoffe entzog.

Die körperliche Regeneration schritt gut voran. Die Autoreparaturmechanismen mussten nur noch auf niedrigem Niveau arbeiten, das meiste lief nun, einmal angestoßen, wie von selbst. Die biologischen Fremdstoffe wandelten sich zu Fleisch, wie es zu einem Menschen gehörte. Das interne Aderngeflecht bildete sich in weiten Teilen bis zum feinsten Netz aus. Die Verbindung mit dem Lungensystem stand kurz vor dem Abschluss.

Im Bereich des organischen Gehirnanteils fehlte noch die Feinjustierung, doch das war nicht anders zu erwarten gewesen. Hier lag die größte Schwierigkeit, da die zugrundeliegende Struktur höchste Komplexität besaß.

Ich blieb zunächst reglos mitten im Wüstensand stehen.

Der Erinnerungsspeicher brachte eine Fülle von Informationen aus der Tiefe zum Vorschein: Manche bezeichnen die öden Steinwüsten der Gobi als *han-hai,* was so viel bedeutet wie *trockener See.* Die ausgetrockneten Sandgebiete werden in der heimischen chinesischen Sprache *Shamo* genannt, weshalb sich in der jüngsten Generation ein Sprachwandel andeutet, der die Gobi nach diesem Wort benennt. Ein Verbund aus Lokalhistorikern und Sprachwissenschaftlern setzt sich dafür ein, dass die Regierung diese Bezeichnung nicht offiziell anerkennt. Sogar die Namen der maßgeblichen Professoren tauchten aus der Tiefe des Vergessens auf.

Unwesentlich.

Es musste mir gelingen, die relevanten Informationen aus der Masse herauszufiltern. Wahrscheinlich würde das erst mit der Aktivierung meines Biohirns und der synchronen Verknüpfung der

Speichereinheit möglich werden. Darauf setzte ich meine Hoffnung, die sich auf vorherige Erfahrungen stützte.

Einige Stunden vergingen, und ich verwandelte die Helligkeit und Wärme der Sonne in Energie. So produzierte ich mit dem internen Kreislauf der Nebenkammer im robotischen Herzen Sauerstoff. Dieser verteilte sich über das neue Adern- und Nervengeflecht in die Speicherdepots. Noch konnte ich die Aktivität der einzelnen biologischen Zellen allerdings nicht zünden. Die Analyse ergab, dass ein grundlegender Stoff auf molekulargenetischer Ebene fehlte.

Ich dachte nach. Han-hai, der trockene See. Es gab in der Gobi an einigen Stellen tatsächlich Seen. Salzseen. Der momentan bekannteste auf diesem gesamten Planeten war zweifellos der Goshunsee, den die vom Mond zurückkehrende STARDUST als Landebahn genutzt hatte. Ein solcher Salzsee enthielt mit etwas Glück exakt die Grundstoffe, die ich zur vollständigen Regeneration benötigte.

Der Goshunsee selbst kam nicht infrage; die Gefahr, dort entdeckt zu werden, war zu groß. Aufgrund der Position der momentan für ein menschliches Auge nicht sichtbaren Sterne bestimmte ich meinen exakten Standort und machte mich auf den Weg. Der nächstgelegene Salzsee war ein winziges, namenloses Etwas mit 0,02 Quadratkilometern Oberfläche. Mehr als ausreichend. Ob ich dort finden konnte, was ich benötigte, würde sich allerdings erst noch zeigen.

Ich marschierte los und hob unterwegs einige Steine auf, deren Materie ich nutzte, um metallische Innereien zu verfeinern. Drähte gewannen an Stabilität. Ein trockenes Gebüsch, das wohl seit Jahren dahintrieb, lieferte atomare Masse, die ich in Energie umwandelte. Der Prozess meiner Neuschöpfung ging zufriedenstellend voran.

Es wurde Abend, und es wurde Morgen, ein neuer Tag, und aus dem Dunkel schälte sich mit einem Mal ein Erinnerungsfetzen, dem ich größere Bedeutung zumaß als anderen: der Planet Venus, eine Anlage, genannt die Zuflucht. Dort erwachte ich zum ersten Mal nach – nach einer unbestimmten Zeit. Als Arkonide getarnt trat ich der Frau namens Thora und ihrer Begleiterin Tamika gegenüber.

Vor mir tauchte der winzige Salzsee auf. Ob ich hier das Leben und seine Bestandteile fand, die ich benötigte?

Das Wasser glitzerte rötlich und grün unter der starken Sonnenstrahlung. Ich tat den ersten Schritt in den See und fühlte etwas, das mich zutiefst verwirrte – einen Beweis dafür, dass die Justierungen meiner biotechnischen Hybridexistenz noch lange nicht vollendet waren: Ein scharfer Schmerz durchzuckte mich, ausgehend von meinen Füßen, genauer gesagt, von den Fußsohlen.

Ich trat zurück, setzte mich an das steinige Ufer und schaute auf die Quelle des Schmerzes. Ein tiefer Schnitt spaltete Haut und Fleisch, das sich gerade erst gebildet hatte. Da in den mittlerweile vollständig angelegten Adern noch kein Blut floss, ging keine wertvolle Biomasse verloren.

Bedächtig berührte ich die Verletzung. Das Fleisch fühlte sich warm an vom ständigen Kontakt mit dem überhitzten Boden und feucht vom salzigen Wasser des Sees. Ich drückte die Wundränder zusammen, das Heilungssystem verband sie rasch miteinander. Mit leisem Schmatzen quoll etwas eitrige Flüssigkeit hervor.

Ich hatte einen dummen Fehler begangen. Der Grund des Salzsees bestand aus scharfkantigen Kristallen. Eigentlich brauchte ich Schuhe als Schutz, doch derlei einfache Hilfsmittel standen mir nicht zur Verfügung. Die benötigten Salzkrebse würde ich allerdings eher in der Mitte des Sees finden, wo das Wasser weiter in die Tiefe reichte. Also blieb mir keine Wahl. Ich achtete darauf, das Schmerzzentrum zu blockieren, und ging in den See hinein.

Abruf Informationsspeicher Rico, Neuaktivierungsphase: Der Salzkrebs, oder auch Artemia salina, ist das einzige höhere Lebewesen, das in einem Salzsee existieren kann. Er wird ein bis zwei Zentimeter groß und verfärbt sich je nach Salzgehalt immer mehr ins Rötliche. In Form von mehrzelligen Zysten kann er inaktiv mehrere Jahre in trockener, sauerstofffreier Umgebung überleben. Auch bekannt als Seeäffchen.

Das Fleisch hing in Lappen von meinen Fußknochen, was jedoch nicht weiter störte. Es würde sich leicht regenerieren. Viel wichtiger war, dass ich die nötigen Salzkrebse tatsächlich fand und sie mir dutzendfach einverleiben konnte. Einige Zystenstöcke lieferten die benötigten Grundsubstanzen des Lebens in reichhaltiger Form.

In meinen Schnittstellen zwischen Biomasse und Technologie speicherte ich sie ab, umschloss sie mit einer luftdichten Hülle und schuf immer wieder ein kleines Vakuum. Die Lebensenergie der Salzkrebse existierte nun in ihrer besonderen biologischen Nische, die diese Tierart einmalig machte. Eine ungewöhnliche, aber effektive Art, Informationen über die biotechnischen Verteiler laufen zu lassen: halb lebendig, halb tot. Halb Maschine, halb Lebewesen. So wie ich.

Nun besaß ich alle Grundstoffe. Zufrieden verließ ich den Salzsee, schaute meiner Heilung zu und schloss die noch offenen Körperkreisläufe. Das organische Gehirn aktivierte sich und verschmolz mit der Speichereinheit. Das Herz begann zu schlagen und pumpte frisch gebildetes Blut durch die Adern.

Die erste Frage, die ich mir am Beginn meiner neuen Existenz gestellt hatte, klärte sich binnen eines einzigen Lidschlags: Ich *war* jemand. Ich dachte, also war ich. Ich besaß nicht nur einen Namen, sondern war eine Person. Ein Konglomerat aus Technologie und Biologie, aus Maschine und Lebewesen: Rico.

In der nächsten Sekunde vervollständigte sich meine Erinnerung an die Zeit nach dem Erwachen in der Venus-Zuflucht. Mit der Arkonidin Thora war ich zur Erde gekommen – *zurück* zur Erde. Ich hatte ihr geholfen und war dabei getötet worden. Desaktiviert. Zerstört. Am Ende gab es nur noch meine verschmorten Einzelteile, die schließlich in dem Wüstenversteck landeten.

So klar jedoch all dies vor meinem geistigen Auge lag, damit endete es. Mein Gedächtnis blieb fragmentarisch und unvollständig. Was war vorher gewesen? Wie war ich in die Venus-Zuflucht gelangt? Ich wusste wieder, dass ich eine Verpflichtung erfüllen musste, dass diese von entscheidender Bedeutung war, für mich und ... *ihn.* Darin lag der eigentliche Zweck meiner Existenz.

Aber ich konnte diese Aufgabe und ihre Zielsetzung nicht benennen. Je länger ich darüber nachdachte, desto mehr verschwamm alles. Aber gleichzeitig wuchs eine Sehnsucht in mir. Es zog mich zum Meer. Dort wartete meine Erfüllung.

Kapitel 7

Wega-Spaziergang
Perry Rhodan

Er schaute zurück. Die GOOD HOPE schwebte in wenigen Metern Entfernung als metallischer, kugelförmiger Koloss im Weltall. Einige der Zerstörungen, die der Mutant Iwan Goratschin vor allem in der äußeren Kugelschale angerichtet hatte, prangten noch immer deutlich sichtbar als Verformungen oder wie von innen abgeschirmte kleine Risse in der Metallhülle.

Das arkonidische Beiboot verblasste jedoch zur Bedeutungslosigkeit angesichts des gigantischen lodernden Balls der Sonne Wega, die aus Rhodans Blickwinkel den Rand des Kugelraumers gerade noch berührte. In Wirklichkeit lag sie Millionen von Kilometern entfernt.

Der Terraner beschleunigte den Kampfanzug. Das Schiff, seine einzige Heimat im Umkreis von fast dreißig Lichtjahren, eine Insel des Lebens, schrumpfte in raschem Tempo zu einem fingernagelgroßen, nur noch zu erahnenden Hauch zusammen – genau das Nichts, das es eigentlich inmitten der unendlichen Weiten des Alls war.

Rhodan wandte den Blick nach vorne, zu seinen Begleitern. Es war vereinbart, dass sie dicht zusammenblieben, maximal fünf Meter voneinander entfernt. Nur er selbst war vor diesem Einsatz bereits mit einem dieser arkonidischen Kampfanzüge geflogen, und doch bildeten diese auch für ihn nicht weniger ein technologisches Wunderwerk als für Darja Morosowa, Anne Sloane und Ras Tschubai.

Auf den ersten Blick waren sie klobig, völlig anders designt als irdische Raumanzüge, und ihnen auf einer grundlegenden Ebene zumindest optisch ähnlich. Ein arkonidischer Kampfanzug wog fünfzig Kilogramm und lag – solange man ihn nicht per Antigravfunktion flog – schwer auf dem Körper. Das hohe Gewicht resultierte vor allem aus den leistungsstarken Energiespeichern, die unter anderem zeitlich beschränkt einen voll funktionsfähigen Schutzschirm projizieren konnten.

Das integrierte Pulsatortriebwerk ermöglichte darüber hinaus unter irdischen Bedingungen eine Flugreichweite von zwanzigtausend Kilometern. Deshalb war die GOOD HOPE bis auf etwa dreitausend Meter an die Rettungskapsel herangeflogen. Für die Raumanzüge stellte ein Flug dorthin eine Sache von wenigen Augenblicken dar.

Die Anzugspositronik ließ sich intuitiv steuern; zumindest die russische Kosmonautin Darja Morosowa zeigte von Anfang an ein großes Geschick in der Bedienung. Im Fall von Sloane und Tschubai sah es anders aus, sie schienen den nötigen Dreh nicht zu finden. Ihre Kampfanzüge liefen darum per Automatsteuerung synchron mit Rhodans Lenkimpulsen; er dirigierte die beiden Mutanten gewissermaßen durchs All. Erst direkt vor der Rettungskapsel des schiffbrüchigen Wegabewohners wollten sie auf selbstständige Steuerung umschalten.

Wenn – oder falls – sie nach Terrania zurückkehrten, würde Rhodan genau überlegen müssen, wen er mit dieser Technologie in praktischen Übungen vertraut machte. Für die Zukunft war es unentbehrlich, ein Team von Spezialisten an seiner Seite zu wissen – Spezialisten auf allen möglichen Gebieten.

»Alles in Ordnung?«, fragte Rhodan seine Begleiter per integriertem Helmfunk.

»Klar«, meldete Darja Morosowa.

Auch Ras Tschubai bestätigte, kurz danach Anne Sloane ebenfalls, allerdings mit zitternder Stimme.

»Wenn dir übel wird, musst du ...«

»Nein«, unterbrach die Telekinetin. »Darum geht es nicht.« Sie wies mit ausgestrecktem Arm seitlich an Tschubai vorbei.

Rhodan folgte dem Hinweis – und erstarrte. Dort zog nicht nur der vierte Planet des Systems seine Bahn, eine nach Thoras Auswertung spärlich besiedelte Welt. Er stand so nah, dass sich Tschubais Gestalt komplett wie ein Scherenschnitt von ihm abhob. Neben ihm lag eines der filigranen Schiffe der Verteidigung unter Beschuss.

Alles spielte sich in der gespenstischen Lautlosigkeit des Alls ab. Energetische Entladungen zuckten um den Raumer. Der Schutzschirm flimmerte und flackerte. Blaue Lichtfinger jagten wie die Protuberanzen einer Sonne in die Schwärze, um sofort wieder zu erlöschen.

Rhodan nutzte die Orter des Kampfanzugs. Das tragische Geschehen ereignete sich fast tausend Kilometer weit entfernt. Er hörte den Atem der Telekinetin schwer und laut aus dem Lautsprecher seines Helmmikrofons. »Wir sind in Sicherheit, Anne. Für dieses Schiff sind wir nicht einmal ein Staubkorn.«

»Es sieht so nah aus.«

An den ungetrübten Blick im Vakuum des Alls musste man sich in der Tat zunächst gewöhnen. Dieses Umfeld verwirrte jedes ungeübte Auge, weil es völlig andere Bedingungen schuf als im Inneren der Erdatmosphäre.

Der kleine Rettungstrupp flog weiter. Der Anzugsrechner kannte die Position der Rettungskapsel unter Berücksichtigung seiner Flugbahn genau. Bald tauchte die winzige, allzu zerbrechliche Metallhülle vor ihnen auf.

Ehe sie diese erreichten, wandte Rhodan ein letztes Mal den Blick. Exakt in diesem Augenblick brach der Schutzschirm der beschossenen Einheit. Die längliche Schiffshülle barst unter einer gigantischen Explosion. Flammenspeere tanzten auf der entweichenden Schiffsatmosphäre und erstickten im Vakuum.

Rhodan empfand kaltes Grauen. Dort waren soeben zahlreiche Individuen gestorben. Er jedoch war mit seinen Einsatzpartnern unterwegs, um wenigstens einen einzigen Wegabewohner zu retten. Oder vielleicht auch eine Handvoll, falls es mehrere in die Rettungskapsel geschafft hatten. Viele konnten sich nicht darin aufhalten. Sie war ebenfalls eiförmig und maß nur fünf Meter in der Längsachse.

Rhodan entließ Sloane und Tschubai dicht vor der Kapsel aus der gekoppelten Steuerung. Die vier Terraner schwebten im All. Nun zählte nur noch eins: in die Rettungskapsel zu gelangen. Das Rettungsteam stellte direkten Kontakt zueinander her.

»Ras«, sagte Rhodan. »Dein Einsatz.«

Ras Tschubai

Es war alles andere als einfach, im All zu schweben und einen gezielten Teleportersprung vorzubereiten. Dieser sollte zwar nur über eine Entfernung von wenigen Metern führen, aber gleich drei Personen zusätzlich transportieren – von vier arkonidischen Kampfanzügen mit einer Masse von insgesamt zweihundert Kilogramm ganz zu schweigen.

Ras Tschubai versuchte es, aber er versagte. Ihm fehlte die Kraft. Er selbst sprang zwar, doch seine Begleiter blieben zurück.

Verwirrt schaute er sich um. Er stand in einem winzigen Freiraum zwischen Maschinen, Metallblöcken und Aggregatblöcken, die buchstäblich jeden Millimeter der Wände und sogar der Decke bedeckten. Den Durchmesser des Raumes mit den leicht gewölbten Außenwänden schätzte er auf knapp drei Meter.

Den Maßen der kleinen eiförmigen Kapsel in ihrer Gesamtheit zufolge, vermutete der Teleporter, dass dieser Maschinenraum die komplette untere Hälfte der Überlebenseinheit einnahm. Während dort sämtliche Technologie der Rettungseinheit untergebracht war, befand sich über ihm wohl der Notraum, der die Flüchtlinge aufnahm.

Rund um Tschubai herrschte keine künstliche Schwerkraft; erst nach der ersten Orientierungsphase fiel ihm auf, dass er in seinem arkonidischen Anzug keinesfalls auf dem Boden stand, sondern in wenigen Zentimetern Höhe schwebte.

Er schaltete via Anzugsfunk eine Kommunikationsfrequenz zu Perry Rhodan, der sich, noch immer vor der Kapsel, wohl fragte, was mit dem Teleporter geschehen war. »Es tut mir leid. Normalerweise hätte ich es geschafft. Es muss die Situation sein, hier im freien All und – die Aufregung.«

»Du bist im Inneren der Rettungseinheit? Siehst du einen Schiffbrüchigen?«

Tschubai gab kurz Auskunft über den Aufbau dieser Kapsel und seine aktuelle Position.

»Spring in den oberen Raum und sieh nach, ob noch jemand am Leben ist«, bat Rhodan. »Wenn du Hilfe benötigst ...«

»... werde ich einen von euch holen. Mit einem einzelnen Begleiter kann ich auf jeden Fall springen.« *Sogar jetzt.* Er beendete das Gespräch und teleportierte erneut.

Das Bild seiner Umgebung wechselte von einem Augenblick auf den nächsten. Statt auf Technologie starrte er in die blaue Fratze eines Toten.

Die Augen standen offen, und die rechte Körperhälfte war vom Hals an abwärts schrecklich verbrannt. Die unversehrt freiliegende Haut war, genau wie das Gesicht, von sattblauer Farbe.

Wie hypnotisiert starrte er auf die Gestalt.

Abgesehen von der Hautfarbe hätte dieser Tote glatt ein Mensch sein können, ein recht wohlgenährter Mann, soweit es sich erkennen ließ. Er saß, gehalten von einem Gurt, der über die Oberschenkel verlief, in einem Sitz, dessen Oberfläche wie billiges graubraunes Plastik wirkte.

Weder Gurt noch Sitz wiesen die geringste Beschädigung auf. Der Blauhäutige musste die schrecklichen Verbrennungen also schon vor Betreten der Rettungskapsel erlitten haben. Ein Wunder, dass er sie lang genug überlebt hatte, um die Rettungseinheit aufzusuchen.

Mühsam riss sich der Teleporter los, sah jetzt erst nach, wogegen er gestoßen war: die Lehne eines zweiten Sitzes, genau baugleich mit dem der Leiche. Auch dieser war belegt; wohl ebenfalls von einem Toten, sonst hätte sich der Fremde nach dem Auftauchen des Eindringlings längst bemerkbar gemacht. Eine äußere Verletzung konnte Tschubai allerdings nicht feststellen.

Er erfragte bei der Anzugpositronik per Sprachbefehl den Sauerstoffgehalt der Luft in der Rettungskapsel und erfuhr, dass dieser äußerst gering war; es gab ein winziges Leck, kaum stecknadelspitzengroß, durch das die Atmosphäre entwich. Nach Thoras Informationen lebte das Volk der Wegabewohner in Sauerstoffatmosphären wie die Menschheit. Vielleicht war dieser Fremde deshalb in der Rettungseinheit kläglich erstickt, während er auf Rettung wartete.

Eine dritte Person gab es nicht in der Rettungskapsel, der letzte Sitz war leer.

»Mission gescheitert«, teilte Tschubai seinen Begleitern mit. »Zwei Außerirdische in der Kapsel, beide sind …« Er brach mitten im Satz ab.

»Ras?«, fragte Anne Sloane. »Was ist mit dir?«

Der sudanesische Teleporter starrte auf die zweite Leiche. Oder auf den Mann, den er für tot gehalten hatte. Die blauen Finger bewegten sich leicht. Ein gehauchtes Wort in unverständlicher Sprache tropfte dem Blauhäutigen über die Lippen. Sein Mund stand halb offen. Die Hand hob sich langsam, wie in Zeitlupe, legte sich auf den Hals. Dabei riss er den Mund noch weiter auf.

Tschubai verstand, dass der Fremde versuchte, Luft zu holen, zu atmen, um nicht endgültig zu ersticken. Wahrscheinlich war er zuvor in einen ohnmachtsähnlichen Zustand gesunken und erst durch Tschubais Auftauchen noch einmal erwacht, ein letztes Mal vor dem schleichenden, qualvollen Tod.

Der Teleporter durfte keine Zeit verlieren, musste alles auf eine Karte setzen. Er nahm Verbindung mit Thora auf. »Geben Sie mir die exakte Position der GOOD HOPE!«

Zum Glück stellte die Arkonidin keine unnötigen Rückfragen. Wahrscheinlich hörte sie an seinem Tonfall, dass es sich nicht um eine Routinefrage handelte. »Ich übermittle die Positionsdaten von nun an laufend an Ihre Anzugpositronik. Es bestehen momentan genau 3129 Meter Entfernung zur Kapsel.«

Drei Kilometer. Eine elend große Distanz. Aber wenn Tschubai dieser Teleportersprung nicht gelang, würde der blauhäutige Fremde sterben. Denn er musste atmen – sofort. Und das konnte er nur an Bord der GOOD HOPE. Wenn er nicht bald dorthin kam, erstickte er kläglich.

Tschubai zog hastig die Handschuhe des Arkonidenanzugs aus und stellte direkten Körperkontakt her, indem er seine schwarzen Finger auf die blaue Handoberfläche des Fremden legte. Er studierte die genaue, sich sekündlich aktualisierende Positionsanzeige der GOOD HOPE, die die Anzugpositronik an die Innenseite der Sichtscheibe projizierte.

Der Teleporter konzentrierte sich. Jede noch so kleine Abweichung vom Ziel würde für den anderen den sofortigen Tod bedeuten. Ungeschützt im Vakuum des Alls konnte keiner überleben. Das Innere der GOOD HOPE jedoch bot diesem Fremden eine Chance.

Alles oder nichts. Tschubai versuchte sämtliche Kraft zu bündeln – und teleportierte.

Kapitel 8

Besun
Skelir

Der Mensch mit dem kurzen roten Flaum betonte, dass es in seiner Kultur eine Frage der Höflichkeit wäre, fremden Gesprächspartnern seinen Namen mitzuteilen. »Mein Name ist Bull«, sagte er im Anschluss, »Reginald Bull.«

Danach hörte Skelir die Bezeichnungen Eric Manoli und Sid González, doch er gönnte diesen Individuen nur einen beiläufigen Blick. Nur das Kind zog sein Interesse auf sich, das *unvollständige* Mädchen, so fremd und doch ihm ähnlich. Genauso falsch wie er. »Sue Mirafiore«, stellte es sich vor.

»Als Zeichen unseres guten Willens wollen wir diesem Brauch auf Ihrer Welt folgen, auch wenn er ineffektiv und eigentlich indiskutabel ist.« Nach dieser für ihn typisch umständlichen Einleitung offenbarte Jenves seine Identität. »Neben mir sehen Sie meinen Stallwache-Kollegen Skelir.«

»Können wir mehr von diesem Schiff sehen, ehe wir uns weiter unterhalten?«, fragte der Mensch namens Bull.

Skelir erkannte an der Art, wie Jenves die Schuppen rund um die Höröffnung sträubte, dass er auch diesen Wunsch erfüllen wollte, und ergriff rasch das Wort. »Diese Halle ist speziell für Besucher gedacht. Wir würden die nötigen Formalitäten gerne hier erledigen.«

»Sollen wir weiter hineinspringen?«, fragte der Terraner namens Sid González, ein jämmerlich dürres Ding, das noch schlechter aussah als seine Begleiter.

Bull drehte seine hässliche Kopfsektion in raschem Rhythmus von der linken zur rechten Schulter und zurück. Laut den kulturellen Studien, die der Landung der SREGAR-NAKUT vorausgegangen waren, stellte dies eine für Fantanverhältnisse unnötig umständliche Geste der Verneinung dar.

Derweil fragte sich Skelir, was der Jungmensch namens González mit seinen Worten auszudrücken versuchte. *Springen?* Überhaupt war er sich über den Status dieses Terraners nicht im Klaren. Ein Kind schien er nicht zu sein, aber auch kein ausgereifter Mensch. Offenbar befand er sich in einem Zwischenstadium, das der Fantan-Mittelreife entsprach.

Skelir wollte nicht länger darüber nachdenken. Er richtete seine Sehlöcher auf Sue Mirafiore aus und weitete sie. »Du bist unvollständig«, brachte er den Kern all seiner Empfindungen auf den Punkt. »Dir fehlt etwas.«

Sue hob ihre rechte Hand und legte sie auf den Stumpf des linken Armes, der dicht unterhalb der Schulter endete. Offenbar versuchte sie, die Versehrung damit vor den Blicken der Fantan zu verbergen, obwohl ohnehin Kleidung den kümmerlichen Überrest verbarg, als könne man es nicht sowieso augenblicklich bemerken. Ihr ganzes Gesicht schien zu versteinern, als sie sagte: »Ja.« Danach gab es ein leicht zischendes Geräusch, als sie den Atem ausstieß. Keine Sekunde später fügte sie hinzu: »Aber zum Glück fehlt mir nur eine Gliedmaße.«

Skelir nahm verblüfft zur Kenntnis, dass Sue der emotionalen Analyse des Translators zufolge zwar Verärgerung, aber nicht Abscheu zeigte. »Eine interessante Antwort.« Das Mädchen hatte schnell begriffen und erkannt, dass Skelir ebenfalls verstümmelt war. Nicht selbstverständlich, wo sie doch im Umgang mit Fremdvölkern nicht geübt war und aufgrund ihrer Fremdartigkeit ein Fantan für sie wie der andere aussehen musste. Derartige Ignoranz stellte er gerade bei humanoiden Völkern immer wieder fest.

»Wie hast du deinen Arm verloren?«, fragte er.

In Sues Gesicht zuckte es. Ein leise knirschendes Geräusch drang aus dem geschlossenen Mund.

»Das ist eine Frage, die sie nicht beantworten will und kann!«, rief der Jungmensch namens Sid González.

»Es tut nichts zur Sache!«, behauptete auch Reginald Bull.

Skelir nahm es hin; dann würde er seine Geschichte ebenfalls nicht berichten. Allerdings hoffte er, demnächst ungestört mit Sue sprechen zu können. Ekelerregend, und doch ...

Er zog sich aus dem Gedankenstrudel. Ein Treffen ließ sich zweifellos einrichten. Wer sollte ihn schon daran hindern? Für den Moment wandte er sich an den Mann, der sich als Bull bezeichnete. »Sie sind also der Anführer der Menschen, dass Sie sich hier zum Wortführer aufschwingen?«

»Ja«, antwortete Bull, ohne auch nur einen Augenblick zu zögern.

Der Fantan machte sich einen Spaß daraus, weitere Fragen zu

stellen, als würde es ihn tatsächlich interessieren. »Wohin führen Sie sie?«

Diesmal zögerte Reginald Bull, suchte offenbar nach einer Antwort, die ihm passend erschien.

Ehe er sie fand, warf Skelir nach: »Was ist Ihr Titel, erhabener Anführer der Humanoiden, die sich Terraner nennen?«

Bull legte die Hände zusammen, verschränkte die Finger ineinander. »Systemadmin...«, flüsterte er, schüttelte den Kopf und sagte entschlossen: »Großadministrator.«

»Wie groß?«, hakte Skelir sofort nach.

»Was soll der Unfug?«, rief Sid González. »Diese Fragen sind lächerlich!« Funken tanzten vor seinem Körper. Es sah aus, als würden sie direkt aus seinen Fingerspitzen sprühen.

Eine höchst interessante Entdeckung. Mit einer beiläufigen, für die Menschen zweifellos undeutbaren Geste wies Skelir seinen Partner Jenves darauf hin. Dieser bedeutete ihm, dass er es ebenfalls bemerkt und bereits eine energetische Messung veranlasst hatte. Auf deren Ergebnis war der Fantan gespannt. Schließlich musste man während einer Stallwache vieles bedenken und mit allem rechnen.

»Darf ich noch einmal die Bitte äußern, in weitere Teile des Schiffes eingelassen zu werden?«, fragte Reginald Bull. »Oder, wenn das nicht gewünscht ist, nun auch Ihnen einige Fragen stellen zu dürfen. Etwa, warum die SREGAR-NAKUT auf der Erde gelandet ist und wieso Beiboote ausgeschwärmt sind. Wir wissen nichts über das Volk der Fantan und ...«

»In Ordnung«, unterbrach Skelir, der keinerlei Lust empfand, sich mit solchem Unsinn zu beschäftigen. Was glaubten diese Besun überhaupt, wer sie waren? Musste etwa ein Bovirkalb erklärt bekommen, weshalb man es schlachtete? Oder fragte der Gelbkohl nach dem Grund, warum man ihn aß? Reginald Bull hatte mit seinen Worten allerdings selbst einen akzeptablen Ausweg formuliert, ohne es zu bemerken. »Wir werden Ihnen unser Schiff zeigen.«

Kam es ihm nur so vor, oder sah Bull durchaus zufrieden aus?

Reginald Bull

Bull war zufrieden; unter diesen Umständen wertete er es als akzeptablen Erfolg, den Fantan mit einem einfachen Trick dazu gebracht zu haben, sie durch das Schiff zu führen. Dieser Skelir hatte genau nach dem Strohhalm gegriffen, den Bull ihm hingehalten hatte.

Was der Alien eine *Halle für Besucher* genannt hatte, stellte angesichts der Gesamtgröße dieses Spindelraumers wohl eher eine Art kleinen, ungenutzten Lagerraum dar. Stumpfgraue Metallwände bildeten das Innere eines Würfels mit einer Kantenlänge von etwa sechs Metern.

Im Boden vor dem Außenschott gab es tiefe Kratzer, als wären Tierkrallen mit einer solchen Gewalt darüber geschrammt, dass sie sich sogar in das Metall bohrten. Das Einzige, was Bulls Aufmerksamkeit sonst noch auf sich zog, war der Übergang in die eigentlichen Schiffsbereiche; eine Tür ohne sichtbaren Öffnungsmechanismus. Dorthin führten die beiden Fantan ihre Besucher.

Die Tür wich automatisch zurück, als Skelir sich ihr näherte, und gab den Blick auf einen Zwischenraum frei. »Dies ist ein Schleusenraum, der der Dekontaminierung dient«, erklärte Jenves. »Sie werden davon nichts spüren. Sämtliches Besun geht aus naheliegenden Gründen durch eine entsprechende Schutzvorrichtung.«

»Was ist Besun?« Bull erhoffte sich auf seine Frage keine Antwort. Nach der kurzen Zeit ihres bisherigen Kontakts war bereits überdeutlich, dass dieser Begriff für die Fantan zentrale Bedeutung besaß; mehr noch, es kam ihm vor wie der Dreh- und Angelpunkt ihrer gesamten Existenz. Wie nicht anders erwartet, ignorierten die beiden Außerirdischen die Worte völlig.

Der Schleuseneingang schloss sich hinter ihnen, ein leiser Summton erklang gleichzeitig mit einem intensiven bläulichen Lichtblitz, und der Ausgang zischte zur Seite. Dahinter erstreckte sich ein Korridor, der das glatte Gegenteil der sogenannten Besucherhalle bildete.

Pflanzen wucherten in tausend Behältnissen; mit Blättern, wie Bull sie nie zuvor gesehen hatte. Blau, rot, gelb, sogar ein tiefes Schwarz, vermischt mit leuchtendem Weiß und einer Farbe – Bull wusste nicht, ob er es überhaupt so nennen sollte –, die sich seiner Wahrnehmung entzog und ihn schwindeln ließ.

Dazwischen leuchteten Blüten hell wie eine Neonröhre. Als sich Sid zu einer dieser grellen Blumen beugte, erlosch diese und nahm eine stumpfgraue Färbung an, wirkte wie verdorrt. Sogar einige graue Flocken schwebten wie Asche in die Tiefe.

Sue seufzte enttäuscht. Der Anblick schien sie verwirrend schwer zu treffen.

»Gefällt dir die Scheue Sternenkämpferlilie?«, fragte Skelir. »Es gibt nur noch wenige Exemplare.«

Das Mädchen sah erschrocken aus, packte Sid und zerrte ihn

mit sich einen Schritt zurück. Einen Lidschlag später erstrahlte das Grau der Blütenblätter erneut in leuchtender Helligkeit.

»Sie ist hübsch«, erwiderte Sue. »Bezaubernd schön.« Langsam streckte sie die Hand aus, und diesmal erlosch die Blume bei der Annäherung nicht, sondern öffnete ihren Blütenkelch noch weiter. Plötzlich erklang ein heller, singender Ton wie von einem im Wind klingenden Glockenspiel, und Blütenstaub tanzte in der Luft.

Sue lächelte.

»Komm zurück«, forderte Eric Manoli. »Wir wissen nicht, ob ...«

»Die Sternenkämpferlilie ist nicht gefährlich«, behauptete Sue.

Skelir eilte zu ihr und packte sie mit einer seiner Armextremitäten. Er zog sie mit sich, doch Sue sträubte sich, lehnte sich dagegen auf. Als der Fantan ruckartig fester an ihr zerrte, stolperte das Mädchen und fiel mit dem Armstumpf gegen den feingeschuppten Zylinderleib. Sue ächzte und wand sich im Griff des Außerirdischen.

Da war bereits Sid heran und hob drohend seine Stimme: »Lassen Sie sie los!«

»Sid«, sagte Bull scharf, der sich nur zu gut vorstellen konnte, wie der Junge in plötzlichem Zorn mit bloßen Fäusten auf den Fantan losging – falls er nicht sogar ein Messer oder eine ähnliche Waffe mit an Bord geschmuggelt hatte. Bei Sid wusste man nie. Eine derartige Eskalation musste er um jeden Preis vermeiden. »Bitte, Skelir, wir wollen keinen Ärger.«

Der Außerirdische löste seine Umklammerung und entfernte sich von Sue. »Es besteht keine ernsthafte Gefahr. Die Scheue Sternenkämpferlilie kann durch ihren hypnotischen Blütenstaub allerdings allzu leicht eine verzaubernde Wirkung ausüben. Vor allem sensible Gemüter humanoider Völker sprechen darauf an. Wir sind dafür jedoch nicht empfänglich.«

»Warum haben Sie sie dann an Bord?« Sids Frage klang wie eine Anklage.

Bull kannte die Antwort schon, bevor er sie hörte. »Besun«, sagte Jenves erwartungsgemäß.

Danach schwiegen alle und gingen weiter. Sie passierten eine breite, leer stehende Wandnische. Die verschiedenen Pflanzen rundum verströmten die unterschiedlichsten Düfte, die sich zu einem sinnverwirrenden Potpourri mischten. Mal süß wie nach Schokolade, mal unangenehm wie ranzige Butter oder verdorbener Fisch.

»Wie hat er sich angefühlt, als du auf ihn gefallen bist?«, hörte Bull Sid flüstern.

Sue zögerte mit einer Antwort. »Ölig«, sagte sie schließlich, aber sie klang nicht sonderlich überzeugt. »Wie eine Schlange.«

»Schlangen sind trocken und rau.«

Sue atmete tief durch. »Dann eben so, wie ich mir eine Schlange vorstelle.«

Irgendwann endete die Reihe der Pflanzengefäße, und mit einem Mal waren die Wände selbst von einer Art Farn überwuchert. Die Blätter bedeckten über viele Meter weit nahezu die komplette Fläche, nur vereinzelt lugte das Metall hindurch. In diesem Bereich roch die Luft frisch, fast, als würde man am Meer stehen. Nur der salzige Geschmack auf den Lippen fehlte.

Skelir, der vorausging, wandte sich plötzlich zur Seite, und eine Tür, die Bull zuvor nicht bemerkt hatte, wich leise zischend beiseite. »Treten Sie ein.«

Die kleine Gruppe folgte der Aufforderung, und im nächsten Moment glaubte sich Reginald Bull in ein bizarres Wunderland versetzt. Sie standen in einer Lagerhalle, ähnlich dem Raum, über den sie in das Schiff geschleust worden waren; allerdings bedeckten Regale die Wände, und auf fast jedem Zentimeter des Bodens erhoben sich gläserne Vitrinen. Dazwischen blieb nur wenig Freiraum, gerade breit genug für den Zylinderleib eines Fantan.

»Das gibt's nicht!«, raunte Sid, und Reginald Bull glaubte mit einem Mal endgültig zu verstehen, was das mysteriöse Wort Besun bedeutete.

Skelir

Während die vier Terraner den Raum betraten, ging eine Nachricht ein, und die Botschaft stürzte Skelir in weitere Verwirrung.

Rokarn meldete sich über Bordfunk und implantierten Empfänger bei ihm; eben jener Rokarn, gegen den er das Wahlspiel verloren hatte. »Es gibt immer noch Verzögerungen beim Start des letzten Boots. Genauer gesagt: Es ist vollständig defekt durch einen Verschleißfehler im Antrieb. Als Alternative steht nur ein Einmannboot ohne automatische Steuerung zur Verfügung. Stufe vier erforderlich.«

Mehr musste er nicht sagen, Skelir verstand auch so. »Da du nur über Stufe drei verfügst ...«

»... verzichte ich auf meinen Platz und übernehme die Stallwache. Du stehst nun in meiner Schuld.«

Das beurteilte Skelir zwar anders, aber das behielt er für sich. Mit Rokarn ließ sich nicht diskutieren. Außerdem wusste er nicht, ob er es als Glücksfall sehen sollte, denn sofort kehrte die Angst zurück. Dennoch musste er keinen Augenblick nachdenken und zögerte nicht mit der Antwort. »Ich nehme dein Angebot an. Von nun an teilst du dir mit Jenves die Verantwortung für die Sicherheit der Besun-Besucher.«

»Von Sicherheit war nie die Rede.«

Skelir dachte an das Mädchen Sue und ihren Armstumpf. »Neue Anweisung«, behauptete er.

Rokarn fragte nicht weiter nach, sondern unterbrach die Verbindung. Für ihn war es einfach. Seine Weltsicht hatte eine klare Ordnung, kannte keine Brüche. Er wusste nicht, was es bedeutete, verstümmelt zu werden und Besun ebenso zu fürchten wie zu achten und zu begehren. Skelir ließ zu, dass Jenves an ihm vorüberging und wie die vier Menschen die Halle betrat. Er hingegen blieb zunächst stehen.

Es galt, alles genau abzuwägen. Wie sollte es weitergehen? Mit dieser Situation, mit dem Mädchen Sue Mirafiore? Er legte sich einen Plan zurecht und trat entschlossen vor die Besucher. »Die Bedingungen der Stallwache haben sich geändert. Ich werde kurz die SREGAR-NAKUT verlassen. Jenves, mein Stellvertreter steht fest. Rokarn wird meinen Platz übernehmen, bis ich zurück bin.«

Der Mensch namens Reginald Bull stand mit ausgebreiteten Armen vor den ersten Vitrinen. »Was soll das alles hier? Und wie kommen Sie dazu, Beiboote auszuschicken? Was planen Ihre Leute? Ich will eine Antwort!«

»Sie vergessen, wer und was Sie sind!«, rügte Skelirs Stallwache-Partner.

»So? Wer und was bin ich denn?« Er blickte seine Begleiter an. »Vielleicht sollten wir das Schiff verlassen!«

»Halten Sie das wirklich für möglich?« Jenves gab einen Befehl, und ein Kampfroboter trat aus der Nische am gegenüberliegenden Ende der Halle. Er musste seine Waffen nicht aktivieren – die Botschaft war auch so deutlich genug.

Erst glaubte Skelir, dass sich der Haarflaum auf Bulls Schädel aufplusterte, doch dann erkannte er, dass stattdessen lediglich das Gesicht des Menschen eine dunklere Färbung annahm, was im Zusammenspiel mit der ebenfalls roten Behaarung eine eigenartige Gesamtwirkung ergab. »Was soll das bedeuten?«, brüllte Bull, offenbar ein leicht erregbarer Mann. »Sie bedrohen uns? Sie halten uns gefangen?«

»Sie sind Besun.«

Bulls hässliches Gesicht verdunkelte seine Farbe in ein noch intensiveres Rot. »Ich kann es nicht mehr hören!«

»Soll ich ...«, begann der Jungterraner Sid González.

»Ruhig, Sid«, unterbrach Eric Manoli. »Und du auch, Reg! Niemand bedroht uns hier unmittelbar. Ich bin sicher, das alles basiert auf einem Missverständnis. Nicht wahr?«

Vor dem Körper des Jungterraners tanzten für einen Augenblick Funken einen sirrenden Reigen. Sie verwehten, noch ehe sie den Boden berührten; nur einer oder zwei schienen noch schwerelos darauf zu hüpfen. Ein höchst seltsames Phänomen. Man sollte es im Auge behalten. Erst das Mädchen Sue, nun das. Dieser Planet, den seine Bewohner bis vor Kurzem schlicht *Erde* genannt hatten, hielt ausgesprochen interessante Überraschungen bereit.

»Sie dürfen sich im Schiff frei bewegen«, erklärte Jenves. »Fast überall. Dass es gewisse private Bereiche gibt, bleibt davon unberührt. Das wäre in einem Ihrer Gebäude zweifellos nicht anders.«

Skelir amüsierte sich über die Wortwahl seines Stallwache-Partners. Private Bereiche. Als ob ihnen daran etwas liegen würde! Es zeigte aber, dass sich Jenves – genau wie er selbst – gut vorbereitet hatte. In den meisten Subkulturen der Bewohner dieses Planeten spielte das Konzept der Privatsphäre eine große Rolle. Es war ihnen geradezu heilig, wenngleich sie in ihren Informationsnetzwerken zunächst gar nicht diesen Eindruck erweckten. Ein seltsames, widersprüchliches Volk.

Jenves' wohlgewählte Worte fruchteten. Bulls Erregung klang offenbar ab, und die anderen verhielten sich ruhig. Eric Manoli legte eine Hand auf die Schulter des jungen González. Das Mädchen Sue stand von Skelir aus gesehen hinter diesen beiden.

»Erkunden Sie das Schiff«, schlug Jenves vor. »Der Roboter wird Sie begleiten, um Ihnen behilflich zu sein, sollten Sie auf Probleme stoßen.«

»Ein *hilfreicher* Kampfroboter.« Bull gab einen knurrenden Laut von sich. »Diese Fantan-Leute scheinen eine ähnliche Begabung zu besitzen wie unsere Politiker. Man kann alles auf zwei Arten darstellen.«

»Das Schiff jedoch dürfen Sie nicht verlassen«, ergänzte Skelir und musterte unablässig Sue Mirafiore. Die übliche Angst wühlte in ihm wie bei jeder Besun-Jagd, aber auch das ebenso bekannte Wohlbehagen darüber, dass er sich trotz seiner verachtenswerten Verkrüppelung wenigstens während der Jagd wie ein vollwertiger Fantan verhielt. Und diesmal gesellte sich eine dritte Empfindung hinzu. Er wollte Sue nicht zurücklassen, sich nicht von ihr trennen, ehe er ihr nicht ihr – Geheimnis entrissen hatte.

Aber ihm blieb keine andere Wahl. »Ich kehre bald zurück.« Er wandte sich ab.

»Warten Sie!«, rief Bull. »Solange Sie beide hier sind, Skelir, gilt es noch etwas zu klären. Sie sind doch unsere – Betreuer. Was unternehmen die Beiboote, die in alle Richtungen ausgeschwärmt sind? Es ist wichtig, dass ich darüber Bescheid weiß und die Information auch weitergeben kann. Sonst besteht für Sie die Gefahr, dass die Führer der Nationen unserer Welt unangemessen reagieren.«

»Gefahr für uns?« Skelir staunte erneut über diese Menschen. Ein bemerkenswertes Volk, in der Tat, auch nach so vielen besuchten Planeten. »Sie beurteilen es völlig falsch. Aber ich danke Ihnen für Ihre Besorgnis.«

Bull lachte, was der Fantan nicht richtig einzuschätzen wusste. »Ich erbitte dennoch eine Antwort«, beharrte der Terraner auf seinem Standpunkt. »Was werden die Beiboote ...«

»Sie sollen Ihre Antwort haben«, entschied Skelir aus einer bloßen Laune heraus. »Ich schwärme nun ebenfalls aus. Jenves wird Ihnen ein Empfangsgerät überreichen, mit dessen Hilfe Sie die Bilderströme meiner Außenkamera beobachten können.«

»Wir werden sehen, was Sie sehen?«, hakte Sue nach.

»So ist es. Genauer gesagt, das, was mein Schiff *sieht.*«

Die Menschen schwiegen.

»Sind Sie nun zufrieden?«, fragte Skelir.

»Es ist akzeptabel«, erwiderte Bull. »Wir danken Ihnen fürs Erste. Wohin werden Sie fliegen?«

»In das Land, das Sie Indien nennen. Vielleicht zum Rashtrapati Bhavan.«

»Dem Präsidentenpalast?«

»Sagte ich das nicht?« Skelir ging. Das Einpersonenboot wartete auf ihn ... Besun ... und seine quälende Angst.

Kapitel 9

Rico: Mehr als das Gefühl

Der Sog zum Meer war mehr als das bloße Gefühl, die richtige Richtung zu kennen, stärker noch als magnetische Anziehungskraft. Es musste etwas mit meiner Bestimmung, meiner Aufgabe zu tun haben. Irgendetwas in mir erinnerte sich und reagierte, ohne dass die nötigen Informationen im bewussten Teil meines Verstandes ankamen.

Dennoch zweifelte ich nicht. Es war – Intuition. Glaube, der tatsächliches Wissen übertraf.

Ich stand noch einige Stunden am Rand des kleinen Salzsees, während sich die letzten Details meines menschlichen Aussehens perfektionierten. Winzige Rillen in der Haut der Fingerkuppen. Die komplizierten Windungen der Ohrmuscheln. Eine leichte Verfärbung auf Teilen der vorher zu ideal ausgeprägten Zähne. Eine unauffällige Narbe über der linken Augenbraue – das Überbleibsel einer durchlittenen Kinderkrankheit.

Bevor ich dem Sehnen nachgeben und losmarschieren durfte, galt es ein letztes Problem zu lösen. Ich würde die weite Strecke bis zu meinem Ziel nicht ohne fremde Hilfe zurücklegen können. Nach den geografischen Informationen in meinem Speicher trennten mich 1608 Kilometer von der nächsten Küste, an die ich mich setzen und auf das Meer hinausschauen konnte. Und da ich auf menschliche Unterstützung angewiesen war, durfte ich nicht nackt bleiben.

Also bückte ich mich, brach vorsichtig etliche Salzkristalle vom Boden des Sees und legte sie ans Ufer. Zwischen den Steinen in Sichtnähe fand ich vertrocknete Zweige, dürr und ohne jedes sichtbare Leben. Mit etwas Glück existierten darauf noch einige abgekapselte Bakterien oder Mikroben. Ich schabte eine Handvoll Sand zusammen und berechnete die Menge an Salzwasser, die in den Vorgang der Synthetisierung einfließen musste.

Endlich begann ich mit der Verarbeitung. Die Herstellung einer passenden Garderobe nahm mehr als eine Stunde in Anspruch, doch das Ergebnis stellte mich durchaus zufrieden. Ein Manko ließ sich allerdings nicht ausmerzen. An einigen Stellen blieb das Material mit meinem Körper verbunden, da ich es nur so hatte wachsen lassen können. Die Kleidung *gehörte zu mir,* ich würde sie in mich zurückziehen und die Grundmaterialien ausscheiden müssen, um sie abzulegen.

Doch das hatte Zeit.

In raschem Tempo begann ich den Marsch. Diese Geschwindigkeit konnte ich für mindestens zwölf Stunden durchhalten, ehe meine biologischen Bestandteile eine Ruhepause benötigten.

Ich war bereit, mich unter die Bewohner dieser Welt zu mischen. Alles Weitere würde sich ergeben. Ich musste improvisieren. In meiner neuen Existenz als Mensch standen mir auf diesem Planeten viel mehr Möglichkeiten offen als in der Tarngestalt als Arkonide, die ich in der Venus-Zuflucht angenommen hatte.

Die Hitze waberte über der Geröllfläche, die sich kilometerweit vor mir erstreckte.

Ich ging.

Und ging.

Es war ein angenehmes Gefühl, wieder zu atmen. Mein Körper zeigte sogar die typisch menschlichen Reaktionen. Schweiß rann mir in Strömen über den Leib. Das Herz schlug schneller.

All die kleinen Details hätte ich allerdings noch mehr genießen können, wenn die Sehnsucht nach dem Meer nicht immer größer geworden wäre. Eine Unruhe erwuchs daraus, die teilweise jeden nüchtern-logischen Gedanken unterband. Hoffentlich würde es sich bessern, wenn eine Vielzahl anderer Sinnesreize auf mich einströmte; die Felsgebiete der Gobi schenkten wegen ihrer Eintönigkeit nicht viel Ablenkung.

Also ging ich.

Und ging.

Die Sonne berührte bereits den Horizont, als ich das Asphaltband einer Straße erreichte. Es befand sich in einem erbärmlich schlechten Zustand. Allein soweit ich blicken konnte, war sie an über einem Dutzend Stellen eingerissen, sodass sich tiefe Schlaglöcher gebildet hatten.

Ich rief geografische Informationen aus dem Speicher ab; das biologische Gehirn bot mir in diesem Fall keine Hilfe.

Demnach musste ich mich momentan nach Osten wenden, um eine bessere, *schnellere* Straße zu finden, die mich näher ans Ziel bringen konnte.

So ging ich.

Und ging.

In der kurzen Phase der Dämmerung kühlte die Luft merklich ab. Als sich ein schwarzes Tuch über alles legte, erzeugte ich durch Umwandlung von Materie eine innere Wärmequelle, um die biologischen Bestandteile meines Körpers nicht zu sehr auskühlen zu lassen.

Ich hörte das Brummen und fühlte die leichten Vibrationen des Bodens, schon lange bevor das Licht der Scheinwerfer mich erreichte.

»Glück für dich!«

Zusammen mit diesen Worten schlug mir stinkender Atem durch die geöffnete Beifahrertür ins Gesicht. »Ich danke Ihnen«, erwiderte ich, ganz gemäß den Höflichkeitsnormen und -floskeln, wie sie in diesem Kulturkreis üblich waren.

Der Fahrer des Trucks sah aus wie ein Hundertjähriger. »Steig ein. Nachts allein in der Gobi unterwegs? Das klingt mir nicht nach einer guten Idee! Wo sind deine Wasservorräte?«

»Leer geworden«, log ich, während ich der Aufforderung folgte und auf dem Beifahrersitz Platz nahm. Zum letzten Mal hatte ich Wasser am Salzsee gesehen. Ich konnte es aber notfalls selbst synthetisieren.

Mit einem für mich undefinierbaren Brummgeräusch drückte der Alte einen Knopf am Lenkrad. Zwischen den beiden Sitzen surrte eine Klappe zur Seite. Kalter Dampf stieg daraus empor. »Bedien dich!«

Ich griff in den Minikühlschrank und holte einen der Plastikwasserpacks heraus, die sich passgenau darin stapelten. »Zu freundlich.«

»Schon gut. Ist eine einsame Strecke. Als Gegenleistung hast du mir hoffentlich etwas Interessantes zu erzählen. Sonst kannst du wieder laufen.«

Ich mühte mich mit dem Verschluss ab, der bemerkenswert unlogisch konstruiert war. Endlich gelang es mir, und ich trank. Das Wasser enthielt für einen menschlichen Körper viel zu viel Eisen; ich allerdings konnte es durchaus gebrauchen. Meine Systeme bauten die Elemente nach leichter Umformung in die frischen Drahtverbindungen an den einstigen Bruchstücken ein.

»Mein Name ist übrigens Takezo«, sagte der Fahrer.

»Rico.«

»Seltsamer Name.«

Als Antwort entschied ich mich nur zu einem Lächeln. Mochte er es interpretieren, wie er wollte.

»Also, wo kommst du her, Tico?«

Offenbar hatte er sich verhört. Ich machte mir nicht die Mühe, ihn zu verbessern. »Aus der Wüste.«

Takezo gab eine Art Grunzen von sich. »Ach was? Hätte ich nicht gedacht, hier, so mitten in der Wüste, auf der einzigen Straße, wenn man dieses verfluchte Mistding überhaupt so nennen will.«

Ich legte mir gerade eine weitere, unverfängliche Antwort zurecht, als er sagte: »Kommst von Terrania her, was? Einer – nimm's mir nicht übel – von den Verrückten, die dort ihr Heil suchten und dann merkten, dass die Leute dort auch nur stinkendes Wasser pinkeln?«

Diese Geschichte war ebenso gut und ebenso schlecht wie jede andere. »Ja«, antwortete ich deshalb.

»Ein bisschen unterhaltsamer könntest du schon sein, wenn du nicht laufen willst! Hast du vergessen, was ich dir gesagt habe?«

»Terrania hat mich mächtig enttäuscht«, log ich. Meiner Einschätzung nach war es genau das, was Takezo hören wollte, warum auch immer. »Ich hatte etwas völlig anderes erwartet.«

Das entlockte dem Fahrer ein breites Grinsen. »Meiner Meinung nach sind das alles Spinner. Sollen die Aliens doch bleiben, wo sie die ganze Zeit über waren! Ab ins All mit denen, die Erde gehört uns Menschen, und fertig! Wir brauchen niemanden von außen.«

Eine seltsame, naive und beschränkte Einstellung. »Richtig.«

Nun verfiel Takezo in einen Monolog, den ich nur noch hin und wieder mit der einen oder anderen Zustimmung untermalen musste. Offenbar hörte er sich gern reden.

Ich schaute nach draußen in die Nacht, brachte irgendwann die Rede auf sein Fahrtziel und erfuhr zu meiner Freude, dass er mich ein ganzes Stück näher an mein Ziel bringen konnte. An ein Meer, in dessen Gestaden ... etwas auf mich wartete.

Takezo kratzte sich am Kopf und schüttelte danach ein Haar von seinen Fingern ab. »Verdammter Mist! Jetzt fallen mir die Haare meiner Perücke aus! Die echten sind ja längst weg, und auf einmal das! Hab seit Jahren Krebs, weißt du.«

Er lachte dröhnend. »Da siehst du mal, was für eine scheißstarke Chemotherapie ich alle paar Wochen bekomme, wenn mir schon die Kunsthaare ausfallen!«

Ich lachte mit aufgrund einer nüchternen Kosten-Nutzen-Analyse, denn ich wollte noch einige Zeit mit ihm fahren und durfte ihn nicht verärgern. Es zählte nur eins: Ich kam dem Meer näher. Langsam, aber unaufhaltsam.

Kapitel 10

Das Licht zurückbringen
Thora

Ras Tschubai materialisierte direkt vor Thora, ächzte, presste beide Hände seitlich gegen den Kopf und wankte einen Schritt vorwärts. Er kippte um, fiel mitten durch das strategische Hologramm. Symbole huschten über den Helm und leuchteten auf der schwarzen Haut des Gesichtes, das hinter der Visierscheibe sichtbar war. Dann schlug der Teleporter auf.

Die Arkonidin sah, dass sich Conrad Deringhouse um ihn kümmerte; gut, so konnte sie sich um den anderen Neuankömmling kümmern: um den Schiffbrüchigen, eine menschenähnliche, blauhäutige, untersetzte Gestalt, die mit Tschubai gemeinsam wie aus dem Nichts aufgetaucht war. Er hatte sich vor dem Sprung offenbar in einer sitzenden Haltung befunden und war deshalb nur wenige Zentimeter zu Boden gestürzt. Seine Hände krallten sich um den Hals, der Mund stand offen, er schnappte nach Luft.

Thora bückte sich über den Außerirdischen, exakt in der Sekunde, in der sich auch Tako Kakuta neben ihn kniete. »Mangel an Atemluft«, diagnostizierte sie das Offensichtliche.

»Er ist fast erstickt«, tönte es matt von Ras Tschubai, dem es offenbar besser ging, als es zunächst den Anschein erweckt hatte. Immerhin war er noch bei Bewusstsein. Wahrscheinlich hatte nur der weite Teleportersprung vorübergehend an seinen Kräften gezehrt.

»Gab es eine Sauerstoffatmosphäre in der Rettungskapsel?«, rief Thora. »Mister Tschubai, schnell! Unsere Luft könnte ebenso gut Gift für ihn sein!«

»Sauerstoff ... wie bei uns.« Die Worte des Teleporters gingen in ein Husten über. »Leg dich hin«, hörte sie die Stimme von Conrad Deringhouse.

Kakuta löste die Hände des Fremden von dessen Hals. »Sie sind hier in Sicherheit«, erklärte er, obwohl ihm zweifellos klar war, dass der andere ihn nicht verstand. Er hoffte wohl darauf, dass der

Blauhäutige den beruhigenden, freundlichen Tonfall wahrnahm. Thora schloss sich ihm an und wiederholte die Worte auf Arkonidisch.

Der Fremde saugte scharf Luft ein. Seine dunklen Augen verdrehten sich in den Höhlen. Er versuchte sich aufzusetzen, sackte aber wieder zurück. Die Hände tasteten zum Brustkorb.

»Wie ein Mensch, der dort Schmerzen erleidet oder Probleme mit dem Herzen befürchtet«, sagte Kakuta. »Ich habe nie einen Angehörigen seines Volkes getroffen, aber er scheint uns trotzdem erstaunlich ähnlich zu sein.«

»Ziehen Sie keine voreiligen Schlüsse«, warnte Thora. »Die Bewegung kann etwas völlig anderes bedeuten.«

Ras Tschubai wankte heran, gestützt von Deringhouse. »Wird er es ... überstehen?«

»Falls es keine inneren Verletzungen gibt, wohl ja. Sein Volk ist mir jedoch unbekannt, sodass meine ohnehin oberflächliche Einschätzung falsch sein kann. Sie beherrschen offensichtlich die Raumfahrt, aber ich habe nie von ihnen gehört.«

Kakuta nickte ihr zu. »Womöglich sind ihre Raumschiffe nicht überlichtfähig und dieses Volk besiedelt nur die Welten seines eigenen Sonnensystems.« Er senkte den Blick, schüttelte leicht den Kopf.

»Was haben Sie?«

»*Nur.* Welch ein Hohn!«, brachte der Japaner hervor. »Das ist unendlich viel mehr, als es meinem Volk bislang möglich ist. Auch dieses Sonnensystem hätten wir ohne die Technik Ihres Volkes nie erreicht.«

Der Schiffbrüchige unterband jede weitere Diskussion, als er sich mit beiden Händen auf dem Boden abstützte und in eine sitzende Haltung stemmte. Er atmete dabei schwer, seine Lippen zitterten. Ein Wort drang aus seinem Mund, eine Ansammlung unverständlicher Silben mit hartem Klang und vielen Explosivlauten.

»Reden Sie weiter«, bat Thora. »Je mehr Sie sprechen, umso schneller können die Translatoren Ihre Sprache analysieren und eine Übersetzung starten.« Sie hoffte, dass er sich ermutigt fühlte, wenn sie trotz der Verständnisbarriere weiterredete. Mit etwas Glück kannte sein Volk ebenfalls eine Übersetzungstechnologie, und er trug ein entsprechendes Gerät bei sich. Translatoren konnten die unterschiedlichsten Formen besitzen, etwa in die kleine Kette integriert sein, die der Blauhäutige an einer Schlaufe der Uniform trug und deren Ende in einer Tasche verschwand.

Der Schiffbrüchige stieß weitere Worte und Sätze hervor. Sein Blick huschte dabei von Thora zu Kakuta und den anderen. Einmal wies er auf Ras Tschubai und legte die Hände quer übereinander, formte damit einen Hohlraum, den die beiden ausgestreckten Daumen überragten. Womöglich handelte es sich um eine Geste der Dankbarkeit gegenüber dem Mann, der ihm das Leben gerettet hatte.

Der Teleporter nahm Funkkontakt zu den anderen Mitgliedern seines Außenteams auf, informierte sie über seinen Sprung und die Gründe dafür. Rhodan, Anne Sloane und Darja Morosowa machten sich sofort auf den Weg, in ihren Raumanzügen zur GOOD HOPE zurückzukehren.

Alles wandelt sich, dachte Thora. *Rhodan in seiner Hartnäckigkeit wird nicht eher aufgeben, bis er mehr über die Hintergründe dieses Krieges weiß.* Sie verstand sogar seine Beweggründe. Seine Befürchtung, dass die übermächtigen Angreifer schon bald über sein heimatliches Sonnensystem herfallen könnten, war nicht von der Hand zu weisen.

Es würde sich zeigen, was dieser Schiffbrüchige wusste und ob sich die gewagte Rettungsaktion bezahlt machte. Gewiss, sie hatten ein Leben gerettet, einen einzelnen Angehörigen eines fremden Volkes. Zugleich ging dort draußen die Orgie der Zerstörung und Gewalt weiter. Die Angreifer bewiesen inzwischen immer deutlicher, wie weit sie den Verteidigern überlegen waren. Schiff um Schiff explodierte und riss seine Besatzung in den Untergang.

Thora hatte längst besondere Ortungen veranlasst, um mehr über die Raumer und die Technologie der Aggressoren zu erfahren. Die Ergebnisse trafen nur langsam ein, und die Analyse ging schleppend voran. Die Arkonidin verfluchte den Schaden, den die GOOD HOPE genommen hatte; in einem modernen, einsatzbereiten Schiff ihres Volkes hätte sie schon längst alles Nötige gewusst. Nicht jedoch in diesem zehntausend Jahre alten, schrottreifen Beiboot, das für ihre Begleiter ein Wunderwerk an Technologie bedeutete.

Die Verteidiger des Systems zogen sich inzwischen in gewagten Fluchtmanövern zurück, sammelten sich an verschiedenen Stellen, nutzten die Deckung von unbewohnten Planeten und Monden. Sie versuchten Zeit zu gewinnen, aber auch das zögerte ihr unausweichliches Ende nur hinaus.

Sie erhielt von der Schiffspositronik die Meldung, dass Rhodan und seine Begleiter in die GOOD HOPE einschleusten. Sehr gut.

Thora gab einen Kurs ein, manövrierte zu einer ungefährlicheren Position, weiter entfernt von den aktuellen Brennpunkten der Vernichtungsschlacht.

Perry Rhodan

Es kam ihm wie eine Ewigkeit vor, bis er aus dem arkonidischen Raumanzug gestiegen war. Er ließ ihn zurück, rannte weiter, zur Zentrale der GOOD HOPE. Der von Tschubai gerettete Schiffbrüchige wartete dort. Endlich konnte er einen Bewohner des Wegasystems mit eigenen Augen sehen.

Am Ziel empfing ihn zuerst Alexander Baturin. »Der Fremde lebt und erholt sich«, setzte der russische Kosmonaut ihn knapp und gezielt in Kenntnis, auf seine typische, zwar professionelle, aber auch distanzierte Art. »Wir sind noch nicht in der Lage, mit ihm zu reden.«

»Ich arbeite daran«, rief Thora ihm entgegen. »Die Translatoren zeigen erste Fortschritte.« Die Arkonidin hatte den Platz zwischen den leuchtenden Schaltflächen zur Steuerung immer noch nicht verlassen; sie musste ständig bereit sein, das Schiff aus einer Gefahrensituation zu manövrieren. Die GOOD HOPE konnte jederzeit in eine Schlacht hineingezogen werden.

Zwei Schritte von ihr entfernt saß ein blauhäutiges Wesen gegen die Wand gelehnt. Ras Tschubai und Tako Kakuta, die beiden Teleporter, kauerten neben ihm. Rhodan nahm es erleichtert zur Kenntnis. Die ganze Symbolik des Anblicks stellte klar, dass sich die Retter zu dem Geretteten in seiner Notsituation hinabbegaben – *auf dasselbe Niveau wie er.* Auch wenn der Fremde kein Wort verstehen mochte, so sollte ihm diese Geste doch klarmachen, dass man ihm weiterhin helfen wollte und dass er sich unter Freunden befand.

Falls er sich als Freund erwies. Auch in dieser Hinsicht war Rhodan froh, dass sich ausgerechnet die Teleporter neben dem Schiffbrüchigen aufhielten. Wenn dieser völlig überraschend aggressiv reagierte, konnten sie ihn ohne Zeitverlust im direkten Wortsinn *aus dem Verkehr ziehen,* hinaus aus der Zentrale, an einen Ort, wo er keinen großen Schaden anzurichten vermochte.

Rhodan hoffte allerdings, dass es so weit nicht kommen würde; mehr noch, er war davon fest überzeugt. Er ging zu dem Fremden, setzte sich ebenfalls vor ihm auf den Boden und legte die Hand auf den Brustkorb. »Perry Rhodan.«

Der andere sah ihn aus dunklen Augen an, die wie Kohlestückchen in der sinnverwirrend blauen Gesichtshaut lagen. Er sagte etwas, das wie *Chratticht* klang. Sein Name? Hatte er verstanden, worauf Rhodan hinauswollte?

»Sparen Sie sich die Mühe«, schlug Thora leicht amüsiert vor. »Mir ist klar, was Sie beabsichtigten, aber ihm nicht. Seine Gestik und seine Körpersprache ist völlig anders als Ihre.«

»Sind Sie sicher?«, fragte er zurück. »Vielleicht bezeichnet dieses Wort seinen Namen.«

»Er hat betont, dass er sie nicht versteht«, widersprach die Arkonidin.

»Woher ...«

»Die Translatoren beginnen, einzelne Worte zu erfassen und in meine Sprache zu übertragen. Ich kann es im Fall eines Erfolgs auf einem Bildschirm sehen.« Sie schien zufrieden. »Sobald die Verständigung funktioniert, werde ich die Programmierung so einstellen, dass die Sprachausgabe auch auf Englisch läuft. Solange diene ich als Vermittlerin. Es wird nicht mehr lange dauern, bis wir korrekt reden können.«

Plötzlich kniete sich Anne Sloane neben ihn. In der Hand hielt sie eine kleine Flasche mit Wasser aus dem Vorrat, den sie in Terrania rasch in der GOOD HOPE verstaut hatten. Ein verbeultes Plastikding mit chinesischem Etikett.

Der Außerirdische nahm die Flasche entgegen, musterte sie kurz und setzte sie an den Mund. Er nahm einen kleinen Schluck, sah von Rhodan zu der Telekinetin und trank mehr. Wieder sagte er etwas; Thora übersetzte es mit einem simplen *Danke!*

Wie es aussah, war vor Anne Sloane noch niemand auf die Idee gekommen, dem Fremden Wasser anzubieten. Nachdem er in seiner Rettungskapsel fast erstickt war und panisch nach Luft gerungen hatte, mussten sein Mund und seine Kehle völlig ausgetrocknet gewesen sein.

Jedenfalls, dachte Rhodan, *wenn sein Körper ähnlich funktioniert wie unserer, was aber offenbar der Fall ist.*

Die Translatoren machten rasche Fortschritte in der Analyse der fremden Sprache. So konnte Thora den Wegabewohner dazu animieren, weiterzureden und etliche Dinge zu benennen. Danach richtete sie einige Minuten lang gezielte Fragen allgemeiner Natur an ihn, ehe sie zufrieden meldete, dass nun eine weitgehend korrekte Verständigung möglich sein müsste.

Der Blauhäutige stellte sich als Chaktor vor und sagte, dass er aus dem Volk der Ferronen stammte.

Rhodan nannte ebenfalls seinen Namen. »Ich stamme von der Welt Terra, die nur wenige Lichtjahre entfernt liegt.« *Nur,* schoss es ihm durch den Kopf. Noch vor Wochen hätte er es für unmöglich gehalten, jemals eine solche Aussage zu treffen. »Wir sind einem Notruf gefolgt.«

»Wir Ferronen können mit unserer Technologie das Sonnensystem nicht verlassen«, erklärte Chaktor. »Wir besiedeln die Welten der Sonne, auf denen Leben möglich ist.«

»Wer sind die Angreifer?«, fragte Rhodan.

»Sie nennen sich Topsider. Sie sind ... fürchterlich. Sie sehen nicht aus wie wir, sie ...«

»Echsenwesen«, sagte Thora. »So heißt es in dem Notruf.«

Der Wegabewohner nestelte mit der linken Hand an der Kette, die an seiner Uniform baumelte und deren Ende in einer Tasche verschwand. »Ich habe nie einen von ihnen gesehen. Nur Bilder. Sie kamen aus dem Nichts und verlangten die Unterwerfung der Ferronen. Wir haben uns geweigert.« Seine Rechte schloss sich fester um die Plastikflasche, die er immer noch hielt. Wasser schwappte aus ihr; er bemerkte es offenbar nicht einmal. »Nun zahlen wir den Preis dafür.«

Die Raumschlacht, dachte Rhodan. *Diese Echsen namens Topsider schlachten die Ferronen ab, weil sie sich nicht freiwillig unterwerfen wollten. Ein Gemetzel an einem eindeutig schwächeren Feind.* Wenn es stimmte, was Chaktor behauptete, gab es keinen Zweifel mehr, auf welcher Seite Rhodan in die Auseinandersetzung eingreifen musste; falls es diesen Zweifel jemals gegeben hatte.

Aber wie sollte er den Ferronen helfen? Alles in ihm drängte danach, doch es gab keine Möglichkeit. Er musste zurück zur Erde. Die selbst gesetzte Frist bis zur Rückkehr war bereits überschritten. Man wartete in Terrania auf sie.

»Chaktor«, sagte er. »Wir müssen dieses Sonnensystem zunächst verlassen und in unsere Heimat zurückkehren. Wir können Sie nicht absetzen – aus mehreren Gründen. Einen Planeten anzusteuern wäre zu gefährlich. Für uns und auch für Sie.«

»Sie wollen ... gehen? Uns unserem Schicksal überlassen?«

»Uns bleibt keine Wahl. Wir werden Sie mitnehmen, Chaktor, aber ich verspreche, dass wir Sie so schnell wie möglich wieder in Ihre Heimat ...«

»Das können Sie nicht! Das *dürfen* Sie nicht!«

Die nächsten Worte des Außerirdischen trafen Rhodan wie ein Schlag: »Sie ... Sie sind doch diejenigen, die das Licht zurückbringen!«

Kapitel 11

Anflug
John Marshall

Die stakkatoartigen Motorengeräusche des Eurocopters X5 vertrieben im Verbund mit dem beruhigenden Vibrieren des Rotorantriebs den Stress und die Überbelastung, die John Marshall seit Tagen den Schlaf raubten.

Der Supercopter beruhte auf einer Hybridtechnik, die zwei gegeneinanderlaufende Rotorblätter mit kurzen Flugzeugtragflächen kombinierte. Zwei zusätzliche Rotoren an den geknickten Stummelflächen sorgten für weiteren Antrieb, sodass der Eurocopter Spitzenwerte von fast sechshundert Stundenkilometern erreichte. So rasten sie Richtung Indien.

Das Rattern erfüllte ihre Passagierzelle. Marshall fühlte, wie sich sein Körper entspannte. Er atmete ein, ließ sich mit dem Ausatmen tiefer in den intelligenten Passagiersitz des Supercopters sinken. Die Rückenlehne reagierte sofort, indem sie das Kokonkonstrukt auf seine veränderte Sitzhaltung ausrichtete.

Die Gurte zogen sich automatisch nach, und in der Höhe seines Kreuzes begannen sanft rollende Massagekugeln mit ihrer Tätigkeit.

Der Telepath dachte an die GOOD HOPE. Er fragte sich, was Rhodan und seine Begleiter in genau diesem Moment erlebten. Etwa fünf Wochen waren vergangen, seit Rhodan auf dem Mond mit den Arkoniden zusammengetroffen war und damit die Welt buchstäblich in den Grundfesten erschüttert hatte.

Fünf lächerliche Wochen.

Damals hatte sich John Marshall noch im Pain Shelter, dem von ihm gegründeten und geführten Waisenhaus, mit besorgniserregenden Geldproblemen herumgeschlagen. Er ?musste sich mit der wachsenden Gewalt auseinandersetzen, die von den Zwillingen Damon und Tyler ausging, mit der kindlichen Begeisterung eines sechzehnjährigen, übergewichtigen Jungen namens Sid González, der den Flug der STARDUST mit fiebriger Faszination verfolgt hatte.

Die Welt hatte sich John damals genauso bedrohlich und desillusionierend präsentiert wie an diesem Tag. Aber wie sehr veränderten sich seither die Dimensionen, Blickwinkel und Größenverhältnisse!

Aus der kleinen Blase des Pain Shelters war er durch eine phantastische Abfolge von Ereignissen im neuen Machtzentrum der Erde gelandet. Perry Rhodan, Reginald Bull und andere *VIPs* waren von mehr oder weniger bekannten Gesichtern auf Bildschirmen zu komplexen und greifbaren Charakteren geworden.

War Johns damaliger Tageshöhepunkt die Führung von reichen und hoffentlich spendierfreudigen Touristen gewesen, sorgte er sich inzwischen um nichts Geringeres als das Heil der gesamten Menschheit.

Zusammen mit Allan D. Mercant flog er mit dem schnittigen Hubschrauber-Flugzeug-Hybrid die Großmächte des asiatischen Kontinents an. Ein Geschenk der neuen deutschen Regierung, die Terra freundlich gesinnt war. Ihr Ziel war es, die Führungspersönlichkeiten zu einem gemeinsamen, vorerst friedlichen Verhalten gegenüber den bislang undeutbaren Absichten der mysteriösen Fantan zu bewegen. Wenn nur eine der Atommächte gegen die Fremden losschlug, bedeutete das für die Menschheit mit hoher Wahrscheinlichkeit das endgültige Aus.

Ihr Wissen über die Hintergründe und Möglichkeiten der Fantan war – freundlich ausgedrückt – sehr spärlich. Niemand wusste, ob sie in den menschlichen Moralrastern eher unter *gut* oder *böse* einzuordnen waren oder ob ihre Fremdartigkeit jegliches Anlegen irdischer Maßstäbe von vornherein verbot.

John Marshall zweifelte nicht daran, dass eine intelligente Spezies, die es geschafft hatte, die riesigen Gräben zwischen den Sternensystemen zu überqueren, auch wusste, wie man Hindernisse und Widerstände überwand. Zu fremden Sonnen reiste man nicht, ohne sich für alle möglichen Eventualitäten zu wappnen.

Der Schutz des Schiffes, des eigenen Lebens und der Mission musste zu den zentralen Faktoren für ein solches Unternehmen gehören. Ein Atomangriff auf die Fantan würde also mit Sicherheit eine Reaktion provozieren, der die Menschheit trotz arkonidischer Märchentechnik nichts entgegenhalten konnte – zumindest nicht, solange es nicht weitaus mehr davon gab.

Wenn es Marshall und Mercant – genau wie den anderen diplomatischen Teams – nicht gelang, die weltweite politische Lage zu stabilisieren, drohte Perry Rhodans Vision einer zukünftigen geeinten Menschheit zunichte gemacht zu werden, noch bevor die

GOOD HOPE von ihrer Wegamission zurückkehrte. Er spürte, wie sich sein Herzschlag beschleunigte. So viel zu einer vorübergehenden Phase der Entspannung. Wie sollte man schlafen, wenn die Gedanken nicht zur Ruhe kamen?

»Wie Raubvögel!«, erklang Mercants Stimme.

John Marshall öffnete die Augen. Allan Mercant hatte an der Armlehne seines Sessels, direkt ihm gegenüber, einen Ionenbildschirm aktiviert. Die Wiedergabe des ionisierten Luftstroms flackerte durch die Vibrationen des Supercopters leicht. In der spiegelverkehrten Darstellung erkannte Marshall die kleinen Beibootschiffe der Fantan, wie sie über bekannten Monumenten der Menschheit schwebten.

Dazu gehörten die Space Needle in Seattle, das Kolosseum in Rom oder auch der Berliner Fernsehturm und das Burj Khalifa in Dubai, das ehemals höchste Gebäude der Welt. Tatsächlich vermittelten die schwebenden Boote den Eindruck von Raubvögeln, die stundenlang am Himmel stehen konnten, bevor sie mit ihren messerscharfen Augen eine Maus oder ein anderes Beutetier erspähten und blitzschnell herabstießen.

»Sie gehen davon aus, dass die Fantan zur Erde gekommen sind, um zu rauben?«

Der alte Geheimdienstler mit den jugendlich wirkenden Zügen vollführte eine abwägende Handbewegung. »Was können wir Menschen schon besitzen, das für die Fremden von Wert sein sollte?«

Marshall zuckte die Schultern. »Ich weiß nicht. Rohstoffe? Wasser? Nahrungsmittel?«

»Halte ich für unrealistisch«, entgegnete Mercant. »Das klingt mir zu sehr wie aus irgendwelchen albernen Öko-Science-Filmen. Die Beiboote und das eigentliche Spindelschiff vor Terrania erscheinen mir nicht wie riesige Warentransporter. Weshalb sollten die Fantan mit einem verhältnismäßig kleinen Schiff gekommen sein? Im interstellaren Verkehr dürfte die Größe des Raumflugkörpers eine untergeordnete Rolle spielen. Wenn *ich* unterwegs wäre und Beute machen wollte, würde ich möglichst viel Lagerraum mitbringen.«

»Vielleicht warten diese Gigantschiffe außerhalb des Sonnensystems auf ihren Einsatz.«

Mercant kratzte sich am sorgfältig rasierten Kinn, um das sich der Riemen des Helmes spannte. »Das halte ich ebenfalls für ausgeschlossen, John. Ihr Vorgehen war bisher absolut schnörkellos und konsequent. Nein, wenn die Fantan Frachtschiffe dabeihätten, stünden diese bereits in der Erdatmosphäre.«

»Womöglich geht es ihnen um kleinere, wertvollere Beutestücke. Vielleicht Mineralien oder Edelmetalle ... Seltene Erden wie Scandium, Yttrium und Neodym.«

Sein Gegenüber lächelte grimmig. »Und was wollen sie dann damit machen? Unsere Pod-Technologie kopieren? John, ich weiß, dass Sie früher als Investmentbanker gerade mit Neodym wunderbar spekulierten. Aber machen wir uns nichts vor: Da oben ...«, Mercant deutete mit dem linken Daumen zur Decke der Passagierzelle, »... dort fliegen herrenlose Felsbrocken herum, die weit ergiebigere Quellen an *Seltenen Erden* sind als alle verfluchten Stollen Chinas zusammen. Alles, was hier selten ist, kann der Hauptbestandteil eines Asteroiden sein, den die Fantan zweifellos leicht ausfindig machen könnten. Stellen Sie sich einen kilometergroßen Brocken aus Promethium oder Samarium vor. Ich wette, da zuckt Ihr börsianischer Spürsinn ganz gehörig zusammen.«

John spürte, dass Mercant seine Worte nicht gehässig meinte. Dennoch sagte er: »Allan, weshalb nehmen Sie immer wieder Bezug auf meine Vergangenheit im Investmentbanking? Ist meine Arbeit für den Pain Shelter nicht wichtig genug für Ihre feinen Seitenhiebe? Sie wissen, dass ich von Homeland Security eine nicht sehr hohe Meinung habe. Soll ich Sie darum auch auf Ihre Karriere dort ansprechen?«

Mercant lachte. »Verzeihen Sie, John, wenn ich Ihnen zu nahe getreten bin.« Er deutete auf Marshalls Kopf. »Sie dürften bereits selbst gemerkt haben, dass Sie bei mir hohes Ansehen genießen – ungeachtet des Umstandes, dass es schwierig ist, ausgerechnet vor Ihnen ein Geheimnis zu haben.«

»Wir haben Neu Delhi erreicht und die Landeerlaubnis erhalten«, erklang in diesem Moment die Stimme ihrer Pilotin, die sich mit *Karin, einfach nur Karin* vorgestellt hatte. »Wir dürfen sogar direkt im Vorgarten des Präsidentenpalasts landen.«

Unwillkürlich richtete sich Marshall auf. Die Rückenlehne machte die Bewegung mit. »Jetzt wird sich zeigen, ob wir ein brauchbares diplomatisches Duo abgeben.« Er rieb sich mit den Händen den letzten Rest Müdigkeit aus den Augen. »Ich kann es immer noch nicht glauben, dass ich gleich in Indien sein werde. Dieses Land wollte ich seit meiner Kindheit besuchen, aber der drohende Atomkrieg mit Pakistan hat mich stets davon abgehalten. Als die beiden Länder überraschend Frieden geschlossen haben, lebte ich bereits im Pain Shelter.«

Dann griff er ruckartig nach den Armlehnen, als der Supercopter sich schräg vornüber neigte und rasch in die Tiefe stieß. »Was meinen Sie, Allan«, fragte Marshall, um sich von seinem revoltierenden Magen abzulenken, »was war der wahre Grund für Pakistan und Indien, ihre uralte, erbitterte Feindschaft zu beenden?«

Mercant runzelte die Stirn. »Glauben Sie mir – darüber haben sich viele Nachrichtendienste und Top-Diplomaten rund um den Globus den Kopf zerbrochen. Ergebnislos. Chitra Singh und ihr pakistanisches Pendant, Minister Asif Akram, haben sich insgesamt nur zu drei Friedensgesprächen getroffen, nachdem sie beim letzten Kaschmirkrieg noch gegeneinander gekämpft hatten. Drei Treffen, die in einem Friedensabkommen gipfelten. Höchst ungewöhnlich. Aber warum sollte es nicht auch einmal eine positive Überraschung in der Politik geben?«

Minutenlang hingen sie ihren eigenen Gedanken nach, bis Marshall fragte: »Wie ... wie soll ich mich verhalten?«

»Überlassen Sie mir den Einstieg, John.« Mercant lächelte. »Danach müssen wir improvisieren. Sobald Sie mit Ihrer Parabegabung eine Regung aufschnappen, die uns und der Sache dienen könnte, sollten Sie das Zepter übernehmen.«

»Ich habe keinerlei qualifizierte diplomatische Ausbildung.«

»Dafür haben Sie Ihre Gabe.« Nun lachte Mercant laut. »Die ist viel besser. Es geht ja nicht darum, dass wir ein politisches Schachspiel liefern, sondern dass wir die Ministerpräsidentin von unseren Argumenten überzeugen. Und da bin ich mir absolut sicher, dass Ihre Empathie, oder wie man sie auch immer nennen will, uns von größerem Nutzen sein wird als jeder noch so geschliffene Diplomat.«

Marshall nickte. Vor dem Fenster tauchte der rosafarbene Herrscherpalast Indiens auf, der Rashtrapati Bhavan. Die stattliche Anlage nahm eine Fläche von über neunzehntausend Quadratmetern ein. Ihre Färbung verdankte sie dem roten Sandstein, aus dem die Mauern und der Palast mit der riesigen Kuppel gebaut waren.

Der Eurocopter X5 setzte auf. Während die Rotorblätter noch ausdrehten, entstieg Karin der Pilotenkanzel, öffnete die Tür und half ihnen, sich von den Gurten zu befreien. Sie zog sich den Helm vom Kopf, schüttelte das halblange blonde Haar mit den Kupfersträhnchen und rief gegen die Geräusche: »Was für ein wunderbarer Vogel – ich hoffe, Sie konnten den Flug genauso genießen wie ich!«

Allan Mercant nickte, faltete sein Jackett zusammen und ging an der strahlenden Pilotin vorbei. Marshall blinzelte ihr zu und beeilte sich, zu seinem Kompagnon aufzuschließen. Er hätte es dem klein gewachsenen Ex-Geheimdienstler nicht zugetraut – aber die bildhübsche Pilotin schien es ihm angetan zu haben. Die Höflichkeit verbot Marshall allerdings, die Gefühle seines Einsatzpartners tiefer als nur oberflächlich zu sondieren.

Er richtete seine Aufmerksamkeit auf die Umgebung. Fünfzig Meter von ihnen entfernt wartete eine schwarze Luxuslimousine. Die beiden Männer gingen wortlos auf sie zu.

Marshall blickte zum wolkenlosen Himmel und blinzelte geblendet. Die einhundertfünfundvierzig Fuß hohe Jaipur-Säule ragte wie ein gewaltiger Speer in die Höhe. Das Sonnenlicht brach sich im Glasstern, der auf der Spitze der Säule auf einer bronzenen Lotusblume balancierte. Darüber stand ein verwaschener Fleck im ewigen Blau.

Der gesamte Rashtrapati Bhavan wirkte in seiner Bauweise und mit den zahlreichen Verzierungen, wie etwa den Elefanten aus Stein, die die Außenmauern bewachten, zwar unverkennbar indisch – seinen britischen Einfluss konnte der Palast aber ebenfalls nicht verleugnen. Die mächtige Kuppel des Hauptgebäudes hätte sich genauso gut auf der St. John's Kathedrale in London wölben können.

Dazu kamen die sorgsam gepflegten Gartenanlagen, die mit ihrem satten Grün in aufregendem Kontrast zum rosafarbenen Sandstein der Gemäuer stand. Marshall schnupperte. Ein herb-würziger Geruch lag in der Luft, der sowohl von Blumen als auch von einem geöffneten Küchenfenster stammen konnte.

Vor der Limousine wartete die Ministerpräsidentin neben zwei kräftig gebauten Männern in Anzügen und hellblauen Turbanen. Chitra Singh – die Großnichte des früheren Ministerpräsidenten Manmohan Singh – trug das typische weiße Wickelkleid mit prächtig bestickter blauer Borte. Sie stand in perfekt aufrechter Haltung, richtete den Blick der fast schwarzen Augen im dunklen Gesicht voll innerer Ruhe auf die Ankömmlinge. Sie strahlte Autorität und Würde aus. Marshall wusste aus Pod-Sendungen, dass die zweifache Mutter auf dem diplomatischen Parkett ebenso selbstsicher und kompetent wirkte wie im halboffiziellen Rahmen mit Freunden und ihrer Familie.

Die beiden Abgesandten Terranias blieben stehen. Der ehemalige Geheimdienstler verbeugte sich leicht. »Ich danke Ihnen, dass Sie uns so kurzfristig empfangen. Mein Name ist Allan Mercant, dies ist Mister John Marshall.«

»Willkommen in Indien«, sagte die Ministerpräsidentin kühl, ohne ihre Haltung zu verändern. »Ich habe mich über Sie informiert. Sie wurden von Ihrer Regierung als Hochverräter gesucht,

Mister Mercant. Nun haben Sie sich Rhodan angeschlossen und scheinen sein volles Vertrauen zu genießen. Genau, wie Sie, Mister Marshall. Über Sie wissen meine Quellen verschwindend wenig. Erstaunlich und geradezu erschreckend, wenn man bedenkt, dass Sie bereits offiziellen diplomatischen Missionen Ihres – *Staates* angehören.«

Marshall lächelte. Chitra Singhs Englisch klang britischer als in den Pod-Sendungen. Worte bildeten aber nur die Oberfläche; darunter erkannte er ihre Unsicherheit, aber auch ihre Verärgerung. »Sie fragen sich, warum ausgerechnet Mister Mercant und ich mit der Kontaktaufnahme betraut wurden.«

»Es ist Ihr erster offizieller Staatsbesuch«, erwiderte die Ministerpräsidentin. »Verzeihen Sie mir die Unhöflichkeit – aber weshalb sind es nicht Perry Rhodan, Reginald Bull oder dieser Arkonide Crest, die ich empfangen darf? Asien ist groß, und doch sind wir Nachbarn, Ihr Terrania und Indien. Es geht um Fragen des Respekts.«

Marshall sah zu seinem Begleiter. Über dieses Thema hatten sie sich nicht abgesprochen. Sollten sie verraten, dass sie derzeit nicht genau wussten, wo sich Rhodan und Bull aufhielten und dass Crest nicht nur viel zu gebrechlich, sondern auch zu wertvoll war, als dass man ihn bei offiziellen Anlässen präsentieren und unnötigen Gefahren ausliefern durfte?

»Crest, Perry Rhodan und Reginald Bull befinden sich in Verhandlungen mit den Fantan und sind deshalb leider unabkömmlich«, sagte Mercant. In seiner Stimme schien ehrliches Bedauern zu liegen, das Marshall durchaus getäuscht hätte, wenn ihm nicht die Wahrheit bekannt gewesen wäre.

»Was wollen die Fantan von uns Menschen?«, fragte Chitra Singh.

Mercant griff nach seinem Taschentuch und wischte sich über seinen blanken Schädel, auf dem sich Schweißtropfen angesammelt hatten. »Das wissen wir derzeit noch nicht. Und dies ist der Grund für unsere etwas überstürzte Aufwartung: Es ist essenziell wichtig, dass sich die Staaten der Erde klug verhalten.«

Die Ministerpräsidentin blickte ihre Besucher nachdenklich an. »Wie viel Zeit bleibt Ihnen, bevor Sie Ihre Tour fortsetzen müssen?«

Mercant sah auf die Uhr. »Zwanzig Minuten.«

»Dann wollen wir die Zeit nutzen, um über die Angelegenheit zu sprechen, die uns nicht wenig Sorgen bereitet.« Sie sah kurz zu dem verwaschenen Fleck hoch, der sich im Blau des Himmels abzeichnete. »Meine Generäle wollten mich bereits in einen Bunker stecken und das Ding da oben mit unseren Boden-Satellit-Geschossen herunterholen. Bevor das geschieht, sollten wir miteinander sprechen.«

Skelir

Skelir steuerte das Einpersonenboot mit traumwandlerischer Sicherheit und raste in ausreichender Höhe seinem Ziel entgegen. Die Entscheidung für das Land, das die Menschen *Indien* nannten, hatte er spontan gefällt. Dort waren zwar bereits vierzehn Beiboote auf der Jagd nach Besun, aber in anderen Teilen dieses Planeten sah es nicht besser aus.

Mühsam kämpfte er gegen die Angst – wie jedes Mal, wenn er unterwegs war. Er konnte die Bilder einfach nicht aus seinem Kopf vertreiben:

Das Tier reißt das Maul auf. In den vier dunklen Augen spiegelt sich das Licht der blauen Sonne. Die Zähne, die sich in Skelirs Körper bohren wollen. Und dann die Klingen, die das vermeintliche *Tier zieht.*

Der Fantan raste durch ein dichtes Wolkengebiet. Weiße Fetzen peitschten gegen die Sichtscheibe und wichen bald dem düsteren Grau einer Gewitterfront. Das würde dem Beiboot nicht schaden können. Skelir flog weiter, beschleunigte sogar noch mehr. Er freute sich auf ...

Das blitzende Schwert kappt Skelirs dritten Arm. Er schreit.

Er schrie.

Bis er merkte, dass die Bilder der Vergangenheit ihn wieder völlig gefangen nahmen. Warum bekam er sie einfach nicht aus den Gedanken?

Ein Signalton lenkte seine Aufmerksamkeit auf das kleine Übertragungsgerät, dessen Gegenstück Jenves in der SREGAR-NAKUT den Gefangenen aushändigen sollte. Angeblich, damit sie ihre Neugierde stillen und in Erfahrung bringen konnten, was er, Skelir, in den Weiten ihrer Welt plante – was all die Fantan in all den Beibooten planten. Tatsächlich ging es ihm nur darum, auf diesem Weg mit dem Mädchen Sue Mirafiore in Kontakt bleiben zu können. Das Gegengerät sollte ihm ständig Bild- und Tonaufnahmen übermitteln.

Das Signal meldete die Bereitschaft und teilte mit, dass die Verbindung stand. Zufrieden leitete der Fantan die Bilder der Außenbeobachtung in den Datenstrom, der den Gefangenen momentan nur den Blick in den Wolkenberg und einige zuckende Blitzerscheinungen offenbarte.

Umgekehrt allerdings konnte er die vier Menschen im Spindelschiff beobachten. Er gab sich nicht der Illusion hin, dass diese nicht genau das ahnten. Sie würden sicher keine Geheimnisse voreinander ausbreiten; darauf kam es jedoch nicht an. Skelir wollte nur Sue Mirafiore sehen, sie hören, vielleicht *verstehen.*

Es lenkte ihn ab, machte alles so viel einfacher. Das Mädchen wanderte dicht neben dem Jungmenschen Sid González zwischen den zahllosen Vitrinen des Ausstellungsraumes, in den die beiden Fantan die Planetenbewohner zuletzt geführt hatten. Gleichzeitig wies Jenves den Menschen Bull in die Bedienung des Beobachtungs- und Kontaktgerätes ein.

Skelir fokussierte die Wiedergabe auf Sue.

»Die sind Jäger und Sammler, oder wie man das sagt«, hörte er Sid González zu Sue sagen. »In den Vitrinen gibt es ja gerade alles, was man sich nur vorstellen kann!«

»Und noch einiges mehr«, ergänzte Sue. »Schau dir das hier an!«

»Was ... was ist das?«

»Keine Ahnung. Sieht ein bisschen aus wie eine Zahnbürste, nur größer.«

»Zahnbürste?«, wiederholte González skeptisch. »Ich würde mir das Ding nicht in den Mund stecken! Es bewegt sich! Und darauf wachsen ... wachsen ... was immer das auch ist.«

Skelir wusste zwar nicht, was eine *Zahnbürste* sein sollte, aber er wunderte sich nicht, dass die beiden Menschen noch nie einen enozypalen Lamoster gesehen hatten. Sämtliche Fantan an Bord hatten sich bislang vergeblich den Kopf darüber zerbrochen, wozu er gut sein könnte. Sie kannten den Namen, mehr nicht, und seine Herkunftswelt lag in absehbarer Zeit nicht mehr in der Nähe ihrer geplanten Flugroute.

Der Fantan zog das Einpersonenboot tiefer, um bald zu landen. Als er aus der Wolkendecke brach, blickte er auf ein weites, fast unbesiedeltes Gebiet. Dort könnte er sicher mit Leichtigkeit und völlig gefahrlos Besun sammeln. Der Gedanke war verführerisch, aber er ekelte ihn zugleich an.

Ein echter Fantan gab sich nicht mit dem Erstbesten zufrieden! Er setzte seine Ehre und sein Können ein!

Wieder blitzt die Klinge auf, und der erste Schmerz glüht noch, als sie zustößt und Skelirs Bein am Boden aufspießt.

Skelir bäumte sich auf – gegen die Erinnerung, gegen die Scham, gegen den Ekel vor sich selbst. Er raste einer riesigen Stadt entgegen, deren Gebäude er am Horizont erkannte. Eine kurze Anfrage an die Positronik ergab, dass es sich um New Delhi handelte.

Dort würde er etwas entdecken, das eines Fantan würdig war! Vorher wollte und durfte er nicht wieder ins Spindelschiff zurückkehren.

Zur Heimat.

Zu Sue.

Kapitel 12

Rico: Das Wesen der Menschen

Wir rollten lange durch die Dunkelheit, und irgendwann endete der unablässige, etwas einfältige Redeschwall des Fahrers. Diesen Menschenschlag kannte ich, es hatte ihn schon immer gegeben. Von sich selbst überzeugt, dachten sie, sie wären der Nabel des Universums; die Wirklichkeit sah anders aus.

Ich schloss die Augen. Die Ruhe nach den meist bedeutungslos aneinandergereihten Wörtern tat gut, doch sie währte nicht lange.

»Wo willst du genau hin?«, fragte er mich.

Ich wägte es kurz ab und kam zum Entschluss, dass eine ehrliche Antwort in diesem Fall nichts schaden konnte. »Zum Meer.«

»Zu welchem Meer? Wohin dort?«

»Ich ... bin mir nicht sicher.«

»So?«, fragte er, um plötzlich das Thema zu wechseln. »Wie lange warst du in Terrania?«

»Nur kurze Zeit«, wich ich einer konkreten Antwort aus. Wie Takezo wohl reagieren würde, wenn er wüsste, *in welchem Zustand* ich mich dort aufgehalten hatte? »Wie du weißt, war ich von alldem sehr enttäuscht.«

»Hast du diesen Perry Rhodan gesehen?«

Viel besser. Ich hatte Thora getroffen. Auf der Venus. Aber das ging Takezo nichts an, also gab ich ihm die Antwort, die er wahrscheinlich gerne hören wollte. »Glaubst du im Ernst, der hehre Rhodan hätte persönlich Zeit für einen einfachen Mann wie mich? Dem ist sein Ruhm wohl zu Kopfe gestiegen.«

»Zu Kopfe gestiegen? Wo hast du denn diese alte Redewendung ausgegraben? Das hat mein Großvater immer gesagt, als ich noch ein Kind war, und damals hat ihn meine Mutter schon dafür ausgelacht.«

Mir kam zugute, dass er plötzlich bremsen musste, weil ein gedrungenes Tier über die Fahrbahn huschte. Er fluchte vor sich hin, und danach erwartete er offenbar keine Antwort mehr. Stattdessen fragte er: »Hast du das elende Vieh gesehen?«

Hatte ich, und zwar lange vor ihm. »Nein.«

»Mir ist sowieso schon aufgefallen, dass du einen ziemlich starren Blick drauf hast. Du brauchst wohl eine Brille oder lieber gleich eine Augen-OP. Ist billiger, wenn du es in den richtigen Kliniken erledigst. Ich kann dir eine Adresse besorgen.«

Offenbar war er ein weit besserer Beobachter, als ich gedacht hatte. Vielleicht schätzte ich ihn doch falsch ein. Ich war im Umgang mit diesen Planetenbewohnern etwas aus der Übung. Der *starre Blick* war schon immer eine Schwachstelle in meiner sonst perfekten Tarnung gewesen, sei es nun als Mensch oder als Arkonide. Mir fielen jedoch gleich zwei gute Erklärungen ein. »Ich bin müde, und die Hitze der Wüste hat mir sehr zu schaffen gemacht.«

»Dann ruh dich ein bisschen aus. In weniger als einer Stunde sind wir in der nächsten Stadt. Eigentlich ist es eher eine Ansammlung von ein paar Häusern. Ein Drecksloch. Es gibt nur einen Laden dort, und der bekommt nur einmal im Monat neue Waren. Immer von mir. Diese mistige Gobitour will sonst keiner durchziehen.« Er grinste, und sein ganzes Gesicht nahm einen Ausdruck an, der ebenfalls weitverbreitet war bei seinem Volk: Gier. Offenbar ließ er sich seine Fahrten gut bezahlen. »Weiter kann ich dich sowieso nicht bringen. Heute bekommst du noch kein Bad im Meer, mein Freund. Du wirst dich neu umschauen müssen nach jemandem, der dich mitnehmen kann.«

»In Ordnung, vielen Dank. Schlaf wird mir guttun.« Erneut schloss ich die Augen. Schlafen würde ich ganz sicher nicht, aber so konnte ich meine volle Konzentration auf die Fragen richten, die mich wirklich beschäftigten.

»Aber eins noch«, sagte er. »Du sagst, du willst zum Meer. Zu welchem Meer? Wohin genau?«

Das wusste ich nicht. »Nur zum Meer. Ich habe Sehnsucht danach.«

»Warst du Seefahrer?«

Ich dachte nach, aber ich erinnerte mich nicht. »Nein«, behauptete ich.

»Hast du am Strand gelebt? Dort oft Urlaub gemacht?«

Zu viele Fragen konnten penetrant sein. Merkte er das wirklich nicht? »Urlaub, ja«, log ich deshalb, in der Hoffnung, dass sich Takezo damit zufriedengab. »Bitte lass mich ein wenig schlafen.«

»Gern«, sagte er. »Ich höre derweil den Truckerfunk ab und rede mit den Kollegen. Keine Sorge, ich habe Kopfhörer und schreibe Textnachrichten. Geht alles ganz lautlos.«

»Du musst auf mich nicht solche Rücksicht nehmen.«

»Doch, doch. Du bist mein Gast. Das ist uns Truckern heilig, weißt du? Wir sind so eine Art ... weltweite Gemeinschaft.«

Da war ich längst in Gedanken versunken. Die Venus-Station, Thora, meine Zerstörung, die Wiederaktivierung und Regeneration, die unbestimmte Sehnsucht nach dem Meer – das alles musste irgendwie zusammenhängen.

Es gab ein leises Quietschen, als der Truck stoppte, gefolgt von einem pneumatischen Pfeifen.

»Steig aus!« Takezo klang mit einem Mal weitaus weniger freundlich; bislang war er zwar penetrant, aber doch stets höflich gewesen.

»Ich danke ...«

»Raus!«

Das gefiel mir gar nicht. Allerdings sorgte ich mich nicht. Selbst wenn er handgreiflich werden sollte, würde ich ihn leicht besiegen. Mit meinen Kräften konnte es kein noch so durchtrainierter Mensch aufnehmen – schon gar kein überalterter Lastwagenfahrer mit einem Hang zur Geschwätzigkeit.

Dennoch wollte ich einer Konfrontation aus dem Weg gehen. Also öffnete ich die Beifahrertür und versuchte zu erkennen, wo wir uns befanden. Draußen herrschte jedoch tintige Schwärze, in der ich die Konturen einer Mauer lediglich zu erahnen glaubte. »Wie habe ich dich verärgert?«

»Du musst noch viel lernen, du Spinner! In Terrania bei den anderen Träumern wärst du wohl besser aufgehoben gewesen. Was hier in der echten Welt vorgeht, scheinst du noch nicht kapiert zu haben, was?« Plötzlich hielt er eine Pistole in der Hand und richtete sie auf meine Brust. »Na los, raus!«

Ich überschlug meine Chancen. Er fühlte sich sicher mit seiner Waffe, die mich allerdings nicht so schnell außer Gefecht setzen oder töten konnte, wie er glaubte. Außerdem wollte er mich zuerst aussteigen lassen, ein törichter Fehler. Bis er ebenfalls den Truck verlassen hatte, würde ich längst reagiert haben.

In diesem Moment flammte draußen grelles Licht auf. Tatsächlich, eine Mauer. Wir standen im Hinterhof eines heruntergekommen Gebäudekomplexes, wohl einer Art Fabrik mit mehreren Einzelhäusern. Die Dächer waren teils eingestürzt. Aus einem dieser Gebäude quoll ein ganzer Schub Männer wie Ameisen aus ihrem Bau. Sie hielten Brechstangen und Schlagknüppel in den Händen.

Offenbar musste ich tatsächlich noch viel über das Wesen der

Menschen lernen. Takezo war erstens alles andere als freundlich und zweitens nicht so einfältig, wie er sich gab. Er hatte sich Verstärkung geordert. Das war mir entgangen. Auch einer biomechanischen Hybridexistenz wie mir unterliefen Fehler.

Es würde nicht einfach werden, dieser Situation zu entkommen. Ich stieg aus. »Was wollt ihr von mir?«

Takezo lachte nur. »Die Hände schön nach oben!«

Diesen Gefallen tat ich ihm. Ich musterte unauffällig die Umgebung. Die anderen umringten mich im Halbkreis, während hinter mir der Truck stand. Jenseits der Männer ragte das Gebäude auf, daneben die Einfahrt, der sich rundum die Mauer anschloss. Es gab nur eine Möglichkeit.

Ich drehte mich um, ging in die Knie, stieß mich ab, schnellte in die Höhe und packte die Oberkante des Trucks. Binnen einer Sekunde zog ich mich auf das Dach.

»Wie hat er ...« – »Das gibt's nicht!« – »Scheiße, habt ihr ...« Sie plapperten durcheinander. Sollten sie. Ihre Verblüffung kostete sie nur Zeit.

Ich sprang auf der anderen Seite wieder nach unten und spurtete los, der Mauer entgegen. Dahinter wartete hoffentlich die Freiheit. Ich würde improvisieren müssen. Die Mauer ragte fünf Meter hoch auf, eine Strecke, die auch ich nicht mit einem Sprung überwinden konnte. Ich musste klettern, und genau in diesem Punkt lag die Schwachstelle meines in Sekundenschnelle entworfenen Notfallplans – die Mauer war zu glatt.

Eine andere Lösung musste her. Ich warf mich herum. Die Meute stürmte mir entgegen. Einer lachte: Takezo.

Vielleicht half mir das Überraschungselement. Ich ging zum Gegenangriff über, hastete auf den ersten Angreifer zu. Der hob mit einem Knüppel aus, ließ ihn durch die Luft pfeifen. Ich blockte den Angriff, packte den Arm, drehte mich. Das hässliche Geräusch eines brechenden Knochens ertönte, die Finger öffneten sich, und ich entwand dem schreienden Mann die Schlagwaffe.

Eine Faust schmetterte in meine Magengrube. Gleichzeitig trat mir jemand die Beine weg. Ich mochte ein besserer Kämpfer sein als sie, außerdem stärker ... aber ihre Überzahl raubte mir jede Chance. Die Auseinandersetzung fand ein Ende, ehe sie richtig begann.

Sie nahmen mir den Knüppel weg, schlugen auf mich ein. Einer kniete sich auf meine Beine, andere hielten meine Arme fest.

»Weg«, brüllte jemand. Eine Lücke bildete sich zwischen den Schlägern, die mich umringten. Ein Mann tauchte darin auf; sein rechter Arm hing wie ein nutzloses Etwas an ihm herab, der Unterarm war an einer Stelle seltsam abgeknickt. Die Finger zitterten. Seine Züge waren schmerzverzerrt, am Hals standen die Sehnen weit heraus. »Du Arschloch!« Er trat mir in die Seite, ich wollte mich zusammenkrümmen, doch die anderen hielten mich. Er beugte sich über mich, rotzte mir einen Batzen Schleim ins Gesicht.

»Hör auf«, sagte Takezo. »Wir brauchen ihn noch.«

»Wieso?«, brüllte ich ihm entgegen. »Was wollt ihr von mir?«

In diesem Moment gellten drei Schüsse.

Kapitel 13

Vernunft und Gewissen
Ras Tschubai

»Sie ... Sie sind doch diejenigen, die das Licht zurückbringen!«

Diese Worte des blauhäutigen Ferronen ließen an Bord wohl alle ebenso verwirrt zurück wie Ras Tschubai. Sofort erinnerte sich der sudanesische Teleporter an die eigenartige Formulierung des Notrufs, der sie ins Wegasystem geführt hatte.

Echsen haben uns gefunden. Sie werden das System überrennen! Dunkelheit verdrängt das Licht! Du lebst länger als die Sonne, heißt es. Eile herbei! Kerlon.

Auch dort war die Rede von Licht – genauer von Dunkelheit, die dieses Licht verdrängte. Und nun behauptete dieser Chaktor, die Besatzung der GOOD HOPE wäre gekommen, um das Licht zurückzubringen? Jenes Licht, das zuvor von Finsternis – von diesen Topsider-Echsen in ihren Kriegsschiffen – ausgelöscht worden war?

Das war eine Rolle, in der sich Tschubai ganz und gar nicht wohlfühlte. Es klang ihm zu sehr nach einer mystischen Hoffnung der Ferronen, die in den Menschen nun gottgleiche, herbeigesehnte Retter sahen. Je länger er darüber nachdachte, umso mehr wuchs die Überzeugung, dass er sich in dieser Einschätzung nicht täuschte.

Perry Rhodan schwieg derweil, wechselte Blicke mit Thora. Nicht zum ersten Mal glaubte Tschubai, eine besondere Vertrautheit zwischen diesen einander so fremden Wesen zu spüren. So andersartig sie einander sein mochten, der Mensch und die Arkonidin, sosehr ähnelten sie sich letztlich in der Art zu denken und Verantwortung zu übernehmen. Sie waren beide geborene Führungspersönlichkeiten mit starken Charakteren; dass sie aneinanderstießen und sich gegenseitig schliffen, konnte niemand überraschen, der auch nur über etwas Menschenkenntnis verfügte.

»Wir können nicht bleiben!«, rief Tschubai in die Stille, und es war ihm gleichgültig, ob ihm das Recht zustand, eine solche Behauptung zu äußern. Gab es an Bord der GOOD HOPE überhaupt eine Hierarchie, die dagegensprach? Sie waren überhastet aufgebrochen, ein Team von Gefährten, die in den ewigen Weiten des Alls aufeinander angewiesen waren. Rasch hatten sich die Menschen auf vertrauliche Anreden geeinigt. Und wenn er, Tschubai, die Position des Mahners übernehmen musste, dann sollte es eben so sein. »Man braucht uns auf der Erde!«, ergänzte er.

Chaktor erhob sich, stand zum ersten Mal seit seiner Ankunft in der GOOD HOPE aus eigener Kraft. »Sie haben mir das Leben gerettet, als Sie mich hierher gebracht haben.« Er verschränkte die Hände, streckte sie dem Teleporter entgegen. »Ohne Sie wäre ich inzwischen tot, elendig erstickt. Ihre Haut ist wie die Nacht. Als ich Sie sah, glaubte ich, Sie seien ein Bote der Finsternis, die endgültig mich und mein Volk mit sich reißt. Aber trotz Ihrer schwarzen Haut gehören Sie zu denen, die das Licht bringen. Ich fühle es. Ich *weiß* es! Sie dürfen nicht gehen.«

Die Erwähnung seiner Hautfarbe versetzte dem Sudanesen einen Stich. Auf der Erde war er mehrfach deswegen angefeindet worden. Ein im Grunde lächerlicher Konflikt, der jedoch immer wieder hochpeitschte, alle paar Jahre irgendwo auf der Erde neue und brutale Blüten trieb. Menschen mit weißer Haut oder schwarzer – wo lag der Unterschied? Er schaute sich um. Einige Terraner, dunkel und hellhäutig. Eine Arkonidin, kühl und bleich, mit albinotisch roten Augen und weißem Haar. Ein Ferrone mit blauer Haut. Sie alle waren vereint, sie alle verstanden einander und dachten ähnlich.

Umso schwerer fielen Tschubai die nächsten Worte. »Wir müssen zurück«, betonte er ein weiteres Mal, ehe er den Blick zu Perry Rhodan wandte. Dieser ging zu Thora und flüsterte ihr etwas zu, das der Sudanese nicht hören konnte.

Rhodans Hand wies auf das schematische Hologramm, das nach wie vor die Truppenbewegungen im Wegasystem abbildete und auf dem immer wieder Symbole für Ferronenschiffe erloschen. Im Gegenzug verschwand so gut wie keine Einheit der angreifenden Topsider.

Als Tschubai ebenfalls den Blick dorthin wandte, entdeckte er ein Detail, das sich mit schmerzhafter Intensität in seinen Verstand bohrte. Er wusste, dass er es lange nicht würde vergessen können, obwohl – oder gerade weil – es sich nur um einige unpersönliche Symbole handelte, die ihre Position in einer Darstellung aus projizierten Lichtpunkten veränderten.

Ein Ferronensymbol raste auf das eines Topsiderschiffes zu. Sie kollidierten. Völlig unspektakulär flackerten beide Zeichen und erloschen. Dort draußen im All hatte soeben die Mannschaft – oder der Kommandant – eines Raumers voller intelligenter Individuen beschlossen, auf Kollisionskurs zu gehen und ein Schiff der Feinde mit in den Tod zu reißen. Ferronen waren gestorben – und Topsider. Auch diese Echsenwesen waren sicher keine Monster, obwohl sie entsetzliche Taten begingen.

Tschubais Finger zitterten.

»Wir können nicht ignorieren, was hier geschieht«, sagte Perry Rhodan. »Mein Verstand sagt mir, dass wir gehen müssen, dass du recht hast, Ras. Doch die Vernunft ist in diesem Fall nicht alles! Mein Gewissen stellt eine ganz andere Forderung. Wir bleiben.«

Perry Rhodan

Wir bleiben.

Rhodans Worte sorgten für Schweigen in der Zentrale. Er wusste, dass sie möglicherweise den Tod für sie alle bedeuteten. Wenn Thora überhaupt mitspielte. Sie hatte die Macht, die GOOD HOPE aus dem System zu steuern und in einer Transition zurück zur Erde zu bringen. Sie musste sich Rhodans Entscheidung nicht beugen.

Doch zu seiner Überraschung widersprach sie nicht. Die Arkonidin drehte nicht einmal den Kopf, um ihn anzusehen. Stattdessen starrte sie auf die virtuellen Bildschirme. Sie wandte sich sogar weiter ab, dass er nur noch ihren Rücken sah und das weiße Haar, das über ihre Schultern floss.

»Ich wusste es!«, rief Chaktor. »Sie sind die, auf die wir warten.«

Das sind wir nicht, dachte Rhodan, sprach es aber nicht aus. Er musste später mit dem Ferronen darüber reden. Falls es ein Später gab. Wenn sie nicht alle in dieser Schlacht zerrieben wurden und von der GOOD HOPE nur eine kurzlebige, alles vernichtende Explosion blieb; ein unscheinbarer Lichtreflex im All, der nur ihre Atome zurückließ.

Es war schlicht unmöglich, dass das Volk der Ferronen auf einige Terraner wartete. Sie hatten den Abgrund zwischen ihren Heimatgestirnen nur überwunden, weil ihnen das halb zerstörte Beiboot eines außerirdischen Volkes in die Hände gefallen war, weil es außerdem zwei Arkoniden unter ihnen gab, von denen immerhin Thora in der Lage war, die GOOD HOPE zu steuern.

Zu seiner Erleichterung sah Rhodan, dass Tschubai nickte. Offenbar begriff der Teleporter, warum er die Entscheidung getroffen hatte, im Wegasystem zu bleiben. Es war aus einem Bauchgefühl heraus geschehen. Verstand und Gefühl redeten in diesem Fall mit völlig unterschiedlichen Sprachen. Letztlich war Rhodan seinem Gewissen gefolgt, nicht der Logik oder dem Überlebenstrieb.

»Wir können zunächst nichts ausrichten«, fuhr er fort. »Zumindest sieht es so aus. Aber wir bleiben deswegen nicht untätig. Wir haben Chaktor an Bord geholt. Nun ist es an der Zeit, den nächsten, ebenso logischen Schritt zu gehen.«

Nun sah Thora doch noch auf. Sie wirbelte herum, dass ihre Haare flogen. »Sie wollen einen Topsider gefangen nehmen?«

Rhodan nickte. »Mit Ihrer Hilfe, ja. Halten Sie es für möglich?«

Thoras rote Augen tränten vor Erregung. »Wenn es Schiffbrüchige in Überlebenskapseln gibt, wie in Chaktors Fall, sollte es machbar sein.«

»Solange ich von meinem Schiff aus beobachten konnte«, sagte der Ferrone, »ist nur eine einzige Einheit der Echsen zerstört worden. Ohne Überlebende.«

»Sie haben einen eigenen Raumer befehligt?«, fragte Rhodan.

»Ich war Kommandant, ja«, erwiderte der Ferrone düster. »Wir wurden getroffen. Die Rotation fiel aus. Es gab keine Schwerkraft mehr an Bord.«

»Sie kennen die künstliche Schwerkraft nicht wie wir«, erklärte Thora, die diese Information offenbar aus den Ortungsergebnissen gewonnen hatte. »Ihre Schiffe rotieren um die eigene Längsachse, um Anziehungskraft zu erzeugen.«

Chaktor legte die überkreuzten Arme an den Oberleib. »Überall gab es Explosionen. Wir trieben durch die Zentrale. Viele schmetterten wegen des plötzlichen ersten Schubs und der Druckwellen der Detonationen gegen Wände, Decke und Arbeitsstationen und brachen sich alle Knochen. Feuer loderte überall! Ich ... ich habe nur überlebt, weil einer meiner Offiziere auf mich geschleudert wurde und eine Flammenlohe abbekam, die sonst mich getötet hätte.«

»Ich habe ihn gesehen«, meldete sich Ras Tschubai zu Wort. In seiner Stimme spiegelte sich Entsetzen. »In Ihrer Rettungskapsel, richtig?«

Chaktors gesamter Leib zitterte. »So ist es.«

Die Erzählung erschütterte auch Rhodan, doch es galt, keine Zeit zu verlieren. Er musste das Gespräch zurück zum eigentlichen Thema lenken. »Ich kenne dank Ihnen eine Sichtweise dieser Schlacht.«

»Ich verstehe«, erwiderte der Ferrone nachdenklich. »Nun wollen Sie die andere hören.«

»Ich *muss* es. Das ist einer der Gründe, warum wir einen Topsider in unsere Gewalt bringen müssen. Der zweite ist noch wichtiger. Wenn wir Ihrem Volk helfen wollen, gilt es zu ergründen, was die Echsenwesen antreibt.«

Thora stimmte ihm zu, während ihre Finger weiter über die Schaltflächen huschten. Es schien ihr spielend zu gelingen, sich zugleich auf ihre Aufgabe und das Gespräch in der Zentrale zu konzentrieren. »Es ist von essenzieller Bedeutung, seinen Gegner zu kennen. Nur dann kann man ihn besiegen.«

»Finden Sie eine topsidische Rettungskapsel?«

»Nicht von hier aus«, lautete die niederschmetternde Antwort. »Wenn wir einen schiffbrüchigen Topsider aus dem All fischen wollen, müssen wir tiefer in das System eindringen. Näher an die umkämpften Gebiete, zu den Brennpunkten der Schlacht.«

Mitten in die Höhle des Löwen, und das auch noch freiwillig, dachte Rhodan. »Tun Sie es!«

Thora gab einige Befehle ein. »Wir sind bereits unterwegs.«

Auf einem Hologramm der Außenbeobachtung verfolgten alle in der Zentrale – Menschen, die Arkonidin, der Ferrone –, wie sich die GOOD HOPE voranschob. Sie rasten dicht an einem Pulk aus topsidischen Schiffen vorüber, die eine große Orbitalstation des sechsten Planeten unter Beschuss genommen hatten.

Schweißperlen standen auf Rhodans Stirn. Er hörte Alexander Baturin ächzen, erhaschte einen Blick auf dessen bleiches, fahriges Gesicht.

»Ich wähle bewusst diesen Weg«, sagte Thora mit konzentrierter Stimme. Völlig ruhig schwebten ihre Hände über einer virtuellen Schaltfläche. »Wir bleiben energetisch so unauffällig wie möglich. Die Topsider sind beschäftigt. Drei Ferronenschiffe nähern sich. Das wird die Echsen ablenken. Sie haben Besseres zu tun, als nach unbekannten Schiffstypen Ausschau zu halten oder einen Orterreflex zu beobachten, der sich ihnen nicht nähert.«

Die feindlichen Schiffe entdeckten sie nicht. Thora positionierte die GOOD HOPE hinter dem Ortungsschatten eines Mondes der sechsten Welt, die die Riesensonne umkreiste.

Rhodan verfolgte auf einem Hologramm, wie eine gigantische Explosion die Orbitalstation zerriss. Brennende Teile von mehreren Dutzend Metern Durchmesser jagten in alle Richtungen, wurden teilweise von der Anziehungskraft des Planeten eingefangen und stürzten durch die Atmosphäre in die Tiefe.

Wenn sie in bewohntem Gebiet einschlugen, konnten sie entsetzliche Zerstörungen anrichten.

Die Orter arbeiteten auf Hochtouren, suchten nach topsidischen Schiffbrüchigen.

Doch die Suche blieb erfolglos. Nach einigen Minuten gab die Arkonidin auf. »Die Überlegenheit der Angreifer ist zu groß! Wie Chaktor erwähnt hat, gibt es fast keine zerstörten Topsiderraumer. In dieser Hölle dort draußen werden wir nichts finden.«

»Thora, wir ...«, begann Rhodan, doch sie unterbrach ihn scharf.

»Nirgends treiben Rettungskapseln! Vielleicht haben ihre Schiffe nicht einmal welche, wer weiß das schon. Auf diesem Weg können wir nicht mehr über die Topsider erfahren. Verstehen Sie? Uns sind Grenzen gesetzt, die wir nicht überschreiten können, sosehr wir es möchten. Es *gibt* keinen Weg!«

Rhodans Atem ging schwer. Ob es ihm gefiel oder nicht, was immer sein Gewissen sagte – er musste kapitulieren. »Also sind wir gezwungen, uns doch zurückzuziehen«, entschied er. Erneut widersprach Thora seinem Befehl nicht. »Dies ist keine endgültige Kapitulation! Wir geben nicht auf, aber momentan bleibt uns nur, die Flucht anzutreten. Wir müssen mit Crest reden und erfahren, was sich auf der Erde inzwischen abspielt. Aber wir kehren zurück zur Wega. *Dies ist noch lange nicht vorbei!«*

Im selben Moment ächzte Thora, ebenso wütend wie erschrocken. »Ein weiterer topsidischer Verband ist soeben materialisiert! Sechzig Raumer, davon zehn Achthundert-Meter-Truppentransporter! Sie alle stehen viel zu nah!«

»Was bedeutet das?«, rief Alexander Baturin.

»Wir können das System nicht mehr unbemerkt verlassen«, antwortete die Arkonidin. »Wir sind gefangen.«

Gleichzeitig jagten die sechzig neuen Topsiderschiffe los, um das letzte Aufgebot der Ferronen zu vernichten ...

Kapitel 14

Familiengeheimnisse
John Marshall

Die indische Ministerpräsidentin Chitra Singh nickte einem ihrer beiden Begleiter zu, der sich umwandte und die Tür zur Limousine öffnete. Dann streckte sie Mercant die rechte Hand entgegen. »Danke, dass Sie gekommen sind.«

Sie schüttelten sich die Hände und ließen sich zum Hauptgebäude des Palastes fahren. Chitra Singh gab sich zunehmend aufgeschlossener, Marshall fühlte aber, dass der Graben zwischen ihnen nicht schmaler geworden war. Sie schien tatsächlich nur darauf aus zu sein, mehr über die Fantan-Bedrohung zu erfahren, um sich eine militärische Strategie zurechtlegen zu können.

Sie erreichten den Palast. Dutzende Frauen und Männer in Uniformen, Anzügen und traditionellen indischen Gewändern eilten durch die Gänge. Viele blickten neugierig zu ihnen herüber.

Chitra Singh führte sie in ein prunkvoll eingerichtetes Zimmer. Auf einer Tafel türmten sich Früchte und Gebäck in zahlreichen Schüsseln. Daneben thronten edle Glaskaraffen mit kunstvollen silbernen Verzierungen. Neben mehreren Polstersesseln reichte ein massiver Schreibtisch von einer Seite des Raums zur anderen. An der Wand stand ein Bücherregal, das außer dicken Wälzern etliche Statuen von Miniaturelefanten, Bilder und sonstige privaten Erinnerungsgenstände enthielt.

Ob dies Chitra Singhs persönliches Arbeitszimmer ist?, fragte sich Marshall.

Mit einer Handbewegung schickte sie die beiden dunkel gekleideten Begleiter weg. »Hier sind wir ungestört.« Sie deutete auf die Tafel. »Bitte bedienen Sie sich!«

Sie ergriff ein hohes Glas und füllte es mit Fruchtsaft. Mercant tat es ihr nach, während sich Marshall mit Wasser begnügte.

Sie setzten sich in die Polstersessel. Chitra Singh nahm einen Schluck aus ihrem Glas und sagte wie beiläufig: »Schon erstaunlich, welche Ereignisse Rhodan auf dem Mond losgetreten hat, nachdem er auf die Zerstörer der Mondbasis stieß.«

Mercant hob eine Hand. »Die weltweiten Abläufe der letzten Wochen sind eng miteinander verknüpft, das ist klar. Aber Crest als Mörder und Perry Rhodans Handeln als Ursache für das Erscheinen der Fantan anzuprangern, wie es derzeit in gewissen Teilen der Weltpresse geschieht, wird – mit Verlaub – der Wahrheit nicht gerecht.«

Die Ministerpräsidentin winkte ab. »Ich würde mich freuen, wenn wir nach der Beendigung der Fantankrise die Gelegenheit hätten, diese *Wahrheit* gemeinsam zu erörtern. Nun sollten wir den Blick aber auf das Hier und Jetzt richten.« Sie stellte ihr Glas auf einen Beistelltisch. »Sage und schreibe vierzehn Fluggeräte dieser Außerirdischen aus dem Spindelschiff verletzen derzeit die Grenzen des indischen Luftraums. Wenn es nach meinen Generälen gehen würde, hätten wir bereits entsprechend reagiert.«

»Wir sind froh, dass Sie es nicht getan haben«, sagte Mercant. »Wie wir aus der jüngeren Geschichte der USA wissen, birgt ein Präventivschlag meist mehr Risiken als die Kontrolle des Status quo. Mister Marshall und ich sind hier, um für mehr Zeit bei den Verhandlungen mit den Fantan zu bitten.«

Singh beugte sich vor. »Lassen Sie sich nicht täuschen, Mister Mercant. Ich tendiere ebenfalls dazu, die Bedrohung auszuschalten, bevor sie sich entfalten kann.«

»Solange Sie eine Bedrohung nicht genau verstehen, können Sie sie auch nicht ausschalten.«

»Dann sagen Sie mir, womit die indische Nation rechnen muss! Was werden diese Fremden unternehmen?«

Während sich zwischen Singh und Mercant ein Disput über die Sinnhaftigkeit eines Angriffs auf die Fluggeräte eines außerirdischen Volkes entwickelte, richtete John Marshall seine Sinne auf die Gefühls- und Gedankenwelt der Ministerpräsidentin.

Unter der Schale der Verärgerung über die Einmischung der Gesandten aus Terrania in indische Belange spürte der Telepath, dass Chitra Singh sich sehr um ihr Volk sorgte – aber auch um sich selbst und ihre Familie. Seit den veränderten politischen Verhältnissen und dem Auftauchen der Fantan übten das Militär und die höchsten Repräsentanten der indischen Regierung extremen Druck auf ihre Anführerin aus. Indien sollte Stärke zeigen und nicht tatenlos warten, bis es zu spät war.

Marshall erkannte, dass Chitra Singh eine rechtschaffene Frau war, die stichhaltigen Argumenten gegenüber nicht abgeneigt war.

Blieb nur die Frage, wie sie die Ministerpräsidentin erreichen konnten.

Derweil verdüsterte sich das Gesprächsklima zwischen Singh und Mercant weiter. »Ich verbitte mir die Einmischung in die inneren Angelegenheiten des Landes«, sagte sie mit kühler Stimme. »Mir ist bewusst, dass Sie kein Diplomat sind, Mister Mercant. Aber es bedarf einer gehörigen Portion Frechheit, in den Rashtrapati Bhavan zu kommen und zu meinen, die indische Regierung zu einem bestimmten Verhalten zwingen zu können!«

»Ich will und kann Sie nicht zwingen ...«, begann Mercant, wurde aber sogleich wieder von Singh unterbrochen.

»Ich habe Sie empfangen in der Hoffnung, dass Sie mir zusätzliche Informationen geben können. Wenn hinter dem Arkoniden Crest tatsächlich ein ganzes Sternenreich steht, sollte er mit den Fantan eigentlich vertraut sein. Aber stattdessen versuchen Sie mir Befehle zu erteilen! Nennen Sie mir einen triftigen Grund, weshalb ich die eingedrungenen Flugobjekte nicht abschießen lassen soll!«

Chitra Singh hob den rechten Zeigefinger und richtete ihn auf Mercant. Ihre tiefschwarzen Augen schienen zu blitzen. Marshall erinnerte es an eine Szene eines bekannten Hollywoodfilms über die dramatische Winterschlacht des Kaschmirkrieges. Im nächsten Augenblick blinzelte er überrascht. Die Szene, an die er sich zu erinnern glaubte, kam in diesem Film gar nicht vor! Woher ...

Sein Blick fiel auf das Bücherregal. Auf den meisten Bildern waren die beiden Kinder der Ministerpräsidentin abgebildet. Sie lachten in die Kamera, posierten mit bekannten Persönlichkeiten der Weltpolitik oder saßen strahlend auf einem indischen Arbeitselefanten, der den Rüssel um einen Baumstamm schlang. Dazwischen lagen eine Armeepistole und ein Neunmillimetergeschoss mit Taktikspitze auf einem schlichten weißen Tuch.

Marshalls Blick haftete sich wieder an die Ministerpräsidentin. Was wusste er über ihre Vergangenheit? Während des Kaschmirkrieges hatte sie eine Division befehligt. Gerüchten zufolge war ihr rollender Kommandoposten inmitten der berühmt gewordenen Winterschlacht am Fuße des K 2 abgeschossen worden. Mehrere Tage hatte sie als verschollen gegolten, bis sie sich mithilfe eines pakistanischen Marschier-Exoskelettes zurück zu ihren Truppen durchschlug.

Diese Geschichte hatte kurz vor ihrer Wahl zur Ministerpräsidentin Indiens der gesamten Welt viel zu reden gegeben, wobei allen Seiten klar gewesen war, dass die Gerüchte in erster Linie durch die Propaganda der beiden verfeindeten Länder gestreut wurden.

Kurze Zeit später hatte der ernsthafte Friedensprozess zwischen Indien und Pakistan eingesetzt. Der Abnutzungskrieg, der die beiden Länder ständig näher an einen heißen Atomkrieg gedrängt hatte, wurde gestoppt, ein Stillhalteabkommen unterzeichnet.

John Marshall versank erneut in Chitra Singhs Gedankenwelt, fühlte in sie hinein.

Er sah die Szene im Winterkrieg, die ihm bereits zuvor begegnet war. Keine Filmszene, sondern Erinnerungen. Aber sie stammten nicht von ihm selbst.

Er sah Eis und Schnee, einen zugefrorenen Bach, aufkommenden Sturm und einen schmerzhaften Sturz – fühlte klirrende Kälte. Samtbraune Finger bluteten aus mehreren Schrammen und kratzten verzweifelt über Felsen, um sich irgendwie in Sicherheit zu bringen.

Plötzlich – wie aus dem Nichts – erbebte das Eis unter den Schritten einer Schreitdrohne. *Nein!* Kein Roboter – es handelte sich um einen Pakistani in einem Marschier-Exoskelett. Eine Maschinenpistole richtete sich auf sie. *Dann sah sie seine Augen.*

»Ich kann Ihnen einen Grund sagen, weshalb Sie die Fantan nicht angreifen sollen«, sagte Marshall heiser. »Weil auch Sie einst verschont wurden. Von Asif Akram, dem Mann, der inzwischen Pakistan regiert. Seither herrscht Friede zwischen zuvor unversöhnlichen Feinden.«

Er hob die Hand und deutete auf die Kinderfotos. »Und sogar noch mehr.«

Chitra Singh sah ihn entgeistert an. »Woher ... woher wissen Sie das?«

»Weshalb haben Sie Ihr Geheimnis Ihren Völkern nie verraten? Hätte dies den Friedensprozess nicht weiter beschleunigen können?«

Die Ministerpräsidentin schüttelte verwirrt den Kopf. »Es hätte uns angreifbarer gemacht. Und mein Mann ...« Chitra Singh straffte sich. Sie gewann ihre professionelle Distanz zurück. »Wie auch immer Sie zu dieser Geschichte gekommen sind, Mister Marshall, Sie dürfen sie niemals jemandem weitererzählen.«

Allan D. Mercant sah zuerst verwirrt, schließlich langsam verstehend zwischen Marshall und der Ministerpräsidentin hin und her.

»Sie haben unser beider Wort«, versicherte Marshall.

Im selben Moment wurde die Tür aufgerissen. Ein Mann in Uniform und schwarzem Turban stürzte herein. »Ein Fantan ist soeben in Position gegangen und landet!«

»Wo?«, rief die Ministerpräsidentin.

»Im Roten Fort!«

Skelir

Der Anblick beeindruckte Skelir. Nicht weit von einem Fluss namens Yamuna entfernt, erstreckte sich eine gigantische, rechteckige Festungsanlage aus rotem Sandstein. Den Angaben der Positronik zufolge maß das Fort einen Kilometer in der Länge, die Hälfte in der Breite. Die Mauer erreichte eine Höhe zwischen achtzehn und vierunddreißig Metern, in unregelmäßigen Abständen ragten Türme darin auf.

Ein guter Platz, um Besun zu sammeln.

In dem Fort hätte sogar die SREGAR-NAKUT landen können. Vielleicht hätte sie eines der kleineren Gebäude unter sich zermalmt, aber mit etwas Schwund musste man rechnen. Allerdings wäre es um diesen weißen, reich verzierten Palast im Innengelände schade gewesen.

Massen der Planetenbewohner wälzten sich durch die Anlage und die Zufahrtswege. Skelir suchte einen geeigneten Landeplatz für seinen Einpersonengleiter; der Einfachheit halber im Inneren des Forts. Dort gab es zweifellos das interessanteste Besun. Vielleicht eine der zwiebelförmigen Kuppeln des Palastes?

Als er sich dem Boden entgegensenkte, rannten die Menschen rundum schreiend davon. Sie rissen die Arme hoch, deuteten auf das Fluggerät.

Skelir stieg aus. Um die Planetenbewohner scherte er sich nicht; sollten sie tun und lassen, was sie wollten, er hatte Besseres zu tun. Er fühlte die Erregung, einen der seltenen Momente, aus denen er Stärke und Kraft schöpfte, der ihn zu einem normalen Fantan werden ließ. Wenigstens in seiner Illusion.

Am Rand einer grünen Wiesenfläche reihten sich schnurgerade winzige Häuser auf. Skelir ging darauf zu. Bald erkannte er seinen Irrtum. Es handelte sich nicht um Gebäude im eigentlichen Sinn, sondern um Aufbauten aus Holz und Plastik, teils mit Rädern, und mit einem Dach aus billigem Stoff, wohl um die Sonne abzuhalten.

Interessant.

Hinter jedem dieser Bauten standen Menschen. Verkäufer, vermutete Skelir, die ihre Waren feilboten. Die Besucher der Fortanlage flanierten in langen Reihen an den Aufbauten vorbei. Zumindest, bis sie auf den Fremden aufmerksam wurden, der sich ihnen näherte. Es roch intensiv nach tausend Düften, verwirrender noch als in der Pflanzensektion der SREGAR-NAKUT.

Überall gellten Schreie, rannten Menschen davon. Doch nicht alle reagierten so. Viele blieben stehen, starrten ihn an, hoben kleine Geräte vor sich, metallische Dinge, kaum so groß wie ihre Hand.

Skelir eilte auf einen der Planetenbewohner zu, der ein solches Werkzeug oder Instrument, oder was immer es sein mochte, in der Hand hielt. Es war eine Frau mit langem schwarzem Haar. Skelir nahm sie nur am Rande wahr, als er ihr das Gerät abnahm. Ein – Pad, wenn er sich recht an die Informationen erinnerte, die er wie alle Fantan vorab studiert hatte. Diese Menschen nutzten es für allerhand Dinge. Auf dem Bildschirm zeigte sich ein Bild von ihm, Skelir, wie er an dem ersten hölzernen Verkaufsstand vorüberging.

Er nahm das Pad mit sich. Die Menschenfrau stand mit offenem Mund da und schwieg. Er ignorierte sie, wandte sich ab und ging auf den weißen Palast mit den Zwiebelkuppeln zu. Weite Torbogen zogen seinen Blick auf sich.

Bevor er dieses prächtige Gebäude erreichte, entdeckte er etwas, das seine Aufmerksamkeit fesselte. Ein kleines Haus, gefertigt aus demselben rötlichen Gestein wie die gewaltige Mauer rundum. Nur war es geradezu winzig, kaum höher als einer der Menschen, und es bot höchstens zwei, vielleicht drei von ihnen Platz in seinem Inneren, wenn sie dicht beieinanderstanden.

Höchst merkwürdig.

Er ging darauf zu. Jemand verließ es. Ein Mann. Wassertropfen fielen von seinen Fingern zu Boden. Der Mensch sah ihn, wankte einen Schritt zurück, stieß mit dem Rücken gegen die Tür, die noch einen Spaltbreit offen stand, und rannte panisch davon.

Skelir packte das Türblatt, ehe es zufallen konnte, und zog es weiter vor. Im Inneren des Häuschens gab es einen winzigen Vorraum, von dem zwei Türen abzweigten. Ehe der Fantan Zeit fand, sich näher damit zu beschäftigen, bemerkte er, dass sich ihm zwei Menschen näherten. Sie hielten Steine in der Hand, hoch erhoben – schlagbereit. Sie wollten ihn tatsächlich angreifen!

Diese Narren.

Skelir trug einen Betäubungshandstrahler bei sich. Er zielte routiniert und schoss. Zuerst knallten die Steine auf den Boden, danach die beiden Menschen.

Er widmete sich wieder dem kleinen Gebäude. Es gab Wichtigeres als ein paar Planetenbewohner ohne Sinn und Verstand.

John Marshall

»Was tut er?« Chitra Singh klang fassungslos. Das Knattern des Hubschraubers übertönte ihre Frage fast.

Marshall überlegte sich eine passende Antwort, um Worte für diesen bizarren Anblick zu finden, doch Allan D. Mercant kam ihm zuvor und gab eine völlig nüchterne Beschreibung. »Der Fantan steht vor einem Toilettenhäuschen und scheint davon sehr angetan zu sein.«

»Das sehe ich auch!« Die indische Ministerpräsidentin legte die Stirn an die Sichtscheibe neben ihrem Passagiersitz. »Aber ich ... ich dachte ...«

»Ich weiß«, sagte Marshall. »Man könnte mit allem rechnen, wenn ein Außerirdischer in einer historischen, kulturell unermesslich bedeutsamen Fortanlage landet – aber nicht *damit*.

Bilder von Fantan gingen inzwischen um die ganze Welt, seit in Afrika das erste Foto eines der Aliens geschossen worden war. Dennoch starrte Marshall das zylinderartige Wesen an und konnte sich von dem fremdartigen Anblick nicht losreißen.

Der Hubschrauber setzte zwanzig Meter von dem Außerirdischen entfernt auf, gleichzeitig mit einer zweiten Maschine, der sofort ein Dutzend schwer bewaffneter Soldaten entströmte. Marshall war extrem erleichtert gewesen, als Chitra Singh ihn und Mercant gebeten hatte, sie zu begleiten; das militärische Aufgebot gefiel ihm weniger, zumal er schon aus der Luft gesehen hatte, dass etliche Panzer dem Roten Fort entgegenjagten.

»Wir werden versuchen, mit dem Außerirdischen in Kontakt zu treten«, sagte er. »Ich kann Sie nur bitten, die Soldaten fernzuhalten. Der Fantan stellt keine Gefahr dar.«

Die nächsten Sekunden straften seine Behauptung Lügen. Zwei Inder rannten auf den Alien zu, mit Steinen in den Händen. Diese selbst ernannten Helden konnten alles verderben! Der Fantan schaltete sie beiläufig mit einem Schuss aus einer Handwaffe aus.

»Keine Gefahr?«, wiederholte die Ministerpräsidentin Marshalls letzte Worte. »Was, wenn er das ganze Fort in die Luft jagen wird?«

»Wieso sollte er?«, konterte Mercant.

»Er hat zwei Menschen erschossen! Ich kann nicht mehr einfach nur zusehen!«

Der ehemalige Homeland-Security-Agent zeigte ein undeutbares Lächeln. »Sie sind nicht tot. Er hat sie nur betäubt.«

»Was macht Sie so sicher?«

»Die Art, wie sie gefallen sind. Die Tatsache, dass es kein Blut gibt. Ich habe eine ähnliche Waffe arkonidischer Bauart schon gesehen.«

Die Abgesandten aus Terrania und die indische Ministerpräsidentin gingen während dieser Worte Seite an Seite näher zu dem außerirdischen Besucher, den reglosen Möchtegernhelden – und dem Toilettenhäuschen. Eine Traube von Menschen umringte den Fantan in respektvollem Abstand . Die Soldaten schufen eine Gasse, durch die Marshall und seine beiden Begleiter gehen konnten.

Er kam nicht umhin, diese gesamte Situation als das Seltsamste anzusehen, was er jemals erlebt hatte. »Mein Vorschlag wäre, dass Ihre Militärkräfte dafür sorgen, dass Allan und ich ungestört mit dem Fantan reden können. Halten Sie weitere Angreifer aus der Menge zurück.«

»Reden?« Chitra Singh deutete auf das bizarre Zylinderwesen. »In welcher Sprache? Klingonisch?«

Einen Augenblick war Marshall völlig verwirrt, ehe er verstand, dass sie wohl versucht hatte, die Situation durch einen Scherz zu entspannen. »Sie wissen, was Klingonisch ist?«

»Heghlu'meH QaQ jajvam«, sagte sie. »Ich mag alte Fernsehserien. Und ehe Sie fragen – es gibt ein Science-Fiction-Revival in Indien, und das nicht erst, seit Rhodan auf dem Mond gelandet ist.«

»Was bedeutet dieser Satz?«, fragte Mercant.

Marshall wusste es; Sid hatte diese markante Formulierung einige Male zitiert, als sie noch gemeinsam im Pain Shelter lebten. Ein Klassiker. *»Heute ist ein guter Tag zum Sterben«,* übersetzte er.

»Das sollten wir nicht allzu wörtlich nehmen«, forderte Mercant.

Die Ministerpräsidentin erteilte über ein Funkgerät, das sie direkt mit dem Anführer der Soldaten verband, die entsprechenden Befehle. Zu dritt und unter dem Schutz eines Dutzends Maschinenpistolen der neuesten Generation gingen sie weiter. Wenn Marshalls Vermutung stimmte, dass die schwarzen Löcher im oberen Körperbereich die Sinnesorgane dieses Wesens waren, schaute der Fantan ihnen entgegen.

»Wir möchten mit Ihnen reden«, rief Mercant. »Wenn Sie wünschen ...« Er sprach den Satz nicht zu Ende.

Das fremdartige Zylinderwesen kam auf drei Beinen auf sie zu – und ging, ohne sich einmal umzudrehen, an ihnen vorbei.

»Passieren lassen!«, befahl Chitra Singh in das Funkgerät ihren Soldaten. »Wir beobachten und lassen ihn gewähren, solange er niemanden gefährdet!«

So sahen sie zu, wie der Außerirdische sein kleines Fluggerät bestieg und damit aufstieg. Er schwebte zu dem Toilettenhäuschen. Aus der Unterseite des Beiboots schoss plötzlich ein gleißend heller Energiestrahl.

Ein kollektiver Schrei ging durch die Menge. Einzelne warfen sich herum, doch statt zu fliehen, kollidierten sie mit ihren Hintermännern und rissen diese zu Boden.

Es ereignete sich jedoch weder eine Explosion noch sonst etwas, das auch nur einen einzigen Menschen gefährdet hätte. Stattdessen hob sich das gesamte Toilettenhäuschen aus seiner Verankerung und schwebte in dem energetischen Strahl bis dicht unter das Beiboot. Dieses stieg weiter hoch, beschleunigte und verschwand.

Die Ministerpräsidentin brachte es auf den Punkt: »Was in aller Welt will dieses Wesen mit einem Toilettenhäuschen?«

Auf diese Frage konnten die beiden nicht antworten. Eines allerdings stand fest: An die Fantan durfte man keine bekannten Maßstäbe anlegen.

John Marshall bekam Kopfschmerzen.

Kapitel 15

Rico: Die Queen

Takezo und seine Kumpane erstarrten. Der Lärm der drei Schüsse verhallte im Hinterhof. Dem Geräusch nach stammten sie aus einem langläufigen Gewehr. Die Reaktion meiner Gegner ließ darauf schließen, dass diese Entwicklung sie ebenso überraschte wie mich.

Das verlieh mir völlig neue Möglichkeiten. Ich wartete ab, bereit, jede Chance zur Flucht sofort zu nutzen. Es interessierte mich nicht, mit welchen Schwierigkeiten Takezo nun kämpfen musste, wer ihn anfeindete und warum er mich überhaupt in diese Falle gelockt hatte.

Mich zog es zum Meer. Mit dieser Rotte aus Lastwagenfahrern und Schlägern würde ich mich keine Sekunde länger abgeben als nötig. Allerdings konnte es gut sein, dass ich vom Regen in die Traufe kam und nun erst recht selbst in Schwierigkeiten steckte.

Meine Gegner versperrten mir die Sicht. Der Mann mit dem gebrochenen Arm drehte sich langsam um; ich sah seine Knie zittern.

»Weg von ihm!«, gellte eine Stimme zu uns herüber. Es handelte sich um eine Frau, das stellte ich zweifelsfrei fest, und sie klang, als wäre sie es gewohnt, Befehle zu erteilen. »Sofort!«

Ich konnte sehen, wie Takezos Hand nach der Waffe tastete, die unter dem Hosenbund klemmte. »Was willst du von uns? Warum mischst du dich ein? Was wir hier tun, geht dich ...« Die restlichen Worte wurden ihm durch einen erneuten Schuss von den Lippen gerissen.

»Weg von ihm, klar? Das war meine letzte Kugel dicht über eure Köpfe. Die nächste geht ein bisschen tiefer, und ich kann verdammt gut zielen! Und du, alter Mann, wirf deine Waffe weg, aber schön weit!«

Takezo gehorchte. Die Pistole flog in hohem Bogen davon, blieb in der Nähe des Trucks liegen. Drei der Schläger hasteten zur

Seite, unter ihnen derjenige, dem ich den Arm gebrochen hatte. Das wirkte wie eine Initialzündung. Einen Moment später kamen meine Beine frei, danach löste sich der Klammergriff um meine Arme.

Ich setzte mich auf. Meine biologischen Anteile hatten einigen Schaden genommen, aber nichts Irreparables; selbst gewöhnliche Menschen kämen mit solchen Beschädigungen zurecht.

»Ihr anderen braucht wohl eine Extraeinladung?«

»Nein«, rief einer der Letzten, die noch vor mir standen. Gebückt, die Hände vor den Kopf gehoben, als könnte er damit eine Kugel aufhalten, stolperte er zur Seite. Ich erhaschte einen kurzen Blick in sein totenbleiches Gesicht.

Eine Frau grinste mich an. Sie sah jung aus; erstaunlich jung für ein derart überlegenes Auftreten und um so selbstsicher mit einer Schusswaffe umgehen zu können. »Na los, komm mit!« Sie winkte mit dem Lauf der Waffe. *»Du* brauchst vor mir keine Angst zu haben.«

Ein letztes Mal drehte ich mich zu dem alten Takezo um, den ich für einen harmlosen, freundlichen Fahrer gehalten hatte. Der Schritt seiner Hose glänzte nass. Tropfen klatschten zu Boden. Offenbar konnte er zwar andere bedrohen, ertrug es aber nicht, wenn man den Spieß umdrehete.

»Eins noch«, sagte meine Retterin. »Wenn ihr auf die Idee kommt, uns zu verfolgen, werde ich euch als Erstes nicht den Kopf wegpusten, sondern die Teile, in denen bei Typen wie euch der Verstand sitzt.« Sie senkte den Gewehrlauf ein wenig.

Ich eilte zu ihr. Wir verließen den Hinterhof und hasteten durch die Einfahrt. Davor wartete ein Geländewagen mit offenen Türen. Sie drückte mir das Gewehr in die Hand und schwang sich auf den Fahrersitz. »Queen«, sagte sie mit tiefer, unnatürlich klingender Stimme. »Starten!«

Das Auto reagierte auf die Identifizierung und den Startbefehl. Der Motor sprang knatternd an. Ich stieg ebenfalls ein, schlug die Tür zu, und wir fuhren los. Dabei hielt ich die Einfahrt zum Hinterhof, der mir beinahe zum Verhängnis geworden wäre, so lange wie möglich im Auge. Weder Takezo noch einer seiner Kumpane ließ sich blicken.

Ich verbuchte es als Erfahrung und schwor mir, in Zukunft vorsichtiger zu sein. Auf zweiter Bewusstseinsebene begann ich, meine internen Aufzeichnungen des alten Mannes zu analysieren, um nach Anzeichen für seine Kriminalität zu suchen. Hätte ich nicht bemerken müssen, dass er mich in eine Falle lockte? Eigentlich kannte ich die Bewohner dieses Planeten recht gut, aber er hatte mich überrascht. Seit Perry Rhodans Vorstoß zum Mond war allerdings eine neue Ära angebrochen, und solche Zeitenwechsel brachten stets neue Verhaltensweisen dieses Volkes zum Vorschein. Die Wehen der neuen Zeit zwangen die Menschen, Entscheidungen zu treffen und sich zur einen oder anderen Seite zu bekennen.

»Queen?«, fragte ich, während die interne Analyse lief. *Königin.* »Das ist dein Name, mit dem du dich bei deinem Autocomputer identifizierst?«

Ihre Kiefer bewegten sich. Sie kaute einen Kaugummi. »Viele nutzen Nicknames, das ist nichts Besonderes.«

»Wie soll ich dich nennen?«

Daraufhin schien sie kurz nachzudenken. »Queen gefällt mir.«

»Du kannst Rico zu mir sagen.«

Sie zögerte kurz. »Im Ernst?«

»Viele benutzen Nicknames«, wiederholte ich ihre Worte.

Das schien ihr zu gefallen. Sie lachte glockenhell, während der Wagen über die schlechten Straßen dieser Kleinstadt am Rand der Gobi rumpelte – oder durch die Gassen dieses Dreckslochs, wie Takezo es bezeichnet hatte. Die Häuser blieben bald hinter uns zurück und mit ihnen die Episode, die mich fast in ernsthafte Schwierigkeiten gebracht hätte. Stellte sich nur die Frage, wie es mit meiner Retterin, Queen, weitergehen sollte.

Eine weite Ebene voll Gestein und kargem, gedrungenem Gebüsch breitete sich vor uns aus. In diesem Gelände würden wir es rasch bemerken, wenn uns Takezo und seine Kumpane verfolgten. Ich rechnete allerdings nicht damit. Queens Auftritt hatte sie in verschüchterte Feiglinge verwandelt, die die Kontrolle über ihre Blase verloren.

Bei der Erinnerung daran fiel mir etwas ein, was ich nicht verstanden hatte. »Was meintest du mit deiner letzten Drohung?«, fragte ich. »Wo sitzt bei diesen Männern der Verstand?«

Sie drehte den Kopf zu mir, grinste breit. Ihre Zähne blitzten weiß hervor. »Das ist nicht dein Ernst.«

Ich zuckte die Schultern, wie es ein Mensch in dieser Situation wohl getan hätte.

Sie kaute kurz auf ihrer Unterlippe und zwinkerte. Ihre Augen waren hellblau, die Brauen eine dünne Linie. »Du hast Glück gehabt, dass ich dich gefunden habe.«

»Ich habe mich für die Rettung noch nicht bedankt. Wieso hast du ...«

»Reden wir nicht drüber. Es gibt Dinge, die kann man auch später noch besprechen. Hätte ich dich nicht da rausgeholt, würden dich diese Kerle nun an die Regierung verkaufen. Sie können Geld immer gebrauchen, und das wäre ein gutes Zubrot für sie gewesen. So was geschieht bestimmt nicht zum ersten Mal hier am Rand der Gobi.«

Ich verstand nicht, worauf sie hinauswollte. Wusste sie etwa, wer – *was* – ich war? Die Regierungen dieser Welt würden zweifellos jeden Preis für einen wie mich bezahlen. Nur dass es *solche wie mich* nicht gab; ich war einzigartig. Es gab nur einen Rico. Zu der Annahme, dass sie meine Identität kannte, passte ihre Behauptung also nicht, derlei Entführungen und Geschäfte wären schon des Öfteren passiert.

»Du begreifst es nicht, richtig?«, fragte Queen.

Weil es sicher nicht mehr nötig war, das Gewehr in den Händen zu halten, verstaute ich es in dem kleinen Freiraum zwischen Sitz und Ausgangstür. »Leider nicht.«

Sie drückte einen Knopf am Armaturenbrett, und ihr Fenster fuhr herunter. Ploppend spuckte sie den Kaugummi hinaus. »Wieso sie dich verkauft hätten?« Ihre Kiefer mahlten noch immer, als wäre der Kaugummi noch im Mund. Dabei hob sie beide Mundwinkel zu einem frechen Grinsen. Der Fahrtwind durch das geöffnete Fenster ließ ihre Haare flattern. »Na, sieh dich doch an, Mister Rico. Du bist ein hübscher Junge.«

»Aber das ... was?« Die Bemerkung ließ mich sprachlos zurück.

Meine verwirrende Retterin lehnte sich im Sitz nach hinten und lenkte mit ausgestreckten Armen. Lachend streckte sie die Rechte aus, legte sie auf meine Schulter und kniff zu. »Nur ein Witz, okay?« Der Wagen rumpelte durch ein Schlagloch und zog zur Seite. Sie packte das Lenkrad schnell mit beiden Händen. »Aber einmal in deine verträumten Augen zu schauen genügt, um dich zu durchschauen.«

Meine Augen. *Der starre Blick.* Also wusste sie es doch?

»Du kommst aus Terrania, richtig? Von Rhodan? Ihr sternverrückten Träumer seid alle gleich. Man erkennt euch aus zehn Metern Entfernung, wenn man einmal weiß, wonach man zu suchen hat.«

Das war es also. Dass die Queen doch keine so gute Beobachterin war, wie sie zu sein glaubte, verschwieg ich ihr. Möglicherweise würde sie irgendwann ihren Irrtum erkennen. »Du hast recht.« Ich fragte mich, ob das Lügenspiel, das zuletzt Takezo und ich, jeder auf seine Art, gespielt hatten, erneut von vorne losging.

»Die Regierung will Leute wie dich, und unter der Hand zahlen die Geheimdienste ordentliche Preise, heißt es. Man braucht natürlich die richtigen Verbindungen, aber das dürfte bei diesem Pack nicht das Problem gewesen sein. Wenn sie dich erst mal in den Fingern haben, quetschen dich die Mächtigen in diesem Land nach allen Regeln der Kunst aus. Glaub mir, du hättest verraten, was du weißt.«

Das bezweifelte ich allerdings.

»Die Regierung will um jeden Preis Rhodans Geheimnis ergründen«, fuhr Queen fort. »Ich übrigens auch. Aber dazu lasse ich keine Leute entführen, die Terrania den Rücken zukehren.«

»Stattdessen rettest du sie, ehe sie von anderen verkauft werden.«

Sie schnalzte mit der Zunge. »Du bist mein Erster, aber ich bin bislang sehr zufrieden mit dir.« Sie bremste etwas ab, drehte sich zu mir. »Wie schon gesagt, du bist ein hübscher Junge.«

Meine Retterin wurde mir unheimlich. Was war das für eine Frau? Hatte sie den Verstand verloren? Spielte sie mit mir, oder war *das hier* tatsächlich ihre Art, an Informationen über Terrania und Perry Rhodan zu gelangen? Ich stand in ihrer Schuld, daran gab es keinen Zweifel, aber ich wusste noch nicht, ob ich mich diesem Maßstab irdischer Ethik beugen sollte.

Ich schaute nur geradeaus – *mein starrer Blick,* dachte ich erneut. Irgendwann drehte sie sich deshalb ebenfalls nach vorne und konzentrierte sich auf die Fahrt. Nach einer Minute fragte sie unvermittelt: »Wohin willst du eigentlich, mein Freund Rico?«

»Ich weiß nicht.«

»Das glaube ich dir nicht. Jeder Mensch will irgendwohin. Schließ die Augen und horch in dich hinein. Spüre dein Herz und deine Sehnsucht, und erzähle mir nicht, dass du das nicht kennst. Also, Rico – wohin zieht es dich? Tief in dir drin?«

Ich folgte ihrer Aufforderung und schloss die Augen, obwohl es gar nicht nötig gewesen wäre. In der Dunkelheit glaubte ich fast, eine Bewegung zu sehen. Es war nicht möglich, aber als ich mich darauf konzentrierte, vermeinte ich, Geräusche zu hören. Laute, wie sie in diesem Geländewagen, der über schlechte Straßen rumpelte, nicht erklingen konnten. *Das Rauschen von Wellen, die sich am Strand brechen.*

Ich öffnete die Augen und sah weiße Gischt. Nur einen unendlich kurzen Augenblick lang, in dem absolute Perfektion lag. »Es zieht mich zum Meer«, sagte ich.

»Gut«, sagte Queen. Ihre Finger trommelten fröhlich auf dem Lenkrad. »Das können wir einrichten.« Der Motor röhrte auf, als sie Gas gab.

Kapitel 16

Offenbarungen
Reginald Bull

»Wir müssen hier weg!« Sids Augen glänzten, und er sah aus, als hätte er Reginald Bull am liebsten gepackt und durchgeschüttelt.

»Bleib ruhig«, bat Bull. Oder befahl es. Er deutete unauffällig auf das Empfangsgerät, das ihre kleine Gruppe mit Skelir verband und momentan die einzige Möglichkeit bot, nach draußen zu blicken – aus dem fremden Spindelraumschiff vor Terranias Grenzen. Für den Nachrichtenjunkie Bull war es alles andere als einfach, derart abgeschnitten zu sein.

Zuletzt hatte ihnen der kleine Bildschirm in dem Fantan-Gerät mehr als nur seltsame Bilder gezeigt. Offenbar war Skelir bis nach Indien geflogen, um dort ein Toilettenhäuschen per Antigravstrahl mitten aus einer riesigen historischen Festungsanlage zu rauben.

Den vier Menschen im Spindelschiff war klar, dass sie keine Geheimnisse besprechen durften, solange sich dieses Gerät in der Nähe befand. Wahrscheinlich zeichnete es auch ihre Bewegungen und Äußerungen auf, sodass die Fantan ihre Besucher – oder Gefangenen – auf diese Weise genau im Auge behalten konnten.

Allerdings sah es wohl nirgends im Schiff besser aus. Die Fremden hätten ihnen wohl kaum erlaubt, frei im Spindelraumer herumzustreifen, ohne sie dabei ständig zu beobachten. Vielleicht gab es überall fest installierte Kameras oder winzige fliegende Aufzeichnungsgeräte, die jeden ihrer Schritte verfolgten; wer wusste das schon. Sogar die irdische Technologie war seit Jahren äußerst erfindungsreich, wenn es darum ging, andere auszuspionieren – was mussten den Fantan da erst für Möglichkeiten offenstehen.

»Sue und Eric, ihr bleibt in dieser Vitrinenhalle!«, rief er quer durch den Raum. »Sid und ich sind unterwegs, wir treffen uns wieder hier.«

Das Mädchen und der ehemalige Bordarzt der STARDUST nickten. Bull zog den jungen González mit sich aus dem Raum. In dem Korridor lag noch ein Hauch der verwirrenden Geruchsvielfalt aus dem Bereich mit den zahllosen Pflanzen. Sid ging ohne ein Wort in die gegenüberliegende Richtung.

Reginald Bull folgte ihm. »Wir müssen die Nerven behalten, Sid!«

»Es gefällt mir nicht in dem Schiff.«

Er legte dem Jungen die Hand auf die Schulter. »Darauf kommt es nicht an. Das ist kein ... Ausflug.«

»Die Fantan haben uns eindeutig gefangen genommen! Ja, es stimmt, das ist kein Ausflug. Wir sitzen hier fest! Zeigen wir ihnen doch, was wir können, und verschwinden von hier.« Er schnippte mit Mittelfinger und Daumen beider Hände. Zwei Funken stoben davon. Das genügte als Hinweis vollkommen, um Bull klarzumachen, was Sid vorschwebte. Wobei es ihm vorher ebenso klar gewesen war.

»Nicht, Sid! Ob wir in diesem Raumer eingesperrt sind oder nicht, uns droht keine Gefahr! Wir dürfen unser Pulver nicht zu früh verschießen, verstehst du? Wenn es irgendwann richtig brenzlig wird ... tja, du versteht schon.«

In Sids abgemagertem Gesicht arbeitete es. Über dem linken Augenlid klopfte eine Ader. Die Haut über seinen Wangen hing schlaff, ein Überbleibsel davon, dass er noch vor wenigen Wochen weitaus fülliger gewesen war. Zahllose Teleportersprünge hatten ihn ausgezehrt. Vielleicht stammten seine Nervosität und Unruhe auch daher. Es war ein typisches Anzeichen, wenn jemand radikal abnahm. Allerdings geschah es meistens freiwillig – oder zumindest absichtlich.

»Also bleiben wir weiter untätig und warten einfach ab, was geschieht?«, fragte der Junge.

»Wir beobachten. Begreif doch, Sid, wir müssen die Fantan kennenlernen. Verstehen, was sie bei uns wollen.«

»Du meinst, außer Toilettenhäuschen?«

»Nur wenn wir ihre Beweggründe kennen und nachvollziehen können, sind wir in der Lage zu verhandeln.« Er senkte die Stimme. »Oder mehr als das.«

»Und dazu schauen wir uns tausend Vitrinen mit absonderlichem Zeugs an?«

»So ist es. Besondere Situationen erfordern nun mal besondere Maßnahmen, das ist eine Binsenweisheit, die schon mein Urgroßvater meiner Großmutter predigte, ehe er von der guten alten Zeit plauderte! Und jetzt, Sid, gehen wir einen Schritt weiter. Jetzt durchforsten du und ich dieses Schiff.«

Sid zögerte kurz. »Klingt gut«, stimmte er schließlich zu.

Bull nahm es erleichtert zur Kenntnis. Sid war unendlich wertvoll für sie, sollte es hart auf hart kommen, aber man musste ihn genau im Auge behalten. Wenn er die Nerven verlor und einfach wegteleportierte, war niemandem geholfen, am allerwenigsten denen, die zurückblieben. Aber er vertraute Sid. Der Junge besaß den Willen, der Sache zu dienen und sich in die Gruppe zu integrieren. Das zählte mehr als alles andere, er würde mit der Verantwortung wachsen, wenn man es ihm nur zutraute.

Der Korridor erstreckte sich schmucklos über viele Meter und verschwand weit vor ihnen in der Dunkelheit. Als sie weitergingen, flammte dort jedoch grelles Licht auf. Bull schloss kurz geblendet die Augen.

In dem neu erkennbaren Abschnitt hingen Dinge von der Decke, baumelten an Ketten und Haken. Für einen bizarren Augenblick fühlte sich Bull an eine Schlachterei erinnert, doch er blickte weder auf Tierhälften noch auf trocknende Schinken oder Würste.

Sid rannte einige Schritte, streckte den Arm nach oben und zog an einem der zahlreichen Stäbe, woraufhin dieser sich löste. Der Junge schwang seine *Beute.* Sie ähnelte einem knorrigen Ast, doch das Holz – falls es sich um solches handelte – war tiefblau, und kleine Lichtpunkte bewegten sich darauf hin und her.

Plötzlich schleuderte Sid den Stab gegen die Wand und schüttelte seine Hand aus. Etwas spritzte wie ein Wassertropfen von seinen Fingern und platschte auf den Boden. Sid verzog angeekelt das Gesicht.

Beim Aufprall des seltsamen Astes lösten sich einige der Lichtpunkte, klatschten rundum auf und krochen wieder dem Holz entgegen. »Das sind – Würmer«, sagte Sid. Er musterte seine Hand genau, die den knorrigen Stab gehalten hatte. Mit der Linken schnippte er einen der Leuchtpunkte von seinem Zeigefinger. »Wieso hängen diese Fantan solchen Mist an die Decke?«

Bull grinste. »Andere Völker, andere Sitten. Dir sollte doch längst klar geworden sein, dass die Fantan alles sammeln, was ihnen irgendwie interessant erscheint.«

»Was soll *daran* interessant sein?«

»Frag Jenves oder Skelir, wenn er zurück ist!«

Die beiden gingen weiter. Als sie unter den Stäben hindurchgingen, senkte Sid den Kopf und hob die Hände über den Kopf, wohl um sich vor herabfallenden Lichtwürmern zu schützen. Bull sah es lockerer; nach allem, was er gesehen hatte, gefiel es diesen Tieren auf ihren Ästen sehr gut. Er nahm das Ganze gelassen, eine skurrile Nebensächlichkeit, aber vielleicht doch von Bedeutung, wenn es darum ging, das Wesen der Fantan besser verstehen zu lernen.

Sie erreichten eine Kreuzung. Auf dem Boden lag dort eine Art hochfloriger Teppich mit sinnverwirrendem Labyrinthmuster. Je länger Reginald Bull darauf schaute, umso mehr drehte sich alles um ihn. Er ging sogar ein wenig in die Knie, ehe er sich mit Gewalt von dem Anblick losriss.

»Links?«, fragte Sid, der dem *Zauber* nicht zu unterliegen schien.

»Wieso?«

»Warum nicht?«

»Gute Antwort.« Er folgte dem Teleporter, war gespannt, was als Nächstes in dieser Wunderwelt auf ihn wartete.

Unvermittelt rannte Sid los. »Dort vorne!« Mehr erklärte er nicht, aber Bull verstand wenig später ohnehin, was den Jungen anzog.

Ein Teil der Wand war durchsichtig, als würden sie vor einer breiten Panoramascheibe stehen. Der Blick ging allerdings nicht ins Freie zur Gobi oder nach Terrania, sondern in einen großen Hangar, der sich viele Meter höher erstreckte als die Decke des Korridors, in dem sie standen.

Dort schwebten gleich mehrere der kleinen Beiboote des Typus, wie auch Skelir ihn nutzte. Zwei landeten, ein drittes startete, flog in den oberen Bereich und verschwand dort durch ein sirrendes Energiefeld.

Den gelandeten Einheiten entstiegen Fantan. Einige trugen ihr aktuelles Besun selbst, andere ließen es von Robotern schleppen. Bull vermutete inzwischen, dass sich dieses mysteriöse Wort in etwa mit *Beute* übersetzen ließ, für die Fremden aber noch eine weitaus tiefere Bedeutung besaß. Offenbar stellte es für sie zugleich Lebenssinn und -ziel dar. Die Frage war nur, ob sie es als Zwang ansahen oder gewissermaßen als Hobby; ob es Freude oder Arbeit bildete oder etwas völlig anderes, das Menschen womöglich gar nicht kannten.

Bull sah in der Hand eines Fantan eine reglose, mindestens zwei Meter lange Schlange; ein zweiter hielt einen verkrusteten Kochtopf. Zwei Roboter zerrten – Bull traute seinen Augen kaum – einen schon fast antiken Oldtimer mit sich, einen feuerroten 1958er Plymouth Fury, wenn er sich nicht täuschte. Einer der Kollegen im Nevada Space Field hatte ein Faible für derlei Autos gehabt und Bull mehr als einmal davon vorgeschwärmt.

Sie hörten Schritte.

Bull drehte sich um. »Eric? Was machst du hier?«

Noch ehe der ehemalige Bordarzt der STARDUST antworten konnte, rief Sid: »Wo ist Sue?«

Genau diese Frage stellte sich Bull auch, doch er schwieg. Manoli sah alles andere als begeistert aus, und es galt, keine Sekunde mehr unnötig zu verschwenden.

»Skelir ist zurück.« Manolis Hände ballten sich zu Fäusten. »Er hat Sue mitgenommen. Ich konnte nichts tun.«

Skelir

Das Mädchen hielt den einen Arm dicht am Oberkörper, die Hand über dem Stumpf. Es sagte kein Wort, und als Skelir es erneut ansprach, griff es demonstrativ nach der Übersetzungsscheibe, zog sie von ihrer Kleidung und warf sie zu Boden.

»Du brauchst keine Angst zu haben«, versicherte Skelir. Die Übersetzung funktionierte selbstverständlich nach wie vor tadellos. Inzwischen waren die Geräte so gut auf die Sprache der Planetenbewohner geeicht, dass ein direkter Körperkontakt nicht mehr nötig war. Durch die Entfernung würde Sue Mirafiore nur alles etwas leiser hören; das sollte kein Problem sein.

Sie öffnete den Mund, atmete tief ein und senkte den Kopf.

So verhielt sie sich, seit Skelir sie von dem Menschen namens Eric Manoli getrennt und in diesen kleinen Raum gebracht hatte – ein Übergangsquartier für Fremdintelligenz-Besun, das notfalls mit besonderen Atemgemischen geflutet werden konnte. Ein hässlicher, kahler Raum, zugegeben, aber er erfüllte seinen Zweck.

»Ich möchte mit dir reden«, setzte der Fantan erneut an.

Keine Reaktion.

Also versuchte er es anders. »Ich bitte dich um Hilfe.«

Sue hob den Kopf, sah ihn an. Ihr rechtes Auge schillerte. Flüssigkeit drang daraus hervor.

»Bist du verletzt?«, fragte er.

»Nein.« Es klang verwirrt.

»Dein Auge.«

Sie schüttelte den Kopf, wischte die Flüssigkeit mit ihrer verbliebenen Hand weg. »Es ist nichts.«

»Du hast bereits bemerkt, dass mir genau wie dir etwas fehlt«, sagte er. »Wir sind nicht vollständig.«

Sie nickte, bei ihrem Volk eine Geste der Zustimmung, wie er wusste. Die Kommunikation funktionierte zufriedenstellend.

»Wir sind verkrüppelt und verachtenswert«, fügte er hinzu und beobachtete ihre Reaktion genau.

Sues Pupillen – eine Seltsamkeit, wie sie die meisten humanoiden Völker besaßen – weiteten sich. »Ich verachte mich nicht«, sagte sie. »Und dich auch nicht.«

Die Worte erschütterten ihn. Nie zuvor hatte er etwas derart Verrücktes gehört. Sie empfand keine Abscheu vor sich selbst? Mit *diesem* Körper? Trotz ihrer Verstümmelung? »Hör mir zu«, bat er. »Ich erzähle dir, wie ich zwei meiner Extremitäten verloren habe.«

Sie senkte ihren Arm, dass er an ihrer Seite herabhing. Aber sie schwieg, und so sprach Skelir zum ersten Mal aus, was ihm vor einer schieren Ewigkeit widerfahren war. Er hatte es tausend Mal in seinen Gedanken durchlebt, aber er wäre nie auf die Idee gekommen, einem Fantan davon zu berichten. Und wem sonst? Besun? Eine verrückte Vorstellung. Verrückt – bis Sue Mirafiore aufgetaucht war.

»Bei einer meiner ersten Besun-Jagden wählte ich ein Tier als mein Ziel. Ich schätzte seine Gefährlichkeit falsch ein. Es biss und verletzte mich, aber ich hätte es besiegen können. Der entscheidende Fehler lag woanders.«

Sues Oberlippe zuckte, aber sie schwieg weiterhin.

»Ich hatte mich in der Einordnung getäuscht. Das vermeintliche Tier war ein intelligentes Wesen, und es trug eine Waffe.«

Das Metall blitzt in der Luft, ehe es Skelirs Bein am Boden festspießt. Das Besun *zieht eine zweite Klinge, viel kleiner als die erste. Sie pfeift durch die Luft, in einem perfekten Bogen, und sie schneidet, wieder und wieder.*

»Eine Art Schwert«, fuhr er fort. »Ich konnte mich nicht mehr wehren. Das Wesen ließ mich zurück und verzichtete darauf, mich zu töten, wie es richtig gewesen wäre. Ehe wir diese Welt verließen, fanden mich andere Fantan und brachten mich ins Schiff. Ich erwachte erst, als meine Wunden versorgt waren. Verachtenswert.«

»Bedauernswert«, widersprach Sue. Wieder quoll Feuchtigkeit aus ihren Augen, diesmal aus beiden.

»Seitdem bin ich nicht mehr vollständig. Weder äußerlich noch innerlich. Ich ängstige mich vor *Besun.* Gleichzeitig ist es das, was ich wie jeder Fantan anstrebe. Wenn ich auf der Jagd bin, erlebe ich die einzigen Momente, in denen ich mich nicht verachte. Aber ich fürchte diese Zeiten auch. Es könnte wieder geschehen. Ich könnte mich wieder täuschen.«

»Ich wurde mit nur einem Arm geboren«, sagte das Mädchen. »Und ich habe nie etwas vermisst.«

»Du lügst! Du musst lügen!«

Sue schaute ihn an. Sie presste ihre Lippen aufeinander, als wolle sie die Zustimmung mit Gewalt zurückhalten. »Ich verstehe dich jetzt«, sagte sie schließlich. »Darf ich zurück zu den anderen?«

Skelir erfüllte ihr den Wunsch.

Kapitel 17

Die Details des Todes
Perry Rhodan

Sechzig neue Topsiderschiffe.

Sechzig Mal Tod und Verderben für die Einheiten der Ferronen.

Sechzig Gründe dafür, dass die GOOD HOPE nicht fliehen konnte, sondern in ihrem Versteck festsaß und die Besatzung das entsetzliche Geschehen in allen grausigen Einzelheiten erfahren musste.

Perry Rhodan beobachtete die Apokalypse auf dem schematischen Strategiehologramm und auf einem Echtbild der Außenbeobachtung. Eben waren dort noch die brennenden, abstürzenden Reste der Orbitalstation zu sehen gewesen, nun stiegen vom Planeten fragile, *hilflose* Schiffe auf. Es mussten Zubringer sein, die den Verkehr von und zu den Orbitalstationen bestritten. Das letzte Aufgebot.

Chaktor schrie auf, als er es sah. Er wankte auf das Hologramm zu und streckte die Hände aus, als wolle er die Abbilder der feindlichen Raumer aus dem All pflücken und zerquetschen. Die Finger zitterten. Er schlug sie sich gegen den Leib, krallte sie in die Schultern. Abgehackte, gequälte Laute drangen aus seinem Mund, und als das erste Schiff seines Volkes in einem Flammenball explodierte, schrie er wieder.

Rhodan fühlte mit ihm, doch er konnte nichts tun, um ihm zu helfen. Das entsetzliche Leid blieb unabwendbar, und der Tod übernahm mehr und mehr die Herrschaft im Wegasystem. Der Tod und diejenigen, die ihn brachten.

Echsen haben uns gefunden, hieß es im Notruf. Mörderische, grausame Fremdwesen. Genau das, was so viele Menschen schon im Fall der Arkoniden befürchtet hatten, weil es in tausend Romanen und Filmen seit Jahrzehnten so beschworen wurde: *Die Invasion aus dem All, die jegliches menschliche Leben auslöschte.* Aber konnte es das tatsächlich geben? Waren die Topsider wirklich ...

Etwas riss ihn aus den Gedanken. Chaktor stürzte. Rhodan wirbelte herum, sah als Letztes in dem Hologramm ein Flammenmeer in der Atmosphäre des Planeten lodern.

Der blauhäutige Ferrone lag am Boden, die Hände flach aufgelegt, den Kopf in den Nacken gerissen. Anne Sloane bückte sich zu ihm, legte ihm die Hand auf die Schulter, um ihn zu trösten. Chaktor ging in die Hocke. »Mein Volk stirbt.« Seine Stimme klang matt wie die eines Sterbenden. »Aber Sie sind doch da. Sie bringen doch das Licht zurück. *Tun Sie etwas!*«

»Wir werden versuchen, Ihnen und Ihrem Volk zu helfen.« Die fremdartige Körpersprache des Außerirdischen verwirrte Rhodan. Drückte er so sein Entsetzen aus? Oder die – Ehrfurcht vor denen, die er Lichtbringer nannte? Es widerstrebte Rhodan, sich verehren zu lassen. Zumal sie dem Sterben und dem Leid in diesem Krieg ebenso hilflos gegenüberstanden wie die Ferronen.

Chaktor nestelte an der Kette unter seiner Schulter, die Rhodan schon vorher aufgefallen war. Er zog daran eine silbrig glänzende Kugel aus der Brusttasche seiner Uniform, die er vor sein Gesicht führte. Erst sah es aus, als wolle er sie küssen, doch er tippte damit nur seine Stirn an. Danach strich er mit den Fingern darüber, übte kurz Druck aus.

Plötzlich trieben regenbogenfarbene Schlieren über die gerundete Oberfläche. Daraus formten sich Bilder aus – Aufnahmen von Ferronen.

Rhodan sah in ein weibliches Antlitz, dessen blaue Haut von üppig wuchernden Blättern in dunkelgrüner Farbe umgeben war. »Ist das Ihre ... Lebenspartnerin? Die Frau, mit der Sie ...«

»Eine meiner drei Frauen, ja«, unterbrach Chaktor. Das Bild verblasste, wich der Porträtaufnahme eines anderen Gesichts. »Es ist tröstlich, sie anzuschauen.«

Das nächste Bild zeigte eine Schar von Kindern, Rhodan schätzte sie auf mindestens zehn. Trotz des Grauens rundum stahl sich ein Lächeln wie ein Funken Hoffnung auf seine Lippen. *Eine gute Baseballmannschaft,* dachte er. »Dies sind Ihre Nachkommen?«

Chaktors Fingerspitzen strichen über die Kugel, als wolle er die Kleinen streicheln. »Fast die Hälfte von ihnen.«

»Wie viele Kinder haben Sie?«

»Etwa zwei Dutzend.«

Er hörte, wie Anne Sloane diese Worte ungläubig wiederholte und dabei das erste Wort besonders betonte: »Etwa zwei Dutzend ...«

Chaktor ließ die Kugel wieder in der Tasche verschwinden. Sein Gesicht nahm einen entschlossenen Ausdruck an. Er stand auf,

Rhodan streckte ihm die Hand entgegen, um ihm zu helfen. Einen Augenblick lang sah der Ferrone verwundert aus, ehe er sie ergriff. »Sie müssen den Thort treffen«, sagte er unvermittelt.

»Den ... Thort?« Die Frage kam von Thora; sie mischte sich zum ersten Mal in das Gespräch ein, seit der neue Topsiderverband aufgetaucht war. Seitdem arbeitete sie hochkonzentriert über den virtuellen Schaltflächen, hielt den Blick nur darauf gerichtet.

»Unser Herrscher!«, erklärte Chaktor. »Sie müssen ihn treffen, Sie alle! Er verfügt über unvorstellbare Mittel und Möglichkeiten. Der Thort und die Lichtbringer gehören zusammen!«

»Dann ist er stärker als wir«, stellte Rhodan klar, dem es immer weniger gefiel, dass der Ferrone in ihnen eine Art mythische oder gar gottgleiche Wesen sah.

Chaktor stutzte. Sein Blick huschte zwischen Thora, den Hologrammen und den Menschen hin und her; dabei sah er Ras Tschubai besonders lange an, als erwarte er von ihm Hilfe, so, wie er ihn vor dem Erstickungstod gerettet hatte.

»Man kann es nicht vergleichen. Der Thort ist ...« Der Ferrone rang sichtlich nach Worten, fand sie jedoch nicht und verstummte. »Sie müssen uns helfen«, resignierte er schließlich. »Sie alle!«

»Ich würde nichts lieber tun«, versicherte Rhodan. »Aber es ist unmöglich. Uns bleibt nur, uns hier zu verstecken und zu hoffen, dass man uns nicht entdeckt. Sonst sind wir alle tot.«

Mit einem Mal drang Thoras Stimme durch den Raum, dominant, mitreißend und alles überragend: »Sie irren sich! Wir können sehr wohl etwas unternehmen.«

Thora

Thora wusste, dass ihre Äußerung die Brisanz einer Bombe besaß. »Meine Analysen sind abgeschlossen«, ergänzte sie. »Ich bin mir völlig sicher in meiner Einschätzung der Lage.«

Niemand erwiderte etwas. Alle hingen an ihren Lippen. Der Ferrone sah sie kurz an, senkte dann den Blick. *Er erwartet die Worte der Lichtbringerin, die für ihn wie eine Göttin ist,* erkannte sie. *Was immer ich sage, er wird es tun.*

Sie musterte vor allem Rhodan, gespannt, wie seine Reaktion auf ihre nächsten Worte ausfallen würde. Wie würde er die neuen Erkenntnisse hinnehmen? Wie mit der Macht umgehen, die ihn *wirklich* in eine Art Gott verwandelte, zumindest im Rahmen dieses

Kriegsschauplatzes? »Wir alle haben mehr als einmal gesehen, dass die Topsiderschiffe denen der Ferronen absolut überlegen sind. Umgekehrt sind sie der GOOD HOPE ebenso hoffnungslos unterlegen. Wir können sie besiegen und diese Schlacht beenden.«

»Haben Sie nicht selbst immer wieder betont, dass die GOOD HOPE ein halbes Wrack ist?«, rief Alexander Baturin. »Es mag ja sein, dass die Arkoniden normalerweise ganz erstaunliche ...«

»Meine Analysen sind eindeutig!«, unterbrach Thora. »Und selbstverständlich habe ich den aktuellen Zustand unseres Schiffs mit einbezogen. Wir werden die Topsiderschiffe reihenweise zerstören können, genau wie sie die Ferronenraumer vernichten. Wie steht es in Ihren Überlieferungen, von denen ich hörte? *Auge um Auge, Zahn um Zahn.*«

Die Arkonidin fühlte Rhodans Blick auf sich ruhen. Was ihm durch den Kopf ging, war leicht zu durchschauen. Er sah sie in einem völlig neuen Licht, fragte sich, wie es kam, dass Thora selbstlos handelte, frei von jeglichem Zynismus; warum sie in einen Konflikt eingreifen wollte, ohne einen persönlichen Nutzen daraus ziehen zu können.

Die Ferronen retten, die übermächtigen Schlächter vernichten und vertreiben – das war in der Tat etwas, das Thora noch vor Kurzem nicht als ihre Aufgabe angesehen hätte. Aber die Zeiten änderten sich, nicht nur für die Menschen oder Terraner, sondern auch für sie. Außerdem gab es noch ihren Verdacht. Konnte das Wegasystem der Ort sein, den sie und Crest schon so lange suchten?

»Ich warte«, betonte die Arkonidin. »Jede Sekunde, die wir weiter untätig in unserem Versteck verharren, ohne dass es nötig ist, kann die Vernichtung eines Ferronenraumers bedeuten.«

»Nun, da wir es *können«,* sagte Rhodan, »bleibt die Frage, ob wir es auch dürfen. Wir wissen nichts über die Topsider.«

»Sie zögern und zaudern?«, fragte sie. »Ausgerechnet jetzt?«

Er ließ den Blick über die Gesichter seiner Gefährten wandern. Ras Tschubai nickte, Anne Sloane ebenfalls, genau wie Darja Morosowa und Wuriu Sengu.

»Wir greifen an«, entschied Rhodan. »Thora, bringen Sie die GOOD HOPE auf Kurs und richten Sie die Waffen aus.«

Die Arkonidin lächelte. Alles war längst bereit. Es gab keine Torpedos, mit denen sie die Schächte füllen konnte – die GOOD HOPE verfügte über keinen einzigen. Die beiden Thermokanonen, die jeweils an den Polen der Kugel saßen, waren allerdings einsatzbereit. Mit ihnen würde das im Vergleich zu den feindlichen Einheiten lächerlich kleine Sechzig-Meter-Beiboot eine Schneise der Vernichtung ziehen.

Sie steuerte ihr Schiff aus dem Versteck im Ortungsschutz des Mondes. Als erstes Ziel wählte sie einen der Echsenraumer, der noch immer die Ferronenschiffe jagte.

Die GOOD HOPE raste mit Vollschub in die Reihen der Topsider. Beide Thermokanonen traten gleichzeitig in Aktion. Flammende energetische Strahlen zischten dem Zweihundertfünfzig-Meter-Raumer entgegen. Schon die zweite Attacke überlastete den Schutzschirm und ließ ihn platzen. Das Topsiderschiff lag nackt und schutzlos, einen Lidschlag lang nur, dann zerschmetterte die dritte Salve aus den Thermokanonen seine Hülle.

Metall schmolz, Atmosphäre entwich in einem Sekundenbruchteil. Ein Meer aus Feuer wallte, ein mörderischer Pilz der Zerstörung. Der feindliche Raumer zerbrach in der Mitte. Eines der Bruchstücke verging sofort in einer gigantischen Explosion. Blaue, energetische Blitze zuckten, wahrscheinlich entlud sich ein detonierendes Antriebsaggregat. Blendend grelles Weiß wölbte sich als zerstörerische Kugel und verpuffte.

Die verbliebene Hälfte zerbrach noch weiter. Hüllenteile jagten wie Asteroiden durchs All, eines verglühte in der Atmosphäre des Planeten. Winzige Punkte stoben wie Sporen davon: Einzelne Decks, Wände – *Besatzungsmitglieder.*

»Thora!«, rief Rhodan. »Keine völligen Zerstörungen mehr! Schießen Sie die Schiffe manövrierunfähig, halten Sie sie auf, oder zwingen Sie sie zur Flucht! Dieser eine Abschuss muss als Zeichen genügen!«

Die Bordsysteme fingen einen Funkspruch auf – abgeschickt von den Topsidern in der Sprache der Ferronen. Die Positronik übertrug die Nachricht auf Arkonidisch, und Thora starrte darauf. Es war nicht an sie gerichtet, aber es war die letzte Botschaft, die das vernichtete Schiff verlassen hatte: *Achte das Leben! Erhalte es, wo du kannst, lösche es nur dort aus, wo es unumgänglich ist.* Was sollte das bedeuten? Die Worte erschienen ihr wie Hohn angesichts des gnadenlosen Gemetzels, das die Topsider unter den Ferronen angerichtet hatten und noch immer anrichteten.

Denn noch war es nicht vorbei.

Noch lange nicht.

Thora löschte die Nachricht, jagte die GOOD HOPE auf einen Pulk von Topsiderschiffen zu und eröffnete das Feuer.

Kapitel 18

Rico: Sternweh

Zum ersten Mal seit acht Stunden schaltete Queen den Motor aus, zog die Handbremse und massierte sich den Nacken. »Eine hässliche Gegend.«

Ich öffnete das Fenster. Der Abend war angebrochen, am 31. Juli 2036 nach der auf diesem Planeten üblichen Datierung. Die Sonne sank bereits, aber der Lärm zahlreicher Autos und ratternder Maschinen in den Fabrikhallen donnerte an Stellen wie dieser wohl rund um die Uhr. Außerdem drangen die Geräusche einer ganzen Menschenmenge herein, die im Hafen arbeitete. Aber ich hörte auch das Plätschern und Gurgeln von Wellen, die gegen Kaimauern und Schiffswände schlugen.

»Es ist ein schöner Ort«, widersprach ich den letzten Worten meiner Begleiterin.

»Du findest das hier *schön?* Ich habe ja längst bemerkt, dass du seltsam bist, aber das ist echt verrückt.«

Ich drehte mich zu ihr um. Sie rieb sich die Augen. »Warum hast du mich über fünfzehnhundert Kilometer quer durch das ganze Land gefahren, Queen?«

Sie öffnete die Tür des Geländewagens und stieg aus. »Und diese Frage fällt dir jetzt erst ein? Nachdem wir einen kompletten Tag lang ...«

»Ich denke bereits seit Stunden darüber nach«, unterbrach ich. Die lange Fahrt war mir nicht ungelegen gekommen. In dieser Zeit hatte das Autoreparatursystem meine Detailwartung vollendet und die biotechnischen Übergänge perfektioniert. Endlich wieder äußerlich und innerlich vollkommen intakt, dachte ich mit einer gewissen Ungläubigkeit an das verschmorte Etwas zurück, das von mir geblieben war, als ich in dem Versteck unter den Steinen der Gobi wieder erwacht war.

Queen lehnte sich gegen das Auto, drückte den Rücken durch und legte den Hinterkopf überstreckt auf dem Dach des Geländewagens ab. »Ich war früher oft und wesentlich länger unterwegs, aber *das hier* schafft einen wirklich.«

Ich trat neben sie. »Wie meinst du das?«

Sie richtete sich auf, drehte sich zu mir. »Vergiss es. Also, Rico, du bist am Meer. Und jetzt?«

Erneut musste ich ihr widersprechen. »Ich bin nicht am Meer, sondern mitten in einem übervölkerten Hafengelände, in dem du den letzten Parkplatz vor einem riesigen Fabrikgebäude gefunden hast.«

Ein Gigatruck donnerte vorüber, bremste mit quietschenden Pneus und wäre doch fast mit einem der Busse kollidiert, der Arbeiter zwischen den Hallen transportierte. Der Bus stand mitten in einer Kreuzung, weil ein automatischer Verladekran in zehn Metern Höhe einen Container verschob und eine Unzahl quiekender Ratten davon in die Tiefe regnete. Sie überschlugen sich und ruderten im Licht der Scheinwerfer mit ihren winzigen Beinchen, ehe sie aufschlugen.

»Lass mich dich noch mal fragen«, sagte Queen. »Das findest du schön?«

»Es ist angenehm, das Meer wenigstens hören zu können.«

»Du hörst es wirklich?«

»Du hast recht«, lenkte ich ab. Sie musste nicht wissen, wie gut mein Gehör auf Basis meiner biotechnologischen Hybridverschmelzung tatsächlich funktionierte. »Kannst du uns nicht näher ans Meer bringen? An eine Stelle, die nicht in Dreck und Menschenmassen versinkt?«

Queen seufzte und stieg wieder ein. Sie zündete per Sprachbefehl. »Es wird wohl nicht einfach, in der Nähe einen angenehmeren Platz zu entdecken. Die interaktive Karte macht mir nicht viel Hoffnung.«

»Ist der Golf von Bohai überall an der Küste so dicht besiedelt?«

»Dies ist das nächstgelegene Meer zur Hauptstadt Peking«, erklärte sie. »Wenn du also irgendwo Menschenmassen findest, dann hier.« Sie fuhr los, aber wir kamen nur im Schritttempo voran. Busse, Bahnen, Schwebebahnen, Verladekrane, Lagerfahrzeuge ... Es war ein reiner Hexenkessel. Queen quälte sich mit bewundernswerter Seelenruhe durch die Masse.

Währenddessen versuchte ich, mehr über mein Sehnen herauszufinden, zu erfahren, *was* mich seit meinem Erwachen unablässig in Richtung Meer zog. Aber obwohl wir den Fluten inzwischen denkbar nahe waren, fand ich keine Antwort.

»Du bist nervös«, meinte Queen plötzlich.

»Wie kommst du darauf?«

»Wir sitzen schon eine halbe Ewigkeit zusammen im Auto. Aber dass du deine Finger ineinander verschränkst und an den Nägeln spielst, ist neu.«

Ich schaute nach unten. »Tatsächlich.« Das Wort entwischte mir, ehe ich es zurückhalten konnte. Ich war selbst überrascht.

Sie drückte die Hupe, als ein ganzer Schwarm Menschen direkt vor ihr über die Straße ging. »Weißt du, ich kenne das.«

Langsam löste ich meine Hände voneinander. »Du kennst ... was?«

»Diese Art von Sehnsucht, die einen verrückt macht. Versteh mich richtig, das Meer ist mir völlig gleichgültig. Ich mag es nicht.«

»Aber?«

Weil sie ohnehin noch nicht weiterfahren konnte, beugte sie sich zu mir und brachte ihren Mund nah an mein Ohr. »Die Sterne«, hauchte sie, und ihr Atem strich über meine Haut.

Die Härchen in meinem Nacken stellten sich auf. Ich war erfreut darüber, dass auch die zahllosen kleinen, anscheinend unbedeutenden Details des menschlichen Körpers gut nachgebildet worden waren. »Ausgerechnet du sehnst dich nach den Sternen? Ich dachte, du hältst die Leute in Terrania für Verrückte.«

Sie lächelte unergründlich. »Ich sagte dir von Anfang an, dass ich versuche, Informationen über Perry Rhodan zu sammeln. Sein Geheimnis zu ergründen.«

»Es gibt einfachere Wege, als mich über fünfzehnhundert Kilometer ans Meer zu fahren.«

»Da bin ich mir gar nicht so sicher.«

Endlich überquerte der letzte Arbeiter die Straße, und Queen konnte losfahren. Nun erreichten wir schnell das Ende des Fabrikkomplexes. Jenseits des künstlichen Lichtermeers herrschte die Dunkelheit der anbrechenden Nacht. Allerdings schloss sich nicht etwa frei zugänglich das Meer an, sondern eine hässliche Reihe von bunkerartigen Gebäuden – die Satellitenstadt, die sich rund um den Hafen angesiedelt hatte und den Arbeitern billige Wohnungen bot.

Die Straße entfernte sich weiter von der Küstenlinie und verlief in etwa parallel dazu. Ich überlegte, auszusteigen und mein Glück zu Fuß zu versuchen, doch im Unterschied zur Fahrt mit Takezo verspürte ich diesmal nicht den geringsten Drang, meine Begleitung loszuwerden. Queen hütete ein Geheimnis, und ich wollte es lüften. Sie war – interessant.

Ihre nächsten Worte rissen mich aus den Gedanken. »Sieh da, ein Schild. Noch drei Kilometer bis zu einem Badestrand. Das ist der Ort deiner Wahl, Rico! Ich hoffe, du wirst finden, was du suchst.«

»Im Unterschied zu dir«, erwiderte ich.

Ihre Hände krampften sich fester um das Lenkrad. »Ich bin bereits auf einem guten Weg.«

Alles in mir drängte danach zu rennen, doch ich bezwang dieses Verlangen und ging neben Queen in gemächlichem Tempo an den wenigen Menschen vorüber, die trotz der Dunkelheit noch am Strand lagen. Vom Wasser her gellten spitze Schreie und ausgelassenes Lachen.

»Touristen«, kommentierte meine Begleiterin. »Wahrscheinlich kommen viele auf ihrem Weg nach Peking hierher. Das gilt bestimmt auch für die beiden.« Sie wies in Richtung eines gedrungenen Gebüschs im Schatten von Palmen, die zweifellos künstlich hier angesiedelt worden waren. Die Blätter raschelten.

Ich folgte ihrem Blick und glaubte, nackte Beine zu erkennen. Irrelevant. Ich ging weiter, blieb erst stehen, als die Ausläufer der sanften Wellen meine Füße überspülten. »Es tut mir leid, Queen«, sagte ich.

»Was?«

»Du hast mich zum Meer gebracht, aber ich kann nichts tun, um dir dein Sternweh zu nehmen.«

»Fühlst du dich denn so, als wärst du am Ziel?«

Ich konnte die Frage nicht beantworten, weder ihr noch mir selbst. Ohne nachzudenken, ging ich einen Schritt weiter vor. Das Wasser reichte mir nun bis zu den Knien.

»Es zieht dich nicht ans Meer, sondern *in* das Meer«, stellte sie fest.

Ich nickte, verblüfft über die Erkenntnis.

»Wir unterscheiden uns gar nicht so sehr, wie du glaubst«, behauptete sie.

»Ich bin mir nicht sicher, ob du ...«

Sie ließ mich nicht ausreden. »Mein Name ist nicht Queen.«

»Selbstverständlich nicht.«

»Und du bist nicht der, der du zu sein behauptest!«

Ich bückte mich, tauchte die Hände in die Fluten. »Da irrst du dich. Ich bin Rico.«

Sie trat ebenfalls ins Wasser, stellte sich dicht vor mich, griff nach meiner Hand, hob sie hoch und hielt sie weiter fest. »Aber du bist kein Mensch.«

Wir schwiegen. *Wie kommst du darauf? – Woher weißt du das? – Hast du den Verstand verloren?*

All die möglichen Fragen stellte ich nicht.

Sie ließ meine Hand nicht los.

»Und nun?«, fragte ich.

Queen neigte den Kopf, strich mit dem Zeigefinger über ihre Augen und schloss die Lider. Danach wartete sie ab, still und reglos, während die sanften Wellen uns angenehm umspülten.

Mein Verlangen unterzutauchen wuchs noch mehr. Stattdessen sah ich ihr ins Gesicht. »Warum hältst du die Augen geschlossen? Was hast du vor?«

»Ich bekenne Farbe.« Sie öffnete die Lider. Ihre Iriden waren plötzlich rot.

»Du bist ebenfalls kein Mensch«, sagte ich.

»Aber obwohl wir beide keine Bewohner dieses Planeten sind, unterscheiden wir uns grundlegend. Ich bin Arkonidin, und du ... Was immer du sein magst, Rico, uns verbindet etwas.« Sie tippte mir gegen die Brust. »Dein Verlangen nach dem Meer ...« Langsam hob sie den Blick. »... meines nach den Sternen. Ich kann dir helfen, deine Sehnsucht zu erfüllen – wenn du auch mir hilfst.«

Kapitel 19

Doppelte Flucht
Sid González

Sue war verschwunden – von einem dieser Fantan-Leute entführt!

Sids Gefühle überschlugen sich. So etwas hatte ja kommen müssen. Irgendeine Katastrophe lag von Anfang an förmlich in der Luft, so faszinierend und, wie Reginald Bull nicht müde wurde zu betonen, ungefährlich das Spindelschiff mit all seinen verrückten Einzelheiten auch auf den ersten Blick sein mochte.

»Was tun wir?«, fragte der junge Teleportermutant. »Wie finden wir Sue?«

»Wir verlangen, mit einem Fantan zu sprechen«, sagte Bull. »Weil dieser Jenves und sein *Stallwache-Partner* für uns verantwortlich sind, beobachten sie uns sicher.«

»Und wenn nicht?«

Bull wirkte mit einem Mal gar nicht mehr so ruhig und gelassen wie die ganze Zeit vorher, seit sie den Fantanraumer betreten hatten. In diesen Augenblicken kehrte sein *Feuer* zurück, das Sid zuvor schmerzlich vermisste.

»Wenn nicht«, erklärte Bull, »werde ich dafür sorgen, dass sie uns ihre Aufmerksamkeit widmen.« Er hob beide Arme, ballte die Hände zu Fäusten.

Eric Manoli sah völlig verwirrt aus. »Willst du einen Fantan suchen und ihn angreifen?«

Im Unterschied zu dem ehemaligen Schiffsarzt der STARDUST wusste Sid sofort, worauf Bull anspielte, und es war ganz seine Meinung. Nach Sues Entführung wurde es Zeit, ein deutliches Zeichen zu setzen. »Unsinn! Notfalls gehen wir zurück in diese Ausstellungshalle, oder was immer es sein mag, und schlagen dort alles kurz und klein! Dann werden sie angerannt kommen!«

Manoli nickte langsam. So, wie Sid ihn bislang kennengelernt hatte, war er im Unterschied zu Bull die Ruhe selbst.

»Jenves!«, rief Bull ins Leere. »Hören Sie mich?«

Es erfolgte keine Reaktion.

Bull sprach mit zunehmender Lautstärke weiter. »Wir müssen Sie sprechen, Jenves! Sie wissen, was Ihr Kollege Skelir getan hat? Wir verlangen, dass Sie Sue Mirafiore sofort freigeben und dass ihr nichts geschieht.«

Sie standen nach wie vor an der großen Panoramascheibe, durch die sie das Treiben im An- und Abflughangar beobachten konnten. Sid tippte demonstrativ gegen die Scheibe. »Dort drinnen gibt es übrigens genug Fantan, wenn wir mit einem dieser Kerle sprechen wollen. Mit ihren ganzen gestohlenen Sachen scheinen sie ja bester Laune zu sein. Verderben wir ihnen die Stimmung?« Es würde nur einen Miniteleportersprung kosten, ein paar Meter bis auf den Boden des Hangars.

Eric Manoli schüttelte den Kopf. »Es ist besser, wir versuchen zunächst, direkt einen der beiden Fremden zu erreichen, die für uns verantwortlich sind.«

Dieser Wunsch wurde ihnen schneller erfüllt, als Sid es für möglich hielt. Skelir war der Einzige dieser Zylinderwesen, den er auf Anhieb von seinen Artgenossen unterscheiden konnte, weil er im Unterschied zu den anderen Fantan nur jeweils vier Arm- und Beintentakel besaß. Und nicht nur er spazierte in aller Seelenruhe auf die drei Menschen zu, sondern auch Sue.

Sid eilte ihr entgegen. Sie schien unverletzt zu sein. »Warum hat er dich entführt? Was hat er mit dir angestellt?«

»Ruhig, Sid, behalt die Nerven!«, forderte Reginald Bull – zum tausendsten Mal, wie es ihm vorkam.

»Nicht dass ich Besun Rechenschaft schuldig wäre«, sagte Skelir, »aber ich habe mit ihr reden müssen.«

Sid stellte sich zwischen Sue und den Fremden. Vielleicht wäre es doch besser, wenn sie alle von hier verschwanden. Ein paar Teleportersprünge, und die Fantan konnten sich nach neuem Besun umsehen. Aber er hielt sich zurück. Er war Teil dieser Mission, und er würde auf Reginald Bull hören. Er musste sich unter- und einordnen, auch wenn es ihn schmerzlich an seine Zeit bei Clifford Monterny erinnerte, wo er gelernt hatte, was Hierarchie bedeutete.

Sue hielt ihre silbrige Übersetzungsscheibe in der Hand und strich beiläufig mit den Fingerspitzen darüber. Sie blickte Sid genau ins Gesicht, und sie sah dankbar aus, weil er sich um sie sorgte. »Er hat mir nichts getan.« Ihre Stimme klang nicht so, als würde Skelir sie zu dieser Behauptung zwingen.

Der Fantan drehte sich so, dass er aus seinen unheimlichen Augenlöchern Sue ansehen – anglotzen konnte. »Wie ich es dir versprochen habe, bist du zurück bei deinen Artgenossen.«

Täuschte sich Sid, oder bewegten sich bei diesen Worten die feinen Schuppen in der oberen Hälfte des Zylinderleibs ein wenig? Der Teleporter glaubte nicht, dass Menschen jemals in der Lage sein würden, die Mimik dieser Fremdwesen zu begreifen; falls diese überhaupt eine Mimik besaßen, mit der sie ihre Gefühle ausdrückten.

Der Außerirdische entfernte sich auf drei seiner Extremitäten.

Sue blickte ihm nach. »Ich glaube, ich verstehe ihn nun besser.«

»Erklär es mir«, bat Bull. Genau das strebte er die ganze Zeit über an – die Eigenart der Fremden kennenzulernen.

Sid dachte an die Zeit zurück, die er mit Sue und den anderen Straßenkindern in John Marshalls Pain Shelter verbracht hatte. Sie war stets etwas Besonderes gewesen, eine Art ruhender Pol. Das hatte Sid allerdings nie interessiert, er hatte sich lieber zurückgezogen, in seine eigene Welt, in seine Phantastereien von Sternen und von Außerirdischen. Diese Träume waren inzwischen wahr geworden – auf eine noch viel unglaublichere Weise, als Sid es sich hatte vorstellen können.

Das zierliche Mädchen, das noch jünger aussah, als es tatsächlich war, richtete den Blick in den Hangar. Ihre Augen weiteten sich, als sie das ständige Kommen und Gehen darin sah. »Besun ist für Skelir alles. Er strebt es an, es hilft ihm, aber er fürchtet es zugleich. Er ist in dieser Hinsicht allerdings kein typischer Fantan.« Sie tippte mit dem Zeigefinger gegen die Scheibe. »All diese Aliens dort unten müssen sich mit diesen Problemen wohl nicht abplagen. Skelir wäre gern wie sie. Sein Leben ist ein einziger Widerspruch. Ich ... ich bedauere ihn.«

Sid konnte kaum glauben, was er da hörte. »Hat er dich einer Gehirnwäsche unterzogen? Du wirst manipuliert, Sue!«

»Du irrst dich«, versicherte Sue. »Skelir hat mir die Wahrheit gesagt, über sich und sein Leben, das ist alles.«

Sid fühlte sich nicht wohl in diesem Schiff, so faszinierend es auch sein mochte. Inzwischen wusste er, dass die Fantan noch weitaus raffinierter waren, als es zunächst den Anschein erweckte. Seiner Meinung nach zogen sie Sue hinterrücks auf ihre Seite.

Skelir

Es war alles andere als einfach zu verstehen, wie diese Planetenbewohner dachten. Der Jungmensch Sid González verhielt sich zunehmend merkwürdig. Aber Skelir hatte Humanoide noch nie verstanden – er hielt es stets mit der altüberlieferten Formel: *außen hässlich, innen seltsam,* die treffend bewies, dass Fantan bereits seit Generationen Schwierigkeiten hatten, derartige Völker zu begreifen.

Nach der Unterredung ging er zurück in den Haupthangar, um nachzusehen, ob sein Besun dort noch immer auf den Abtransport wartete. Stücke dieser Größenordnung kamen, um einen reibungslosen Ablauf zu garantieren, zunächst auf eine Warteliste. Die Begleiter des erstaunlichen Mädchens Sue Mirafiore standen ganz in der Nähe eines Zugangs zum Hangar, hinter der Sichtscheibe; so dauerte es nicht lange, bis Skelir den Hangar betreten konnte.

In der Halle herrschte reger Verkehr. Die Besun-Jagd lief mit großer Effektivität. Viele Fantan gaben sich mit kleinen, aber durchaus faszinierenden Stücken zufrieden.

Muloren ging an ihm vorüber. Er trug einen Stapel dünner, rechteckiger Scheiben von wenigen Millimetern Dicke und etwa der Länge eines Menschenkopfes. Beim zweiten Hinsehen bemerkte Skelir, dass es sich bei dem Material um Papier handelte. Weil die Scheiben nicht perfekt aufeinandergestapelt waren, konnte er sehen, dass jede auf der Oberseite ein buntes Bild zur Schau stellte mit einigen Buchstaben in einer der eigenartigen Schriftarten der Planetenbewohner.

Ein landendes Vier-Personen-Boot zog seine Aufmerksamkeit auf sich. Im Antigravstrahl zappelte ein vierbeiniges Tier mit dunklem Fell und einem buschigen Schwanz. Es gab unablässig dumpfe, bellende Geräusche von sich.

Das kleine Gebäude, das Skelir aus der roten Festungsanlage geraubt hatte, entdeckte er nirgends mehr. Offenbar hatten sich die Transportroboter bereits darum gekümmert. Als der Fantan allerdings darüber nachdachte, wurde ihm klar, wie wenig es ihn interessierte.

Stattdessen sah er immer wieder das Bild des Mädchens Sue vor sich, hörte ihre Worte, wie sie betonte, dass sie sich nicht selbst verabscheute. *Und dich auch nicht,* hatte sie ergänzt. Das verwirrte ihn, und erstaunlicherweise verstärkte sich dieses Gefühl noch, je mehr Zeit verging.

Das Boot mit dem bellenden Tier landete. Roboter nahmen das Besun in Empfang. Die Passagiere verließen das Boot, schleppten eine Art Busch, an dem eine Unzahl rot glänzender Kugeln hing. Ein Fantan pflückte einige der Beeren und aß sie.

Es herrschte ausgelassene Stimmung, doch Skelir ließ sich nicht mitziehen. Er beschloss gerade, sein Quartier aufzusuchen, als eine vertraute Gestalt auf ihn zukam.

»Nun kann ich endlich auch gehen!«, rief Rokarn, der ihn in seiner Stallwache notgedrungen vertreten hatte. »Ich habe mir den Kontinent namens Australien ausgesucht. Es soll dort eine Art Ureinwohner geben, die ...«

Skelir hörte kaum zu, die Worte verschwammen. Er blieb der Höflichkeit halber stehen, signalisierte durch die Körperhaltung aber klar, dass wichtige Aufgaben auf ihn warteten und die Zeit ihn deshalb drängte. Rokarn verstand und wand sich gerade ab, als der Alarm gellte.

Das quirlige Leben im Hangar erstarrte. Rokarn überkreuzte vor Entsetzen die oberen Arme. Skelir schossen sofort die Namen der beiden Menschen Reginald Bull und Sid González durch den Sinn. Sie planten etwas! Sie trugen daran die Schuld, was immer auch passiert sein mochte! Man hätte sie gleich einsperren müssen.

Die allgemeine Durchsage, die in diesen Sekunden jeder Fantan an Bord empfing, stellte diesen Irrtum richtig. *Dafür* waren die Menschen nicht verantwortlich. Er wünschte sich, es wäre so, denn *das* war viel schlimmer.

Die Beiboote, die gerade den Hangar verlassen wollten, senkten sich wieder dem Boden entgegen und landeten. Ein Funkimpuls ging an alle Fantan, die sich außerhalb auf Besun-Jagd befanden. Ein Countdown lief. Viel Zeit blieb nicht, um zurückzukehren. Hätte Skelir entschieden, wäre die Zeitspanne noch deutlich kürzer ausgefallen.

Er eilte zum Notfall-Lagerplatz der Dosti-Schweberoboter, beanspruchte in seiner Autorität als aktueller Stallwächter und Verantwortlicher der Planetenbewohner-Besun eines der Geräte, schwang sich darauf und raste los.

Diesmal nahm er sich keine Zeit für unnötigen Luxus wie die Reinigungs- oder Rüttelfunktion. Er musste mit den Menschen sprechen. Die anderen waren ihm gleichgültig, aber Sue sollte wissen, was vor sich ging und warum.

Sid González

Der schrille Ton heulte nun schon seit Sekunden. Dass es sich um einen Alarm handelte, bezweifelte Sid nicht, denn nicht einmal die Fantan konnten dieses Geräusch angenehm empfinden.

Außerdem eilten etliche der Fremden durch die Korridore, als ginge bald die Welt unter. Keiner reagierte auf sie.

»Ich frage mich«, sagte Eric Manoli in seiner nervtötend besonnenen Art, »was diese *Durchsage* vorhin zu bedeuten hatte.«

»Da bist du nicht der Einzige.« Bull schlug mit der Faust gegen die Panoramascheibe. Inzwischen hatte sich im Hangar ein großes Schott geöffnet, es gab nicht mehr nur die kleine, durch eine Energiewand geschützte Ein- und Ausflugsöffnung. Mit rasender Geschwindigkeit jagten Beiboote herein, bremsten erst im Inneren scharf ab. Ein Wunder, dass es nicht zu Unfällen kam; oder das Ergebnis perfekter Positroniksteuerung. »Da gibt man uns diese Übersetzungsscheiben, und plötzlich funktionieren sie ausgerechnet dann nicht, wenn es interessant wird!«

»Das war ganz sicher kein Zufall«, behauptete der ehemalige Bordarzt der STARDUST. »Die Fantan wollten nicht, dass wir verstehen, mit welchen Problemen sie kämpfen müssen.«

»Meiner Meinung nach«, sagte Sid, »wird es Zeit, endlich zu verschwinden. Was soll denn noch alles passieren? Vielleicht stürmen sämtliche irdischen Armeen das Schiff und haben einen Weg gefunden, es in Schutt und Asche zu bomben! Sollen wir wirklich hierbleiben, damit wir mit den Fantan draufgehen?«

Manoli schüttelte den Kopf. »Reg und ich waren in der STARDUST, als die Chinesen eine Unzahl von Explosivgeschossen abwarfen und stundenlang unablässig feuerten! Die energetische Schutzkuppel hat diesem Angriff problemlos standgehalten. Dieses Spindelschiff besitzt zweifellos auch einen Schutzschirm, der jede menschliche Waffe abhält.«

»Dennoch gebe ich Sid recht«, meinte Bull zur Überraschung des Jungen. »Du solltest dich bereithalten, uns alle hier rauszubringen. Noch warten wir ab. Es kann von großer Wichtigkeit sein, dass wir herausfinden, was hier geschieht. Es müsste mich doch wundern, wenn nicht gleich Skelir auftaucht. Sue, zu dir scheint er eine besondere Beziehung aufgebaut zu haben. Wenn er kommt, frag ihn, was ...«

»Ich verstehe«, unterbrach sie. »Und er ist schon hier.«

Im selben Moment hielt ein Schweberoboter neben ihnen, der einer Art fliegendem Motorrad ähnelte – nur dass die Räder fehlten und der Sitz merklich bequemer aussah. Skelir saß darauf.

»Was ist geschehen?«, fragte Sue.

Die Augenlöcher des Fremden richteten sich auf sie. »Ein zweites, weitaus größeres Fantanschiff ist im Anflug.«

»Und warum ...«

»Wir müssen sofort von hier weg«, erklärte Skelir. »Der Countdown endet in wenigen Sekunden.«

Sue hob ihre Hand, deutete nacheinander auf Sid, Bull, Manoli und sich selbst. »Was geschieht mit uns? Können wir gehen?«

Der Fantan gab ein undeutbares Geräusch von sich, ehe er genau die niederschmetternde Antwort gab, die Sid erwartete. »Ihr seid Besun.«

»Also sind wir Gefangene?«

Der Schweberoboter hob sich einige Zentimeter höher. »Ihr bleibt im Schiff. Ich werde mich bald um dich ... um Sie alle kümmern.« Mit diesen Worten raste Skelir auf seiner Maschine davon.

Reginald Bull streckte die Arme aus. »Es ist so weit! Sid, wir verschwinden!« Eric ergriff Bulls Rechte, Sue die Linke. Sid konzentrierte sich. Funken sprühten. Er packte die beiden Hände, die sich ihm entgegenstreckten. Wen er bei seinem Sprung mitnehmen wollte, musste in direktem Körperkontakt mit ihm stehen.

»Halt!«, rief Bull. »Es ist zu spät!«

Verwirrt brach Sid den eingeleiteten Teleportersprung ab. Er sah genau wie Bull in den Hangar, entdeckte den flirrenden Energieschirm vor dem sich schließenden Schott.

Bull fluchte. »Verdammt! Durch den Schirm kannst du nicht springen.« Er nahm seine Hände aus denen von Sue und Manoli; die beiden wiederum ließen Sid los. »Es ist zu spät!«

Sid war allein, berührte niemanden mehr. Keiner hielt ihn auf. Er konnte, er musste es versuchen. Er *wollte* es. »Von wegen«, rief er – und sprang.

Seine Umgebung verschwand. Sue und die anderen lösten sich auf. *Terrania,* dachte er, *da bin ich.*

Aber der Platz vor dem Stardust Tower, den er angepeilt hatte, entstand nicht. Der Turm, der bereits weiter in die Höhe reichte als alle übrigen Gebäude in der entstehenden Stadt, tauchte nicht vor ihm auf.

Stattdessen war zuerst alles schwarz für die Dauer eines Gedankens lang. Sid blieb gerade noch Zeit, sich zu wundern, dann kam der Schmerz.

Funken. Überall waren Funken, viel mehr als sonst. Sid fragte sich noch, ob er sie wirklich sah, und schon fraßen sie sich in ihn hinein. Die Dunkelheit endete, er sah plötzlich wieder das Innere des Fantanschiffes, stand erneut vor der Panoramascheibe, starrte aus geweiteten Augen durch den kleinen Spalt des sich schließenden Schotts. Die Erdoberfläche blieb weit unter ihnen zurück. Sie flogen. Der Spindelraumer verließ die Planetenatmosphäre.

Er hörte Sue schreien, und mit ihrem Schrei endeten seine letzten klaren Gedanken. Alles verschwand hinter einer Flammenwand, aber die Flammen waren grell und *heißer* als jedes Feuer.

»Er brennt!«, kreischte Sue. »Tut doch irgendwas!«

»Zurück!« Das war Manoli.

Sid sah die beiden nicht. Wahrscheinlich würde er nie wieder etwas sehen. Musste dieses Feuer seine Augen nicht schon längst zerschmolzen haben? Er spürte einen Schlag, einen Aufprall und begriff, dass er am Boden lag. Er wälzte sich umher.

»Es sind überschüssige Psi-Energien!«, rief Manoli. »Anders kann ich es mir nicht erklären. Die Energie seines Parasprungs, der Schutzschirm, es ...«

Mehr hörte Sid nicht. Er schrie seinen Schmerz hinaus. Bäumte sich auf. Schlug um sich. Es war ein Wunder, dass er sehen konnte, wie die Flammen zurückgingen und erstickten. Trotzdem bildete jeder seiner Finger eine Fackel, aus der zuletzt noch Funken sprühten, ein vertrauter, tröstlicher, schmerzlicher Strahl von Funken.

»Sid!«, hörte er noch. War es Sue? Dann wurde der Schmerz übermächtig, und alles endete in absoluter Finsternis und Schwärze.

Kapitel 20

Verwehrte Hilfe
Perry Rhodan

Zu Rhodans unendlicher Erleichterung gelang Thora tatsächlich, worum er sie gebeten hatte. Die Salven aus den Thermokanonen an den Polen der GOOD HOPE zerstörten die Schutzschirme der Topsider, aber nicht ihre Schiffe.

Die Arkonidin arbeitete präzise, schoss die Raumer manövrierunfähig. Dabei explodierten Teilsektionen der feindlichen Einheiten, auch kam es zu Hüllenbrüchen, aber keines der Topsiderschiffe verging völlig in alles zerstörenden Explosionen.

Auf diese Weise pflügte die GOOD HOPE eine Schneise der Vernichtung und vermied doch unnötige Todesopfer. Thora dirigierte das Inferno ebenso überragend und souverän, wie sie zuvor das arkonidische Sechzig-Meter-Beiboot von Terra zur Wega gesteuert hatte. Mit kühler, nahezu ausdrucksloser Mimik hielt sie das Schiff auf Kurs, wich allzu konzentriertem Gegenfeuer aus und steuerte immer wieder neue Einheiten der Gegner an, um sie auszuschalten.

Mithilfe des strategischen Hologramms verfolgte Rhodan, welche Gebiete sie jeweils auswählte, und er konnte ihr nur Respekt zollen. Sie entdeckte stets vor ihm die Stellen, deren Verlust den Topsidern bei ihren militärischen Plänen am meisten Schaden zufügte; und das, obwohl sie *nebenbei* als Pilotin die Gesamtsteuerung der GOOD HOPE leisten musste.

»Sieh es dir an«, hörte er Ras Tschubais Stimme dicht neben sich. »Der Vormarsch der Echsen stockt! Sie erkennen, dass ein übermächtiger Gegner aufgetaucht ist.«

Der Teleporter täuschte sich mit dieser Einschätzung nicht. Das schematische Hologramm zeigte deutlich, wie sich Topsidereinheiten sammelten und einen Kurs setzten, der sie aus dem Wegasystem führte. Sie beschleunigten, kümmerten sich nicht mehr um die Ferronen und ihre Schiffe.

»Sie sind die Retter, die das Licht zurückbringen.«

Er drehte sich unwillkürlich um, als er Chaktors Worte hörte.

Der blauhäutige Fremde hatte sich inzwischen erhoben. Für einen Terraner wäre er eher kleinwüchsig gewesen, für einen Ferronen musste das nicht notgedrungen ebenfalls gelten. Er war um einiges kleiner als Tako Kakuta, der neben ihm stand, eine untersetzte und kräftig gebaute Gestalt, und er schien vor Vitalität geradezu zu strotzen. Nichts mehr erinnerte an das schwache, gebrochene Wesen, als das Rhodan ihn bislang kennengelernt hatte; die unerwartete Wendung der Schlacht verlieh ihm Auftrieb. Auch in dieser Hinsicht ähnelten Ferronen und Terraner einander offenbar – die Psyche und das seelische Empfinden vermochten den Körper und die ganze Ausstrahlung zu beeinflussen.

Erneut zog Chaktor seine Bilderkugel heraus, tippte damit kurz seine Stirn an und aktivierte die Wiedergabe. Allerdings warf er kaum einen Blick darauf, es kam Rhodan eher so vor, als wolle sich der Ferrone auf diese Weise mit seiner Familie verbunden fühlen.

Der Anblick berührte etwas in Rhodan, ein stiller, leiser Moment, ehe er sich wieder umwandte. Von einer Sekunde auf die andere stürzte er in den Krieg zurück, den zuerst die Topsider geführt hatten und dessen Verlauf nun Thora mit der GOOD HOPE bestimmte.

Sie bot nach wie vor ein Bild äußerster Konzentration, das kühle Gesicht von weißen Haaren umrahmt, mit roten Augen, die zu leuchten schienen. Ihre Lippen bewegten sich kaum merklich, Rhodan vermochte nicht einzuschätzen, ob sie etwas vor sich hin murmelte oder ob es nur durch den Atem kam.

Er trat näher an sie heran, sah auf den virtuellen Bildschirm direkt vor ihr. Er zeigte eine Echtbildaufnahme des Planeten, auf den sie zuflogen. Er war etwa zur Hälfte zu sehen, die Krümmung wölbte sich seitlich ins Bild. Zwei Monde standen darüber, aus ihrem Blickwinkel überschnitten sie sich halb; einer leuchtete in mattem Orange, der andere in hellem Gelb. Zwei Schiffe flogen zwischen dem Planeten und seinen Trabanten: ein Achthundert-Meter-Raumer der Topsider und eine im Vergleich dazu winzige, zerbrechliche Einheit der Ferronen.

Die echsenartigen Angreifer feuerten, das Schiff der Wegabewohner verging in einem lodernden Feuerball. Nur Rhodan und Thora konnten dieses grausame, unbarmherzige Detail der Schlacht sehen, den anderen war der Blick auf den Bildschirm verwehrt. Der kleine Ferronenraumer detonierte in dem Moment, als Chaktor einen Jubelschrei ausstieß und alle in der Zentrale mit einstimmten.

»Das müsste der Thort miterleben«, rief der Ferrone erregt. Und unversehens begann er, von seinem Herrscher zu erzählen. Vom

Dreiäugigen, der in Thorta residierte, einer riesigen Stadt auf Ferrol ...

Rhodan wollte, nein konnte nicht zuhören. Er schloss kurz die Augen, ehe er den Kopf zur Seite drehte und auf dem strategischen Gesamthologramm den Grund für die Begeisterung erkannte. Überall im System wandten sich die Topsider zur Flucht. Vielleicht hatten Thora und er die letzte Vernichtung eines Ferronenschiffes gesehen – ein Moment, der sich in sein Innerstes brannte.

In diesem Augenblick erbebte die GOOD HOPE.

Es riss Rhodan fast von den Füßen, er hörte einen Schrei – Darja Morosowa, wenn er sich nicht täuschte.

Die Situation kam ihm auf fatale Weise bekannt vor. Eine ähnliche Erschütterung hatte es gegeben, als die fünfhundert Raumer umfassende Flotte der Topsider auf einmal im Wegasystem materialisiert war. Es brachte offenbar eine Art Raumbeben mit sich, das alles in der Nähe in Mitleidenschaft zog.

Es lief ihm eiskalt über den Rücken, als er sich vorstellte, wie weitere Einheiten der Aggressoren als Verstärkung in das System kamen, womöglich noch größere oder besser ausgerüstete Schiffe.

»Thora!«, rief er. »Wissen Sie etwas?«

Die Antwort überraschte ihn; er hatte mit allem gerechnet, mit der schlimmsten Hiobsbotschaft – aber damit nicht:

Die Arkonidin lachte.

Thora

Sie konnte es nicht fassen. Das Ergebnis der Orter verblüffte sie so sehr, dass sie für einen Augenblick die Beherrschung verlor. Sie hatte sich für einen entsetzlichen Kampf bereit gemacht und damit gerechnet, einer neuen Flotte ihrer Feinde gegenübertreten zu müssen.

Doch diesmal nahmen die Ereignisse nicht die schlimmstmögliche Wendung. Die Orter lieferten ein eindeutiges Ergebnis. Nur ein einziges Raumschiff war materialisiert, weniger als zwanzigtausend Kilometer entfernt. Ein gigantischer, achthundert Meter durchmessender Kugelraumer.

»Es ist ein arkonidisches Schlachtschiff!«, rief sie. »Wir sind gerettet!« Die letzten Worte bezog sie auf weitaus mehr als nur ihre aktuelle Lage im Wegasystem. Ihre Gedanken überschlugen sich, als ihr klar wurde, was das Auftauchen des Giganten bedeutete. Ein funktionsfähiges Schiff ihres Volkes ... die Chance, in Bereiche vorzustoßen, die weit jenseits der Reichweite der GOOD HOPE lagen ... wieder *echt* mobil zu sein nach dem Absturz der AETRON auf dem irdischen Mond. Die Möglichkeiten überwältigten sie.

Das Schlachtschiff nahm Kurs auf die GOOD HOPE.

Plötzlich stand Rhodan neben ihr, ebenfalls innerhalb der virtuellen Steuerelemente. »Sind Sie sicher?«, fragte er.

Selbstverständlich war sie das. »Glauben Sie, ich erkenne ein Schiff meines eigenen Volkes nicht?«

»Das meine ich nicht. *Sind Sie wirklich sicher, dass dieses Schiff kein Feind ist?*

Thora starrte ihn an. Sie wollte ihn rügen, wollte fragen, wie er eine solche Idee auch nur in Erwägung ziehen konnte.

»Funken Sie es an!«

Ihre Finger huschten über die Schaltflächen. »Ich habe ein Standardidentifizierungssignal gesendet mit der automatischen Bitte um Antwort.«

Rhodan starrte das strategische Hologramm an. Das Bild des arkonidischen Schlachtschiffes auf der Monitorfläche. Dann ihr Gesicht. Sein Blick war hart. Die Nasenflügel bebten leicht. »Drehen Sie ab, Thora.«

»Aber ...«

»Fliehen Sie!«

Sie zögerte.

»Thora!«

Sie beschleunigte die GOOD HOPE, brachte sie auf einen Kurs, der sie von dem neu angekommenen Arkonraumer wegführte.

Ein automatischer Alarm gellte.

Eine Salve schlug in ihre Schutzschirme ein. Das Schiff erbebte. Metall kreischte, als wolle die ganze Hülle brechen. Für die Dauer eines Lidschlags flackerten die virtuellen Schaltflächen vor ihr.

Ein weiterer Schuss des Schlachtschiffes, und fassungslos sah Thora, wie die Schutzschirme der GOOD HOPE binnen einer Sekunde so stark überlastet wurden, dass sie kurz vor dem Ausfall standen. Einen dritten Treffer konnten sie nicht überstehen. Sie würden die Energien nicht mehr ableiten können.

Vor ihrem inneren Auge sah sie das Bild explodierender Ferronenschiffe und den zerbrechenden Raumer der Topsider. Ihnen drohte dasselbe Schicksal. Die GOOD HOPE hatte ihren Meister gefunden.

Sie beschleunigte mit maximaler Kraft, programmierte ein kühnes Ausweichmanöver. Den Andruckabsorbern gelang es nicht, alle

Belastung abzufangen. Mörderische Schubkraft wollte Thora in die Knie zwingen. Rhodan ächzte, Blut schoss aus seiner Nase. Im Augenwinkel sah sie eine hastige Bewegung – jemand ruderte mit den Armen und stürzte.

Ihr Manöver brachte ihnen eine Sekunde Luft. Die nächste Salve des Schlachtschiffes verfehlte sie.

Thora verschaffte sich einen Überblick. Ihr einziger Vorteil gegenüber dem arkonidischen Kugelraumer lag darin, dass die GOOD HOPE kleiner und damit beweglicher war. Sie konnte gewagtere Manöver fliegen. Aber auch nur an Gegenwehr zu denken war lächerlich.

Ein Treffer streifte die Schirme, die nicht mehr alle Energie ableiten konnten. Etwas schlug durch, die Hülle knarrte bedrohlich. In der äußeren Kugelschale gab es eine Explosion. Thora sah es auf den Anzeigen und hörte es im gleichen Moment. *Keine dreißig Meter entfernt.* In einem kleinen Beiboot wie der GOOD HOPE bot auch die Zentrale nur vermeintliche Sicherheit.

Sie entdeckte eine automatische Warnung der Positronik. Eine der Hauptenergieleitungen drohte unter extremer Überlastung zu brechen. Noch während die Arkonidin versuchte, etwas zu tun, detonierte die Leitung. »Vorsicht!«, schrie sie.

Ihr Ruf kam zu spät. Eine Wand explodierte und schleuderte Metallsplitter quer durch die Zentrale. Flammen schlugen heraus. Unwillkürlich wanderte Thoras Blick dorthin. Eine Stichflamme zuckte auf Anne Sloane zu, die unter der Druckwelle der Explosion stürzte und hilflos am Boden liegen blieb. Das Feuer leckte über sie und ...

Ras Tschubai tauchte bei Anne Sloane auf und teleportierte fast im selben Augenblick mit ihr weg. Eine halbe Sekunde lang hielten sie sich beide mitten in den Flammen auf, ehe sie einige Schritte zur Seite versetzt wieder auftauchten – offenbar unverletzt.

Thora blieb keine Zeit. Sie musste die GOOD HOPE in Sicherheit bringen.

»Fliegen Sie zum nächsten Planeten!«, rief Rhodan. »Wir müssen uns verstecken, sonst ...«

Der Lärm einer weiteren Explosion schluckte den Rest seiner Worte. Thora kümmerte sich nicht darum. Ihr war exakt dieselbe Idee gekommen – Schutz zu suchen bei oder auf einer der Hauptwelten, die sich in unmittelbarer Nähe befanden.

Der achte Planet lag direkt vor ihnen. Sie beschleunigte mit Höchstwerten, stellte sich auf ein mörderisches Bremsmanöver ein. Das Schlachtschiff verfolgte sie, ein absolut tödlicher Gigant.

Es gab im freien All keine Chance, ihm zu entkommen. Sie jagte an einem der Monde dieser achten Welt des Wegasystems vorbei. Wenn sie die Atmosphäre des Planeten erreichte, konnte der riesige Raumer ihnen womöglich nicht mehr folgen; zumindest war er dort noch wesentlich mehr eingeschränkt wie die im Vergleich winzige GOOD HOPE.

»Ich führe ein Notmanöver durch!«, rief sie. »Es wird für alle ...«

Sie sprach es nicht aus.

Ein Volltreffer schmetterte in den Schutzschirm, der platzte, ohne noch großen Widerstand zu bieten. Die äußere Hülle brach. Die Zentrale erbebte.

Die GOOD HOPE brannte, ein endgültig zerstörtes Wrack – ein Sarg, mehr nicht. Sie waren alle so gut wie tot.

Thora wurde kalt.

Manövrierunfähig und lodernd wie eine Fackel trieb die GOOD HOPE in die Atmosphäre des achten Planeten. Teile der äußeren Kugelschale brachen ab. Das Inferno war nicht mehr aufzuhalten.

Sie stürzten ab.

Michael Marcus Thurner

Schlacht um Ferrol

Kapitel 1

Über Ferrol
Perry Rhodan

Es krachte und klirrte. Er hatte Mühe, seine Blicke auf die Holos zu fokussieren. Er wurde in seinem Stuhl hin und her geworfen. Immer wieder versagte die künstlich erzeugte Schwerkraft der GOOD HOPE, dieses Wunderwerks aus arkonidischer Fertigung.

Jemand schrie erschreckt auf. Eine Frau: Anne Sloane oder Darja Morosowa. Ein Mensch flog durch die Zentrale. Er prallte gegen die Seitenwand, rutschte wie in Zeitlupe daran ab und blieb reglos auf dem Boden liegen.

Perry Rhodans Zähne klapperten, all seine Wahrnehmungen waren gestört. Vibrationen, die die Schiffshülle erfasst hatten, durchdrangen seinen Körper. Er fühlte selten gekannte Übelkeit und Kopfschmerzen.

Du bist Testpilot! Du hast schon schlimmere Situationen gemeistert und weißt damit umzugehen!

Doch diesmal war alles anders. Er war zum Stillhalten verdammt, während die Arkonidin Thora ihr Möglichstes tat, um das Raumschiff unter Kontrolle zu behalten.

»Sie müssen raus, Rhodan!«, rief die Frau. »Wir haben nicht mehr viel Zeit!«

Er wandte sich ihr zu. Thora ruhte in ihrer Konturliege. Sie ließ die Hände über die virtuellen Steuerkonsolen wandern, während ihre Blicke von einem Holo zum nächsten wanderten.

Rhodan nahm die Bilder in sich auf, die einen Planeten namens Ferrol zeigten. Er sah eine von Wasserflächen und beeindruckenden Dschungellandschaften überzogene Planetenoberfläche. Rote Punkte markierten Ansiedlungen, Zivilisationspunkte und besondere Merkmale, die zur Orientierung dienen sollten.

Selbst jetzt, da die GOOD HOPE abstürzte und kaum mehr als ein Wrack war, funktionierte das Schiff besser als alles, was irdische Ingenieure jemals konstruiert hatten.

Thora wirkte ruhig und konzentriert. Unbeeindruckt von den

Geschehnissen ringsum unternahm sie alles, um das Schiff zu retten. *Bewundernswert ...*

Die GOOD HOPE ächzte und stöhnte. Metall verwand sich, irgendwo brach etwas in sich zusammen. Weitere Schadensmeldungen flackerten über die Holos; sie besagten, dass die Statik des Raumers gefährdet war. Beunruhigend viele Lichter flammten auf den holografisch erzeugten Konsolen vor Thora auf. Der gerade wieder aufgebaute Schutzschirm brach erneut zusammen.

»Ich vertraue Ihnen!«, sagte Rhodan. »Ich weiß, dass Sie es schaffen können!«

Für einige Sekunden kehrte Ruhe ein, selbst die Vibrationen ließen nach. »Das Schiff wird aufgegeben«, sagte Thora ruhig und winkte in Richtung Ras Tschubais. »Ihre Leute sollten tun, wofür sie da sind.«

Ein Holo zeigte ihren Verfolger. Den Achthundert-Meter-Riesen aus arkonidischer Fertigung, bemannt mit Topsidern, der sich nicht abschütteln ließ.

Die Stille machte einem Knirschen und Krachen Platz, das noch lauter als zuvor klang. Es ging zu Ende. *Die Titanic sinkt,* sagte sich Rhodan, *das Unvorstellbare geschieht.*

Er konzentrierte sich. »Tako, du kümmerst dich um Anne und Darja. Ras, nimm Wuriu und Alexander mit dir. Ihr ladet sie auf Ferrol ab und kehrt sofort hierher zurück. Verstanden?«

Beide nickten und lösten sich aus ihren Liegen. Ein weiterer Ruck warf sie von den Beinen. Der Japaner fing sich mit einem Geschick ab, das auf einen ausgeprägten Gleichgewichtssinn und perfekte Körperbeherrschung schließen ließ. Der muskulöse Sudanese stürzte, rollte sich ab, kam in einer fließenden Bewegung wieder auf die Beine.

»Sie dürfen unter keinen Umständen Ihre Kampfanzüge anbehalten!«, mahnte Thora. »Sobald Sie die Planetenoberfläche betreten haben, ziehen Sie sie aus und zerstören oder verstecken sie. Die Topsider würden Sie andernfalls aufspüren.«

»Verstanden.«

Kakuta packte Anne Sloane und zog sie mit sich, hin zu Darja Morosowa, die aus ihrem Sessel geschleudert worden war und mit glasigen Augen vor sich hin stierte. Er atmete tief ein und verschwand dann, gemeinsam mit den beiden Frauen.

Wuriu Sengu ergriff die von Tschubai dargebotene Hand, während Alexander Baturin zögerte und vor dem Teleporter zurückwich. Der Sudanese entblößte sein makelloses Gebiss. Es konnte als Lächeln, aber auch als eine Drohung verstanden werden – und der Russe glaubte offenbar an Letzteres. Er stützte sich hoch und berührte Tschubai an dessen Schulter.

Weg waren sie. Einfach so, wie von Zauberhand, kraft ihrer Bewusstseine.

Weitere Explosionen erschütterten das Schiff, weitere Funktionen versagten. Die Notbeleuchtung ersetzte das etwas zu grelle, den arkonidischen Bedürfnissen angepasste Licht in der Zentrale. Ätzender Geruch erfüllte den Raum und reizte zum Husten. Aus einem verkapselten Aggregat drang eine Stichflamme. Sie wurde von Schaum aus den schmalen Düsen des Löschsystems erstickt.

Wo blieben Ras und Tako? Waren sie vom Sprung zu erschöpft, um in die GOOD HOPE zurückzukehren? Konnten sie das Schiff mit ihren sonderbaren Sinnen etwa nicht erfassen?

Der Japaner tauchte unmittelbar neben ihm aus dem Nichts auf. Wie immer zuckte Perry Rhodan zusammen.

Tako Kakuta torkelte und stützte sich an ihm ab. Sein linkes Auge war blutunterlaufen. Eine Ader im Weiß war geplatzt, wohl als Resultat der Anstrengung, der sich der Mutant mit den beiden Sprüngen ausgesetzt hatte.

Rhodan stützte ihn, bevor er aus dem Gleichgewicht geriet. »Du musst Rod und Conrad mitnehmen«, schrie er dem Mutanten ins Ohr. »Schaffst du das?«

»Hai.« Der Japaner sah mit glasigem Blick an ihm vorbei und deutete eine Verbeugung an. Während rings um sie das Chaos immer größere, immer beunruhigendere Ausmaße annahm, torkelte er auf die beiden Raumfahrer zu, fasste sie am Arm und setzte zu einem weiteren Teleportersprung an.

Mach schon, bring sie weg von hier! Rhodan sah wie gebannt zu, an den Geschehnissen ringsum kaum interessiert. Wichtig war einzig und allein, dass die Besatzungsmitglieder der GOOD HOPE gerettet wurden.

Der Japaner ballte die Hände zu Fäusten, schloss die Augen – und öffnete sie gleich wieder. Irritiert schüttelte er den Kopf. Es gelang ihm offenbar nur unzulänglich, zur notwendigen Konzentration zu finden.

Er nahm einen zweiten Anlauf – und schaffte es diesmal. Die drei Menschen verschwanden.

Ras Tschubai erschien. Auch er wirkte angeschlagen, auch er hatte Mühe, auf den Beinen zu bleiben. Doch er wehrte Rhodans zur Hilfeleistung ausgestreckten Hände ab und zeigte ein müdes Lächeln. »Alles in Ordnung!«, rief er.

»Jetzt Chaktor und Thora!«, wies Rhodan ihn an.

»Perry ...«

»Mach schon! Es ist keine Zeit für Diskussionen.«

»Nach diesem schaffe ich keinen weiteren Sprung. Ich benötige zumindest einige Minuten Ruhe.« Das Lächeln war verschwunden. Die Haut des Sudanesen wirkte fahl, tiefe Furchen gruben sich in sein Gesicht.

Rhodan nickte. Er hatte geahnt, dass es so kommen würde. Die Kräfte der beiden Teleporter waren keineswegs unerschöpflich. Einer von ihnen würde zurückbleiben müssen.

»Sie gehen!«, sagte Thora, ohne ihren Blick zu heben. »Ich kann die GOOD HOPE noch für eine Weile in der Luft halten, womöglich sogar notlanden.«

Die Vibrationen waren kaum mehr auszuhalten, ebenso der ätzende Gestank brennenden Kunststoffs. Sekret rann über die Wange der Arkonidin nach unten, ihre Hände waren um die Seiten der Konturliege gekrampft. Sie log. Sie wusste nicht mehr weiter.

»Abgelehnt«, sagte Rhodan bestimmt. »Du nimmst Thora mit dir, Ras ...«

»Sie sind wichtig, Perry.« Thora begegnete seinen Blicken mit merkwürdiger Offenheit. »Sie haben eine Vision zu erfüllen. Das Schicksal einer Arkonidin ist bei Weitem nicht so wichtig wie das Ihre.«

Woher rührten Thoras altruistischen Anwandlungen? Hatte sie sich bislang verstellt, hegte sie ihm gegenüber weitaus mehr Sympathie als vermutet?

Explosionen. Gestank. Rauch. Das Ende der GOOD HOPE näherte sich mit Riesenschritten. Rhodan, der längst gelernt hatte, die auf arkonidische Sinne abzielenden Warnsignale zu verstehen, erkannte, dass sich der Kugelraumer nur noch kurze Zeit würde halten können.

Wo war der Verfolger? – Der riesige Kugelraumer war auf keinem einzigen Holo mehr auszumachen. Hatten sie ihn etwa abgeschüttelt, jetzt, da es ohnedies keine Rolle mehr spielte?

»Du nimmst Chaktor und Thora mit dir«, sagte Rhodan zum Teleporter. »Das ist ein Befehl. Hast du mich verstanden?«

»Ja.« Ras Tschubai musterte ihn. Und fügte dann hinzu: »Es tut mir leid, Perry.«

Der Schwinger des kräftigen Schwarzafrikaners in den Magen überraschte ihn völlig und raubte ihm die Luft. Er klappte mit dem Oberkörper nach vorne, rang nach Luft. Hustete. War hilflos. Konnte sich gegen den Griff Ras Tschubais nicht wehren. Konnte nicht mehr protestieren. Er wurde fortgerissen, weg von Thora, hin zu dem Ferronen Chaktor.

Und dann war da nur noch der Schmerz des Sich-Auflösens.

»Nein!«, wollte er schreien. Doch der Ruf verhallte weitgehend ungehört über die Wipfel gewaltiger Urwaldriesen, die ihn mit einem Mal umgaben.

Rhodan stand in knietiefem Sumpfwasser. Ihm war übel, der Magenschwinger noch längst nicht verdaut. Doch er durfte nicht stehen bleiben, nicht hier, in einer unbekannten Umgebung mit vielen unbekannten Gefahren.

Schmatzende Geräusche ertönten, als er die Beine hochzog und sich langsam, Schritt für Schritt, einer winzigen Felseninsel inmitten einer Einöde aus Grau und fahlem Grün näherte.

Er hustete angestrengt. Seine Lunge fühlte sich belegt an, ein jeder Atemzug fiel ihm schwer.

Ras Tschubai befand sich in unmittelbarer Nähe, ebenso Chaktor. Der klein gewachsene Ferrone zog den Teleporter mit ungewöhnlicher Leichtigkeit hinter sich her. Der Sudanese bekam kaum Luft, er wirkte völlig erschöpft.

Keuchend erreichte Rhodan die Felseninsel. Zweimal rutschte er zurück ins brackige Wasser, bevor er seinen Tritt fand und die bloß einen Meter hohe Böschung hochklettern konnte.

Er stemmte die Beine gegen den Boden und streckte den Arm aus, um Chaktor hochzuhelfen. Der Ferrone ignorierte ihn. Ohne erkennbare Anstrengung kletterte er an Rhodans Seite, Ras Tschubai weiterhin im Schlepptau.

»Du musst Thora holen!«, befahl Rhodan dem Afrikaner. »Jetzt gleich!«

Tschubai blickte ihn verständnislos an. Er schien kaum zu wissen, wo er war und wie er hierher gelangt war.

Rhodan schüttelte ihn durch. Ras Tschubai reagierte nicht darauf, ganz im Gegenteil: Er sank haltlos in sich zusammen. Rhodan hatte Mühe, den Sturz seines Begleiters zu dämpfen.

Donnergetöse. Explosionsgeräusche. Windböen, die die Bäume beiseitebogen, sie teilweise umknickten oder gar entwurzelten.

Rhodan duckte sich instinktiv. In einer Höhe von etwa fünfhundert Metern zog die GOOD HOPE über ihre Köpfe hinweg, zwischen den Baumkronen zu erahnen wie Bilder, die im Licht einer Stroboskoplampe zu sehen waren. Das Schiff bewegte sich scheinbar in Zeitlupentempo. Irgendetwas brach weg, in einem Feuerwerk aus gelben und roten Flammen, und trudelte in die Tiefe, um in sicherer Entfernung in den Sumpf zu stürzen. Das Getöse einer weiteren Explosion, die sich an Bord der GOOD HOPE ereignete, erreichte sie mit einer Verzögerung von vielleicht zwei Sekunden. Eine Sturmböe knickte weitere Baumstämme, sie fegte Rhodan und selbst den Ferronen von den Beinen.

Jemand verfolgte die GOOD HOPE. Topsidische Jäger. Kleinsteinheiten, die durch den wolkenverhangenen Himmel rasten und unmöglich wirkende Haken schlugen. Sie waren wie Insekten, die ihrer Beute folgten, um sich auf sie zu stürzen und sie bis auf den letzten Tropfen Blut auszusaugen.

Blitze zuckten über den Horizont. Strahlschüsse. Todbringende Energien, die nach der GOOD HOPE griffen, um sie gänzlich zu vernichten.

Die Geschehnisse verlagerten sich, weg von ihrem Standort. Binnen weniger Sekunden hatten Jäger und Gejagte zig Kilometer zurückgelegt. Die topsidischen Einheiten und die GOOD HOPE waren nicht mehr zu sehen.

Die Erde bebte mit einem Mal. Ein Etwas zog eine Schneise der Vernichtung durch den Dschungel. Es kam auf sie zu, holpernd und mit Bocksprüngen, die über Dutzende Meter oder mehr durch die Luft führten. Noch bevor Rhodan reagieren konnte, war das Ding auch schon an ihnen vorbei.

Wasser und Erdreich spritzten auf sie, begruben sie unter sich. Fels sprang, zerfetzt von diesem haushohen Metallbrocken, der womöglich einmal Teil der Außenwandung der GOOD HOPE gewesen war. Bläuliche Flammen wie von Elmsfeuer tanzten über den Boden, erloschen gleich wieder, rasten Lianen und Baumstämme hoch, bis zu den Wipfeln jener Bäume, die dieses Armageddon überstanden hatten.

Rhodan ächzte und krallte sich fest, irgendwo, irgendwie. Eine Faust aus komprimierter Luft drückte ihn tiefer und tiefer in den Schlamm. Einzig und allein der Kampfanzug schützte ihn vor dem Ersticken.

Der Lärm verebbte, der Wind ließ nach, die Flammen erloschen. Unheimlich anmutende Ruhe folgte. Sie belastete Rhodans Sinne fast mehr als jene Kakophonie, die er eben erst über sich hatte ergehen lassen müssen.

»Stehen Sie auf!«, hörte er Chaktors tiefe Stimme. »Wir sollten die anderen suchen. Und dann von hier verschwinden. So rasch wie möglich.«

Rhodan befreite sich mühsam aus dem Erdreich und kam auf die Knie, dann auf die Beine.

Ras Tschubai lag unmittelbar neben ihm auf dem Rücken, nur noch als körpergroße Erhöhung zu erkennen, die sich auf der vermeintlich sicheren Felseninsel gebildet hatte.

Rhodan wischte das schlammbedeckte Visier am Schutzanzug seines Begleiters frei und starrte in flackernde, sich stetig von links nach rechts und wieder zurück bewegende Pupillen.

»Was ist los mit ihm?«, fragte Chaktor.

»Ich weiß es nicht genau«, gestand Rhodan. »Vielleicht so etwas wie ein hypertonischer Schock. Ein erhöhter Druck in den Blutgefäßen, der mit der Überanstrengung durch die Teleportationen zu tun hat.«

Chaktor blinzelte zweimal, dreimal – und öffnete dann den Mund, um zu ... gähnen.

Oder?

Rhodan tat sich schwer, die Gestik des Ferronen zu deuten. Sie war ihm völlig fremd. Die physischen Übereinstimmungen ihrer beiden Völker hingegen waren verblüffend. Irgendwann einmal würde er sich darüber seine Gedanken machen müssen. Doch nicht jetzt.

»Thora meinte, dass wir die Kampfanzüge so rasch wie möglich loswerden müssten. Wir sollten ihrem Rat folgen.«

Dem Rat einer Frau, die womöglich bereits tot ist.

Auch diesen Gedanken schob Rhodan beiseite. Er musste sich aufs Überleben konzentrieren. Aufs Überleben in einer Umgebung, die ihm gänzlich unbekannt war und die gewiss mit Gefahren aufwartete, an die er jetzt noch nicht einmal dachte.

Er quälte sich aus dem Anzug, mit einem Auge immer in Richtung Ras Tschubai blinzelnd. Der Teleporter atmete flach. Das Flackern seiner Augen ließ allmählich nach. Die Hände zuckten, als wollte er nach etwas greifen. Als wiederholte er im Geist einen seiner durch Gedankenkraft verursachten Sprünge.

Müdigkeit überfiel ihn, sobald er sich aus dem Anzug geschält hatte. Eine ungeheure Last lag auf seinen Schultern, sein Stand war unsicher. Selbst geringste Bewegungen trieben ihm Schweißperlen auf die Stirn. *Die erhöhte Schwerkraft Ferrols. 1,4 Gravos. Statt achtzig Kilo schleppst du nun einhundertzwölf mit dir herum.*

»Wo sind wir?«, fragte er Chaktor und wischte sich Schweiß von der Stirn.

»Derrwash«, meinte der Ferrone kurz angebunden. »Im Sumpf von Derrwash, der weiter nördlich in die gleichnamige Feuchtebene übergeht.«

»Das bedeutet?«

»... dass wir uns in einem weitgehend unbesiedelten Gebiet befinden, das lediglich von den Warani durchstreift wird.«

»Und die Warani sind ...?«

»Sumpfferronen. Sie gehören einem Stamm meines Volkes an. Die Nahina, wie sie sich selbst nennen, haben nur wenig Interesse an den weltlichen Dingen des Lebens und leben zurückgezogen in den Sümpfen der Nordkontinente. Die durch den Thort ausgeübte Staatsgewalt hat für sie bloß periphere Bedeutung. Sie akzeptieren ihn, aber kein anderes Mitglied des Ministerrats, geschweige denn einen Angehörigen der Grafschaftsverwaltung von Porean, der sie theoretisch untergeordnet sind.«

»Werden sie uns helfen?«

»Vielleicht. Vielleicht auch nicht. Sumpfferronen gelten als unberechenbar.«

Perry Rhodan nahm an Ausrüstung an sich, was ihm von Nutzen sein konnte. Nahrung, Wasser, ein Messer, Verbandszeug, weitere Kleinigkeiten – und den Translator. Dieses Instrument war für den Kontakt mit den Ferronen unerlässlich.

Ein zylindrisches Luftfahrzeug kreuzte durch den Himmel. Es zog gelb leuchtende Spuren hinter sich her. Der Eindruck eines zornigen Insekts verstärkte sich weiter. Der topsidische Jäger suchte das Land zweifellos nach Überlebenden des Absturzes ab.

Nach ihnen.

Rhodan nestelte am Verschluss von Ras' Anzug. Es dauerte wertvolle Sekunden, bis er den Öffnungsmechanismus desaktiviert hatte und beginnen konnte, den Teleporter aus dem Anzug zu schälen. Weiße Pünktchen tanzten vor seinen Augen, und er war dankbar, als Chaktor ihn bei seiner schweißtreibenden Arbeit unterstützte.

»Weg mit den Dingern«, sagte Rhodan, kaum dass sie den benommenen Ras Tschubai aus dem Anzug befreit hatten. »Wir versenken sie am besten in dieser Brühe, und das möglichst tief.«

»Ich übernehme das.« Chaktor nahm die Kombinationen an sich, sprang von der Felseninsel und entfernte sich mit bemerkenswerter Leichtigkeit. Mit weiten Sprungschritten, die für einen Menschen lächerlich anmuteten – und dennoch seltsame Eleganz vermittelten.

Bald war er aus Rhodans Blickfeld verschwunden. Rings um ihn herrschte Totenstille, die plötzlich von einem energischen Vogelkrächzen durchbrochen wurde. Er zuckte zusammen und sah sich alarmiert um. Selbst das kleinste Insekt oder der winzigste Räuber mochten Gefahr für ihn und Ras Tschubai bedeuten.

Rhodan fröstelte. *Und dann erst jene Gefahren, die wir nicht sehen können. Bakterien. Wasser, das für unseren Metabolismus nicht geeignet ist. Übertragbare Krankheiten ...*

Tschubai richtete sich abrupt auf. Er stöhnte, zeigte ein schmerzverzerrtes Gesicht und legte eine Hand auf die rechte Seite seines Brustkorbs. »Was ...«

»Bleib ruhig, es ist alles in Ordnung«, log Rhodan. »Wir sind sicher auf Ferrol gelandet.«

Der Teleporter sah sich um, wollte sich orientieren. »Ich kann mich an den Sprung hierher erinnern. Aber die Umgebung wirkt verändert. Zerstört.«

Rhodan erzählte ihm mit wenigen Worten, was während der letzten Minuten geschehen war. Er vermied es trotz allen Ärgers, auf die Befehlsverweigerung Ras Tschubais in der GOOD HOPE einzugehen. *Er hätte Thora hierher schaffen sollen, nicht mich!*

»Wie soll's weitergehen?« Der Sudanese kam auf die Beine. Er keuchte vor Anstrengung.

»Wir suchen die anderen. – Erinnerst du dich, wo du Wuriu und Alexander abgesetzt hast? Und weißt du, in welche Richtung Tako gesprungen ist?«

Ras Tschubai drehte sich im Kreis. Er schüttelte den Kopf. »Ich habe beide Sprünge so nahe wie möglich aneinandergesetzt.« Er zuckte hilflos die Achseln. »Ich kann's nicht erklären, warum ich das weiß – aber ich vermute, dass die beiden keinen Kilometer von hier entfernt sind. Ich muss mir einen Überblick verschaffen. Wenn ich auf einen der noch stehenden Baumriesen teleportiere und mich von dort aus umsehe ...?«

»Das lass mal schön sein. Du schonst deine Kräfte für den Notfall.«

»Aber wie möchtest du unsere Leute dann finden? Ohne Funkgerät, ohne Ortungssystem?«

»In früheren Zeiten hat man sich durch Rufen verständigt.« Rhodan grinste, obwohl ihm keinesfalls danach zumute war.

Chaktor kehrte zurück. Sein Körper war über und über mit Schlamm bedeckt, die Haare standen kreuz und quer. Seine stämmigen Beine tauchten kaum ins Brackwasser ein. Als er die Felseninsel erreichte, atmete er um keinen Deut rascher als zuvor. »Alles erledigt«, sagte er. »Ich habe die Anzüge versorgt.«

»Wo?«

»In einem Tümpel. Tief genug, dass sie nicht mehr angemessen werden können.«

»Sie sind *getaucht?«*

»Schlammtauchen ist ein beliebter Sport bei Jugendlichen.«

Der Umgang mit dem Ferronen erwies sich einmal mehr als verwirrend. Ihre Sitten, Gebräuche, Verhaltensweisen, ihr ganzer Habitus – je länger Rhodan mit Chaktor zu tun hatte, desto fremdartiger wirkte er. Selbst Thora und Crest erschienen ihm im Vergleich mit dem Ferronen wie gute alte Bekannte.

Thora ...

Hatte sie überlebt? Hatte Tako Kakuta die Kraft gefunden, an Bord der GOOD HOPE zurückzukehren und sie in Sicherheit zu bringen?

Platsch. Platsch. Platsch.

Chaktor deutete ihnen, sich flach auf den Boden zu ducken. »Räuber!«, flüsterte er und drehte sich im Kreis. »Womöglich Laifah!«

Platsch. Platsch. Platsch.

Was, zur Hölle, waren Laifah? – Rhodan blickte sich um, im Schlamm hockend und frierend. Da und dort meinte er Bewegungen zu sehen. Eine sich kräuselnde Wasseroberfläche, Lianen und Äste, die mit einem Mal in andere Richtungen hingen, als noch vor Sekunden.

Seine Phantasie spielte Rhodan die wildesten Streiche. Er meinte, ein mit Hunderten Zähnen bewehrtes Monster vor sich aus dem Schlamm auftauchen zu sehen, das sein Maul weit aufriss und ihn verschlang ...

Platsch. Platsch. Platsch.

Chaktor wirkte irritiert. Unsicher. Er hielt einen Stein in der Hand. Eine Waffe, die lächerlich anmutete angesichts der Gefahren, die hier drohen mochten.

»Perry! Endlich!«

Zwei Gestalten schoben sich hinter einem der umgestürzten Urwaldriesen hervor, glitten über sein Wurzelwerk hinweg und kamen auf sie zu, teils schwimmend, teils hüfthoch durch den Schlamm watend.

Alexander Baturin und Wuriu Sengu. Der Russe gab sich reserviert, der Japaner zeigte sein übliches geheimnisvolles Lächeln.

Chaktor richtete sich auf und warf den Stein achtlos beiseite. Er fletschte die Zähne, wohl als Zeichen seiner Erleichterung.

Rhodan sprang ins Wasser und watete den beiden Menschen entgegen, froh, die beiden Begleiter am Leben zu wissen. »Wie habt ihr uns gefunden?«, rief er ihnen zu.

»Frag den Burschen da!« Baturin deutete auf Wuriu Sengu. »Er hat euch gesehen.«

Rhodan nickte. Er hätte es wissen müssen. Der Japaner besaß die einzigartige Gabe, Materie mit seinen Blicken durchdringen zu können. Er nahm Bäume, Felsen und Schlamm wie Gazevorhänge wahr, die seine Sicht einschränkten, und je weiter er sah, desto verschwommener die Sicht. Doch es hatte gereicht, um sie in dieser Dschungellandschaft ausfindig zu machen.

Er hielt Wuriu Sengu eine Hand hin und zog ihn hinter sich her. Der Mutant wirkte völlig erschöpft. Nicht nur der Marsch hierher schien ihn mitgenommen zu haben. Wahrscheinlich hatte er sich durch Ausnutzung seiner Orterfähigkeit über alle Gebühr angestrengt.

Die vier Menschen umarmten einander. Es war ein Augenblick selten gekannter Intimität. Sie lebten. Und sie waren nicht allein auf dieser fremden Welt. Sie konnten einander Kraft schenken.

»Konntest du Tako und die anderen sehen?«, fragte Rhodan nach einer Weile.

Wuriu Sengu schüttelte den Kopf.

»Schade.« Rhodan verbarg seine Enttäuschung, so gut es ging. »Dann suchen wir sie eben.« Er wandte sich Chaktor zu. »Wir müssen das Wrack der GOOD HOPE finden. Vielleicht ...«

Etwas zog mit irrwitziger Geschwindigkeit über ihre Köpfe hinweg, so schnell, dass Rhodan seine Form gerade noch als zylinderförmig erahnen konnte. Noch bevor er in irgendeiner Art und Weise reagieren konnte, stand wenige hundert Meter von ihnen entfernt der Wald in Flammen. Dann kam der Lärm einer Explosion – und mit ihm die Druckwelle.

Er fühlte sich mit einem Mal leicht, so leicht ... Er flog durch die Luft, überschlug sich, prallte gegen irgendetwas, das unter seinem Gewicht brach, womöglich der Ast eines Baumes, um dann zu fallen, immer rascher, viel rascher, als es unter irdischen Bedingungen der Fall gewesen wäre.

Er landete im Sumpfwasser. Wurde von ihm aufgenommen. Schlamm schlug über ihm zusammen. Er glaubte, den Boden zu berühren – und sank dann noch tiefer. Rhodan spürte ungeheuren Druck auf seinem Brustkorb. Er wollte husten, wollte Atem holen. Doch er steckte fest in dieser verdammten Brühe, die ihn nicht freigeben wollte. Noch schlimmer: Er hatte jegliche Orientierung verloren. Wo war oben, wo unten?

Schreckliche Angst befiel ihn. Und das nicht zum ersten Mal an diesem Tag.

Bloß keine Panik, Perry! Du wurdest wegen deiner Bedachtsamkeit für die Mondmission ausgesucht. Und weil du dich in den unmöglichsten Situationen zurechtzufinden weißt.

Unter ihm war Unruhe. Geblubber. Wellenschlag. Er schlug die Arme seitlich und veränderte seine Position, so, dass unten zu oben wurde. Seine Lunge brannte, gierte nach frischem Sauerstoff. Er hatte nicht mehr viel Zeit, zumal das Gewicht, das auf seinem Körper lastete, scheinbar immer weiter zunahm.

Er tastete mit seinen Beinen nach Grund. Doch da war nichts. Er musste schwimmen. Musste sich mit kräftigen Arm- und Beinschlägen nach oben kämpfen. Wenn er wenigstens die Augen hätte öffnen und sich orientieren könnte! Doch die Masse rings um ihn war zu massiv, zu dicht, um irgendetwas zu erkennen.

Rhodan streckte die Hand aus. Sie stach ins Freie! Er hatte es gleich geschafft!

Mit einer Anstrengung, die er nicht mehr für möglich gehalten hätte, schob er seinen Kopf ins Freie. Rang nach Luft. Hustete. Missachtete dabei die glühende Hitze rings um ihn, ließ die Arme kreisen und strampelte weiterhin mit den Beinen, um nur ja nicht wieder in die Tiefe zu sinken.

Er orientierte sich. Rechts von ihm war eine Flammenwand. Glühende Funken fielen allerorts ins Schlammwasser, wie die Reste eines explodierten Feuerwerkskörpers. Auch Asche regnete nieder und Schlammklumpen, die weit und hoch in die Luft geschleudert worden waren.

Die Felseninsel war links von Rhodan, kaum mehr als solche zu erkennen. Der torpedoförmige Körper hatte es auf jenes Schiffsteil abgesehen gehabt, das an ihnen vorbeigerast war. Die Topsider – er ging davon aus, dass es die Echsenwesen waren, die sie verfolgten – gingen nicht das geringste Risiko ein. Sie vernichteten alles, was mit der GOOD HOPE in Zusammenhang stand.

Rhodan klammerte sich an einer Luftwurzel fest und holte tief Atem. Der Baum mit einem Durchmesser von gewiss drei Metern war in einer Höhe von nicht einmal fünf Metern wie ein Zündholz abgebrochen worden, der Stamm lag quer vor ihm im Schlamm.

Eine weitere Explosion ertönte. Irgendwo über den Wipfeln zeigte sich eine Feuerblume. Rhodan klammerte sich – so gut es ging – am Wurzelwerk fest. Unter seinen Beinen entstand eine Strömung, unweit von seinem Standort gluckste es in einem immer größer werdenden Trichterschlund.

Die Topsider entfesselten rücksichtslos Gewalten, die die Natur dieses Planeten schwer schädigten. Sie zeigten sich unbarmherzig.

Flammen erloschen, der Sog an seinen Beinen ließ allmählich nach. Rhodan presste eine Hand gegen die Nase und blies durch, um den beständigen Druck von seinen Ohren zu nehmen, den er seit der Notlandung auf Ferrol spürte. Benommenheit und Kopfschmerzen ließen ein wenig nach – das Chaos ringsum blieb.

»Ras? Wuriu?« Er rief nach seinen Gefährten, rief einen Namen nach dem anderen. Er hörte seine Stimme kaum. Sie tönte wie aus weiter Ferne. Das Knacksen erkaltenden Holzes sowie die Blubbergeräusche der Schlammströme erschwerten es ihm, etwas zu hören.

»Hier!«

Rhodan drehte sich zur Seite. Etwa fünfzig Meter entfernt machte Chaktor auf sich aufmerksam. Er balancierte auf einem weiteren umgeknickten Baumriesen, der von Rhodan wegtrieb. Der Ferrone hatte zwei Menschen bei sich, die sich eben benommen aufrichteten. Ras Tschubai und Alexander Baturin.

Wieder raste ein Torpedo über sie hinweg. Rhodan war zu müde, um zu reagieren oder auch nur darüber nachzudenken, was er gegen die Gewalten tun konnte, die die Echsenähnlichen entfesselten. In aller Demut schloss er die Augen und wartete auf das Unvermeidliche. Auf Krach und Schallwellen und aufgewühlten Schlamm, der ihn verschluckte und niemals mehr wieder hergeben würde.

Doch es geschah nichts. Die Topsider unternahmen allem Anschein nach nur einen Erkundungsflug. Womöglich suchten sie nach Wärmesignalen. Ein schwieriges Unterfangen angesichts der vielen Glutnester ringsum, die erst allmählich erloschen – und der Tatsache, dass Rhodan wie auch seine Begleiter über und über mit kühlendem Schlamm bedeckt waren.

Dann herrschte Stille. Todesähnliche Stille, wie sie in Gebieten absoluter Zerstörung vorkam. Wenn hier noch etwas lebte, dann verhielt es sich ruhig.

»Ihre Gefährten sind wohlauf«, rief ihm Chaktor nach einer Weile zu. »Auch Ihr Freund mit der seltsamen Haarpracht lebt. Ich habe ihn dort« – er deutete hinter sich – »aus dem Nahrungsnass geborgen.«

Nahrungsnass – was für ein seltsamer Begriff. Offenbar scheiterte der Translator an einer adäquaten Übersetzung.

»Holen Sie ihn. Ich komme ebenfalls rüber.«

Chaktor bestätigte mit einem Laut, der einem Rülpser ähnelte. Rhodan hangelte sich von einer Wurzel zur nächsten. Das eine Ende des Baumstamms, auf dem Tschubai und Baturin saßen, war nicht weiter als zehn Meter von ihm entfernt. Mit den Zehen tastete er nach festem Untergrund – und hatte Glück. Da war Boden. Rhodan stand hüfthoch im Schlamm. Wenn er sich anstrengte und sorgfältig einen Schritt vor den anderen setzte, konnte er die anderen rechtzeitig erreichen, bevor sich der Baum wegdrehte.

Jeder Schritt wurde zur Qual. Schweiß drang in Rhodans Augen, vermengte sich mit kratzigem Sand und behinderte seine Sicht. Er sah kaum noch, wohin er sich bewegte. Die Arme waren schwer, seine Brust schmerzte.

Der Baum trieb an ihm vorbei, langsam und behäbig. Tschubai war bis an sein Ende gerutscht und streckte eine Hand nach ihm aus, er selbst wurde von dem russischen Kosmonauten festgehalten.

Und dennoch fehlte ein Meter. Rhodan steckte fest. Seine Beine ließen sich nicht mehr aus dem Boden befreien. Ihm fehlte die Kraft, um auch nur einen einzigen Schritt zu tun.

Was habe ich hier bloß zu suchen? Warum bin ich nicht auf der Erde geblieben, dort, wo man mich viel dringender braucht, um die Vision einer geeinten Menschheit so rasch wie möglich Realität werden zu lassen?

Etwas – oder jemand! – platschte neben Rhodan ins Wasser. Chaktor. Er kümmerte sich nicht darum, dass er rasch einsank und dass der Schlamm ihm beinahe bis zum Kinn reichen würde. Er packte Rhodan mit jener urtümlichen Kraft, die der höheren Schwerkraft geschuldet war, in der er aufgewachsen war.

Mühelos riss Chaktor ihn an sich und schob ihn hin zum Stamm, auf dem mittlerweile auch Wuriu Sengu Platz gefunden hatte. Rhodan wuchtete sich in die Höhe, wiederum mit Unterstützung des Ferronen, und griff dankbar nach Ras Tschubais Armen.

Rhodan legte sich auf den Rücken. So erschöpft wie jetzt war er selbst nach dem härtesten Belastungstraining in der Zentrifuge nicht gewesen.

»Wir lassen uns treiben, bis Sie wieder bei Kräften sind«, sagte Chaktor, der nun ebenfalls auf dem Baumstamm Platz nahm.

»Das geht mir zu langsam«, sagte Rhodan, obwohl er kaum die Kraft zum Reden fand, geschweige denn, sich aufzurichten. »Was, wenn die Topsider zurückkommen? Sie werden uns entdecken.«

»Unmittelbar voraus ist ein *Bollog,«* unterbrach ihn der Ferrone. »Es wird stürmischer werden, als uns lieb ist.«

»Ein Bollog? Was ist das ...?« Mühsam reckte er den Kopf hoch und folgte mit Blicken dem ausgestreckten Zeigefinger Chaktors.

Er verstand. Voraus wartete ein Strudel, der Äste, Stämme, aufgedunsene Tierkadaver unbekannter Art und riesige Pfropfen aus Blattwerk gleichermaßen mit sich riss. Der Strudel wirkte behäbig und kaum gefährlich, zumal sie auf einem wahren Baumriesen hockten; doch das mochte täuschen. Rhodans Sinne waren völlig überreizt. Er war kaum mehr in der Lage, Gefährliches von Ungefährlichem zu unterscheiden.

»Lassen Sie mich nur machen«, sagte Chaktor.

Er tastete nach einem vorbeitreibenden Ast, packte ihn und nutzte ihn als Flößerstange. Geschickt balancierte er ans andere Ende des Baumstammes. Dort stieß er den Ast gegen fest im Boden verankertes Wurzelwerk und schaffte es, ihrem seltsamen Gefährt ein neues Drehmoment zu geben. Etwas, das Rhodan nicht begriff; denn es würde sie umso rascher hin zum Strudel führen.

Schnell eilte Chaktor auf die andere Seite, an ihnen vorbei. Er sah sich um. Wartete. Und als sie an einem Felsen vorbeitrieben, stieß er wiederum mit seiner Stange zu, so kräftig, dass sich die Muskeln wie gewaltige Stränge unter seiner nassen Bekleidung abzeichneten. Er ächzte und stöhnte und knurrte – doch er ließ nicht locker. Chaktor hielt dem Zerren des Soges so lange stand, bis sich ihr Baumstamm um neunzig Grad gedreht hatte und nun zum rechten Rand des Strudels hinzielte. Dann ließ er nach und zog seine Stange hastig ein. Er spuckte Flüssigkeit aus und atmete tief durch.

»Halten Sie sich gut fest«, sagte er. »Sollte sich der Stamm drehen und Sie unter Wasser geraten, lassen Sie *unter keinen Umständen* los. Andernfalls sind Sie verloren und werden vom Bollog verschluckt. Ich werde unser Gefährt wieder in die richtige Richtung drehen, komme, was wolle.«

Der Ferrone zeigte ihnen, wo und wie sie sich festklammern konnten. Er rammte seine Finger in die Rillen zwischen breiten Borkenblättern und ignorierte dabei Kratzer sowie blutende Wunden.

Rhodan machte es ihm nach. Die Rinde war hart, und erst beim dritten Versuch schaffte er es, sich festzukrallen. Mit den Beinen umklammerte er den Rest eines Astes, so fest es nur ging.

»Ras?«, rief er nach dem Mutanten. »Könntest du uns nicht von hier wegbringen ...?«

»Tut mir leid, Perry«, ächzte sein Begleiter. »Ich bin noch nicht so weit.«

Sie mussten sich auf Chaktor verlassen. Auf seine Kraft, auf seine Geschicklichkeit.

Der Bollog war nahe. Er riss ihren Baumstamm ruckartig nach

vorn. Am Wind, der seine Haare zerzauste, fühlte Rhodan die Gewalt des Sogs und das Tempo, mit dem sie sich nun voranbewegten.

»Der Winkel ist zu stumpf!«, rief er Chaktor zu. »Wir stürzen direkt in den Bollog!«

»Ich weiß, was ich tue!«, widersprach Chaktor. Der Ferrone stand breitbeinig da und tarierte die Bewegungen des sich schüttelnden Baumstamms mit einer Geschicklichkeit aus, als hätte er sein ganzes Leben nichts anderes getan, als Holzflöße durch Urwaldlandschaften zu lenken.

Das konnte nicht gut gehen, niemals! Da war der Bollog. Die Vorderseite – ihre Seite! – des Stammes stürzte in ein Loch, das sich nun, da sie ganz nah waren, wie ein Abgrund ins Nichts darstellte. Mindestens fünfzehn Meter tief ging es, in ein Schwarz hinab, in dessen Zentrum *irgendetwas* lauerte. Dieses Irgendetwas besaß Tentakel, die es gierig nach allem ausstreckte, was ins Innere des Strudels geriet; also auch nach ihnen.

Der Stamm kippte. Sie stürzten in die Tiefe. Perry Rhodan krallte die Finger so fest es ging in den Stamm und presste den Kopf gegen das Holz.

Etwas peitschte an ihm vorbei. Ein Krakenarm, glitschig und mit scharfen Krallen versehen, die unterarmlange Splitter aus dem Holz fetzten. Der Stamm kippte zur Seite, glitt dabei immer weiter in Richtung Zentrum des Bollogs.

Er hob den Kopf. Chaktor stand noch immer aufrecht da, die ruckartigen Dreh- und Kippbewegungen ihres seltsamen Gefährts ausbalancierend. Mit einem Mal stach er seine Stange ins Schlammwasser, stieß dort gegen Widerstand und gab dem Stamm einen kleinen, scheinbar unbedeutenden Impuls, der sie mit einem Mal wieder hochriss, hoch hinauf, raus aus dem Bollog, und sie durch die Luft fliegen ließ!

Der Stamm war gut und gern fünfzehn Meter lang. Er hatte gewiss mehrere Tonnen Gewicht. Und dennoch schoss er, durch den eigenen Schwung getragen, wie ein Pfeil davon, um in weiter Entfernung vom Bollog wieder ins Wasser zu platschen und sich beinahe in festen Untergrund zu bohren, der sich mindestens vier Meter unter ihnen befand.

Der Baum drehte sich zur Seite. Rhodan lag mit einem Mal schief. Er glitt ins brackige Wasser, tauchte ein, wurde wieder hochgeschwemmt. Zweimal, dreimal.

Chaktor rief etwas, das der Translator nicht übersetzte. Vielleicht Flüche, vielleicht Gebete. Rhodan hätte keinen vernünftigen Grund zu nennen gewusst, warum sie mit einem Mal in sicherem, ruhigem Wasser trieben und er sich an der Oberfläche des Stammes wiederfand, mit ausreichend Atemluft. Hustend und spuckend und einem Zusammenbruch nahe – aber am Leben.

Stille.

Und dann: ruhiges, unaufgeregtes Vogelgezwitscher.

Chaktor sagte: »Willkommen auf Ferrol.«

Kapitel 2

Ferrol
Tako Kakuta

Er war völlig erschöpft. Die erhöhte Schwerkraft Ferrols hatte auf seine Physis und seine Fähigkeiten als Teleporter womöglich stärkere Auswirkungen als auf andere Menschen.

Er umklammerte Rod Nyssens und Conrad Deringhouses Hände und stellte sich jenen Ort vor, an dem er die beiden Frauen zurückgelassen hatte. Eine Felswüstenei. Krüppelbäume. Ein Bach, von fahlen, halb mannshohen Schilfpflanzen begrenzt, dessen Wasser graugrün wirkte. In weiter Ferne zeigten sich mächtige Gebirgsrücken, auf deren Spitzen Schneekappen saßen.

Diesen Ort musste er wiederfinden, kraft seines Geistes. Auch wenn sich die GOOD HOPE um etliche Kilometer weiterbewegt und Haken geschlagen hatte, um den topsidischen Verfolgern auszuweichen.

Er dachte an Feng Shui; an seine ganz persönliche Version der Harmonisierung seines Selbst mit der Umgebung. An den *Lo Pan,* seinen inneren Kompass, den er immer mehr nutzte, um mit diesen unheimlichen Kräften in sich zurechtzukommen und sie richtig zu vektorisieren. Diese Methode bedurfte noch einiger Verbesserungen; doch sie half ihm zunehmend, seine Gabe gezielter einzusetzen.

Tako Kakuta baute sein inneres Koordinatensystem auf. Er benötigte einige Sekunden. Dann öffnete er die Augen und warf den Anwesenden einen letzten Blick zu. Die Arkonidin, stolz und beherrscht wie immer, tat so, als achtete sie nicht auf ihn. Womöglich war es das letzte Mal, dass er sie zu Gesicht bekam. Es bedurfte keiner sonderlich ausgeprägten mathematischen Begabung, um auszurechnen, dass entweder Thora oder Perry Rhodan auf der GOOD HOPE zurückbleiben würden. Seine Kräfte reichten gewiss nicht für zwei weitere Teleportationen.

Er sprang, mit den beiden amerikanischen Astronauten im Schlepptau. Just in dem Moment, da eine weitere Explosion die

GOOD HOPE erschütterte. Die Entzerrung, das Auflösen im Nichts, die Nichtexistenz, die bloß einen Wimpernschlag andauerte – dies alles war ihm längst zur Gewohnheit geworden. Nicht aber für Nyssen und Deringhouse. Als sie ihren Fuß auf die Oberfläche Ferrols setzten, taten sie beide in ihrem Erschrecken einige Schritte von ihm weg, um sich erst allmählich zu fangen.

Kakuta hatte seinen Sprung ausgezeichnet vollendet. Anne Sloane und Darja Morosowa warteten etwa zwanzig Meter entfernt. Die beiden Frauen winkten ihnen zu. Sie kauerten im Schutz eines einzeln dastehenden Baums, dessen Blattwerk sich weit über einen Felsen geneigt hatte und eine Art Versteck bildete.

»Rod ...« Conrad Deringhouse sah seinen Freund und Kollegen verwundert an. »Mir ist schwindlig.«

»Das vergeht, keine Sorge«, sagte Nyssen. »Das ist die erhöhte Schwerkraft ...«

Er brach ab. Er eilte zu Deringhouse, der in Zeitlupentempo zu Boden sank, mit verdrehten Augen, plump wie ein Sack, ohne auch nur die Kraft zu finden, seinen Sturz mit den Händen abzufedern.

Kakuta folgte dem Amerikaner, so rasch es die ungewohnten Verhältnisse zuließen. Er sah das Blut. Hellrotes Blut, das im Takt seines Pulses aus Conrad Deringhouses Leib sprudelte.

Sein Kampfanzug war zerfetzt und völlig funktionsunfähig geworden. Die erhöhte Schwerkraft Ferrols lastete auf dem Raumfahrer, mehrere Splitter hatten ihn getroffen und das so robuste Material durchbohrt, es an mehreren Stellen perforiert. Metallsplitter, die wohl von der letzten Explosion an Bord der GOOD HOPE stammten.

»Den Anzug ausziehen, rasch!«, sagte Rod Nyssen und nestelte am Brustverschluss des Freundes. Deringhouses Gesicht wirkte mit einem Mal fahl und eingefallen. Rasend schnell strömte das Leben aus ihm.

Kakuta schob sachte den Helm vom Kopf des Amerikaners. Er sah die lebensbedrohliche Wunde – und wusste im selben Augenblick, dass hier wohl nicht mehr viel zu machen war. Ein Splitter, so lang wie eine Hand, hatte sich in den Hals ihres Begleiters gebohrt und dabei die Schlagader verletzt.

»Eine Kompresse!«, verlangte er von Rod Nyssen.

Der Astronaut war geschockt. Er wirkte, als müsste er sich jeden Moment übergeben. Doch er reagierte. Er nestelte ein Tuch aus der Außentasche seines Anzugs und reichte es Kakuta.

Er entfaltete es und drückte es links und rechts der Schnittstelle auf die Wunde. Das würde die Blutung nicht stillen, aber für einige Zeit aufhalten. Kakuta musste nachdenken. Musste überlegen, was sie mithilfe ihrer bescheidenen Mittel zur Rettung des Gefährten unternehmen konnten.

Die beiden Frauen waren heran. Darja Morosowa, Pragmatikerin mit einem Auge fürs Wesentliche, half Rod Nyssen, den Schwerverletzten aus dem Anzug zu schälen. Weitere Wunden wurden sichtbar. Solche, die ebenfalls auf Metallsplitter zurückzuführen waren.

»Fleischwunden, nichts Lebensbedrohliches«, sagte sie knapp und bewegte Conrad Deringhouse in eine stabile Seitenlage. Kakuta konnte die Wunde am Hals besser begutachten.

Denk nach!, mahnte sich der Teleporter. *Du hast bis jetzt immer eine Lösung gefunden. Andernfalls wärst du in der Heimat untergegangen, in Fukushima, oder wärst spätestens Clifford Monterny zum Opfer gefallen.*

»Anne?«

»Ja, Tako?«

Die unscheinbar wirkende Frau, die bislang Distanz zum Verletzten gewahrt hatte, trat näher.

»Ich werde den Splitter jetzt herausziehen – und du wirst die Wunde mittels deiner Kräfte schließen. Verstanden?«

»Du weißt, was du da von mir verlangst?« Die Telekinetin wurde bleich. Noch bleicher als sonst.

»Ich weiß, dass du es kannst. Ich habe dich bei deiner Feinarbeit beobachtet.«

»Wenn ich auch nur einen Zentimeter danebentaste, zwicke ich womöglich die Halsschlagader ab und bringe Conrad um.«

»Er ist bereits so gut wie tot. Ohne deine Hilfe hat er nicht die geringste Chance.« Kakuta ließ seine Stimme so kalt und unbeteiligt wie möglich klingen. Sollte ihn Anne ruhig verabscheuen. Hauptsache war, dass sie sich auf ihre Aufgabe konzentrierte und ihr Bestes gab.

»Also schön.« Die Telekinetin kniete sich nieder, kniff die Augen zusammen, konzentrierte sich.

»Ich ziehe den Splitter jetzt heraus. Der Spalt wird sich vergrößern. Es wird hässlich aussehen ...«

»Mach schon!«

Kakuta fasste das Metall zwischen Daumen und Zeigefinger. Er zog daran. Es bot überraschend viel Widerstand. Er musste den Splitter mehrmals sachte hin- und herbewegen, bevor er sich aus dem Fleisch löste und herausglitt. Noch mehr Blut spritzte davon. Es traf Anne und ihn.

»Mach!«, drängte er erneut.

Die Telekinetin bewegte die Lippen, sagte aber kein Wort. All ihre Konzentration galt diesem hässlichen Spalt in Conrad Deringhouses Hals. Sie verkleinerte den Riss in der Halsschlagader, sachte und mit einer Ruhe, die Kakuta Bewunderung abrang. Dann kümmerte sie sich um die fast zehn Zentimeter lange Wunde. Wie von Zauberhand legten sich die Hautlappen übereinander, so fest, dass kaum noch eine Narbe zu sehen war.

»Das ist keine Lösung auf Dauer«, sagte Anne Sloane angestrengt.

»Soll es auch nicht sein. Du musst ihn bloß so lange stabil halten, bis uns etwas anderes einfällt. Bis wir auf Einheimische stoßen, die uns helfen können.«

»Du willst teleportieren und sie suchen?«

»Später«, wich Kakuta aus. Er hatte mit dem Gefühl der Schande zu kämpfen. Er war viel zu erschöpft, um bereits jetzt wieder einen Sprung zu setzen. Doch das konnte und wollte er seinen Begleitern nicht sagen. Womöglich hätten sie es ihm als Schwäche ausgelegt.

Du hast es mit Langnasen zu tun!, machte sich Tako Kakuta bewusst. *Ihr Ehrgefühl ist ganz anders ausgeprägt.*

Dennoch ... er konnte nicht aus seiner Haut. Noch nicht. Es würde sich alles ändern, wenn er nur ausreichend viel Zeit in der Stadt Terrania verbrachte, in dieser werdenden Metropole, die den Menschen den Weg in eine glorreiche Zukunft weisen sollte.

Er schweifte ab. Er musste sich um den Schwerverletzten kümmern. Anne Sloane schien die Situation im Griff zu haben.

Was sollte nun weiter geschehen?

Er benötigte Hilfe. – Vielleicht Rhodan? – Nein. Es gab keinerlei Hinweise darauf, wo Ras hinteleportiert war.

Deringhouse schrie auf. Er griff sich an die Brust, Schaum drang aus seinem Mund.

»Sein Herz!«, sagte Nyssen und fuchtelte wie wild mit den Armen durch die Luft. »Ich glaube, er hat einen Herzinfarkt! Der Schock. Die Schmerzen. Die zu hohe Schwerkraft. Wir müssen ... müssen ...«

»Anne! Kümmere dich darum!«

Die Telekinetin warf Kakuta einen wütenden Blick zu. Sie fühlte sich ausgenutzt, und ganz gewiss mochte sie es nicht, von ihm herumkommandiert zu werden. Doch sie war gleich wieder bei der Sache. Sie sah auf den Schwerverletzten hinab, murmelte ein paar Wörter und bewegte die Finger beider Hände, als könnte sie ihre Konzentration dadurch weiter verstärken.

Kakuta stellte sich vor, wie Anne mithilfe ihrer Gabe nach Deringhouses Herz griff, es in ihren telekinetischen Griff nahm und es zu massieren begann. Viel besser und viel zielgerichteter, als es mittels einer Druckmassage jemals möglich gewesen wäre.

Anne ging mit der Präzision eines Chirurgen vor. Sie streichelte das Herz sanft, wie mit einer Feder, presste sachte Blut aus dem lebenswichtigen Organ, um es in den Kreislauf zurückzubringen. In der Entlastungsphase würde das Blut zurückströmen, wie in einen Schwamm.

Wann immer sich in den letzten Tagen die Möglichkeit dazu geboten hatte, waren die Mutanten vielseitig geschult worden. Zudem hatten sie sich selbst einige Richtlinien erarbeitet und sich bemüht, ihre Fähigkeiten zu verbessern. Um auszuloten, welche Einsatzgebiete sie sich erschließen konnten.

Ein Teleporter war beschränkt. Ein Telekinet wie Anne Sloane vermochte Dinge zu zerstören – aber auch zu reparieren.

Die Adern der dunkelhaarigen Frau traten an den Schläfen deutlich hervor. Sie gelangte an die Grenzen ihrer Leistungsfähigkeit.

Deringhouse röchelte, wollte den Oberkörper aufrichten, fiel kraftlos auf den Boden zurück. Er war wieder da! Er spuckte Blut und Schleim, und er hustete angestrengt.

»Hörst du mich?« Rod Nyssen klopfte seinem Freund sachte auf den Rücken. »Du musst ruhig bleiben. Regelmäßig atmen.« Mit brüchiger Stimme setzte er hinzu: »Du kommst wieder in Ordnung, ich verspreche es dir.«

Conrad Deringhouse gab keine Antwort. Er lag bloß da und stierte mit glasigen Augen vor sich hin, immer wieder von Hustenanfällen geplagt.

»Das halte ich nicht lange durch.« Anne deutete auf die Halsschlagader des Schwerverletzten, der nun wieder ihr Hauptaugenmerk galt. »Kannst du dir vorstellen, wie schwer es ist, die richtigen Stellen zu ... zu greifen?«

»Du tust, was du kannst und so lange du kannst.«

»Wir müssen Rhodan suchen«, mischte sich Darja Morosowa ein.

»Nein«, widersprach Kakuta. »Wir sehen zu, dass wir so rasch wie möglich von hier verschwinden.« Er deutete in den wolkenverhangenen Himmel. »Die Schiffe der Topsider sind auf der Jagd. Sollen wir sie auf uns aufmerksam machen, indem wir uns dem Wrack der GOOD HOPE nähern?«

»Wir können die anderen nicht einfach im Stich lassen!«, protestierte die Russin. »Gemeinsam wären wir viel stärker!«

»Und wie sollen wir sie bitte finden?« Es waren Worte, die Kakuta schwerfielen. Er musste pragmatisch denken, wie es seinem Naturell entsprach – und würde sich dadurch den Zorn der anderen Mitglieder der kleinen Gruppe zuziehen.

Ihre Sicherheit war vorrangig. Nichts anderes zählte.

Kakuta deutete auf den Bach. Auf die Schilfpflanzen, die sich im sanften Wind beugten, aber nicht brachen. Er hatte seine Jugend damit zugebracht, aus einfachsten Mitteln brauchbare Dinge zu basteln. »Bringt mir so viel wie möglich von dem Zeugs«, sagte er.

»Wozu?«, fragte Darja Morosowa.

»Ich werde eine Trage für Conrad bauen. Macht schon!«

Nyssen und Darja setzten sich zögerlich in Bewegung. Anne blieb an der Seite des Schwerverletzten. Ihre Lippen formten stumme Worte. Sie war völlig darauf konzentriert, Deringhouses Überleben zu sichern.

In der heimatlichen Präfektur Fukushima hätte man einem Verletzten wie diesem hier ein Messer überreicht und ihn zurückgelassen. Er hätte gewusst, was zu tun war.

Doch Kakuta hatte viel gelernt. Im Camp Specter, später als Verbündeter Clifford Monternys – und vor allem in Terrania, als Vertrauter Perry Rhodans, von dem etwas ausging, was er mit seinem Verstand nicht erfassen konnte. Es rührte etwas in seinem Bauch und in seinem Herzen.

Kakuta dachte an Rhodans Worte, die dieser anlässlich eines neu eröffneten Straßenzugs in der Stadt der Zukunft gebraucht hatte: »Wir sind Menschen. Wir gehören zusammen. Wir beschützen einander und sorgen füreinander. Niemand wird aufgrund seiner Hautfarbe, seiner Religion, seiner politischen Einstellung benachteiligt oder bevorzugt. Wer nicht bereit ist, diese einfachsten Grundregeln der Ethik zu befolgen, ist frei, Terrania zu verlassen. Er hat an diesem Ort, der für eine bessere Zukunft steht, nichts zu suchen.«

Wenige Worte, holprig formuliert.

Aber *wahre* Worte. Rhodan schien immer das Richtige zu sagen und zu tun, auf eine Art, die Kakuta nicht begriff.

»Wir bringen dich durch, Conrad«, flüsterte er dem ehemaligen Astronauten ins Ohr. »Komme, was wolle.«

Anne Sloane beharrte darauf, ihren Anzug anzulassen. Erst nach langen und hitzigen Diskussionen, ließ sie sich davon überzeugen, dass die Schutzanzüge ihnen mehr Schaden als Nutzen bringen würden. Sie durften sich keinesfalls der Gefahr aussetzen, von den Topsidern angemessen werden zu können.

Kakuta zweifelte, angesichts des erbitterten Widerstands, den Anne ihm entgegenbrachte. Traf er denn die richtigen Entscheidungen?

Sie wurden mit ungewohnten Umweltbedingungen konfrontiert. 1,4 Gravos. Atemluft, die sich irgendwie dick anfühlte und für ein Gefühl der Beklemmung im Brustkorb sorgte. Die Farben waren anders als auf der Erde, ebenso die Gerüche, und selbst die Blick- und Betrachtungswinkel hatten sich verändert.

Unter Qualen fertigten sie die Trage für Deringhouse. Zwei Äste mit für einen guten Griff zurechtgeschnitzten Enden. Drei ineinander verflochtene Schichten aus Wasserschilf dazwischen. Das Rohr war fest und zäh, aber auch ausreichend biegsam, um für den Verletzten eine möglichst bequeme Tragbahre zu basteln, in der er liegen konnte. Das Material würde für eine Weile halten, sofern sie es von Zeit zu Zeit mit Wasser übergossen und geschmeidig hielten.

Rod Nyssen ging vorne, Kakuta hinten. Darja Morosowa sprang ein, wenn es schwierige Passagen zu überwinden galt – und das kam oft genug vor. Anne Sloane konzentrierte sich ganz auf ihre Aufgabe, den Verletzten am Leben zu erhalten. Sie wich kaum einmal von Deringhouses Seite.

Sie desaktivierten die Schutzanzüge und begruben sie unter Geröll. Die Topsider konzentrierten ihre Suche nach Überlebenden der abgestürzten GOOD HOPE sicher auf jene sumpfartige Landschaft, auf dessen Ausläufer sie hinabblickten. Baumriesen standen fleckenweise dicht an dicht, um dann wieder breiten Gewässern Platz zu machen.

Am Rand der Marschlandschaft war eine Herde elefantenähnlicher Tiere zu erahnen, die auf breiten Füßen und mit lächerlich anmutendem Tapsen die Wasserläufe durchquerten. Vögel mit breiten Schwingen begleiteten sie und ließen sich gelegentlich auf den Dickhäutern nieder, um ihnen Parasiten aus der faltigen Haut zu picken. Ihr Gekreisch ging durch Mark und Bein. Es diente womöglich der Abwehr jener Räuber, die sich in den Schatten der Wasserbäume erahnen ließen.

Gab es hier Schlangen? Insekten, die Gift versprühten? Wo waren jene Tiere, die an der Spitze der Nahrungspyramide standen, und wie konnten sie ihnen ohne Waffen begegnen? War es sinnvoll gewesen, all ihre hochmodernen Ausrüstungsgegenstände zurückzulassen?

Ja!, befand Kakuta im Stillen. *Das gefährlichste Raubtier, mit dem wir es auf dieser Welt zu tun haben, ist zweifelsohne der Topsider.*

Mehrmals tauchten Raumer ihrer Feinde am Horizont auf. Kleinstschiffe, die mit irrwitziger Geschwindigkeit dahingeschossen waren und fallweise Jagd auf flug- und weltraumtaugliche Schiffe in allen möglichen Formen gemacht hatten, auf Einheiten der unterlegenen Ferronen.

Ein rattenähnliches Tier streckte lange, spitze Ohren aus einem Erdloch. Es fauchte aggressiv, bevor es verschwand und kurze Zeit darauf an anderer Stelle zwischen Geröllhaufen wieder auftauchte. Es verfolgte sie eine Weile auf ihrer anstrengenden Wanderschaft, um, als es einer halben Meter langen Raupe mit großen Glupschaugen ansichtig wurde, zurückzubleiben und sich in deren Chitinkörper zu verbeißen.

Jeder Schritt war ein Schritt ins Unbekannte, voller Mühen und Plagen. Der Weg war gepflastert mit vielen Überraschungen und noch mehr Gefahren. Die Blätter veilchenähnlicher Blumen sonderten ein schmerzendes Kontaktgift ab, ähnlich dem von Nesseln, dornenbesetzte Sträucher verströmten Fäkaliengestank. Faustgroße Steine entpuppten sich als abgestreifte Hüllen sich häutender Igelgeschöpfe. In ihrem ausgehöhlten Inneren hatten sich giftgrüne Maden breitgemacht, denen Kakuta tunlichst aus dem Weg ging.

Er war unendlich müde. Jeder Schritt zehrte an seiner Substanz. Er schwitzte und er trank literweise Wasser, womöglich mit Bakterien verseucht, denen sein Immunsystem nicht beikam.

Seine Begleiter waren ihm fremd wie selten zuvor. Insbesondere Anne Sloane bereitete ihm Sorgen. Ihr kultureller Hintergrund, ihre Erziehung in einem wohlbehüteten Haus und ihr immer wieder durchschimmernder fundamental-christlicher Glaube waren ihm seit jeher fremd gewesen.

Kakuta blieb stehen und orientierte sich. Er hatte eine ungefähre Ahnung, wo sie waren. In der GOOD HOPE hatte Chaktor ein wenig von den geografischen Verhältnissen auf dieser Welt berichtet. Die Ausläufer und Vororte der Metropole Thorta mussten sich jenseits des Riesengebirges vor ihren Augen befinden. *So nahe, und doch so fern ...*

Dort hatte Chaktor sie hinbringen wollen, in den Roten Palast, damit der *Dreiäugige,* der Thort, sie empfing. Dort würden sie am ehesten Unterstützung finden, und dort würde auch Perry Rhodan sein Ziel sehen.

Sie setzten ihren Weg fort. Schritt um Schritt, Atemzug für Atemzug. Das Bergland rings um sie zeigte sich immer schroffer und abweisender. Halbstundenweise pfiff kühler Wind über ihre Köpfe hinweg. Dann wiederum machte sich jene Wärme bemerkbar, die von der meist hinter Wolken verborgenen Sonne abgestrahlt wurde. Sie dörrte aus, sie machte durstig.

Es war ein Klima, wie es Kakuta von der Erde her nicht kannte.

Alles hier war irgendwie anders. Das Lichtspektrum, die Wetterwechsel, die Windböen. Die Luft, die sie atmeten.

Und Conrad Deringhouse, der schlaksige junge Mann, wog hier samt seinem Tragegestell mindestens hundertzwanzig Kilogramm.

»Pause!«, keuchte Rod Nyssen, nicht zum ersten Mal. Er beugte die Knie und stellte sein Ende der Bahre so sachte es ging zu Boden.

Kakuta folgte dem Beispiel des Amerikaners. Seine Schultern brannten, der Nacken war völlig verspannt, und die Oberschenkel schienen aus Brei zu bestehen.

»Wir sind vier, maximal viereinhalb Kilometer weit gekommen«, sagte Darja Morosowa. »Und das in etwa drei Stunden. Bald wird es dunkel. Was machen wir dann?«

»Marschieren, bis es nicht mehr länger möglich ist. Rasten, ein wenig Schlaf finden. Und beim ersten Licht des Tages den Weg fortsetzen.« Kakuta ging nicht weiter auf Annes Rolle ein. Sie musste während der Nachtstunden wach bleiben, um das Überleben Deringhouses zu sichern.

Doch vielleicht löste sich dieses Problem von selbst. Das Gesicht des Amerikaners war aschfahl. Seine Lippen bewegten sich wie im Gebet. So als würde er sich gedanklich bereits auf das Jenseits vorbereiten. Kakuta hatte mehr als einmal Menschen an der Schwelle zum Tod gesehen. Dieser da würde sie bald überqueren.

»Ich dachte, dass Ferrol dicht besiedelt wäre«, murmelte Anne. »Die Ferronen sind uns in puncto Technik angeblich ein gehöriges Stück voraus, aber ich sehe weit und breit keine Hinweise darauf.«

Er verzichtete darauf, die Frau mit seinen eigenen Überlegungen vertraut zu machen. Sie wirkte erschöpft – und hochgradig nervös.

Was auf der Erde galt, hatte hier noch lange keine Bedeutung. Sie wussten so gut wie nichts über die Ferronen. Womöglich hatten sie gänzlich andere Entwicklungsschritte genommen und lebten mit der Natur in größerem Einklang, als dies auf der Erde geschah. Oder aber sie erkannten die zivilisatorischen Spuren nicht. Oder aber sie waren in einer Art Naturreservat abgestürzt.

Vor ihnen breitete sich ein Geröllfeld aus. Wenn sie es überquert hatten, waren es nur noch wenige Schritte bis zum Grat des Bergs, der einen Ausläufer der schneebedeckten Hochgebirgsstöcke darstellte. Mit ein wenig Glück würden sie dort oben eine Rundumaussicht genießen und eine Standortbestimmung durchführen können.

»Ich teleportiere«, sagte er kurz entschlossen.

»Du solltest deine Kräfte schonen«, widersprach Darja Morosowa.

»Mir geht es mittlerweile wieder recht gut. Und ich könnte uns ein gutes Stück Weg ersparen. Wenn wir uns dort hinaufschleppten und dann bemerkten, dass wir die völlig falsche Richtung eingeschlagen haben, wäre es umso schlimmer für die Gruppe.« *Vor allem für Conrad ...*

»Ich habe nichts gegen eine etwas längere Pause.« Rod Nyssen betastete vorsichtig die Blasen an den Innenflächen seiner Hände.

Anne Sloane schwieg. Gewiss hatte sie ihm zugehört, doch sie strafte ihn mit Verachtung. – Warum bloß? Hatte er sie mit seinem Verhalten irritiert? Hatte er etwas gesagt oder getan, was gegen das Weltbild der Frau verstieß?

Kakuta schöpfte Wasser aus einem der vielen Bäche. Er trank, konzentrierte sich – und sprang dann.

Gelungen. Eine nahezu perfekte Teleportation. Er war dort, wo er sich hingewünscht hatte, am Grat des Berges.

Kakuta schwankte. Er musste die Beine weit spreizen und sich bücken, um nicht das Gleichgewicht zu verlieren. Er war heftigen Windböen ausgesetzt, die ihn mit aller Gewalt in die Tiefe zerren wollten. Die Ortsveränderung brachte zudem einen Temperaturunterschied von gefühlten zehn Grad mit sich. Hier oben war es eisig kalt.

Kakuta sah in einen Abgrund. Es war, als hätte ein Riese die Hälfte des Berges abgebissen und ins Tal gespien. Felsbrocken, so groß wie Häuser, lagen weitverteilt in einer Tiefe von gewiss mehr als zweihundert Metern. Die Wand, an deren Kante er stand, war unmöglich begehbar – und schon gar nicht mit dem schwer verletzten Deringhouse im Schlepptau.

»Soweit zu den schlechten Nachrichten«, murmelte Kakuta. »Und nun zu den guten.«

Oh ja, es gab Grund zur Hoffnung. Rechts von ihm, in einer Entfernung von etwa einem Kilometer, entdeckte er einige flinke, sich wie blaue Insekten bewegende Gestalten in der Wand. Ferronen! Sie stiegen mit bemerkenswerter Geschicklichkeit hoch, und sie würden schon bald den Grat erreicht haben!

Wanderer oder Bergsteiger. Was die Theorie erhärtet, dass wir uns in einer Art Reservat befinden.

Kakuta hätte Erleichterung spüren müssen. Stattdessen empfand er Angst. Die Begegnung mit den Vertretern eines weitgehend unbekannten Volkes hatte etwas Furchterregendes an sich. Ein falsches Wort, eine fehlerhaft gesetzte Geste – und er hatte womöglich alle Chancen auf eine vernünftige Gesprächsbasis für alle Zeiten vergeben.

An Bord der GOOD HOPE hatte er lediglich einige wenige Worte mit Chaktor gewechselt. Er hatte keine Ahnung, wie diese Wesen *wirklich* tickten. Er wusste nichts über ihre Gepflogenheiten, ihre Sitten, ihren Habitus. Womöglich hielten sie ihn und seine Begleiter für Feinde. Für Verbündete der Topsider.

Kakuta war unschlüssig. Sollte er zu seinen Gefährten zurückkehren und mit ihnen gemeinsam den Aufstieg wagen? Oder sollte er neuerlich teleportieren, zum vermutlichen Endpunkt der Kletterpartie, um die Ferronen dort zu empfangen?

Er entschied sich für zweite Möglichkeit. Wenn er sich ungeschickt anstellte oder gar versagte, würde es zumindest kein Mensch bemerken. Seine Ehre würde intakt bleiben.

Ein Sprung über einen Kilometer. Seine Kraft würde reichen. Doch danach musste er eine längere Pause einlegen.

Tako Kakuta wartete geduldig. Er hielt ausreichend Abstand zu jener Stelle, an der die Ferronen über die Kante nach oben klettern würden. Er verharrte im Halbschatten eines Felsbrockens, der ein wenig Schutz vor den nun stärker werdenden Regenschauern bot.

Eine blaue Hand tauchte auf. Ein klapperndes Geräusch ertönte. Der Ferrone schob einen Klemmkeil in einen winzigen Spalt. Er spreizte sich selbstständig und gab durch ein Leuchtsignal zu erkennen, dass er nun ausreichend belastbar war.

Der Kopf des Fremden schob sich über die Kante. Er trug einen futuristisch anmutenden Schutzhelm, in dessen breitem Sichtvisier sich die Umgebung spiegelte. Der Ferrone verankerte das Seil, zog gewohnheitsmäßig daran und kletterte endgültig über den Grat.

Er gab einen Ton von sich, der wie ein Lachen klang. Wie ein befreites, triumphierendes Lachen. Er rief etwas in die Tiefe, was Kakutas Translator nicht übersetzte. Gleich darauf tauchte ein zweiter Ferrone auf – es war eine ferronische Frau, deren Beine in einer Art Gestell steckten und die sich kraft ihrer muskulösen Arme in die Höhe arbeitete. Auch sie lachte und gluckste. Der Mann drückte ihre Hand, zog sie an sich und löste einen Mechanismus an der Unterseite des Gestells aus.

Es veränderte sich vor Kakutas Augen. Es wurde kleiner und kompakter. Es bildete einen Sitz aus, der der Frau Halt gab.

Sie ist körperlich eingeschränkt! Womöglich querschnittgelähmt. Sie hat sich mithilfe fremdartiger, fortschrittlicher Technik und der Kraft ihrer Oberarme diese Bergwand hochgekämpft! Was für eine Leistung!

Zwei weitere Ferronen überkletterten die Kante. Auch sie wirkten vergnügt und klopften sich gegenseitig auf die Schultern. Sie lösten Seile von Körpergurten, die sie mit dem Klettergestell der Frau verbanden, warfen sich zu Boden und spuckten mehrmals hintereinander aus.

Der Translator übersetzte einige Worte, die der Wind heranwehte. Die vier Bergsteiger unterhielten sich über »das Abenteuer ihres Lebens«. Über eine phantastische Route und den bemerkenswert sicheren Führer.

Kakuta war ratlos. Wussten diese Ferronen denn nicht, dass ihre Heimatwelt unter Belagerung stand? Negierten und verdrängten sie die Gefahr? Was gab es für Gründe, dass sie so quietschvergnügt waren?

Du tust dich schon schwer, die Beweggründe der Langnasen nachzuvollziehen; und dann wunderst du dich über das Verhalten von Angehörigen eines fremden Volkes? – Sieh zu und lerne, Tako.

Kakuta zögerte. Sollte er sich jetzt zu erkennen geben? – Mangels Alternativen musste er wohl. Deringhouse würde nicht mehr allzu lange durchhalten und Anne ebenso wenig.

Er legte sich seine Worte zurecht, legte den Translator ordentlich vor seine Brust und wollte aufstehen ...

... als er die Klinge eines Messers fühlte, die seine Wange ritzte.

Er wollte teleportieren und sich in Sicherheit bringen. Doch er konnte nicht. Er war zu müde und zu nervös. Kakuta unterdrückte seine Wut. All das Training der letzten Zeit war umsonst gewesen. Nun, im Ernstfall, da er auf seine Kräfte zurückgreifen wollte, funktionierten sie nicht. Er hatte noch viel zu lernen – so er jemals die Gelegenheit dazu erhalten würde.

Der Ferrone neben ihm sagte etwas, der Translator übersetzte mit geringer Verzögerung.

»Sind Sie einer von *ihnen?* Ja? Einer dieser *Descheggs,* die unsere Heimatwelt besetzen und uns knechten wollen? Sind Sie das Mitglied einer fünften Kolonne? Ein Spion? – Was wohl die Admiralität zu Ihnen sagen wird?« Der Ferrone gab Laute von sich, die sich wie Lachen anhörten. »Oder sind Sie die Mühe nicht wert, Sie mitzuschleppen?«

Das Messer ritzte seine Haut. Kakuta fühlte warme Flüssigkeit, die über seine Wange zum Kinn hinabrann.

»Sie wären ein erbärmlicher Ersatz für all die toten Soldaten. Doch in Zeiten wie diesen sollte man sich selbst mit kleinen Triumphen zufriedengeben.«

Kakuta erhielt von hinten einen Schlag gegen die Schläfe, wuchtig und voll Zorn geführt. Er fiel zu Boden und blieb auf dem Bauch liegen. Wehrlos und schwach und müde.

»Ich bin kein Feind«, brachte er flüsternd hervor. »Ich bin ...«

»Sie sind bloß zufällig hier, nicht wahr? Um unsere wunderbare Welt zu besuchen, just in jenen Tagen, da wir überfallen werden?«

Er sah ein Bein des Ferronen neben sich. Er stand nun über ihm. Kakuta wollte sich umdrehen – doch es gelang ihm nicht. Der Mann presste ein Knie in seinen Rücken.

Er konnte die Angst kaum noch verbergen. Ein kräftiger Hieb dieses Mannes gegen seine Wirbelsäule würde ihn verkrüppeln.

»Nicht! Bitte! Sie müssen doch wissen, wer und was die Topsider sind, wie sie aussehen! Sie sind auch uns... – meine Feinde!« *Dumm, dumm, dumm! Nicht nur, dass ich mich wie ein Anfänger überrumpeln lasse, reite ich nun auch noch meine Begleiter ins Unglück. Weil ich meinen Mund nicht halten kann.*

Der Ferrone hielt inne. Der Druck in Kakutas Rücken ließ nach. Sein Gegner zog sich einen Schritt zurück. Nachdenklich sagte er: »Es gibt also mehrere von euch. Ihr seid auf Patrouille. Ihr erkundet das Hinterland Thortas, um dann euren Auftraggebern zu berichten.«

Jedes Wort schmerzte den Teleporter. Er lag nach wie vor auf seinem Bauch, heftig nach Atem ringend. »Sehen Sie mich an, verdammt! Ich habe keinerlei Ähnlichkeit mit einem Topsider.«

»Sie sind ein Vasall. Angehöriger eines Volkes, das den Topsidern tributpflichtig ist. Sie und die anderen, ihr wurdet hierher geschickt. Weil die Topsider glaubten, uns ablenken zu können. Wie dumm sie doch sind ...«

Er tat eine herrische Handbewegung, bevor Kakuta ein weiteres Wort sagen konnte. »Sie werden mir helfen, Ihre Kumpane hierher zu locken. Wie viele sind es denn? Sechs? Zwölf? Sind sie besser ausgerüstet als Sie? – Machen Sie den Mund auf, sonst helfe ich Ihrem Gedächtnis auf die Sprünge!«

Der Ferrone packte ihn am Hals, zog ihn hoch, stellte ihn auf die Beine. Drehte ihn so, dass Kakuta ihm in die Augen blicken musste und schob ihn aus dem Halbdunkel seines Verstecks ins trübe Tageslicht.

Er fuchtelte wie wild mit der Waffe. Die Klinge vibrierte leicht, die Spitze war mit seinem Blut getränkt.

Der Ferrone hielt inne. Er stieß erstickte Laute aus, die unübersetzt blieben. Und zog sich dann mehrere Schritte zurück. »Ich ... ich wusste nicht ...«, stotterte er.

Die anderen Bergsteiger im Schlepptau, kam die Frau im mobilen Rollstuhl herangefahren. Langsam und ohne auf den holprigen Untergrund achtend, der ihren Körper kräftig durchschüttelte. Auch sie wirkte verwirrt, vielleicht ein wenig ängstlich. Doch etwas in ihrem Gehabe machte Kakuta deutlich, wer in dieser kleinen Gruppe das Sagen hatte.

Die Ferronin kam unmittelbar neben ihrem Landsmann zum Stehen. Sie deutete Kakuta, sich zu bücken. Der Japaner gehorchte, ohne nachzudenken. Er fühlte kalte, schlaffe Finger, die über seine Stirn streichelten. Einmal, zweimal. Immer wieder. Dann zog sich die Frau zurück.

Sie deutete eine Verbeugung an und sagte: »Ich fühle *es*. Sie können Wunder wirken. Ihr seid zurückgekehrt. Das Licht kehrt zurück!«

Der Messerträger ließ achtlos jene Waffe fallen, mit der er Kakuta eben noch bedroht hatte, und verbeugte sich ebenso respektvoll vor ihm wie alle seine Kameraden.

Kapitel 3

Erde
Homer G. Adams

»Die ganze Welt ist eine Bühne und alle Männer und Frauen bloße Spieler«, hatte Klaus Georg Stemp rezitiert. Aus »Wie es Euch gefällt« von William Shakespeare.

Damals, vor annähernd fünfzehn Jahren, im Probesaal des Theatre Royal. Er hatte die Mitglieder seiner Klasse gemustert, eines nach dem anderen, mit seinen so bedeutungsvollen Blicken, um dann das Hohelied auf die Theaterkunst zu singen – und das fast eine Stunde lang.

Stemp, ein zweifelsohne brillanter, bisweilen aber auch ein schwieriger Schauspieler, ein Narziss und bis ins Unerträgliche von sich selbst überzeugt, war im hohen Alter zum Verführer geworden. Zum Theater-Verführer. Er hatte am Max-Reinhardt-Institut in Wien gelehrt und später im Actors Studio in New York City.

Während Stemps letzter Jahre hatte Homer Gershwin Adams ihn im Old Vic in Bristol kennen und schätzen gelernt. Diesen unermüdlichen Kämpfer für die Kunst des Schauspiels, diesen Fanatiker, den schon der geringste Anlass in Rage versetzt hatte.

Oh – er hatte wütend werden können, wenn er ein Glas herkömmliches Mineralwasser serviert bekam und nicht sein geliebtes Perrier. Oder wenn ihn ein Journalist im nahe gelegenen Maiden's Inn nicht augenblicklich erkannt und ihn um ein Bonmot gebeten hatte.

Stemp, der sich sein selbst gewähltes Motto bis in die letzte Lebenssekunde bewahrt und niemals innegehalten hatte, die Kunde von seinem eigenen, unübertrefflichen Ruf als Meister der Bühne lauthals in die Welt hinauszuschreien.

Adams musste lächeln, während die Vorbereitungen für seine kleine Charade allmählich zu einem Ende kamen. Die Gespräche mit Stemp waren immer eine Bereicherung gewesen – und eine Belastung für seine Leber. Nur zu gut erinnerte er sich an einen trunkenen Abend im Pub, als der Österreicher in seinem Englisch, das kein »th« kannte, stundenlang von sich selbst, seinen Bühnen- und Filmerfolgen erzählt hatte. Von seinen Bekanntschaften mit den großen Stars eines Hollywood, das in dieser Form nicht mehr existierte. Von Blockbustern, die er um des Geldes willen gedreht hatte und von Filmen, die ihm ein Anliegen gewesen waren.

Irgendwann hatte Stemp innegehalten, als wäre er eben aus seinem Rausch erwacht, hatte Homer G. Adams gemustert, mit einem Blick, als wüsste er nicht, dass er einer seiner bedeutendsten Mäzene wäre, und hatte dann gesagt: »Da rede ich und rede ich, ohne Sie zu Wort kommen zu lassen, Gershwin. Ich entschuldige mich vieltausendmal für meine Impertinenz.« Seine Worte waren von großen Gesten begleitet gewesen, die eine halb volle Flasche Whisky von der hölzernen Tischplatte gefegt hatten. »Also sprechen wir von nun an von Ihnen, lieber Gershwin, und von nichts anderem mehr.« Er hatte ihn stets Gershwin gerufen und den Adams mit Verachtung gestraft, aus welchen Gründen auch immer. Stemp hatte sich wie ein Verschwörer nach links und nach rechts gedreht, hatte sich weit vorgebeugt, um ihm dann mit alkoholgeschwängertem Atem eine Frage zuzuraunen: »Also sagen Sie: Was halten Sie von mir?«

Ja, so war er gewesen, der Stemp. Immer egomanisch, immer ein Energiebündel, oftmals ein Genie und nur ganz selten zu betrunken, um zu wissen, was er tat.

Und heute bräuchte ich ein ganz klein wenig von deinem Talent und deiner extraordinären Schauspielkunst, alter Freund.

Adams blickte auf den alles überragenden, immer weiter in den Himmel wachsenden Stardust Tower. Auf die innere Stadt, deren Dächer zum Schutz vor der heißen Wüstensonne eine nahezu geschlossene Fläche bildeten. Auf die Zweckbauten und Baustellen der äußeren Stadt, die allgegenwärtigen Zelte. Menschen zogen durch die Straßen, chinesischen Wanderarbeitern gleich, um sich dort nützlich zu machen, wo sie gebraucht wurden. Da und dort zeigte sich einer der wenigen arkonidischen Roboter. Sie schwebten umher, von einer der vielen Baustellen zur nächsten. Ihre Körper glitzerten im Sonnenlicht, das Wärme versprach und sie nicht lieferte. Es war viel zu kühl für diesen hochsommerlichen Tag in der Wüste Gobi.

Adams wandte sich den drei Menschen zu, die er unter seine Fittiche genommen hatte. Mildred Orsons, Julian Tifflor und Timothy Harnahan waren mit Feuereifer bei der Sache. Er lächelte zufrieden. Diese jungen Leute repräsentierten jenen Menschenschlag, auf dem all seine Hoffnungen ruhten. Er würde die notwendigen Ressourcen bereitstellen, Rhodan und Bull mochten die Wegbereiter in eine friedliche Zukunft sein – doch diese da würden eines Tages die Geschicke auf einer geeinten Erde lenken. Auf Orsons, Tifflor und Harnahan kam es an.

Die Bühne nahm allmählich Gestalt an. Zwei arkonidische Roboter hatten die Grundgerüste aufgestellt, mehrere ausgebildete Bühnenarbeiter die Funktionalität des Bauwerks sichergestellt. Die kleine Gruppe, die jetzt noch zugange war, würde für die künstlerische Ausgestaltung sorgen.

Homer G. Adams holte jenen abgegriffenen Pod hervor, der ihm seit einem Jahrzehnt gute Dienste leistete. Er aktivierte einige Dateien. Bilder vergrößerten sich und zeigten in bester Detailgetreue, wer und was die Fantan-Leute waren. Diese Außerirdischen, die wie eine Heuschreckenplage über die Menschen hergefallen waren und sie ob ihrer Andersartigkeit in Panik und Schrecken versetzten.

Da war der eine Fantan, der durch die menschenleeren Straßen von Paris spazierte. Durch eine Stadt, deren auffälligstes Wahrzeichen, der Eiffelturm, von Thora zerstört worden war und in deren Außenbezirken, den Banlieues, Aufruhr herrschte.

Die Bildführung war äußerst unruhig, ein Amateur hatte diese Aufnahmen ins Net gestellt. Der Außerirdische schlenderte durch die Gassen des Montparnasse, unschlüssig mit den Gliedern um sich fuchtelnd. Irgendwann entschied sich der Fantan, auf ein Café namens »La Coupole« zuzusteuern. Niemand außer dem tonnenförmigen Wesen war zu sehen. Es griff nach einer halb vollen Kaffeetasse, schob sie nahe an eine Öffnung in der oberen Hälfte seines Leibes, erzeugte schnüffelnde Geräusche – und schüttete sich dann die dunkelbraune Brühe in ein weiteres Loch seines Körpers. Die filigran wirkende Tasse hingegen zertrat der Fantan. Nach einer Weile spuckte er den Kaffee in einen wie durch Zauberhand herbeigeschafften Beutel, verschloss ihn und sagte aufgeregt: »Besun! Besun!«

Eine andere Datei, eine andere Geschichte: Zwei Fantan-Leute schoben ihre so seltsam anmutenden Körper durch hohes Gras. Vorsichtig, als wollten sie sich an eines der Schafe im Hintergrund heranpirschen. Mit einem Mal eilten sie los, vorbei an den erschreckten Tieren – und stürzten sich auf den rostigen Dreizack einer ehemaligen Heugabel. Wieder ertönte der Ruf: »Besun!«

Eine dritte Szene tauchte auf dem Pod auf. Sie zeigte Bilder einer Überwachungskamera. Diese Aufnahmen waren am Vortag um die Welt gegangen, denn sie lieferten gestochen scharfe Nahaufnahmen eines Fantan in 3-D-Qualität.

Adams klappte einen Betrachtungsfilter vor seine Augen und sah zu, wie der Außerirdische die Filiale der City Commerce Bank in Springfield/Omaha betrat. Die Kundenberater sprangen auf, stürzten zur Seite, stießen Schreie des Entsetzens aus. Der Fantan kümmerte sich nicht um sie. Schnurstracks ging er auf eine Frau zu, die verzweifelt in ihrer Handtasche kramte, um, als das fremdartige Wesen sie erreichte, ein Abwehrspray hervorzuziehen und ihn auf den Oberkörper des Fantan zu richten. Die seit Jahren gebräuchliche Mischung von Reizgas und rasch klumpendem Kunststoff legte sich über mehrere der Leibesöffnungen.

Der Fantan kümmerte sich nicht darum. Er schien auch keinerlei Schmerz zu kennen. Er legte zwei seiner Greiforgane um den Hals der Frau, rüttelte an ihrer Kette aus Strasssteinen – und riss dann den Mund seines Gegenübers auf. Ein entsetzliches Geräusch ertönte. Er brach ihr einen Schneidezahn aus dem Oberkiefer und ließ das sattsam bekannte »Besun!« ertönen, bevor er beinahe fluchtartig das Gebäude verließ.

Die Frau blutete heftig. Und stieß plötzlich einen Schrei aus, der Adams durch Mark und Bein ging.

Millionenfach waren diese Bilder bereits betrachtet worden. Nahaufnahmen, zensierte Versionen, solche mit Kommentarfunktion, manche in offensichtlicher Art und Weise manipuliert, sodass die ohnehin schon grausigen Aufnahmen noch brutaler wirkten, als sie dies ohnehin waren.

»Wir sind fertig, Homer.«

Er zuckte zusammen – und ärgerte sich im selben Augenblick über seine mangelnde Selbstbeherrschung. Er mochte einer der reichsten und einflussreichsten Menschen der Erde sein; doch auch er besaß seine Schwächen und Ängste. Er vertrug es nicht, dass sich jemand von hinten an ihn heranschlich.

»Gut so«, sagte Adams. Er ließ sich nichts anmerken. Es war auch nicht die Zeit, einen Streit mit Julian Tifflor wegen dessen ungeschickten Verhaltens vom Zaum zu brechen. »Dann lass uns beginnen.«

»Wann?«

Adams tat einen weiteren Blick auf seinen Pod. Das Kompass-Navigationssystem der Chinesen lieferte ausgezeichnete Bilder sowie Daten in Hülle und Fülle. Es arbeitete bei der Beobachtung des riesigen Fantanraumschiffs weitaus präziser als das veraltete GPS.

Mehr als hundertfünfzig »Flundern« der Außerirdischen waren derzeit aktiv. Sie rasten von einem Ort zum nächsten, hielten mal inne, luden einen Fantan aus, um einen anderen der Ihren auf der gegenüberliegenden Seite der Erdkugel an Bord zu nehmen. Das Verhalten der Fremden blieb unverständlich. Fakt jedoch war, dass sie sich für die Kultur der Menschen interessierten. Noch hatte das Wort Besun in den Sprachen der Erde keine Entsprechung gefunden und Adams zweifelte daran, dass dies jemals gelingen würde; doch nachdem er so viele Berichte über die Fantan wie möglich analysiert hatte, lag die Vermutung nahe, dass es mit der »Einzigartigkeit« eines Gegenstands in einem ganz besonderen Moment zusammenhing.

Der Strahl einer Sonne, der über das Gesicht eines Gemäldes wanderte, mochte in den Augen eines dieser fremdartigen Wesen mehr wert sein als das Bild selbst. Ebenso das Geräusch splitternden Glases in klirrender Kälte oder der Pinselstrich eines Zweijährigen, der einem dem Fantan bekannten Schriftzug ähnelte.

Nun – mit ein wenig Glück würde Adams in Bälde die Richtigkeit seiner Theorie bewiesen bekommen.

»Fangen wir an!«, sagte er zu Julian Tifflor.

Der junge Amerikaner grinste ihn fröhlich an, eilte zu seiner Freundin Mildred, hob sie hoch und wirbelte sie durch die Luft, sich dabei im Stand drehend. »An die Arbeit, alte Frau!«, rief er, voll überschäumender Energie.

Mildred bemühte sich um einen bösen Tonfall, als Julian sie auf dem Holzboden der kleinen Bühne absetzte – doch es gelang ihr nicht. »Du machst mich noch rasend wegen dieser sechzehn Tage, die ich vor dir geboren wurde, du Küken!«

Adams verfolgte die Unterhaltung der beiden Verliebten mit dem Amüsement eines alten, erfahrenen Mannes. Sie neckten und sie stritten sich. Sie fanden zueinander, trennten sich neuerlich – und wenn sie spürten, dass sie allzu weit voneinander wegzudriften begannen, hatten sie gewiss Sex, der ihre kleine Wohnung zum Erbeben brachte.

Die Beziehung würde nicht lange halten. Adams gab ihnen sechs, vielleicht zwölf Monate.

»Beeilt euch!«, rief er den beiden Amerikanern zu und winkte den wesentlich ruhigeren, fast introvertiert wirkenden Timothy Harnahan, sich ebenfalls mit seinen Vorbereitungen zu beeilen. »Die nächste Gelegenheit bietet sich in etwa drei Minuten. Es wäre mir recht, wenn unser Plan bereits beim ersten Versuch aufginge.«

»Verstanden, Chef.«

Julian Tifflors Überschwang machte einer kühlen Nüchternheit Platz. Mit einem Mal war er völlig auf die Sache konzentriert. In gewisser Weise erinnerte der Junge ihn an Perry Rhodan – und doch war er ganz anders als der ehemalige Astronaut.

Mildred Orsons aktivierte den leistungsfähigen Pod, der das Herzstück ihres kleinen Schauspiels war.

Wobei »Schauspiel« durchaus doppeldeutig gemeint ist, ergänzte Adams in Gedanken.

Er wartete, bis die drei jungen Leute in Position standen. Dann aktivierte er den Pod. Die Auswahl der »Zurufe« sollte willkürlich wirken; doch sie war es keinesfalls.

»Ich war noch ein Kind, als ...«, dröhnte aus den Lautsprechern, die die Bühne einfassten.

»... ich mich nach den Sternen zu sehnen begann«, ergänzte Julian Tifflor nach kurzem Zögern.

»Es berührte mich zutiefst, als ...«

»... ich im Alter von neun Jahren in Buffalo eine totale Sonnenfinsternis miterlebte«, meinte Mildred Orsons.

»Mein Leben änderte sich, als ...«

»... ich in Berkeley einen Vortrag des Tengzin Gyatshu hörte, des fünfzehnten Dalai-Lama«, sagte Timothy Harnahan.

Die erste Runde des Podpoetry Slams war zu Ende. Die Spracherkennung des Pod vergab Noten, die auf der Beurteilung der Selbstsicherheit und auf der Qualität der Antworten beruhten.

Zumindest sollte es so erscheinen. Denn die verfügbare Technik des Geräts war keinesfalls darauf ausgerichtet, Argumente auf ihre Gewichtigkeit zu überprüfen.

Timothy lag um einige Zehntelpunkte in Führung. Doch wer diesen Wettbewerb gewann, spielte in Wahrheit keinerlei Rolle. Wichtig war, dass sie ausreichend Aufmerksamkeit erregten.

Die zweite Runde begann, dann die dritte. Der Pod fragte nach frühen Kindheitserinnerungen, nach der Bedeutung der Schulbildung für die drei Teilnehmer, nach deren wichtigsten Lehrmeistern.

Mehrere Flundern der Fantan glitten in geringer Höhe über die Bühne hinweg. Sie stammten aus dem neuen Schiff. Aus dem *größeren.* Der Vorgänger hatte die Erde anscheinend fluchtartig verlassen. Adams dachte einen Augenblick lang an Bull, Manoli und die beiden Kinder, die mit an Bord gewesen waren. *Reg wird wissen, was zu tun ist!* Hoffte er zumindest. Helfen konnte er ihnen ohnehin nicht.

Die Route galt als »Einzugsschneise«, die die Fantan nutzten, um vom riesigen Raumer wegzufliegen oder dorthin zurückzukehren. Gewiss hörten die Fantan-Leute, was hier vor sich ging. Die

Neugierde der Außerirdischen war hinlänglich bekannt. Nach allem, was Adams über sie in Erfahrung gebracht hatte, würde der eine oder andere Fantan eine Reaktion zeigen, wenn sie das kleine Schauspiel geduldig fortsetzten.

Zwanzig Flundern rasten über ihre Köpfe hinweg, niemand interessierte sich für sie. Adams ließ sich seine Enttäuschung nicht anmerken. *Ein Schauspieler benötigt kein Publikum,* rief er sich Stemps pathetische Worte in Erinnerung. *Er spielt um des Schauspiels willen. Er umarmt die Melpomene und Thalia, die Musen der Tragödie sowie der Komödie, und lässt sie niemals mehr wieder los.*

Mildred, Tiff und Timothy machten weiter. Sie überbrückten jene zehn Minuten, da keine Flunder zu sehen war, mit flachen Plattitüden, um dann, als wieder Beiboote der Fantan in Sichtweite kamen, ihre Vorträge mit wesentlich mehr Bedeutung zu belegen.

Menschen kamen näher. Solche, die in Zeltstädten außerhalb der Grenzen Terranias lagerten und von den weithin hörbaren Vorträgen angelockt wurden. Glücksritter, Marodeure, Verzweifelte. Ehemalige Soldaten der chinesischen Armee, die sich ihnen weder angeschlossen, noch den Weg zurück in ihre Kasernen unternommen hatten. Angehörige von Randgruppen der Gesellschaft, die sich stets an den Rändern des Lichts sammelten, um ein klein wenig vom Glanz abzubekommen.

Sie erschienen wie aus dem Nichts. Ein Dutzend, dann fünfzig, dann hundert Menschen. Sie setzten sich hin und lauschten.

Adams war vorbereitet. Über Funk rief er einen Wasserwagen herbei und ließ die Gulaschkanone anwerfen. Entgegen seinen Erwartungen warfen sich die Menschen nicht gleich ins Gemenge, um bei dieser höchst willkommenen Gelegenheit ihre Mägen zu füllen, womöglich das erste Mal seit Tagen. Sie stellten sich gesittet in Reih und Glied an, die Köpfe stets der Bühne zugewandt, und lauschten dem Podpoetry Slam.

Sie sind hungrig, dachte Adams. *Nicht nur nach Nahrung. Sondern nach Ansprache. Nach Wissen und Kultur. Sie wollen hören und bestätigt bekommen, dass es richtig war, hier zu warten und nahe des Existenzminimums dahinzuvegetieren. Es gibt noch so viel zu tun, so viel ...*

Keiner der Außerirdischen kümmerte sich um das Schauspiel. Die Schiffe glitten weiter, von Süd nach Nord, um alsbald in alle Himmelsrichtungen davonzurasen, unbekannten Zielen entgegen.

Halt! Eine Flunder verzögerte. Sie kehrte um und schwebte zur Erde nieder, leicht wie eine Feder. Das Schiff setzte keine fünfzig Meter von ihnen entfernt auf. Sand stob beiseite und fauchte über sie hinweg. Als Adams die Augen wieder öffnete, war der Fantan da. Er stand unmittelbar vor der Bühne, die mit schwarzem, nunmehr staubbedecktem Samt ausgeschlagen war. Die Menschen ringsum wichen beiseite. Sie waren verängstigt – doch sie liefen nicht davon.

Dieser da wirkte seltsam, selbst unter der Prämisse, dass die Angehörigen seines Volkes fremdartiger wirkten als alles, was Menschen jemals zu Gesicht bekommen hatten. Denn vom tonnenförmigen Unterteil des Fantan ragten Hautlappen ab, die trotz seiner langen, dürren Beine beinahe über den Boden schleiften.

»Ich bin auf der Suche ...«, dröhnte eben die computergenerierte Sprechstimme des Pods.

»... nach dem Ende des Universums, um darüber hinaus zu reisen«, vollendete Julian Tifflor, sehnsuchtsvoll klingend.

Dieser Bengel! Er improvisiert! Er hat seinen Text entgegen meinem ausdrücklichen Befehl abgeändert. Wenn der Fantan nun abspringt, reiße ich ihm den Hintern auf!

Doch der Außerirdische blieb stehen. Er bewegte seine Arm- und Beinglieder mit jener verwirrenden Ästhetik, die Adams bereits von den Bildaufnahmen kannte. Und er sprach. Er sang. Er war in einem Selbstgespräch versunken, dessen Sinn Adams entging. Der Fantan verzichtete vorerst darauf, mit ihnen verbalen Kontakt aufzunehmen. Gewiss verstand er die Worte der Menschen, legte aber keinerlei Wert darauf, sie am Sinn seiner eigenen Worte teilhaben zu lassen.

Mildred Orsons war an der Reihe. Auch sie wich vom ursprünglich besprochenen Text ab! Sie redete von ihrem Wunsch, etwas zu bewegen. Auf der Erde etwas auszurichten und Bedeutung zu erlangen. Nicht um ihrer selbst willen, sondern weil sie der festen Überzeugung war, dass dies ihre Bestimmung war.

Adams trat unruhig von einem Bein aufs andere. Dies lief nicht so, wie er es geplant hatte! Er hätte die drei jungen Leute noch mehr an die Kandare nehmen müssen. Soweit er die Psyche der Fantan-Leute verstand, würde dieser bald wieder auf Nimmerwiedersehen in seiner Flunder verschwinden und womöglich diesen Ort als »uninteressant« markieren, sodass keiner seiner Artgenossen die Reise auf der Suche nach Besun unterbrechen würde.

Timothy Harnahan trat an Mildreds Stelle. Er nutzte die Zurufe des Pods, um seine Sehnsüchte mit Worten zu formulieren, die weit über das hinausgingen, was sie im kleinen Kreis besprochen hatten.

»... gibt es denn Grenzen für den menschlichen Geist?«, fragte er und gab sich gleich darauf selbst die Antwort: »Ganz gewiss nicht! Dort oben« – er deutete in den Himmel – »warten wundersame Dinge auf uns, die wir heute nicht einmal ansatzweise verstehen oder einordnen können. Wir haben noch so viel zu lernen, um reif zu sein für Reisen, die uns an die Grenzen des Erlebbaren und des Erträglichen führen – und darüber hinaus.« Harnahan setzte eine wohldosierte Pause, um dann mit nachdenklicher Stimme fortzufahren: »Der Körper mag seine Belastungsgrenzen haben, nicht aber der Geist. Er ist frei, wenn wir ihm die Freiheit des Denkens erlauben. In dieser Freiheit, und daran glaube ich fest, liegt die eigentliche Herausforderung, der wir Menschen uns stellen müssen. Können wir all unsere Dünkel, Vorurteile, Zweifel und Ängste ablegen? Können wir die Begrenzungen des menschlichen Daseins überwinden? Um unsere Bestimmung zu finden?«

Stille. Selbst der allgegenwärtige Lärm der Baustellen Terranias wirkte mit einem Mal gedämpft.

Er atmete aus. Er hatte die Luft angehalten, ohne es zu bemerken.

Es waren nicht die Worte des jungen Mannes gewesen, die ihn so sehr beeindruckt hatten, sondern die Art und Weise seines Vortrags. Die Begeisterung und Nachdenklichkeit und Hingabe, mit der Harnahan, gerade mal zwanzig Jahre alt, über Dinge gesprochen hatte, über die sich Adams bislang noch kaum den Kopf zerbrochen hatte.

Er ärgerte sich über sich selbst. Er hatte den Fantan während des Podpoetry Slams völlig außen vor gelassen und ihn nicht einmal eines Blickes gewürdigt. Der Fremde stand nach wie vor auf seinem prominenten Platz nahe der Bühne, mit leicht schwankendem Körper. Die langen Hautfetzen schabten über den sandigen Boden, mit seinen Armpodien vollführte er schlangenartige Bewegungen.

Timothy Harnahan trat zurück und schaltete den Pod aus. Auch dies war nicht ausgemacht. Im Gerät waren weitere Fragen gespeichert, die die drei Teilnehmer beantworten sollten.

Die Stille dauerte an. Am Rand der mittlerweile auf mehr als zweihundert Menschen angewachsenen Menge zeigten sich Auflösungserscheinungen. Männer und Frauen nahmen ihre Wassersäcke, aßen die letzten Happen ihrer Mahlzeit und kehrten dorthin zurück, woher sie gekommen waren. Zu den Zeltstädten und zu den armseligen Verschlägen, die sie kaum vor den Unbilden des hiesigen Klimas schützten.

Niemand kümmerte sich um den Fantan. Er war ihnen gleichgültig geworden. Sie dachten an andere Dinge. An Visionen, die Tiff, Mildred und Timothy vor ihnen ausgebreitet hatten – und daran, welchen Anteil sie eines Tages daran haben würden.

Der Fantan schwang sich mit anmutigen Bewegungen auf die Bühne und stellte sich vor Timothy Harnahan hin. Er sagte etwas Unverständliches, schleuderte eine münzgroße Scheibe auf die Brust des Jungen und knurrte, als wollte er ihn provozieren.

Timothy blieb ruhig. Adams hatte ihn instruiert und auf eine Begegnung vorbereitet, die womöglich abseits allen menschlichen Vorstellungsvermögens ablief.

Er näherte sich dem Fremden von der Seite und stellte sich neben Harnahan, wie auch Tifflor und Orsons näher an den Fantan herantraten. Die letzten verbliebenen Zuschauer waren stehen geblieben. Sie beobachteten die Geschehnisse auf der Bühne.

Die Kontaktaufnahme. Der heikelste Moment der selbst gestellten Mission. Ein jedes Wort, eine jede Geste, konnte falsch verstanden werden und eine Katastrophe heraufbeschwören.

»Es ist nicht üblich, auf die Bühne zu steigen und die Künstler zu bedrängen«, sagte Adams.

Der Fantan unternahm nichts, das darauf schließen ließ, dass ihn Adams Anwesenheit interessierte oder er sie überhaupt registrierte. Er blieb weiterhin Timothy »zugewandt«, betastete ihn und bewegte dabei seinen tonnenförmigen Körper.

»Ich bin der Veranstalter dieses Podpoetry Slams«, sagte Adams und drängte sich so nahe an den Fantan, dass dieser seine Anwesenheit nun wahrnehmen musste, ob er wollte oder nicht. »Wenn Sie etwas zu sagen haben, dann reden Sie bitte mit mir.« Sein Herz klopfte laut. Wo nahm er bloß den Mut zu einem derartigen Schritt her?

Der Fantan ließ eine Podie wie beiläufig über Adams Gesicht gleiten. Es war eine Geste, die seiner Meinung nach Ärger bewies. Doch er blieb stehen, ungeachtet des strengen Geruchs, der dem Fremdwesen anhaftete.

»Möchten Sie etwas über den Podpoetry Slam wissen?«, hakte Adams nach.

Ein knirschendes Geräusch ertönte. Der Fantan betastete einen Gurt, der die Mitte seines Körpers zierte und an dem allerlei technisches Gerät hing. Aus einer ledernen Tasche entnahm er eine weitere Scheibe und klebte sie Adams auf die Brust.

»Ich will das Besun Ihrer Leute haben!«, drang eine mechanisch klingende Stimme aus der Scheibe. Sie übersetzte das Quietschen, Seufzen und Knarzen des Fantan einwandfrei ins Englische.

Adams ließ sich seine Freude und seine Erleichterung nicht anmerken. Er hatte es geschafft, er hatte den Kontakt hergestellt! »Das Besun ist wertvoll. Was geben Sie mir dafür?«

»Nichts. Wir geben niemals etwas dafür.«

»Sie und Ihre Artgenossen stehlen also. Das entspricht nicht unseren moralischen Grundsätzen.«

»Was sollte mich daran hindern, mir das Besun zu nehmen?«

»Sie wissen nicht, wie Sie es mir nehmen können, stimmt's? Sie haben keine Ahnung, woraus es besteht.«

»Das ist ja gerade das Reizvolle.« Der Fantan wandte sich nun vollends Adams zu. Timothy und die beiden anderen jungen Leute traten einen Schritt zurück.

»Dieses Besun ist so speziell, dass Sie es nicht an sich nehmen können. Es besteht aus Worten. Aus Ideen. Aus Gedanken. Wie möchten Sie es einfangen und behalten?«

»Sagen Sie's mir, wenn Sie können. Andernfalls sind Sie für mich von geringem Wert.«

Verlor der Fantan das Interesse? Adams musste improvisieren, musste sein Gegenüber unbedingt bei der Stange halten. »Dieses Besun ist nicht greifbar. Es ist verklungen und vergessen – aber es bleibt in unseren Erinnerungen haften.«

»Das ist mir zu wenig.«

»Ich könnte Ihnen mehr geben. Besseres Besun. Solches, das viel mehr wert ist als jenes, das Ihre Landsleute eingefangen haben.«

Die Podien des Fantan fielen schlaff zu Boden, vor zwei seiner Körperöffnungen schoben sich dünne Häute. »Ach ja? Wie wollen Sie das anstellen?«

»Ich würde sagen, dass ich ein Spezialist dafür bin.« Adams entschloss sich, so nahe wie möglich an der Wahrheit zu bleiben. »Ich habe Ihre Leute beobachtet. Ich habe nachgedacht. Ich denke, ich kann Ihnen geben, wonach Sie suchen.«

»Dann tun Sie es!«

»Womit wir wiederum am Beginn unseres Gesprächs angelangt wären: Ich fordere eine Entlohnung für meine Leistungen.«

»Ein Geschäftemacher.« Der Fantan wirkte nachdenklich. »Es ist nicht das erste Mal, dass wir auf einen wie Sie treffen. Auf einen Opportunisten, der sich nicht um seine Landsleute schert und bereit ist, sie zu verraten, wenn er sich dadurch Vorteile erwirbt.«

»Ich möchte niemandem schaden, weder den Fantan noch den Menschen.«

»Das sagen sie alle.«

»Was haben Sie schon zu verlieren? Sie sind uns überlegen. Es gibt nichts, mit dem ich Sie in Gefahr bringen könnte.«

»Gefahr ...« Der Fantan schien zu überlegen, als könnte er mit diesem Wort nichts anfangen. Schließlich fragte er: »Was erwarten Sie als Gegenleistung für mehr Besun?«

»Wissen. Über Ihr Volk. Ihre Kultur. Ihre Technik. Ihre Weisheiten.«

»Sie verlangen keine Geldwerte? Keinen Reichtum, keine Macht?«

»Nein.«

»Das ist ungewöhnlich.«

Der Fantan legte sich unvermittelt auf den Boden und rollte seinen Leib über die hölzerne Bühne, wobei er jedes Mal ein stöhnendes Geräusch von sich gab, sobald die wegstehenden Hautlappen den Boden berührten.

Dachte er nach, ärgerte er sich? Was brachte den Fremden dazu, sich so seltsam zu benehmen?

Du ziehst noch immer Parallelen zu menschlichen Verhaltensweisen, Homer! Nichts, was er tut, dürfte dich überraschen. Beobachte und lerne. Und fälle erst dann ein Urteil, wenn du meinst, den Fantan gut genug zu kennen.

Der Fantan kam auf die »Beine«. Er glitt nahe an ihn heran und fragte: »Wie ist Ihre Wesensbezeichnung?«

»Ich heiße Homer«, antwortete er.

»Und der Sinn dieser Bezeichnung ist?«

»In der ursprünglichen Bedeutung einer alten, nicht mehr gebräuchlichen Sprache der Erde heißt *homeros* Geisel oder Pfand.«

Unvermittelt war da wieder Stemps Stimme in seinem Kopf. Eine Szene. Irgendwo in den Hinterhöfen einer englischen Stadt. Sie beide, torkelnd, aneinandergeklammert. Betrunken. Ein alter Mann und einer, der sich auch nicht mehr zu den ganz jungen zählen durfte.

Stemp erzählte einen ordinären Bühnenwitz, viel zu laut. Fenster öffneten sich, die Armseligkeit der modernen englischen Sprache ergoss sich in Form der üblichen *four-letter-words* über sie.

Stemp lachte, streckte die Arme weit in die Höhe, als forderte er die rechtschaffenen Leute auf, deren Schlaf er eben raubte, noch mehr und noch lauter zu schimpfen.

Irgendwann brach er sein Schauspiel ab, denn auch damals spielte er seine Rolle. Er trat auf Adams zu, packte ihn an den Mantelaufschlägen und zog ihn mit sich, in die vollkommene Dunkelheit eines Lichthofs, der mit vollen Gummis, Spritzenbestecken und den hässlichen Spuren menschlichen Auswurfs übersät war. Es stank erbärmlich. Stemp zog ihn weiter an sich, als wollte er ihn im nächsten Augenblick küssen. Seine Augen glänzten.

»Sie tragen einen ganz besonderen Namen, Gershwin. Einen, den ich nur ungern ausspreche. Ihre Eltern haben Ihnen damit eine ganz besondere Verantwortung übertragen – und eine außergewöhnliche Last.« Stemp flüsterte nun. »Ich fühle, was in Ihnen steckt. Das Genie. Das Erbe eines alten, blinden Griechen, der zum größten Geschichtenerzähler der Menschheitsgeschichte wurde.« Stemp hustete angestrengt. »Ich habe meine Apotheose längst hinter mir, Gershwin. Ich werde geliebt und vergöttert. Frauen vom Jugend- bis zum Greisenalter schleudern ihre Unterwäsche auf die Bühne und kreischen, sobald sie meiner ansichtig werden. Sie haben in mir stets den Star gesehen und niemals den Menschen.« Er zeigte ein trauriges Lächeln. Eines, das womöglich gar nicht gekünstelt war. »Also gab ich ihnen den Star und vergaß den Menschen. Er existiert heute kaum noch in mir. Ich bin das Abbild, die Reflektion dessen, was man von mir verlangt.« Stemp klopfte ihm mit dem Zeigefinger an die Brust. »Ihrem Namensvetter ist es ebenso ergangen. Er wurde zum Mythos, zum Bringer alles Schönen in der dichtenden Kunst. Homer wurde auf den Künstler reduziert – und man weiß heutzutage nicht einmal, ob er wirklich gelebt oder ob man die großen griechischen Mythen der Einfachheit halber einer singulären und fiktiven Gestalt zugeordnet hat.« Stemp beugte sich zu ihm hinab und ließ den Kopf gegen seine Brust sinken, als wollte er hier und jetzt ein Nickerchen machen. »So wird es Ihnen womöglich auch eines Tages ergehen. Sehnen Sie diesen Tag herbei – und verfluchen Sie ihn.«

Jedes Wort war Adams in Erinnerung geblieben, jeder verdammte Gedanke, und selbst der säuerliche Alkoholgeruch aus Stemps Mund stieg ihm nun, da er an ihn dachte, wieder in die Nase.

»Also?«, fragte der Fantan ungeduldig.

»Der Name Homer kennzeichnet mich als Erzähler. Als jemand, der mit Worten und mit der Sprache jongliert.«

Der Fantan umschlang seinen eigenen Körper mit zwei Podien. Nach einer Weile sagte er: »Ich bin Sheperk. Ich bin das einfärbige Wesen aus Raummusik, dessen Wissensdurst groß ist. Der Name wurde mir von meinem Vorvorelter verliehen, und er besitzt einen guten Klang.«

»Ja, das tut er«, bekräftigte Adams, ohne zu wissen, was ihm der Fantan damit sagen wollte. War es ein Vertrauensbeweis, dass ihm Sheperk seinen Namen nannte?

»Ich möchte, dass Sie mir Besun liefern. So viel wie möglich. Denn ich bin Sheperk. Und ich werde Sie entlohnen, wenn ich der Meinung bin, dass Ihre Leistung entsprechend ist.«

»Das klingt fair.«

»Es *ist* fair. Und nun lassen Sie uns beginnen. Meine Zeit ist beschränkt.«

»Einverstanden.« Adams winkte Julian Tifflor und den beiden anderen jungen Leuten. Sie hatten ihren Part erfüllt, er benötigte sie nicht mehr.

Alle drei wirkten enttäuscht. Sie hatten erwartet, dass er sie weiter in seine Pläne mit einbezog. Aber das würde er nicht. Es reichte, wenn er sein Leben aufs Spiel setzte.

»Wir werden Ihr Gefährt benötigen, um uns so rasch wie möglich von einem Ort zum nächsten bewegen zu können.«

»Selbstverständlich. Sie sind an Bord willkommen.«

Adams aktivierte seinen Pod, sein wichtigstes Hilfsmittel für die nächsten Stunden oder gar Tage, und folgte dem Fantan, der zielstrebig auf die Flunder zusteuerte.

»Wir sehen uns!«, sagte Adams und winkte den konspirativen Mitarbeitern an seiner kleinen Charade vergnügt zu. Es gelang ihm sogar zu lächeln; doch in Wirklichkeit fiel ihm das Herz in die Hose, als er auf den fremdartigen Flugkörper zuging.

Kapitel 4

Ferrol
Perry Rhodan

»Du hast an Bord der GOOD HOPE meinen Befehl missachtet, Ras«, sagte Rhodan.

»Ich habe getan, was ich für richtig hielt.« Der Schwarzafrikaner gab sich ruhig. Doch Rhodan kannte ihn mittlerweile gut genug, um zu wissen, dass er sich vor diesem lange aufgeschobenen Gespräch fürchtete.

Chaktor führte die kleine Gruppe durch knietiefes Sumpfwasser, das von dicht wachsendem Bambusgestrüpp beherrscht wurde. Alexander Baturin und Wuriu Sengu trippelten hinter dem Ferronen her, während Tschubai und er sich ein wenig hatten zurückfallen lassen.

»Das weiß ich. Dennoch fühle ich mich von dir verraten.« Wie sollte er Tschubai begreiflich machen, was selbst er kaum in Worte fassen konnte? »Du hast dich in den letzten Tagen zu einer wertvollen Kraft für mich entwickelt. Man achtet und respektiert dich. Andere Mutanten sprechen *dich* an, wenn sie einen Ratschlag benötigen.«

Der Teleporter brummelte etwas, das wie: »Das stimmt doch gar nicht!« klang.

»Bescheidenheit ist fehl am Platz, Ras. Ich sehe doch, was in dir steckt!« Rhodan rang nach Worten. »Wir versuchen eben, Tausende Jahre Menschheitsgeschichte umzukrempeln. Terrania ist die Vision einer Stadt, in der wir vorleben, wie die Angehörigen unterschiedlichster Kulturen miteinander umgehen sollten. Hier auf Ferrol und auf vielen anderen Welten gibt es womöglich Antworten auf unsere Fragen ...«

»Was ich auf unserer Reise bislang gesehen und erlebt habe, gefällt mir nicht«, sagte Tschubai. Er hieb gegen einen Bambusstock, der ihm im Weg stand. »Die Probleme hier sind dieselben, die wir auch auf der Erde bekämpfen. Überzogene Machtansprüche, Imponiergehabe, Aggression, Krieg. Das kommt uns doch bekannt vor, nicht wahr? – Ich glaube nicht, dass wir auf Ferrol finden, wonach wir suchen. Und auch nicht auf irgendeinem anderen Planeten. Wir hätten zu Hause bleiben und uns um die eigenen Probleme kümmern sollen.«

»Das ist engstirnig gedacht.« Rhodan stolperte und wäre beinahe vom Weg abgekommen. Wenige Meter abseits blubberte und gluckerte ein kleiner Bollog. Der Teleporter hielt ihn gedankenschnell am Oberarm fest, bevor er in tieferes Sumpfwasser geriet. Rhodan bedankte sich mit einem Nicken und fuhr fort: »Wir müssen unseren Horizont so rasch wie möglich erweitern. Wir müssen wissen, was in diesem riesigen Raum vor sich geht, den wir so lange bloß als schwarzes Tuch mit stecknadelgroßen Lichtfünkchen wahrgenommen haben. Ist es, wie du sagst, ein Ort, an dem dieselben Schwierigkeiten auf uns warten, nur tausendfach vergrößert? Existieren Völker, die andere Wege beschreiten? Was können wir lernen? *Von wem* können wir lernen?«

»Der Stärkere gewinnt. Das scheint mir ein ehernes Grundgesetz zu sein, an dem auch auf Ferrol nicht zu rütteln ist.«

»Du urteilst vorschnell.«

»Ich habe Augen. Ich sehe, was vor sich geht. Wie die Topsider jeglichen Widerstand der Ferronen im Keim ersticken.«

»Wir haben aber bislang noch so gut wie nichts über die Verteidigungstaktiken der Einwohner in Erfahrung gebracht.« Die Umgebung veränderte sich allmählich. Es gab nun zunehmend trockene Inseln. Rechts von ihnen stieg das Gelände leicht an. »Ich glaube nicht, dass die Ferronen dieser Invasion völlig unvorbereitet gegenüberstehen. Sie haben gewiss Pläne, wie sie sich gegen Usurpatoren verteidigen.«

»Solche, die du kennenlernen möchtest.«

»Ganz richtig. Wir Menschen könnten bald in einer ähnlichen Notlage stecken. Wir benötigen Antworten auf unsere Fragen. Ganz abgesehen davon möchte ich den Ferronen helfen.«

»Ist das nicht ein wenig anmaßend gedacht, Perry? Dank der GOOD HOPE hatten wir einen gewissen Vorteil im Raumkampf gegen die Topsider. Doch das Schiff ist vernichtet. Wir sind bloß Menschen, die eben erst ins Weltall vorgedrungen sind. Wie könnten wir den Eingeborenen helfen?«

Rhodan rang nach Worten. Er wusste es nicht. Er wollte lernen, er wollte Erfahrungen sammeln – und er wollte helfen.

»Zurück zum eigentlichen Thema unserer Unterhaltung«, wich Rhodan den Antworten aus. »Wir befinden uns in einer völlig fremdartigen Umgebung, und wir müssen uns aufeinander verlassen können. Ich habe dir an Bord der GOOD HOPE den Befehl gegeben, Thora in Sicherheit zu bringen. Nicht, weil ich selbstlos erscheinen wollte. Sondern weil ich *weiß,* dass die Überlebenschancen der Gruppe mit der Arkonidin wesentlich besser gewesen wären.«

»Das bezweifle ich ...«

»Ein letztes Mal, Ras: Akzeptiere meine Entscheidungen. Ziehe sie niemals wieder in Zweifel.«

»Es ging um *dich,* Perry! Darum, die derzeit wichtigste Person der Erde vor dem Tod zu bewahren. Thora besitzt unbestritten Fähigkeiten und Kenntnisse, die uns hätten helfen können. Aber ich würde, ohne zu zögern, dieselbe Entscheidung noch einmal treffen. Immer wieder.«

Rhodan schwieg. Er sah dem dunkelhäutigen Mutanten nach, der ihm nun vorausging und zu den beiden anderen aufschloss.

War es denn so? War er binnen weniger Wochen schon so bedeutend geworden? Stellte man ihn bereits jetzt auf einen Sockel, wie eine unverrückbare Statue?

Nein. Tschubai irrte sich. Er hatte noch nicht verinnerlicht, worum es *wirklich* ging.

Pause. Eine von vielen, die in immer kürzeren Abständen notwendig wurden. Sie lagerten auf einer kleinen Lichtung, in deren Zentrum ein umgestürzter Baumstamm, moosbewachsen und grünlich blau schimmernd, zum Niedersitzen einlud.

Rhodans Oberschenkel brannten. Auch wenn sie nun kaum noch Sumpfland vor sich hatten, so war doch jeder Schritt eine Qual, zumal es leicht, aber beständig bergauf ging.

»Wie weit ist es noch bis Thorta?«, fragte er Chaktor, nicht zum ersten Mal am heutigen Tag.

»Fast vierzig Kilometer«, übersetzte der Translator. »Den schwierigsten Teil unseres Marsches haben wir hinter uns. Wir befinden uns nun im Kernland der Warani, der Sumpfferronen. In den Feuchtzeiten siedeln sie hier, um sich bei weniger Niederschlag, wenn Neugierige und Touristen ausschwärmen, tiefer in die Sümpfe zurückzuziehen.«

»Sie bleiben gern unter sich?«

»Sie wollen mit den modernen Ferronen so wenig wie möglich zu tun haben. Auch wenn sie ...«

Der Translator setzte aus, als Chaktor Begründungen über die Diskrepanzen zwischen den einzelnen Völkergruppen lieferte. Es schien um religiös motivierte Meinungsunterschiede zu gehen, um unterschiedliche Lebensauffassungen, aber ebenso um Wertigkeiten, die auf der Erde keinerlei Äquivalent kannten.

»Warum sind wir noch keinen Warani begegnet?«, hakte Rhodan nach. »Sie hätten bemerken müssen, was in den Sümpfen vor sich geht.«

»Oh, das haben sie.« Chaktor drehte sich einmal im Kreis. »Sie haben es bislang bloß nicht für notwendig empfunden, mit uns Kontakt aufzunehmen. Aber ich bin mir sicher, dass sie uns folgen.«

»Ach ja?« Rhodan zog den Kopf zwischen die Schultern. Mit einem Mal fühlte er sich beobachtet.

»Darvo«, sagte jemand. »Stimmt. Der Pomanz ist klüger, als er aussieht.«

Eine Lage aus Moos unmittelbar vor ihnen öffnete sich. Ein klein gewachsener Ferrone schob sich darunter hervor. Er schüttelte Pflanzen sowie Erde ab und stellte sich breitbeinig vor Perry Rhodan hin. »Sie bringen Tod und Vernichtung«, sagte er. »Und Sie werden sich dafür verantworten müssen.«

Da waren mit einem Mal weitere Sumpfferronen. Sie traten zwischen Bäumen hervor, krochen aus Erdlöchern oder Hohlräumen. Einer von ihnen, der in einem nahe gelegenen Bachbett gelegen hatte, war steif vor Kälte. Doch er klagte nicht. Er sah sie bloß an, mit bitterbösen Blicken.

Jener Ferrone, der sich als Erster zu erkennen gegeben hatte, trat einen Schritt zurück. Er nahm ein schartiges Messer zur Hand und zog damit vor sich eine Linie.

»Er möchte sprechen«, flüsterte Chaktor Rhodan zu. »Das ist gut. Und er verlangt, dass wir uns ihm nicht mehr als auf drei Schritte nähern. Das ist schlecht.«

Rhodan trat vor. So, dass er den Minimalabstand zu seinem Gegenüber erreichte. »Mein Name ist Perry Rhodan. Ich komme von der Erde.«

»Ihr Name interessiert mich nicht. Was Sie und Ihre Begleiter hierher getrieben hat, ebenso wenig. Was zählt ist, dass Sie Schäden im heimatlichen Wasser angerichtet haben. Solche, die erst in Jahren wieder behoben sein werden.«

»Unser Schiff wurde von Feinden angeschossen und stürzte ab. Wir ...«

Der Sumpfferrone tat einen Satz zur Seite und gab ein fauchendes Geräusch von sich. Das Messer in seiner Hand zerschnitt Luft. »Sie gebrauchen Ausreden, sobald Sie den Mund öffnen! Ihr Luftschiff ist auf den Kampf ausgerichtet, nicht wahr? Sie bringen Zerstörung mit sich, Tod und Verderben! Möchten Sie das etwa leugnen?«

»Nein.« Rhodan überlegte fieberhaft. »Aber unsere Absicht war und ist es, die Ferronen in der Auseinandersetzung gegen ihre Feinde zu unterstützen.«

»Um Feuer mit Feuer zu bekämpfen!« Der Mann spuckte einen Schwall Flüssigkeit vor Rhodans Beine. »Sie bringen den Tod, um Frieden zu schaffen. – Ist es das, worauf Sie hinausmöchten, Fremder? – Ist Ihnen die Widersinnigkeit Ihrer Worte überhaupt bewusst?«

Chaktor trat neben ihn. »Ich bitte Sie, Warani ...«

»Sie halten gefälligst Ihren Mund, Pomanz!«, herrschte ihn der Sumpfferrone an.

Rhodan fühlte die Müdigkeit in seinen Gliedern – und Kopfschmerzen, die vom völlig verspannten Nacken ausgingen. Er war überanstrengt. Er hatte in letzter Zeit viel zu viele fruchtlose Diskussionen geführt. Mit Machtmenschen, die auf der Erde die Mittel der Arkoniden für ihre eigenen Zwecke missbrauchen wollten. Und andererseits mit unendlich verträumten Idealisten, die den Sinn des Pragmatismus nicht verstanden. Hätte er nicht diese Vision von einer geeinten, in Frieden lebenden Menschheit gehabt, wäre er längst unter der Last der Verantwortung zusammengebrochen oder zwischen diesen beiden Extremen zerrieben worden.

»Mussten Sie sich etwa noch nie gegen Räuber aus dem Sumpf verteidigen, Warani? Haben Sie noch nie um Ihr Leben gekämpft und getötet, um selbst am Leben zu bleiben?«

»Sie behaupten also, in Ihrem Raumschiff hierher gereist zu sein, bloß, um sich Ihrer Haut zu erwehren?«

»Wir haben einen Hilferuf empfangen.«

»Er sagt die Wahrheit«, ergänzte Chaktor leise und mit einer Stimmlage, die Rhodan als besonders eindringlich empfand. »So weit weg von allem könnt ihr Warani gar nicht sein, dass ihr nicht von den Invasionsplänen der Echsenwesen wüsstet. Sie sind in unser heimatliches Sonnensystem eingedrungen und haben einen Großteil unserer Flotte vernichtet. Tausende Ferronen sind gestorben, in der Absicht, diesen Planeten und andere vor den Eindringlingen zu schützen.«

»Wir wissen davon.« Der Warani spreizte die Finger beider Hände ineinander.

»Ich bin Überlebender eines Angriffs der Topsider. Diese Wesen hier, die sich Menschen nennen, haben ihr Leben riskiert, um meines zu retten. Um mich zu bergen und ihrerseits die Echsenwesen davon abzuhalten, Ferrol und die anderen Welten sowie Monde unter Beschuss zu nehmen.«

»Gewalt, immer nur Gewalt ...«

»Perry Rhodan ist mein *Dosthea.* Mein Lebensretter.« Chaktor trat vor, weiter, als es ihm gemäß seiner eigenen Richtlinien zustand. Einen Meter vor dem Warani kam er zu stehen. »Sie wissen, was das bedeutet. Ich kann und werde nicht dulden, dass Sie meinen Dosthea beleidigen oder ihn für etwas zur Verantwortung ziehen, was er in gutem Willen getan hat.«

»Sie kennen unsere Sitten und Gebräuche, Pomanz?« Der Warani wirkte mit einem Mal nachdenklich.

»Ich habe Familie in den *Fließenden Wäldern.* Großmutter Bahamtar hat mich gelehrt, was es bedeutet, hier zu leben.«

»Der Name Bahamtar ist mir vertraut. Er klingt gut. Die Kinder dieses alten Weibes sind allesamt ehrenhaft; zumindest jene, von denen ich bislang wusste. Sie achten das Leben, so, wie es sich gehört.«

Die Diskussion verlagerte sich auf eine Ebene, die Perry Rhodan nicht mehr länger nachvollziehen konnte. Hier ging es um Ethos, um Familienbande, um Würde und um hoch komplizierte Verhaltensregeln. Chaktor und sein Gegenüber näherten sich zentimeterweise an, entfernten sich wieder voneinander, gestikulierten wie wild mit den Händen, blieben dann ruhig stehen.

Das Spiel wirkte faszinierend und angsterregend zugleich. Rhodan tat gut daran, ruhig zu bleiben, zumal die anderen Warani nun näherrückten und die Menschen allmählich einkreisten.

Die Einfachheit der hiesigen Gebräuche verwirrte Rhodan. Die Ferronen hatten den Weltraum erobert und das Wegasystem erforscht. Mehrere der Planeten und Monde waren von ihnen besiedelt, so viel hatten die Instrumente der GOOD HOPE herausgefunden – und dennoch präsentierten sich die Warani wie Halbwilde?

Das sind Vorurteile!, mahnte sich Rhodan. *Sie pflegen bloß einen anderen Blickwinkel auf das Leben.*

Die Unterhaltung zwischen den beiden Ferronen kam zu einem Ende. Sie hoben beide Arme und drehten die Handflächen zueinander, ohne sich zu berühren. Dann traten sie zurück, ohne ihr Gegenüber aus dem Auge zu lassen. So lange, bis der Warani zwischen die Bäume am Rand der Lichtung trat – und von einem Moment zum nächsten verschwand, wie sich auch seine Begleiter in unheimlicher Stille zurückzogen.

»Nun?«, fragte Rhodan.

»Sie werden uns weiterhin beobachten«, meinte Chaktor mit ausdruckslosem Gesicht. »Lassen Sie sich bloß keine Emotionen anmerken.«

»Verstanden.«

»Ich habe ein *Arcive* erreicht. Das ist, frei übersetzt, ein Teilverständnis für unsere Situation. Alles, was die Warani nicht in Schwarz und Weiß oder in Gut und Böse einordnen können, erhält dieses Prädikat.«

»Was bedeutet das für uns?«

»Dass wir weiterziehen können – beziehungsweise müssen. Sie werden uns keine Steine in den Weg legen, uns aber auch nicht helfen, unser Ziel, die Stadt Thorta, rascher zu erreichen.«

»Immerhin ...«

»Die schlechte Nachricht ist: Wir dürfen keine weitere Rast mehr machen. Von nun an gibt es kein Verschnaufen.«

Alexander Baturin stöhnte unterdrückt. Rhodan warf ihm einen mahnenden Blick zu. *Keine Emotionen zeigen! Die Geduld der Warani, die das Sumpfland als ihre Heimat betrachten, nicht überstrapazieren!*

Laut fragte er: »Gibt es denn auch eine gute Nachricht?«

»Wie man's nimmt, Perry Rhodan. Der Warani, mit dem ich sprach, wird uns nach Thorta begleiten. Er möchte mit dem Thort über die Konsequenzen der topsidischen Invasion sprechen.« Leiser fügte Chaktor hinzu: »In seinem überaus ausgeprägten Selbstwertgefühl glaubt er, dass unser Regierungsoberhaupt nichts anderes zu tun hat, als ihn zu empfangen. Ich rieche weitere Schwierigkeiten auf uns zukommen ...«

Schritt für Schritt. Atemzug für Atemzug. Alles tat ihnen weh. Geringste Schnitte und Narben, die sie sich zugezogen hatten, schmerzten und entzündeten sich. Wuriu Sengu fieberte. Seine Stirn war glühend heiß, und immer wieder plapperte der sonst so schweigsame Mann zusammenhanglos vor sich hin.

»Wir haben's bald hinter uns!«, sagte Chaktor gebetsmühlenartig. »Nur noch wenige Kilometer.«

Längst war die Nacht hereingebrochen. Unheimliche Geräusche erfüllten den Wald ringsum. Es raschelte überall im Gestrüpp. Nachtaktive Vögel schrien ihren Zorn über die ungewöhnlichen

Eindringlinge in ihrem Reich laut in die Dunkelheit hinaus. Zwischen den nun wieder dicht stehenden Bäumen lugten zwei Monde und Sterne hervor. Solche, die Rhodan gänzlich unbekannt waren.

Einer der Sterne ist womöglich unsere Sonne ...

Seine Nase schniefte, Kiefer und Zähne schmerzten. Womöglich hatten sich im empfindlichen Zahnfleisch Bakterien festgesetzt, um von dort aus seinen Blutkreislauf zu erobern.

Wuriu Sengu taumelte. Perry Rhodan glitt an seine Seite und wollte ihn stützen. Doch die Beine des Japaners gaben nach. Ohne Chaktors Unterstützung wäre es ihm niemals gelungen, den Sturz ihres Begleiters zu verhindern.

»Er muss wach bleiben!«, schärfte der Ferrone Rhodan ein. »Andernfalls bedeutet es für uns alle das Todesurteil. Die Drohung des Warani ist in dieser Beziehung unmissverständlich. Sie akzeptieren kein Zeichen der Schwäche.«

»Verstanden.«

Rhodan winkte Ras Tschubai zu sich. Der groß gewachsene Schwarzafrikaner war der Kräftigste von ihnen. Er hatte sich von den anstrengenden Teleportationen erholt und half, wo immer er konnte. Auch jetzt packte er zu und schob den schwächelnden Sengu vor sich her.

Alexander Baturin blieb schweigsam, wie so oft während der letzten Stunden. Er trottete hinterdrein, ohne nach links oder rechts zu blicken.

Brütete er etwas aus? – Auch wenn er sich seit der Gründung der Stadt Terrania als loyal erwiesen hatte, so besaß er doch nicht diesen ganz besonderen Enthusiasmus, den Rhodan bei seinen engsten Gefährten so sehr schätzte. Der Kosmonaut war gegen seinen Willen in einen Strudel von Ereignissen hineingezogen worden, angefangen mit der Entdeckung des arkonidischen Raumschiffs namens AETRON auf dem Mond.

»Machen Sie schon!«, forderte Chaktor. Er führte sie einen Wasserlauf entlang, der von wundersamen, leicht phosphoreszierenden Pilzen begrenzt wurde und ihnen ihr Vorwärtskommen erleichterte.

Die Bäume ringsum machten Gestrüpp Platz, und das Gestrüpp wurde von Büschen abgelöst, die in Gruppen zusammenstanden. Das Gelände stieg nun stärker an. Bäche mäanderten ihnen entgegen, kaum sichtbar unter sattem Gras. Nicht nur einmal kam Rhodan vom Weg ab und landete mit den Beinen im kühlen Nass. Seine Füße waren längst taub, seine Zähne klapperten heftig aufeinander. Bis in die Knochen war er durchgefroren.

Er folgte Chaktor, der mit unnachahmlichem Geschick jedem Rinnsal auswich. Hinter Rhodan kam Tschubai, der Sengu stützte. Baturin bildete den Abschluss der kleinen Gruppe.

Die höchste Stelle des Hügels war nicht mehr fern. Steinerne Relikte mit dem Aussehen gegeneinander gelehnter Obelisken ragten in den Himmel; daneben befanden sich einige Zweckbauten, die offenkundig aus moderneren Zeiten stammten.

»Die Grenze«, sagte Chaktor. »Hier endet das Einflussgebiet der Warani.«

»Wir haben's also geschafft?«

»Sobald wir den Hügel erklommen haben.«

Rhodans Herz schlug schneller. Er war so unendlich müde – und dennoch fühlte er sich mit einem Mal beschwingt und voll Elan. Der Anblick des Hügels bewirkte, dass er neue Kräfte schöpfte. Sie hatten ihre erste Zwischenetappe erfolgreich beendet.

Ein Blitz aus Feuer und Flammen raste über sie hinweg, ein Donnerschlag folgte. Die Spitze des Hügels war in rotes und gelbes Licht getaucht. Die Erde bebte, und sie wollte sich nicht mehr beruhigen.

Die Topsider hatten offenbar den Widerstand der Ferronen im Raum gebrochen. Nun brachten sie den Krieg auf die Welt herab.

Die Zweckbauten entpuppten sich als einfache Hütten mit Schlafplätzen, Duschen und Kochstellen. Die gut ausgestattete Erste-Hilfe-Einheit hätte auf der Erde den Neid sogar von praktizierenden Ärzten erregt. Neben einer Vielzahl an Medikamenten lagerte hier ein Diagnose- und Versorgungsmodul, mit dem selbst ein Laie hochqualifizierte Analysen anzustellen und anschließend Verrenkungen oder gar Brüche zu behandeln vermochte. Schaum, der binnen weniger Minuten versteifte, konnte unmittelbar nach der Diagnose und gemäß den Vorgaben des intelligenten Geräts aufgetragen werden, um betroffene Körperglieder in eine Ruheposition zu zwingen. Pflaster, die in die Haut einsickerten, ersetzten Klammern oder Nähte. Zwei externe Herzschrittmacher waren ebenfalls vorrätig; die Anschlusskanülen mussten bloß in die Armbeuge eines Kranken gestochen werden. Den Rest der Analyse und die Kreislauf stabilisierenden Maßnahmen erledigten die Maschinen wie von selbst.

»Was für eine Diskrepanz«, sagte Tschubai. »Eben noch sind wir durch einen gottverlassenen Dschungel gestapft, um ganz plötzlich in eine Zivilisation zu platzen, die der unseren weit voraus ist.«

»Das täuscht, Ras.« Rhodan fuhr mit der Hand über die Hitzeplatte einer Kocheinheit. Ein fauchendes Geräusch erklang, Wärme stieg auf. Er setzte Wasser auf, das rasch zu sieden begann. »Wir liegen zwei, vielleicht drei Jahrzehnte dahinter. Und in mancherlei Beziehung sind wir allerdings womöglich weit voraus.« Er deutete auf ein Gerät, das einem altertümlichen Plasmafernseher ähnelte. Es funktionierte nicht. Sie waren nach wie vor von jeglichem Informationsfluss abgeschnitten.

Chaktor, der bis hierher von unerschütterlicher Ruhe gewesen war, saß stocksteif in einer Ecke, möglichst weit weg von jenen Fenstern, die einen Ausblick auf das Land nördlich des Hügels boten. Er wirkte geschockt. Am Horizont zeigten sich Lichtblitze. Raketen fuhren in besiedeltes Land. Sie vernichteten Industrieanlagen, Straßen, Brücken, Handelszentren, öffentliche Gebäude, private Wohnanlagen. Die Topsider machten keinen Unterschied zwischen militärischen und zivilen Anlagen.

Chaktor zog die silbern glänzende Kugel aus der Brusttasche seiner zerschlissenen Uniform. Überaus plastisch wirkende Abbilder seiner drei Frauen und einer Vielzahl seiner Kinder tauchten darauf auf. Ihre Gesichter zeigten eine Ausgelassenheit, die ganz und gar nicht zu diesen schrecklichen Stunden und Tagen passten.

»Das dürfen sie nicht tun«, flüsterte Chaktor immer wieder, die Blicke auf seine Liebsten richtend, manchmal übertönt von Donnerschlägen, die mal von weiter her und dann wieder von ganz nahe kamen. »Das dürfen sie nicht tun.«

Wuriu Sengu war bei ihm. Der Japaner hatte sich leidlich gut erholt. Er sagte kein Wort; doch die Anwesenheit des Mutanten schien Chaktor ein wenig zu helfen.

Alexander Baturin trat zu Rhodan. »Wir sollten so rasch wie möglich von hier verschwinden!«, sagte er. »Dieser Bau ist nicht sicher.«

»Keine der Raketen oder der Bomben der Topsider hat ein Ziel getroffen, das näher als fünf Kilometer liegt. Meiner Meinung nach sind wir vorerst sicher.« Rhodan atmete schwer. »Möchtest du lieber irgendwo im Unterholz liegen, in deinen nassen und klammen Sachen, umgeben von einer Tier- und Pflanzenwelt, über die wir so gut wie nichts wissen?«

»Wir sollten weitermarschieren.«

»Und wohin? Auf das angegriffene Land zu?«

»Ja. Nein.« Baturin hieb mit der Rechten gegen den Herd, dessen Fauchen mittlerweile in ein leises Zischen übergegangen war. »Wir sollten gar nicht hier sein«, flüsterte er. »Es war ein Riesenfehler, ins Wegasystem einzufliegen. Es war *dein* Fehler, Perry.«

»Ich habe geholfen ...«

»Du siehst ja, wohin uns deine Hilfsbereitschaft gebracht hat, Amerikaner!«

Rhodan wollte etwas entgegnen. Doch er ließ es bleiben und streckte eine Hand aus, um sie begütigend auf Baturins Schulter zu legen. Dieser wich einen Schritt zurück.

»Fass mich nicht an!«, schrie er, völlig unvermittelt. »Lass mich bloß in Ruhe!«

»Ich wollte doch nur ...«

»Jaja, du *willst immer nur,«* äffte Baturin nach. »Und dabei reitest du uns von einer Misere in die nächste. Seitdem du die Entscheidung getroffen hast, Thora und Crest für deine eigenen Zwecke zu nutzen, läuft alles schief!«

Baturin stapfte mit eiligem Schritt davon, hin zu einer der Schlafkabinen. Er riss die Tür auf, warf sie hinter sich wieder ins Schloss und versperrte sie.

Ein unterdrücktes Schluchzen drang aus der winzigen Ruheeinheit. Der Russe war mit seinen Nerven völlig am Ende.

Hatte er denn in irgendeiner Beziehung recht? Hätte er einen anderen Weg gehen und dem Planeten bedrohenden Hickhack um Einfluss und Macht mit Gewalt begegnen sollen? Mit Waffen aus dem arkonidischen Fundus?

Nein. Rhodan hatte richtig gehandelt. Aus gutem Grund hatte er weder den Chinesen, noch den Europäern, den Russen oder seinen eigenen Landsleuten vertraut.

Er schöpfte aus unerfindlichem Selbstvertrauen und aus einer Kraft, deren Quelle er noch nicht richtig erforscht hatte. Rhodan glaubte an sich selbst und an die Idee einer Erde, auf der Standesdünkel und Rassenmerkmale keinen Platz mehr hatten. Weil die Menschen ihren Platz und ihre Erfüllung in einer viel, viel größeren Gemeinschaft finden würden.

War all dieses Pathos angebracht, angesichts ihrer Situation? Wieder einmal übermannten ihn Zweifel, und wieder einmal wischte er sie beiseite. Er musste vorausblicken. Fokussieren. Neue, erreichbare Ziele benennen und sie möglichst zielstrebig angehen.

Es wird alles gut, sagte er sich und lächelte. Rhodan erinnerte sich an seine Mutter. Wie sie ihm Pflaster auf Wundblasen gelegt und dreimal drauf geblasen hatte, um anschließend dieselben Worte zu verwenden, die ihm eben durch den Kopf gegangen waren. Alles würde gut werden.

Das Wasser kochte. Rhodan ließ es lange blubbern und den Topf anschließend auskühlen. Chaktor hatte ihm bakterientötende Tabletten aus dem Erste-Hilfe-Bereich gereicht. Er nahm sie ein und spülte mit ausreichend Flüssigkeit nach, um dann seine Begleiter ebenfalls mit Medikamenten zu versorgen. Auch Alexander Baturin öffnete seinen Verschlag, um sich Medizin reichen zu lassen.

Gewiss waren ihre Körper längst mit ferronischen Eroberern auf mikroskopisch kleiner Ebene infiziert. Womöglich wurden sie von winzigen Vertretern der hiesigen Fauna innerlich aufgefressen; von Würmern, von Keimen, von Sporen, die sie inhaliert hatten.

Ungefähr zehn Stunden waren vergangen, seitdem sie ferronischen Boden betreten hatten. Bislang hatten sich keinerlei Anzeichen einer Erkrankung bemerkbar gemacht. Vielleicht hatten sie Glück ...

Ras Tschubai sprang auf und lief davon, hin zu den sanitären Anlagen. Er schaffte es gerade noch, sie zu erreichen, bevor er sich laut würgend übergab.

Rhodan hatte mit einem Mal schreckliche Magenschmerzen.

Er erwachte mit brummendem Kopf, als wäre er völlig verkatert. Im Oberbauch hatte er einen Muskelkater, der auf das wiederholte Erbrechen zurückzuführen war. Der Magen knurrte, das Atmen fiel ihm noch schwerer als am Tag zuvor.

Chaktor erneuerte das Tuch auf seiner Stirn. Grelles Licht fiel durch die Fenster und blendete Rhodan.

»Ich habe Ihren Zustand, so gut es ging, diagnostiziert«, sagte der Ferrone. »Sie sind gesund. Die körperlichen Abwehrreaktionen werden Sie noch einige Zeit beschäftigen. Aber es scheint, als kämen Sie mit den Bedingungen auf Ferrol zurecht.«

»Ich fühle mich wie ... wie ...«

»Wie nach allzu heftigem Genuss von Alkohol.« Chaktor verzog den Mund. Er zeigte ein Lächeln, das auf der Erde als abfällig gegolten hätte, doch hier wohl als aufrichtig galt. »Die Symptome ähneln denen eines *Gliederkätzchens.*«

Nun – die Übersetzung war nicht korrekt, doch Rhodan wusste ganz genau, was gemeint war. Er erwiderte das Lächeln und versuchte, auf die Beine zu kommen. »Wie geht es den anderen?«

»So wie Ihnen, Rhodan.« Chaktor wurde ernst. »Sie bräuchten ein wenig Zeit und Ruhe. Zeit, die wir allerdings nicht haben.«

»Ich weiß.« Rhodan stand vorsichtig auf und hielt sich an Chaktor fest. »Wir brechen in einer Stunde auf. Ich fühle mich ohnedies schon viel besser«, sagte er mit krächzender Stimme.

»Natürlich.«

Rhodan trank kühles Wasser und nahm weitere Tabletten. Wega, die Sonne, zeigte sich das erste Mal seit ihrer Ankunft auf Ferrol. Dennoch vermied er den Blick nach draußen. Sie war so grell, so groß, so – so – anders.

»Es ist ruhig geworden«, sagte er.

»Die Bombardierung hat vor etwa zwei Stunden nachgelassen und vor Kurzem völlig aufgehört.« Mehr sagte Chaktor nicht. Er kaute lustlos auf bröckeligem Brot herum, das mit mehreren Schichten dunkelgrüner Blätter umwickelt war.

»Was ist mit diesem Warani? Ich dachte, er würde uns begleiten?«

»Er war gestern noch vor uns hier. Er hat im Freien geschlafen, nahe dem Grenzdenkmal.« Chaktor deutete vage in jene Richtung, in der sich die gegeneinander gelehnten Obelisken befanden.

»Grenzdenkmal?«, hakte Rhodan nach.

»Es besteht aus Tuffgestein, das vor ewigen Zeiten bearbeitet wurde. Angeblich ist es mehrere Tausend Jahre alt – und dennoch von einer Kunstfertigkeit, die wir selbst heute kaum erreichen.« Chaktor packte ein zweites Brot aus einer Hülle, die zerfiel, sobald er mit den Fingern darüberstreichelte. »Die Warani betrachten diese Steine als das Erbe ihrer Vorfahren. Als Relikte einer längst vergangenen Zeit. Sie behaupten, dass sie niemals Schatten geworfen hätten und ihnen diese erst durch die Präsenz technischer Errungenschaften gewachsen wären.«

»Wie kommt es, dass sich die Warani derart von anderen Stämmen unterscheiden?«

»Die Bevölkerungsstruktur ist ... inhomogen. Auf Ferrol existiert eine Vielzahl von Stämmen. Sie unterscheiden sich durch die Hautfarbe, durch ihre Art der Lebensführung, durch ihre politischen Ansichten. Das Land, in dem wir jeweils leben, prägt uns.«

»Das kommt mir alles reichlich bekannt vor.«

»Es gibt eine Regierung, die über die Stämme bestimmt und es schwer hat, es jedermann recht zu tun. Der Thort allerdings ist eine durch und durch respektierte Gestalt. Dieses Amt ist so alt wie unsere Geschichtsschreibung. Mit dem Thort stehen und fallen gesellschaftlicher sowie wirtschaftlicher Aufschwung.«

»Und wenn ein Thort die Stämme nicht in den Griff bekommt? Wenn er zu schwach ist?«

»Das Problem hat sich noch niemals gestellt. Nichts entgeht ihm.«

»Wie kommt es, dass die Warani derart abgeschottet leben und sich allem technologischen Fortschritt verweigern?«

»Sie wollen es so.« Chaktor rang nach Worten. »Stammeszugehörigkeit kann sich auch durch eine bestimmte Weltanschauung ergeben. Viele Warani hatten einstmals eine gutbürgerliche Existenz in den großen Städten, in Helakar, Hopther oder Thorta. Irgendwann ließen sie dieses Leben hinter sich und gingen in die Sümpfe. Um dort, ihren Verpflichtungen einer modernen Zivilisation gegenüber entbunden, eine neue Existenz aufzubauen.«

»Und das funktioniert?«

»Wer auch immer in die Sümpfe geht, lässt sein bisheriges Leben hinter sich. Weltliche Besitztümer, Familie, Kleidung, Ansehen. Man gilt als neugeboren, sobald man *ins Wasser tritt*. Und man muss sich jedes Stück Achtung von den anderen Mitgliedern des Warani-Stammes teuer erkaufen. Sozialromantiker und Abenteurer scheitern meist; jene, die neue Wege beschreiten wollen, schaffen es.«

»Und wenn der Weg umgekehrt beschritten wird?«

»Die Warani-Stämme stellen es ihren Mitgliedern frei, sie jederzeit zu verlassen. Es wird ihnen nichts in den Weg gelegt, man unterstützt sie aber auch in keiner Weise.« Chaktor überlegte. »Das System hat Schwächen, aber es funktioniert.«

Es gab Bevölkerungsgruppen wie die Amischen, die in den USA eine ähnlich geschlossene Gesellschaft bildeten, und dies seit Jahrhunderten. Das Zusammengehörigkeitsgefühl der Amischen beruhte auf ihrem mennonitischen Glauben. Auf Ferrol jedoch entschieden sich die Bewohner aus freien Stücken dafür, dem Leben in einer Hochzivilisation Ade zu sagen.

Rhodan zuckte mit den Schultern. Es war zu erwarten gewesen, dass es hier andere kulturelle Entwicklungen als auf der Erde gab.

Tschubai, Baturin und Sengu kamen einer nach dem anderen auf die Beine. Sie wirkten wie zerschlagen. Der Japaner fieberte leicht, sein Gesicht war schweißbedeckt. Die erhöhte Schwerkraft würde sie weiterhin belasten. Wahrscheinlich ging es ihnen heute *noch* schlechter als gestern.

Sie aßen lustlos vom Brot, das ihnen Chaktor gebacken hatte. Es schmeckte fade, war aber, wenn man den Worten des Ferronen Glauben schenkte, besonders nahrhaft und würde verbrauchte Energien erneuern.

Nach Beendigung der Mahlzeit packten sie ihre wenigen Habseligkeiten sowie einige Nahrungsmittel zusammen und traten ins Freie.

Rhodan schluckte, als er das Ausmaß der Zerstörungen vor ihnen ausmachte. Wolkenbänke warfen lange und breite Schatten über ein verwüstetes Land. Rauchfahnen stiegen in die Luft, da und dort brannte es lichterloh.

Topsidische Raumer schwebten bodennah über größeren Ansiedlungen, die wie Flecken über das ansonsten grüne Land verteilt waren. Die Schiffe wirkten bedrohlich und einschüchternd. Nirgendwo wehrte man sich gegen die Besetzer. – Hatten diese den Planeten denn schon zur Gänze erobert? War Ferrol innerhalb weniger Stunden gefallen? Hatte es noch Sinn, den Palast, den Thort aufzusuchen?

»Kamavitra und Lamia-Treé sind besetzt«, murmelte Chaktor. Er hielt eine Hand gegen die Stirn, um sich gegen den ungewohnten Sonneneinfall zu schützen. »In beiden Städten waren gut ausgebildete Infanterieeinheiten stationiert.«

»Das bedeutet?«

»Das bedeutet, dass die Topsider offenbar gut über unsere Verteidigungsstrukturen Bescheid wussten, als sie den Beschuss begannen. Sie haben gewiss Gefangene gemacht und sie – befragt.«

»Sie meinen: gefoltert.«

Chaktor gab keine Antwort. Er stierte nach wie vor in Richtung Thorta, der Stadt mit mehr als fünfzig Millionen Einwohnern, die jenseits der Ebene lag, umringt von Hügeln, die ihnen eine direkte Sicht darauf verwehrten. Was sie vor sich sahen, war fruchtbares Sumpfland und dahinter dicht besiedeltes Gebiet, der Speckgürtel Thortas.

»Wir gehen los!«, sagte Chaktor ungewöhnlich laut.

»Das wird auch Zeit«, ließ sich eine weitere Stimme vernehmen. »Ich dachte schon, Sie würden niemals mehr wieder aus Ihren weichen Betten hochkommen.«

Rhodan zuckte zusammen. Er drehte sich um. Jener Warani, mit dem sie sich gestern unterhalten hatten, stand unmittelbar hinter ihm. Er wirkte angespannt und auch verunsichert.

»Sie sind sich sicher, dass Sie uns begleiten möchten?«, fragte Chaktor seinen Landsmann.

»Selbstverständlich.«

»Dann lassen Sie uns gehen.« Chaktor winkte den Menschen, ihm zu folgen. Dem Warani widmete er keinen weiteren Blick.

Sie verschlossen die Schutzhütte und machten sich auf den Weg, vorbei am steinernen Denkmal, das, im Tageslicht betrachtet, noch beeindruckender wirkte als während der Nachtstunden. Es ging bergab. Auf schwelende Ruinen – und auf ein Kriegsgebiet zu.

»Wie heißen Sie?«, fragte Rhodan. Er hatte sich zurückfallen lassen und ging nun neben dem Warani, einen schmalen, kaum erkennbaren Trampelpfad hügelabwärts.

»Menet«, antwortete der Sumpfferrone einsilbig. Er hielt einen übergroßen Wanderstab in der Rechten und stach damit immer wieder auf den Untergrund ein, als suche er etwas.

»Warum möchten Sie mit dem Thort reden?«

»Es gibt Gesprächsbedarf.«

»Hat dieser Gesprächsbedarf mit den Topsidern zu tun?«

»Er hat mit dem Auskommen der Warani zu tun. Und mit Dingen, die Sie nichts angehen.«

Rhodan dachte gar nicht daran, sich durch Menets abweisende Art aus der Ruhe bringen zu lassen. »Dieser Marsch wäre für uns alle viel leichter, wenn wir wüssten, dass wir uns aufeinander verlassen können.«

»Sie misstrauen mir? Sie beleidigen mich?« Die Linke des klein gewachsenen Sumpfferronen wanderte zu einem Jagdmesser, das in seinem breiten Ledergurt steckte.

»Ich bin fremd hier. Ich kenne weder Gebräuche noch Sitten dieser Welt«, sagte Perry Rhodan unerschrocken. »Helfen Sie mir, Ihnen zu vertrauen.«

»Alles Übel entsteht durch ein Zuviel an Technik, verbunden mit der Lust nach mehr und mehr Macht.« Menet spuckte hellbraunen Sud ins taufeuchte Gras. »Es sind Wesen wie Sie, die aus dem All kommen und uns töten.«

»Ich sagte es bereits: Wir haben nichts mit den Topsidern zu schaffen.«

»Aber Sie sind wie sie. Sie können Ihre Neugierde nicht zügeln. Sie sind unruhig und auf der Suche.«

»Das können Sie uns unmöglich zur Last legen!«

»Doch. Denn ich weiß, was innere Einkehr bedeutet. Es ist nicht notwendig, sich an anderen Orten auf die Suche nach dem Seelenheil zu begeben und dabei das Schwarze Nichts zu bereisen.«

Das Schwarze Nichts ... Ein mystifiziert-verbrämtes Synonym fürs Weltall. »Wir sind auf der Suche nach Wissen. Und wir wollten Ihren Artgenossen helfen, als sie angegriffen wurden.«

»Und? Hat sich dadurch etwas zum Besseren gewendet?«

Rhodan schwieg. Sie redeten im Kreis. Menets Argumenten war kaum beizukommen. Sie schienen so klar und deutlich zu sein – und umfassten dennoch nur einen Teil der Wahrheit. In Wirklichkeit war alles viel komplizierter.

Oder?

»Wir haben noch einen weiten Weg vor uns«, sagte der Sumpfferrone und schritt kräftiger aus. »Wollen wir unser Ziel erreichen, bevor alles zu spät ist, sollten wir uns beeilen.«

»Was meinen Sie mit: *bevor alles zu spät ist?*«

»Bevor der Rote Palast eingenommen und der Thort von den Topsidern gefangengesetzt wird.« Menet ließ ihn stehen und schloss zu seinem Landsmann auf, um wenige Schritte hinter ihm zu gehen.

Was für ein eigenartiger Kerl.

Die Ebene war feucht und von Wasserstraßen durchzogen, die meist künstlichen Ursprungs waren. Entlang der Uferraine lagen da und dort Boote, die schon vor Jahren zurückgelassen worden sein mussten; schlanke und breite Schiffchen mit geringem Tiefgang, die womöglich einstmals dem Warentransport gedient hatten.

Rhodan stieg entgegen Chaktors Rat in eines der Boote – und brach augenblicklich durch das morsche Holz ins Wasser. Menet höhnte und lachte über seine Ungeschicktheit, während der ferronische Raumfahrer die tiefen, heftig blutenden Kratzer an seinem rechten Bein desinfizierte und den Unterschenkel mit einem elastischen Verband versah.

»Wie weit ist es noch bis zur nächsten Ortschaft?«, fragte Rhodan, nachdem er sich bei Chaktor für dessen Hilfeleistung bedankt hatte. Sie benötigten Informationen. Jemanden, der ihnen sagte, ob die Planetenregierung Ferrols und der Thort mit ihr bereits gefallen waren.

»Zwei Kilometer. Wir müssen vermutlich drei der *Wouffars,* der Wasserstraßen, überqueren.«

»Und wo?«

»Die Wege sind gekennzeichnet.« Der Ferrone kniff die Augen zusammen. »Der nächste befindet sich, sofern die Markierungen noch gelten, ein Stück flussabwärts.«

»Ich sehe keinerlei Markierungen.«

Chaktor deutete auf ein Schilfbündel. Die einzelnen Halme standen kreuz und quer. Nichts deutete darauf hin, dass sie jemals von der Hand eines Ferronen berührt worden waren. »Die Zeichen sind eindeutig«, behauptete er. »Drei rechtsseitig gebunden, drei mittseitig gestelzt, eines zur Warnung vor dem Laichgebiet einer Flusshaiart eingekerbt. Wir müssen auf der Hut sein.«

Rhodan ließ es dabei bewenden. Die Schilfhalme waren womöglich das Äquivalent zu irdischen Piktogrammen.

Sie stapften weiter, umgeben von Moskitoschwärmen, immer wieder im feuchten Untergrund einsinkend. Wega stand nun hoch im Firmament und brannte unbarmherzig auf sie herab. Sie alle trugen Tücher um den Kopf gebunden, die sie immer wieder befeuchteten.

Im hoch stehenden Gras raschelte es. Menet glitt neben Rhodan. Er wechselte den Wanderstab von der Rechten in die Linke – und schleuderte ihn mit aller Gewalt von sich. Dorthin, wo das Gras am höchsten stand.

Ein erbärmlicher Laut erklang. Irgendetwas bewegte sich, zischte, fauchte, wollte flüchten. Doch das Irgendetwas war getroffen.

Ein hellblauer Fleck wurde breit und breiter. *Blut!,* dachte Rhodan. *Aber ich kann das Opfer nicht sehen. Der vermeintliche Wanderstab verschwindet im Gewirr der Halme hoch stehenden Grases.*

»Bleiben Sie zurück«, sagte Menet. »Ich habe das *Guicol* bloß verletzt. Womöglich kommt es nochmals auf die Beine.«

»Ein Guicol?«, fragte Chaktor. Er wirkte verwirrt und verängstigt zugleich. »Ich dachte, es gäbe auf dem Nordkontinent fast keine mehr.«

»Eines existiert immerhin noch.« Menet entblößte die Zähne. Sie waren gelblich verfärbt. »Und ich kann Ihnen versichern, dass sie auch im Sumpf ausreichend vertreten sind.«

Rhodan strengte seine Augen an, um die Konturen des vermeintlichen Tiers zu erkennen. Doch da war nichts. Bloß Wiese und ein immer größer werdender Blutfleck.

Menet zückte sein Messer. Er trat vor. Seine Bewegungen wurden mit hässlichen Zischlauten quittiert.

Er führte die Klinge quer über die beinahe hüfthohen Gräser. Blitzschnell und mit einer Kraft, die er den hiesigen Schwerkraftverhältnissen verdankte.

Halme fielen zu Boden, das Zischen des Guicols ließ abrupt nach. Menet steckte seine Waffe zurück in den Gürtel und griff sachte nach seinem Stab. Er drehte ihn mehrmals hin und her, um ihn dann vorsichtig an sich zu nehmen, keinen Augenblick lang in seiner Aufmerksamkeit nachlassend. Nach einer geschätzten Minute erst griff er in die Wiese – und zog das tote Tier hervor.

Der Körper besaß die Form eines überdimensionierten Brotfladens. Der Chitinleib schillerte in grellen Farben – und verschwand scheinbar, sobald Menet ihn gegen den Hintergrund der Wiese hielt. Ein Dutzend dünner Beine hing vom Leib herunter. Sie trugen kräftige Widerhaken an den Unterseiten, die wie Ähren wirkten und den Gliedern das Aussehen von überlangen Wiesenhalmen gaben.

»Perfekte Mimikry«, sagte Ras Tschubai.

»Ein Weibchen«, sagte Menet. Er riss den Chitinleib des Tiers mit einem Ruck entzwei. Unmengen kleiner weißer Bällchen fielen in eine Faltschale, die der Sumpfferrone rasch herbeizauberte. »Weibchen sind dumm. Sie geben Laute von sich, während die Männchen stets ruhig auf ihr Opfer warten. Hm, köstlich!« Er stopfte sich einen Teil des Laichs in den Mund. »Möchte jemand von Ihnen kosten? Ist noch ganz warm.«

Perry Rhodan wandte sich rasch ab und unterdrückte ein Würgen. Es beruhigte ihn zu sehen, dass auch Chaktor mit dem Inhalt seines Magens zu kämpfen hatte.

Eine kaum erkennbare Furt erlaubte ihnen, die Wouffar zu überqueren. Chaktor führte sie mit traumwandlerischer Sicherheit von einer Wasserstraße zur nächsten, während Menet immer mehr Unsicherheiten an den Tag legte, je weiter sie sich von den heimatlichen Sümpfen entfernten.

»Hinter dem nächsten Hügel stoßen wir vermutlich auf Ferronen«, sagte Chaktor. »Ich kenne die Leute hier. Sie sind störrische Bauern. Sie kümmern sich wenig um jene Dinge, die in der Stadt vor sich gehen.«

»Das höre ich nicht zum ersten Mal heute«, sagte Rhodan mit einem Seitenblick auf Menet.

»Hüten Sie sich, Rotgesicht!«, sagte der Sumpfferrone. Er griff in seinen Beutel und stopfte sich weiteren Laich des Guicolweibchens in den Mund. »Ich habe Leute wegen weniger gewagten Beleidigungen zum Zweikampf herausgefordert.«

»Ist schon gut, Menet. Ich entschuldige mich. Aber ich habe gehofft, dass es leichter sein würde, mit den hiesigen Autoritäten und dem Thort in Kontakt zu treten. Wenn wir mit jedem Dorfhäuptling verhandeln und um Hilfe betteln müssen, dann werden wir, so befürchte ich, den Roten Palast niemals rechtzeitig erreichen.«

Rechtzeitig ... Besaß dieses Wort denn überhaupt noch irgendein Gewicht? Vor einer halben Stunde hatte die Erde wieder zu beben begonnen. Westlich von hier fanden Angriffe der Topsider statt. Vielleicht formierten sich kampfkräftige Einheiten der Ferronen gegen die Echsenwesen, vielleicht bombten diese letzte Widerstandsnester aus.

Chaktor sagte nichts. Er war sich seiner Sache keinesfalls sicher. Die Situation auf dieser Welt präsentierte sich weitaus uneinheitlicher, als es sich Rhodan jemals vorgestellt hatte.

Ist es das, was uns auch auf der Erde erwartet? Fortschrittlich den-

kende Bevölkerungsteile streben ins Weltall hinaus, auf der Suche nach neuen Zielen und Ufern, während andere sich auf der Erde einigeln und mit den Geschehnissen rings um sie nichts zu tun haben möchten?

Er würde einen enormen Wissensschatz mit sich zurück zur Erde bringen, wenn es ihm gelang, Ferrol lebend zu verlassen. Aufgrund dieser Erkenntnisse würde es ihm womöglich besser gelingen, die Menschen zu einen und auf ein gemeinsames Ziel einzuschwören.

Was bist du bloß für ein hoffnungsloser Optimist ...

Sie überstiegen eine kaum zehn Meter hohe Bodenwelle. Dahinter zeigten sich einige Häuser, eng aneinandergedrängt. Gut gepflegte Felder, deren Früchte in voller Blüte standen, erstreckten sich vom Dorf aus wie die Strahlen einer Sonne, nach außen hin immer breiter werdend. Ein einsames Gefährt ratterte über ein Feld, mit der Ernte beschäftigt. Es zog eine Staubwolke hinter sich her. Der Boden war hier weitaus trockener als jenes Gebiet, das sie eben gequert hatten.

»Wir sind entdeckt«, sagte Menet und deutete auf einige Ferronen, die sich nahe der kleinen Siedlung zusammenrotteten. Er griff nach seinem Messer und betrachtete prüfend die Schärfe der Klinge.

»Stecken Sie das Ding weg!«, verlangte Chaktor.

»Ich bin Warani. Meine Waffe ist mein Stolz.«

»Ihr Stolz nützt Ihnen hier so gut wie gar nichts«, fiel Rhodan dem Sumpfferronen ins Wort. »Was möchten Sie denn damit gegen Schusswaffen ausrichten?«

Die Dorfbewohner bemannten eben zwei offene, raupenförmige Fahrzeuge. Lichtreflexe fielen auf langläufige Gewehre – oder das, was er für Gewehre hielt.

»Das sind Jagdwaffen«, sagte Chaktor mit zusammengekniffenen Augen. »Nichts Besonderes – aber dennoch ausreichend wirkungsvoll, um uns zu durchsieben.«

»*Ich* werde das Reden übernehmen«, bestimmte Rhodan.

»Unmöglich!« Chaktor rümpfte die Nase. »Sie haben keine Ahnung, wie diese Leute gestrickt sind.«

»Mag sein.« Rhodan lächelte. »Aber ich denke, dass meine Freunde und ich die Möglichkeiten besitzen, sie zu beeindrucken. Ras, Wuriu – ich benötige eure Hilfe.«

Kapitel 5

Ferrol
Tako Kakuta

Die Ferronin im Rollstuhl hieß Fajon. Sie war leidenschaftliche Bergsteigerin und meisterte selbst die schwersten Wände, dank der Unterstützung ihrer Freunde und technischer Hilfsmittel, wie sie auf der Erde unbekannt waren.

Und nun musterte sie Kakuta von oben bis unten, mit kaum verhohlenem Respekt in ihren Blicken, vorgebeugt, soweit es der Rollstuhl erlaubte, nach wie vor in einer Geste der Demut verharrend.

Kakuta wollte sagen, dass er kein Lichtbringer war. Dass er keine Ahnung hatte, was Fajon von ihm wollte. Doch er ließ es bleiben. Die Situation konnte jederzeit kippen und er erneut ein vibrierendes Messer an seinen Hals gepresst spüren.

Was sollte, was *konnte* er sagen? Es fiel Kakuta nichts ein, das der Situation angepasst war.

»Wir müssen ihn so rasch wie möglich nach Thorta bringen«, meinte einer der Männer. Jener, der ihn bedroht hatte.

»Um was zu tun?«, fragte Fajon. »Um ihn herumzureichen, seine Anwesenheit bekannt zu machen und dafür zu sorgen, dass die Topsider auf ihn aufmerksam werden? – Nein, Bijoiu. Wir sollten zuerst nachdenken, was für den Lichtbringer und uns am besten wäre.«

»Diese Entscheidung können Sie getrost mir überlassen«, sagte Kakuta mit möglichst viel Überzeugungskraft. Er musste darauf hoffen, dass die Ferronen den Klang seiner Stimme richtig interpretierten. »Zuerst möchte ich, dass Sie meine Gefährten in Sicherheit bringen.«

»Sie kommen nicht allein! Wie es uns prophezeit wurde ...«

»Können wir ein anderes Mal über diese Prophezeiungen reden?« Kakuta drehte sich um und blickte in jene Richtung, in der er seine Begleiter wusste. »Einer meiner Freunde ist schwer verletzt. Er benötigt Hilfe, so rasch wie möglich.«

Wie würden die Ferronen diese Bitte auffassen? Sahen sie ihn als unverletzbares, gottähnliches Lebewesen, und bekamen sie nun Zweifel an seiner Identität?

»Selbstverständlich«, sagte Fajon, ohne zu zögern. »Wo befinden sich Ihre Gefährten?«

Kakuta fühlte sich nun wieder kräftig genug, um gemeinsam mit einer Begleitperson einen Sprung zu tun. Womöglich kam es im Kampf um Conrad Deringhouses Leben auf jede Sekunde an. Andererseits wollte er sein Pulver nicht gleich verschießen.

»Sie lagern dort, unterhalb der Felsnase, etwa drei Kilometer entfernt. Wir müssen uns beeilen«, drängte Kakuta einmal mehr.

Fajon wandte sich Bijoiu zu. »Bring den Kopter hoch und mir hinterher.«

»Aber die Sicherheit ...«

»Die bisherigen Prämissen gelten nicht mehr. Mach schon!«

Sie deutete Kakuta mit einer Geste, die gleichermaßen Demut und Bitte ausdrückte, näher zu treten.

Er gehorchte. Fajon fuhr mit den Fingern über zwei Schaltknüppel, die am Ende der rechten Lehne angebracht waren. Ein Motor summte leise auf – und der vermeintliche Rollstuhl veränderte sich einmal mehr. Die Rollen pumpten sich auf, bis sie die Ausmaße von Ballonreifen angenommen hatten. Trittbretter klappten an der Rückseite des Gefährts herab. Fajon bat ihn, sich darauf zu stellen und sich mithilfe mehrerer Karabiner am Metallgestell festzuhalten.

»Sie dürfen unter keinen Umständen die Griffe loslassen, Lichtbringer.« Der Sitz der Ferronin plusterte sich auf, zur Seite hin schützten sie breite Airbags. Fajon zog nun ebenfalls Gurte um ihren hageren Körper.

»Was haben Sie vor?«

»Das wollte ich schon immer mal ausprobieren.« Sie grinste abenteuerlustig und zog ihre Finger durchs lockige rote Haar. »Es geht los!«

Mit einem weiteren Handgriff setzte sich der Rollstuhl in Bewegung, den Grat des Berges entlang, weg von den Begleitern der Ferronin, die sich kaum mehr um die Frau kümmerten. Sie hatten ein etwa schuhgroßes Gerät zwischen sich auf dem Boden platziert und schenkten ihm all ihre Aufmerksamkeit.

Kakutas Hände vibrierten. Fajon legte ein mörderisches Tempo vor. Mit Geschick und Wagemut umrundete sie Felsen, ließ ihr Gefährt steile Hänge hinab und wählte Wege, kaum breit genug, um den Rollstuhl aufzunehmen. Mehr als einmal geriet einer der Ballonreifen über den Rand eines Abgrunds und sie drohten in die Tiefe zu stürzen.

Er hielt den Atem an, bereit, jederzeit zu teleportieren und sie beide in Sicherheit zu bringen. Doch die Frau ließ sich nicht aus der Ruhe bringen. Sie blockierte die Reifen einseitig, beschleunigte und bremste im richtigen Moment, nutzte die natürlichen Gegebenheiten des Hanges aus, der ein Gefälle von mindestens zwanzig Grad aufwies.

Kakuta wurde durchgeschüttelt wie niemals zuvor in seinem Leben. Er konnte die Hände kaum noch auf den Griffen halten. Er biss sich auf die Zunge, der metallene Geschmack von Blut verteilte sich in seinem Mund. Seine Zähne klapperten laut aufeinander. Die Hals- und Nackenmuskulatur wurde auf ein unerträgliches Maß belastet.

Fajon indes blieb ruhig. Mit einer Selbstkontrolle und einer Körperbeherrschung, die Kakuta niemals für möglich gehalten hätte, lenkte sie den Rollstuhl in die Tiefe, in weitem Bogen vorbei an der Lagerstätte seiner Begleiter, um dann mit einem gewagten Schwung, den sie mithilfe blockierender Reifen einleitete, zu wenden, bloß wenige Meter von einer der vielen tiefen Klüfte entfernt, um dann punktgenau auf die überhängende Felsnase zuzusteuern, die er ihr gezeigt hatte.

Fajon *lachte!*

Sie war ein Adrenalin-Junkie. Jemand, der permanent seine körperlichen Leistungsgrenzen auslotete und dabei alle Vorsicht außer Acht ließ.

Oder?

Sie hielt den Rollstuhl ruckartig an. Die Karabiner schnappten zurück, Kakuta war frei. Er stolperte zurück. Ihm war schwindlig, er konnte kaum noch etwas rings um sich wahrnehmen.

»Schwierigkeitsgrad *Curr,* womöglich *Bashid«,* sagte Fajon und schüttelte ihr Haar aus. »Nicht für jedermann geeignet.«

»Das war ... das war ...«

»... toll, nicht wahr?« Erschrocken sperrte Fajon ihr Lächeln weg und zeigte wieder jenen Blick, der Hochachtung und Respekt ausdrücken sollte. In ihrem Rausch hatte sie völlig vergessen, dass sie einen vorgeblichen Lichtbringer transportiert hatte.

Kakuta wandte sich ab. Er entdeckte Darja. Sie hielt sich hinter Geröll verborgen und kam nun, da sie ihn erkannte, auf ihn zugelaufen, ohne sich weiter um die Anwesenheit der Ferronin zu kümmern. Die Lage war also ernst, ernster als zuvor.

»Wie geht's Conrad?«, fragte Kakuta, um ein möglichst ruhiges

Auftreten bemüht. Er hatte sich als Anführer der kleinen Gruppe produziert, und diese Rolle würde er beibehalten müssen, komme, was wolle.

»Beschissen. Er wird immer schwächer.« Darja Morosowa deutete respektlos in Fajons Richtung. »Kann sie uns helfen? Wo hast du sie überhaupt gefunden? Und wie, um Himmels willen, seid ihr den Berg herabgerodelt gekommen? So etwas habe ich noch nie gesehen ...«

»Und ich habe so etwas noch nie erlebt. Dazu später.« Er schaltete den Translator ab. »Wir müssen sie und die anderen Ferronen an Conrad ranlassen. Andernfalls ...«

»Befinden sich noch mehr von ihnen in der Nähe?« Darja Morosowa schlug sich an die Stirn. »Natürlich, es muss so sein! Andernfalls wäre die Frau hier niemals zurechtgekommen.«

»Täusch dich bloß nicht. Und ja – am Gipfelgrat warten Fajons Begleiter auf ihren Kopter. Wenn die Übersetzung richtig ist, handelt sich's wohl um ein senkrecht startendes fliegendes Gefährt.«

Fajon sagte etwas. Kakuta wandte sich ihr zu, aktivierte den Translator und bat sie, ihre Worte zu wiederholen.

»Wo ist der Verwundete?«, fragte die Frau. Sie hatte Luft aus den Reifen ihres Rollstuhls gelassen und den Sitzwinkel verstellt. Leise knirschend kam das Gefährt auf Kakuta zu.

»Ich bringe Sie zu ihm«, sagte Morosowa. »Aber ich wüsste nicht, wie Sie ihm helfen könnten.«

Fajon blinzelte mehrmals. Neuerlich schien sie zwischen Unterwürfigkeit und Ärger über Morosowas Zweifel zu schwanken. »Ich bin bestens ausgebildet, um in der Wildnis allein zu überleben und mit medizinischen Notfällen zurechtzukommen. Ich bin darauf vorbereitet, mir widrigstenfalls einen Arm zu amputieren. Andernfalls hätte ich niemals eine Klettergenehmigung für *Poaffaits Kerne* erhalten.«

Morosowa nickte Kakuta verstohlen zu. Sie hatte bereits jetzt Vertrauen zur Ferronin gefasst. Kakuta atmete erleichtert durch. Weibliche Intuition war der beste Gradmesser, der ihnen zur Verfügung stand.

»Conrad liegt dort hinten. Er hat viel Blut verloren ...« Die Russin ging voran, Fajon rollte hinterdrein, und Kakuta bildete das Schlusslicht des Trios.

Ihm war nach wie vor übel von diesem Höllenritt, den ihn die Ferronin hatte erleben lassen. Doch das war nachrangig. Nur das Überleben ihres Gefährten zählte.

Seltsame Geräusche ertönten, von eng stehenden Wandklüften

mehrfach gebrochen. Der Kopter kam herangerast. Die Ferronen arbeiteten schneller als erhofft.

Fajon legte den Hals Conrad Deringhouses frei, begutachtete die schwärende Wunde, die schwarz verfärbten Wundränder, die Blasen werfende Haut und den eitrigen Ausfluss.

Mit einem Mal hielt sie ein Messer in der Hand, und noch bevor Kakuta reagieren konnte, hatte sie einen langen, tiefen Schnitt getan. Gelbrote Flüssigkeit schwappte aus dem weit offen stehenden Fleisch. Kakuta meinte, das Weiß eines Knochens zu sehen. Er hoffte, dass er sich irrte.

»Es gibt Hoffnung«, sagte Fajon nach einer Weile. »Ich wundere mich über die fast hundertprozentigen anatomischen Übereinstimmungen zwischen uns und Ihnen. Ich kann den Mann stabilisieren – aber ich sehe keinerlei Möglichkeit, mit meinen Mitteln die fortschreitende Blutvergiftung und die Entstehung weiterer Entzündungsherde zu verhindern.« Sie stockte. »Ich tue mein Bestes.«

»Das wissen wir, Fajon.«

Deringhouse stierte mit leeren Augen in die Luft. Bekam er denn mit, was über ihn geredet wurde und was diese fremde Frau mit ihm anstellte? Fühlte er Schmerz, oder war er bereits über diesen Zustand hinaus?

Fajon leerte Wasser in die tiefe Wunde, spülte sie aus, schnitt abgestorbene Fleischfetzen weg, warf sie achtlos beiseite. Gestank breitete sich aus und wurde gnädigerweise von aufkommendem Wind rasch wieder verwirbelt.

»Er ist mein Freund«, stammelte Rod Nyssen, der den Kopf des sterbenden Fliegerkollegen auf seinem Schoß hielt.

»Ich bekomme das hin.« Fajon setzte ihre Arbeit fort. Sie arbeitete wie ein Feldscher an der Front. Einzig und allein das Überleben ihres Patienten war wichtig. Sie würde das Bein amputieren, ohne Wenn und Aber, ohne Deringhouses Freunde um Erlaubnis zu fragen. Sie redete weiter, wohl mehr für sich selbst, als für ihre Beobachter gedacht. »Wenn da nicht diese Entzündung wäre. Warum reagiert er bloß so empfindlich? Diese Wundrandnekrose ist bedenklich, aber sie ist nicht das eigentliche Problem. – Und der Blutverlust? Seine Haut ist viel zu hell im Vergleich zu den anderen Lichtbringern. Wann endlich bringt Bijoiu den Kopter runter ...«

Wie auf Befehl legte sich ein schwarzer Schatten über sie. Kakuta blickte in die Höhe. Knapp über der Felsnase stand das beeindruckende Gefährt der Ferronen in der Luft. An vier Auslegern befand sich jeweils ein Satz kleiner und großer Rotorblätter. Sie drehten gegenläufig und mit großer Geschwindigkeit. Im Zentrum der Ausleger saß die – transparente – Steuerkugel. Vier Ferronen hockten darin. Einer war mit der Lenkung des Kopters beschäftigt, die anderen kümmerten sich um eine Seilwinde, mit deren Hilfe sie langsam ein Tragegestell zu ihnen herabließen. Ein Ferrone, in dem Kakuta Bijoiu wiedererkannte, schwang sich auf das Seil und rutschte in die Tiefe. Aus einer Höhe von etwa drei Metern sprang er ab. Er rollte an ihnen vorbei und benötigte einige Sekunden, bevor er den Schwung seines Körpers abgefangen hatte. Unmittelbar vor einer Felsspalte kam er auf die Beine und lief zu ihnen zurück. Er atmete ruhig. Nichts deutete darauf hin, dass ihn dieser akrobatische Stunt Kraft gekostet hätte.

»Und?«, fragte er Fajon.

»Wir müssen in ein Gesundenhaus. Jetzt gleich.«

Die beiden Ferronen tauschten scheue Blicke aus. Ihre Unsicherheit war nun deutlich zu spüren. »Du weißt, dass das nicht geht.«

»Wir schaffen es! Meisterbrecher Hom-auts Gesundenhaus ist noch nicht von den Auseinandersetzungen bedroht.«

»*War* noch nicht bedroht, als wir uns auf den Weg hierher machten!«, widersprach Bijoiu und winkte dann mit allen Zeichen von Resignation ab. »Was soll's: Wenn du dir etwas in den Kopf gesetzt hast, bist du ohnedies nicht davon abzubringen.«

»Nicht wahr?« Fajon entblößte ihre weißen Zähne, die im seltsamen Kontrast zu den vollen lindblauen Lippen standen. Sie hob sich kraft ihrer Arme aus dem Stuhl, beugte sich vor und küsste den Mann auf die Wange.

Wind fegte um ihr Lager. Er brachte Schneegraupel mit sich.

»Sehen wir zu, dass wir von hier wegkommen«, sagte Fajon. »Transportiert den Verwundeten nach oben, macht schon!«

Kapitel 6

Erde
Homer G. Adams

Die Flunder bot kaum ausreichend Platz. Im Gegensatz zu anderen seiner Bauart war dieses Gefährt überdacht. Sheperk ließ Glieder sowie Körper in metallene Fassungen gleiten und lag somit wie in einer für seine Größe angefertigten Dose, in der er, wie es aussah, mittels geringster Bewegungen das Schiff lenkte.

Adams musste sich in ein Etwas zwängen, das womöglich eine Ladeluke darstellte. Es war mit den unmöglichsten Dingen angefüllt. Er sah eine Marienstatue, deren hölzerner Heiligenschein mit Weihnachtsschmuck behangen war. Ein Gebildekubus, der womöglich dem Neo-Agitprop-Künstler Varayn zuzuordnen war, war mit Messingschuhlöffeln verziert, die man das letzte Mal in den Sechzigern des vorangegangenen Jahrhunderts benutzt hatte. Auf einer Navajodecke aus Massenfertigung lagen gedörrte Birnen ausgebreitet. Ein 3-D-Kopierer spuckte beständig winzige Spielzeugrohlinge aus, und aus einem Schuhkarton drang bedrohliches Brummen, wie von einem Schwarm Hornissen.

Adams zog die Beine an und quetschte sich in die Luke, den Kopf in Richtung Sherperk gedreht. Er achtete tunlichst darauf, nichts zu berühren. Wer wusste schon, wie der Fantan reagieren würde?

»Wo ist unser erstes Ziel?«, fragte der Fremde.

»Fliegen wir zum Berg der Berge.« Adams zog eine Landkarte aus seiner Brusttasche und schob sie vor, sodass sie auf Sheperks Brust zu liegen kam. Der Achttausender war markiert. Er war guter Hoffnung, dass der Fantan die Karte deuten und für seine Zwecke nutzen konnte.

»Ein Gebirgsstock«, sagte Sheperk, »wie langweilig.«

»Dieser da ist besonders. Warten Sie ab, bis Sie ihn gesehen haben.«

Die Flunder schüttelte sich ein wenig, ein Brummen erklang. Lichter flammten auf. Sie packten den Fantan ein und beleuchteten ihn rot, grün, gelb und blau. Irritiert sah Adams weg. Ihm war übel, seine Ohren schmerzten mit einem Mal. Der metallene Boden fühlte sich kalt an.

»Darf ich sehen, wohin wir fliegen?«, fragte er.

»Wozu? Lediglich das Ziel ist relevant.«

»Wir Menschen empfinden das anders. Auch der Weg ist für uns ein kleines Besun.«

»Interessant.«

Eine Klappe in der Wand vor Adams öffnete sich, eine dünne Folie fiel heraus. Sie hing an zwei Fäden und baumelte unruhig hin und her. Nach nur wenigen Sekunden zeigten sich auf der Folie Bilder. Solche, die er kaum einordnen konnte. Sie waren verwischt.

Landschaften huschten an ihm vorbei, so rasch, dass Adams keine Gelegenheit fand, sich zu orientieren. Da war womöglich die Ödnis der Wüste, zerklüftete Felshaufen, ein dunkelblauer See, agrarisch genutzte Flächen. Eine Stadt. Noch eine, dann feuchte Vegetation. Flüsse, Dampfwolken darüber. Hügel, Berge, Gebirge. Schnee und Eis.

Adams schloss die Augen. Sie tränten. Er ertrug es nicht länger. Waren die Sehnerven der Fantan denn auf derartig rasch aufeinanderfolgende Wahrnehmungen getrimmt, oder erlaubte sich Sheperk einen bösen Scherz mit ihm?

»Wir befinden uns im Karakorummassiv«, sagte der Fremde zu ihm.

»Sehr gut.« Adams rieb sich die Augen. »Bleiben Sie im Süden. Nähern Sie sich dem südöstlichen Gipfelgrat. Bleiben Sie auf einer Höhe von etwa siebentausend Metern.«

Die Bilder waren nun klarer und deutlicher wahrnehmbar. Sie zeigten den imposanten, zerklüfteten K2, den Giganten, der als der am schwersten zu besteigende Berg der Welt galt. Gletscher, die gewaltig wirkten und dennoch nur noch einen Bruchteil ihrer ursprünglichen Größe besaßen. Die Klimaveränderungen auf der Erde hatten schreckliche Folgen, die sich hier, im Hochgebirge, besonders deutlich zeigten.

Adams machte Sheperk auf einen der vielen Kämme des steil hochragenden Berges aufmerksam.

»Zeigen Sie mir die Flugroute. Ziehen Sie sie auf dem Schirm vor Ihnen nach«, sagte der Fantan. »Der Kurs wird in meine Datenbänke übertragen. Ich kann ihm dann folgen.«

Adams tat, wie ihm geheißen. Mit dem Nagel eines Fingers kratzte er über das dünne Material, um an den Endpunkt ihrer ersten

Etappe einen Kreis zu ziehen. »Dort«, sagte er, »dort finden Sie Ihr Besun. In wenigen Minuten.«

Zeit verging. Sheperk reiste nun mit deutlich verminderter Geschwindigkeit. War er nun doch von den gewaltigen Massiven, dem Eis, den Dimensionen und der Einsamkeit dieser Landschaft beeindruckt?

Sie erreichten ihr Ziel. In einer Höhe von etwa siebentausend Metern schwebten sie nahe des K2, dem Berg der Berge, an dessen Flanken so viele Menschen ihr Leben gelassen hatten wie nirgendwo sonst, mit Ausnahme des Mount Everest.

Der K2 galt heute umso mehr als der schwierigste aller Achttausender, da das vorgeblich ewige Eis kahlen Flanken aus brüchigem Stein gewichen war. Der Filippi- und der Godwin-Austen-Gletscher fanden längst nicht mehr zusammen, der Konkordiaplatz, einstmals Sammelpunkt für all jene, die den Berg von der chinesischen Seite her erobern wollten, war von grauem Gestein begrenzt.

Doch hier oben, im Siebentausenderbereich, in dem der Mensch sich nur sehr kurz aufhalten konnte, wollte er keine körperlichen und geistigen Schäden davontragen, wirkte alles noch so, wie es schon immer gewesen war.

Mit Ausnahme des *Felds der Narren,* das sich auf einer Höhe von etwa sechstausendsechshundert Metern befand.

Hier waren ab dem Jahr 2024 Dutzende Leichen aus dem Schnee getaut. Menschen, denen ihr Wagemut zum Verhängnis geworden war und die, über einen Zeitraum von sieben Jahrzehnten hinweg, nach ihrem Absturz in die Tiefe, in diese kleine Mulde gerutscht waren, die seitdem einen makabren Namen trug.

Bilder waren um die Welt gegangen, damals, als Hände und Köpfe und Beine der vom Eis abgeschmirgelten Leichen aufgetaucht waren. Viele von ihnen hatten, Zufall oder nicht, bergwärts gedeutet. Als wollten sie ihre Nachfolger vor dem Weitergehen warnen.

Unter denkbar schwierigen Bedingungen hatte man die Leichen geborgen und sie den Anverwandten überlassen. Um dann, nach endlosem diplomatischen Gerangel, Mahnmäler zu errichten. Siebenundsechzig Arme aus Granit, jeweils tonnenschwer, die in Richtung Gipfel zeigten. Das Feld der Narren.

»Erwarten Sie, dass wir aussteigen?«, riss Sheperk Adams aus seinen Gedanken. Die Flunder schwebte in geringer Höhe über den Armen.

»Nein. Aber Sie sollten Ihr Schiff ein wenig backbord drehen und knapp hinter den letzten Arm steuern.«

»Und dann?«

»Wir warten.« Adams blickte auf die Uhr. »Es dauert bloß noch wenige Minuten.«

Horatiom, ein aserbaidschanischer Künstler mit internationalem Renommee, hatte sein Leben für die Fertigstellung dieses Kunstwerks riskiert. Und seinen Ruf dadurch so sehr gemehrt, dass ihm Sammler seine gewichtigen Plastiken seitdem aus den Händen rissen.

Die Sonne sank herab. Sie erreichte jene halbmondförmige Senke am Abruzzensporn, die das Feld der Narren für bloß wenige Minuten in volles Sonnenlicht badete.

»Sehen Sie hin!«, sagte Adams zum Fantan.

Die obere Kuppel der Flunder wurde scheintransparent. Gewiss waren es Bilder, die von Kameras auf die Innenseite der glatten Oberfläche gespiegelt wurden. Doch die Illusion war atemberaubend.

Jetzt! Die Sonne schien; wie es die Wetterfrösche in Terrania vorhergesagt hatten. Sie stand am richtigen Platz. Weiter unten, im Camp drei, auf 5750 Meter, würden nun alle Anwesenden ebenfalls hochblicken, um diesen Augenblick für immer in ihrem Gedächtnis zu bewahren. Manche von ihnen würden umdrehen, andere würden in ihrem Willen, den Gipfel des K2 zu erreichen, nur noch bestärkt werden.

Die Schatten der in das Eis getriebenen Arme verbanden sich zu einem Bild. Siebenundsechzig steinerne Zeugen menschlicher Neugierde, menschlicher Dummheit und menschlichen Forscherdrangs verbanden sich in ihren Schatten zu einer riesigen Hand, dessen Zeigefinger in Richtung Himmel wies. Hin zu den Sternen, in ein scheinbares Nichts, dem man hier so nahe war wie kaum an einem anderen Flecken dieser Erde.

Die Minuten vergingen. Draußen pfiff ewiger Wind um die Felsen und die Mahnmäler. Die Schatten verschoben sich, wanderten weiter, um sich dann aufzulösen, als die Sonne hinter einem der vielen Höcker des Abruzzensporns verschwand.

»Das ist Besun«, sagte Sheperk, und trotz der metallenen Stimme des Translators meinte Adams, die Ehrfurcht des Fantan-Wesens zu erkennen.

»Ja, das ist es. Eines der schönsten, das ich kenne – und eines der flüchtigsten. Es ist den Menschen nur an zwanzig bis dreißig Tagen im Jahr gegönnt, es zu sehen. Und auch nur die wagemutigsten von ihnen bekommen es jemals persönlich zu Gesicht.«

Sheperk schwieg eine Weile. Dann sagte er: »Es ist gut, dass Sie mich hierher gebracht haben. Es ist nur zu schade, dass ich dieses Besun nicht mit mir nehmen kann.«

»Ganz im Gegenteil: Es ist gut, dass Sie es uns nicht wegnehmen können.«

»Das verstehe ich nicht.«

Adams antwortete nicht und sagte stattdessen: »Ich würde Sie jetzt gern an andere Orte führen.«

»Tun Sie es!«

»Sind wir nun Partner, oder nicht? – Sie schulden mir als Gegenleistung Informationen über Sie selbst, Ihr Volk, die Technik, die Sie anwenden ...«

»Ich bin nicht befugt und auch nicht bereit, über meine Heimat zu sprechen.«

»Sie haben mir also falsche Hoffnungen gemacht? Sie wollten mich betrügen?«

»Ich war von Ihnen nicht überzeugt, Adams. Ich wollte zuerst eine Probe Ihrer Besun haben. Nun können wir uns über den Preis unterhalten, der Ihnen zusteht.«

Homer G. Adams tat so, als müsste er überlegen. »Erzählen Sie mir mehr über dieses Beiboot. Sagen Sie mir, wie es funktioniert, erklären Sie mir die Prinzipien des Antriebs.«

Sheperk wirkte belustigt. »Was würde es Ihnen nutzen? Sie würden es niemals verstehen, geschweige denn, sich all die Details merken, die ich Ihnen mitzuteilen hätte.«

»Dann ist es für Sie ein gutes Geschäft, nicht wahr?«

Der Fantan schwieg für eine Weile. »Sie besitzen keinerlei Aufzeichnungsgeräte. Was ich Ihnen erzählte, würde verloren gehen. Weil Sie mich niemals verstehen könnten.«

»Vielleicht würde ich mir die Prinzipien merken.«

Sheperk kam aus seiner Umhüllung gekrochen, aus zwei seiner Körperöffnungen rann gelblicher Schleim. – War dies seine Art, Belustigung zu zeigen?

»Ach, Sie armer, törichter Mensch«, sagte er. »Aber bitte: Wenn Sie möchten, gebe ich Ihnen die Informationen, die Sie haben wollen. Ich lasse sie vom Bordrechner bildlich aufbereiten, und Sie dürfen sie sich für einige Minuten ansehen.«

»Ich bin einverstanden.«

Sheperk wischte den Schleim mit beiläufigen Bewegungen von seinem Tonnenkörper und kroch dann zurück in seine Halterungen. »Schade, dass Sie verrückt sind. Ich beginne eben, Sie zu mögen.«

Die Flunder beschleunigte und schoss über den Abruzzensporn

hinweg, der untergehenden Sonne hinterher. Das Feld der Narren blieb zurück. Dieses wundersame Frühwerk eines Genies, das er, Homer G. Adams, einstmals finanziert hatte.

Sie besuchten die ewige Stadt Jerusalem und betrachteten aus einem Versteck betende Juden, die ihre Stirn gegen das Jahrtausende alte Gestein der Klagemauer lehnten, in völliger Kontemplation versunken.

Der nächste Halt der Flunder war Wien. Die Wiener Staatsoper. Dank Adams Beziehungen und seiner finanziellen Mittel drangen sie durch einen wenig bekannten unterirdischen Gang, den einstmals Kaiser in ihren Kutschen befahren hatten, ins Innere des Gebäudes vor. Von einem völlig verängstigten Platzanweiser, dessen Nervosität selbst durch ein Trinkgeld in der Höhe eines Jahresgehalts nicht schwinden wollte, wurden sie diskret in eine abgedunkelte Loge geführt.

Mozart. Die Zauberflöte. Ein Werk, das nur selten in diesem großen Haus gespielt wurde, und noch seltener von der ersten Garde der Wiener Philharmoniker. Adams hatte im Vorfeld alle Hebel in Bewegung gesetzt, um die Primgeiger in den Orchestergraben zu bekommen.

Adams schloss die Augen und hörte zu. Er kümmerte sich nicht weiter um Sheperk. Wenn der Fantan nicht hörte, was *er* hörte, dann war ohnedies alle Liebesmüh vergeblich.

Der zweistündige Hörgenuss brachte dennoch ein überraschendes Ergebnis. Denn als sie, lange nach Ende der Vorstellung, zurück in den Tunnel gebracht wurden, sagte Sheperk: »Die Musik war schön. Vielleicht ein wenig simpel klingend, aber schön.«

»Aber Sie haben kein Besun gefunden?«, fragte Adams enttäuscht.

»Doch. Als die Menschen aufsprangen, zu klatschen begannen und ihrer Begeisterung Ausdruck gaben. Das war ... war ... unglaublich. So ehrlich und so spontan.«

Ein Berg der Sinaihalbinsel. Eine Wüstenei, die in ihrer Eintönigkeit großartig wirkte und Ruinen barg, in denen Geschichte geschrieben worden war.

Ein Eishockeymatch der International Hockey League in Bern, vor zwanzigtausend begeisterten Fans, die ihre Mannschaft zum Sieg gegen die Vancouver Canucks trieben.

Bungee-Jumping von der Kawarau Bridge nahe Queenstown in Neuseeland. Dort, wo dieser ganz besondere Wahnsinn für Adrenalin-Junkies vor vielen Jahrzehnten seinen Ausgangspunkt genommen und sich als Sport über die ganze Welt verbreitet hatte. Heutzutage wurden Wettbewerbe in sechs Disziplinen abgehalten, angefangen vom Freestyle über Figurenspringen bis hin zum Water-Dunking. 2040 würden einzelne Bewerber ins Programm der Olympischen Spiele in der boomenden asiatischen Metropole Hanoi übernommen werden.

Eine Besichtigung des Shell Resorts vor der Küste Dubais, der ersten Unterwasserstadt, die unmittelbar neben dem Palm Resort im Meeresboden verankert worden war. Gläserne Spitzen ragten aus dem Wasser hervor und funkelten hell. Manche von ihnen verbanden sich zu bizarren Formen; andere wirkten wie solitäre Kunstwerke. Röhren, die am Ufer begannen, erlaubten den Bewohnern der Stadt, ihre Autos bis hin zu ihren Luxusappartements zu fahren.

»Hier drin steckt wenig Besun«, urteilte Sheperk.

»Shell Resort steht als Sinnbild für architektonischen Wagemut, aber auch für übermäßigen Reichtum, der sich nicht um die Probleme der restlichen Welt schert. Auch dies ist Ausdruck menschlichen Verhaltens. Einerlei, ob man es nun für gut oder schlecht hält.«

Ein Elendsviertel am Rand des Riesenmolochs Mexico City. Eine Smogkuppel hing über der Stadt, wie so oft. Sie flogen die Station von Schwester Necessita an, die mehreren Hundert Jugendlichen Unterkunft für die Nacht gab – und Tausenden anderen die Tür weisen musste. Weil der Platz und die Mittel nicht reichten.

Schwester Necessita ging, nachdem sie das Tor ihrer Mission geschlossen hatte, in die kleine Kapelle nebenan, wie jeden Abend, und weinte, wie jeden Abend. Und dann setzte sie wieder ihre freundlichste Miene auf, um denjenigen, denen sie heute helfen konnte, gegenüberzutreten.

»Viel Besun«, sagte Sheperk.

»Sehr viel Besun.« Die Dunkelheit verbarg das kleine Raumschiff, von dem aus sie mithilfe fliegender Spionkameras die Wege der Schwester verfolgt hatten.

»Können Sie mir einen Gefallen tun?«, fragte Adams den Fantan.

»Nein«, antwortete Sheperk. »Wir machen Geschäfte. Wenn Sie etwas von mir wollen, dann nur für weitere Gegenleistungen.«

»Es wäre bloß ein Zeichen Ihres guten Willens ...«

»Abgelehnt. Ein Handel ist ein Handel. – Was möchten Sie?«

»Bloß eine Kleinigkeit.« Homer aktivierte seinen Pod, stellte eine Zahlungsanweisung an Schwester Necessitas Stiftung aus und druckte sie. Das Papier schob er dem Fantan zu, so, dass es auf seinem Körper liegen blieb. »Bitte sorgen Sie dafür, dass dies durch einen Ihrer kleinen mechanischen Helfer in das Zimmer der Schwester gebracht wird.«

Der Fantan schlüpfte ein weiteres Mal aus der ihn umgebenden Fassung und betrachtete das Papier. »Was bedeutet das?«

»Ich mache ihr ein Geschenk.«

»Sie geben Ihr Geld?«

»Ein wenig.« Fünfzigtausend Dollar waren angesichts der Reichtümer, die er angehäuft hatte, tatsächlich ein Klacks.

Noch rechne ich in Dollar. Bald werden es Solar sein ...

»Sie bewirken damit so gut wie gar nichts. Auf Ihrer Welt hapert es an ganz anderen Dingen.«

»Dessen bin ich mir bewusst.«

»Und dennoch tun Sie es.«

»Ja.«

»Ihre Geisteskrankheit ist weit mehr fortgeschritten, als ich befürchtet hatte. Aber natürlich erfülle ich Ihren Wunsch. Geschäft ist Geschäft.«

Eine metallene Greifhand erschien wie aus dem Nichts. Sie packte die Zahlungsanweisung und schob sie in eine gläserne Phiole, um sie gleich darauf ins Innere eines kugelförmigen Körpers nahe Sheperks Körperwanne zu schieben. Dieser verschmolz gleich darauf mit dem Boden. Er sank ein, wie in Treibsand, und verschwand.

Kurze Zeit später sah Adams die Kugel aus der Flunder fallen und gemächlich durch den Innenhof der viel zu kleinen Station gleiten. Hin zu einer schmalen, abgetretenen Stiege, an dessen Ende eine hölzerne Tür zu warten schien. Sie war angelehnt. Die Kugel glitt ins Innere, lud ihre Ladung auf einem wackeligen Tisch ab und machte sich gleich wieder davon, nicht, ohne zuvor eine Art Spur zu legen. Einen Wegweiser aus phosphoreszierendem Licht, wie ihn Adams niemals zuvor gesehen hatte. Er würde die Schwester unweigerlich zur Phiole mit der Zahlungsanweisung führen.

»So schafft man Wunder«, murmelte Adams.

»Was meinen Sie damit?«

»Nichts. Ich habe bloß laut nachgedacht.«

»Das ist ein schlechtes Besun.«

»Ich weiß.« Adams überlegte. »Wir sollten uns wieder auf den Weg machen.«

»Das wäre auch in meinem Sinne.«

Er wies den Fantan an, Machu Picchu zu besuchen, und dann einer Art-Brut-Künstlerkommune in der Wüste Nevadas bei der Arbeit zuzusehen.

Trotz aller Vorbehalte, die er persönlich hatte, entschloss er sich, Sheperk in eine holländische Sterbeklinik zu bringen. Es war ein Tabubruch sondergleichen, den er beging, als er den Fantan eine weitere Spionkamera in den Raum eines Patienten gleiten ließ.

Die Frau, von ihrer Krebserkrankung gezeichnet, diktierte eben ihre letzten Worte auf ihren Pod. Sie wirkte gelöst und entspannt, trotz des nahenden Todes. Die Schmerzen, die sie empfinden musste, schienen weit, weit weg von ihr zu sein. Sie sehnte das Ende ihres Lebens herbei, sie war mit sich selbst im Reinen.

Nachdem sie zu Ende gesprochen hatte, lehnte sie sich entspannt zurück. Betrachtete einige antiquierte Fotografien auf ihrem Nachtkästchen. Berührte sie zärtlich, eines nach dem anderen. Sie flüsterte: »Schön.« Und: »Vorbei.«

Dann drückte sie einen Schalter tief in seine Fassung und verdrehte ihn gegen den Uhrzeigersinn. Wenige Sekunden darauf begannen die selbst injizierten Medikamente zu wirken.

Stille. Ein letztes, kurzes Aufbäumen, ein Zittern ihrer Glieder.

Und es war vorbei.

Der Fantan schwieg lange. »Im Tod steckt immer sehr viel Besun; doch es ist nicht außergewöhnlich. Und doch hatte das Ende dieser Menschenfrau etwas Besonderes. Ich kann es leider nicht richtig fassen. Es hat etwas mit diesen Bildern zu tun.«

»Sie dachte nicht an sich selbst, sondern an ihre Freunde oder Anverwandten.« Adams wischte sich Tränen aus den Augenwinkeln.

»Mag sein.«

Sie flogen weiter, stets auf der Suche nach weiteren Augenblicken. Nach Bildern und Erlebnissen und künstlerischen Darbietungen, die aus Grenzbereichen menschlicher Erfahrungswerte stammten. Sheperk kannte keine Ruhe. Er war unersättlich in seinem Hunger nach Besun. Adams blieb kaum die Gelegenheit, zwischen den einzelnen Etappen einige Minuten Schlaf zu finden, und erst, als er den Fantan darauf aufmerksam machte, dass er am Ende seiner Kräfte angelangt war, gewährte ihm Sheperk sechs Stunden Ruhe.

Adams träumte. Von all den vielen Dingen, die Sheperk ihm gezeigt hatte. Bilder, Darstellungen, Datenreihen, mathematische Formeln, Hinweise darauf, wo Einstein sich geirrt hatte.

Er hatte die Informationen in sich aufgenommen und sie abgespeichert, ohne darüber zu reflektieren. Er verstand ohnedies nur ein Tausendstel all dessen. Doch das spielte keine Rolle. Wichtig war einzig und allein, dass er bei klarem Verstand blieb und sich all diese Dinge merkte.

Der 2. August 2036 brach an. Sie verbrachten die Vormittagsstunden auf einem einsamen Inselatoll im Pazifik. Um nach einem Abstecher zu einer Comic-Convention in New York und einer Besichtigung der Katakomben von Paris neuerlich auf Adams Wunsch hin innezuhalten. Sie schwebten eben über der Eremitage des Charles de Foucaul auf dem Assekrem-Plateau im Hoggargebirge.

»Was halten Sie vom bisherigen Geschäftsverlauf?«, fragte er Sheperk.

»Ich bin zufrieden. Sind Sie es auch?«

»Ja. Aber wir könnten es auf eine neue Ebene heben.«

»Ich verstehe nicht.«

»Was ich Ihnen bislang gezeigt habe, ist das Besun *an sich.* Es ist wertvoll, nicht wahr? Aber ich kann Ihnen etwas geben, was noch viel größer und bedeutend wichtiger ist.«

»Unmöglich!«

»Ach ja?« Adams lächelte, auch wenn er wusste, dass der Fantan die Veränderung seiner Physiognomie nicht deuten konnte. »Was halten Sie dann davon: Ich kann den Augenblick in mir festhalten. Für alle Zeiten. Bis ans Ende meines Lebens. Es ist in mir drin, und ich könnte es Ihnen jederzeit bis ins winzigste Detail beschreiben. Auch, was ich dabei empfunden habe.«

»Das wäre bewundernswert. Aber was habe *ich* davon?«

Homer hielt inne. Wieder einmal drängte eine Erinnerung an Stemp hoch, wie so oft während der letzten Tage. Der Schauspieler, müde geworden – und von einer Weisheit, die die Gnade hohen Alters war.

Und er war völlig nüchtern gewesen, als ihm Adams sein Leid über Liebesangelegenheiten geklagt hatte, aus einem Impuls heraus, den er nachträglich nicht mehr verstanden hatte.

»Ich hatte zeit meines Lebens Probleme mit diversen Lebensgefährtinnen.« Stemp hatte so getan, als wunderte er sich. »Allesamt wollten sie nicht verstehen, dass meine Liebe in erster Linie dem Theater galt – und dass ich Abwechslung benötigte. Impulse von außen. Zufuhr von frischen Ideen.«

»Mit einem Wort: Mätressen«, hatte Adams gewagt einzuwerfen.

»Wie ich bereits sagte: Ideengeberinnen. – Und glauben Sie, dass jemals eine Frau Verständnis für mein *Savoir-vivre* aufbringen wollte? – Nein, nein, weit gefehlt! Sie machten mir grässliche Szenen.«

Mit spitzem Zeigefinger hatte Stemp auf Adams gedeutet. »Ich habe irgendwann meine Lehren aus den Erfahrungen unzähliger privater Schlammschlachten gezogen. – Und wissen Sie was, lieber Gershwin? – Die Quintessenz war, dass, wenn in einem Streit alles Kopf auf Kopf steht, wenn alle Argumente vorgebracht sind, wenn Sie und Ihr Gegenüber völlig erschöpft zu Boden sinken und Sie im Angesicht dieser Frau, die Sie ja lieben, sich gegenseitig versprechen, nun die völlige und alleingültige Wahrheit zu sagen, um alle Probleme für jetzt und immerdar aus der Welt zu schlagen – dann gibt's nur eines.« Stemp hatte völlig ernst geklungen, und Adams war sich sicher gewesen, dass er meinte, was er sagte, als er die letzten Worte ihrer Unterhaltung aussprach: »In dieser Situation müssen Sie lügen, lügen, lügen.«

Adams kehrte in die Gegenwart zurück. Er sagte zu Sheperk: »Ich kann Sie lehren, den Augenblick festzuhalten. Das Besun festzuhalten.«

Kapitel 7

Ferrol
Perry Rhodan

Sie gingen den Dorfbewohnern entgegen und trafen sie auf halbem Weg, in unmittelbarer Nähe eines Brunnens, etwa hundert Meter von den vordersten Häusern der kleinen Siedlung entfernt. Die Ferronen wurden von einem älteren Mann angeführt, der seine Waffe so fest umklammerte, dass die Knöchel hellblau hervortraten. Es würde schwer werden, den düster dreinblickenden Mann von ihren guten Absichten zu überzeugen.

»Sie haben hier nichts zu suchen«, wandte sich der Anführer an Chaktor, ohne Rhodan eines Blickes zu würdigen. »Schaffen Sie diese Fremden von hier weg. Andernfalls werden Sie es bereuen.«

»Ich bin Perry Rhodan«, sagte er und trat auf sein Gegenüber zu. »Mein Raumschiff musste notlanden und ...«

Klack. Klack. Klack. Die Läufe mehrerer Gewehre richteten sich auf ihn. Zwei Halbwüchsige, die sich in den Vordergrund drängten, fingerten nervös an den Abzügen.

»Sagen Sie diesem Geschöpf, dass es nur ein Fingerzucken von seinem Tod entfernt ist.«

»Und Sie sagen Ihren Leuten, dass sie ihre Waffen weglegen sollen. Andernfalls ...«

Der alte Ferrone grinste. Erstmals sah er Perry Rhodan an. »Ich frage mich, wer Sie sind. Verbündeter der Topsider? Jener Wesen, die sich alle Mühe geben, unser Land und unsere Arbeit zu zerstören?«

»Wir sind Verbündete des Thort.«

»Seltsam, dass wir nichts von etwaigen Verbündeten gehört haben.«

»Glauben Sie denn, dass der Rote Palast jeden Dorftrottel über seine politischen Vorhaben informiert? In Zeiten wie diesen, da Ferrol nur einen Wimpernschlag vom Untergang entfernt ist? – Gewiss nicht!« Er tat eine herrische Handbewegung und sagte mit lauter, autoritärer Stimme: »Legen Sie Ihre Waffen beiseite, und hören Sie mir gefälligst zu!«

Chaktor sog laut Luft ein, Menet stieß eine Art Lachen aus. Begann der Sumpfferrone, ihn zu schätzen? Fasste er Rhodans Worte als Mut auf, hörte er nicht die Verzweiflung, die dahintersteckte?

Die beiden Halbwüchsigen zogen sich zurück, als wären sie an einen derartigen Befehlston gewohnt. Zwei weitere Bewaffnete senkten ebenfalls die Waffenläufe. Alle anderen Ferronen starrten unsicher auf ihren Anführer, der völlig konsterniert wirkte.

»Wir müssen so rasch wie möglich zum Thort«, redete Rhodan forsch weiter. »Wir haben wichtige Informationen für ihn. Wissen, das die Invasion der Topsider beenden könnte. Und Sie werden uns bei unserem Vorhaben helfen. Verstanden?«

Der Anführer gab sich möglichst unbeeindruckt. Doch Rhodan sah, dass diese Unterhaltung weit über seinen geistigen Horizont hinausging. Er nickte mit dem Kopf in Richtung der Stadt. »Das da geht uns nichts an. Die Zerstörungen sind Strafe für all die Sünden, die die Bewohner Thortas begangen haben. Soll es doch sterben, dieses unnütze Pack ...«

»Und Sie werden die Topsider in Ruhe lassen, nicht wahr? Weil Sie so brave, tüchtige Leute sind, werden sie Sie weiterhin die Äcker bestellen lassen.«

»Sie werden die Städte und die Vororte erobern. Aber sie werden nicht so dumm sein, das Agrarland zu zerstören und uns zu töten.«

Perry Rhodan war mit einer Argumentation konfrontiert, die er von der Erde her nur zu gut kannte. Borniertheit war kein Privileg der Menschen. *Wenn es nach einigen geistigen Hinterwäldlern geht, dann findet die Erderwärmung gar nicht statt. Es gibt auch keine fortschreitende Zerstörung der Ozonschicht, klimatische Veränderungen werden mit dem Hinweis auf Gottes Wille abgetan.*

»Sie verschwinden von unserem Land«, fuhr der Dörfler fort, der allmählich wieder Mut fasste. »Suchen Sie sich andere Deppen, die Sie in diesen Sündenpfuhl namens Thorta schaffen.«

Wuriu Sengu trat an Rhodans Seite und flüsterte ihm einige Worte ins Ohr. Rhodan hörte aufmerksam zu – und konnte ein Lachen kaum unterdrücken. Nun – wenn niemand die Nerven verlor, hatten sie so gut wie gewonnen. Er informierte Tschubai und Sengu über seinen Plan und deutete ihnen dann, hinter ihn zurückzutreten.

»Ich glaube, dass die Sünde längst an diesem beschaulichen Ort Einzug gefunden hat«, sagte Rhodan dann. »Und wenn ich Ihrer etwas eigenwilligen Argumentation folge, bedeutet das, dass sich die Topsider sehr wohl um Ihr Dorf kümmern werden.«

»Was reden Sie da?«

»Meine Freunde hier besitzen besondere Begabungen.« Er deutete hinter sich, auf die beiden Mutanten. »Sie wären bereit, sie zu Ihrem Vorteil einzusetzen. Doch mir scheint, Sie haben unsere Hilfe gar nicht verdient. Vor allem Sie nicht, guter Freund.«

»Jetzt reicht's mir! Ich werde ...«

Ein Schatten tauchte neben dem Alten auf und verschwand gleich wieder. Er nahm den Anführer der ferronischen Bauern mit sich. Dort, wo er eben noch gestanden war, zeigten sich bloß noch Fußabtritte im Erdreich. Tschubai hatte seine Aufgabe ausgezeichnet erledigt.

»Bevor Sie auf dumme Gedanken kommen«, sagte Perry zu den erschrockenen Dorfbewohnern, »hören Sie bitte an, was ich zu sagen habe.«

Menet saß unmittelbar vor ihm im Boot. Rhodan lächelte in sich hinein. Sicherlich biss sich der Sumpfferrone vor Neugierde auf die Zunge.

»Was halten Sie von unserem Boot?«, fragte er ihn.

»Es liegt gut im Wasser, ist aber miserabel gefertigt«, sagte Menet abschätzig. »Heutzutage legt niemand mehr auf Qualitätsarbeit wert.«

»Sie meinen, darüber urteilen zu können?«

»Ja.«

Menet hatte sein überbordendes Selbstbewusstsein nicht verloren, auch wenn die Feuchtebene nur noch wenig mit seiner Heimat, den Sümpfen, zu tun hatte. *Ich werde ihn ein wenig zappeln lassen. Irgendwann wird er vor Neugierde platzen.*

Zwei Gasturbinen trieben das still dahingleitende Schiff an, Chaktor lenkte es mit überraschendem Geschick. Der ferronische Raumfahrer bewies einmal mehr seine Allrounder-Qualität. Auch das Auftanken an Parklücken, die sich in regelmäßigen Abständen befanden, ging reibungslos vor sich. Faulgase aus dem Untergrund des Sumpflandes wurden abgepumpt und komprimiert. Ferrol verfügte über natürliche Ressourcen, die von seinen Bewohnern geschickt genutzt wurden.

»In der Gegend gibt es eine Vielzahl von Kraftwerken, die mit freiem Auge nicht zu erkennen sind«, erzählte Chaktor auf Rhodans Nachfrage. »Sie sind unterirdisch angelegt und so weit wie möglich automatisiert. Wir nutzen nicht nur oberflächliche Faulgase zur Energiegewinnung, sondern greifen auch auf Vorräte in größeren

Tiefen zurück.« Er deutete in den nun bewölkten Himmel, über den ab und zu Blitze zuckten, die keinesfalls natürlichen Ursprungs sein konnten. »Unsere Feinde werden unsere Energie gewinnende Industrie nicht zur Gänze vernichten können. Zumindest nicht während der nächsten Tage.«

Chaktor machte auf Zweckoptimismus. Das Geheimnis der unterirdischen Anlagen würde bald keines mehr sein. Die Topsider benötigten einen einzigen Gefangenen, um die Wahrheit herauszufinden. Dann würden sie mit flächendeckendem Bombardement beginnen, wenn Rhodan die Echsenwesen richtig einschätzte.

Was wiederum bedeutete, dass die Feuchtebene von Derrwash womöglich bald zum Kampfgebiet werden würde.

Die Wasserstraßen, Wouffars genannt, boten in diesem seltsam stillen Land die rascheste Möglichkeit des Fortkommens. Niemand hatte daran gedacht, das riesige Gebiet trockenzulegen und es mit Straßen zu überziehen. Der Verkehr, durch die Invasion der Topsider weitgehend zum Stillstand gekommen, lief unter normalen Umständen entlang des in schachbrettartigem Muster durch das Feuchtland gezogenen Flusswegsystems ab.

Die Strömung war gering, trotz des bis zu zwanzig Meter tiefen Wassers. Von Zeit zu Zeit passierten sie Kreuzungen, deren Verwirbelungen durch raffinierte Schleusensysteme im Griff gehalten wurden.

Menet hieb gegen seinen Hals und löste den grünen Matsch eines Insekts von der Haut. Er tat es gleichgültig, ohne auch nur einen Gedanken an den Blutsauger zu verschwenden.

Rhodans und sein Blick trafen sich, einmal mehr. Menet musterte ihn. Er wischte seine Hand an der hölzernen Reling ab und deutete dann in Richtung der Felder des Nordufers.

»Der ewige Kreislauf wird gestört«, sagte er. »Die Ähren sind reif, die Ernte kann nicht eingebracht werden. Wegen Ihnen und Ihresgleichen.«

»Ich kann diese Vorwürfe nicht mehr hören, Menet. Wir Menschen tragen keine Schuld an dieser Invasion.«

»Aber Sie bringen Veränderung.« Der Sumpfferrone wurde leiser. »Chaktor ist felsenfest von Ihrem guten Willen überzeugt. Er glaubt, dass Ihre bloße Präsenz auf Ferrol alles ändern wird. Was, wenn er sich irrt? Wenn Sie ihn und andere enttäuschen?«

»Ich bin bloß ein Mensch, der keine Wunder bewirken kann. Das wird Chaktor irgendwann einmal klar werden.«

»Und bis dahin nutzen Sie ihn und seine Gutmütigkeit aus?«

Es raschelte am Ufer. Rhodan duckte sich gedankenschnell hinter den einfachen Verschlag, der den einzigen Bootsaufbau darstellte. Menet hingegen blieb ruhig. »Ein *Warni,*« sagte er. »Ein Uferbewohner, der sich von Treibalgen ernährt. Er tut uns nichts.«

Er deutete in Richtung eines dahintreibenden Stammes, der sich mit einem Mal aufplusterte und zu einem nilpferdähnlichen Geschöpf wurde. Der Warni drehte sich und ließ den Bauch aus dem Wasser ragen. Eine Schar Vögel fiel heißhungrig über ihn her und pickte lange rote Würmer von seiner runzligen Haut.

»Alles ist so friedlich«, sagte Rhodan.

»Meinen Sie?« Menet zeigte ein Lächeln. Es wirkte bitter. »An einem Tag wie diesem müssten die Bauern auf den Feldern sein. Sie sollten die wild laufenden *Parosanziegen* einfangen und melken, Ungeziefer verjagen, mit der Ernte beginnen. Aber es geschieht nichts.«

Rhodan trank abgekochtes Wasser. Er wollte sich die Vorwürfe Menets nicht weiter anhören. Der Sumpfferrone wiederholte sich in seinen Argumenten.

»Also: Wie haben Sie es gemacht?«

»Wie bitte?«

»Verkaufen Sie mich nicht für blöd, Perry Rhodan! Sie wissen ganz genau, was ich wissen möchte.« Menet balancierte die Klinge seines Messers auf dem ausgestreckten Zeigefinger.

»Sie wollen wissen, wie ich die Dorfbewohner davon überzeugen konnte, uns ziehen zu lassen und uns dieses Boot zu übergeben?« Rhodan hatte seinen Spaß daran, den Sumpfferronen zappeln zu lassen.

»Was denn sonst!« Menet schleuderte das Messer hoch in die Luft. Es drehte sich mehrmals, fiel herab und bohrte sich wenige Zentimeter neben Rhodans Oberschenkel ins Holz.

Er zog es mit einem Ruck heraus und reichte es ungerührt an den Sumpfferronen zurück. »Meine Freunde haben besondere Gaben, wie ich bereits erwähnt habe«, sagte Rhodan. »Ras beherrscht die sogenannte Teleportation.«

»Mir ist das Prinzip bekannt. In alten ferronischen Erzählungen gibt es sagenhafte Gestalten, die den ... nun ... die besondere Gaben besitzen.« Seine Stimme klang nun ehrfürchtig. »Aber es selbst einmal zu sehen ...«

»Ich habe Ras aufgetragen, den Alten zu entführen und ihm seine Lage deutlich zu machen.«

»Das war alles?« Menet wirkte enttäuscht. »Eine simple Drohung reichte, um ihn dazu zu bringen, seine Meinung um hundertachtzig Grad zu ändern?«

»Mit einer Drohung allein war's nicht getan. Sie haben gesehen, wie starrköpfig sich der Alte verhielt. Da mussten wir schon gute Argumente vorbringen.« Rhodan grinste. »Und die hatten wir. Wie passend, dass Wuriu Sengu ebenfalls ungewöhnliche Fähigkeiten besitzt.«

»Und zwar welche?«

»Er sieht Dinge, die andere Leute nicht wahrnehmen«, blieb Rhodan diffus. »Und er hat die Frau des Alten beobachtet, während er und die anderen Männer uns entgegengingen. Sie hat Dinge getan, die – nun, sagen wir mal so – delikat waren.«

»Sie haben den Alten also erpresst.«

»Es war *sehr* delikat. Hätte ich ein Wort darüber verloren, wären er und seine Frau geteert und gefedert und anschließend aus ihrem beschaulichen Dorf vertrieben worden. Das wollte unser Freund natürlich nicht riskieren. Und als Zeichen seines guten Willens hat er uns das hier« – Rhodan streckte die Arme weit aus – »zur Verfügung gestellt.«

»Was hat Wuriu Sengu gesehen?«

»Mein Begleiter hat eine sensible Seele.« Rhodan blickte Menet ernst an. »Er wollte es nicht haben, dass ich Geheimnisse weitererzähle, die er mir und Ras anvertraut hat. – Er tut sich ohnedies schwer, mit seiner Gabe fertig zu werden, und möchte nicht, dass allzu viel Aufsehens darum gemacht wird. Verstehen Sie, was ich meine?«

»Nein«, sagte Menet. »Aber ich akzeptiere Ihre Verschwiegenheit. Sie ehrt Sie.« Er stand auf und stapfte davon, vor zu Chaktor, der im Bug stand und das Schiff mithilfe eines Geflechts aus Seilzügen lenkte.

Rhodan sog frische Luft ein und blickte ihrem Ziel entgegen. Sie glitten derzeit durch ruhiges Wasser, parallel zur sich im Norden abzeichnenden Hügelkette, hinter der Thorta lag. An der nächsten »Kreuzung« würden sie die Richtung ändern und endlich, endlich ihrem Ziel entscheidend näher kommen.

»Rauch. Und Feuer«, sagte Wuriu Sengu und deutete an Rhodan vorbei, über das hoch stehende Schilfgras hinweg.

Der Asiate hatte recht. Eine dunkle Rauchschwade kam auf sie zu. Beißender Geruch machte sich breit, und mit ihm wehte das Seufzen und Weinen und Klagen von Ferronen zu ihnen herüber.

Zerbeulte, teilweise schwer beschädigte Schiffe schaukelten in erschreckender Stille an ihnen vorbei. Ferronen blickten sie an, Kinder und Frauen. Nur die wenigsten gaben einen Ton von sich. Sie hatten verrußte und leere Gesichter. Verletzte jammerten leise. Aufkommender Nebel packte die Passierenden ein und ließ die Geschehnisse noch gespenstischer erscheinen.

Nach etwa zwanzig Booten endete der Spuk für eine Weile. Vielleicht stammten diese Opfer des Kriegs aus einer eben erst ausgebombten Kleinstadt, vielleicht war ein Boot dem nächsten gefolgt, auf der Flucht ins Nirgendwo.

»Das sieht gar nicht gut aus«, sagte Chaktor.

»Städter«, ergänzte Menet und spuckte ins Wasser. »Thortas. Man erkennt sie an der Kleidung.« Er umfasste die Reling. Seine Oberarmmuskeln traten deutlich hervor.

Ihr Boot steuerte auf die nächste Kreuzung zu. Hölzerne Steher, deren obere Ränder weiß gekalkt waren, standen scheinbar wahllos umher, waren aber Teil jenes Systems, das zur Lenkung des Wasserverkehrs diente. Rhodan hatte es noch immer nicht verstanden.

»Backbord«, sagte Chaktor unnötigerweise. Er zog an seinen metallenen Lenkschnüren, das etwa zehn Meter lange Boot gehorchte träge.

Die Wasserkreuzung lag nun offen vor ihnen. Im Zentrum quirlte Treibholz im Kreis eines Strudels, an den Ufern hatte sich Schlick angesammelt. Ein Boot, etwa halb so groß wie ihres, war gekentert und trieb nun kieloben hin und her, von einer Seite zur anderen. Es stieß immer wieder gegen Holzbohlen. Klack. Klack. Klack. Außer diesem enervierenden Geräusch und dem sanften Gluckern des Wassers war nichts zu hören.

»Die Aushubarbeiten sind seit mindestens drei Tagen vernachlässigt worden«, behauptete Chaktor.

»Die *Simjans* sind bei der ersten sich bietenden Gelegenheit geflüchtet«, ergänzte Menet.

»Simjans?«, hakte Rhodan nach.

»Angehörige eines Stamms aus dem Osten. Wanderarbeiter. Feiglinge.« Menet schüttelte angewidert den Kopf.

Chaktor deutete nach backbord. In jene Richtung, in die er eben das Schiff lenkte. Ein Wrack trieb ihnen entgegen. »Weitere Flüchtlinge«, sagte er. »Offenbar Nachzügler.«

Ohrenbetäubender Krach ertönte. Plötzlich erhob sich eine Wasserwand vor ihnen, die eben noch nicht da gewesen war.

Wind fegte über sie hinweg, wurde zur Sturmböe, die immer mehr an Gewalt gewann und sie über das Deck fegte. Rhodan krachte mit dem Rücken gegen den Verschlag, wurde daran vorbeigewirbelt. Irgendwie bekam er ein Tau zu fassen. Er klammerte sich daran fest, gegen die Gewalten ankämpfend, gegen das Wasser, das in meterhohen Wellen über sie schwappte.

Eine Bombe mit unbekannter Sprengkraft – *etwa eine Treibmine?* – war im Wasser explodiert. – Waren sie das Ziel gewesen oder jener erbärmlich zugerichtete Kahn, der ihnen entgegengekommen war?

Ihr Schiff schwankte, drohte zur Seite zu kippen und zu kentern. Es neigte sich seitwärts. Immer mehr Gewicht lastete auf Rhodans Armen und Schultern. So viel, dass er meinte, sich nicht mehr länger halten zu können.

Irgendwie schlang er das Seil um seine Linke, bevor er es loslassen musste, darauf vertrauend, dass er sich rechtzeitig wieder befreien konnte, wenn ihr Boot tatsächlich kenterte und in die Tiefe gezogen wurde.

Luft anhalten. Ruhig bleiben.

Weitere Wogen schwappten über ihn hinweg, fegten ihn hin und her. Sein Armgelenk drohte zu reißen. Er musste atmen, verdammt noch mal!

Sekunden wurden zu Ewigkeiten. Seine Lunge, auf dieser fremden Welt ohnedies bis aufs Äußerste beansprucht, drohte zu platzen.

Das Chaos endete mit einem Moment völliger Lautlosigkeit. Rhodan meinte, für eine Sekunde schwerelos in der Luft zu schweben, etwa drei Meter über dem Deck ihres Schiffs; dann stürzte er ab, von 1,4 Gravos zu Boden gerissen. Er atmete hastig ein und gleich wieder aus, bereitete sich auf den Aufprall vor – und war dennoch zu spät dran. Viel zu rasch schlug er auf den Holzplanken auf, und neuerlich trieb es ihm alle Luft aus dem Körper.

Das Boot richtete sich auf. Langsam, wie in Zeitlupe. Rhodan löste seine Linke vom Tau, hielt es aber weiterhin fest, und stand auf. Er hustete, beugte sich zur Seite und erbrach ein wenig Wasser.

Nicht über die Schmerzen nachdenken! Du musst die anderen suchen! Vielleicht brauchen sie deine Hilfe?

Da war Chaktor. Blassblau, aber bei Bewusstsein. Er hatte sich zwischen den Lenkseilen verheddert. Wuriu Sengu und Alexander Baturin. Aneinandergeklammert. Eingeklemmt in der Kajütentür des Verschlags.

Ras Tschubai? – Verschwunden. *Womöglich im Augenblick der Gefahr teleportiert.*

Und Menet? Wo war der Sumpfferrone?

Rhodan drehte sich im Kreis, während ihr Schiff allmählich

wieder zur Ruhe kam. Er konnte den stolzen Warani nirgendwo entdecken.

Da! Eine Hand tastete steuerbord über die Planken, nach Halt auf dem nassen Untergrund suchend, dann die zweite. Kopf und Schultern folgten. Menet stemmte sich hoch. Seine Stirn blutete heftig. Er war über Bord geschleudert worden und kehrte nun zurück ...

Das Wasser wurde unruhig. Menet stieß einen erstickten Aufschrei aus. Er verschwand mit einem plötzlichen Ruck, nach unten gezogen, tiefer ins schäumende Nass.

Rhodan überlegte nicht lange. Er sah sich um. Suchte nach etwas, das sich als Waffe verwenden ließ.

Eine Flößerstange mit metallenem Haken. Rhodan hatte keine Ahnung, was sie hier an Bord zu suchen hatte, und warum sie nicht ins Wasser gefallen war. Es kümmerte ihn nicht. Er packte die Stange und eilte zur Steuerbordreling. Das Ding war schwerer, als er geglaubt hatte.

Das Wasser schäumte nach wie vor. Menets Kopf tauchte für eine Sekunde auf. Er schnappte nach Atem und wurde dann wieder in die Tiefe gezogen, von einem fischähnlichen Wesen, dessen Flossen zweigeteilt waren und wie Krakenarme wirkten. Kleine Augen saßen über einem riesigen Maul, in dem mehrere Zahnreihen glänzten.

Menet hatte sein Messer behalten. Er stach damit auf seinen Gegner ein, immer wieder. Er zerteilte das Wasser mit unglaublicher Wucht und landete einen Treffer nach dem anderen; doch der Flusshai gab nicht nach. Sein Maul schnappte gefährlich nahe an Menets Kopf vorbei, die Krakenschwänze peitschten über seinen Rücken.

Rhodan wartete den richtigen Augenblick ab. Bis der Flusshai längsseits lag. Dann hieb er zu, wie mit einem antiquierten Dreschflegel. Der Haken der Flößerstange fuhr dem fremdartigen Wesen tief ins Fleisch. Gelbgrünes Blut spritzte aus der Wunde. Es trieb wie ein sich stetig vergrößernder Ölfilm an der Wasseroberfläche.

Der Flusshai wurde noch wütender in seinen Angriffen – und unkoordiniert in seinen Bewegungen. Er schlug gegen den Schiffsrumpf, immer wieder, tobte und stieß schrille, markerschütternde Schreie aus. Er wusste nicht, wer oder was ihn angriff. Er warf sich umher, gereizt von den vielen oberflächlichen Verletzungen, die Menet ihm beigebracht hatte und schwer verwundet vom tief in der speckigen Haut steckenden Flößerhaken.

Rhodan konnte seinen Griff nicht länger halten; er hatte sein

Bestes gegeben. Der Flusshai riss sich mit mehreren gewaltigen Schlägen seiner Krakenschwänze los und zog davon, Menet rasch hinter sich lassend. Er stieß Rufe aus, die kläglich wirkten. Die Flößerstange ragte wie eine Harpune aus seiner Seite. Er hatte bald die Mitte des Wasserweges erreicht und tauchte dort weg, wohl an der tiefsten Stelle des Bettes.

Doch er würde nicht weit kommen. Andere Jäger hatten die Blutspur aufgenommen. Da und dort kräuselte sich das Wasser; andere Flusshaie machten sich auf die Verfolgung des verletzten Tiers.

Rhodan reichte Menet die Hand und half ihm aus dem Wasser. Der Sumpfferrone zog sich hoch. Er keuchte und wirkte geschwächt, doch er schien nichts von jener Verächtlichkeit verloren zu haben, die er den Menschen gegenüber hegte.

Ein Blick und ein kurzes Nicken war alles, was er für Rhodan übrig hatte. Kein Wort des Dankes, nichts.

»Wir müssen uns um *die da* kümmern«, sagte er stattdessen und deutete in Richtung jenes ferronischen Schiffswracks, dem die Treibmine wohl gegolten hatte.

Rhodan war schwindlig. Er musste die Augen zusammenkneifen, um zu sehen, was etwa hundertfünfzig Meter voraus und in der Nähe des gegenüberliegenden Ufers geschah.

Topsider tauchten auf. Schwarzbraune Echsenwesen, die Urängste im Menschen weckten. Die Ängste *in ihm* weckten.

Sie bewegen sich so rasch, sind so schrecklich muskulös und geschmeidig gleichermaßen. Ihr Gebiss. Die Reißzähne. Die peitschenden Schwänze ... Es schüttelte ihn. Rhodan hatte sich vor diesem Moment gefürchtet. Er hatte vorurteilslos in die erste Begegnung mit diesen fremdartigen Geschöpfen gehen wollen, hatte ihre Beweggründe verstehen lernen wollen. Doch es gelang ihm nicht. Er fürchtete sie, und diese Furcht gebar Zorn. Zorn, den er nur mühsam unterdrücken konnte.

Die Topsider schwebten in ihren Anzügen oder in kleinen Sammelfahrzeugen in geringer Höhe über dem Wasser und suchten nach Überlebenden der Explosion. Um das Boot, in dem Rhodan und seine Begleiter trieben, kümmerten sie sich derweilen nicht, wohl in der Annahme, dass ihnen ihre Opfer ohnedies nicht entkommen konnten.

»Sie töten die wenigen Bewaffneten«, kommentierte Menet mit kaum unterdrücktem Zorn das, was er sah. »Sie lassen jene ertrinken oder von den Flusshaien auffressen, die zu schwach sind, um sich ans Ufer zu retten. Und wer es schafft, wird von den Topsidern in Gewahrsam genommen.«

Mehrere Echsenwesen näherten sich dem Wrack vom Ufer her. Sie stießen lang gezogene Schreie aus und schwangen Waffen. Sie waren sich ihrer angsterregenden Wirkung auf die Ferronen wohl bewusst und setzten sie gezielt ein. Mehrere Frauen, die entlang des schlammigen Ufers flüchten wollten, wurden mit Netzen eingefangen, ein junger Bursche mit auffallend hellrotem Haar mithilfe eines Elektroschockers außer Gefecht gesetzt.

Die Topsider waren überall. Transportplattformen flogen tief über dem Wasser und suchten nach weiteren Überlebenden. Sie feuerten mit Strahlenwaffen auf alles, was sich bewegte.

Ein Topsider in einer glänzenden, wie lackiert wirkenden Uniform deutete in Rhodans Richtung. Er bellte seine Befehle. Zwei der schüsselähnlichen Transporter änderten abrupt den Kurs und kreuzten das Gewässer, kamen fast gemächlich auf sie zu, in dem Bewusstsein, dass ihnen auch diese Beute nicht entkommen konnte.

Ras Tschubai tauchte unvermittelt neben Rhodan auf. Er stank, seine Bekleidung war verdreckt. »Ich kann euch in Sicherheit bringen«, sagte er, ohne auf sein Verschwinden einzugehen, und hustete angestrengt. »Unweit von hier gibt es eine Menge Schlammlöcher, in denen wir uns verstecken können.«

Schüsse ertönten. Drei oder vier Ferronen leisteten Widerstand. Flugs kamen Topsider aus allen Richtungen herbeigeströmt und beantworteten das Feuer. Sie nutzten Strahlwaffen. Manche von ihnen trugen Schutzanzüge, die wie billige Ausgaben arkonidischer Kampfanzüge wirkten. Die Echsen waren den Ferronen in beinahe jeder Hinsicht überlegen.

Die beiden Transportschüsseln hatten das Wasser etwa zur Hälfte überquert. Die Echsen riefen etwas, das der Translator nicht übersetzte. Wahrscheinlich handelte es sich um die Aufforderung, nur ja keinen Widerstand zu leisten.

»Sie schlachten unsere Leute ab«, sagte Chaktor. »Sehen Sie doch!«

Eine ferronische Frau, fast noch ein Mädchen, geriet in Panik. Sie wehrte sich mit Händen und Füßen gegen die Gefangennahme. Ein Topsider schlug ihr brutal in den Magen und gegen den Kopf, so lange, bis ihr Körper erschlaffte und haltlos zu Boden sank.

»Wir werden *nicht* davonlaufen!«, bestimmte Rhodan. »Wir helfen den Flüchtlingen.«

»Bist du wahnsinnig geworden?«, schrie Alexander Baturin. »Das sind mindestens fünfzig ausgebildete Soldaten! Was wollen wir gegen eine derartige Überzahl ausrichten, noch dazu ohne Waffen?«

Rhodan achtete nicht auf ihn. Er winkte Wuriu Sengu herbei und machte ihm mit wenigen Worten klar, was er von ihm brauchte. Dann instruierte er Ras. Der Teleporter zuckte nervös mit beiden Lidern, gab aber sonst durch nichts zu erkennen, was er von seinem Auftrag hielt.

Es kam wieder einmal auf die Mutanten an, und im Besonderen auf Ras Tschubai. Die beiden mussten ihre Fähigkeiten aufeinander abstimmen und zusammenarbeiten.

Die Schüsseln waren nahe, vielleicht noch dreißig Meter entfernt. Sie wurden von einem einzelnen Flüchtling abgelenkt, der, ungeachtet aller Gefahren, in der Mitte des Flusses schwamm. Sie folgten und jagten ihn, und das, allem Anschein nach, mit der Spielfreude von Raubtieren.

Ras Tschubai verschwand.

»Was hat er vor?«, fragte Chaktor.

»Wuriu hat auf meinen Geheiß hin nach weiteren Treibminen gesucht – und sie gefunden.«

»Sie meinen ...«

»Ja.«

Es war haarsträubend, was Rhodan von Tschubai verlangte. Dennoch hatte der Mutant, ohne zu zögern, gehorcht. Wenn er die Treibmine fand und sie auf seine Berührung oder auf Körperwärme reagierte, war es um den Sudanesen geschehen. Rhodan vertraute darauf, dass es mehrerer Faktoren bedurfte, um den Initialsprengstoff zu zünden, zum Beispiel Veränderungen des Druckfeldes, des Geräuschfeldes oder des Magnetfeldes.

Bange Sekunden vergingen. Die Topsider in den Schüsseln hatten ihre Jagd erfolgreich beendet, den Flüchtling eingeholt und ihn kaltblütig erschossen. Rhodan ballte die Hände zu Fäusten. Das Gefühl der Ohnmacht wurde stärker und stärker.

Im Himmel über den beiden topsidischen Gefährten tauchte ein Fleck auf: Ras Tschubai. Er hatte die Treibmine geborgen und war mit ihr teleportiert, um die Waffe nun aus größerer Höhe auf den Feind hinabstürzen zu lassen. Schon war er wieder weg – und tauchte unvermittelt im Heck ihres Schiffs auf, um mit einem lauten Schmerzensschrei zu Boden zu stürzen.

Rhodan wollte zu ihm eilen und ihm helfen. Doch er konnte seine Augen nicht von der stürzenden Bombe abwenden. Die Topsider hatten keine Ahnung, was sie erwartete. Sie reckten eben ihre Waffen, vom Jagd- und Kampffieber gepackt, in Vorfreude auf weitere leichte Beute, wie Rhodan und seine Begleiter sie darstellten.

»Runter!«, befahl er. Seine Begleiter gehorchten.

Die Bombe durchschlug eine der Schüsseln und klatschte auf der Wasseroberfläche auf. Um dann zu explodieren und mit ihrer Sprengladung mehr als ein Dutzend Topsider samt ihrer Gerätschaften in den Tod zu reißen.

Der Kampf, der eben abebbte, bekam ein neues, von den Topsidern nicht erwartetes Momentum. Verletzte kreischten, Trümmer flogen weit umher, Bewaffnete feuerten vom anderen Ufer ins Unbekannte, ohne um die neue Bedrohung zu wissen, die von Rhodan und seinen Leuten ausging.

»Gut!«, sagte Menet grimmig, »sehr gut!« Er kam wieder auf die Beine, nachdem die Druckwelle abgeklungen war. Ein Splitter stak in seiner Wange. Er zog ihn mit einem Ruck aus der Haut und warf ihn achtlos zu Boden.

Rhodan eilte zu Ras Tschubai. Der Mutant kam von selbst auf die Beine, von der eben erst gezeigten Schwäche war nichts mehr zu sehen. Er bewies eine beachtenswerte physische wie psychische Konstitution. »Weitere Ziele, Perry?«, fragte er.

»Wir benötigen Waffen. Glaubst du, dass ...«

Eine weitere Explosion. Und noch eine. Am anderen Ufer stürzten Topsider ins Wasser, getroffen von schweren Geschossen.

Ein Amphibienfahrzeug schob sich in steilem Winkel aus den Fluten und klatschte auf die Oberfläche. Dann noch eines und noch eines. Bewaffnete Ferronen stürzten aus dem Schilf; mit platschenden Schritten näherten sie sich dem Feind, mit breiten »Schneeschuhen« an den Füßen, die ihnen ein rasches Vorwärtskommen im sumpfigen Uferrain ermöglichten.

»Das sind Truppen der Zweiten Infanterie aus Thorta!«, rief Chaktor voll Begeisterung. »Angehörige einer Eliteeinheit!«

Die Ferronen machten mit ihren überraschten Gegnern kurzen Prozess. Sie befreiten die Geiseln und machten jene Topsider kampfunfähig, die Widerstand leisteten. Die Echsen ergaben sich rasch. *Viel zu rasch!,* wie Rhodan meinte – und im selben Moment wegen seiner Gedanken zu erschrecken. Er war so voll Wut über die blanke und rücksichtslose Gewalt, die die Topsider ausgeübt hatten, dass er keinerlei Mitleid verspürte.

Eines der Echsenwesen trieb in die Mitte der Wasserstraße. Es drehte sich mehrere Male um die eigene Achse, geriet in einen kleinen Strudel und verschwand dann unvermittelt. Blubbern und schäumendes Wasser verrieten, dass sich tierische Flussbewohner um die unverhoffte Beute stritten.

»Wir sollten uns bewaffnen«, sagte der Warani und deutete auf weitere topsidische Leichname, die vorbeitrieben. Einer von ihnen schlug im Rhythmus des sanften Wellengangs gegen den Rumpf ihres Bootes.

Rhodan nickte. Sie wussten nicht, was sie erwarteten. Weitere Einheiten der Echsenwesen mochten sich in unmittelbarer Nähe herumtreiben.

Auf der anderen Seite des Ufers kamen die Kämpfe allmählich zu einem Ende. Die Ferronen überwältigten ihre letzten Gegner und befreiten deren laut jubelnden Gefangenen, hauptsächlich Frauen und Kinder. Auch Chaktor stimmte in die allgemeinen Hochrufe ein und riss begeistert beide Hände in die Höhe, während Menet kühl blieb. Mit der Hilfe weiterer Flößerstangen, die entlang der Relings verankert waren, fischte er gemeinsam mit Baturin, Sengu und Rhodan nach den topsidischen Toten.

Es gelang ihnen, drei der Wesen zu bergen. Sie legten die Toten auf einen Haufen. Sie trugen Messer, Handfeuerwaffen und langläufige Strahler bei sich, deren Aktivierungsmechanismen für Menschen wie Ferronen nur unter großen Mühen zu betätigen waren.

»Sie besitzen sechs Finger«, sagte Rhodan und ergriff die Hand eines Toten. »Sie greifen anders und benutzen wohl zwei Finger für den Abzug.«

Rhodan fühlte, wie sich die schuppigen Finger des vermeintlich Toten um seine Hand krampften. Das Echsenwesen lebte!

Er wollte loslassen und zurückspringen, wollte sich reflexartig in Sicherheit bringen – und konnte sich nicht lösen.

Menet reagierte als Erster und kam Rhodan zu Hilfe. Er versuchte den Griff des Topsiders zu lösen, der zuoberst auf dem Haufen lag – und scheiterte. Selbst zu zweit hatten sie der unbändigen Kraft der Echse nichts entgegenzusetzen.

Rhodan rüttelte und schüttelte, wollte weg von der Bestie. Sie wandte ihm den Kopf zu, blickte ihn über die flache Schnauze hinweg an, öffnete den Mund und fauchte etwas in seiner Muttersprache, ließ die langen Reißzähne erkennen, schob sich zur Seite, auf ihn zu – und fiel dann unvermittelt wieder in sich zusammen.

Der Griff lockerte sich, der Topsider fiel von den Leibern seiner beiden Kumpane herab auf den Holzboden. Er war tot.

Rhodan wischte seine Hand am Hosenbein ab. Die Berührung hatte sich kalt und glitschig angefühlt. Ihm ekelte.

Der Translator auf seiner Brust erwachte zum Leben. »Topsidische Normsprache«, sagte er. »Basiswortschatz vorhanden. Übersetzung folgt.« Eine kurze Pause entstand. Dann dröhnten weitere Worte aus dem Gerät; die Übersetzung dessen, was das Echsenwesen gesagt hatte: »Dritter Satz der Sozialen Weisung: Achte das Leben.«

Kapitel 8

Ferrol
Tako Kakuta

Allesamt fanden sie Platz in dem Kopter. Die vier Ferronen blieben in der Zentrumskugel sitzen, die Menschen verteilten sich auf die Ausleger. Über und neben ihnen bewegten sich die Rotoren und erzeugten kaum erträglichen Lärm, der erst ein wenig nachließ, als sie sich in luftige Höhen geschwungen hatten.

Anne Sloane wachte bei Deringhouse. Ihre Blässe unterschied sich nicht mehr sonderlich von der des Verletzten. Rod Nyssen und Darja Morosowa hockten in den Auslegern links sowie rechts von Kakuta, in Haltegestelle für den Nottransport gepackt und durch Kuppeln aus seltsamem Transparent-Kunststoff vor Feuchtigkeit und Wind geschützt.

Fajon hatte sich ausbedungen, mit ihm zu reisen. Die Nähe der Frau war ihm unangenehm, doch Kakuta ließ sich nichts anmerken. Ihr Rollstuhl, Klettergestell, Gefährt – wie auch immer man es nennen wollte – war auf geringes Packmaß verkleinert und an der Verbindungsstrebe hin zur Zentralkugel verankert worden. Fajon hatte sich mit Gurten auf einen der beiden schmalen Auslegerstege festgebunden, Kakuta hockte auf dem anderen. Sie saßen wie Hühner auf Legestangen, doch das schien der Ferronin nichts auszumachen.

»Meine Beine sind dünn geworden«, sagte sie selbstkritisch, als sie Kakutas musternde Blicke bemerkte. »Und an den Hüften habe ich viel zu viel Fleisch angesetzt.«

»Ja.« Mehr fiel ihm nicht ein. Erwartete Fajon etwa, dass er eine scherzhafte Bemerkung in die Unterhaltung einbrachte? »Sie nennen uns Lichtbringer«, wechselte er das Thema. »Warum?«

Fajon runzelte die Stirn. Die Falten nahmen einen helleren Farbton an. »Es gibt uralte Mythen auf Ferrol. Kinderlieder. Sagen. Geschichten. – Nennen Sie sie, wie Sie möchten, es spielt im Grunde genommen keine Rolle. Sie sind auf allen besiedelten Welten, in den Grafschaften und den Häusern aller Stämme bekannt. Sie sind womöglich das Einzige, was uns Ferronen *wirklich* gemein ist; mit Ausnahme der Anerkennung des Thort, selbstverständlich.«

Und ihr glaubt so sehr an eure Mythen, dass ihr den erstbesten Dahergelaufenen das Typenschild der Lichtbringer an den Kopf pappt? – Auf der Erde würde man euch allesamt wegsperren.

»Man könnte meinen, dass wir verrückt wären«, sagte Fajon nachdenklich. »Aber glauben Sie mir: Es ist nicht so.« Ihre Brust hob und senkte sich rasch. Sie rang mit den Worten. »Ich hätte es niemals für möglich gehalten, was meine Urgroßmutter mir einstmals knapp vor ihrem Tod erzählte. Sie meinte, dass ich das *Kommen des Lichts* spüren würde. Hier drin, tief in mir.« Sie deutete auf ihren Magen.

»Sie vertrauen Ihrem Bauchgefühl?«

Fajon grinste. »Für jemanden, der mit ein wenig Geschick wie ein Gott behandelt werden könnte, verkaufen Sie sich ziemlich schlecht.«

»Ich – wir sind keine Götter. Wir sind Menschen.«

»Und Lichtbringer.«

Damit war das Thema für die Frau beendet. Womöglich wusste sie selbst nicht mehr zu sagen, womöglich hatte sie mit dem Irrationalen in sich zu kämpfen.

»Wohin bringen Sie uns?«, wechselte Kakuta ein weiteres Mal das Thema.

»Zu Hom-aut. Zu jenem Mann, der mich geheilt hat. Er ist ein Spezialist für schwierige Patienten.«

»Ein Mediziner?«

»Ein Freund«, wich Fajon aus.

Kakuta schwieg. Die Frau hatte Vertrauen zu Hom-aut, also musste er es auch haben.

Sie überflogen die schroffen Gebirgsspitzen, die Fahon Poaffaits Kerne genannt hatte. Er sah kreidebleiche Felswände, Geröllhänge, tauendes Eis am Ende einer schmalen Gletscherzunge, hellgrüne Bergseen, unzugängliche Kerbtäler, gewaltige Baumriesen. Nirgendwo zeigten sich die Anzeichen von Zivilisation, mit Ausnahme einiger kleiner Hütten, die wohl zum Schutz von Wanderern und Kletterern dienten.

»Dieses Gebiet ist kaum besiedelt«, rief er Fajon zu.

»Es gehört zum Land des Stamms der Lorar. Die Lorar geben nur wenige Visa an Angehörige anderer Stämme aus. Sie schützen die Natur ihrer Heimat.« Fajon ließ die Mundwinkel hängen. »Die Topsider werden auf die Eigenheiten der Stämme allerdings keine Rücksicht nehmen.«

»Darf ich eine persönliche Frage stellen?«

»Sie möchten wissen, warum wir Bergsteigen waren, obwohl wir von der Invasion der Echsen wussten?«

»Richtig.« Eben überflogen sie einen reißenden Fluss, dessen Wasser sich über mehrere Katarakte in die Tiefe einer engen Schlucht ergoss und in der Talsohle in einen kreisrunden See rauschte. Wasserdampf schäumte zu ihnen hoch, mehr als zweihundert Meter, und beschlug die Transparentfolien.

»Ich bin *gahjem.* Gezeichnet. Ich hatte einen Unfall, der mich beinahe mein Leben kostete. Seitdem bin ich von der Hüfte abwärts gelähmt, wie Sie sehen können.« Fajon starrte in die Tiefe, an Kakuta vorbei. »Mich trifft selbst die Schuld an meinem Schicksal, ich kann niemandem einen Vorwurf machen. – Nun, der Heilungsprozess an Körper und Geist nahm mehrere Jahre in Anspruch. Dank Hom-aut behielt ich mir meinen Lebenswillen. Er brachte mich dazu, mir ein Ziel zu setzen. Eine Aufgabe, die ich in Angriff nehmen sollte, sobald die Reha abgeschlossen wäre.«

Der Kopter ging nun tiefer. Zwischen tannenähnlichen Bäumen, deren Äste allerdings ausladender waren als die ihrer irdischen Pendants, zeigte sich ein weiß getünchtes Gebäude, um das kreisrunde Pavillons angeordnet waren. Ihr Ziel war nahe.

»Ich lag dort unten. In der Obhut Hom-auts und seines Teams. Es dauerte Jahre, bis er mich aus meiner Lethargie gerissen hatte. Ich blickte Tag für Tag über Gebirgsketten, ohne sie bewusst wahrzunehmen. Doch irgendwann machte es ›klick‹. Und ich wusste, dass ich, würde ich jemals wieder die Kraft finden, mich ohne Hilfe fortzubewegen, die Kerne besteigen würde. Das war, was mich aufrecht hielt.« Wiederum starrte sie blicklos in die Ferne. »Als ich mein Versprechen einlösen wollte, vorgestern, kam die Nachricht von der Invasion der Topsider.« Fajon lächelte. »Das hatte nur wenig Bedeutung für mich. Leben und Kampf und Sterben – dies waren Begriffe, die ich gelernt habe, neu zu interpretieren. Also beschloss ich, trotz allem den Aufstieg zu versuchen.«

»Sie haben Bemerkenswertes erreicht.«

»Dank meiner Männer. Sie haben mich stets unterstützt.«

»Ihre Männer?!«

Fajon lachte hellauf. »Sie mögen ein Lichtbringer sein – aber gerade sehen Sie wie der dümmste Tölpel drein. Möchten Sie etwa sagen, dass es dort, wo Sie herkommen, keine Vielmännerei gibt?«

»N...nein.«

»Traurig, traurig ...« Fajon wischte sich über die Augen, womöglich als Geste des Bedauerns. »Einige Stämme, darunter auch derjenige der Kround, dem ich angehöre, pflegen diese gute alte Sitte.«

»Und ein solches System funktioniert?« Dies entsprach ganz und gar nicht Kakutas Weltbild.

»Ich denke schon. Fragen Sie meine Männer. Sie sehen recht glücklich aus, nicht wahr?«

Der Kopter näherte sich einer gekennzeichneten Zone. Zwei andere Luftfahrzeuge parkten unmittelbar daneben. Eines ähnelte einem irdischen Helikopter, das andere war diskusförmig, mit Düsenstrahltriebwerken an den etwas abgeflachten Seiten.

Die Rotoren ihres Gefährts arbeiteten nun mit- und scheinbar auch gegeneinander. Der Kopter kippte ein wenig vornüber, schaukelte dann zurück, beschrieb eine Drehung um hundertachtzig Grad und senkte sich anschließend sanft wie eine Feder zu Boden.

Ferronen kamen geduckt herangelaufen. Unter ihnen eine mickrige Gestalt, vielleicht 1,30 Meter groß, mit feuerrotem Schnauzbart, dessen Spitzen weiß gefärbt waren.

»Kann man dich denn keinen Tag aus den Augen lassen?«, fragte der Mann und löste die Gurte um Fajons Leib. »Wo bleibt die Trage?«, schrie er, »wo meine Ausrüstung? – Macht schon, macht schon!«

Andere Ferronen umringten ihn. Sie bargen den verletzten Deringhouse und legten ihn auf eine Trage. Ihre scheuen Blicke galten den Menschen, allen voran Kakuta.

Er fühlte sich unwohl. Was sahen die Ferronen bloß in ihm?

»Lichtbringer, sagtest du?«, fragte Hom-aut, an Fajon gerichtet. »Sagengestalten und Märchenwesen, die uns im Kampf gegen die Topsider helfen würden? – Pah! Ich sehe nichts an diesem da, was besonders wäre. Er blutet und stirbt wie unsereiner.«

»Lass dein ewiges Genörgel, alter Mann! Kannst du ihm helfen, oder nicht?«

»Oder nicht, würde ich sagen, wenn diese Einfaltspinsel, die sich meine Assistenten nennen, weiterhin so langsam vorwärtsmachen.«

Plötzlich kehrte zurück, was während der Beschaulichkeit des Fluges weggewesen war. Die Angst, die Besorgnis um Conrad Deringhouse, die Fremdheit der Umgebung und dieser blauhäutigen Wesen. Die Gestik Hom-auts war so ganz anders als jene, mit der Kakuta vertraut war. Der Schnauzbärtige schniefte und stampfte mit beiden Beinen auf wie ein rachsüchtiger *Goryô,* wie ein Totengott. Die Instrumente, die er bei sich trug, ließ er in den Tiefen seiner Brusttaschen verschwinden, um sie gleich wieder hervorzuholen und sie an einem breiten Gurt, der über seinen Oberschenkel gespannt war, abzuwischen.

»Ihr Freund wird wieder«, sagte Fajon. Sie saß rücklings auf dem Boden und beschäftigte sich eben mit ihrem Fahrgestell. Binnen weniger Sekunden hatte sie es entfaltet und auseinandergeklappt. Sie stemmte sich in den Sitz und deutete den Menschen, ihr und Hom-aut zu folgen.

Woher nahm die Ferronin ihren Optimismus und ihren Lebenswillen? Was für ein Schicksal hatte sie hinter sich; war es mit Kakutas prägenden Kindheitstagen in der Provinz Fukushima vergleichbar?

Sie erreichten das Hauptgebäude. Das riesige Portal war von runenartigen Zeichen bedeckt; ein Ferrone, dessen Orientierungssinn gestört zu sein schien und dessen Arme ununterbrochen zitterten, meißelte eben die Umrisse eines abstrakten Bilds in die Deckplatte. Er unterbrach seine Arbeit, als Fajon an ihm vorbeirollte, und warf ihr einen schmachtenden Blick zu. Die Ferronin lachte, umarmte ihn wie einen alten Freund und fuhr dann weiter, hinein in den Vorhof des palastähnlichen Baus, der von einem in bunten Farben beleuchteten Springbrunnen beherrscht wurde.

Hom-aut huschte vorneweg, stets an Deringhouses Seite. Er unterhielt sich leise mit Anne Sloane, die wohl versuchte, dem Arzt ihre Rolle bei der Aufrechterhaltung der Lebensfunktionen des Verletzten begreiflich zu machen.

Sie bogen nach links ab, vorbei an Statuetten, an Kunstwerken, die aus Metallfedern und Schrauben zusammengestellt worden waren – und an einem Hängekäfig, in dem ein Ferrone saß. Er stieß laute Schreie aus, immer wieder, und er rüttelte an den Gitterstäben, obwohl das Tor zur Freiheit sperrangelweit offen stand.

Kakuta konnte sich nur wundern. Er sah Ferronen, die er als Krankenschwestern und Ärzte begriff; daneben Verrückte oder in Meditation versunkene Blauhäutige, die mit sich selbst völlig im Reinen zu sein schienen. Ferronen, die sich an Fitnessgeräten versuchten. Solche, denen Arme sowie Beine fehlten und die sich mit metallenen Prothesen behelfen mussten. Kinder, Frauen und Männer, Alte und Junge, Dicke und Dünne, Fröhliche und Traurige ...

Es war ein Durcheinander, das Kakuta nicht begriff und das er keinesfalls mit einer irdischen Krankenanstalt in Verbindung brachte.

»Was ist das hier?«, fragte er ratlos.

»Ein Gesundenhaus – was denn sonst?«, antwortete Fajon.

»Hier werden also kranke Ferronen gesund gemacht?«

Die Ferronin lachte. »Ich begreife Ihre Frage nicht ganz, aber es ist nicht nur ein Heim für Verletzte oder Leidende.« Sie deutete auf einen Tänzer, der die Gänge entlanghuschte und Pirouetten drehte. »Unseren Ärzten geht es um die Gesamtheit des ferronischen Heils. Gesunde lernen genauso gut von Kranken wie umgekehrt. Man erzählt sich Geschichten, man spricht sich in misslichen Lebenslagen Mut zu. Ferronen, die ein schweres Schicksal zu erleiden haben, helfen jenen, die von Schwermut befallen sind oder denen es zu gut geht, um richtig glücklich sein zu können.«

»Ich glaube, ich verstehe«, sagte Kakuta. Er beobachtete ein Kind mit eng beieinanderstehenden Augen, das unübersetzbare Dinge vor sich hin murmelte.

»Ich werde eines Tages hier Dienst tun«, fuhr Fajon fort. »Lernen und lehren. Beides soll stets ineinandergreifen.«

»Und dieses System funktioniert?«

»Selbstverständlich!« Die Ferronin beantwortete die Frage mit aller Selbstverständlichkeit. »Behandeln Sie Ihre Kranken etwa anders, Lichtbringer?«

»Ja.« Kakuta beugte die Schultern. Er wusste nicht, warum, aber er schämte sich.

Er streckte seinen Rücken gleich wieder durch. Er hatte sich ablenken lassen und vergessen, warum sie hier waren. Was war mit Deringhouse? Wo waren der Arzt, er und Anne Sloane?

Fajon fasste ihn am Arm und zog ihn in Richtung einer Rampe, die in einem Halbkreis hoch ins nächste Stockwerk führte. »Kommen Sie!«, sagte sie. »Sie müssen müde und hungrig sein, und Sie benötigen dringend frische Kleidung. Lassen Sie mich für Sie sorgen, während Hom-aut seine Arbeit erledigt.«

Kakuta nickte unsicher. Er winkte Darja Morosowa sowie Rod Nyssen, ihm zu folgen. Er vertraute den Ferronen; doch würde der Arzt mit dem ihm zweifellos völlig fremden Metabolismus Conrad Deringhouses zurechtkommen? Benötigte er denn niemanden, der ihm half?

Anne ist bei ihm. Sie weiß dank ihrer Gabe weitaus mehr über den menschlichen Körper, als du je lernen wirst. Sie spürt das Blut durch den Leib strömen, sie kann einen Todgeweihten kraft ihres Geistes am Leben erhalten!

»Anne ist sehr schwach. Die Frau, die Hom-aut gefolgt ist. Man muss sich um sie kümmern ...«

»Vertrauen Sie dem Meisterbrecher. Er hat ein Gespür für diese Dinge.«

Sie erreichten den oberen Stock. Eine Balkontür, sechs oder sieben Meter hoch, öffnete sich unvermittelt und gab den Weg nach draußen frei. Sie gelangten auf eine Plattform, von Millionen von Mosaiksteinchen besetzt, die an das Hauptgebäude angebaut worden war und in der abendlichen Dämmerung eine atemberaubende Aussicht auf jene Gebirgszüge bot, von denen sie im Kopter herabgeflogen waren.

»Hier habe ich gelegen«, sagte Fajon, plötzlich völlig entrückt und weit, weit weg. »Tagelang. Monatelang. Stets den Blick in die Ferne gerichtet. Während Lamin-uterkam und Smaiadakk, zwei Mitglieder meines Stammes mit bipolaren Störungen, die Mosaike auflegten, ohne Rast und Ruh. Die Bilder wuchsen rings um mich, während die Berge nur geringe Veränderungen durchmachten. Erst waren die Gipfel eisbedeckt, dann donnerten wilde Wasser in die Täler, und das Grün des Frühlings klammerte sich an den unmöglichsten Stellen fest. Im frühen Sommer konnte man die *Fafazonbullen* ihre Lust in die Welt hinausbrüllen hören, und im Herbst führten sie die Kälber des Wurfs bereits durch die Klüfte und Spalten ins Tal hinab, zu den Winterlagern.«

Fajon schwieg. Ihr Atem ging rascher. Sie umklammerte die Lehnen ihres Stuhles, als wollte sie sich daraus erheben und hin zur Balkonbrüstung gehen.

Doch sie konnte nicht. Nie mehr wieder.

Bijoiu, der ihnen wie ein Schatten gefolgt war, kam näher. Als wüsste er, was seine Frau bewegte, fasste er sie an den Schultern und massierte die verkrampften Muskeln. Ein weiterer Mann Fajons betrat den Balkon. Er balancierte ein mit Speisen beladenes Tablett auf einer Handfläche und stellte es vor Kakuta auf den Boden.

»Suppe«, sagte er kurz angebunden. »Ultrahocherhitzt, um Bakterien oder Keime abzutöten, die Ihnen schaden könnten. Das Gemüse sowie das Fleisch wurden ultraschallbehandelt. Dazu destilliertes Wasser. Wir hoffen, dass Sie unsere Nahrung vertragen.«

Kakuta senkte dankbar den Kopf. Die Ferronen hatten ihre Schlüsse gezogen. Sie mochten niemals zuvor mit Besuchern aus dem Weltall in Berührung gekommen sein – aber sie waren auf eine Begegnung der dritten Art vorbereitet gewesen.

Trotz dieses uneinheitlichen Stammeswesens, das uns so seltsam vorkommt, sind sie uns in ihrer gesellschaftlichen Reife ein gutes Stück voraus ...

Er aß. Die Hitze der dickflüssigen, pürierten Suppe wirkte einschläfernd und beruhigend zugleich. Die Sorgen der letzten Stunden fielen von ihm ab. Das erste Mal, seitdem er den Boden Ferrols betreten hatte, konnte Kakuta entspannen.

Er atmete tief durch und genoss die würzige Luft. Das Rufen eines nachtaktiven Vogels. Fröhliches Kindergeschrei, das von der Vorderseite des Hauptgebäudes und den weithin verteilten Pavillons zu ihnen herüberhallte. Das zusätzliche Gewicht, das er auf dieser fremden Welt mit sich herumschleppte, war auf einmal gar nicht mehr so schwer zu ertragen.

»Es ist schön hier«, sagte Kakuta.

Die erste Bombe fiel.

Kapitel 9

Erde
Homer G. Adams

»Ich kann Sie lehren, das Besun für alle Zeiten in Ihnen zu behalten«, hatte er gesagt.

Der Fantan reagierte auf eine Weise, die Adams nicht erwartet hätte. Er landete die Flunder, unmittelbar neben dem steinernen Gebäude, sprang aus dem kleinen Raumschiff und raste davon, die Hautfetzen, die sich weiter gelöst hatten, hinter sich herziehend. Adams verließ ebenfalls das kleine Gefährt und sah dem Fremdwesen nach. Sheperk erreichte eine beachtliche Geschwindigkeit, mit der er der eines Menschen keinesfalls nachstand. Bald war er nur noch ein kleiner Punkt am Horizont, dem eine Staubwolke folgte.

Adams stand unschlüssig da. Er wusste nicht, wie er sich das Verhalten des Fantan erklären sollte. Bei all dem Wissen, das er während der letzten Tage angehäuft hatte, war es ihm noch immer nicht gelungen, Verhaltensweisen und Beweggründe Sheperks zu verstehen.

Das Fremdwesen kehrte nach einigen Minuten zurück. Es blieb unmittelbar vor Adams stehen.

»Was möchten Sie für Ihr Wissen?«, fragte er, nun wieder völlig ruhig.

Konnte es denn wahr sein? Sprang der Fantan auf seinen Plan an, ohne Wenn und Aber? Geblendet von der Hoffnung, sich selbst in einen Rausch von Besun ergehen zu können und sich niemals mehr wieder auf die Suche nach immer mehr dieser ganz besonderen Momente machen zu müssen?

»Die Mitglieder Ihres Volkes erschrecken uns Menschen«, begann Adams vorsichtig. »Sie bestehlen uns. Sie bereiten uns Angst. Wir verstehen Sie nicht. Unverständnis und Furcht erzeugen Aggressionen. Irgendwann einmal wird es zu gewaltsamem Widerstand gegen Angehörige des Fantan-Volkes kommen. Mag sein, dass Sie die stärkeren Argumente auf Ihrer Seite haben – doch wollen Sie einen Krieg provozieren?«

»Das ist keine Antwort auf meine Frage. Wir handeln ein neues Geschäft aus. Sagen Sie mir, was Sie von mir haben möchten, wenn Sie mich lehren, den Augenblick zu behalten.«

Adams' Herz klopfte laut. »Ich möchte, dass Sie die Erde verlassen. Alle Fantan.«

»Abgelehnt«, sagte Sheperk rasch, als habe er mit dieser Forderung gerechnet. »Das liegt nicht im Interesse meines Volkes, und ich kann auch nicht für meine Landsleute sprechen. Verlangen Sie etwas anderes.«

Adams zuckte die Achseln. Er hatte ohnedies bereits mehr erreicht, als er hatte erhoffen dürfen. Alles, was nun noch kam, war eine Drauf- und Dreingabe.

»Wir haben genügend eigene Probleme auf der Erde. Und wir befinden uns in einer ganz besonderen Phase des Umbruchs. Sie stören und behindern uns dabei.«

»Was geht uns das an?«

»Sie zerstören das Besun unserer Welt.«

»Das ist nicht wahr«, behauptete Sheperk. »Dafür sorgen Sie ganz allein.«

»Ich verstehe nicht ...«

»Wir besitzen ausreichend Informationen über die Erde, um sagen zu können, dass Ihre Welt nicht mehr im Gleichgewicht ist. Die Klimaveränderung ist sehr weit fortgeschritten. Es handelt sich um einen womöglich unumkehrbaren Prozess, wenn nicht ...«

»Ja?«

»Wenn wir Ihnen nicht helfen würden.«

»*Das* könnten Sie tun?«

»Ja.«

Adams fühlte sich völlig überrumpelt. Sheperk hatte ihm das Momentum des Handelns entrissen. Der Fantan lockte ihn nun mit einem Angebot, das so großartig war, dass er darauf eingehen *musste*.

»Und wie? – Ich weiß, dass wir Ihnen in vielerlei Hinsicht keinesfalls das Wasser reichen können. Doch ich kann mir nicht vorstellen, dass einige wenige Fantan imstande sind, einen ganzen Planeten vor dem Untergang zu retten.«

»Ich kann es Ihnen beweisen«, behauptete Sheperk. Er schob den Menschen vor sich her, hin zur Flunder, und brachte ihn zum Einsteigen.

Was danach geschah, würde Homer G. Adams stets ein Rätsel bleiben.

Adams verließ das tonnenförmige Schiff und betrat mit wackeligen Beinen den Boden der Erde. Er trug wieder jene Kleidung, in der er sich mit dem Fantan auf den Weg gemacht hatte.

Auf den Weg – wohin?

Es fiel ihm schwer, daran zu denken. Zu viel war während der letzten Stunden – Tage? – auf ihn niedergeprasselt.

Hatte er denn tatsächlich die Erde verlassen? War er gemeinsam mit Sheperk zur Venus gereist?

Er, der Mann mit dem unbestechlichen Erinnerungsvermögen, drohte zu vergessen, was geschehen war.

»Nun?«, fragte Sheperk und trat hinter ihm aus der Schleuse des Schiffs. »Was sagen Sie?«

Adams schwieg. Er schloss die Augen und konzentrierte sich. Um zumindest eine Ahnung von den zeitlichen Abläufen der Ereignisse zu bekommen, die so nebulös durch seinen Kopf trieben. »Haben Sie ein wenig Geduld«, bat er den Fantan. »Ich muss nachdenken.«

»Gerne.«

Adams trat hinaus, in die weite Ebene des ausgetrockneten Salzsees, nur wenige Kilometer von den Ausläufern der stetig wachsenden Stadt Terrania entfernt. Ihm war übel, sein Magen knurrte.

Der Wind brachte den Geruch nach Curry mit sich. Unweit von hier entstand eine Zeltstadt, die offenkundig von Indern besiedelt wurde. Schmale, ausgetretene Wege führten in die Berge. Menschen frequentierten sie. Sie trugen Gefäße und Säcke; Wasser und Lebensmittel, die sie von einem der vielen Verteilungszentren rings um die Stadt holten.

Manch einer der Menschen blieb stehen und blickte neugierig zum gelandeten Tonnenschiff herüber.

Adams wandte sich nach rechts. Dort, in der Ferne, lag das spindelförmige Mutterschiff des Fantan. Er war im Inneren des Raumers gewesen ...

Oder?

Erinnere dich!, mahnte sich Adams.

Oh ja; da waren die passenden Bilder. Schwache, kaum als solche erkennbare Reflektionen dessen, was er vor zwei Tagen in Begleitung Sheperks erlebt hatte.

Sie waren in das Mutterschiff gestiegen. Vorbei an wachhabenden Fantan, vorbei an wundersam wirkenden Aggregaten, riesigen Frachträumen, Maschinenwerk, winzigen Kajüten. Bis sie in einen Hangar gelangten, in dem das Beiboot eingelagert gewesen war.

Sheperk hatte Dinge angefordert. Maschinen waren geliefert worden, große und kleine. Adams wusste nicht mehr, wie sie ausgesehen und was sie für Funktionen ausgeübt hatten. Schweberoboter hatten sie an Bord des Beibootes gebracht – *seltsam, wie rasch man sich an die Präsenz maschineller Helfer gewöhnt* –, um danach in anderen Teilen des Mutterschiffs ihren Aufgaben nachzukommen.

Sheperk hatte ihn an Bord gebeten. Adams wusste nicht zu sagen, was im Inneren geschehen war, wie es ausgesehen, worüber sie gesprochen und was sie getan hatten. Alles war weg, und dies war für Adams nun wirklich schockierend.

Die nächste bewusste Erinnerung war die an eine völlig fremde Umgebung. An Nebelschwaden, die die Sichtweite auf wenige Meter einschränkten. Zerfurchter und zerrissener Boden, trocken, ganz anders als auf der Erde. Alles ringsum war ungewöhnlich gewesen.

Sheperk hatte ihn auf eine fremde Welt gebracht! Zur Venus!

Adams torkelte, konnte sich kaum auf den Beinen halten. Was für ein bitterer Scherz! Er hatte die Erde verlassen, hatte eine Reise durch den Raum angetreten – und konnte sich kaum daran erinnern!

Er hatte einen Raumanzug getragen, den Sheperk wer weiß woher beschafft hatte. Sie waren ins Freie getreten, waren von gelbgrünen Nebelschwaden umgeben gewesen. Sie hatten geplaudert. Über einen Plan, ein Vorhaben, dessen Umfang Adams weder glauben noch verstehen wollte.

Dann hatte es begonnen: Maschinenwerk war aus den Hangarluken des Beibootes auf die Oberfläche des Planeten gerollt und gefahren, dirigiert von Sheperk, der im Zentrum allen Geschehens gestanden und konzentriert Befehle an seine mechanischen Helfer gegeben hatte.

Ein Schutzschirm war entstanden. Die Gasschwaden hatten sich verflüchtigt, waren abgesaugt und irgendwohin gepumpt worden. Die Sicht war klarer geworden. Dann war die Flüssigkeit gekommen. Hochgepumpt aus tiefsten Tiefen, vermengt mit Chemikalien, denen bakterieller Nährstoff beigemengt worden war.

Adams tränten die Augen. Er hatte das Wunder der Lebenswerdung in aller Anschaulichkeit verfolgt. In Benommenheit, ohne sich auch nur das geringste Detail merken zu können. Alles, was ihm geblieben war, waren einige vage Bilder – und jenes Gefühl der Ehrfurcht, das er in diesen Stunden empfunden hatte.

Pflanzen waren aus kahlem Boden getrieben. Sie hatten die trockene Kruste aufgebrochen. Mit der stärksten nur denkbaren Kraft, mit der des Lebens.

Er hatte den Helm seines Raumanzugs geöffnet, von Sheperk dazu angestachelt. Er hatte klare, kühle Luft geatmet: venusianische Atemluft.

Und dann die Sätze, die ihm als einzige in aller Deutlichkeit geblieben waren: »Wir könnten diese Welt für Sie lebenswert machen, wenn wir es denn wollten«, hatte Sheperk gesagt. »Genauso leicht könnten wir die Aufheizung der Erde stoppen. Das ist es, was ich und meine Begleiter Ihnen geben würden – wenn Sie uns lehrten, das Besun für immer zu behalten.«

Und dann hatte Adams die Wahrheit gesagt. Noch immer völlig verblüfft und vereinnahmt von den Geschehnissen ringsum hatte er zugegeben, den Fantan angelogen zu haben.

Der Erinnerungsfilm war neuerlich gerissen, und das nächste, was er wusste, war, dass er das Beiboot verlassen und wieder den Boden der Erde betreten hatte, vor wenigen Minuten.

»Wie fühlen Sie sich?«, fragte Sheperk.

»Es geht mir schrecklich. Und dann wiederum bin ich ... erleichtert.«

»Das bringt das Vergessen so mit sich.« Der Fantan schwenkte seine Arme in Richtung jener Menschen, die allmählich näher kamen, um das fremde Schiff und ihn zu bewundern.

»Es tut mir leid, dass ich Sie angelogen habe, Sheperk. Ich wollte Sie dazu bringen, die Erde zu verlassen.«

»Ja, Sie wollten mich reinlegen. Wie es unter guten Geschäftspartnern nun mal Usus ist.«

War das Humor? Fantanscher Humor?

»Sie haben mich nicht bestraft. Sie haben mich zurück zur Erde gebracht. Genauso gut hätten Sie mich auf der Venus zurücklassen oder mich töten können.«

»Wir sind keine Barbaren.« Sheperk tänzelte umher und drehte sich schwungvoll. Die Hautfetzen hatten sich nun fast vollends von seinem Körper gelöst. Sie umgaben ihn wie dünne Tücher, die im Wind flatterten.

»Aber ...«

»Ich trage mein eigenes Besun mit mir, Adams. Es schmeckt, um Ihre eingeschränkte Begriffswelt zu verwenden, bitter und schal. Und ein wenig dieser Bitterkeit habe ich an Sie weitergegeben. Als Strafe für Ihre Impertinenz.«

Hatte ihn der Fantan geschlagen, ihm Schmerz zugefügt, ihn verletzt? War er deshalb wie betäubt? – Nein. Er fühlte sich vollkommen gesund.

»Sie haben Dinge vergessen, nicht wahr? Ich habe Ihnen Erinnerungen gestohlen. Und das aus gutem Grund.« Sheperk blieb stehen. »Sie haben mir erzählt, dass Sie niemals in Ihrem Leben etwas vergessen. Es ist eine Gnade, sich jedes jemals erlebte Besun zurück in Erinnerung rufen zu können – und ein schrecklicher Fluch zugleich. Schmerz, Angst, Zorn, Verzweiflung: Dies alles tragen Sie für immer mit sich. Sie können Ihren Emotionen niemals entkommen.« Sheperk drehte sich wie ein Derwisch, die Arme weit von sich gestreckt. »Sie waren es gewohnt, damit umzugehen. Sie kannten es nicht anders. Doch nun, da ich Ihnen gezeigt habe, was Vergessen bedeutet, werden Sie sich für immer daran erinnern, wie es sich anfühlt.« Der Fantan hielt in seinen Drehbewegungen inne. »Und das, Erdenmensch, ist Ihre Strafe.«

Strafe? – Lächerlich! Adams unterdrückte ein Lachen. Das Gefühl der Schwammigkeit und der Unbestimmtheit in seinen Gedanken war ihm schrecklich unangenehm. Er war glücklich darüber, wieder ganz zu sein, wieder er selbst zu sein.

Oder?

Irgendwie fühlte er sich leerer als zuvor – und seiner Reinheit beraubt.

»Es tut mir leid, dass ich Ihnen nicht helfen kann, Sheperk«, wiederholte er leise.

»Ach, das Besun besäße weniger Wert, wenn es nicht so flüchtig wäre. Der Augenblick wäre kein Augenblick mehr.« Der Fantan griff an seinen Gürtel und reichte Adams einen silbern glänzenden Stift. »Ich danke Ihnen dennoch für Ihre Begleitung. Hier.«

»Was ist das?«

»Weiteres Wissen. Solches, das die Menschen benötigen, um ihre aus den Fugen geratene Welt zu retten.«

»Sie *schenken* es mir? Ich dachte, wir machten Geschäfte.«

»Betrachten Sie es als Bonuszahlung. Die Erde bietet so viele und ganz besondere Besun, die nicht mit Ihnen untergehen sollten. Musik. Weisheit. Worte. – In Ihnen steckt etwas, das es wert erscheinen lässt, bewahrt zu werden.«

»Ich ... danke!« Adams wusste nicht, was er sagen sollte. Er nahm den Stift an sich.

Es war nicht, was er hatte erreichen wollen. Die Fantan würden vorerst bleiben. Doch er hatte etwas anderes geschafft: Er hatte die Achtung dieses Wesens errungen. Er hatte Sheperk das Menschsein nähergebracht. Er hatte ihm das Gute und das Schlechte, das Schöne und das Hässliche vor Augen geführt, in vielen Nuancen und Gestalten. Womöglich würden die Fantan-Leute und sie nun zu einem besseren Einvernehmen finden?

Adams hatte so seine Bedenken. Sie waren einander zu fremd. Jedes Wort musste auf die Waagschale gelegt werden, jede unbedacht geführte Geste mochte zu Missverständnissen führen. Es würde Jahre benötigen, um den Habitus der Fantan zu durchschauen – und bis dahin, so befürchtete er, würde es längst zu spät sein. Schon jetzt kochte der Zorn der Volksseele hoch, wie vor wenigen Tagen in Indien zu sehen gewesen war.

Wenn sie doch bloß wüssten, was das Besun für die Fremden für eine Bedeutung hatte! Sie versuchten es einzufangen und zu bewahren, und sie rissen alles an sich, was sie in irgendeiner Form an diese besonderen Augenblicke erinnerte. – Doch wozu diente es? Warum fanden die Fantan das Besun nicht in sich selbst, warum suchten sie es auf anderen Welten und in anderen Kulturen?

»Wohin gehen Sie?«, fragte Adams, als Sheperk sich gemächlich vom Beiboot entfernte.

»Ich benötige ein wenig Ruhe. Ich möchte nachdenken.«

»Hier? Warum kehren Sie nicht zu Ihren Artgenossen ins Mutterschiff zurück?«

»Diese Gegend ist etwas Besonderes.« Mit einem Greifarm deutete er in Richtung Terrania. »Dort beginnt das Leben zu pulsieren, und mit ihm schwillt das Besun immer mehr an. Es tut mir gut, es aus ausreichender Entfernung zu betrachten.«

»Wie kommt es, dass Besun wachsen kann?«

»Es entsteht aus Zufällen. Es erwächst aus wichtigen, großartigen Taten. Es summiert sich aus vielen kleinen Einzelfaktoren. – Es gibt keine allgemeingültige Formel dafür.«

»Und wie nehmen Sie es wahr?«

»Mit all meinen Sinnen. Ich sehe, rieche, fühle, höre und schmecke es. Es füllt mich aus. Es macht, dass es mir besser geht und ich mir andererseits wünsche, mehr und mehr von diesem Bessergehen in mir anhäufen zu können.«

Sheperk setzte seinen Weg in die Einöde abseits aller Wege fort.

»Das war es also?«, rief ihm Adams hinterher.

»Was meinen Sie?«

»Unser Geschäft ist abgeschlossen, wir werden uns nicht mehr wiedersehen?«

»Wenn ein glückliches Besun passiert, begegnen wir einander wieder. Wenn nicht, hat es nicht sein sollen.«

Adams deutete eine Verneigung an. »Wir haben sehr viele besondere Momente miteinander geteilt. Ich habe die Zeit mit Ihnen genossen.«

»Warum?« Sheperk blieb stehen.

»Weil ich von Ihnen gelernt habe. Auch einiges über mich selbst.«

»Eine jede Begegnung bewirkt Interaktion. Nur dadurch können wir unseren Horizont und unseren Intellekt erweitern. Unser Treffen mag unter besonderen Umständen erfolgt sein – aber ich sehe nicht das Besun darin.«

»Ein Zusammentreffen oder eine Unterhaltung können auch andere Werte vermitteln«, widersprach Adams. »Freundschaft. Oder Sympathie füreinander.«

»Das ist für mich und meine Landsleute von minderer Bedeutung. Eine Freundschaft zwischen uns ist ohnedies ausgeschlossen. Es gibt zu wenige gemeinsame Ansatzpunkte.«

Ein Fahrzeug näherte sich, ein Hummer. Er zog eine riesige Staubfahne hinter sich her. In seinem Gefolge befanden sich weitere Autos, hauptsächlich solche, die einstmals zum Maschinenpark der chinesischen Volksarmee gehört hatten.

»Es wäre besser, wenn Sie zurück an Bord gingen«, forderte Adams den Fantan auf. »Ich habe ein mulmiges Gefühl.«

»Ich bleibe. Ich schmecke Aufregung. Neue Erfahrungen.«

Sheperk winkte aufgeregt mit den Armen. In seiner Gier nach mehr Besun war er unersättlich. Er trat mit schwankenden Schritten beiseite und stützte seinen Körper auf zwei Podien, während er die sich nähernden Fahrzeuge beobachtete.

War er sich seiner Sache so sicher? Glaubte er, unverletzbar zu sein – oder vertraute er ihm, Adams, so sehr?

Die Stadtverwaltung von Terrania City reagierte also. Das Mutterschiff der Fantan, mehrere Kilometer nordöstlich von hier niedergegangen, stand unter ständiger Beobachtung. Nun kümmerte man sich auch um das Beiboot, das wesentlich näher zur Stadt stand. Gewiss zeichnete Bai Jun für das rasche Handeln der provisorischen Sicherheitskräfte der Stadt verantwortlich. Er füllte seine Rolle als Bürgermeister von Terrania City und militärischer Stratege in Personalunion perfekt aus.

Der Hummer blieb in einer Entfernung von etwa fünfzig Metern zum fantanschen Beiboot stehen, die anderen Geländewagen ebenfalls. Ein Mann stieg aus, kleinwüchsig und mit schütterer Haarpracht, den Adams nur zu gut kannte. Den er mochte, respektierte – und in mancherlei Hinsicht auch fürchtete.

»Allan ... Ich hatte gehofft, dass Sie zu unserem Empfangskomitee gehören würden.«

Allan D. Mercant. Ein Garant dafür, dass in Terrania kein Chaos ausbrach und seine Versorgung gewährleistet war.

»Sie sind wohlauf?«, fragte der Sicherheitsexperte, ohne auf Adams' Worte einzugehen.

»Mir geht es bestens.«

Bewaffnete näherten sich. Begleiter Mercants, die sie umringten und dafür sorgten, dass sie ihre Unterhaltung ungestört fortsetzen konnten. Mehrere Waffenläufe blieben auf Sheperk ausgerichtet.

»Wir haben uns große Sorgen gemacht«, sagte Mercant, hakte sich bei Adams unter und führte ihn mit sich, raus aus dem Schatten des Raumschiffs. »Im Stardust Tower herrscht nach dem Verschwinden Reginald Bulls größte Nervosität.« Der Amerikaner packte fester zu. »Anfänglich dachten wir an eine Entführung, wurden dann aber von Ihren drei jungen ... Mittätern eines Besseren belehrt.« Mercants Griff schmerzte nun. »Wie kann man bloß so dumm sein? Sie haben mit diesem lächerlichen Bühnenschauspiel Ihr Leben aufs Spiel gesetzt, und Sie haben uns darüber hinaus nicht informiert!«

»Weil ich wusste, dass Sie und Bai Jun es mir verbieten würden.« Adams entrang seinen Arm dem Griff Mercants. »Sie sind beide militärisch geschult und haben klar strukturierte Perspektiven. Ich hingegen wollte auf etwas ... hm ... verschlungene Wege an die Fantan rankommen.«

»Haben Sie's geschafft?«

»Ich glaube schon.« Adams überlegte. Er blickte zu Sheperk, der sich weiterhin abseits hielt. Als ginge ihn nichts an, was die Menschen zu bereden hatten, und als wären sie seiner Aufmerksamkeit nicht wert. »Ich habe keine Ahnung, was ich von all dem halten soll, das ich während der letzten Tage erlebt habe.« Er blieb stehen, hielt Mercant an den Schultern fest und drehte ihn zu sich, sodass ihn der kleine Mann mit den markanten Gesichtszügen anblicken musste. »Ich war auf der Venus! Ich habe Dinge gesehen, die Sie sich in Ihren kühnsten Träumen nicht vorstellen können. Ich habe Informationen erhalten, die uns helfen werden, diese Welt ein kleines bisschen lebenswerter zu machen!«

»Ihr Enthusiasmus in allen Ehren – aber Sie sehen die Dinge aus einem romantisch-verklärten Blickwinkel. Die Fantan machen uns gehörig Probleme. Auf ihrer Suche nach Besun sind sie aufdringlich und rücksichtslos. Es gab Kämpfe und Tote. Konflikte wie in Indien, die es uns so gut wie unmöglich machen, Perry Rhodans Weg des Friedens weiter zu verfolgen und ein Vordringen ins Weltall zu propagieren.« Allan D. Mercant tat einen Schritt zurück und massierte seine Schläfen. Er wirkte müde. »Die Menschen rings um den Globus sind in Panik. Sie fürchten das Fremde. Es bringt bloß weitere Sorgen. Sorgen, von denen wir auf der Erde ohnedies zur Genüge haben.«

Adams griff in eine Hosentasche und kramte nach dem stabförmigen Datenträger, den ihm Sheperk gereicht hatte. »Ich besitze etwas, das uns womöglich hilft, eines unserer größten Probleme zu lösen. Der Fantan hat es mir geschenkt.«

»Sie sind zu einer Übereinkunft gekommen?«

Adams schüttelte den Kopf. »Immer wenn ich glaubte, Sheperk jetzt endlich zu verstehen, tat er Dinge, die völlig abstrus wirkten. Seine Suche nach Besun, nach dem ganz besonderen Augenblick, wird mir wohl für immer ein Rätsel bleiben.«

»Was ist das?«, fragte Mercant und deutete auf den Datenträger.

»Wissen. Informationen darüber, wie man dem Klimakollaps auf der Erde bekämpfen kann.«

»Sie glauben, dass er die Wahrheit sagt? Was, wenn dies ein Sprengkörper ist?«

»Sie sind misstrauisch bis in die Zehenspitzen, Mercant. Wie immer.«

»Und Sie gutgläubig wie immer. – Sie sagen selbst, dass Sie nichts über die Absichten dieses Sheperks wissen. Was, wenn er Sie bloß einlullen wollte und nun hofft, dass Sie dieses Ding nach Terrania bringen? Damit es dort seine Wirkung tut.«

»Die Fantan sind uns ohnedies hoffnungslos überlegen. Wenn sie wollten, hätten sie uns längst von der Erde gebombt.«

»Um auf all das Besun zu verzichten, das sie bei uns frei Haus geliefert bekommen? – Nein! Wie es scheint, ist es ihr Ziel, Regierungen zu destabilisieren. Ich gehe davon aus, dass sie klug genug sind, um zu erkennen, dass in Terrania ihre gefährlichsten Widersacher sitzen. Solche, die die Menschen auf einen gemeinsamen Feind einschwören könnten.«

»Diese Vermutungen sind an den Haaren herbeigezogen, Mercant!« Adams ärgerte sich über den Starrsinn des kleinen Mannes. Außerdem fühlte er sich verunsichert. Wusste er denn, wie Sheperk und seine Artgenossen tickten? Hatten ihm die letzten Stunden und Tage nicht das Gegenteil bewiesen? »Sehen Sie sich ihn doch an: Er zeigt keinerlei Angst, obwohl rings um ihn Bewaffnete aufziehen. Er vertraut darauf, dass ich seine Sicherheit gewährleiste.«

»Oder aber er verfügt über Möglichkeiten, sich zu schützen, die wir noch nicht kennen.«

Sheperk ließ sich auf seinem tonnenförmigen Leib nieder und streckte die Podien weit von sich. Er gab Töne von sich, die der

Translator nicht übersetzte. Der Fantan zog mehr und mehr Aufmerksamkeit auf sich. – Was hatte er vor? Hatte er ein ganz besonderes Besun gefunden, dessen Ursprung sich menschlichen Sinnen entzog?

Adams roch mit einem Mal die Gefahr. Da waren viel zu viele Menschen rings um ihn. Bürger aus Terrania. Solche, die gerne welche gewesen wären. Bewaffnete und Unbewaffnete, Soldaten und Zivilisten. Sie alle rückten näher. Bildeten einen Halbkreis um den Fremden, der für so vieles stand, was sie nicht verstanden. Der Halbkreis wurde rasch zum Kreis. Homer G. Adams und Allan D. Mercant wurden beiseitegedrängt. Ausgeschlossen.

»Er stinkt!«, rief jemand.

»Er ist widerlich!«, sagte ein anderer.

»Er und seine Kumpanen wollen uns zu Sklaven machen!«, brüllte ein Dritter.

»Ich habe gehört, dass die Fantan in Japan eingefallen sind!«

»Sie stehlen und töten Kinder!«

Adams schob Menschen beiseite und versuchte, sich durch die Massen zu drängen. Er machte durch lautes Geschrei auf sich aufmerksam, teilte Hiebe nach links und rechts aus – doch er war zu leise, zu klein, zu unbedeutend.

Da waren keine Individuen mehr. Nur noch eine komprimierte Masse an trampelnden, schimpfenden, schreienden Idioten, die von ihren Emotionen gelenkt wurde und auf nichts mehr hörte, auf gar nichts ...

Schüsse fielen. Sicherheitsleute Mercants ballerten zur Warnung in die Luft. Warum standen sie außerhalb des Kreises? Hatten sie den Menschen bereitwillig Platz gemacht? Wollten sie etwa, dass die Katastrophe ihren Lauf nahm?

»Nein!«, schrie Adams und schlug wild um sich, drängte weiter, rang mit diesen Leuten, die ihm die Rücken zukehrten und auf ihn wie eine kompakte, undurchdringliche Masse wirkten. »Lasst ihn in Ruhe! Er hat uns nichts getan!«

Niemand hörte auf ihn. Seine Stimme ging im allgemeinen Tohuwabohu unter. Weitere Schüsse fielen, und Adams wusste nicht, ob sie aus dem Inneren des Kreises stammten oder von Mercants Leuten abgefeuert worden waren.

Ein wie beiläufig geführter Fausthieb traf ihn. An der Lippe. Sie platzte. Eine Frau hatte ihn geschlagen. Eine Schwangere, eine Asiatin, deren Bauch deutlich vorgewölbt war. Ihr Gesicht war vor Hass verzerrt. Sie fauchte und spuckte und trat nach ihm und ließ erst von ihm ab, nachdem er zurückgewichen war.

Erinnerungen, die du niemals mehr wieder vergessen wirst ...

Mercants befehlsgewohnte Stimme war zu hören. Doch es kümmerte Adams nicht mehr. Er torkelte beiseite und wischte sich Blut von der Lippe. Er musste weg von hier, so rasch wie möglich! Er wollte nicht sehen und nicht hören, was hier geschah. Es durfte sich nicht in sein Gedächtnis einbrennen; sonst würde er womöglich niemals mehr wieder einen guten Gedanken über die Menschen hegen können.

Er lief in die Wüste hinaus, weit weg, verfolgt von Geräuschen, die an das Knurren wilder Tiere erinnerten. Er lief, so weit ihn die Beine trugen. Um sich irgendwann auf den brennend heißen Boden fallen zu lassen, die Hände gegen die Ohren zu pressen und sich in eine Fötusstellung zu begeben.

Er weinte. Er weinte, bis man ihn fand und zurück nach Terrania brachte.

Kapitel 10

Ferrol
Perry Rhodan

Er zog den Kopf ein. Es war stickig und eng im Inneren des Amphibienfahrzeugs. Ferronen drängten sich an ihnen vorbei, schmale Gänge entlang, ohne sich um sie zu kümmern. Die Soldaten wirkten müde und gleichgültig.

Scahles, die Kommandantin des Pioniertrupps der Zweiten Infanterie, saß in einer kleinen Nische des Fahrzeugs und musterte die Menschen. Das rotstichige Licht brachte Spuren der Erschöpfung in ihrem Gesicht zum Vorschein.

»Menschen nennen Sie sich«, sagte sie. »Sie wollen helfen. Sie möchten in den Roten Palast und mit dem Thort sprechen.« Die Frau schüttelte den Kopf, Schläfenlocken fielen ihr weit ins Gesicht. »Sie besitzen wundersame Fähigkeiten, wie die Aufnahmen gezeigt haben.« Sie deutete auf Ras Tschubai, dessen Teleportationen von Spionkameras der ferronischen Soldaten in Bildern festgehalten worden waren. »Dennoch traue ich weder Ihnen noch diesem Warani. Es erscheint mir rätselhaft, warum Sie in die belagerte Stadt Thorta wollen. Und was Chaktor angeht ...«

Sie wandte sich dem Raumfahrer aus ihrem eigenen Volk zu. »Wir werden die Angaben zu Ihrer Identität so rasch wie möglich überprüfen. Doch die Nachforschungen werden einige Zeit in Anspruch nehmen. Die Raumflotte wurde aufgerieben. In ihrer Stabszentrale herrscht Chaos, unsere Fragen wurden nicht beantwortet.«

Rhodan trat einen Schritt vor. »Mit Verlaub, Scahles; wir haben keine Zeit! Wir müssen so rasch wie möglich zum Thort. Nicht nur, dass wir hoffen, unsere Begleiter dort zu treffen. Wir glauben auch ...«

»Ich habe Ihnen nicht erlaubt zu sprechen!«, herrschte ihn Scahles an. »Wache!«

Ein bewaffneter Ferrone trat dicht an Rhodan heran. Er drängte ihn zurück in die Reihe seiner Kameraden und hielt dabei einen

Schlagstock quer vor dem Körper. Es war ihm anzumerken, dass er jederzeit bereit war, von der Waffe Gebrauch zu machen.

Menet meldete sich zu Wort. »Sie wissen, wer und was die Warani sind, Kommandantin?«

»Wer weiß das nicht? Mürrische Eigenbrötler, die für sich allein bleiben und vorgeben, sich nicht um die Angelegenheiten anderer Ferronen zu kümmern. Mit anderen Worten: unsympathische Schmarotzer, die nicht willens sind, sich für das Wohl des Volkes einzusetzen.«

Menet nahm die Vorwürfe hin, ohne mit der Wimper zu zucken. »Aber Sie wissen auch, dass wir unser Ehrgefühl über alles andere stellen?«

»Das ist bekannt.«

»Dann schwöre ich als Warani der Bixao-Sippe beim Leben meiner Verwandten und aller Angehörigen des Stammes, dass diese Menschen die Wahrheit sagen. Ihre Körper mögen schwach sein; doch sie sind mutig, willensstark und haben sich als treue Kampfgefährten erwiesen. Ich würde mein Leben für einen von ihnen geben.«

Rhodan sog Luft zwischen den Zähnen ein. Der mürrische Mann aus dem Sumpf sagte Dinge, die er niemals erwartet hätte!

Scahles blickte den Warani an. Sie leckte mit der Zunge über die schmalen Lippen, verschränkte ihre Finger ineinander, zeichnete dann Kreise und andere Symbole auf das vor ihr liegende Schreibblatt. »Der Warani sagt stets die Wahrheit, meint man in Thorta, so unangenehm sie auch klingen mag.«

»So ist es.« Menet stellte sich breitbeinig hin. »Lügen, Intrigen, Gier, Falschheit, Eitelkeiten – dies alles sind falsche Errungenschaften der sogenannten Zivilisation. Wir haben diesen Dingen abgeschworen. – Glauben Sie meinen Worten, Kommandantin?«

»Es sind seltsame Zeiten, Warani. Ein Ferrone kann die Wahrheit sagen – und damit größeren Schaden anrichten, als würde er lügen.«

»Sie weichen aus, Scahles. Nochmals: Glauben Sie mir?«

Die Frau warf ihren Stift verärgert beiseite. »Ja, verdammt, das tue ich!« Sie deutete den Wächtern, den kleinen Raum zu verlassen. Gut sichtbar legte sie ihre Dienstpistole vor sich hin auf den Schreibtisch, bevor sie sich setzte und den Terranern winkte, näher zu treten.

»Danke für Ihr Vertrauen, Kommandantin!« Rhodan setzte sich auf einen der zu schmalen und zu kleinen Stühle.

»Bedanken Sie sich bei dem Warani. Sie sind frei zu tun und zu lassen, was Sie möchten.«

»Sie wissen, worum es uns geht, Scahles.«

»Erwarten Sie etwa, dass ich Ihnen helfe, in den Roten Palast zu gelangen?« Die Frau beugte den Kopf weit nach hinten und lachte hellauf. Doch es war ein künstliches, fast hysterisch klingendes Lachen. »Wir sind eben dabei, das Gegenteil zu bewirken und die Topsider ins Umfeld der Stadt zu locken.«

»Warum?«, fragte Alexander Baturin. Er beugte sich interessiert vor, als die Ferronin eine Karte vor sich ausbreitete.

»Um alle Vorteile zu nutzen, die uns noch bleiben. Vor allem die Geländekenntnis. Zudem möchten wir die gegnerischen Truppen so weit wie möglich aufsplittern und ausdünnen. Um ihnen Nadelstiche zu versetzen, die irgendwann einmal zu schmerzen beginnen.«

»Guerillataktik«, sagte Chaktor. »Jetzt schon?«

»Was wissen Sie über die derzeitige Lage?«

»So gut wie gar nichts«, mischte sich Rhodan wieder ein. »Wir haben versucht, den Vormarsch der Topsider im Raum zu stoppen, wie Chaktor bestätigen wird. Mit einem Schiff, dessen Technik der ihrigen überlegen war ...«

Scahles Augen glänzten mit einem Mal. »Sie besitzen Raumer, mit deren Hilfe wir die Echsen zurückdrängen könnten?«

»Leider nein. Aber wir haben noch andere Trümpfe im Ärmel«, improvisierte Rhodan. Er war auf die Hilfe der Offizierin angewiesen. Er benötigte eine Karotte, um sie vor den Eselskarren spannen zu können; zumindest eine kleine.

So rasch die Hoffnung in Scahles Blicken aufgeglommen war, so rasch verlosch sie auch wieder. Die Frau hatte in den letzten Tagen wohl viel zu viele Enttäuschungen erlebt. Allzu ?tiefe Empfindungen hatten im Überlebenskampf keinen Platz mehr.

»Die Topsider haben die heimatliche Raumflotte zur Gänze vernichtet«, fuhr sie leidenschaftslos fort. »Sie haben auch die orbitalen Verteidigungsforts abgeschossen, Widerstand auf Raumstationen gebrochen, energieerzeugende Solarstädte im Raum vernichtet und schließlich die planetengebundene Luftwaffe ausgeschaltet. Der Schaden an Mann und Material ist gewaltig.« Scahles rang nun mit Worten. Ein weiterer Seitenblick galt Menet, der ungerührt stehen geblieben war, mit vor der Brust verschränkten Händen, wie eine Statue. »Ich erzähle Dinge, die strengster Geheimhaltung unterliegen, seien Sie sich dessen bewusst. Dinge, die die Moral meiner Leute zerstören würde, wüssten sie davon.«

»So schlimm steht es also?« Chaktor schüttelte den Kopf.

»Noch viel schlimmer. Wir können der Überlegenheit der Topsider kaum etwas entgegensetzen. Sie ersticken jeglichen Widerstand im Keim und nehmen Gefangene. Unsere Verteidigungsdoktrin basierte stets auf der Annahme, dass die gänzliche Eroberung eines Planeten unmöglich sei. Es gäbe für den Angreifer zu viele Unwägbarkeiten, und es bedürfte gewaltiger Ressourcen, um einen solchen Plan durchzuführen. Doch wir haben uns geirrt.«

Scahles griff zu einer Art Tabakpfeife mit zwei Mundstücken, stopfte knallrotes Kraut in den ovalen Kopf und spritzte Flüssigkeit darüber. Süßlich-herber Duft erfüllte den Raum. Die Kommandantin sog an den schmalen Schlitzen der Mundstücke und atmete tief durch.

»Der technische Vorsprung der Echsen ist zu groß. Zudem handelt es sich bei den Feinden durchweg um Soldaten, die keinerlei Rücksicht kennen, während wir bei allem, was wir tun, auf ferronische Zivilisten Rücksicht nehmen müssten.«

»Müssten?«, hakte Rhodan nach.

»Ganz richtig.« Angewidert schleuderte Scahles das Pfeifchen von sich. »In den letzten Stunden sind wir dazu übergegangen, unsere eigenen Vorschriften zu missachten.« Die Frau öffnete eine Schublade in ihrem Schreibtisch, kramte einen x-förmigen Datenträger hervor, legte ihn in ein Lesegerät und aktivierte es.

Bilder wurden auf die gegenüberliegende Wand gespiegelt. Bilder, die Rhodan lieber nicht gesehen hätte.

Es zeigte weitere ferronische Amphibienfahrzeuge. Sie lauerten auf dem Grund einer Wouffar. Kiele mehrerer Flüchtlingsboote zogen über sie hinweg, Unmengen von Blasen hinter sich herziehend. Mit einem Mal setzten sich die Amphibienfahrzeuge in Bewegung. Sie schossen hoch, tauchten aus dem Wasser, prallten auf die Leiber durchs Wasser watender Topsider. Sie schossen aus allen Rohren. Töteten Echsen. Ohne Rücksicht auf ihre eigenen Leute zu nehmen.

»Wir nutzen die Flüchtlinge als Lockvögel«, sagte Scahles, ohne auf die Bilder zu achten. »Wir opfern Hunderte von ihnen, um einige wenige Topsider zu erwischen.«

Rhodan standen Tränen in den Augen. Er konnte kaum glauben, was er sah. Die ferronischen Soldaten kämpften ohne Rücksicht. Schossen auf die eigenen Leute. Kannten keine Gnade.

»Warum?«, fragte er, und noch einmal: »Warum?«

»Die Rechnung ist einfach: Die Topsider sind mit einigen Hundert Raumschiffen in unser heimatliches System vorgedrungen. Fünfhunderttausend Soldaten, vielleicht etwas mehr, vielleicht etwas weniger, wollen die besiedelten Planeten und Monde des Wegasystems erobern. Jeder getötete Feind erschwert den Echsen dieses

Vorhaben, zumal der Nachschub an Kämpfern und Material stets mit viel Zeitverzögerung verbunden ist. Sie mögen uns in puncto Raumfahrt noch so weit voraus sein; die Reise von ihrer Heimat hierher bedeutet immense Kosten und Aufwände.«

»Das ist Wahnsinn!«, schrie Chaktor. »Das muss sofort ein Ende haben!«

»Krieg *ist* Wahnsinn«, meinte Scahles lapidar.

»Sie sind mit Massakern wie diesen einverstanden?« Rhodan deutete auf die Bilder, die einfach nicht enden wollten und die sich in ihrer Eindringlichkeit in sein Gedächtnis einbrannten.

»Wissen Sie, was es bedeutet, keine Alternativen mehr zu haben?«, stellte Scahles die Gegenfrage. »Es gibt nur noch diesen einen gangbaren Weg, um die vollständige Niederlage zu verhindern.«

»Wie wär's mit Kapitulation?«

»Das nennen Sie eine Alternative?« Die Kommandantin tastete nach ihrem Pfeifchen und leerte neuerlich Flüssigkeit in den Kopf. »Die Gefangenen werden, soweit wir in Erfahrung gebracht haben, von den Topsidern in Lager überführt. Sie werden als Sklaven gehalten. Man munkelt, dass sie abtransportiert werden. Irgendwohin. Vielleicht verkauft, vielleicht, um auf einer fremden Welt zur Belustigung zu dienen.«

»Haben Sie Beweise für diese Behauptungen?«

Scahles klopfte mit einer flachen Hand auf den Tisch. »Soll ich Ihrer Meinung nach darauf warten, bis ich die Fakten schwarz auf weiß auf dem Tisch liegen habe, während in der Zwischenzeit zig Millionen Landsleute von Ferrol weggeschafft werden?«

Rhodan verzichtete auf eine Replik. Die Frau war sichtlich am Ende ihres Lateins – und am Ende ihrer Kräfte. Sie *funktionierte* als Soldatin. Das war alles.

»Was ist mit dem Thort?«, fragte Chaktor.

»Was soll mit ihm sein?« Scahles gab sich weiterhin aggressiv. »Er steckt angeblich im Roten Palast und ist allem Anschein nach noch am Leben. – Erwarten Sie sich Wunderdinge von ihm? Glauben Sie etwa an das Märchen von einer Geheimwaffe, derer er sich im Fall einer Krise bedienen wird?« Scahles winkte ab. »Diese Ammenmärchen ergeben ebenso wenig Sinn wie all diese Geschichten von den Lichtbringern. Für einen Militär zählen Fakten. Beweise.«

Rhodan hielt an sich, wie auch Chaktor nun schwieg. Die Soldatin war sich ihres ambivalenten Verhaltens gewiss bewusst. Sie behauptete, nicht an Mythen zu glauben – und behandelte die Menschen dennoch mit einem Respekt, der mit militärischer Logik nicht vereinbar war. Für sie waren Rhodan und die anderen

Mitglieder der kleinen Gruppe ein winziger Lichtschimmer in der Dunkelheit. Eine Möglichkeit, an der sie sich in ihrer Verzweiflung und Angst um das Schicksal des ferronischen Volkes festklammerte.

»Wir benötigen bloß ein Amphibienfahrzeug«, beschwor Rhodan sie, »und eine Besatzung von Freiwilligen, die willens ist, uns nach Thorta zu bringen.«

»Ein Amphibienfahrzeug macht womöglich den Unterschied bei unserem nächsten Hinterhalt aus.«

»Und wir machen womöglich den Unterschied beim Kampf um Ihre Heimat aus«, gab sich Rhodan selbstbewusst.

»Sie nehmen sich sehr wichtig, Mensch.«

»Ich habe ein vitales Interesse daran, dass dieser Krieg so rasch wie möglich ein Ende findet. Ich möchte, so wie Sie alle, überleben – und ich möchte auf meinen Heimatplaneten zurück.«

Scahles wandte sich an Menet, den Mann aus den Sümpfen. Der Warani missachtete sie. Er tat, als ginge ihn das Gespräch nichts an.

»Ein Kleinfahrzeug. Wassertüchtig. Vier Mann Besatzung. Freiwillige, die Sie selbst anwerben. Das ist alles, was ich Ihnen bieten kann.«

»Nur vier?«, fragte Chaktor. »Meines Wissens beträgt die Mindestbesatzung fünf Personen.«

»Richtig.« Scahles nuckelte an ihrem Pfeifchen. »Der fünfte Freiwillige bin ich. Ich habe mich eben zum Dienst gemeldet.«

Eine Kommandantin, die über mehr als fünfhundert Soldaten befahl, hatte kein Recht, sich aus der Verantwortung zu stehlen und sich auf ein halsbrecherisches Abenteuer einzulassen. Die Frau musste triftige Gründe für ihr Verhalten haben.

Sie flüchtet, machte sich Rhodan bewusst. *Sie übergibt an ihren Stellvertreter, einen Kommissbeißer, der Befehle strikt und ohne nachzudenken befolgt und der weiterhin kompromisslos Jagd auf die Topsider machen wird. Scahles hingegen kann diesen Wahnsinn, der ihr befohlen wurde, nicht mehr länger mit ihrem Gewissen vereinbaren. Wahrscheinlich wird man sie ihres Kommandos entheben und sie vor ein Kriegsgericht stellen. Aber das scheint ihr das kleinere Übel zu sein.*

Die Freiwilligen waren rasch gefunden. Viele der Soldaten hatten Familien in Thorta. Es zog sie zurück in die heimatliche Umgebung, zumal sich das von Chaktor sorgfältig gestreute Gerücht von den Lichtbringern, die dem Volk der Ferronen in größter Not helfen würden, rasend schnell verbreitete.

Der Abschied vom Rest der Truppe vollzog sich unspektakulär und rasch. Scahles legte keinen Wert auf große Szenen, und schon bald wühlte sich das Amphibienfahrzeug durch den Bodenschlamm der Wasserstraße. Durch einen Algendschungel, vorbei an rätselhaften Gewächsen, die Steinpilzen ähnelten, einen Schwarm grundelnder Fische mit rudimentären Beinchen vor sich herjagend. Eine halbe Stunde lang folgten sie dem Verlauf der Wouffar; dann steuerte Scahles, die die Rolle der Pilotin übernommen hatte, das Gefährt gegen eines der Ufer, auf eine gemauerte und von Flechten bewachsene Fläche zu.

Als Rhodan glaubte, dass sie jeden Moment gegen Gestein prallen mussten, erlosch die Illusion und machte einem Tunnel Platz, der in völlige Dunkelheit führte. Selbst das Licht der starken Scheinwerfer, die Scahles nun aktivierte, reichte nur wenige Meter weit. Hier zeigte sich kaum ein Fisch, kaum ein Gewächs. Alles wirkte seltsam tot.

»Im Waffenschrank finden Sie leichte Maschinengewehre. Sie können aktiviert werden, sobald Sie das Fahrzeug verlassen haben. Bis dahin sind sie durch einen Magnetimpuls blockiert.«

War dies eine speziell auf sie abzielende Sicherheitsvorkehrung, oder galt sie allgemein?

Rhodan nahm eine der Waffen zur Hand. Sie war leicht wie ein Spielzeug, und wirkte dennoch robust. Ein Soldat zeigte ihm die Visierfunktionen, die Einzelschussautomatik, instruierte ihn über Mündungsgeschwindigkeit und Vorhaltezeiten. Über die kleine Rechnereinheit, die Erschütterungen, Atmung und dem Zittern der Finger gegensteuerte. Über die Feuergeschwindigkeit im Dauerbetrieb, über die Geschosse, die beim Eindringen ins Fleisch gewebeschockerzeugende Wellen ausstrahlten ...

Rhodan ließ die Erklärung mit einer Mischung aus Abscheu und Faszination über sich ergehen. Die ferronische Waffentechnik war der irdischen um einiges voraus.

Ich hätte lieber andere Dinge von ihnen gelernt ...

Er nahm die Waffe an sich und wandte sich wieder der Pilotin zu. Die Dunkelheit machte eben einem leichten Lichtschimmer Platz.

»Diese Gänge sind Teil eines weitverzweigten Systems, das mit der energieerzeugenden Industrie im Feuchtland von Derrwash zusammenhängt«, erläuterte Scahles, ohne weitere Erklärungen folgen zu lassen.

Das etwa fünfzehn Meter lange Amphibienfahrzeug fuhr eine steile Rampe hoch. Der Vorderteil schwebte für einen Augenblick in der Luft, um dann, kaum abgefedert, auf Betonboden zu klatschen und die Passagiere an Bord gehörig durchzurütteln.

Scahles wirkte ungerührt. »Wir haben uns während der letzten beiden Tage ständig durch diese Tunnels bewegt und haben den Topsidern aufgelauert, wo wir nur konnten. Wir kennen das Verbindungsnetz zur Genüge.«

Sie lenkte nach links, vorbei an einem Gewirr riesiger Röhren, die allesamt senkrecht in die Tiefe stachen. Da und dort dampfte es. Ein einzelner, unbewaffneter Ferrone stand neben einer Schalttafel und winkte dem Fahrzeug unsicher hinterher.

»Wenn alles gut geht, können wir das System bis zur Peripherie der Stadt nutzen und den größten Gefahren ausweichen. Vorausgesetzt, die Echsenwesen haben noch keinen Zugang zu diesem Bereich gefunden.«

Scahles klang nicht sonderlich überzeugt; aus gutem Grund. Es erschien unwahrscheinlich, dass die Eroberer bisher keine Anstrengungen unternommen hatten, die unterirdischen Bereiche rings um Thorta zu erobern; zumal die Ferronen offenbar kein großes Geheimnis um diese Gänge und Wege gemacht hatten.

Ein Soldat beschäftigte sich mit Ortungsgeräten, ein anderer mit Waffensystemen. Kurze Zwillingsrohre, am Dach des flachen Fahrzeugs angebracht, schwenkten unaufhörlich von links nach rechts und zurück. Die beiden anderen Soldaten kümmerten sich um interne Abläufe an Bord des Fahrzeugs. Sie waren ständig in Bewegung und sorgten für Unruhe im Heck des Gefährts. Chaktor, Menet und die Terraner mit Ausnahme Rhodans hatten auf schmalen Bänken längsseits Platz genommen.

Richtungswechsel nach links. Eine steile Rampe abwärts. Ein unterirdisches Flussbett durchqueren, dessen Strömung das Amphibienfahrzeug beinahe mit sich gerissen hätte. Einen natürlichen, unbehauenen Tunnel entlang. Durch eine Höhle, in der Abertausende von gipshaltigen Stalaktiten von den Decken hingen.

Mehrere Lebewesen, Tapiren nicht unähnlich, kreuzten ihren Weg. Ihre Augen leuchteten im Scheinwerferlicht hell auf. Aggressiv fauchten sie das Gefährt an.

Weiter. Stundenlang. Neue Eindrücke, neue Bilder. Bilder, die ungewöhnliche Perspektiven boten – und ermüdeten. Alles hier – Lebensformen, Farben, Räume, Ausblicke – war so neu und ungewohnt, dass das Betrachten anstrengte.

»Noch drei Stunden«, sagte Scahles. »Dann haben wir die Lemias-Wouffar erreicht. Sie bietet eine Möglichkeit, so nahe wie möglich zur Stadt vorzudringen.«

Das Rauschen des Funkgeräts wurde nun gelegentlich von Worten durchdrungen. Die Ferronin schüttelte den Kopf, traurig und verzweifelt. Es waren offenbar keine guten Nachrichten, die sie vermittelt bekam.

Weiter. Durch einen Bereich, der hell beleuchtet war. In Seitennischen lagerten Güter. Womöglich unbezahlbare Kulturgüter. Stumme Zeugen ferronischer Geschichte, die in Sicherheit gebracht worden waren. Scahles hielt den Blick starr voraus gerichtet. Als wollte sie unter keinen Umständen sehen, was hier gebunkert wurde.

Das Fahrzeug stoppte am Ende des beleuchteten Bereichs. Zwei Soldaten stiegen aus, mit ihren Waffen im Anschlag, und machten sich am elektronisch gesteuerten Entriegelungssystem eines riesigen Tors zu schaffen. Sie waren nervös. Als befürchteten sie, auf der anderen Seite Topsidern zu begegnen.

Nichts geschah, als die Torhälften auseinanderfuhren. Scahles atmete erleichtert durch, die beiden Soldaten schlüpften in das anruckelnde Gefährt zurück. Nicht, ohne zuvor auszuspucken.

Phosphoreszierende Wände. Faulgase, deren Gestank trotz der Filteranlagen ihres Fahrzeugs kaum zu ertragen war. Schlick, der von der Decke tropfte. Weitere unbekannte Vertreter der hiesigen Tierwelt, die Ratten glichen, beherrschten diesen Bereich und fielen scharenweise über ihr Gefährt her.

Rhodan aß und trank und nahm weitere Lebensmittel an sich, um sie in die Taschen seiner Kleidung zu stecken. Der Schweiß auf seiner Stirn erregte das Interesse der ferronischen Soldaten. Ihre Temperaturregulierung funktionierte anders als bei Menschen. Sie spuckten ihren Schweiß aus.

Alexander Baturin wirkte hochgradig nervös, während Wuriu Sengu mit geschlossenen Augen vor sich hin döste. Ras Tschubai beschäftigte sich zum x-ten Mal mit den Funktionen seiner Waffe. Chaktor und Menet schwiegen, als hätten sie einander nichts zu sagen.

Die Ruhe zehrte an Rhodans Nerven, die Zeit wollte kaum vergehen. Er sehnte die Rückkehr an die Oberfläche, sehnte *Entscheidungen* herbei.

Scahles winkte ihn ein weiteres Mal zu sich.

»Ich gebe Ihnen Namen und Adressen von Kontaktpersonen, die beim Vordringen in den Roten Palast hilfreich sein könnten«, sagte sie, ohne ihn anzublicken.

»Wollen Sie uns nicht begleiten?«

»Wir haben keine Ahnung, was uns in der Stadt erwartet. Ich rechne mit chaotischen Zuständen, mit Auseinandersetzungen. Wir könnten getrennt werden.«

Rhodan lauschte ihren Worten. Scahles gab ihm Informationen, die er sich in ihrer Fülle kaum merken konnte. Manches schrieb er auf, anderes lernte er auswendig.

»Ruhen Sie sich ein wenig aus«, meinte die Soldatin abschließend. »Sie werden Ihre Kraft benötigen. Wir haben noch gut zwei Stunden Weg vor uns. Das Gebiet, in das wir jetzt kommen, ist sicher, wir haben die heikelsten Schnittpunkte des unterirdischen Systems durchquert.«

Die erfahrene Soldatin hatte wohl recht. »Schön«, sagte Rhodan einsilbig und zog sich ins Heck des Fahrzeugs zurück, hin zu seinen Freunden. Er quetschte sich zwischen sie, lehnte den Kopf gegen eine hart gepolsterte Nackenstütze – und war gleich darauf eingeschlafen.

Einer der mürrisch dreinblickenden ferronischen Soldaten weckte ihn. »Wir haben's bald geschafft!«, sagte er. »Machen Sie sich bereit.«

Allesamt sprangen sie auf. Überprüften ein letztes Mal ihre Ausrüstung. Machten sich mit dem Gedanken vertraut, dass die nächsten Minuten die letzten ihres Lebens sein konnten.

Perry Rhodan trat hinter Scahles. »Gibt's schon Hinweise darauf, was uns erwartet?«

»Was ich den Funksprüchen entnehmen konnte, klang nicht sonderlich verheißungsvoll«, antwortete die Ferronin ausweichend. »Wir werden Sie in Parifan aussetzen, einem eher unbedeutenden Hafenvorort an der östlichen Peripherie Thortas. Dort ist das Aufkommen topsidischer Einheiten gering, wie ich in Erfahrung bringen konnte. Verbindungsleute der Armee werden Sie näher zum Roten Palast bringen.«

»Und Sie?«

»Wir wenden das Fahrzeug, nachdem wir Sie ausgeladen haben, und docken am gegenüberliegenden Pier an, um ein kleines Feuerwerk zu veranstalten. Wir haben einige Rauchbomben an Bord, ganz abgesehen von den schweren Waffen. Sobald wir die Topsider lange genug hingehalten haben, verschwinden wir durch den Druckausgang« – sie deutete auf ein körperbreites Rohr, dessen Funktion Rhodan bislang unklar geblieben war – »und folgen

Ihnen. Die Waffensysteme sind bereits programmiert. Sie werden vollautomatisch bis zur Zerstörung des Fahrzeugs weiterarbeiten.«

»Hört sich gut an«, sagte Rhodan. Er hatte seine Zweifel an Scahles' Plan. Doch er kannte die örtlichen Gegebenheiten und die Umstände viel zu wenig, um mit der Kommandantin darüber diskutieren zu wollen.

»Machen Sie sich fertig. Prägen Sie sich die vorbereiteten Pläne ein.«

Scahles schob ihm mehrere Papiere zu. Rhodan rief seine Begleiter herbei. Aufmerksam studierten sie das Bildmaterial der Vorstadt Parifan. Hohe, eng beieinanderstehende Häuser waren zu sehen, die sich um den Hafen mit insgesamt sieben Molen drängten. Die Straßen wirkten eng und düster; nur an den Piers und an den daran anschließenden Containerumladeplätzen herrschte buntes Treiben.

»Wir sind da«, sagte Scahles nach einer Weile. Sie deutete auf mehrere nun zugeschaltete Bildschirme. Sie zeigten trübes, von dunklen Schlieren durchzogenes Wasser. Sie bewegten sich in einer Tiefe von etwa fünfzehn Meter auf die Frontseite der Mole zu, die schemenhaft als schwarze Wand erkennbar war.

Die Ferronin wich mehreren mit Algen überzogenen Holzbohlen aus und kreuzte im Zickzackkurs. Bojen waren über dünne Stahlseile in Betonklötzen am Boden verankert, da und dort schabten die Fahrzeugrollen über achtlos im Wasser versenkte Abfälle.

Etwas schlug gegen ihr Gefährt. Alle zuckten zusammen – und erschraken umso mehr, als ein Toter ins Blickfeld einer Außenkamera geriet. Der Ferrone trieb weg und kehrte wieder, vom sanften Wellenschlag mal hier-, mal dorthin geworfen. Die Beine des toten Soldaten hatten sich in einem Tau verheddert.

»Noch eine Minute«, sagte Scahles heiser, ohne über die Leiche ein Wort zu verlieren. »Gehen Sie in die Schleuse. Viel Glück.«

»Wir sehen uns, Kommandantin.«

»Ja. Wir sehen uns.«

Sie drängten sich zu sechst in den winzigen Raum, der unter normalen Umständen drei Leute fasste. Wasser gurgelte unter der Bodenplatte hervor, das Amphibienfahrzeug neigte sich, kaum spürbar, nach rechts. Rasch reichte ihnen das kühle Nass bis zu den Oberschenkeln, dann bis zur Brust. Die Kleidung klebte eng an Rhodans Körper. Sie fühlte sich schwer an.

»Luft anhalten!«, hörte er sich sagen. Er blies die Backen auf, Wasser stieg über seinen Kopf. Das äußere Schleusentor öffnete sich, sie trieben nach draußen, wie ein riesiger, zappelnder Klumpen.

Er löste sich von den anderen, blinzelte und sah nach oben. Da war die unterste Sprosse einer Leiter. Rhodan griff danach und deutete seinen Begleitern, es ihm gleichzutun. Rasch stiegen sie die drei oder vier Meter hoch zur Oberfläche, durch diese zähe Brühe, die sich ganz anders anfühlte als das Wasser der irdischen Ozeane.

Geschafft! Rhodan streckte den Kopf ins Freie, atmete aus, sog frischen Sauerstoff in seine Lunge. So rasch wie möglich stieg er weiter, um Platz für die Nachdrängenden zu schaffen. Tschubai, Baturin und Sengu waren hinter ihm. Die beiden Ferronen bildeten den Abschluss des kleinen Trupps.

Einige Holzbohlen ringsum sorgten für ein wenig Deckung. Kleine Schiffe trieben hinter und vor ihnen im sanften Wellengang der Hafenbucht. Über ihnen, am Ende der etwa fünf Meter hohen Sprossenleiter, war topsidisches Gekrächze zu hören.

Und Schüsse, die von weit her hallten.

Ihre Lage war alles andere als günstig. Sie hingen an der Leiter, kaum durch die Holzbohlen geschützt, zum Abschuss freigegeben. Der Topsider brauchte bloß das Bedürfnis haben, ins Wasser zu spucken – und er würde sie unweigerlich entdecken.

Sollte Tschubai aktiv werden und sie von hier wegbringen, einen nach dem anderen?

Nein. Sie durften ihre Trümpfe unter keinen Umständen zu früh ausspielen.

»Wuriu?«, fragte Rhodan leise. »Kannst du Scahles entdecken?«

»Sie dreht eben an der gegenüberliegenden Seite bei«, antwortete der Japaner, ebenfalls flüsternd. »Das Fahrzeug wird gleich auftauchen. Noch etwa zehn Sekunden.«

Rhodan zählte in Gedanken. Bei elf erschien der metallene Koloss mit der Schnauze voran, klatschte auf die Wasseroberfläche, schob Wellen vor sich her. Die Zwillingsrohre richteten sich auf das Ende der Hafenbucht aus, auf die daran anschließenden Lagerhallen. Die Schüsse wurden von meterlangen Feuerlohen begleitet, von ohrenbetäubendem Donner, von Explosionen am Pier. Zwei Topsider, die dort Wache gehalten hatten, verschwanden in einer Rauchwolke.

Kapitel 11

Ferrol
Tako Kakuta

Eines der Nebengebäude verging in gewaltigem Getöse. Kakuta wurde von den Beinen gefegt. Er stürzte gegen den Rahmen der Balkontür. Fajon überrollte ihn. Die Ferronin wurde aus ihrem Gefährt geschleudert und blieb auf ihm liegen. Alle möglichen Gegenstände wirbelten durch die Luft. Äste, Blätter, Gesteinsbrocken, Glas- und Metallsplitter. Eine Metallschiene, die womöglich mal Teil einer Beinprothese gewesen war.

Drei zylinderförmige Kleinraumschiffe mit kugelförmigen Verdickungen an einer Seite fielen aus den Wolken, hinab auf die Rasenflächen vor der Klinik, bald wieder von Staubwolken verdeckt. Schemenhaft waren Topsider zu erkennen, die sich aus ihren Schiffen warfen, mit Waffen im Anschlag, und auf das Hauptgebäude zueilten.

Mosaiksteine sprangen aus der Fassung und schossen nach allen Richtungen davon. Ein Energiestrahl zog eine breite Bahn über den Balkon und bewirkte, dass das ganze Konstrukt in die Tiefe gerissen zu werden drohte – und mit ihm all jene, die hier nach Ruhe und Besinnlichkeit gesucht hatten.

Wer auch immer konnte, flüchtete ins Innere des Gebäudes, in vermeintliche Sicherheit. Eine Ferronin blieb zurück. Sie lag da, in merkwürdig verrenkter Haltung. Der Energiestrahl hatte sie gestreift und einen Teil ihres Schädels verdampft.

Fajons Männer sorgten dafür, dass die Flucht in einigermaßen geordneten Bahnen vor sich ging, Darja Morosowa und Nyssen unterstützten sie nach Kräften. Bijoiu wollte Fajon zu Hilfe kommen. Kakuta deutete ihm, dass er sich um die Rollstuhlfahrerin kümmern würde. Bijoiu zögerte nur kurz, dann widmete er sich wieder seinen Aufgaben.

»Ich schaffe es ... allein!«, ächzte Fajon und stellte ihr Gefährt aufrecht.

Kakuta achtete nicht auf ihre Worte. Er half ihr auf den Sitz und manövrierte den Rollstuhl über umherliegendes Gestein, um Erdreich und sonstige Trümmer herum, hinein in die zweifelhafte Sicherheit des Gebäudes. Die Rampe abwärts, den Anweisungen Fajons folgend, die ihre Rolle rasch akzeptierte.

Ein Topsider tauchte im Eingang auf, dann noch einer. Sie brüllten. Gaben Befehle, die der Translator bruchstückhaft übersetzte. »Sie wollen uns allesamt zusammentreiben und gefangen nehmen«, rief Kakuta Fajon ins Ohr, über all die hässlichen Geräusche ringsum hinweg.

Die Frau blieb stumm. Sie war überfordert, wie auch Personal, Ärzte, Besucher und Patienten des Gesundenhauses wie aufgescheuchte Hühner umhereilten. Wer hätte ahnen können, dass die Topsider eine derartige Anstalt ins Visier nahmen?

»Ich bringe uns hier raus!«, sagte Kakuta. »Die Echsen werden Sie, Ihre Männer und uns keinesfalls in die Finger bekommen. Wir brauchen bloß in die Wälder flüchten ...«

»Das kommt nicht infrage!«, winkte Fajon energisch ab. »Wir bleiben hier. Wir müssen den Patienten helfen, den Schwachen und den Verwundeten. Ihr Freund Conrad würde eine Flucht ohnedies nicht überleben.«

Deringhouse ... Fajon hatte recht. Er hatte das Schicksal des ehemaligen Astronauten verdrängt und sich auf vordergründige Pflichten konzentriert.

Ein einzelner, bullig gebauter Ferrone kam aus einem schmalen Gang hervorgestürmt. Er hielt eine Art Flinte in der Hand, mit der er in rascher Folge auf die in immer größerer Zahl ins Gebäude drängenden Topsider feuerte. Einen traf er an der Schulter, den anderen am Kniegelenk. Alle anderen Schüsse gingen fehl oder wurden von den »Rüstungen« aufgefangen, die die Echsenwesen anstelle von Kampfanzügen trugen.

Drei weitere kampfbereite Ferronen stürzten herbei. Mit dem Mut der Verzweiflung gingen sie ihre Feinde an, stachen mit Küchenmessern auf sie ein, verwendeten Steine oder medizinisches Werkzeug.

Ihr Narren!, wollte Kakuta rufen, *ihr macht alles nur noch schlimmer!*

Und es *wurde* schlimmer. Die Topsider erwehrten sich mühelos ihrer Gegner. Sie waren gut ausgebildete Infanteristen; perfekt aufeinander eingespielt und kampferfahren. Sie töteten rücksichtslos. Mit ihren Strahlern, mit mechanischen Schusswaffen, mit unterarmlangen Messern oder mit bloßen Händen. Es dauerte bloß wenige Sekunden, bis die bewaffneten Ferronen tot auf dem Boden lagen.

»Nach links und bis ans Ende des Ganges!«, wies Fajon Kakuta ruhig an. So als berührte sie das Schicksal ihrer Landsleute nicht. »Dort befindet sich der OP. Daneben beginnt der Trakt der schweren Fälle des Gesundenhauses. Um sie müssen wir uns vorrangig kümmern. Sie schützen.«

Wie sollen wir sie bloß schützen? Was können wir gegen diese Echsen ausrichten? Sie werden uns nach Lust und Laune behandeln.

Er stieß den Rollstuhl der Frau weiter vor sich her, dem OP entgegen. Hinter sich hörte er Darja Morosowa und Nyssen keuchen. Die Schritte der beiden Menschen waren unter denen der leichtfüßigen Ferronen ohne Probleme herauszuhören.

Andernorts wurde nun ebenfalls gekämpft. Womöglich hatte einer der schwierigeren Patienten im Entrée des Gebäudes die Nerven verloren und andere Ferronen mit sich in eine Auseinandersetzung gerissen. Auch durch die Fenster, die sie in geringen Abständen passierten, sah Kakuta sich wehrende Einheimische.

Der OP.

»Zutritt verboten«, sagte Fajon und deutete auf ein gelbes Warnlicht. »Hom-aut beschäftigt sich eben mit eurem Freund.«

Sicherlich wusste der Meisterbrecher längst, wie es um sein Haus stand. Doch er machte weiter. Gemäß einem bindenden ärztlichen Gelöbnis, das hier wie auf der Erde Anwendung fand.

Fajon rang mit sich, unruhig auf dem Rollstuhl hin und her rutschend. Sie entschied sich. »Wir gehen rein. Wir brauchen Hom-aut. Nur er kann für Ruhe sorgen und weiteres Blutvergießen verhindern. Die Bewohner des Gesundenhauses vertrauen ihm.«

Und Deringhouse? Was ist mit ihm? Was, wenn er in der Zwischenzeit stirbt?, wollte Kakuta fragen.

Er besann sich rechtzeitig eines Besseren. Das Schicksal eines Einzelnen hatte unter diesen Umständen keinerlei Bedeutung mehr. Wenn wirklich eine Möglichkeit bestand, die Kampfhandlungen zu unterbinden, war der Tod Deringhouses ein billiges Opfer.

Fajon presste mehrmals gegen einen Sensorschalter, trotz des aufleuchtenden Alarmsignals. Scheinbar widerwillig fuhren die Torflügel auseinander und gaben den Blick auf einen Saal frei, der ohne weiteres Bestandteil eines irdischen Krankenhauses hätte sein können.

»Hom-aut, wir brauchen dich ...!«, rief Fajon dem Meisterbrecher zu, der wie alle Anwesenden mit einer Art transparentem und glänzendem Klebefilm überzogen war.

»Verschwindet gefälligst!«, rief der kleingewachsene Ferrone, ohne hochzublicken. »In zehn Minuten kümmere ich mich um alles andere.« Er war über Conrad Deringhouse gebeugt, über dessen Halsbereich. Links von ihm waren Bilder gegen die Wand projiziert, die die ins Riesenhafte vergrößerte Wunde des US-Piloten zeigte.

Kakuta sah sich rasch um. Anne Sloane lag mit geschlossenen Augen auf dem nächststehenden Krankenbett. Rings um ihre Mundwinkel zuckte es, als litte die Telekinetin unter großen Schmerzen.

»Wir haben keine zehn Minuten mehr, Hom-aut. Die Topsider ...«

»Ich bin weder dumm noch schwerhörig! Ich weiß, was in der Klinik vor sich geht. Aber dieses Leben gehört gerettet. Ohne die Operation ...«

Diesmal war es Fajon, die den Meisterbrecher in seinen Ausführungen unterbrach. Sie sagte: »Auch andere Leben gehören gerettet! Die Topsider töten alles, was ihnen vor die Waffen kommt. Du *musst* abbrechen, Hom-aut, jetzt gleich!«

Der Meisterbrecher hob nun doch seinen Kopf. Vor seinen Augen trug er dicke Linsen, die seine Pupillen enorm vergrößerten und ihn kurzsichtig blinzeln ließen. Er ließ mit einem Mal die Schultern hängen. Seine Hände begannen zu zittern, und er hob sie erschrocken an, bevor er mit dem Werkzeug in seinen Händen irreparable Schäden an der Halsschlagader seines Patienten anrichten konnte. Die anderen Ärzte rings um den Menschen rückten näher zusammen. Sie wirkten weiterhin so konzentriert, wie es Hom-aut eben noch gewesen war, und ließen sich auch nicht durch den Streit zwischen den beiden Artgenossen irritieren. Sie hielten Deringhouse am Leben.

»Ich ... du hast recht, Fajon«, sagte der Meisterbrecher. »Ich werde ...«

Ein Topsider stürmte in den Raum. Er stieß Rod Nyssen beiseite, stürzte Fajons Gefährt um, versetzte Kakuta eine schallende Ohrfeige und drehte sich mehrmals im Kreis. Lauernd, darauf wartend, dass nur ein einziger der Ferronen Widerstand wagte. Seine Linke ruhte auf dem Abzug eines kurzläufigen Strahlers, der muskulöse Schwanz trommelte auf den Boden.

»Nein! Nicht schießen!«, rief Hom-aut und hob abwehrend beide Hände in die Höhe, in einer Geste, die nicht falsch verstanden werden konnte. »Wir leisten keinen Widerstand!«

Weitere Topsider huschten durch den Gang auf den OP zu. Sie sicherten den Raum, wechselten einige gezischte Worte, schwangen ebenfalls bedrohlich ihre Waffen.

Kakuta erhob sich, bereit, jederzeit zu teleportieren, weiter zu fliehen, weg von diesen grässlichen Gestalten.

Wen sollte er mit sich nehmen? Wen *konnte* er mit sich nehmen? Anne war stark, schien die Strapaze der hohen Schwerkraft gut auszuhalten. Aber sie war auch schwierig, zog seine Entscheidungen stets in Zweifel.

Oder Darja Morosowa, die so verletzlich wirkende Frau, für die er eine seltsame Sympathie empfand, obwohl er kaum ein Wort mit ihr gewechselt hatte?

Oder Nyssen, der in unverrückbarer Freundschaft zu Deringhouse stand und sich ihm wie ein Bruder verbunden fühlte?

Ein Ferrone, der eben noch über Deringhouse gebeugt gewesen war und mit Spreizern hantiert hatte, richtete sich auf, legte sein Werkzeug sorgfältig beiseite und trat auf den vordersten Topsider zu.

»Nicht!«, warnte Hom-aut. »Treten Sie ihm nicht zu nahe, Radisker.«

»Keine Sorge, Menschenbrecher, ich ...«

Der Topsider feuerte. Er schoss dem Ferronen namens Radisker ins rechte Bein. Das Fleisch löste sich auf, hässlicher Gestank nach Verbranntem breitete sich aus.

Eine Ferronin schrie erschrocken auf. Sie eilte auf den Stürzenden zu – und wurde ebenfalls von einem Strahlschuss getroffen. Mitten in die Brust. Sie fiel haltlos zu Boden, und noch bevor sie ihn berührte, war sie tot.

»Niemand rührt sich!«, übersetzte Kakutas Translator. »Ich töte Sie alle, beim geringsten Zeichen von Widerstand.«

Das Gebiss des Topsiders klapperte laut aufeinander, seine Kameraden fielen in das hässliche Geräusch ein, das nach Verlangen, nach Gier klang. Die Echsen warteten bloß auf ihre Chance, hier ein weiteres Massaker anzurichten!

Kakuta hatte genug gesehen. Er musste weg von hier. Er hatte sich für Anne entschieden. Ein kurzer Sprung hin zu ihr, dann weiter, hinaus in die nächtlichen Wälder, so weit wie möglich weg. Dank des Überraschungseffekts hatten sie womöglich eine Chance.

Noch ein Topsider betrat den Saal. Er wirkte anders als seine Kumpane, und es war nicht nur die Augenklappe aus glänzend rotem Material, die sein linkes Auge bedeckte. Dieser da strahlte Autorität aus – und er war unbewaffnet.

»Was geschieht hier?«, herrschte er jenen Soldaten an, der eben die Schüsse abgefeuert hatte.

»Ich wurde provoziert«, sagte der Topsider. »Ehre Ihnen, Weiser!«

»Sie werden durch den geringsten Achselfurz provoziert, Chach-Anem.« Die Stimme des Anführers klang unangenehm laut. »Warum haben Sie das Feuer eröffnet, Mann? Ich sehe keinen einzigen bewaffneten Ferronen im Raum!«

»Dieser da« – er deutete auf den schwer verwundeten Radisker – »hielt Werkzeug in der Hand, das als Waffe hätte verwendet werden können.«

»Und das Tote?«

»Das da wollte sich auf mich stürzen. Ich wehrte mich.«

Der Topsider mit der Augenklappe schwieg. Für lange Sekunden rührte sich nichts und niemand im Saal. Auch das Gestöhne Radiskers ließ nach. Der Kreislauf des Ferronen drohte zu kollabieren.

»Sie haben Ihre Kompetenzen überschritten, Chach-Anem«, sagte der Kommandierende. »Sie haben den Dritten Satz der Sozialen Weisung sträflich missachtet. – Sie erinnern sich an diese Direktive? Sie haben sie im Gelegehaus gelehrt bekommen: *Achte das Leben! Erhalte es, wo du kannst. Lösche es nur dort aus, wo es unumgänglich ist.«*

»Ich halte mich stets an die Elf Direktiven, Weiser!«

»Lügner!«, brüllte der andere. »Sie sind mit den anderen vorgeprescht, haben die Konfrontation gesucht, haben jedermann umgebracht, der Ihnen vor den Lauf Ihres Strahlers kam. Dies hier ist ein Krankengehege, Mann! Abgesehen von den Wächtern am Eingang gab es niemanden, der uns hätte gefährlich werden können!«

»Ich fühlte mich bedroht ...«

»Kein Wort mehr! Verschwinden Sie aus meinen Augen!«

Sein Gegenüber zögerte. Verweigerte er seinem Kommandanten etwa den Gehorsam? Oder war der Topsider mit der Augenklappe gar nicht sein Vorgesetzter, sondern bloß eine Art Berater?

Chach-Anems Zähne klapperten laut aufeinander, wieder wie vor unterdrücktem Zorn. Seine Begleiter blieben still. Sie hielten die Schwänze dicht am Körper.

Wie geprügelte Hunde, dachte Kakuta.

Der Offizier, der den Titel »Weiser« trug, wandte sich Hom-aut zu. »Sie haben hier das Sagen, Ferrone?«

»J... ja.«

»Ich sehe, dass Sie an der Arbeit sind. Ich bedaure den Tod Ihrer Mitarbeiterin – es handelt sich um ein Weibchen, nicht wahr? – Beenden Sie die Operation, kümmern Sie sich um diesen Verletzten und um alle anderen Verwundeten, die bedauerlicherweise zu beklagen sind. Ich gestehe Ihnen und Ihren Ärzten ausreichend Zeit sowie Mittel zu, um sie zu behandeln.« Der Weise griff nach einer Tasche, die er eng an seinem Leib trug, dann zur Augenklappe und klopfte dann mit seinem Schweif dreimal auf den Boden.

»Das ist sehr großzügig, Weiser ...«

»Wenn die Arbeit getan ist, werden Sie nach den Direktiven des Gremiums als Gefangene behandelt. Sie werden keine darüber hinausgehenden Zugeständnisse von mir erhalten. Also nutzen Sie den zwischenzeitlichen Freiraum, den ich Ihnen zugestehe, so gut es geht. Verstanden?«

Hom-aut deutete eine Verbeugung an. »Verstanden, Weiser.«

Der Topsider mit der Augenklappe erwiderte die Geste ungelenk. Er sagte: »Ich schäme mich für Chach-Anem, diesen Abschaum seines Geleges. Ich bedaure jede Verschwendung von Leben.«

Er drehte sich um. Sein Blick blieb für einen Augenblick auf Kakuta hängen. Auf ihm, der größer war als die Ferronen und eine andere Hautfarbe aufwies.

Der Weise schien etwas sagen zu wollen, wandte sich dann aber ab, als sich zwei Artgenossen näherten und leise auf ihn einredeten. Offenbar wurde die Autorität des Topsiders auch an anderen Orten des weitläufigen Geländes benötigt.

Die Topsider zogen ab; einige Echsenwesen bezogen vor dem OP Wache. Die Ferronen erwachten aus ihrer Starre. Zwei von ihnen packten Radisker und betteten ihn auf einer rasch herbeigebrachten Liege. Ihre Hände waren noch etwas zittrig, doch mit Fortdauer der Arbeit beruhigten sie sich.

Sie funktionierten. Als Ärzte. Als Bewahrer des Lebens.

Hom-aut wandte sich Kakuta zu. Er spuckte in eine bereitgestellte Schüssel. »Ich bringe Ihren Freund durch«, sagte er zu ihm. »Das verspreche ich.«

Dann widmete er sich wieder seiner Arbeit, seinem Patienten. Mit ruhigen Händen führte er die Operation an Conrad Deringhouse zu Ende, als wäre nichts geschehen, während Kakuta Fajons Rollstuhl aufstellte und sich um die Blessuren der Ferronin mit dem großen, tapferen Herzen kümmerte.

Was ist nun mit deinen Fluchtgedanken?, sinnierte Kakuta und gab sich gleich darauf selbst eine Antwort: *Du bleibst hier! Du bist es deinen Leuten und diesen Ferronen schuldig, die sich deiner ange-*

nommen haben. Die Deringhouse um alles in der Welt retten wollen. Die uns Menschen besser behandeln als wir uns selbst.

Kakuta senkte den Kopf. Er machte sich mit dem Gedanken vertraut, in die Gefangenschaft gehen zu müssen.

Kapitel 12

Erde
Homer G. Adams

Auf dem nach vielen Mühen übersetzten Datenspeicher des Fantan fand sich eine persönliche Nachricht für Homer G. Adams. Mercant überreichte sie dem Finanzmagnaten beim nächsten Aufeinandertreffen, das frostig und unpersönlich verlief.

Homer G. Adams benötigte einige Zeit, bis er die Kraft aufbrachte, die Textnachricht Sheperks durchzulesen.

»Menschen sind sonderbar«, stand da geschrieben. »Sie stehen im Widerstreit mit sich selbst. Sie erschaffen so viel Schönes und wissen es für eine Weile zu schätzen, um es im nächsten Augenblick achtlos beiseitezulegen oder gar wieder zu vernichten. Sie achten das Leben und zerstören es – und zerstören sich dabei selbst.

Vielleicht helfen meine beigelegten Anmerkungen zur Klimakontrolle dabei, Ihnen ein wenig mehr Zeit zu kaufen. So viel, bis Sie Ihr eigenes Besun zu verstehen lernen und Sie Ihre Bestimmung erkennen.

Ihre Gesellschaft, Adams, hat meine letzten Tage bereichert. Ich wünschte, ich hätte mehr Zeit gehabt. Doch es war mir nicht vergönnt. Ich war krank. Unheilbar krank. Ein Besun der negativen Art hatte meinen Körper verstrahlt und für einen langsamen, mitunter schmerzvollen Tod gesorgt. Wenn mein Plan funktioniert hat, wurde mir das Leid der letzten, schweren Stunden abgenommen.

Sie verstehen mich nicht? Sie möchten wissen, warum ich mich schutzlos den Menschen auslieferte und ihren Hass auf mich zog, um mich töten zu lassen?

Es gibt nichts zu erklären.

Wir sind, wie wir sind. Wir leben auf der Suche, und ich habe mehr gefunden, als ich jemals für möglich gehalten hätte. Womöglich waren selbst die letzten Momente meines Lebens voll Besun. Ich habe es mir sehr gewünscht.

Vielleicht erinnern Sie sich eines Tages an unsere Erlebnisse auf der Venus, vielleicht auch nicht. Ich wünschte mir, dass Ihnen diese eine Lücke bliebe, für den Rest Ihres Lebens. Man muss nicht alles wissen ...«

Kapitel 13

Ferrol
Perry Rhodan

Der Himmel war voll von Trümmern, von Holz und Steinen und Kunststoffen. Ein Moment unerwarteter Ruhe folgte, in dem die Welt Ferrol die Luft anzuhalten schien, um dann in ein Chaos überzugehen, das Nerven und Sinne über alle Gebühr beanspruchte.

Keine fünf Meter von Rhodan entfernt schlug ein halbmannshoher Holzbalken gegen die Mole, krachte darüber hinweg und fiel unmittelbar neben ihm zurück ins Wasser.

»Jetzt!«, rief er und stieg die Sprossen hoch, gegen seine Angst ankämpfend.

Der Topsider war verschwunden. Er eilte eben mit langen Sätzen den schmalen Weg entlang hin zum Ort der Explosion. Er sprach in ein Funkgerät, rief wohl nach Verstärkung. Weitere Echsenwesen kamen aus Wegen und Straßen herbeigelaufen, auf das Amphibienfahrzeug Scahles' zu. Sie nahmen es mit Strahlwaffen unter Beschuss. Der Schütze an Bord des Gefährts reagierte rasch und zielgerichtet. Er tötete zwei seiner Gegner mit dem schweren Maschinengewehr, bevor sich aus den rot glühenden Zwillingsrohren eine weitere Geschossgarbe löste und ein Lagerhaus in Flammen aufging.

»Fort von hier!«, rief Rhodan. »Beeilt euch!« Er deutete in Richtung eines Stegs, der zwischen eng beieinanderstehenden Häuserschluchten weg vom Hafen führte. Er war dunkel und kaum einsichtig – und er führte in ungefähr jene Richtung, die Scahles ihm für die Begegnung mit einer ersten Kontaktperson vorgegeben hatte.

Rhodan erreichte die erste Häuserecke und schob sich in den Schatten. Keuchend, von der höheren Schwerkraft Ferrols ein weiteres Mal überrascht.

Alexander Baturin packte ihn an der Schulter und hielt ihn fest. »Wir müssen auf Scahles warten«, sagte er.

»Nein«, widersprach Menet. »Sie wird nicht kommen.«

»Was soll das heißen?« Baturin sah ihn mit großen Augen an.

»Sie ist Soldatin, voll Stolz und Verantwortungsgefühl. Sie hat sich dieser Aufgabe gestellt, in dem Wissen, dass sie sterben wird. Und jetzt weiter! Wir entehren sie, wenn wir nicht alles unternehmen, um zu entkommen und den Roten Palast zu erreichen.«

»Sie lügen!«, schrie Baturin. »Sie hat sich geirrt in Ihnen, Warani! Sie sind ein Mann ohne Ehre; Sie laufen davon, während sie um ihr Leben kämpft.«

»Das ist also einer Ihrer Lichtbringer«, meinte Menet zu Chaktor. »Er beleidigt mich. Er zieht meine Glaubwürdigkeit in Zweifel.«

»Er meint es nicht so«, sagte Rhodan zu dem Sumpfferronen. Er warf einen Blick nach hinten. Am Hafenbecken wurde nach wie vor geschossen und gekämpft. »Sind Sie sich sicher, dass Scahles nicht nachkommen wird?«

»Sie müssen die feinen Zwischentöne unserer Sprache verstehen lernen, Perry Rhodan. Sie hat Sie wissen lassen, was sie vorhat.«

Und der Translator war nicht in der Lage gewesen, diese Nuancen zu erkennen. Er hat einfach nur – übersetzt. Ich hätte diesen Opfergang niemals zugelassen, niemals!

Eine gewaltige Explosion erschütterte den Boden unter ihren Füßen. Bretter lösten sich vom Steg, Dunkles, feuchtes Erdreich kam darunter zum Vorschein. Das Mauerwerk der Häuser zu beiden Seiten zeigte tiefe Risse. Über ihnen bröckelte der Putz. Sie mussten weg von hier, rasch, wollten sie nicht von herabstürzenden Trümmern erschlagen werden.

»Scahles hat ihren Weg selbst gewählt«, sagte er schweren Herzens zu Alexander Baturin und klopfte dem Russen sachte auf die Schulter. »Komm jetzt ...«

»Lass mich los, Rhodan!« Baturin schüttelte ihn ab und wandte sich ihm zu. Hass glänzte in seinen Augen. »Du bist ein Blender und ein Großmaul! Deinetwegen sind wir in diese Scheiße geraten, wegen dir sterben Menschen und Ferronen! Zu allem Überdruss möchtest du jetzt davonlaufen, du Feigling?« Der Russe holte aus. Sein Schwinger verfehlte Rhodan, er stürzte zu Boden, rollte sich mühsam wieder ab, wollte neuerlich auf ihn losgehen.

Es knirschte. Ein Ziegelbrocken stürzte zwischen ihnen zu Boden und schlug ein kopfgroßes Loch in den Steg.

»Weg von hier!«, rief Chaktor. Er schützte sein Gesicht vor weiterem Hagel aus winzigen Steinen und Splittern. »Wenn wir nicht gleich verschwinden, war Scahles' Opfer umsonst!«

»Ohne mich!« Baturin wandte sich ab und taumelte zurück zum Pier, die Waffe vor die Brust gezogen und kampfbereit. »Du bist ein Versager, Rhodan! Du wirst es niemals schaffen, deine Ziele zu erreichen!« Er verschwand in einer Wand aus Staub und Nebel.

»Ras, hol ihn zurück ...«

»Ich sehe ihn nicht mehr, Perry. Ich müsste blind springen.«

Rhodan fühlte sich vorwärts gestoßen. Er landete unsanft auf dem Hosenboden. Wo er eben noch gestanden war, hatte sich ein Fensterstock samt Zargen und daran klebendem Mauerwerk ins Holz gebohrt. Chaktor hielt ihn gepackt und schob ihn weg von den zusammenbrechenden Häusern, weg vom Pier, tiefer in die Dunkelheit hinein.

Ras Tschubai folgte mit weiten, kräftigen Schritten, Wuriu Sengu wieselte hinterher. Sie enteilten diesem Regen aus Schutt und Splittern, der sie an ungeschützten Stellen blutig riss. Weg vom Chaos, der zweifelhaften Sicherheit einer Stadt entgegen, in der sich das Schicksal des Volks der Ferronen entscheiden würde.

Ihre Gruppe war aufgesplittert worden. Darja, Anne, Kakuta, Deringhouse und Nyssen mochten ebenfalls auf dem Weg zum Roten Palast sein, sofern sie den Absturz der GOOD HOPE überlebt hatten. Alexander Baturin, der stets an seiner Rolle zweifelnde Kosmonaut, hatte sich aus freien Stücken abgesetzt.

»Wir sind durch, Lichtbringer!«, sagte Chaktor, ließ Rhodan los und putzte Staub von seiner Kleidung. Er fletschte die Zähne und tat so, als hätten ihn die Geschehnisse eben nicht weiter berührt. »Wir haben's bald geschafft. Es ist nicht mehr allzu weit bis zum Roten Palast.«

Alles, was du unternimmst, sagte sich Rhodan, *hat unmittelbare Auswirkungen auf dein Umfeld. Diese Last der Verantwortung wirst du in deiner selbst gewählten Rolle niemals mehr wieder loswerden, Perry.*

»Menet ist bei Baturin geblieben«, sagte Ras Tschubai leise. »Er fühlte sich wohl verpflichtet, ihn zu beschützen.«

»Ich weiß.« *Wir werden niemals erfahren, was der Sumpfferrone beim Thort wollte.*

Rhodan sah den Rauchwolken entgegen, die über der nahen Stadt Thorta hingen. Kleine Raumer der Topsider huschten hin und her, wie zornige Wespen; so als warteten sie auf die Menschen, um sie zu Tode zu stechen.

Scahles, ihre Leute, Menet und Baturin sind höchstwahrscheinlich tot. Du aber bist noch am Leben. Du hast eine Aufgabe zu erfüllen.

Chaktor machte sich auf den Weg. Sie folgten ihm, ins Unbekannte einer fremden Stadt auf einem fremden Planeten, unter einer fremden Sonne, unter fremden Wesen.

Kapitel 14

Ferrol
Trker-Hon

Diese Gegend dieser Welt war kalt und viel zu trocken. Die Einsätze im Bergland südlich der Megapolis Thorta hatten seinen Schuppen geschadet, und nur dank eines Pflegebads mit ätherischen Ölen war er der in Kreisen der Soldaten so gängigen Halskrätze entkommen.

Trker-Hon erinnerte die Leute, deren *Weiser* er war, immer wieder an die ethischen Grundlagen ihres Handelns. Sie waren einfache Leute, die mitunter vom Kampffieber gepackt wurden und dann all die Dinge vergaßen, die er ihnen mühevoll eingebläut hatte. Es war schwer, mit ihnen umzugehen – aber auch sehr lohnend. *Der Erfolg schmeckt immer süßbitter und lohnend.*

Er griff nach seiner Tasche, nach der Klappe über seinem linken Auge und nochmals nach der Tasche. Dreimaliges rhythmisches Klatschen mit dem Schwanz, ein tänzelnder Schritt.

Es war ein automatisierter Bewegungsablauf, der längst meditativen Charakter erlangt hatte und ihm half, sich aufs Neue zu konzentrieren. Auf Hindernisse und Hürden und Herausforderungen.

Ein hochdekorierter Soldat betrat das Zelt, das ihm zur Verfügung stand. Khor-Nauf. Eine seiner zuverlässigsten Ordonnanzen. Der Soldat salutierte respektvoll und ließ seinen Schwanz gegen den Türgong knallen. »Sie haben doch Freude an merkwürdigen Ferronen; nicht wahr, Weiser?«

»Was möchten Sie mir sagen, Khor-Nauf?«

»Am Hafen der kleinen Vorstadt wurde ein bleicher Ferrone dingfest gemacht. Er ist überraschend groß und von anderer Hautfarbe. Vielleicht ein Albino; so wie jene, die wir in den Bergen aufgegriffen haben.«

Trker-Hons Interesse war geweckt. Was dies ein Zufall? Gab es mehrere dieser aus der Art geschlagenen Wesen? Gehörten sie einer anderen Kaste an?

»Bringen Sie mich zu ihm, Khor-Nauf!«

»Das Beiboot steht bereit.« Der Soldat führte ihn in geschütztes Terrain, in dem eine Zylinderkugel auf ihn wartete und abhob, sobald er seinen Schwanz an Bord bewegt hatte. Der Flug dauerte bloß wenige Minuten. Sie hielten sich südlich der brennenden Stadt, um bald die Ausläufer der Vorgebirge zu kreuzen und in jenes Gebiet zu gelangen, das Dreh- und Angelpunkt für den Warenverkehr der Bewohner Thortas war.

Zwischen zerstörten Hallen und Lagerhäusern ging es tiefer hinab. Nahe einer Hafenmole setzten sie auf, Khor-Nauf geleitete ihn ins Freie.

»Wo befinden sich die Gefangenen?«, schnauzte Trker-Hon den nächststehenden Wachsoldaten an.

»Ehre Ihnen, Weiser!« Der kräftige Mann schlug sich mit einer Faust gegen die Brust und beugte das Haupt. »Sie befinden sich im letzten Lager zu unserer Linken. Aber ...«

»Danke schön!«

Waren die Weißhäutigen Mitglieder einer höheren Kaste? Waren sie der Schlüssel zur endgültigen Eroberung Ferrols, würde das Blutvergießen dank ihnen früher enden als befürchtet?

Trker-Hon erreichte das Lager, stets verfolgt von der Ordonnanz. Er zog das Tor auf und trat ins dämmrige Halblicht. Hier waren noch vorgestern Güter des täglichen Gebrauchs gelagert worden. Heute dienten die Räumlichkeiten einem anderen Zweck.

»Ehre Ihnen, Weiser.«

Ein weiterer Wächter, dieselbe servile Verbeugung.

»Ich möchte die Gefangenen sehen!« Warum klopfte sein Herz so rasch, warum war er nervös? Was wollte sein Körper ihm mitteilen?

Der Soldat ging voran, hin zu einem Verschlag. Er nestelte an einem Funkgerät umher, als wollte er eine Nachricht durchsagen, ließ es dann aber bleiben.

»Hier sind die wenigen Ferronen, die sich ergeben haben«, meinte der Soldat. »Viele von ihnen besaßen ein ausgeprägtes Ehrgefühl und zogen es vor, im Kampf zu fallen.«

»So wird es zumindest in den Abschlussberichten stehen, nicht wahr?«

»Ich verstehe nicht ...«

»Sie verstehen mich sehr gut, Soldat. Die Sozialen Weisungen sind für manche von Ihnen bloß Makulatur und nicht etwas, anhand dessen man sein Leben ausrichten sollte.«

»Ja, Herr.«

Trker-Hon öffnete den Verschlag. Er blickte auf die Gefangenen.

Ein Topsider im Rang eines Gefreiten stand da und betrachtete sie. Immer wieder trat er vor und wieder zurück, zwängte sich an ihren Leibern vorbei, berührte sie mit seinem blutverfärbten Schwanz. Es war ein Tanz, wie er grusliger nicht sein konnte.

»Was haben Sie getan, Soldat?«, fragte Trker-Hon. »Was haben Sie mit den Gefangenen angestellt?«

»Das, was diese Unwürdigen verdient haben!«, antwortete der Gefreite. Er hatte Schaum vor dem Mund, und er dachte nicht daran, Trker-Hon den nötigen Respekt zu erweisen.

Fünfundzwanzig oder dreißig Tote lagen da, weit verstreut im Raum. Manche hatten versucht, die Wände zu erklettern, sich hinter Verschlägen zu verstecken, Löcher in den harten Untergrund zu graben oder sich zwischen den Leichen ihrer Artgenossen zu verstecken. Allesamt waren sie verschmort und verbrannt worden, von einer einzigen Waffe.

»Haben Sie die Dritte Soziale Weisung vergessen?«, fragte Trker-Hon, nicht zum ersten Mal am heutigen Tag. »Achte das Leben! Erhalte es, wo du kannst. Lösche es nur dort aus, wo es unumgänglich ist.«

»Leben, Weiser?! Das nennen Sie Leben! – Die Ferronen haben diese Bezeichnung nicht verdient!«

Der Soldat steckte seine Waffe weg und verließ den Verschlag, ohne ihn eines weiteren Blicks zu würdigen. Seine Schuppen waren hitzig-erregt. Er hatte die schreckliche Tat genossen.

Trker-Hon war schwindlig. Er lehnte sich gegen die Wand des Verschlags und versank in tiefer Trauer. Hier war ein Kriegsverbrechen der schrecklichsten Art begangen worden. Von einem Soldaten, der nicht verstand, was er angerichtet hatte. Der symbolisch für die schlechten moralischen Zustände im Armeekorps stand.

Mit müden Schritten näherte er sich den Toten. Da lag der Hellhäutige. Ein anderer Ferrone hielt ihn umfasst, als hätte er sich vor den Albino geworfen, um ihn zu beschützen.

Trker-Hon war zu spät gekommen.

Marc A. Herren

Tod unter fremder Sonne

Kapitel 1

München, 9. Juli 2036
Bernhard Frank

Er öffnete die Augen.

Unter ihm trieb die Erde wie ein wunderbarer blauer Edelstein in der Schwärze des Alls, das nur durch das beständige Glimmen ferner Sterne unterbrochen wurde.

Gerade schwebte er über Europa. Das Festland mit Deutschland, Frankreich, Spanien und Italien mit dem charakteristischen Stiefel. Das Mittelmeer, an das sich Nordafrika anschloss, der nähere und fernere Osten, oben die britischen Inseln und Skandinavien.

Nur vereinzelt zogen Wolkenbänke über die Länder dahin, die er nur allzu gut kannte. Den Menschen dort unten stand ein strahlender Sommersonnentag bevor.

Bernhard Frank lächelte zufrieden.

Er besaß nicht nur in München eine Zweitwohnung, sondern auch in Hamburg, Göteborg, auf der schottischen Isle of Skye, in der Nähe von Reykjavik und in Irland. Dort nannte er ein kleines Häuschen in der Nähe der südirischen Stadt Youghal sein Eigen. Es war früher einmal von Walter Ernsting bewohnt gewesen, einem Schriftsteller, den er als Jugendlicher sehr geschätzt hatte – was er eigentlich immer noch tat.

Das am weitesten entfernte Domizil – ein stattliches Blockhaus in den Wäldern – befand sich in Kanada. Dorthin reiste er aber nur selten, da er sich am liebsten in Europa in der Nähe seiner Familie aufhielt.

Er seufzte glücklich.

Bernhard Frank hatte immer davon geträumt, die Erde als Ganzes zu sehen. Nun war auch dieser Traum in Erfüllung gegangen.

Die Erde ...

Wie viel Leben, Vielfalt, wie viel Reichtum sie doch barg.

Reichtum. Nicht das zur Neige gehende Rohöl, die seltenen Metalle und Mineralien, aus denen in erster Linie technische Spielzeuge gebaut wurden. Nein, Reichtum in Form seiner drei Töchter, die Beziehung mit seiner Frau Angelica oder einen einsamen Sonnenuntergang vor seinem Häuschen in Irland mit einem Glas Whisky.

Von hier oben konnte er fast vergessen, in welch traurigen Verhältnissen viele Menschen lebten. Wie manche aus Hass, Neid, Gier oder religiöser Verblendung alles taten, um ihre Ziele zu erreichen. Ohne Rücksicht auf andere Menschen oder die Natur. Sie raubten, zerstörten, unterwarfen – weil sie es *konnten,* weil sie die Macht besaßen, es zu tun.

Frank fühlte sich in erster Linie als konservativer Mensch, dem es in der Regel dann gut ging, wenn es seiner Familie und seinen Freunden an nichts fehlte. Wenn die Dinge blieben, wie sie waren – selbstverständlich einmal abgesehen von dem technischen Schnickschnack, den Reisen und den anderen Dingen, die ihm sein wunderbarer Reichtum beschert hatte.

Aber das Leid der Welt mit all den sozialen Ungerechtigkeiten, Umweltkatastrophen und sich ankündigenden Kriegen ließ ihn nicht unberührt.

Ob die Visionen eines Perry Rhodan daran etwas zu ändern vermochten?

Er vertrieb die dunklen Gedanken. Es war ein zu schöner Tag, um sich gleich nach dem Aufwachen mit schlechten Dingen zu beschäftigen.

Frank schloss die Augen. Ein paar Minuten Schlaf würde er sich noch gönnen.

In diesem Moment erklangen die ersten Takte von *»Also sprach Zarathustra«* von Richard Strauss. Über dem dunklen Tremolo von Kontrabässen, Fagott, Orgel und der großen Trommel erklang die Trompetenfanfare – und die Sonne ging auf. Je stärker die Musik anschwoll, desto kräftiger schien sie, schob sich hinter der Erde hervor, hinter der sie sich für das Auge des Betrachters bisher versteckt hatte.

»Guten Morgen, Brummbär!«, verkündete der Pudler.

Bernhard Frank blinzelte müde. »Wie spät ist es?«

»Sechs Uhr zwanzig«, verkündete die Stimme seines Pods vom Schreibtisch her, während die Lautstärke des Musikstücks zurückgefahren wurde.

»Du solltest mich doch erst um sieben Uhr wecken«, beschwerte sich Frank.

»Das ist mir bekannt«, antwortete der Pudler. »Aber in deinem Tagesplaner steht, dass du zusammen mit Angelica auf dem Bauernhof frühstücken willst.«

Frank gähnte. Mit beiden Händen rieb er sich über das Gesicht. Er hatte bis fast ein Uhr morgens ein Onlinegame gespielt, das auf einer deutschsprachigen Science-Fiction-Serie basierte, die er seit seiner Jugend las. Bisher hatte er es auf stolze 3908 wöchentliche Ausgaben gebracht.

Nur zu gerne hätte er ein wenig länger geschlafen.

»Ich habe dich früher geweckt, weil es auf der Schnellstraße einen Unfall gegeben hat und du über Land fahren musst, falls du den Chopper nehmen willst. Mit der Magnetschwebebahn wärst du zwar schneller, aber ich habe dafür eine geringere Wahrscheinlichkeit berechnet. Das Wetter ist ausgezeichnet heute, die Fahrt wird dir gefallen.«

»Danke!«, brummte Frank. »Das hast du gut gemacht. Aber du quasselst mir zu viel am frühen Morgen. Pass deine Einstellungen an.«

»Das werde ich machen«, versprach die Stimme des Pudlers. »Soll ich die Küchengeräte einschalten?«

»Nur die Kaffeemaschine, danke!«

Bernhard Frank überlegte kurz, ob er Angelica nicht kurz annetzen und fragen sollte, ob sie nicht anstelle des Frühstücks das Mittagessen zusammen einnehmen wollten.

Aber das war eine schlechte Idee.

Seit er nicht mehr arbeiten gehen musste und die Tage frei einteilen konnte, warf Angelica ihm mit unschöner Regelmäßigkeit vor, geschmiedete Pläne über den Haufen zu werfen, wenn es ihm gerade passte.

Es nervte ihn, aber er sah auch ein, dass sie recht hatte mit dem Vorwurf.

»Frühstück, ich komme.«

Er schwang die Beine aus dem Bett. Mit einer Handbewegung schaltete er den Samsung-Bildschirm aus, und der 3-D-Film von seinem Ausflug mit der Virgin-Space-Fähre verschwand.

Seufzend blieb er auf der Bettkante sitzen, streckte den Rücken durch und massierte sich den schmerzenden Nacken. Er sollte sich angewöhnen, beim Spielen in entspannter Haltung vor dem Kinetikpad zu sitzen. Mit seinen fast fünfundsechzig Jahren war er einfach zu alt für Verspannungen und Schmerzen, für die er selbst verantwortlich war.

»Bernhard«, kam es vom Pudler. »Du solltest dich beeilen. Das Duschen und die restliche Morgentoilette dauern durchschnittlich achtzehneinhalb Minuten. Für das Ankleiden, Kaffeetrinken und das E-Paper-Lesen benötigst du bis zu zwanzig Minuten. Du musst spätestens um sieben Uhr aus dem Haus, um rechtzeitig bei deinem lieben Weib zu sein.«

Seufzend erhob er sich, packte den Pod und trottete ins Bad. »Wer hat dich bloß so katastrophal programmiert«, brummte er.

»Das warst du, wenn ich mich nicht irre«, sagte der Pod.

»Umso schlimmer.«

Er setzte den Pod in seine Wandhalterung.

»Darf es ein wenig Rockmusik sein?«

»Gerne«, antwortete Frank, während er aus seiner Unterhose schlüpfte.

»Nazareth, Guns N'Roses, Metallica?«

»Wunderbar. In dieser Reihenfolge, bitte.«

Er schob die Tür der Dusche beiseite, stieg ein und berührte die Sensoren für Wassertemperatur, Druck und Sprühbreite.

Während *»Hair of the dog«* durch das Badezimmer schallte, hüllte ihn eine warme Wasserwolke ein.

»Wünschst du belebende Oleate?«, fragte die Stimme des Pudlers durch den Lautsprecher des Duschrechners.

»Ja, bitte.«

Frank sagte immer »bitte«, wenn er mit dem Pudler sprach.

Seine Töchter nahmen ihn deswegen ab und zu hoch, aber das störte ihn nicht.

Den Luxus-Pod hatte ihm Mark geschenkt, als Andenken an ihr gemeinsames Abenteuer auf der Route 66. Der Pudler – eine Verschmelzung der Begriffe »Pod« und »Butler«, war eine exklusive App aus der Facebook-Schmiede, die Frank testen durfte. Sie war mit allen Nachrichtenkanälen und mit jedem einzelnen Gegenstand verknüpft, über den er verfügen durfte und der mit einem Chip versehen war.

Frank seifte sich ein, massierte das Gesicht, während Axel Roses' kräftiges Organ erklang, das den Regen im November besang.

Er grinste. Glücklicherweise fühlte sich seine Dusche mehr wie ein Sommer- denn wie ein Winterregen an.

»Es wird langsam Zeit.«

»Ja, ja, du Nervensäge«, brummte Bernhard Frank.

Er schaltete das Wasser aus und startete das Gebläse. Luftblätter strichen über seinen Körper, fuhren hoch und nieder. Zwanzig Sekunden später war er trocken.

Bernhard bürstete die Zähne, trennte sich von seinen Bartstoppeln und schlüpfte in die bereitgelegten Kleider. Er tastete die Hose ab und stellte fest, dass die Brieftasche fehlte.

»Pudler – wo habe ich meine Brieftasche liegen lassen?«

»Es tut mir leid, Bernhard«, kam die umgehende Antwort. »Aber du hast meine damalige Aufforderung missachtet und die neue Brieftasche nicht mit einem RFID-Chip ausgestattet.«

»Labertasche«, murrte Frank.

»Vielleicht befindet sie sich in deiner Hose, die du in die Reinigung gegeben hast? Soll ich dort mal nachfragen?«

»Ja, tu das«, sagte er ergeben. »Danke!«

Egal. An diesem Tag würde er seine Brieftasche nicht benötigen.

Bernhard ging mit dem Pod in die Küche, fügte ihn in die Tischplatte ein, nahm die Tasse mit dem dampfenden Kaffee aus der Maschine und griff sich das E-Paper.

»Guten Morgen, Schatz«, sagte Angelica, die am Tisch saß.

»Guten Morgen, Liebling«, gab er zurück. Frank ließ das E-Paper sinken. »Wolltest du überprüfen, ob ich rechtzeitig aufstehe?«

Sie lachte. »Ehrlich gesagt schon«, sagte sie. »Ich habe gehört, dass es einen Unfall auf der Schnellstraße gegeben hat. Da wollte ich dich kurz fragen, ob sich vielleicht deine Pläne kurzfristig geändert haben.«

Bernhard deutete auf die dampfende Tasse. »Nein, Schatz, ich genehmige mir nur einen Kaffee, dann fahre ich gleich los.«

»Dein Spielzeug hat dir in den Hintern getreten?«

Er grinste. »Der Pudler ist unschlagbar.«

»Du solltest dich von deinem Freund Mark als Werbestratege anstellen lassen.«

»Hat er mir tatsächlich schon angeboten«, sagte Frank mit breitem Grinsen. »Aber ich möchte nicht. Die Frühpensionierung finde ich nach wie vor klasse.«

Angelica nickte. »Ich gehe jetzt die Tiere füttern«, verkündete sie. »Fahr vorsichtig.«

»Mir kann nichts geschehen. Der Chopper ist frisch gewartet und mit dem Verkehrsleitsystem verbunden.«

»Ist gut. Bis gleich!«

Angelicas Hologramm verschwand.

Seit die Facebook-App Hologrammkonferenzen erlaubte, hätten sie eigentlich jeden Morgen zusammen frühstücken können – ob er nun in Deutschland, Irland, Schottland, Skandinavien oder Kanada weilte. Ab und zu taten sie dies auch, aber ein gemütliches Frühstück, bei dem man sich gegenseitig Butter und Konfitüre reichen konnte, ersetzte eine Holokonferenz einfach nicht.

Bernhard richtete seine Aufmerksamkeit wieder auf das E-Paper.

Es fühlte sich an wie ein normales Stück Papier, barg aber eine ausgeklügelte Technik in seinem Innern.

Er strich über die obere Kante. Die Titelseite der deutschen Ausgabe der »Huffington Post« erschien. Es erstaunte Bernhard Frank nicht, dass sie in erster Linie über die Ereignisse in der Gobi und auf dem Mond berichtete. Der Amerikaner Perry Rhodan hatte etwas losgetreten, das eigentlich nur zwei mögliche Ausgänge nehmen konnte: das Zusammenstehen der Menschheit angesichts der Erkenntnis, nicht die Krone der Schöpfung zu sein – oder ihre Vernichtung.

Rund um die Stadt, die im Schutz von Rhodans Energieschirm entstand, versammelten sich Tausende von Anhängern, die Rhodans Vision einer neutralen Macht teilten.

»Bernhard?«

»Ja?«

»Du bekommst gleich Besuch.«

Er runzelte die Stirn. »An einem Freitag? Wer sollte das sein?«

»Deine Tochter Caroline«, sagte der Pudler. »Sie hat mich informiert, als sie ins Taxi eingestiegen ist.«

»Sie nimmt ein Taxi?«, fragte er verwundert. »Nicht den Dienstwagen? Sie arbeitet doch heute ...«

»Ich weiß es nicht, Bernhard«, sagte der Pudler. »Diese Informationen stehen mir nicht zur Verfügung.«

Bernhard Frank freute sich, seine älteste Tochter zu sehen. Gleichzeitig beunruhigte ihn dieser spontane Besuch ein wenig. Er wusste, dass sie an diesem Tag in den polizeilichen Dienstplan eingeteilt war.

Was mochte der Grund dafür sein, dass sie zu ihm kam?

Einen Moment lang gab er sich der Illusion hin, dass sie ihm verkünden würde, Mutter zu werden. Aber im Gegensatz zu ihren beiden Schwestern war sie derzeit nicht in einer Partnerschaft.

Nein. Es musste einen anderen, einen ernsteren Grund geben für Carolines angekündigten Besuch.

Die Minuten zogen sich wie Kaugummi, bis endlich das erlösende Zeichen der Türklingel ertönte. Sofort riss er die Tür auf.

Caroline sah ihn einen Moment überrascht an, dann setzte sie ein breites Grinsen auf. »Hast du hinter der Tür gewartet, Paps?«

Frank nickte und umarmte seine älteste Tochter überschwänglich. Ihre fröhliche Miene hatte seine düsteren Gedanken hinweggewischt.

»He – nicht so stürmisch!«

»Verzeih, Caroline. Komm herein!«

Sie rauschte herein, schlüpfte aus ihrer Lederjacke und hängte sie an die Garderobe.

Caroline Frank, mittlerweile bereits neunundzwanzig Jahre alt, war blond, schlank und sah beneidenswert gut aus. Ein wenig zu gut für Bernhards Geschmack, dem es gar nicht gefiel, dass sie sich der Bundespolizei angeschlossen hatte.

Sie hatte schon immer eine soziale Ader gehabt. Bernhard hätte es lieber gesehen, wenn sie beispielsweise als Journalistin auf die Missstände der Welt aufmerksam gemacht hätte, als bei der Bupo nach vermissten Kindern und Erwachsenen zu suchen.

»Ich wollte gerade zu deiner Mutter fahren«, erzählte Bernhard. »Wir wollen zusammen frühstücken.«

»Ich weiß, Paps. Unsere Podkalender sind synchronisiert, erinnerst du dich?«

Er fuhr sich über die spärlichen Reste seiner Haare. »Ich freue mich ja, dass du hier bist – aber solltest du nicht am Arbeiten sein? Kommt die Bupo ohne dich überhaupt zurecht?«

Caroline legte den Kopf ein wenig schief, betrachtete ihn mit einem tadelnden Grinsen. »Komm, wir gehen in die Küche. Ich will dir etwas erzählen. Rieche ich da frisch gebrühten Kaffee?«

Da war es wieder, das ungute Gefühl in seiner Magengrube. »Frisch gebrüht«, bestätigte er. »Er sollte noch für zwei Tassen reichen.«

Sie gingen in die Küche. Caroline füllte seine Tasse auf und bereitete sich einen eigenen Kaffee mit Milch und Zucker.

»Die Milch läuft in zwei Tagen ab«, verkündete die Rechnereinheit des Kühlschranks. »Ich setze zwei Beutel auf die Einkaufsliste. Sie werden dir morgen Abend bis 17 Uhr zusammen mit den anderen Bestellungen geliefert.«

»Oho«, sagte Caroline. »Ein sprechender Kühlschrank. Sagt er dir auch, wenn du zu häufig naschst und der Käse Schimmel ansetzt?«

»Äh ... ja«, gab er nach kurzem Zögern zu. »Ach, Kruzifix! Was interessiert mich mein Kühlschrank? Erzähl schon, was los ist, Caro!«

»Du solltest dich vielleicht setzen.«

Mit einem tiefen Seufzer ließ er sich auf einen der Stühle fallen. »Es geht doch nicht wieder um einen Auslandseinsatz der Interpol?«, fragte er. »Du weißt, dass ich kaum schlafen könnte, wenn du nun international nach Gaunern fahndest!«

Belustigt blickte sie ihn über den Rand der Tasse an. Ergeben wartete Frank, bis sie einen tiefen Schluck genommen und die Tasse abgestellt hatte.

»Du weißt, dass ich nicht in erster Linie nach Verbrechern fahnde, sondern nach vermissten Kindern und Jugendlichen«, erklärte sie mit sanfter Stimme. »Allerdings hast du nicht ganz unrecht, Paps. Es zieht mich tatsächlich ins Ausland. Aber nicht zur Interpol nach Lyon.«

Bernhard Frank kam ein furchtbarer Verdacht. Er wollte die Tasse zum Mund führen, aber seine Hand zitterte zu stark. Er setzte sie wieder ab. Ein wenig Kaffee schwappte über, lief heiß über seine Hand. Er beachtete es nicht.

»Lass deinen alten Vater nicht leiden, Caro. Erzähl mir, was los ist.«

Caroline umfasste ihre Tasse mit beiden Händen, als wolle sie sich daran erwärmen.

»Ich habe heute meinen Dienst quittiert«, sagte sie ernst. »Ich habe alle meine ausstehenden Ferientage und die Überstunden angerechnet bekommen, sodass ich bis zum Ende der Kündigungszeit nicht mehr arbeiten muss.«

Frank hielt die Luft an. Jetzt würde es gleich geschehen. Ein Dolchstoß zwischen die Rippen, da war er sich sicher.

»Ich habe mich entschlossen, mich Perry Rhodan anzuschließen.«

Er ließ die angehaltene Luft entweichen. Ein seltsam hoher, klagender Laut entfuhr seinen Lippen.

Bernhard Frank hatte es geahnt. Vor seinem inneren Auge sah er die Menschen, die zwischen Rhodans Schutzschirm und den Kanonenrohren der chinesischen Volksarmee darauf warteten, in die neue Stadt eingelassen zu werden.

»Tu mir das nicht an«, sagte er. »Bitte nicht.«

Caroline beugte sich vor, ergriff seine zitternde Hand. Ihre Finger fühlten sich kühl an. Sie musste ebenso aufgeregt sein wie er, nur dass sie es viel besser verbergen konnte.

»Weshalb willst du das tun?«

»Ich denke, dass Rhodan und seine Leute jemanden wie mich gebrauchen könnten.«

»Jemanden wie dich? Wie meinst du das?«

Caroline betrachtete ihn eine Weile. »Kannst du dich an unsere ersten Ferien im Berner Oberland erinnern?«

»2020?«, fragte er verblüfft. »Selbstverständlich. Wie sollte ich die vergessen können? Damals habe ich Elliot gefunden.«

Caroline atmete tief ein und sah ihn dabei mit diesem Gesichtsausdruck an, den sie immer dann aufsetzte, wenn sie ihn vor irgendwelche vollendeten Tatsachen stellen wollte.

»Und kannst du dich erinnern, dass du immer zu mir kamst, wenn du etwas verloren hattest? Deine Schlüssel, die Fernbedienung, deinen signierten Sagan-Roman, den wir dir zu Weihnachten geschenkt hatten?«

Frank runzelte die Stirn. »Klar, weiß ich das noch. Ich bin immer davon ausgegangen, dass du mir die Sachen stibitzt hast, damit du mir beim Suchen helfen konntest.«

Caroline ließ ihr glockenhelles Lachen erklingen. »Das hast du gedacht? Nun, so ist es nicht ganz gewesen. Du hast die Sachen immer selbst verloren, und ich wusste dann, wo sie waren.«

Er öffnete den Mund, dann schloss er ihn wieder, ohne dass er etwas gesagt hätte. Worauf wollte sie hinaus?

»Als damals Elliot Zuckerberg aus dem Internat im Berner Oberland verschwand, ging es mir wie bei deinen Schlüsseln und anderen verlorenen Gegenständen: Instinktiv wusste ich, wo er war. Das heißt, in welchem Versteck ihn die Entführer untergebracht hatten.«

Bernhard schluckte schwer. Er erinnerte sich gestochen scharf an jene Tage im Sommer 2020, die sein Leben für immer verändert hatten. Während eines Spaziergangs in den Bergen waren sie auf diese Hütte gestoßen. Caroline hatte unbedingt die Toilette aufsuchen wollen und sich standhaft geweigert, ihr Geschäft in freier Natur zu verrichten.

Die Männer in der Hütte waren ihm von Anfang an höchst verdächtig vorgekommen. Es waren Amerikaner gewesen, die ihn und Caroline mit rüden Worten weggeschickt hatten.

Eine dunkelblaue Kinderjacke hatte sein Misstrauen damals noch verstärkt. Bernhard hatte kurz entschlossen die Polizei angerufen und diese hatte – zu ihrer allseitigen Verwunderung – in der Hütte den verschwundenen Elliot Zuckerberg gefunden, den zehnjährigen Sohn des US-Milliardärs und Facebook-Gründers Mark Zuckerberg.

Das hatte ihn nicht nur über Nacht berühmt werden lassen, sondern ihn auch zu einem der reichsten Männer Deutschlands gemacht.

Ihn, Bernhard Frank, bis dahin unbescholtener Informatiker, der seinen Lohn als Technischer Redakteur verdient hatte.

Zuckerberg war so froh gewesen, seinen Sohn wiederzuhaben, dass er Frank mit einem unanständig großen Aktienpaket beschenkt und ihn in regelmäßigen Abständen zu sich nach Kalifornien eingeladen hatte.

Seither war er Milliardär, besaß Wohnungen und Häuser in all seinen Lieblingsorten, hatte sich seinen Traum von der Reise auf der legendären Route 66 erfüllt – und wurde von Mark mit den neuesten technischen Gadgets versorgt.

Caroline sah ihn gespannt an.

Er sah sie verblüfft an. Dann endlich fiel er, der Groschen. Er konnte ... nein, er *wollte* es aber nicht glauben.

»Aber wie kann das sein?«, fragte er. »Dass wir Elliot gefunden haben, war ein riesiger Zufall! Unser Urlaub im Berner Oberland, unser Spaziergang ...«

Caroline setzte eine übertrieben unschuldige Miene auf. »... meine Verdauung, die sich genau dann beruhigt hatte, als wir bei der Hütte waren. Meine unschuldige Frage nach der blauen Kinderjacke ...«

Bernhard Frank entglitt ein leises Stöhnen. »Das warst alles du? Aber der Urlaub und dieser Spaziergang ...«

Seine Tochter lächelte. »Paps. Du solltest doch wissen, dass Töchter ihre Väter zu fast allem überreden können. Du hast schließlich drei von uns großgezogen!«

Frank sah sie an. Er wusste nicht, ob er lachen oder weinen sollte. »Du hast von Anfang an gewusst, dass Elliot in dieser Hütte festgehalten wird?«

»So, wie ich immer gewusst habe, wo du deine Schlüssel verloren hast«, sagte sie. »Und wie ich genau jetzt weiß, dass du deine Brieftasche suchst. Sie befindet sich übrigens im abschließbaren Fach deines Elektro-Choppers.«

Ihm klappte die Kinnlade herunter. »Aber ... aber weshalb hast du mir das nie gesagt? Weshalb hast du mich im Glauben gelassen, dass ich Elliot gefunden habe?«

»Ich war dreizehn Jahre alt. Meine Begabung machte mir damals große Angst. Ich wollte kein *Freak* sein, wie die Figuren aus deinen Science-Fiction-Heftchen.«

»Mutanten«, brachte er mit brüchiger Stimme heraus. »Es sind keine Freaks, sondern Mutanten.«

Caroline lächelte. »Wie auch immer. Ich benötigte einige Zeit, um mich mit meiner Gabe anzufreunden. Und mir hat es Spaß gemacht, dass du plötzlich in den Medien als Held dargestellt wurdest. Mich freute es, dass wir auf einmal so viel Geld hatten und du dir deine Träume erfüllen konntest.«

»Aber ...«

Sie ergriff seine Hände fester. Plötzlich fühlten sich ihre Finger warm und stark an. »Versteh mich nicht falsch, Paps. Für mich warst du schon immer ein Held. Und so freute ich mich, dass es die Welt ebenfalls wusste.«

Eine Träne stahl sich aus Bernhard Franks linkem Auge und kullerte über die Wange hinab. »Diese ... diese Gabe von dir ...«, begann er mit bebenden Lippen, bevor sich seine Kehle so eng verschnürte, dass er kaum noch Luft bekam.

»... ist nichts Schlimmes, Paps«, sagte Caroline. Sie erhob sich. »Ich setze sie ein, um vermisste Kinder und Jugendliche zu finden. Du glaubst nicht, wie viele Menschen ich dank meinem speziellen Sinn wieder zusammengeführt habe.«

»Und nun willst du ihn für Perry Rhodan einsetzen?«, fragte Frank mit krächzender Stimme.

Caroline umrundete den Küchentisch und setzte sich auf seinen Schoß, wie sie es früher immer getan hatte.

»Vielleicht kann ich Perry Rhodan helfen, seine Vision von einer vereinten, friedlichen Erde wahr zu machen. Selbst wenn es nur ein winzig kleiner Beitrag ist. Denkst du nicht, dass ich es zumindest versuchen sollte?«

Bernhard umarmte seine Tochter, während die Tränen liefen. Sie hielt ihn fest, strich zärtlich über seinen Rücken.

»Damit komme ich zum eigentlichen Grund meines Besuches«, flüsterte sie leise in sein linkes Ohr. »Was hältst du davon, wenn wir zusammen eine Reise unternehmen? Beispielsweise ... in die Gobi?«

Kapitel 2

Schiff der Fantan
Reginald Bull

»Was ist mit ihm, Eric? Verdammt, schau nur, wie schräg sein Arm absteht. Er ist gebrochen!«

»Beruhige dich, Reg!«, gab Manoli zurück. »Lass mich arbeiten!«

»Wird er sterben?«

Manoli sah kurz auf. »Nein, Sue. Nicht, wenn ich ihn sofort und in Ruhe behandeln kann.«

Sue warf Bull einen Hilfe suchenden Blick zu. Bull legte ihr einen Arm auf die schmale Schulter. »Lass den Doc nur machen. Sid ist in den besten Händen.«

In seinem Innern fühlte Reginald Bull eine Melange aus Verärgerung, Trotz und Angst um das Leben des jungen Mannes.

Bull war davon ausgegangen, dass er die beiden Jugendlichen Sue und Sid durch den Besuch des Fantanschiffs keiner unverhältnismäßig großen Gefahr aussetzen würde. Zumal Sid González dank seiner Teleportergabe die Funktion einer »Lebensversicherung« innehatte.

Und nun hatte der Junge versucht, mittels Teleportation den Energieschirm zu überwinden, der die SREGAR-NAKUT umgab, seit das andere Fantanschiff aufgetaucht war. Bull hatte ihn zurückhalten wollen, aber wie zum Teufel stoppte man einen Teleporter, der nicht auf einen hören wollte?

Das hast du nun davon, halbe Kinder auf eine solche Mission mitnehmen zu wollen, du Esel, dachte er wütend. *War ja klar, dass er früher oder später den Helden spielen würde. Jesus, Maria und Josef, macht, dass er nicht stirbt. Ich will ihn nicht auf dem Gewissen haben.*

Der Boden der Lagerhalle vibrierte leicht. Inmitten Hunderter unnützer Dinge, dem Besun der Fantan, schepperte es, als ob die Becken eines Schlagzeugs heruntergefallen wären. Irgendwo, tief im Raumschiff, dröhnten Maschinen. Riesige Energiegeneratoren, Antriebsblöcke, was auch immer.

Reginald Bull kümmerte es nicht. Egal, zu welchem Stern, in welches System die Fantan sie brachten, solange nur das Leben dieses Jungen gerettet würde.

Verdammt!

»Die Symptome sind dieselben wie bei einem starken Stromstoß«, berichtete Manoli, der neben dem Jungen kniete. Systematisch kontrollierte er Augen, Atmung und Genick. Dann riss er mit einer einzigen, entschlossenen Bewegung Sids Hemd auf. Knöpfe sprangen davon, klimperten zu Boden.

»Die Atmung hat ausgesetzt, kein wahrnehmbarer Puls«, fuhr er fort, während er mit zwei Fingern einen Punkt auf Sids Brustbein suchte, das unter einer dichten Schicht schwarzer Brusthaare verborgen war. Manolis Stimme klang kontrolliert. Keine Spur von Aufregung lag darin. »Durch das unkontrollierte Ausschlagen der Glieder hat er sich einen Arm gebrochen. Darum werde ich mich kümmern, wenn sein Herz wieder schlägt.«

Bull betrachtete die Haare auf Sids Brust. Er hatte Sid González als halbes Kind kennengelernt, aber der Junge war immerhin schon sechzehn Jahre alt.

Irgendwo zwischen Kind und Erwachsenem, dachte Bull erschüttert. *Zwischen Mensch und Mutant, zwischen alter Welt und neuer. Und zwischen Leben und Tod.*

Manoli legte beide Hände auf Sids Brustkorb, verschränkte die Finger ineinander und begann mit der Herzmassage. Gleich darauf hörte er wieder auf, tastete den Brustkorb ab. Setzte die Herzmassage fort.

Der Arzt sah auf. »Es ist ein Herzkammerflimmern, Reg«, sagte er ernst. *Zu* ernst.

»Was bedeutet das?«, fragte Sue.

Auf ihrem kalkweißen Gesicht schimmerte eine Schweißschicht. Unablässig fuhr sie sich mit ihrer Hand durch die Haare. Bull sah ihr an, dass sie gerne etwas getan hätte und fast verzweifelte, weil sie dazu keine Möglichkeit sah. Nicht viel anders ging es ihm.

»In Sids Herzkammern laufen ungeordnete Erregungen ab«, antwortete Manoli, ohne sein Tun zu unterbrechen. »Der Herzmuskel kann nicht mehr geordnet kontrahieren.«

»Das ist gefährlich, nicht wahr?«

Manoli stellte die Massage ein, überstreckte Sids Kopf, öffnete seinen Mund einen Fingerbreit, presste ihm die Nase zu und blies hinein. Sids Brustkorb hob sich leicht. Manoli wiederholte das Prozedere, dann führte er die Herzmassage fort.

Bull presste die Lippen aufeinander. Medizinische Soforthilfe hatte beim Astronautentraining nicht unbedingt zu seinen beliebtesten Ausbildungseinheiten gehört, aber ihre Wichtigkeit hatte er nie infrage gestellt.

Herzkammerflimmern entstand, wenn das Erregungsleitungssystem der Herzmuskelzellen aus dem Takt kam. Normalerweise gingen die Erregungen in regelmäßiger Folge vom Sinusknoten aus, von dem aus sie an die Vorhöfe und über das Erregungsleitungssystem an alle Anteile der Herzkammer weitergegeben werden. Auf diese Weise wurden alle Teile des Herzmuskels in einem sinnvollen Ablauf erregt, sie kontrahierten sich, und die Erregung bildete sich wieder zurück, sodass die Herzmuskelzellen für die neue Erregung bereit waren.

Der stromstoßartige Schock, den Sid bei seinem Sprung in den Schutzschirm erlitten hatte, hatte dazu geführt, dass die Erregungswellen unkontrolliert in verschiedene Richtungen liefen, sodass es zum namensgebenden »Flimmern« der Herzkammern kam.

Gegen Herzkammerflimmern blieb eine manuelle Herzmassage wirkungslos. Es gab nur eine Möglichkeit, wieder einen regelmäßigen Rhythmus herzustellen: durch einen erneuten Stromstoß.

»Wir müssen sofort defibrillieren!«, rief Bull.

»Wie erklären wir den Fantan, dass wir ein Gerät benötigen, das starke Stromstöße erzeugt?«, fragte Manoli.

»Wir ...« In diesem Augenblick fiel es ihm ein. Bull sah Manoli verblüfft an. Weshalb hatte er nicht schon früher daran gedacht? Er fuhr hoch. »Wir benötigen die Hilfe der verdammten Zylinder nicht. Ich weiß, wo ich einen Defibrillator finden kann. Wartet hier!«

»In Ordnung, Reg«, antwortete Manoli. »Beeil dich. Jede Minute, die wir verlieren, ist eine Minute zu viel.«

Bull rannte los.

Nun ging es um Leben und Tod. Manoli würde die Herz-Lungen-Wiederbelebung so lange fortsetzen, bis er wiederkam. Ohne Defibrillation, die den Herzmuskel zwang, sich ganzheitlich zusammenzuziehen, würde Sid dennoch sterben.

Auf so einfache Wahrheiten ließ sich das Leben manchmal reduzieren.

Während er den Korridor entlanglief, versuchte er sich genau daran zu erinnern, *wo* er den Wagen gesehen hatte. Der Eindruck war mehr als flüchtig gewesen. Zu viele wahllos zusammengewürfelte Dinge hatten die Fantan von der Erde mitgebracht.

Bull hatte es an ein Spiel erinnert, das sie als Kinder gespielt hatten und das das Gedächtnis hätte trainieren sollen. *Ich packe in meinen Koffer,* hatte es geheißen. Jemand packte einen imaginären Gegenstand in einen imaginären Koffer, der Nächste packte einen weiteren Gegenstand hinzu. Mit jedem Wechsel musste man sich an mehr Gegenstände erinnern. Und je länger das Spiel lief, desto abstruser wurden auch die Gegenstände, die in diesen Koffer gepackt wurden: *Ich packe in meinen Koffer ein Hemd, eine Zahnbürste, einen Pod, einen Apfel, eine Thermoskanne ...*

Und nun hieß es: *Ich packe in mein Raumschiff einen Briefkasten, einen Altglascontainer, ein Fahrrad, einen Sonnenkollektor, ein Toilettenhäuschen, eine Ambulanz ...*

Eine Ambulanz!

Bull hatte den weiß lackierten Kastenwagen mit den neonroten und -gelben Streifen nur kurz und undeutlich im Warenstrom gesehen. Aber er war ihm aufgefallen, und er hatte sich gefragt, ob der Krankenwagen während eines Einsatzes zu Besun geworden war und unten auf der Erde jemand deswegen in eine noch misslichere Lage gekommen war.

Skelir auf seinem fliegenden Gefährt, das an ein Motorrad ohne Räder erinnerte, kam ihm auf halbem Weg entgegen.

»Was tun Sie hier?«, rief er schon von Weitem.

»Ein Notfall«, gab Bull zurück. Er hatte nicht vor, wertvolle Zeit zu verlieren, nur weil er sich dem Fantan erklären musste. »Der Start des Schiffes hat bei einem meiner Begleiter körperlichen Schaden verursacht!«

»Oh«, machte das fremdartige Wesen, dessen Worte durch Bulls Translatorscheibe übersetzt wurden, »doch nicht etwa Sue Mirafiore?«

»Nein!«, rief Bull, eilte an dem erstaunten Fantan vorbei und verschwand um die nächste Biegung des Korridors.

Wo hatte er den verfluchten Krankenwagen gesehen? Es waren seit der Sichtung gut und gerne fünfzehn Minuten vergangen. Gut möglich, dass ihn die Fantan irgendwohin im spindelförmigen Raumschiff untergebracht hatten.

Bull lief an einer Ansammlung von Reklameschildern vorbei. Die Hälfte von ihnen leuchtete und blinkte – entweder erhielten sie ihre Energie durch eine interne Brennstoffzelle oder über effiziente Lichtkollektoren der neuesten Generation.

»Halt!«, krähte in diesem Moment eine Stimme. »Bleiben Sie sofort stehen, Besun!«

Bull bremste ab. Aber nicht, weil er dem Befehl Folge leistete, sondern weil er – halb verdeckt durch ein Kinderkarussell – die neonfarbenen Streifen der Ambulanz entdeckte.

Zwei Fantan auf Schwebeplattformen kamen ihm entgegen. Sie gestikulierten wild mit ihren Extremitäten.

»Keine Zeit!«, rief er.

So schnell ihn die Beine trugen, rannte er zu dem Krankenwagen. Bull zog am Griff der Hecktür – und fluchte. Sie war verriegelt. Er versuchte es beim Fahrer und Beifahrer und auch an der seitlichen Schiebetür. Keine ließ sich öffnen.

»Was machen Sie da. Sie sind Besun!«, erklangen die übersetzten Worte des Fantan aus Bulls Translator.

Er ließ sich nicht beirren. Bull zog den Ärmel über das Handgelenk und schlug mit der Faust mehrmals auf die Scheibe der Schiebetür.

Das Glas hielt seinen Bemühungen stand.

Er wirbelte herum. »Ich muss sofort etwas aus diesem Fahrzeug holen«, rief er in Richtung der Fantan. »Wer von Ihnen kann mir als Erster helfen, es zu öffnen?«

Die beiden zylinderförmigen Gestalten mit ihrer fein geschuppten Haut blickten Bull aus ihren dunklen Öffnungen an. Jedenfalls ging er davon aus, dass sie ihn anstarrten – verständnislos, höchstwahrscheinlich –, denn es war ihm unmöglich, die Löcher nach ihren Funktionen zu unterscheiden. Genauso gut konnte es sein, dass sie ihm bloß eine Hör- und eine Sprechöffnung zuwandten.

»Es ist Besun nicht gestattet, sich an fremdem Besun zu bereichern!«

»Ich bereichere mich nicht!«, rief er. »Ich brauche nur ... Ach, ihr könnt mich mal am ...«

Er rannte auf das Karussell zu, sprang auf die Drehplattform und ließ sich mit dem ganzen Gewicht gegen eines der Pferde krachen. Die Stange, an der das Holzpferd befestigt war, gab leicht nach. Irgendwo knackte etwas.

Bull hob das rechte Bein und trat mit dem Stiefelabsatz mehrmals mit voller Wucht gegen das Pferd. Nach dem sechsten Versuch sprang die Stange krachend aus der Bodenarretierung. Zwei, drei kräftige Drehbewegungen genügten, um sie ebenfalls aus der Deckenbefestigung zu lösen.

Mit Pferd und Stange rannte er an den reglosen Fantan vorbei auf den Ambulanzwagen zu. Wie ein Ritter eines mittelalterlichen Turniers richtete er das Ende der Eisenstange auf sein Ziel – nur dass er im Gegensatz zu Parzival und Konsorten sein Pferd unter den Arm geklemmt mit sich führte.

Das Glas der seitlichen Schiebetür zersprang gleich beim ersten Versuch. Bull zog die Stange heraus, vergrößerte das Loch, bis er seine Hand hineinstrecken und die Tür von innen öffnen konnte.

»Halleluja!«, rief er, warf Pferd und Stange von sich und sprang in den Krankenwagen.

Die Fantan hatten ihn bei der Entführung höchstwahrscheinlich mittels Antigravstrahl transportiert. Entweder waren sie sehr sachte zu Werke gegangen, oder der Krankenwagen hatte ein außergewöhnlich gut funktionierendes Halte- und Ordnungssystem: Die Instrumente hingen fest an den Wänden, keine einzige Schublade war geöffnet, und sogar die beiden Kugelschreiber klebten sorgsam aufgereiht an der magnetischen Halterung auf der kleinen Schreibfläche.

Bull musste nicht lange suchen, um den Defibrillator zu finden. Der schwarzgelbgrau gefärbte Kasten saß in der Nähe des Kopfendes der arretierten Trage auf einem kastenförmigen Möbel. Er besaß mehrere Taschen und war mit Haltebändern gesichert.

»Ein kombinierter Defi-EKG«, murmelte Bull verbissen, während er die Bänder löste. »Da wird sich Eric freuen.«

Er klemmte sich den Kasten unter den Arm, wollte schon aussteigen, als sein Blick auf einen feuerroten Rucksack fiel. Mit einem grimmigen Knurren setzte Bull den Defibrillator ab, schlüpfte in die Träger des Notfallrucksacks, nahm den Kasten wieder auf und sprang aus dem Kastenwagen.

»Bleiben Sie stehen!«, rief einer der Fantan. »Wir müssen sofort wissen, wessen ...«

»Fragen Sie Skelir!«, rief Bull und hastete an ihnen vorbei.

Zurück ging es durch die Korridore. Er hatte zwei Abzweigungen genommen, diese durfte er nicht verpassen.

Ächzend wich er einem Fantan aus, der mit einer Stehlampe in den Armextremitäten daherkam und damit den halben Korridor versperrte.

Bull keuchte. Er besaß zwar eine fast schon stählern zu nennende Kondition, aber die Kombination aus Sprinten, Tragen und Hindernislauf kostete Kraft.

Wie viele Minuten waren vergangen, seit Sid mit dem Schutzschirm kollidiert war? Drei Minuten? Vier oder gar fünf Minuten?

Dem Jungen durfte nichts geschehen. Womöglich lag es an Bulls Schlussspurt, ob das Herz des Teleporters wieder in Gang gesetzt werden konnte, bevor das mit Sauerstoff unterversorgte Hirn gravierenden Schaden davontrug.

Er drückte den EKG-Defibrillatorkasten enger an seinen Körper und rannte noch schneller.

»Ich komme, Eric!«, rief er, als er in Sichtweite war. »Ich habe alles dabei!«

Manoli blickte auf. »Sehr gut, Reg.«

Der Arzt beatmete Sid noch zweimal, dann sprang er auf und nahm Bull die Geräte ab.

»Jetzt muss es schnell gehen«, sagte Manoli. »Reg, sieh bitte im Notfallrucksack nach, ob sich Intubationswerkzeug darin befindet.«

Bull kniete sich hin und öffnete den Rucksack. Schnell fand er das schnabelartige Gerät und den Atemschlauch.

»Was kann ich tun?«, fragte Sue leise.

»Zieh deine Jacke aus, falte sie zusammen und lege sie Sid unter den Kopf.«

Während Sue ihrer Aufgabe nachkam, schaltete Manoli den Defibrillator an, klebte je eine Elektrode auf den rechten Brustmuskel und unterhalb der linken Brust. Auf dem EKG-Display erschienen eine Linie und ein Zeichen, das sich rasend schnell veränderte.

»Müssen die so schräg angebracht sein?«, fragte Sue mit aufgeregter Stimme. Sie strich über Sids wächserne Stirn. »In Filmen habe ich es anders gesehen.«

Bull, der immer noch heftig atmend und mit ausgestreckten Intubationsinstrumenten an Sids Seite kniete, sagte: »Hab Vertrauen in den Doktor! Der Herzmuskel befindet sich genau zwischen den beiden Elektroden.«

Manoli sah auf. »Sue, rutsch bitte ein wenig zurück. Du darfst Sid erst nachher wieder berühren.«

Sue zog ihre Hand blitzschnell zurück.

Manoli löste den Defibrillator aus. Es gab ein zirpendes Geräusch und Sids Oberkörper bäumte sich auf. Dann fiel er wieder zurück.

Manoli drehte sich herum, kontrollierte das Display des EKGs, anschließend fühlte er mit zwei Fingern nach Sids Puls.

»Intubationswerkzeug!«

Bull streckte die Arme aus. Manoli nahm das Schnabelinstrument und führte es in Sids Kehle ein. Danach schob er den Schlauch ein und befestigte daran einen Beatmungsballon.

»Sue«, sagte er ruhig, aber bestimmt. »Kannst du mit deiner Hand diesen Ballon halten?«

Das Mädchen ergriff das Gummiteil, das mehr als dreimal so groß wie ihre Faust war. Da Sue nur eine Hand besaß, hatte sie

Mühe, den Ballon festzuhalten. Sie rückte ein wenig näher an Sid heran und hielt den Ball gegen ihren Oberkörper. Sie nickte Manoli zu.

Er begann wieder mit der Herzmassage. »Der erste Versuch war nicht erfolgreich. Wir werden ihn wiederholen. Keine Sorge, wir werden Sid zurückholen. Sue, drück einmal fest auf den Ballon. Gut – nochmals!«

Bull runzelte die Stirn. Er hatte das Gefühl, dass Sids Gesicht ständig bleicher wurde.

Verdammt!, dachte er. *Weshalb hast du springen müssen?*

»Gut, Sue. Jetzt bitte wieder zurücktreten!«

Manoli löste den Defibrillator aus. Sids Brustkorb bog sich erneut in die Höhe. Ein würgendes Geräusch erklang. Sids Körper sackte in die Ausgangslage zurück.

Sue stieß einen Schrei aus. »Er lebt, er lebt!«

Ein lang anhaltender Laut kam aus Kehle und Schlauch. Sids Arme flogen nach oben. Manoli griff blitzschnell zu und zog den Intubationsschlauch aus der Kehle des Jungen.

Sid würgte. Seine Augen rollten. Er streckte die Arme hoch in die Luft, als wolle er etwas oder jemanden abwehren. »Keine Flammen!«, rief der Junge. »Bitte, Doktor Goratschin, keine Flammen mehr!«

Sue krabbelte heran, strich ihm die dunklen Haare aus den Augen. »Wir sind hier, Sid«, brachte sie zwischen zwei Schluchzern heraus. »Eric, Reg und ich. Du musst keine Angst mehr haben!«

Manoli riss die Klebeelektroden ab. Mit ihnen verlor Sid einige Brusthaare. Darunter kamen rotviolett verfärbte Stellen zum Vorschein.

Sid González schüttelte den Kopf, als wolle er einen bösen Traum loswerden. »Sue?«, fragte er mit leiser Stimme. »Ich lebe? Wo sind die Flammen? Wo sind wir?«

Manoli legte ihm eine Hand an die Wange. »An Bord des Spindelschiffes der Fantan. Du wolltest den Helden spielen, Sid. Hast gemeint, dass deine Kräfte stärker sind als der Schutzschirm. Die Flammen, die du gesehen hast, waren nichts anderes als deine Kräfte, mit denen du gegen den Energieschirm geprallt bist.«

Sid blickte ihn unsicher an. Dann schienen sich die Bilder und Informationen in seinem Kopf in einen logischen Zusammenhang zu stellen. Plötzlich schien er müder als zuvor.

»Dann sind wir jetzt unterwegs? Im Weltraum?«

Reginald Bull erhob sich. Seine Knie zitterten vor Erleichterung darüber, Sid sprechen zu hören.

Er rieb sich das schweißnasse Gesicht. »Wahrscheinlich haben wir die Mondumlaufbahn bereits verlassen«, sagte er. »Wer weiß, ob wir überhaupt noch in unserem Sonnensystem sind. Stellt euch vor: unser erster echter Weltraumflug – unter solch lausigen Bedingungen! Wer hätte das je gedacht, dass wir ...«

In diesem Moment hieb ihm jemand mit voller Kraft ins Genick. Schlagartig wurde alles dunkel. Bull sackte in sich zusammen. Der letzte Eindruck zeigte die Oberkörper von Sue und Eric Manoli, die wie in Zeitlupe zur Seite kippten.

Bull wollte fluchen.

Kapitel 3

Golf von Bohai, 31. Juli 2036
Rico

»Was willst du damit sagen?«

Rico saß kerzengerade auf dem altersschwachen Stuhl. Jede Bewegung seines Körpers brachte ihn zum Quietschen. Ein furchtbares Geräusch, das ihn bis tief in sein Innerstes beunruhigte.

»Wir sind beide keine Menschen«, wiederholte die Frau, die er als *Queen* kennengelernt hatte und die nun plötzlich behauptete, *Quiniu Soptor* zu heißen. »Wir könnten selbstverständlich in der nächstgelegenen Klinik unsere genetischen Daten vergleichen – eine Art *Ich zeig dir meines, du zeigst mir deines* –, aber ich befürchte, dafür haben wir keine Zeit. Deswegen musst du dich auf deine Augen verlassen.«

Sie sah sich verstohlen um. Rico folgte ihrem Blick.

Das schäbige kleine Fischrestaurant hatte an diesem Donnerstagabend kaum Gäste. Vier Männer in schmutzigen grauen Anzügen saßen an einem Tisch und aßen schweigend. Ihre Gesichtsfarbe wirkte zu dunkel, als dass es sich um Chinesen handeln konnte. Rico ordnete sie als Malaysier ein.

Es war offensichtlich, dass sie nicht zu den Touristen gehörten. Sie arbeiteten wahrscheinlich für die nahe gelegene Zementfabrik, die sich am Ende des Strandes und des kleinen Hafens erleuchtet in den Abendhimmel erhob.

Eine seltsam gespannte Stille lag über der Szenerie. Ab und zu brach eine Welle, schrie eine Seemöwe. Rico fühlte Unruhe in seinem Innern. Das Meer lockte ihn nach wie vor, und diese seltsame Frau verwirrte ihn. Nur Minuten zuvor hatte sie ihre Augenfarbe verändert. Plötzlich sahen sie arkonidisch rot aus.

»Schau her«, flüsterte Quiniu.

Sie zog ihr Kleid an der Seite etwas nach unten. Mit der Spitze ihres Zeigefingers fuhr sie über den Ansatz ihrer linken Brust. Die Haut teilte sich, ohne dass Rico ein Skalpell oder zumindest einen präparierten Fingernagel wahrgenommen hätte.

Dann bohrte sie Zeige- und Mittelfinger in den entstandenen Schlitz und zog sie auseinander. Tiefschwarze Haut kam zum Vorschein.

Rico kniff die Augen zusammen. Sofort sah er den Bereich viel deutlicher.

Schwarze Haut.

Es gab viele Menschen auf der Erde, die solch schwarze Haut besaßen. Sie stammten vom Kontinent Afrika, der sogenannten Wiege der Menschheit.

»Ich verstehe nicht«, murmelte Rico. »Du sagtest, dass du eine Arkonidin bist. Aber die roten Augen und die schwarze Haut scheinen nicht zusammenzugehören.«

»Viele Dinge sind nicht, wie sie scheinen, in diesen Tagen«, sagte Quiniu geheimnisvoll. »Seit mich Thora ausgewählt hat, sie zu begleiten, haben sich mir Dinge offenbart, die ich nie für möglich gehalten hätte. Und ich spreche nicht von dieser kleinen, seltsamen Welt, die in ein neues Zeitalter katapultiert worden ist. Ich spreche von mir. Ich war noch nie völlig auf mich allein gestellt. Es ist ein Gefühl, wie ... wie ...«

»Dein Aussehen«, beharrte Rico. »Was stimmt nicht damit?«

Quiniu Soptor strich sich über die Augen. Wie Minuten zuvor, als sie bis zu den Knien in der Brandung gestanden hatten, veränderte sich die Farbe von Soptors Iriden.

Aus Blutrot wurde Silber.

»Du bist doch keine Arkonidin!«, stellte Rico fest.

»Ich bin Arkonidin«, erwiderte die Frau mit einem sanften Lächeln. »Wenngleich mein dominierendes Erbgut von einem imperialen Planeten stammt, der weit weg von Arkon liegt.«

»Weshalb hast du ...«

»Kannst du dir das nicht denken, Rico?«

»Du wolltest meine volle Aufmerksamkeit erregen«, sagte er.

»Du bist nicht nur hübsch, du bist auch geistig agil«, gab Soptor zurück. Sie seufzte leise. »Arkoniden von deinem Schlag gibt es nicht viele. In den Adern der meisten von ihnen fließt weniger reines Blut als in meinen.«

Rico runzelte die Stirn. »Der Terminus *reines Blut* ist nicht wissenschaftlich. Einzig wenn man aus Blutplasma ...«

Soptor warf den Kopf zurück und lachte leise.

Rico seufzte. »Ich verstehe immer weniger. Was soll das alles? Und was willst du von mir?«

Quiniu Soptor setzte sich gerade auf, wartete, bis das dürre chinesische Mädchen ihnen eine versiegelte Flasche Wasser auf den

Tisch gestellt hatte und wieder verschwunden war. Dann sagte sie: »Wir sollten die Geschichte von vorne beginnen, Rico. Vielleicht löst sich dann deine Verwirrung.«

»Bitte.«

Die Frau sah ihn sekundenlang an. Schweigend, die Mundwinkel zu einem Lächeln verzogen. »Wer bist du?«

»Ich bin ... Rico«, sagte Rico. »Ich kam von ... von der ...«

Er verstummte. Alles, was er in diesem Moment sagen wollte, fühlte sich irgendwie *falsch* an.

»Ich bin nicht sicher«, sagte er schließlich. »Aber du scheinst mehr zu wissen als ich.«

Quiniu stieß ihre Gabel in ein Stück weißes Gemüse und führte es zu ihrem Mund. »Darf ich raten?«

»Ich bitte darum.«

»Thora hat mich und Tamika für einen Erkundungsflug durch dieses Sonnensystem ausgewählt. Über dem zweiten Planeten wurden unsere Aufklärer durch die Automaten der Festung angegriffen. Im Gegensatz zu Thora und Tamika hatte ich Glück. Ohne dass es mir zu diesem Zeitpunkt bewusst gewesen wäre, flog ich im Schatten von Thoras Fluggerät. Die Defensivsysteme meines Aufklärers aktivierten sich vollständig. Da die Schirmfelder nur einen geringen Teil der Energie absorbieren mussten, bekam der Antrieb genügend Leistung, um ein Fluchtmanöver zu starten.«

»Du bist die dritte Person, von der Thora gesprochen hat«, stieß Rico aus. Plötzlich waren ihm die Worte der Arkonidin wieder präsent. Es war, als hätte Soptors Bericht ein Passwort enthalten, das eine versteckte Erinnerungsdatei geöffnet hatte.

»Genau.«

»Weshalb hast du dann nicht einen Kontaktversuch mit Thora gestartet?«

»Mir gelang zwar die Flucht«, fuhr Quiniu fort, »aber auch mein Aufklärer hatte durch die auftreffenden Energien und den überstürzten Eintritt in die Atmosphäre des Planeten Schaden genommen. Ich habe ihn kontrolliert runtergebracht und musste daraufhin warten, bis die Reparaturroutinen ihn so weit hatten, bis ich wieder starten konnte.«

Quiniu wischte durch die Luft, als wolle sie ein Insekt verscheuchen. »Ich ging davon aus, dass Thora entweder überlebt und die Situation im Griff hatte oder dass sie beim Absturz ums Leben gekommen war. In beiden Fällen hätte es nichts gebracht, eine wie auch immer geartete Rettungsmission zu starten.«

»Dein Funkgerät hat nicht mehr funktioniert?«

Quiniu warf Rico einen undefinierbaren Blick zu. »Ich war noch niemals in meinem Leben so allein und auf mich gestellt wie in diesem Moment.« Sie schob die Gabel beiseite, tupfte die Lippen ab, legte ihre Hand auf Ricos rechtes Handgelenk. »Vielleicht klingt es seltsam oder egoistisch, aber irgendwie habe ich diese Zeit für mich selbst benötigt. Kannst du das verstehen?«

Rico nickte bedächtig. »Ohne die Zeit, in der ich auf mich allein gestellt war, wäre ich nicht zu ... *hm* ... dem geworden, was ich heute bin.«

Soptor warf ihm erneut diesen Blick zu, den Rico nicht richtig zu deuten wusste. Er fühlte nur, dass diese Frau ihn nicht belog. Mehr noch: Plötzlich war sich Rico sicher, dass sich sein Schicksal mit demjenigen Quiniu Soptors vermengt hatte. Aufgrund welcher Fakten und Hinweise er zu dieser Annahme kam, wusste er nicht.

Offenbar hatten sich die biologischen Rechnerkomponenten noch nicht genügend regeneriert. Es herrschte ein Ungleichgewicht zwischen der kühlen Logik der Positronik und den emotionsbehafteten Elementen der Biomodule.

Darunter litten auch seine Erinnerungsfunktionen, Ricos Gedächtnis. Informationen zu besonders wichtigen Bestandteilen seiner Historie und seines Lebenszweckes fehlten teilweise bis gänzlich.

Rico wusste nicht, weshalb es ihn zum Meer, nein, *ins* Meer zog. Er suchte nach *ihm,* hatte aber vergessen, wer *er* war.

Sein Erbauer?

Sein Meister?

Sein arkonidisches Pendent; also die Vorlage seiner eigenen Existenz?

»Und was bist du?«, fragte ihn Quiniu Soptor.

Rico blickte sie überrascht an. Hatte sie seine Gedanken gelesen? Hatte sich die arkonidische Technik so weit entwickelt, dass sein Innerstes plötzlich so sichtbar war wie die Regungen seiner Mimik?

»Du hast gesagt, dass du ebenfalls Zeit für dich allein benötigt hast, um zu dem zu werden, was du heute bist«, hakte die Frau nach. »Deswegen will ich wissen, was du denn genau bist. Ob du dich plötzlich daran erinnern kannst.«

»Ach«, sagte Rico. Sein Körper entspannte sich, nachdem er sich zuvor automatisch zur Flucht bereit gemacht hatte. »Das wolltest du doch mir erzählen. Du hast eine Theorie?«

Soptor kniff die Augen zusammen. Das einfallende Licht ließ die silbernen Iriden aufleuchten, als würden sie von innen heraus glühen.

»Als mein Aufklärer vollständig repariert war, flog ich zurück zum dritten Planeten. Ich kam zu spät, wie ich kurze Zeit später feststellen sollte. Aus aufgefangenen Funksprüchen und dem regen Informationsfluss über die irdischen Satellitennetze erarbeitete ich mir ein Bild der aktuellen Lage. Einige Informationen schienen mir geradezu *absurd.* Den Rückständigen sollte es gelungen sein, die AETRON zu zerstören, Crest sich in der Gefangenschaft eines der irdischen Machtblöcke befinden? Und Thora sollte bereits in einem *fremden* arkonidischen Beiboot zum dritten Planeten gekommen sein? Ich konnte das alles nicht glauben. Ich wertete mit der bescheidenen Unterstützung des kleinen Rechners meines Aufklärers Filmdokumente der Nachrichtenkanäle aus ... und scheiterte damit, auch nur eine dieser She'pron-Prophezeiungen als unwahr zu entlarven. Die AETRON existierte tatsächlich nicht mehr. Crest war in der Zwischenzeit befreit worden, und Thora hatte das Sonnensystem bereits wieder verlassen – wenige Tontas bevor ich zurückgekehrt war.«

Rico registrierte, dass die Temperatur von Soptors linker Hand um mehrere Grad Celsius gefallen war. Die Schilderung ihrer Geschichte verursachte eine interessante psychosomatische Reaktion. Er beschloss, diesen Umstand nicht hervorzuheben. Stattdessen wartete er darauf, dass sie ihm endlich ihre Theorie zu seiner Existenz verriet. Bisher hatte sie nur von sich selbst gesprochen.

»Larsaf«, sagte er.

»Wie bitte?«

»Die ursprüngliche Bezeichnung für dieses Sonnensystem lautet Larsaf.«

»Wessen ursprüngliche Bezeichnung?«, fragte die Kolonialarkonidin.

Rico sah sie prüfend an. »Im ewigen arkonidischen Imperium. Wie mir scheint, ging dieses Wissen verloren. Oder man wollte sich schlicht nicht mehr daran erinnern.«

»Weshalb sagst du das?«, fragte Soptor.

»Es ist unwichtig«, gab Rico zurück. »Bitte führe deine Erzählung fort!«

»Wenige Tontas«, wiederholte Quiniu Soptor. »Sie hatten darüber entschieden, dass ich als letzte Arkonidin in diesem System gestrandet war – mit einem Aufklärer, der nur für interplanetare Reisen infrage kam.«

»Was ist mit Crest?«, fragte Rico. »Hat er das Sonnensystem ebenfalls verlassen?«

»Nein, das nicht. Aber er ist im Bund mit den Menschen. Die Menschen haben ihn vor ein Gericht gestellt und um ein Haar ermordet.«

»Sie haben es nicht getan«, betonte Rico.

»Sie können es sich jederzeit anders überlegen, wenn du mich fragst. Ich traue diesen Menschen nicht.« Soptor legte die Hand auf die Tischplatte. »Seltsamerweise versetzten mich die schlechten Botschaften nicht in einen Schockzustand. Ich sah vielmehr die Gelegenheit, meine Veränderung, meine *Werdung,* die im atmosphärischen Chaos der Venus ihren Anfang genommen hatte, weiterzutreiben.«

Rico nickte, weil er nicht wusste, was er darauf hätte sagen sollen. Ihm schien, dass es in der arkonidischen Gesellschaft zu weitreichenden Veränderungen gekommen sein musste. Anders war Soptors Erklärung nicht deutbar. In der Vergangenheit, in *ihrer* Zeit, hatten Solo-Missionen und -Prüfungen zur Grundausbildung eines jeden Sternfahrers gehört. Und weshalb hatte sie die Bedeutung von Crests Geschlechtszugehörigkeit so eigenartig hervorgehoben?

»Ich konzentrierte mich auf die Bilder dieses Beibootes, mit dem Thora zum dritten Planeten gekommen war«, fuhr Soptor fort. »Es wies Merkmale arkonidischer Bauweise auf, wirkte aber gleichzeitig fremd und klobig – und ziemlich beschädigt. Ich ging davon aus, dass es sich tatsächlich um ein arkonidisches Schiff handelte – so etwas wie ein Museumsstück – und es nicht aus fremden Händen kam. Also musste es auf dem zweiten Planeten eine uralte arkonidische Station geben, die unsere Aufklärer als feindlich eingestuft hatte. Und da kommst du ins Spiel, Rico.«

»Ich?«

»Du wirkst wie ein Arkonide, gehörst aber nicht der Mannschaft der AETRON an – dafür zeigst du auch viel zu viel Eigeninitiative, ganz nebenbei bemerkt. Du musst also von dieser in Vergessenheit geratenen arkonidischen Station auf dem zweiten Planeten stammen.« Soptors Finger schlossen sich enger um Ricos Handgelenk. »Hast du uns angegriffen oder haben die Anlagen dies automatisch vorgenommen? Und weshalb werden arkonidische Aufklärer als feindlich eingestuft, während ein Schiff der Fantan problemlos in diesem System manövrieren kann?«

»Ich ... ich weiß es nicht. Vielleicht wurde diese Anlage, von der du sprichst, ebenfalls vernichtet. So wie die AETRON. Oder sie wartet auf den richtigen Moment zum Eingreifen.«

»Du willst damit sagen, dass du dies nicht sicher sagen kannst?«

»Weshalb sollte ich das tun können?«

»Weil du von dieser Anlage, dieser Festung stammst, Rico. Weil du zusammen mit Thora in diesem Beiboot zur Erde kamst und du – falls man der irdischen Berichterstattung trauen darf – beim Kampf gegen den parapsychisch begabten Clifford Monterny getötet worden bist. Nur seltsam, dass weder Thora noch Crest eine Totenzeremonie für diesen getöteten Arkoniden abgehalten haben. Und noch merkwürdiger, dass die Verantwortlichen Terranias in den letzten Tagen heimlich eine Menschenjagd geführt haben. Ich gehe ganz stark davon aus, dass du die Beute bist, die sie suchen.«

»Deine Theorie basiert auf zu vielen Annahmen, Quiniu Soptor«, sagte Rico langsam. »Weshalb sollte ein solch großer Aufwand betrieben werden, nur um mich zu fangen?«

Die Frau warf einen prüfenden Blick auf die Arbeiter der Zementfabrik.

Sie aßen immer noch schweigend, beachteten sie beide nicht. Oder taten es zumindest nicht offen.

»Jeder von uns ist unendlich wertvoll für diese Menschen«, flüsterte Soptor. »Außerdem bist du kein Arkonide.«

Er sah auf den Teller. Den Fisch hatte er nicht angerührt. Aus blinden weißen Augen sah er Rico an. Vorwurfsvoll, wie ihm schien.

Das stark verwitterte Schild am umzäunten Strandrestaurant hatte »fangfrischen Fisch« versprochen, obwohl neun Zehntel der Speisefische seit Jahrzehnten aus den riesigen Fischfabriken stammte. Im Golf von Bohai und im anschließenden Gelben Meer hatte sich eine Zone von sauerstoffarmem Wasser ausgebreitet, in der nur wenige Fische überleben konnten.

Rico schüttelte kaum merklich den Kopf. Seltsam, auf welch nutzlose Informationen er problemlos zugreifen konnte. Andere – viel wichtigere Informationen – blieben ihm wiederum verborgen.

»Selbst wenn dies alles zutreffen würde«, sagte er tonlos. »Was willst du von mir? Weshalb wolltest du unbedingt mit mir in Kontakt treten? Weshalb sitzen wir hier?«

Soptor stellte den hydrothermalen Regler am Tellerrand höher, wartete einige Sekunden und schob sich dann eine weitere Portion dampfenden Fisch in den Mund. Kauend sagte sie: »Ich hatte Hunger.«

Rico schwieg.

Soptor deutete mit den Spitzen ihrer Gabel auf Rico. »Du hast ein Ziel, mein Lieber. Ich schätze einmal, dass du von hier wegwillst. Das verbindet uns. Ich will hier auch weg.«

»Ein gewagter Schluss. Weshalb hältst du dich nicht an die Fantan? Sie besitzen das einzige interstellare Schiff im Larsafsystem.«

»Bist du verrückt? Ich will nicht als Besun enden!«

Rico zuckte mit den Schultern. »Ich weiß nicht einmal richtig, wer ich bin. Ich kann dir nicht von Nutzen sein.«

Soptor legte die Gabel hin, blickte ihn dann an, als würde sie sein Gesicht gerade zum ersten Mal sehen. In den silbernen Iriden spiegelten sich die Lichter der Hafenmole. »Ich weiß, dass du aus irgendwelchen Gründen nicht auf deinen gesamten Intellekt zugreifen kannst. Trotzdem gehst du sehr zielstrebig vor. Du suchst etwas im Meer. Ich gehe davon aus, dass es sich um ein verstecktes Raumschiff handelt. Deswegen wolltest du zum Meer. *Ins Meer.*«

Rico dachte an *ihn.* »Das erscheint mir alles ziemlich an den Haaren herbeigezogen, wie die Menschen sagen. Allerdings kann ich mich den Argumenten nicht ganz verschließen.«

Soptor lächelte hintergründig. »Und wenn es sich tatsächlich um ein Raumschiff handeln sollte, dann ist es tief, sehr tief im Meeresgrund verankert.«

»Und du kannst in die Tiefsee vorstoßen?«

»Vielleicht. Ich will dir etwas zeigen. Bist du bereit?«

»Ja.«

Quiniu Soptor erhob sich. Sie blinzelte. Gleich darauf kam ein Rauschen auf – wie von einem sich nähernden Regenschauer. Ein dunkles Etwas schob sich vor die beleuchtete Silhouette der Zementfabrik. Als es langsam herabschwebte, stellte sich heraus, dass es sich um ein linsenförmiges Fluggerät mit einer transparenten Pilotenkanzel handelte.

Die vier Arbeiter sprangen schreiend von ihren Stühlen auf. Aus dem Innern des kleinen Gebäudes kamen Gäste und Personal heraus, zeigten aufgeregt auf das dunkle Etwas.

»Dein Aufklärer«, sagte Rico.

»Kein Unterseeboot«, gab sie zurück. »Aber ich wäre bereit, mein Glück damit zu versuchen – wenn du es bist!«

Er dachte wieder an *ihn,* nickte dann.

Soptor drehte sich kichernd um ihre eigene Achse, öffnete die Träger ihres Kleides, das zu Boden glitt. Darunter trug sie nichts außer ihrer Haut.

Ihrer *künstlichen* Haut.

Sie griff nach der geteilten Haut an ihrer linken Brust, zog sie unter den gellenden Schreien der Asiaten quer über den Körper, riss sie sich großflächig vom Leib, befreite ihren Kopf.

Rico sah fasziniert, dass sie anstelle von Kopfhaaren kleine rote Federn besaß, die sich allerdings bei näherer Betrachtung als Elemente einer raffinierten Kapuze herausstellten.

Ihr schwarzer Körper glänzte ölig-blau. Sie streckte sich, als hätte sie stundenlang gesessen. »Was für ein wunderbarer lauer Abend«, sagte die Frau. »Geradezu geeignet für einen romantischen Ausflug zu zweit.«

Ein korpulenter Chinese, dessen aufgebauschte Mütze ihn als Koch auswies, und zwei der Fabrikarbeiter, rannten auf Quiniu Soptor zu. Aus ihren Schreien hörte Rico die Worte *Karruppan* und *Ah Gong!* heraus. Malaysisch für »Schwarzer Kerl« und »gestörter Geist!«.

Rico ging automatisch in Abwehrstellung, während Quiniu Soptor die Hautfetzen fallen ließ und sich den Angreifern mit einem ansatzlosen, geschmeidigen Sprung entgegenwarf.

In der Luft drehte sie sich, riss die Beine nach oben, schlug dem Koch das unterarmlange Messer aus der Hand und rollte sich über ihn ab, indem sie ihn an der linken Schulter packte und herumwirbelte. Im Fallen schlug sie dem Malaysier die Ferse in die Seite.

Krachend stürzte der Koch auf die sandigen Bretter. Der Fabrikarbeiter klappte mit einem lauten Pfeifen zusammen. Bevor er Luft schnappen konnte, hatte sich Soptor erneut abgerollt, war aufgesprungen, packte seinen rechten Arm und hebelte ihn über ihre Schulter aus. Mit einem dumpfen Stöhnen landete er auf dem reglos am Boden liegenden Koch.

Die restlichen Anwesenden wichen ängstlich zurück.

Rico blickte verwundert auf die ölig glänzende, schwarzblaue Gestalt vor ihm. »War das nötig?«, fragte er.

»Ich hatte das dringende Bedürfnis, mich zu bewegen, ehe wir unseren Ausflug unternehmen.« Sie strich sich über ihre nackten Brüste, blickte Rico herausfordernd an. Er sah praktisch nur silberne Augen und weiße Zähne. »Du erschienst mir bisher nicht sonderlich interessiert an meinen körperlichen Reizen.«

Der Aufklärer schwebte mit geöffneter Türverschalung herab. Soptor blinzelte Rico keck zu, hüpfte ins Innere. Auf den Holzbohlen stöhnten die beiden Asiaten.

Dann erschien die Frau erneut, deutete mit der rechten Hand auf die abgezogene Haut am Boden. Ein türkisfarbener Lichtstrahl stand plötzlich zwischen Hand und Boden, gleich darauf war die Haut verschwunden.

»Kommst du?«

Rico warf einen letzten Blick auf Soptors von namenlosem Entsetzen erstarrtes Publikum, sah kurz auf die glitzernden Wellen hinaus, unter denen *er* sein sollte, und nickte.

Kapitel 4

Ferrol
Tako Kakuta

Die Echsen lenkten, nein, trieben sie auf ein Feld abseits vom Gesundenhaus. Die Wega brannte unerbittlich vom Himmel, brachte die Luft zum Flimmern und verwandelte ihre neuen Herren in albtraumhafte Gestalten.

Wie Vieh, dachte Kakuta bitter. *So behandelt ihr uns.*

Er hatte die Gefangenen nicht gezählt, aber es mussten zwischen sechzig und siebzig Ferronen sein – Ärzte, Pfleger, Kranke und Gesunde. Dazu kamen fünf Menschen: er, Anne Sloane, Rod Nyssen, Darja Morosowa und der operierte Conrad Deringhouse.

Der Asiate stolperte mehrmals, während er einen einbeinigen Ferronen stützte, der im Durcheinander seine Krücken verloren hatte. Der Ferrone war zwei Handbreit kürzer als Kakuta, aber er schien Tonnen zu wiegen.

Die um vierzig Prozent erhöhte Schwerkraft machte Kakuta zu schaffen, genauso wie die dicke, nur schwer atembare Luft, die Wega mit ihrer starken UV-Strahlung, der Gestank und das Klagen der anderen Gefangenen.

Der Schweiß lief ihm in Strömen über das Gesicht. Verstohlen wischte er immer wieder darüber und hoffte inständig, dass es niemandem auffiel.

Ferronen kühlten sich über ihre Zungen, indem sie ausspuckten. Kakuta hingegen schwitzte wie ein Schwein – genau wie seine anderen menschlichen Begleiter.

Wie sie von Fajon erfahren hatten, gingen sie trotz ihrer Hautfarbe, die sich stark von dem üblichen Hellblau unterschied, als Ferronen durch. Auf den äußeren Planeten und Monden des Wegasystems gab es einige ferronische Völker, die sich sowohl optisch wie auch kulturell von den Bewohnern der Hauptwelt Ferrol unterschieden.

Konstanter Wasserverlust aus unzähligen Poren in der Haut

schloss dies aber nicht ein. Das Schwitzen würde sie verraten, falls es einem der Topsider auffiel.

Tako Kakuta wusste nicht, was dann geschehen würde, aber er ging nicht davon aus, dass es für sie vorteilhaft sein würde.

Fajon und ihre Männer hatten sie als »Lichtbringer« tituliert, als Gestalten aus ihren Sagen und Märchen, die sie eines Tages retten würden. Die echsenartigen Topsider würden ihnen garantiert weniger Respekt und Ehrerbietung entgegenbringen.

Kakuta sah auf und suchte zwischen den meist kupferfarbenen Haarschöpfen der Ferronen die Köpfe seiner Gefährten. Er fand Sloanes dunkle Haare und Nyssens Charakterschädel.

Darja Morosowa überragte die meisten Ferronen mit ihrer Körpergröße von hundertachtzig Zentimetern fast um einen Kopf. Sie hatte ein schmutziges Tuch um ihre rabenschwarzen Haare gebunden, um aus der Masse der Ferronen nicht mehr herauszustechen als unbedingt nötig.

Gute Darja.

Conrad Deringhouse sah Kakuta zwischen den Getriebenen nicht. Aber er wusste, dass der verletzte ehemalige Astronaut auf einer Trage lag und von zwei kräftigen Ferronen transportiert wurde.

Kakuta dachte an den Topsider mit der auffälligen roten Augenklappe, der von den anderen mit dem Titel *Weiser* angesprochen worden war. Bisher war er der Einzige unter den Echsenhaften gewesen, der sich durch ein Mindestmaß an Menschlichkeit ausgezeichnet hatte.

Kakuta musste lachen.

Menschlichkeit, dachte er mit bitterem Sarkasmus. *Wie kommst du darauf, von den Topsidern ausgerechnet Menschlichkeit einzufordern? Davon ganz abgesehen: Wie viele Nachrichtensendungen aus allen möglichen Teilen der Welt hast du schon gesehen, in denen sich Menschen weit grausamer verhalten hatten als diese Topsider?*

Er blickte nachdenklich auf die Echsenwesen. Ihre Strahlenwaffen hielten sie lässig gesenkt, aber Tako Kakuta wusste, dass einige von ihnen nur darauf warteten, dass einer der Gefangenen auf dumme Ideen kam.

Er strich sich den Schweiß von der Stirn.

Diese verfluchte Hitze!

Tako Kakuta dachte an Feng Shui, suchte die innere Ausgeglichenheit, die Gelassenheit angesichts der bedrohlichen Situation.

»Halt!«, gellte plötzlich eine herrische Stimme über sie hinweg. »Warten!«

Kakuta sah sich um und bat einen gesunden, unbeladenen Ferronen, sich um den Einbeinigen zu kümmern. Dann drängte er sich zwischen den Wartenden hindurch, bis er bei seinen Gefährten stand.

»Wo warst du?«, flüsterte Anne Sloane wütend. »Du weißt, dass wir auf dich angewiesen sind!«

Nyssen trat neben sie und legte ihr beruhigend eine Hand auf den Arm. »Nicht zu laut, Anne!«, sagte er.

Kakuta deutete eine flüchtige Verbeugung an. »Ich musste einen Mann stützen, der nicht selbst gehen konnte.«

Darja Morosowa schob sich neben ihn. »Was machen wir jetzt?«, fragte sie leise. »So, wie ich die Handzeichen der Topsider verstanden habe, werden wir gleich von einem Gefährt abgeholt.«

»Unser Leben ist nicht unmittelbar bedroht«, gab Kakuta ebenso leise zurück.

Sie sprachen englisch, und die Translatoren waren ausgeschaltet, aber es war dennoch wichtig, keine unnötige Aufmerksamkeit auf sich zu ziehen. »Wir werden uns weiterhin als normale ferronische Gefangene ausgeben. Früher oder später wird sich uns eine Gelegenheit eröffnen.«

»Früher oder später!«, sagte Anne Sloane in giftigem Tonfall. »Du bist Teleporter, du könntest uns gleich jetzt aus der Reichweite der Topsiderwaffen bringen!«

»Kann er eben nicht, Anne«, sagte Nyssen mit sanfter Stimme. »Er müsste mehrmals springen, damit wir alle von hier wegkommen. Das hieße, dass wir nicht weiter als ein paar Hundert Meter kommen würden. Das reicht nicht, Anne. Ganz zu schweigen von Deringhouse. Er ...«

»Stehst du jetzt auch auf seiner Seite?«

Kakuta sah sie kurz irritiert an. Ihre Frage hatte ganz danach geklungen, dass sie Nyssens Statement persönlich gekränkt hatte. *Oder enttäuscht?*

»Wir sind eine Gruppe«, sagte Kakuta eindringlich. »Wir müssen zusammenhalten. Dann überstehen wir diese Situation auch. Rod hat recht: Ganz abgesehen davon, dass ich nicht wüsste, wohin ich springen müsste, würde sich unsere Situation dadurch nicht entscheidend verbessern. Wir wären immer noch in der Nähe der Topsider und kämen wahrscheinlich in Teufels Küche, wenn sie uns wiederfänden.«

Sloane presste die Lippen aufeinander und beschloss offenbar, dass es besser war, wenn sie nun schwieg.

Der Asiate atmete durch. Der Konflikt, der sich zwischen der

Telekinetin und ihm aufgebaut hatte, hielt sogar in der aktuellen Notlage an.

Ein pfeifendes Geräusch kam auf. Zahllose Köpfe drehten sich. Gleich darauf ließ sich ein bauchiges Ungetüm nieder. Es fauchte, ächzte und pfiff.

»Was ist das?«, fragte Nyssen.

»Keine Ahnung, aber irgendwie wirkt es, als ob es mit Wasserkraft betrieben würde«, sagte Darja Morosowa.

»Quatsch«, gab Nyssen zurück, während er den Kopf weit in den Nacken legte.

Kakuta sagte nichts. Er wusste aber, wie Morosowa zu ihrer Assoziation gekommen war. Der rostbraune Transporter durchmaß etwa achtzig Meter, bei einer Höhe von dreißig Metern, an seiner dicksten Stelle. Er glich einer gefüllten Fruchtschale, die man umgedreht hatte. Der halbkugelförmige obere Teil wirkte glatt, ohne dass er spiegelte. Der untere Teil bestand aus einer Vielzahl rundlicher Objekte in verschiedenen Größen und Formen.

Dampffontänen spritzten aus dem Übergang zwischen »Schale« und »Frucht«.

Langsam senkte er sich herunter, verdeckte die Wega und verharrte etwa zwanzig Meter über ihren Köpfen.

Kakuta wischte sich den Schweiß aus dem Gesicht, dankbar über den Schatten, der das Monstrum ihnen spendete.

»Diese Kugeln«, sagte Anne Sloane langsam. »Das sind keine Triebwerke. Seht doch!«

»Das sind Transportbehälter!«, murmelte Morosowa. »Sie sind teilweise transparent und ...«

»... gefüllt mit anderen Gefangenen«, schloss Nyssen an.

Plötzlich kam Unruhe in die Menge aus Ferronen und Menschen. Mehrere Personen schrien. Gleich darauf schwebte eine Gruppe von sechs Ferronen in die Höhe. Über ihnen entstand eine Öffnung in einer der Kugeln, die sie aufnahm und sich wieder schloss.

»Sie holen sie mit Traktorstrahlen in den Transporter!«, rief Sloane.

»Schnell!«, befahl Kakuta, der gleichzeitig beschloss, die Absonderlichkeiten dieser unsichtbaren Traktorstrahlen fürs Erste zu ignorieren und sich erst dann über diese mysteriöse Welt zu wundern, wenn sie Zeit dafür hatten. »Wir müssen so nah wie möglich zusammenstehen. Wir dürfen nicht getrennt werden!«

Nyssen und Morosowa reagierten sofort. Ohne sich abzusprechen, gingen sie zu Deringhouses Trage und lösten die beiden Ferronen ab, die sie bisher getragen hatten. Anne Sloane und Tako Kakuta taten es ihnen nach. Sie stellte sich rechts, der Asiate links von der Trage auf.

Fajon rollte heran, dicht gefolgt von ihren Männern. Sie stellten sich ebenfalls zu den Menschen. Die Ferronin sah Kakuta an und nickte ihm zu.

Sie ging immer noch davon aus, dass die Menschen ihre »Lichtbringer« waren, die sie in der Not beschützen würden. Kakuta nickte zurück und versuchte dabei möglichst zuversichtlich auszusehen.

Mit stark klopfendem Herzen wartete er darauf, dass der Strahl sie erfasste und in die Höhe hob.

Sein Blick fiel auf Anne Sloane. Anklagend sah sie ihn an, sagte aber nichts.

Der Flug über die Landstriche Ferrols zeigte ihnen das Ausmaß der Kämpfe und Zerstörungen. Je weiter sie sich von den Bergen entfernten, desto ausgedehnter präsentierte sich ihnen die Bodenoffensive der Topsider.

Aus einer Höhe von etwa hundert Metern sahen sie, wie gepanzerte Schwebefahrzeuge über Dörfer und Städte flogen und alles unter Beschuss nahmen, was den Anschein von militärischen Anlagen besaß.

Ganze Siedlungen gingen in Flammen auf. Ferronen rannten um ihr Leben. Einige flüchteten in Fahrzeugen. Auf den engen Straßen regierte bald das Chaos. Alle wollten dem Tod entfliehen – und begaben sich in nur noch schlimmere Situationen, denn die Topsider schienen überall zu sein.

Zigarrenförmige Truppentransporter landeten und schleusten immer mehr von den echsenhaften Gestalten aus.

An manchen Orten hatten sich die Ferronen besser organisiert. Sie besaßen tatsächlich militärische Einrichtungen. Forts, Panzer, Geschütze, die sie blitzschnell aus versteckten Bodenklappen ausfuhren und damit das Feuer auf die Angreifer eröffnen konnten.

Ihre Bemühungen hatten nur wenig Erfolg. Die Topsider waren gekommen, um ihren Planeten zu erobern. Sie waren auf Widerstand vorbereitet und reagierten entsprechend.

Wo Geschütze zur Anwendung kamen, antworteten sie mit Strahlenbeschuss aus dem Orbit. Wo sich Soldaten mit Gewehren den Angreifern entgegenstellten, fuhren Kampfgleiter aus und mähten nieder, was ihnen vor die Kanonen kam.

Die Ferronen kämpften tapfer – aber der Angriffswut der Topsider hatten sie nichts Gleichartiges entgegenzusetzen.

Ferronische Erfolge waren selten und meist sehr teuer erkauft.

Erschüttert saß Fajon in ihrem Gefährt. Bijoiu kniete daneben und drückte ihre Hand. Die restlichen Ferronen und Menschen, die keine anderen Aufgaben hatten, standen oder saßen ebenfalls schweigend rund um die transparente Bodenluke. Ab und zu hörte man ein Schluchzen, ein zornerfülltes Keuchen, ein Stöhnen. Aber gesprochen wurde nicht.

Sie waren stumme Zeugen einer Welt, die im Krieg versank.

Tako Kakuta hatte irgendwann genug gesehen und ging in den hinteren Bereich der Transportkugel, in dem die Kranken und Hilfsbedürftigen untergebracht waren. Ein paar Hilfskräfte kümmerten sich um sie, flößten ihnen Flüssigkeiten ein, die sie aus rostigen Getränkespendern zapften, wuschen ihre Wunden oder schenkten ihnen ein wenig Zeit und Worte.

Der Teleporter ließ sich an der Seite der Trage nieder, auf der Conrad Deringhouse ruhte.

Er hatte zu jenen Astronauten gehört, die an Bord der STARCHILD zum Mond geflogen waren und die AETRON vernichtet hatten. Geboren 2012, ein schlaksiger, groß gewachsener Junge, der mit der ihm eigenen Unbekümmertheit Momente des Grams und des Zweifelns hinwegwischen konnte.

Jetzt sah er bleich aus, fast totenbleich. Er hatte sehr viel Blut verloren, fast zu viel. Aber Hom-Aut, der Arzt, hatte ihnen versichert, dass er vorerst außer Lebensgefahr sei.

Vorerst.

Kakuta hoffte, dass sie den größten Teil der Krise gemeistert haben würden, wenn Deringhouse endlich wieder zu sich kam.

Anne Sloane und Rod Nyssen bahnten sich einen Weg durch die Menge, Darja Morosowa folgte ihnen auf den Fersen.

»Wir müssen mit dir sprechen!«, sagte Anne Sloane.

Kakuta nickte. Er deutete auf den abgedunkelten Bereich, in dem die kistenförmigen Sanitärbehälter standen, in die man sich bei Bedarf erleichtern konnte. Bisher hatte noch niemand davon Gebrauch gemacht – abgesehen von einem älteren Ferronen, dem die Aufregung und grauenhaften Szenen zu viel geworden waren und der sich darin übergeben hatte.

»Du willst mich davon überzeugen zu fliehen«, sagte Tako Kakuta, bevor Anne Sloane dazukam. »Das ist es doch, nicht wahr?«

»Das ist richtig«, gab sie zurück. »Wir wissen zwar nicht, was die Topsider mit uns vorhaben, aber wir können davon ausgehen, dass es nichts Gutes sein wird. Wir befinden uns mitten in einem Krieg! Mit Gefangenen wird entweder kurzer Prozess gemacht oder aber man wird gefoltert, in Arbeitslager gesteckt, oder ... oder ...« Sloane suchte nach weiteren Beispielen.

Wahrscheinlich hat sie sich im Kopf eine Liste zusammengestellt, überlegte der Teleporter, *die sie nun nicht mehr zusammenbringt.*

»... oder man nimmt Experimente an ihnen vor. Man benutzt sie als lebende Schilde und so weiter!«, fuhr Sloane hastig fort. »Alles ist möglich. Ihre Mentalität unterscheidet sich grundlegend von der unsrigen. Wir haben sie erlebt – die Echsen sind kalt und gewissenlos. Wirf einen Blick auf die Gefechte und du musst zugeben, dass ich recht habe!«

Kakuta nickte. »Der Krieg kennt viele Opfer«, sagte er vorsichtig. »Aber wir haben zumindest schon einen Topsider erlebt, der es nicht zugelassen hat, dass Unschuldige sterben, der sogar *befohlen* hat, dass Conrads Leben gerettet wird.« Er blickte kurz in ihre Gesichter. »Und seht doch: Wer sind wir? Wir waren Amerikaner, Russen, Chinesen. Was haben wir jahrzehnte-, sogar jahrhundertelang auf unsere Mentalitätsunterschiede hingewiesen. Wir haben pauschalisiert und mit dem Zeigefinger auf jeden Missstand gezeigt, der auf der anderen Seite entdeckt worden war. Und nun sind wir alle Terraner, ziehen am selben Strick!«

»Das sind doch hohle Phrasen«, gab Sloane zurück. »Erzähl das den Ferronen da drüben, die zuschauen müssen, wie ihre Welt zusammengeschossen wird!«

»Du hast ja recht«, sagte er. »Aber meine Haltung hat sich seit dem Abtransport nicht grundlegend geändert. Ich könnte zwar mit zwei von euch zum Boden springen, um dann zurückzukehren und die restlichen zwei zu holen. Aber das wären vier Sprünge innerhalb weniger Sekunden. Dazu hatte ich bisher zu wenig Zeit, um mich genügend zu erholen. Selbst wenn ich es schaffen würde, wäre die Wahrscheinlichkeit zu groß, dass ich beim zweiten Sprung zum Boden an einem falschen Ort lande. Wir würden uns verlieren ...«

»Du bist also zu schwach und zu unkonzentriert, um uns zu retten«, fasste Sloane kühl zusammen.

Der Teleporter blickte kurz zu seinen Füßen, dann hob er den Kopf wieder, hielt ihrem Blick stand. »Ja, das bin ich«, gab er zu. »Und wir dürfen Conrad nicht vergessen. Wenn wir mit ihm mitten in das Kriegsgebiet springen, sinken seine Überlebenschancen drastisch. Keiner von uns kann garantieren, dass wir sein Leben beschützen können.«

»Wir könnten es zumindest versuchen.«

Kakuta atmete tief ein und aus. Dann sagte er: »Du sagst, dass wir fliehen sollen, weil wir nicht wissen, wie gefährlich es für uns an dem Ort sein wird, zu dem wir gebracht werden. Aber genauso unsicher und gefährlich ist es, direkt in das Konfliktgebiet zu springen.«

Kakuta sah die Gefährten der Reihe nach an. »Und wir dürfen eines nicht vergessen: Fajon und ihre Männer haben uns gerettet, als wir in größter Not waren. Wenn wir uns in Sicherheit bringen, dürfen wir sie nicht zurücklassen. Das sind wir ihnen schuldig.«

Anne Sloane blickte von Morosowa zu Nyssen.

Morosowa äußerte sich nicht. Als Nyssen tief Luft holte, um zu sprechen, stieg leise Angst in Kakuta auf. Zu vertraut wirkten Sloane und er. Wenn sich der Astronaut auf die Seite Sloanes schlug, würde Kakuta wahrscheinlich in ernsthafte Bedrängnis kommen.

»Ich kann Annes Sorge sehr gut verstehen«, sagte Nyssen langsam. »Aber ich verstehe auch Tako sehr gut. Wenn er sagt, dass er zu wenig Kraft hat, um mit uns allen in ein sicheres Versteck zu springen, respektiere ich das. Und wir dürfen Fajon und ihre Leute tatsächlich nicht zurücklassen. Schon aus Eigennutz: Sie sind ortskundig und wollen uns unterstützen – eine bessere Kombination an Helfern werden wir dort unten kaum in nützlicher Frist finden.«

Kakuta fühlte Erleichterung in sich aufsteigen. Er war weder die charismatische Führungspersönlichkeit, die andere mitreißen konnte, noch war er der begnadete Redner, der die Argumente derart zuspitzen konnte, dass die Gegner davon förmlich erdolcht wurden.

Er sah, wie Sloanes Widerstand nach Nyssens Worte in sich zusammenbrach wie ein Kartenhaus.

»Die Zeit läuft für uns«, sagte Kakuta leise. »Je stärker ich werde, desto größer werden auch die Chancen für eine erfolgreiche Flucht.«

»Also gut«, sagte Sloane nach kurzem Zögern. »Aber du trägst die Verantwortung für das, was geschieht!«

Sie drehte sich um und ging.

Nach mehreren Stunden Flug landete der Transporter schließlich auf dem riesigen Betonfeld eines ferronischen Raumhafens. Er war übersät mit Resten von ferronischen Raumern.

Und Gefangenen.

Es mussten mehrere Zehntausende sein, die sich in einzelnen Sektoren auf dem Landefeld drängten.

Während der Transporter langsam tiefer ging, gruppierten sich die Menschen rund um Deringhouses Trage, wie sie es schon vor dem Transport getan hatten.

Die Transportkugeln klinkten sich aus und schwebten zu unterschiedlichen Punkten des Raumhafens. Dann klappten sie auf, Traktorstrahlen erfassten die Insassen und setzten sie auf dem Landefeld ab. Fajon und ihre Männer landeten nur wenige Meter neben den Menschen. Als Fajon auf sie zurollte, blieb sie abrupt stehen, als wäre sie gegen eine Wand gefahren.

Plötzlich flirrte die Luft zwischen den Ferronen und ihnen.

»Ein Energiefeld!«, stieß Nyssen aus.

»Helft uns!«, sagte Fajon. »Wir wollen nicht von euch getrennt werden!«

Tako Kakuta fühlte Hilflosigkeit in sich aufsteigen. Selbst wenn es ihm gelingen sollte, mittels Teleportation diese Wand aus Energie zu überwinden, hätte er vor den Augen aller seine Gabe vorgeführt. Sie hätten damit ihren wichtigsten Trumpf verloren.

Er senkte den Blick vor Scham und weil er Fajons enttäuschtes Gesicht nicht mehr länger ertrug.

Als sich gleich darauf die Energiewände zueinander verschoben und die Menschen von Fajon und ihren Männern wegbugsierten, fühlte Tako fast schon Erleichterung in sich aufsteigen.

Erleichterung, die seine Scham nur noch größer werden ließ.

Die Topsider dirigierten die Gruppe mittels der Energiewände in ein wartendes Transportraumschiff.

Während sie es betraten, fühlte Kakuta Sloanes Blick auf sich ruhen. Er sah sie an – und blickte in eiskalte Augen.

Kapitel 5

Großrussland, 29. Juli 2036
Bernhard Frank

Die Nachricht vom Auftauchen der Fremden, die sich »Fantan« nannten, war an Bord der Transsibirischen Eisenbahn teils mit Entsetzen, teils aber auch mit der abenteuerlustigen Vorfreude aufgenommen worden, die es nur unter Reisenden gab.

Bernhard wusste nicht so recht, was er von den Fantan halten sollte; ob sie ein Grund waren, sich zu fürchten oder ob sie nichts anderes als den endgültigen Wendepunkt in der Geschichte der Menschheit repräsentierten, der ihr sagte, dass sie nun endgültig in der Zukunft angekommen war. Das Erscheinen der Arkoniden mochte noch ein dummer Zufall gewesen sein – ab jetzt war klar, dass die Erde auf den Karten der Milchstraße eingezeichnet war.

Einige Reisende verfielen in Panik und riefen ihre Angehörigen zu Hause an. Andere brüteten einfach nur stundenlang über ihren Pods und saugten jedes Bild, jeden Artikel, jeden Kommentar über die Fantan in sich auf.

Bernhard Frank und Caroline saßen meist in einem der Speisewagen an zwei Fensterplätzen und diskutierten über Rhodan, die Fantan und wie sich die Welt wohl in den nächsten Tagen, Wochen, Monaten und Jahren verändern würde.

Derweil huschte die phantastische russische Landschaft vor dem Fenster vorbei.

»Schau mal, wie wild und rau die Welt hier ist«, sagte Bernhard am Nachmittag des 29. Juli. »Weshalb wollen wir eigentlich immer zu den Sternen, solange wir unseren eigenen Planeten noch nicht bereist haben?«

»Da hast du wohl recht, Paps«, sagte Caroline und sah verträumt aus dem Fenster.

Sie hatten den Bahnhof von Krasnojarsk zur Mittagszeit verlassen und fuhren ihrem nächsten Etappenziel, Ujar, entgegen. Damit neigte sich ihre Fahrt in der Transsib langsam dem Ende entgegen.

Sie würden in Irkutsk aussteigen und mit Franks Elektro-Chopper weiter Richtung Süden fahren. Die Maschine hatte sie bereits bis nach Moskau gebracht, wo sie in den Frachtraum der Transsib verladen worden war.

Seither genossen Vater und Tochter die Annehmlichkeit von Reisenden, die über genügend Zeit und Geld verfügten, das reichhaltige Angebot der Luxusklasse auszukosten.

Es hätte einfachere und vor allem auch schnellere Wege von München in die Gobi gegeben, aber Bernhard Frank wusste, weshalb Caroline gebeten hatte, diese Route zu nehmen. Sie wollte so die Trennung von ihrem Vater aufschieben und die Zeit auskosten.

Der Abschied von Angelica war schwierig gewesen. Caroline hatte nicht so recht gewusst, wie sie es ihrer Mutter schonend beibringen konnte, dass sie nicht nur zu Rhodan in die Wüste, sondern zudem die Reise dorthin allein mit ihrem Vater unternehmen wollte.

Erstaunlicherweise hatte Angelica nach der ersten Überraschung eher positiv reagiert. Ein paar Tränen waren zwar geflossen, aber kein böses Wort kam über ihre Lippen, kein noch so winziger Versuch, Caroline von ihrem Vorhaben abzubringen.

»Die Eltern sollten ihren Kindern Wurzeln und Flügel mit auf den Weg geben«, hatte sie gesagt. »Wo du deine Wurzeln hast, wirst du hoffentlich immer wissen, egal, wie weit dich deine Flügel tragen.«

Daraufhin hatte Bernhard geweint. Irgendwie hatte er Angelica an diesem Tag plötzlich in einem ganz anderen Licht gesehen.

Danach hatten sie die letzten Einkäufe für die Reise getätigt und Carolines Schwester Alexandra aufgesucht, die als Kindergärtnerin in einem Vorort von München arbeitete. Auch sie nahm die Nachricht vorwiegend positiv auf.

»Schau dich um, ob es einen hübschen jungen Raumfahrer gibt, und sag mir Bescheid«, hatte sie gesagt und gelacht.

Johanna, die mittlere Tochter, hatten sie nur über Bernhard Franks Pod erreicht. Sie war die einzige der drei Töchter, die Spaß hatte am vielen Geld, das sie von ihrem Vater erhalten hatten. Mittlerweile war sie eine gefeierte Partygängerin, Jetsetterin und Stilikone, die in fast jeder zweiten Illustrierten zu finden war. Sie besuchte gerade das Filmset ihres neuen Freundes in Südafrika.

Sie weinte zunächst und versprach dann, Caroline besuchen zu kommen, wenn diese ihr im Gegenzug versprach, sie Perry Rhodan vorzustellen.

Dann hatten sie den Chopper aufgeladen und waren in ihr gemeinsames Abenteuer aufgebrochen.

»Entschuldigung«, sagte in diesem Moment eine Stimme in akzentfreiem Englisch. »Ist hier noch frei?«

Bernhard Frank schreckte aus seinen Gedanken. Er sah auf. Vor ihnen stand ein leicht übergewichtiger Mann um die fünfzig. Er trug ein blaues Hemd und eine braune Hose. In seiner Hand hielt er einen Papierblock und ein Schreibetui.

Während Frank sich verwirrt fragte, was ihn genau an diesem Mann störte, hatte Caroline bereits einen Stuhl zurückgezogen und sagte: »Bitte sehr. Schön, dass Sie sich zu uns gesellen.«

Caroline nannte ihre beiden Namen, und es stellte sich heraus, dass der Mann Geoffrey Thistlenette hieß und aus England stammte.

»Sind Sie ein Reisefreund, Mister Thistlenette?«, fragte Caroline. »Oder weshalb nehmen Sie den Transsib?«

»Ich denke, ich bin aus dem gleichen Grund hier, wie viele andere auch«, sagte Thistlenette. Er fixierte einen Punkt hinter Frank. »Ich will Rhodan sehen. Mit ihm sprechen. Hören, was er zu sagen hat, und wie weit die Vision, die er angeblich hat, reicht.«

Bernhard rutschte auf seinem Stuhl hin und her. Irgendetwas störte ihn an diesem Mann, aber es gelang ihm nicht, den Finger auf den wunden Punkt zu legen.

Caroline schien weniger Berührungsängste zu kennen. Sie sprach drauflos und erklärte, dass es ihr ähnlich ginge, dass sie Rhodan ebenfalls aus der Nähe sehen möchte, um abschätzen zu können, ob es für sie in Frage kam, längere Zeit in Terrania zu bleiben.

Bernhard Frank hörte bald schon nur noch mit einem halben Ohr zu und studierte dafür die Speisekarte.

Nachdem Caroline erzählt hatte, welchen Beruf sie bis vor ein paar Tagen ausgeübt hatte, erkundigte sich Thistlenette bei Frank, was er denn so arbeiten würde.

»Ach, nichts mehr«, sagte Bernhard. »Ich war einmal Informatiker, jetzt bin ich aber ... na, ein Lebensgenießer.« Er schaute wieder auf die Karte.

»Und was arbeiten Sie so?«, fragte Caroline.

»Ich zeichne«, sagte er. »Meistens Porträts. Nicht der Rede wert.«

»Darf ich einmal sehen?«

Thistlenette ließ eine Hand auf den Papierblock fallen. »Das geht leider nicht«, sagte er. »Ich zeige meine Bilder nur, wenn ich dazu bereit bin.«

Bernhard Frank blickte auf. Runzelte die Stirn. Krampfhaft versuchte er herauszufinden, was ihn an dem Mann störte. Thistlenette hatte eigentlich ganz angenehme, vertrauenerweckende Züge – aber da war etwas in seinem Blick, das Frank verunsicherte.

»Würden Sie mich zeichnen?«, fragte Caroline. »Ich werde Sie selbstverständlich dafür bezahlen.«

»Ich zeichne Sie gerne«, antwortete Thistlenette. »Aber die Brieftasche können Sie stecken lassen. Ich nehme kein Geld für meine Arbeit.«

Frank blickte den Mann verstohlen an. Wie wollte Thistlenette als Zeichner auf einen grünen Zweig kommen, wenn er Porträts gratis anfertigte?

Er bestellte bei der Bedienung ein Export-Weißbier, wartete darauf, bis es vor ihm perlte, nahm einen tiefen Schluck und sah dann aus dem Fenster.

Derweil hatte Geoffrey Thistlenette seine Bleistifte und Radiergummis ausgebreitet und begann mit seinem Porträt. Seltsamerweise blickte er Caroline dabei kaum an.

Eine Weile schaukelten sie dahin. Auf dem Nebentisch klirrten bereitgestellte Gläser und die Spitze von Thistlenettes Bleistift kratzte über das Papier.

»Darf ich Sie etwas fragen, Mister Frank?«, fragte Thistlenette unvermittelt.

Bernhard Frank zuckte zusammen. Er sah auf und registrierte, dass der Mann ihn immer noch nicht direkt ansah. »Fragen Sie!«

»Wäre es Ihnen lieber, wenn ich mich an einen anderen Tisch setzen würde?«

Frank schoss das Blut in den Kopf. »N... nein«, sagte er, viel zu schnell, »wie kommen Sie denn darauf?«

Ja, zum Teufel, dachte er gleichzeitig. *Du bist mir unheimlich. Ich mag nicht, wenn mir Leute nicht in die Augen blicken, wenn sie mit mir reden!*

»Och«, sagte Thistlenette. »Nur so.«

Damit war das Thema abgeschlossen. Aber in Frank arbeitete es immer noch. Wenn er doch nur gewusst hätte, was ihn an dem Mann so störte!

Sie fuhren weiter, die Zeichnung nahm langsam Formen an. Dann kamen sie in einen Tunnel. Schlagartig wurde es dunkel.

Es war in den vergangenen Tagen schon ein paarmal geschehen, dass die Beleuchtung ausgefallen war. Einige Passagiere hatten sich bereits bitter darüber beschwert.

Bernhard Frank störte es nicht. Es war zwar ein wenig unheimlich, aber ein wirkliches Ärgernis, wie es manche Mitreisende darstellten, war es nicht.

Der Zug schaukelte sanft. Auf dem Nebentisch klirrten die Gläser im Takt. Und ...

Frank zuckte erschrocken zusammen.

Er hörte nicht nur die Gläser auf dem Nebentisch weiter vor sich hin klirren – er hörte auch das Grafit des Bleistifts, der weiterhin über das Papier kratzte. Thistlenette zeichnete weiter, obwohl er nicht einmal die Hand vor den Augen sehen konnte!

Kurz darauf schossen sie aus dem Tunnel. Zutiefst bestürzt sah Bernhard Frank Thistlenette an. Dieser blickte ihm nun direkt in die Augen – zum ersten Mal, seit er an ihren Tisch gekommen war.

Und er zeichnete weiter. Unverdrossen, mit kräftigen, sicheren Strichen.

»Sie sind blind, Mister Thistlenette«, stellte Frank entgeistert fest.

»Stört Sie das?«, fragte Thistlenette zurück.

»Aber ... aber wie können Sie zeichnen, wenn Sie doch nichts sehen!«

Thistlenettes Mundwinkel verzogen sich zu einem dünnen Lächeln. »Seit wann benötigen wir Augen, um zu sehen?«, fragte er. »Genau genommen sind sie dazu eher hinderlich.«

Frank überwand seinen Schock und beugte sich leicht vor. »Sie ... Sie haben auch eine spezielle ... Begabung?«

»Und ich bin nicht der Einzige am Tisch, wie mir scheint«, gab Thistlenette zurück.

Bevor Bernhard Frank oder seine Tochter etwas erwidern konnten, fuhr der Zug in den nächsten Tunnel ein. Nach fünfzehn Sekunden flammte überraschend das Licht auf.

»Er ist verschwunden«, stieß Caroline aus.

Frank blickte sich um, vermochte den Mann auch nicht ausfindig zu machen.

»Jetzt habe ich ein ganz schlechtes Gewissen«, sagte er. »Ich war unhöflich zu ihm und konnte mich nicht entschuldigen.«

»Es hat dich irritiert, dass er dir nicht in die Augen geblickt hat?«

»Ja.«

»Mich zuerst auch«, sagte Caroline. »Aber gleichzeitig spürte ich etwas Vertrautes, Verbindendes.«

Bernhard Frank stutzte und deutete auf das Blatt Papier, das vor ihnen auf dem Tisch lag. Carolines Porträt.

»Er hat es liegen gelassen.«

Caroline nahm das Blatt auf. »Ich glaube es nicht«, sagte sie verblüfft. »Die Großeltern!«

Frank runzelte die Stirn, nahm ihr den Papierbogen aus der Hand. Tatsächlich hatte er nicht nur Caroline gezeichnet. Im Hintergrund hatte er mit wenigen Linien die Gesichter seiner Eltern gezeichnet, Carolines Großeltern.

Sie lebten nicht mehr, waren vor ein paar Jahren nach einem erfüllten Leben kurz nacheinander gegangen.

»Wie hat er sie zeichnen können?«, fragte er. »Er kannte sie doch gar nicht.«

Caroline blickte ihn an. »Seine Gabe. Er kann in einer Weise in Menschen hineinschauen, die anderen verborgen ist.«

»Und er sieht, obwohl er blind ist«, fügte Frank hinzu. »Ich hoffe, dass wir ihn nochmals treffen, bevor wir in Irkutsk aussteigen, damit ich mich entschuldigen kann.«

Caroline nahm seine Hand. »Ich hätte auch gern mit ihm gesprochen. Ich hätte noch tausend Fragen zu seiner Gabe gehabt. Es ist das erste Mal, dass ich jemanden getroffen habe, der ebenfalls ... *speziell* ist. Aber ich denke nicht, dass wir ihn nochmals sehen werden. Sonst hätte er sich nicht einfach so weggestohlen. Er will nicht darüber sprechen, bevor er bei Rhodan ist. So kam es mir zumindest vor.«

»Aber er sollte wissen, dass es mir leidtut, wie ich ihn behandelt habe.«

»Paps«, sagte Caroline sanft. »Wenn er wirklich in uns hineinblicken kann, weiß er, dass du es nicht böse gemeint hast, sondern nur verunsichert warst.«

Bernhard seufzte. »Da hast du wohl recht.«

Caroline schnappte sich die Speisekarte. »Du hast sie ja lange genug studiert – was wollen wir also essen?«

Kapitel 6

Schiff der Fantan
Reginald Bull

Ein tonnenschweres Gewicht schien auf ihm zu lasten, das ihm den Schmerz über die Nervenbahnen in die Fingerspitzen und bis in die Zehen presste. Die kleinste Bewegung tat weh; jedes Atemholen wurde zur Qual. Er wünschte sich, dass die genüssliche Dunkelheit, die Umarmung des Schlafes zurückkommen möge. Stattdessen loderte glutflüssige Pein in jeder seiner Körperzellen.

Reginald Bull presste die Lippen zusammen. Er wollte schreien, besann sich aber im letzten Moment dagegen. Der Schmerz mochte ihn furchtbar quälen, ihn zur Handlungsunfähigkeit verdammen, aber schreien, nein, das würde er nicht. Diesen Triumph wollte er dem Schmerz nicht gönnen.

Mit gewaltiger Willensanstrengung gelang es ihm, sich auf den Rücken zu drehen. Irgendwo über ihm tauchte ein metallener Himmel auf.

Die Decke des Laderaumes.

Bild für Bild, Episode um Episode fielen ihm die Dinge ein, die zuvor geschehen waren, die ihn hierher und in diese Situation gebracht hatten.

Irgendwo in seiner Nähe hörte er ein leises Murmeln. »Ossa longa: Femur, Tibia, Fibula, Humerus, Ulna, Radius. Ossa plana: Cranium ...«

Bull stöhnte. Ein paar der lateinischen Wörter kamen ihm bekannt vor. Er dachte kurz nach und kam zum Schluss, dass es sich allesamt um Bezeichnungen von Knochen handeln musste. »Ossa longa« bedeutete »lange Knochen«, zu denen der Oberschenkel, aber auch Elle und Speiche gehörten. Und »Cranium« war nichts anderes als der lateinische Name des Schädels.

Manoli zählte für sich die menschlichen Knochen auf. Dem Doc schien es auch nicht besser zu gehen als ihm.

»Eric!«, presste Bull heraus.

Er erhielt keine Antwort. Stur betete Manoli die Knochen des menschlichen Skelettes herunter. Damit würde er eine Weile beschäftigt sein, besaß der Mensch doch über zweihundert Knochen. Allerdings würde Manoli wohl nicht jede Rippe einzeln benennen.

Die Gedankenspiele halfen Bull. Sie lenkten ihn vom Schmerz ab, der ihn durchfloss. Er schaffte es, beide Hände zum Schädel zu heben. Das Gesicht fühlte sich unter seinen juckenden Fingerspitzen kalt und schweißig an.

Eine Frage manifestierte sich. *Was ist geschehen?*

Sie hatten es gemeinsam geschafft, Sid González wieder zu den Lebenden zurückzuholen. Nur Sekunden später hatte ihn dieser enorme Schlag getroffen, der sich angefühlt hatte, als hätte ihn jemand mit aller Kraft mit einem Baseballschläger im Nacken getroffen.

Bull konzentrierte sich – und richtete den Oberkörper durch ein einziges, furchtbares Zusammenziehen der Bauchmuskeln auf. Sterne tanzten vor seinen Augen.

Er atmete tief durch und stellte erleichtert fest, dass der Schmerz langsam abklang. Je mehr er sich bewegte, desto schneller verschwand er. Es war, als müsse er jeder Körperzelle einzeln die Absolution erteilen. *Ja, es ist gut so – du gehörst wieder zu mir; ich bin dir nicht mehr böse.*

Neben Bull lagen Eric, Sue und Sid. Manoli krümmte sich in Embryonalstellung neben dem Defibrillator, während Sues Kopf auf Sids Schulter und Oberarm ruhte. Der Körper des Mädchens zuckte, sie stöhnte leise.

Kurz überkam Bull die Angst, als ihm auffiel, dass sich Sid seit der Reanimation nicht bewegt hatte. Er lag noch genauso da wie zuvor!

Zu seiner Erleichterung sah er, wie sich Sids Brust in regelmäßigen Abständen hob und senkte.

Bull ließ die angehaltene Luft entweichen. Nicht auszudenken, wenn dieser Schlag, der sie alle ausgeknockt hatte, nur eine Minute früher gekommen wäre, bevor Manoli den Defibrillator ein zweites Mal ausgelöst hatte.

»Reg?«, kam es schwach von Manoli. »Was ist geschehen?«

»Ich weiß es nicht«, antwortete Bull. »Irgendetwas hat uns von den Beinen geholt.«

»Wie geht es dir?«

»Besser als noch vor ein paar Minuten«, gab er zurück. »Der Nacken und die Glieder schmerzen höllisch. Und der Schädel dröhnt, als wäre er eine riesige Glocke, die pausenlos von einem nicht minder gewaltigen Schlägel malträtiert wurde.«

»Es muss eine Art Schock sein«, murmelte der Arzt. »Von einem Energiefeld oder etwas Ähnlichem.« Ächzend richtete er sich auf.

»Es war ein Transitionsschock«, sagte eine Stimme in Bulls unmittelbarer Nähe. »Sie werden ihn überleben. Der nächste wird Sie schon weniger in Mitleidenschaft ziehen.«

Stöhnend drehte Bull den Kopf. Erst jetzt gewahrte er den Fantan, der auf einer Plattform keine fünf Meter neben ihnen schwebte. Vor sich hatte er verschiedene Töpfe und Schachteln stehen.

Bull erkannte den Fantan an seinen fehlenden Extremitäten. Es war Skelir.

»*Das* war der körperliche Schock, der bei einer Transition eines Raumschiffes auftritt?«, fragte Bull fassungslos. Crest hatte ihm davon erzählt. Er hätte niemals erwartet, dass der Schmerz so stark ausfallen würde.

»Ich kann Sie aber beruhigen: Man gewöhnt sich daran. Nach einem Dutzend Transitionen werden Sie nur noch ein leichtes Ziehen verspüren. Das ging bisher allen Lebewesen so.«

Der Fantan schien zu stutzen. Dann richtete er eines seiner Gliedmaße auf Sid. »Was ist mit ihm? Ist er tot?«

Der Junge war der Einzige von ihnen, der sich noch nicht bewegte. Sue hatte zumindest bereits ihre Hand auf die Augen gelegt und schluchzte leise. Der Stumpf ihres linken Armes ruderte durch die Luft, als würde er gar nicht zu ihrem Körper gehören.

Bull öffnete den Mund, um Skelir zu antworten, aber Manoli kam ihm zuvor.

»Sid lebt. Er steckt diesen Transitionsschock nur schwer weg.«

»Weshalb?«

»Er hat einen sehr empfindsamen Geist.«

»Das war der Besun, dem es schon zuvor nicht gut ging?«, fragte Skelir. »Für den Sie fremdes Besun beschädigt und sogar gestohlen haben?«

»Das stimmt.«

»Deswegen werde ich Schwierigkeiten bekommen!«

»Das tut mir leid.«

Bull fühlte sich erleichtert, dass Skelir nicht genauer wissen wollte, weshalb es Sid schlechter ging als Eric, Sue und ihm. Die Teleportergabe mussten sie vor den Fantan so lange wie nur irgendwie möglich geheim halten. Sie konnte ihnen einmal unter Umständen das Leben retten.

»Ich werde ihm anderes Besun für seinen Schaden geben müssen!«, klagte Skelir. »Das wird teuer!«

»Und das tut mir außerordentlich leid für Sie«, sagte Bull, dem das Selbstmitleid des Fantan bereits auf die Nerven ging. »Aber mich interessiert in diesem Augenblick etwas anderes weit mehr.«

»Ja?«

»Wenn dies eine Transition gewesen ist – heißt das, wir haben unser Heimatsystem verlassen?«

»So ist es.«

»Sie haben uns entführt. Dazu haben Sie kein Recht!«

»Sie sind Besun. Besun hat keine Rechte.«

Sue kam endlich hoch. Ihre Augen waren von Tränenflüssigkeit verklebt. Ängstlich blickte sie von Sid zu Manoli und zu ihm.

Bull fühlte, wie ihm die Zornesröte ins Gesicht stieg. »Ich verlange, dass Sie uns *augenblicklich* zurückbringen!«

Der Fantan deutete auf die Töpfe und Schachteln. »Ich habe Ihnen Nahrungsmittel mitgebracht. Gemäß unserer Liste sollten sie für Ihre Verdauungssysteme verträglich sein.«

Bull kam auf die Knie, stützte sich ab und richtete sich dann langsam auf, bis er in voller Größe vor dem Fantan stand. Unglücklicherweise saß dieser auf seiner Plattform und überragte Bull damit um zwei Handbreit.

»Ich will sofort wissen, was Sie mit uns vorhaben! Wohin bringen Sie uns?«

Skelir lud umständlich die Töpfe und Kartons auf den Boden des Lagerraums. »Sie sollten wirklich etwas essen und trinken«, sagte er. »Es wäre nicht gut, wenn Sie sterben würden.«

»Antworten Sie auf meine Frage!«, befahl Bull mit erhobener Stimme.

Höflichkeit hin oder her, dachte er. Nun waren sie Entführte, das änderte die diplomatische Ausgangslage erheblich.

Der Fantan richtete sich auf. »Sie sind Besun. Für Sie ist kein Ort besser als der andere. Aber keine Sorge – wir sorgen gut für Besun. Sie sind bei uns bestens aufgehoben!«

Skelir betätigte einen armlangen Hebel, und die Plattform schwebte ein paar Handbreit in die Höhe. Ganz offensichtlich hielt der Fantan das Gespräch damit für abgeschlossen.

Bull wollte etwas sagen, aber es kam nur ein trockener Husten heraus. Vor seinem inneren Auge sah er einen ins Riesenhafte vergrößerten Setzkasten, in den er von einer Fantan-Extremität gesteckt wurde.

Wir sorgen gut für hübsches Besun. Selbst rothaariges, vernarbtes und leicht untersetztes Besun.

Skelir wendete die Plattform und schwebte langsam hinaus.

Sue richtete sich kerzengerade auf. »Bitte!«, sagte sie leise. »Wohin bringt ihr uns?«

Ein Zucken lief durch den Fantan. Die Plattform hielt an. Auf drei Extremitäten trippelnd, wandte er sich um.

»Nach Myranar«, sagte er. »Wir bringen euch nach Myranar.«

»Was ist das?«, fragte Sue. »Ein Planet?«

»Das wirst du bald sehen, Sue Mirafiore«, gab der Fantan zurück.

Täuschte sich Bull oder hörte er in der Stimme des Außerirdischen einen Unterton, der zuvor nicht vorhanden gewesen war? Ein gewisses Timbre ... *Wärme?*

Bull runzelte die Stirn. Er musste damit aufhören, sämtlichen Fremden, die ihm über den Weg liefen, menschliche Verhaltensweisen zu unterstellen. Damit brachte er sich womöglich eines Tages noch in Teufels Küche.

Der Fantan ergriff erneut den Steuerhebel und glitt mit der Plattform aus dem Lagerraum.

»Dann ist ja alles klar«, sagte Eric Manoli trocken, während er die herumliegenden medizinischen Geräte und Instrumente einsammelte. »Wir fliegen nach Myranar. Da wollte ich schon lange einmal hin.«

Bull schlug sich mit der Faust in die offene Hand. »Verfluchte Zylinderbrut«, schimpfte er.

»Myranar«, kam es leise von Sid. »Ein Ort ist so gut und schlecht wie jeder andere. Aber wir haben nicht die Absicht, dort länger zu bleiben, oder?«

»Sid!«, stieß Sue erleichtert aus. »Du bist wieder da!«

Kapitel 7

In den Weltmeeren, 31. Juli 2036 bis 2. August 2036
Quiniu Soptor

Die schwarzen Fluten verschluckten sie.

Quiniu Soptor passte die inneren und äußeren Systeme dem veränderten Kontinuum an. Ein grünlich schimmerndes Schirmfeld baute sich vor ihren Köpfen auf. Die Positronik rechnete die Informationen der Optiksensoren um und stellte sie als dreidimensionale Landschaft vor ihnen dar. Dabei befreite sie das Bild von kleinen und kleinsten Schwebeteilchen und hellte die Darstellung so weit auf, dass sie jede noch so kleine Eigenschaft des Meeresbodens erkennen konnten, ohne dass ihre Augen überbelastet wurden.

Wäre nicht ab und zu ein Fisch oder ein driftendes Stück Abfall zu erkennen gewesen, wäre die Fahrt durch den Ozean nicht von einem Ausflug in der kargen Wirklichkeit eines Mondes oder erkalteten Planeten unterscheidbar gewesen.

Farbenfrohe, von tierischem und pflanzlichem Leben nur so überquellende Unterwasserlandschaften, die Soptor von anderen Planeten kannte, gab es hier nicht. Kalkweiße Skelette von Korallenstöcken deuteten darauf hin, dass dies früher einmal anders gewesen war.

Quiniu Soptor warf einen Blick auf die Umgebungssensoren. Das Meerwasser wies schwindelerregend hohe Werte von Chemikalien und Rückstände von Verbrennungsstoffen auf. Bleichmittel, Zyankali, Chlor ... Dazu kamen derart hohe Konzentrationen an Fäkalien und Kolibakterien, dass sich Quiniu Soptor fragte, ob die Menschen ihre Exkremente etwa ungefiltert in das Meer leiteten, aus dem sie sich ernähren wollten. Ihre Hochachtung vor jedem einzelnen Fisch, der in dieser giftigen Brühe überlebte, stieg an.

Der Golf von Bohai, der zum Gelben Meer gehörte, zählte zu den seichtesten Meeren des Planeten. Soptor hielt den Aufklärer knapp über dem Boden, damit sie nicht ständig Ausweichmanöver unter tief liegenden Schiffsrümpfen vollführen musste. Eine Weile wich sie Ankerketten und Bojenhalterungen im manuellen Flug aus, bis ihr das Spiel zu langweilig wurde und sie auf Autopilot umschaltete.

»Kannst du mir einen Hinweis geben, welche Richtung ich einschlagen soll?«, fragte sie nach einer Weile.

»Osten«, sagte er nur.

Sie überprüfte das Kartenmaterial.

»Es würde mir helfen, wenn du mir sagen könntest, wie weit das Zielgebiet ungefähr von hier entfernt ist. Ich nehme nicht an, dass es direkt im Golf von Bohai liegt. Dann hätte man das Schiff ebenso einfach an Land verbuddeln können. Bei den She'Huan – das gesamte Gelbe Meer ist kaum tiefer als ein Beiboot!«

Quiniu Soptor schaltete eine Karte über die Umgebungsdarstellung. Sie zeigte einen Ausschnitt des Planeten, wie er sich aus zweieinhalbtausend Metern Höhe präsentierte. Soptor deutete mit dem Zeigefinger auf die entsprechende Region. »Das ist das Gelbe Meer. Hier liegt Pjöngjang, das früher zu einem eigenständigen Staat gehört hat und nun chinesisch ist. Darunter liegt Korea mit der Hauptstadt Seoul. Hier wird der größte Teil dieser altertümlichen Rechenmaschinen gebaut, die von den Planetariern *Pod* genannt werden. Um das Gelbe Meer zu verlassen, müssen wir uns zuerst nach Osten und anschließend nach Süden bewegen.«

Sie blickte zu Rico hinüber. Mit starrer Miene saß er da. Grüne Schatten und Reflexe tanzten über sein Gesicht.

»Und?«, fragte sie. »Bleiben wir hier oder geht's Richtung ...?«, sie verschob den Kartenausschnitt nach links, »... Richtung Pazifik?«

Ricos Stirn runzelte sich. »Ich bin nicht sicher, Quiniu«, sagte er träge. »Der Pazifik erscheint mir nicht das richtige Ziel zu sein.«

»Aber von der grundsätzlichen Stoßrichtung Osten bist du überzeugt?«

»Ja.«

»Na, dann.«

Quiniu Soptor beschleunigte den Aufklärer. In einer durchschnittlichen Tiefe von zwölf Metern passierten sie die Städte Longkou, Yantai und Weihai. Danach lenkte sie das Gefährt Richtung Süden.

Sie erreichten eine Abrisskante. Bleiche Gerippe von Gorgonien ragten auf – wie Todesfächer, die man den Verstorbenen mitgab. Sie standen da wie stumme Wächter, die zu sagen schienen: *»Ab hier seid ihr auf euch allein gestellt.«*

Der Meeresboden fiel kontinuierlich ab, bis sie eine Tiefe von etwa siebzig Metern erreicht hatten. Je weiter sie vorankamen, desto mehr Müll und Unrat wurde von den Außenbordkameras eingefangen.

Sie erreichten das Ostchinesische Meer. Der Boden senkte sich immerzu ab bis auf hundertvierzig Meter, anschließend fiel er steil in eine Tiefe von über vierhundert Metern.

Da Soptor den Rechner des Aufklärers mit lokalem Kartenmaterial gefüttert hatte, verzichtete sie darauf, die Maße in arkonidische Einheiten umzurechnen. Ihr war es einerlei, ob nun eine Wassersäule von hundert, tausend oder zehntausend Metern Höhe auf ihnen lastete. Für den Aufklärer machte dies keinen Unterschied. Er hielt weit schwierigeren Verhältnissen stand als dem Wasser- und Luftdruck, der selbst am tiefsten Punkt der Erde zustande kommen konnte.

Ungeachtet dieses beruhigenden Gedankens fröstelte sie.

Quiniu Soptor fühlte sich weit weniger selbstsicher, als sie sich gab. Dieser Rico irritierte sie. Steif und unbeweglich saß er neben ihr in der Kanzel des Aufklärers.

Bisher hatte sie nicht daran gezweifelt, dass er ihr bei der Suche nach einer Fluchtmöglichkeit würde helfen können. Sie war davon ausgegangen, dass er ihr seine Unsicherheit und Gedächtnislücken nur vorspielte. Inzwischen war sie sich dessen nicht mehr so sicher.

Nach einer Verwerfungszone zweier Kontinentalplatten – das Kartenmaterial sprach von der Eurasischen und Philippinischen Platte – sackte der Boden um mehr als sieben Kilometer in die Tiefe.

Soptor drückte die Spitze des Aufklärers in den Abgrund hinunter. Rico machte nicht den Anschein, als würde ihn die Fahrt durch die terranische Unterwasserwelt beeindrucken. Er saß einfach nur starr da.

Sie erreichten die Talsohle. Berge von Abfall türmten sich auf. Verrottende Maschinen, Fahrzeuge, sogar die Stahlträger eines Gebäudes ragten in die Höhe. Quiniu Soptor empfand Ekel beim Gedanken an die Wegwerfmentalität dieser Terraner, wie sie sich neuerdings nannten. Anstatt die wertvollen Rohstoffe weiterzuverwenden, wurden sie einfach im Ozean versenkt.

Sie steuerte den Aufklärer sanft um das auseinandergebrochene Wrack eines Fischkutters. »Osten« war ein sehr ungenauer Begriff; allerdings wäre sie höchst überrascht gewesen, wenn Rico unvermittelt einen Koordinatensatz präsentiert hätte, nachdem er Stunden zuvor nur vom »Meer« gesprochen hatte, zu dem und in das es ihn zog.

Die Kolonialarkonidin verglich das irdische Kartenmaterial mit ihren Positionsangaben. Sie waren auf Kurs.

Soptor ließ sich ins weiche Polster des Pneumosessels zurücksinken. Links neben der Umweltdarstellung erschien die Anzeige der Leistungswerte des Aufklärers. Geschwindigkeit, Energie- und Sauerstoffverbrauch, Nutzlast ...

»Hat Thora ihren Namen von den Menschen erhalten?«, fragte Rico unvermittelt.

Soptor erstarrte. Gleichzeitig wurde es ihr heiß und kalt. »Wie ... was sagst du?«, fragte sie.

»Im jüdischen Glauben ist *Thora* die Bezeichnung für das Gesetz«, erklärte Rico. »Ich kenne *Thora* nicht als arkonidischen Vornamen. Deswegen frage ich mich, ob vielleicht die Menschen sie so genannt haben, nachdem sie für die Zerstörung von zivilen baulichen Wahrzeichen gesorgt hat.«

»Thora da Zoltral würde sich ... würde sich«, stotterte Soptor. Ungläubig starrte sie auf die schwach grün leuchtenden arkonidischen Schriftzeichen. »Sie würde sich nie von den Bewohnern einer rückständigen Welt einen Namen *geben* lassen«, brachte sie schließlich heraus.

Rico war viel zu schwer für einen Arkoniden seiner Größe und Statur. Und der Sauerstoffverbrauch entsprach exakt demjenigen *einer* Person, also ihr.

»Du bist ein Roboter, Rico.«

»Ja«, sagte er so beiläufig, als hätte sie ihn darauf hingewiesen, dass sein Haar weiß oder seine Iriden rot waren.

»Willst du mir nicht endlich erklären, wer ... oder *was* du genau bist, was du in diesem System ...«, sie suchte kurz nach dem Namen, den Rico ihr genannt hatte, »... was du im Larsafsystem machst – und seit wann du hier bist?«

»Nein, das will ich nicht.«

Soptor seufzte. Sie befürchtete, dass sich der Roboter wieder in Schweigen hüllen würde. Er präzisierte: »Auf der einen Seite hat meine Hauptrechnereinheit vor Kurzem größeren Schaden genommen. Teile meines Geistes werden primär durch die biologischen Komponenten gesteuert. Diese Informationen scheinen mir zu wenig gesichert zu sein, als ich sie von mir geben möchte.«

»Und auf der anderen Seite?«

»Ich kenne dich nicht, Quiniu Soptor«, sagte er. »Ich kann dir nicht alle Informationen geben. Das widerspräche meiner Programmierung.«

Soptor presste die Lippen aufeinander. »Dann weiß ich wenigstens, woran ich bin.«

Sie dachte nach. »Würdest du mein Leben retten, wenn es gefährdet wäre?«

»Gefährdet wodurch?«

»Zum Beispiel durch einen technischen Defekt des Aufklärers.«

»Das würde ich«, sagte der Roboter.

»Und wenn wir durch Menschen angegriffen würden?«

»Dann würde ich ebenfalls mein Möglichstes tun, um dein Leben zu erhalten, Quiniu Soptor.«

»Und wenn ich von deinem Herrn angegriffen würde?«

»Dann dürftest du nicht mit meiner Unterstützung rechnen.«

Soptor lächelte kalt. »Und wer ist dieser Herr, dessen Existenz du mir eben bestätigt hast?«

Rico schloss die Lippen. Er antwortete nicht mehr.

Quiniu Soptor unternahm mehrere Versuche, von dem Roboter weitere Informationen zu diesem Thema zu erhalten, scheiterte aber.

Erst als sich vor ihnen der Abgrund des Marianengrabens öffnete wie der Schlund eines archaischen Raubtieres, regte er sich wieder.

»Wir müssen weiter Richtung Osten.«

Die Kolonialarkonidin atmete enttäuscht aus. Sie hatte gehofft, dass sich das vermutete Raumschiff in diesem Bereich des Ozeans befand. Hier trafen sich die Philippinische und die Pazifische Platte, und hier erreichte die Erdoberfläche mit mehr als elf Kilometern ihren tiefsten Punkt.

Mit etwas Tarnung hätte man hier mehrere Kugelraumer verstecken können, ohne dass sie von Tiefseesonden oder Sonargeräten gefunden worden wären.

»Du bist sicher, dass sich das Schiff nicht hier befindet?«

»Du hast von einem Schiff gesprochen, Quiniu«, antwortete der Roboter. »Nicht ich.«

»Dann bestreitest du, dass es im Ozean ein arkonidisches Raumschiff gibt?«

»Nein.«

Drei, vier Atemzüge lang sah sie ihn entgeistert an. Dann strich sie sich mit beiden Händen über das Gesicht. Übergangslos fühlte sie sich unglaublich müde.

Sie war seit Stunden, vielleicht schon seit Tagen wach. Über die

Informationskanäle der neuen Stadt Terrania hatte sie von den Aktivitäten in der Wüste erfahren. Sie hatte Maske gemacht, ein Automobil mit Verbrennungsmotor gekapert, sich die Steuerung verinnerlicht, um den Gesuchten – Rico – möglichst unauffällig aufzugabeln.

Alles hatte sich so entwickelt, wie sich Soptor dies zusammengereimt, geplant, erhofft hatte. Und nun stellte sich heraus, dass der Gesuchte zwar von künstlicher Beschaffenheit war, er sich aber ebenso unkooperativ aufführte wie ein *Mann*.

Einer plötzlichen Eingebung folgend, zog sie den Steuerstick zurück, killte den Antrieb und sah seelenruhig zu, wie die Außendarstellung plötzlich in die Höhe glitt, als der Aufklärer mit dem schweren Heck voran in die Tiefe sackte.

»Was tust du da?«, fragte Rico.

Quiniu Soptor antwortete nicht.

»Soll ich die Steuerung übernehmen?«

Sie sah ihn an. Ricos bleiches Gesicht, in grüne Schlieren getaucht, bereitete ihr Angst. Sie schaffte es, dem Blick standzuhalten. »Ich dachte, wir hätten eine Abmachung«, sagte sie. »Und jetzt muss ich erkennen, dass du mich anlügst.«

»Ich lüge dich nicht an.«

Soptor sah zu, wie sich der Wert des Tiefenzählers rasend schnell erhöhte. »Dann sprich!«

Rico deutete auf die Umgebungsdarstellung. »Wir haben ein gemeinsames Ziel. Da draußen! Es drängt mich zu diesem Punkt im Ozean, von dem ich *weiß,* dass wir dort Antworten und neue Handlungsmöglichkeiten erhalten werden!«

»Das ist mir viel zu schwammig, Rico!«, stieß sie aus. »Zudem widersprechen sich deine Aussagen – und zwar ganz gewaltig. Du kannst mir nicht einreden, dass du auf der einen Seite bloß von einem unbestimmbaren *Gefühl* geleitet wirst und andererseits aber genau zu wissen scheinst, was sich an diesem unseren Ziel exakt befindet!«

Rico hob die andere Hand, ließ sie aber seltsam nichtssagend in der Luft hängen. Zum ersten Mal, seit sie ihn getroffen hatte, wirkte der Roboter tatsächlich unsicher.

Dann schien er sich zu besinnen. Er legte beide Hände in den Schoß. »Du musst mir vertrauen, Quiniu Soptor«, flüsterte er. »Du hast keine andere Wahl; wir sind aufeinander angewiesen. Folge meinen Richtungsangaben, und ich bringe dich an den Ort, von dem aus du diesen Planeten verlassen kannst.«

Die Kolonialarkonidin fühlte, wie das Blut aus ihrem Gesicht wich. Die Quilranfedern auf ihrem Kopf sonderten duftendes Sekret ab.

Gleich darauf beruhigte sich Soptor.

Sie ergriff den Stick, startete den Antrieb und ließ den Aufklärer in die Höhe schnellen.

Ich hätte mein Glück vielleicht doch bei den Fantan suchen sollen, dachte sie verärgert. *Als Besun zu enden ist zwar blöd, aber wahrscheinlich immer noch besser, als einem verrückten Roboter ausgeliefert zu sein.*

Die Reise durch die Unterwasserlandschaften wollte nicht enden. Die Minuten dehnten sich. Wurden zu Stunden und schließlich zu Tagen. Der erste August brach an, dann der zweite.

Obwohl Rico direkt neben ihr saß, fühlte sich Soptor einsam. Wie schön wäre es gewesen, wenn sie dieses Abenteuer mit ihrer Freundin Tamika hätte erleben können.

Tamika.

Über sie hatte sie in den vergangenen Tagen kaum nachgedacht. Sie war zusammen mit Thora über dem zweiten Planeten abgestürzt. Bisher war Quiniu Soptor stets davon ausgegangen, dass ihre Freundin, mit der sie viele lust- und passionsreiche Stunden verbracht hatte, stets in Thoras Nähe geblieben war.

Überlebt hatte.

»Du hast mir erzählt, dass ich die *dritte* Frau gewesen wäre, von der Thora gesprochen hat.«

»Habe ich das?«

»Ja, das hast du, Rico. Oder willst du ernsthaft behaupten, dass du die Aufzeichnung dieses Gesprächs bereits wieder gelöscht hast?«

»Nein, das will ich nicht.«

»Gut.« Soptor verschränkte die Arme, als wolle sie sich vor den Informationen schützen, die sie gleich erhalten würde. »Wir haben noch nicht über die *zweite* Frau gesprochen. Tamika.«

»Das stimmt.«

Soptor atmete tief ein, versuchte sich zu beruhigen. Die Quilranfedern dünsteten stinkendes Sekret aus. »Was ist mit Tamika geschehen? Sie taucht in keinem der irdischen Berichte auf. Diese handelten nur von Crest und Thora. Blieb Tamika im Hintergrund? Oder kam sie gar nicht bis zur Erde? Ist sie noch auf der Venus? Starb sie beim Absturz? Hast du sie mit den Waffensystemen der Festung getötet, Rico?«

Die Kolonialarkonidin brach ab. Sie hatte sich in Rage geredet, obwohl sie eigentlich hatte ruhig bleiben wollen.

Als Rico nicht antwortete, streckte sie den rechten Arm aus und versetzte ihm einen Klaps an die Schulter.

»Ich weiß es nicht«, sagte er daraufhin dumpf. »Ich kann mich daran erinnern, dass sie verletzt war. Die Automaten haben sie gepflegt ...«

»Und weiter?«

Rico ließ den Kopf hin- und herpendeln, wie sie es bei den Menschen beobachtet hatten, die eine Frage verneinten oder mit dieser Geste eine negative Aussage unterstreichen wollten.

»Ich habe keine weiteren Informationen zu Tamika, auf die ich zugreifen könnte.«

Soptor schlug erneut zu. Kräftiger diesmal, obwohl sie wusste, dass dem Roboter dies nichts ausmachte. »Du bist wahrlich ein Wunderwerk der Technik«, sagte sie. »Den Männern bis ins letzte Detail nachempfunden. Die können sich auch nur an Dinge erinnern, an die sie sich erinnern wollen!«

»Es tut mir leid, Quiniu ...«

»Ach, steck dir deine Entschuldigung sonst wohin!«

Mit zusammengepressten Lippen blickte sie wieder starr geradeaus.

Eine weitere Stunde verging. Bald würden sie den gesamten Pazifik durchkreuzt haben, ohne dass Rico an sein erfühltes, erhofftes Ziel gelangt war oder eine Richtungsänderung in Auftrag gegeben hatte.

Langsam verlor Soptor den Glauben an dieses Schiff, das sie aus diesem System – *dem Larsafsystem?* – bringen würde. Um sich zu beruhigen, unternahm sie einen erneuten Versuch, aus Rico Informationen über seine Vergangenheit herauszupressen.

Sie fragte ihn nach seinen Erbauern, seinem Herrn – oder seiner *Herrin?* –, nach seiner Gattung. Sie versuchte ihn zu provozieren, indem sie ihm seine arkonidische Herkunft in Abrede stellte. Tatsächlich hatte sie noch nie ein Modell – nicht einmal ein Konzept – gesehen, das mit Rico vergleichbar gewesen wäre.

Aber der Roboter ließ sich nicht mehr austricksen. Er schien aus seinem Fehler gelernt zu haben, als er unbewusst die Existenz eines *Herren* bestätigt hatte.

Wenn er antwortete, dann nur ausweichend oder er machte von seinem Trumpfkristall des Vergessens Gebrauch.

»Was hat überhaupt eine getarnte arkonidische Station auf der Venus zu suchen?«, fragte sie. »Weshalb wurde sie gebaut, und wann ist das geschehen?«

»Diese Informationen unterliegen der Geheimhaltung«, sagte der Roboter lapidar.

»Würdest du sie mir geben, wenn dich dein Meister dazu auffordern würde?«

Rico schwieg.

»Wo befindet sich dein Herr und Meister?«

Schweigen.

»Hast du deine gesamte frühere Existenz auf der Venus verbracht, oder bist du zwischendurch auf die Erde gekommen?«

Unbeweglich saß Rico da. Das einzige Geräusch kam vom summenden Antrieb des diskusförmigen Aufklärers und dem leisen Säuseln der Klimaaufbereitungsanlage.

»Rico ist kein arkonidischer Name«, behauptete Soptor grob. »Er klingt vielmehr terranisch. Haben dir die Menschen diesen Namen gegeben? Sag mir, lieber Freund: Könnte es sein, dass sich Spuren deiner Existenz in den irdischen Datenbanken finden?«

Sie hatte mit keiner Antwort gerechnet und erhielt auch keine.

Dafür war nun ihre Neugierde angestachelt. Die Idee hatte sich spontan während des Sprechens manifestiert. Was wäre, wenn sie unvermutet etwas Wahres angesprochen hätte?

Der Rechner ihres Aufklärers verfügte über beinahe unersättliche Speichermöglichkeiten. Seit Tagen zapfte sie alle verfügbaren irdischen Datenquellen an. Selbst in einer Wassertiefe von über fünftausend Metern gelang es den sensiblen Antennen des Aufklärers, Funksignale aufzufangen und auszuwerten.

»Rechner!«, befahl sie. »Suche in den irdischen Datenkomplexen nach dem Namen oder der Bezeichnung *Rico!* Ich will, dass die Suche bis fünfhundert Jahre ...« Sie warf dem Roboter einen kurzen Seitenblick zu. »Ich korrigiere mich: Weite die Suche bis tausend Jahre in die Vergangenheit aus! Priorisiere historische Ereignisse, die im Zusammenhang mit einem geheimnisvollen Fremden stehen!«

Der Rechner bestätigte.

»Was versprichst du dir davon?«, fragte Rico. »Was würdest du damit gewinnen?«

Quiniu Soptor lächelte. »Wissen«, antwortete sie. »Erkenntnis.«

Kurz darauf erhielt sie eine Liste. Mit plötzlicher Erregung wählte sie willkürlich einen Eintrag aus und las ihn laut vor.

»Im Jahr 1545 entdeckte ein einfacher Lamahirte im heutigen Bolivien zufälligerweise die Ader einer Silbermine. Diese war derart reichhaltig, dass sie zu einer der wichtigsten Einnahmequellen der spanischen Krone wurde und ihr in Europa zu nie gekannter Stärke verhalf. Der Name des Berges, in dem dieser angebliche Lamahirte sie gefunden hatte: *Cerro Rico!«*

»In der spanischen Sprache bedeutet ›rico‹ ›reich‹!«, belehrte sie der Roboter sofort. »Und ›cerro‹ heißt nichts anderes als ›Hügel‹. Der *Cerro Rico* hat seinen Namen also zu Recht erhalten, wie mir scheint.«

Soptor ließ sich nicht beirren. Vielleicht täuschte sie sich, aber sie fühlte, dass sie irgendetwas auf der Spur war, was der Roboter nur zu gern in Abrede stellen wollte.

Sie deutete auf einen weiteren Eintrag in der Liste. »Oder noch früher: Im zwölften Jahrhundert wurde in Europa an einem historisch bedeutsamen Weg rund um einen ehemaligen Wachturm ein Dorf gegründet. Es taucht in den Unterlagen als *Richesperc* oder *Ricos Berg* auf. Heute nennt es sich Riggisberg. Laut der Legende wurde es von einem geheimnisvollen Fremden gegründet, der damit angeblich die Reise seines *Kriegermeisters* vorbereitete und unterstützte.«

Sie blickte ihn herausfordernd an. »Tausend Jahre in der Vergangenheit, Rico. Kann es sein, dass du dieser Unbekannte warst? Und wer wäre dann dieser Kriegermeister, von dem die Rede ist?«

Rico lächelte. Zum ersten Mal, seit sie ihm begegnete. Es sah falsch und ... *künstlich* aus. »Mir scheint, dass dir die aktuelle Situation auf die Psyche schlägt«, sagte er. »Der Versuch ist lächerlich. Genauso gut könnte ich die menschlichen Annalen nach den Begriffen *Quiniu* oder *Soptor* durchsuchen und würde wahrscheinlich fündig.«

»Versuch's nur!«, forderte sie ihn auf. »Ich bin sicher, dass du damit nicht über ein paar Dutzend irrelevante Treffer landen würdest.«

Sie zeigte mit einem Finger auf die eingeblendeten Suchresultate. »Oder schau mal hier: Im Jahr 1920 wurde ein Kräuterbonbon namens *Ricola* kreiert. Es ging auf einen nicht namentlich bekannten Bäcker zurück. Erst später wurde daraus eine Firma mit demselben Namen. Na, Rico? Wer hat es erfunden? Warst du es etwa?«

»Du hast zu lange nicht mehr geschlafen«, gab Rico zurück. »Du phantasierst.«

Soptor lehnte sich zurück. Der letzte Vorschlag hatte tatsächlich eine verschwindend geringe Wahrscheinlichkeit besessen. Sie hatte testen wollen, wie er darauf reagierte. Seit es um seinen Namen und die mögliche Verknüpfung mit der menschlichen Historie ging, reagierte der Roboter jeweils sehr schnell und, wie ihr schien, fast ein wenig *emotional.*

Sie kontrollierte ihre Reisedaten. »Noch zwanzig Minuten Fahrt und wir stoßen auf den amerikanischen Doppelkontinenten«, sagte sie. »Dann ist unsere Reise quer durch den Pazifik zu Ende. Oder sollen wir via Panamakanal in den Atlantik vorstoßen? Willst du das?«

Ein kaum bemerkbares Zittern durchlief den Roboter. Er hob den Kopf, als höre er etwas in weiter Ferne.

»Atlantik«, sagte Rico gedehnt. »Ja. Dort muss er sein.«

»Der Raumer?«, fragte Soptor.

Rico gab keine Antwort.

Kapitel 8

Transportgleiter, Ferrol
Tako Kakuta

Vom Flug bekamen die Menschen nicht viel mit.

Sie saßen in einer kleinen Zelle irgendwo im unteren Bereich des Raumers. Die Luft war heiß und stickig. Es stank bestialisch nach Verwestem.

Niemand musste aussprechen, dass sie den Planeten Ferrol und seine Atmosphäre mittlerweile verlassen hatten. Das lebendige Knistern, das ihren Flug während der ersten Minuten begleitet hatte, war verschwunden. Stattdessen wummerten und dröhnten die Antriebsmodule.

Kakutas Magen rebellierte. Es fühlte sich an, als säße ein schwerer Stein dort, wo er früher Magen und Gedärme getragen hatte. Er wusste, dass er sich dringend erleichtern musste. Aber solange es keine diskrete Sanitäranlage gab, in die er sich zurückziehen konnte, kam das für den Asiaten nicht infrage.

Die anderen zu bitten, sich umzudrehen, damit er sich in einer Ecke erleichtern konnte – das wäre für ihn schlimmer gewesen, als wenn ihm öffentlichkeitswirksam eine Hand abgehackt worden wäre.

Die Würde und die Ehre sind Schwestern, dachte er. *Stirbt die eine, weint die andere.*

Ob sein Leiden von den ungewohnten Speisen und Getränken kam, die sie in den letzten Tagen zu sich genommen hatten, oder ob es eine körperliche Reaktion auf die aktuelle Situation war, wusste der Asiate nicht. Darüber wollte er sich Gedanken machen, wenn es ihm besser ging.

Er richtete seine gesamte Konzentration darauf, die anderen es nicht wissen zu lassen, wie es ihm ging.

Unter größter Willensanstrengung lehnte er an einer der Wände, die Arme verschränkt, das Gesicht zur Maske erstarrt.

Sloane warf ihm immer wieder böse Blicke zu. Sie musste nichts sagen, ihre Vorwürfe standen quer über ihr Gesicht geschrieben.

Auf Ferrol hätten wir die Möglichkeit gehabt, in den Siedlungen unterzutauchen. Nun sind wir im Weltraum. Wohin willst du nun mit uns springen, du Genie?

»Sie bringen uns wahrscheinlich zu einem der beiden Monde, Byton und Ferrolia«, sagte Darja Morosowa in die gespannte Stille hinein.

»Wie kommst du darauf?«, fragte Rod Nyssen, der neben Sloane stand.

»Wir sind zu lange unterwegs, als dass sie ein größeres Schiff ansteuern würden. Die sind in erster Linie im Orbit um Ferrol stationiert.«

»Die Wega besitzt viele bewohnte Welten«, gab Nyssen zu bedenken. »Planeten und Monde. Wer sagt dir, dass wir nicht einen von ihnen ansteuern?«

Morosowa zuckte die Achseln. »Vielleicht hast du recht, Rod. Aber ich denke, dann hätten sie uns mit einem größeren Raumschiff abgeholt oder zumindest später in ein größeres umgeladen. Was meinst du, Tako?«

»Ich ... ich weiß nicht«, gab er zurück.

Nichts anmerken lassen!, sagte er zu sich selbst. *Sei zäh, kleiner Tintenfisch.*

Tako Kakuta schloss die Augen.

Er dachte an seine Eltern, die viel zu früh gestorben waren. Sie hatten ihn »Tako« – Japanisch für »Tintenfisch« – genannt, weil sie das Meer liebten und weil das Meer an der Präfektur Fukushima kaum mehr gesundes Leben geborgen hatte.

Tintenfische gehörten zu den intelligentesten Meereslebewesen überhaupt, einzig überragt durch die Delfine. Sie waren in der Lage, komplexe Zusammenhänge zu begreifen, sich durch das Farbenspiel ihrer Haut an fast jeden Untergrund anzupassen, und sie waren gleichzeitig weich und biegsam, aber auch zäh und ausdauernd – und besaßen einen scharfen Schnabel, mit dem sie in der Lage waren, Muscheln und Seeigel zu knacken.

Allesamt Eigenschaften, die sie ihrem Kind mit auf den Weg hatten geben wollen.

Es gab keine Tintenfische mehr in Fukushima. Er war der einzige gewesen. Und stolz darauf, solange seine Eltern gelebt hatten.

Dann starben sie, und Tako hatte seinen Vornamen verheimlicht, solange er in den Straßen gewohnt hatte. Er war es schnell müde gewesen, den anderen Kindern das wahre Wesen der Tintenfische zu erklären.

»Tako!«

Der Teleporter zuckte zusammen.

»Wir landen«, erklärte Darja Morosowa.

Kakuta hob den Kopf. Tatsächlich – das Wummern veränderte sich. Es klang nunmehr wie das Raspeln von schweren Holzbalken. Bremstriebwerke.

Eine Tür öffnete sich. Rod Nyssen und Darja Morosowa ergriffen die Trage, auf der Conrad Deringhouse lag.

Kakuta hätte sich gerne beim Tragen beteiligt, aber er fühlte sich in diesem Moment körperlich nicht imstande.

»Gehen wir«, sagte Sloane. »Wollen wir mal sehen, welches Schicksal uns die Sturheit eines Mannes eingebracht hat.«

»Anne«, sagte Nyssen sanft.

Aber die Frau war bereits an ihnen vorbeigegangen und verschwand durch die Tür.

Nyssen wandte sich zu Kakuta um und hob – fast entschuldigend – die Schultern.

Kakuta schüttelte den Kopf und deutete zur Tür. »Wir müssen zusammenbleiben.«

Steif folgte Tako Kakuta den anderen.

Ein Energiekäfig schloss sie ein, sobald sie den Raumer verlassen hatten. Langsam glitt er voran, zwang sie mitzugehen.

Tako Kakuta litt. Sein Magen verkrampfte sich immer mehr, die Schmerzen strahlten in den gesamten Körper aus. Er merkte, dass sich in ihrer Umgebung etwas verändert hatte, aber er konnte den Finger nicht drauflegen. Erst als Darja Morosowa es aussprach, bemerkte er es selbst.

»Die Schwerkraft liegt unter derjenigen Ferrols«, sagte sie. »Und wenn ich mich nicht täusche, auch unter derjenigen der Erde. Ich komme mir vor, als müsste ich mich nur abstoßen und ich würde fliegen.«

»Wenigstens ein Vorteil«, pflichtete Nyssen bei.

Über die Schleuse erreichten sie einen Lager- und Frachtraum. Container und Transportbehälter in allen Größen und Formen standen aufeinandergestapelt an den Wänden, von denen zwei aus einer Felswand herausgeschnitten waren. Die restlichen Wände und der Boden schimmerten in einer Mischung aus dunkelblau und schwarz. Der Boden federte leicht beim Gehen.

Über der Decke spannte sich ein Energieschirm, durch den sie eine verschwommene braungrüne Scheibe sahen.

»Das ist Ferrol«, sagte Morosowa, die vorausging.

»Du hast recht gehabt«, sagte Nyssen. »Wir sind auf einem der beiden Monde gelandet. Es muss der größere der beiden sein. Also Ferrolia. Und so provisorisch die Wände und der Boden aussehen, scheint es mir fast, dass die Topsider diese Station geschaffen haben.«

»Als stationäres Versorgungs- und Nachschublager?«, fragte Anne Sloane.

Nyssen nickte. »So kommt es mir vor.«

Langsam glitt der Energiekäfig voran. Mehrere Topsider kamen herbei, die Gewehre geschultert. Sie deuteten auf die Gruppe und sprachen so leise miteinander, dass die Menschen sie mit den Translatoren nicht hören konnten.

Die Topsider schienen genug gesehen zu haben und zogen sich wieder zurück.

Der Käfig glitt weiter und machte an einem Schott halt. Zischend öffnete es sich. Ein Schwall heiße, stinkende Luft schlug ihnen entgegen.

»Verdammt!«, stieß Anne Sloane aus. »Seht euch diese Scheiße an!«

Vor ihnen öffnete sich eine weite Halle mit einem Durchmesser von mindestens zwei Kilometern. Überall standen oder lagen Ferronen. Die meisten von ihnen trugen abgewetzte, dreckige Kleider. Feuer brannten in Fässern. Aus einigen von ihnen stieg schwarzer Rauch. In den Außenbereichen standen seltsame Gebilde, notdürftige Unterkünfte, abgedeckt durch zerschlissene Kleidungsstücke.

»In was für ein gottloses Loch hast du uns gebracht, Kakuta?«, fragte Sloane.

Tako Kakuta atmete tief ein. Die verrußte Luft kratzte in seinem Hals. Er widerstand dem Hustenreiz und sagte: »Kommt.«

Kakuta betrat die Halle. Die anderen folgten ihm. Hinter ihnen schloss sich das Schott.

»Neuankömmlinge!«, rief eine Stimme in ihrer Nähe.

Ein bulliger Ferrone kam auf sie zu, begleitet von sechs Frauen und Männern. »Halt!«, rief er. »Keinen Schritt weiter!«

Sie blieben stehen.

»Um hineinzukommen, müsst ihr erst einen Tribut entrichten! Was habt ihr dabei? Irgendwelche Geräte? Waffen? Saubere Nahrung?«

Kakuta wechselte einen raschen Blick mit Morosowa, dann sagte er: »Wir haben nichts dabei. Wir sind Gefangene, genauso, wie Sie es sind.«

Der Translator übersetzte seine Worte.

Der Ferrone kam näher. Er hatte nicht nur die typisch kräftige Statur, die man auf einer Welt mit größerer Schwerkraft benötigte, er war auch atypisch groß für einen Angehörigen seines Volkes.

Aus tiefliegenden Augen betrachtete er die Menschen abschätzig. »Ihr sprecht nicht einmal Ferrol? Von welcher Welt stammt ihr?«

»Wir kommen ... von den äußeren Planeten«, sagte Kakuta und hoffte, dass der Ferrone sein kurzes Zögern nicht bemerkt hatte.

»Ihr seid euch wohl zu vornehm, um Ferrol zu sprechen?«

»Schau mal, Hermot«, sagte eine Ferronin und zeigte auf Morosowa. »Was für feine Kleider die Herrschaften tragen. Die würden mir auch gut stehen!«

Anne Sloane trat neben ihn. Kakuta hob die Hand in der Hoffnung, dass er sie daran hindern konnte, was auch immer sie gerade vorhatte.

»Wir sind Gefangene wie Sie«, sagte der Teleporter. »Wir werden unsere Kleider behalten. Wenn Sie uns Schwierigkeiten machen wollen, werde ich mich an einen der Wärter wenden!«

Hermot blickte ihn kurz irritiert an, dann legte er den Kopf in den Nacken und lachte schallend. Seine Begleiter stimmten in das Lachen ein. »Was sagst du da, Weißgesicht?«, prustete er. »Du willst unter den Rock eines Wärters schlüpfen! Soll mir recht sein!«

Er machte eine weite Armbewegung, die die gesamte gewaltige Halle einschloss. »Bitte, such dir eine der Echsen aus, geh heulend zu ihr!«

Kakuta blinzelte. Die rauchige Luft brannte in seinen Augen. »Es gibt keine Wärter hier?«, fragte er.

»Oho!«, machte Hermot. »Ich hätte nicht gedacht, dass in so einem kleinen Schädel so viel Intelligenz drinsteckt! Richtig geraten, Weißer! Die verfluchten Echsen haben uns hier drin uns selbst überlassen. Es interessiert sie einen Dreck, was mit uns geschieht. Aber das hat auch seine Vorteile ...«

Drei der Begleiter lachten meckernd.

»Hier regiert das Gesetz des Stärkeren – und wenn ich eure dünnen Arme und Beine so anschaue, weiß ich schon jetzt, dass ihr euch ganz weit unten in der Hierarchie wiederfinden werdet!«

»Wir werden Ihren Status achten«, sagte Tako Kakuta und verbeugte sich. »Nun bitte ich Sie, uns vorbeizulassen. Wir haben einen kranken Kameraden, um den wir uns kümmern müssen.«

Der Ferrone trat einen Schritt näher zum Teleporter. »So einfach geht das leider nicht. Ihr könnt nicht hereinkommen, wenn ihr uns keinen Tribut zollt. Als Alternative biete ich dir einen Zweikampf an. Gewinnst du, hast du meinen Respekt. Verlierst du, hast du Schmerzen.« Hermot lachte meckernd.

»Ich werde den Preis bezahlen!«, erscholl Nyssens Stimme.

Kakuta wandte sich um. »Rod ...«

Der Astronaut nickte und stellte die Trage sanft auf den Boden. Dann schlüpfte er aus seiner Jacke, trat vor den Ferronen und hielt sie ihm hin. »Ihr interessiert euch für unsere Jacken? Hier habt ihr eine. Und nun lasst uns durch!«

Ein hämisches Lächeln stahl sich auf die dunkelblauen Lippen des Ferronen. Er riss Nyssen die Jacke aus der Hand und warf sie der Frau zu, die sich zuvor gemeldet hatte.

»Herzlich willkommen auf Ferrolia«, sagte Hermot. »Ich wünsche euch einen wunderbaren Aufenthalt hier.«

Eine Stunde später hatte sich Kakuta endlich in einem furchtbar stinkenden Abort erleichtert und kehrte zu der Gruppe zurück.

Sie hatten sich so weit wie möglich von den anderen Gefangenen entfernt ein kleines, notdürftiges Lager eingerichtet. Deringhouse lag auf den Kleidungsstücken, die sie entbehren konnten. Die Trage hatten sie als Sichtschutz aufgestellt.

»Hier herrscht Anarchie«, stellte Darja Morosowa fest, die sich als Einzige von ihnen im Gefangenenlager umgesehen hatte. »Wie es dieser Hermot gesagt hat, gilt das Gesetz des Stärkeren. Können sich zwei nicht einigen, läuft es auf ein Duell hinaus. Ich habe in dieser kurzen Zeit drei davon gesehen. Eines von ihnen verlief tödlich. Und nun stellt euch vor, was sie mit der Toten gemacht haben!«

»Was?«, fragte Anne Sloane, als Morosowa eine Kunstpause einlegte.

»Der Sieger des Duells hat sie mit einem Messer zerteilt und die Stücke in eine Feuertonne geworfen. Danach haben sich einige Ferronen aufgestellt und der Reihe nach den Rauch der Verstorbenen eingeatmet.«

»Weshalb haben sie das getan?«, fragte Nyssen.

»Ich bin mir nicht ganz sicher«, gab Morosowa zu. »Wenn ich die aufgeschnappten Kommentare richtig gedeutet habe, wollten sie damit die Verstorbene in sich aufnehmen, damit die Erinnerung an sie nicht verblasst. Oder so ähnlich.«

»Diese Barbaren!«, stieß Anne Sloane aus.

Rod Nyssen legte ihr eine Hand auf den Arm. »So schlimm finde ich das nicht«, sagte er. »Was machen wir auf der Erde mit den

Toten? Wenn wir sie nicht verbrennen, vergraben wir die Verstorbenen im Boden und überlassen sie den Würmern und Käfern. Da finde ich das Einatmen des Rauchs eine schönere und auch sinnvollere Geste.«

»Weshalb bin ich noch nicht Wurmfraß?«, erklang eine schwache Stimme.

»Conrad!«, rief Nyssen. »Du bist wach!«

Die Menschen beugten sich über Deringhouse. Dieser lächelte schwach. »Was ist geschehen?«, fragte er. »Wo sind wir ... und was stinkt hier so?«

Tako Kakuta fühlte unendliche Erleichterung in sich aufsteigen. Der ehemalige Astronaut schien zwar noch arg benommen zu sein, aber dass er das Bewusstsein wiedererlangt hatte, war ein gutes Zeichen.

Sie erzählten ihm, was seit dem Absturz der GOOD HOPE alles geschehen war, brachen aber immer wieder ab, wenn Deringhouse für kurze Zeit einschlief.

Sie setzten sich neben ihren Kameraden. Kakuta fiel auf, dass Sloane nicht mehr von Nyssens Seite wich. Was ging zwischen den beiden vor?

Der Asiate hoffte inständig, dass sich Sloane tatsächlich zu Nyssen hingezogen fühlte. Wenn sie sich bei ihm nur anbiederte, um Unterstützung für ihre Attacken gegen ihn zu finden, würde er künftig noch mehr Probleme haben, die Gruppe zusammenzuhalten.

Weshalb verstand Anne nicht, dass seine Kräfte beschränkt waren? Er besaß nicht die Gabe eines Sid González, der viel weiter springen und sich auch viel schneller regenerieren konnte als er.

Darja Morosowa deutete hinauf, wo sich der Energieschirm über den Mondkrater spannte, in dem die Topsider das Fracht- und Gefangenenlager installiert hatten. In der Mitte des Schirms kam es zu Linseneffekten, die grausame Details der Zerstörung selbst von ihrer Position aus sichtbar machten.

»Ferrolia besitzt keine Eigenrotation«, sinnierte sie. »Der Planet steht somit ständig da oben. Was ist für die Ferronen wohl schlimmer: an diesem furchtbaren Ort zu darben oder einen Logenplatz beim Untergang ihrer Hauptwelt zu haben? Seht euch das an: Explosionspilze. Brennende Wälder. Verdampfende Seen.«

In diesem Augenblick riss jemand die aufgestellte Trage zur Seite. Kakuta zuckte zusammen.

»Ihr habt euch ja bereits schön häuslich eingerichtet!«, rief Hermot höhnisch.

Wie schon zuvor stellten sich seine sechs Begleiter hinter ihm auf. Sie stärkten ihm buchstäblich den Rücken.

»Wie können wir Ihnen behilflich sein?«, fragte Kakuta.

»Sehr höflich, das Weißgesicht«, spottete der bullige Ferrone. »Ich denke, dass ihr uns zuerst einmal mit dieser Trage behilflich sein könnt.«

Er hielt sie hoch wie einen Pokal, den er soeben gewonnen hatte. Dann schob er sie zusammen, sodass die beiden Streben aus Leichtmetall aufeinander zu liegen kamen, packte sie mit weit ausgestreckten Armen und zog.

Knarrend verbog sich das Metall. Unter Hermots Ärmel spannten sich beeindruckende Muskelpakete.

Als die Trage zu einem V verbogen war, warf sie Hermot einem seiner Handlanger zu.

»Danke sehr, das Teil können wir gut gebrauchen!«, sagte er leichthin, als hätte er nicht soeben eine gewaltige Kraftanstrengung vollbracht. »Und jetzt kommen wir auf eure Kleidung zurück ...«

Rod Nyssen stand auf. »Mir scheint, dass ihr uns bereits genug abgenommen habt«, sagte er gefährlich leise. »Weshalb lasst ihr uns nicht in Ruhe und kümmert euch um eure Angelegenheiten?«

Hermots Gesicht verzog sich zu einem süffisanten Lächeln. »Oh, das könnten wir durchaus. Aber erstens habt ihr so viele Dinge, die quasi schon uns gehören, und zweitens macht ihr euch gut als Opfer.«

Darja Morosowa erhob sich. Er und Sloane taten es ihr nach.

»Wenn das so ist, dann fordere ich dich zum Duell heraus, Hermot«, sagte Rod Nyssen. »Du gegen mich. Mann gegen Mann!«

Der Ferrone schlug die Hände zusammen. »Ein Zweikampf?«, rief er begeistert. »Das ist ja wunderbar.«

Anne fasste Nyssen am Arm. »Rod, mach jetzt ...«

Nyssen schüttelte ihre Hand ab. »Nimmst du die Herausforderung an?«

Hermot deutete eine Verbeugung an. »Ich nehme sie an«, sagte er feierlich.

Seine Anhänger lachten. Die Frau, die Nyssens Jacke trug, schlug sich mit beiden Fäusten auf die Oberschenkel, andere taten es ihr nach.

Angst breitete sich in Kakuta aus.

Kapitel 9

Terrania, 1. August 2036
Bernhard Frank

Fassungslos stand er vor der weißen Stadt.

Er hatte viele Bilder von ihr gesehen aus vielen unterschiedlichen Quellen. Pods, Kameras, sogar aus der Vogelperspektive von militärischen oder journalistischen Robotdrohnen.

Terrania sah genauso aus wie auf den Bildern.

Und war trotzdem so anders.

Der Stardust Tower stach wie ein Fahnenmast ohne Fahne in den wolkenlosen Himmel der Gobi. Ein Symbol. Ein Leuchtturm.

Die fehlende Fahne prangte an den Oberarmen der Menschen, die ihnen begegnet waren. Nicht den bangenden *Wartenden,* die in Terrania eingelassen werden wollten und zu denen Caroline und er gehörten, sondern den Offiziellen, meist Chinesen, die das Einlassprozedere regelten. Die Flaggen zeigten das weiße Band der Milchstraße auf blauem Grund.

»Ein Utopia«, sagte Caroline, die neben ihm stand.

»Wie?«

»Terrania. Es ist Rhodans Utopia.«

Bernhard Frank zuckte mit den Schultern. »Wusstest du, dass die alten Griechen zwei verschiedene Arten von Utopia kannten?«

»Taten sie das?«

»Ja. Sie sprachen sowohl von *eu-topos,* das bedeutet der *gute* Ort, aber auch von *u-topos,* was sich als ›der Ort, den es nicht geben kann‹ übersetzen lässt.«

»Beides erscheint mir treffend.«

Frank nickte. Er sog die Bilder, die sich ihm präsentierten, in vollen Zügen in sich auf. Obwohl er nicht vorhatte, in Terrania zu bleiben, beneidete er die Menschen, die bereits eine Binde der Terranischen Union trugen und damit Teil von Rhodans Vision waren.

Seinem Utopia.

Für unglaublich viele Menschen stand sowohl Vision als auch

Utopia noch buchstäblich in weiter Ferne. Tausende standen vor der Stadt und wollten hinein.

Bernhard Frank verstand nur zu gut, dass selbst eine in unwahrscheinlicher Geschwindigkeit wachsende Stadt nur eine beschränkte Anzahl neuer Bewohner aufnehmen konnte.

Die Zeltstadt der *Wartenden* vor Terrania reichte über eine fast nicht überblickbare Fläche. Der Terranischen Union freundlich gesinnte Staaten, wie die Schweiz und die meisten skandinavischen Länder, entsandten jeden Tag neue Hilfslieferungen für Terrania und der Stadt – dem Slum – vor Terrania. Die *Ärzte ohne Grenzen* hatten mehrere Hilfszentren eingerichtet, in denen sie die Wartenden medizinisch betreuten und ihnen eine Brücke zwischen Vision und humanitären Problemen schlugen.

Frank dachte wieder an die Griechen und überlegte, ob eine ähnliche Situation dazu geführt hatte, dass sie sowohl von einem *Eutopos* als auch von einem *Utopos* gesprochen hatten.

So, wie es derzeit aussah, würde Terrania für die einen zu einem guten Ort, für die anderen nie Realität werden.

Falls sie die Fantankrise überstehen, dachte er sorgenvoll.

Das riesige Gebilde des Fantanraumschiffes ragte von ihrem Standort seitlich hinter Terrania auf – so weit in den Himmel, dass sie den oberen Pol nicht sehen konnten. Es stellte sogar den Stardust Tower buchstäblich in den Schatten.

Fantanflundern flitzten hin und her, brachten die gestohlenen Dinge, die sie »Besun« nannten, in das Schiff, ließen die Menschen vor der Stadt aber unbehelligt.

Frank wusste aus den Pod-News, dass zuerst große Verwirrung, teilweise sogar Panik geherrscht hatte. Mittlerweile schienen sich die Menschen aber mit dem Status quo abzufinden – und darauf zu hoffen, dass sich die seltsamen Besatzer bald wieder von der Erde zurückzogen.

»Sie werden uns einlassen«, behauptete Caroline, die seinen sorgenvollen Blick auf das Fantanschiff nicht gesehen hatte.

Frank wischte sich den Schweiß von der Stirn, gab sich alle Mühe, sie zuversichtlich anzulächeln. Seine Tochter hatte sich einen Schal, den ihr jemand geschenkt hatte, um den Kopf geschlungen und verknotet. Ihr Gesicht war leicht gerötet. Caroline behauptete, dass es sich um Bräune handelte. Wie auch immer – trotz aller Strapazen, die sie in den letzten drei Wochen ausgestanden, und der Abenteuer, die sie zusammen erlebt hatten, wirkte sie gesünder und ausgeglichener als je zuvor.

Caroline war schon als Jugendliche eher ernst und um ihre Mitmenschen besorgt gewesen. Ein Wesenszug, der sich im Polizeidienst verstärkt hatte. Erst jetzt, mit dem Wissen um ihre besondere Gabe, vermochte Bernhard sich ungefähr auszumalen, wie viel Leid und Verzweiflung sie in ihrem jungen Leben bereits gesehen hatte.

Und nun stand sie neben ihm, den improvisierten Turban um den Kopf geschlungen, die Augen auf den mächtigen Stardust Tower gerichtet. Sie schienen von innen heraus zu leuchten und zu strahlen.

Bernhard Frank tastete nach ihrer Hand, und Caroline ergriff und drückte seine.

Die junge Frau blickte hoch und sah seinen ernsten Gesichtsausdruck.

Sie lachte.

»Ach komm, sei doch nicht so ein Brummbär ...«

»Für dich bin ich immer noch der Papa und nicht der Brummbär«, beschwerte er sich.

Seinen Spitznamen durften seine Freunde und – mit Einschränkungen – seine Frau Angelica verwenden. Aus den Mündern seiner Töchter klang die Bezeichnung für ihn zu abwertend.

Meist kam es aber einzig auf die Situation an, ob ihn die Bezeichnung zum Lachen brachte oder noch mürrischer werden ließ.

Caroline legte die rechte Hand auf ihr Herz und hob die linke Hand in die Höhe. »Ich verspreche, dass ich dich ab jetzt nicht mehr Brummbär nennen werde, Paps.«

Er grinste. »Das ist brav so, Tochter.«

Bernhard war froh über den kleinen Disput. Obwohl sie beide zusammen in einer total verrückten Situation feststeckten, vermittelte es ihm das Gefühl, dass zwischen ihnen alles so war wie immer.

Er verdrängte die dunklen Gedanken an ihre baldige Trennung. Caroline hatte sich in den Kopf gesetzt, zu der Terranischen Union zu gehören. Sie würde sich diesen Traum erfüllen, da war er sich ganz sicher. Sie hatte schon immer ziemlich genau gewusst, was sie wollte, und einen ausreichend dicken Schädel gehabt, um ihre Absichten umzusetzen.

Sie hatten manche Diskussion zusammen ausgefochten, wenn sich ihre Absichten partout nicht mit seinen Anweisungen in Einklang bringen lassen wollten.

Ihre beiden jüngeren Schwestern waren da etwas einfacher zu handhaben gewesen. Vielleicht hatte Caroline für die Partynudel

Johanna und den ewigen Sonnenschein Alexandra auch einfach nur den Acker – also ihn – bereits ausreichend vorgepflügt.

»He! Ihr da!«

Ein Mann mit schwarzen Haaren und einem Datenvisier, das die obere Hälfte des Gesichts verdeckte und wirkte, als wäre es direkt an den Schläfen angeklebt, kam auf sie zu. Die verschmutzte Uniform trug er bis unter die braun gebrannte Brust geöffnet. Er legte eine Hand an das Datenvisier. »Ich bin Julio«, sagte er auf Englisch mit starkem südländischen Akzent. »Ich soll Sie in den Tower bringen.«

Erstaunt warf Frank einen Blick auf die endlosen Reihen der anderen Wartenden, die sich an den Info-Points aufgereiht hatten und geduldig das taten, was sie tun mussten.

Warten.

»Wir?«, fragte Frank misstrauisch.

»Qué bueno«, sagte Caroline. »El mi nombre es Caroline!«

»Ich heiße Bernhard Frank«, sagte ihr Vater auf Deutsch.

Er hatte für den Urlaub zwar einige Brocken Spanisch gelernt, aber dieser Julio gefiel ihm gar nicht. *Wenn alle Angehörigen der Terranischen Union solche Angeber und Möchtegerngigolos wie dieser Sonnyboy sind, dann gute Nacht.*

»Encantado!«, sagte Julio mit breitem Lachen, um dann in Englisch hinzuzufügen: »Folgen Sie mir!«

Während sich Frank das Gedächtnis zermarterte, wie die spanische Übersetzung von *Gigolo* hieß, führte sie der Mann an den Wartenden vorbei auf die weiße Stadt zu.

Dabei erzählte er von dem gegenwärtigen Stand der Arbeiten an Terrania. Er gebrauchte einen Ausdruck, den Frank nicht kannte. Caroline lachte laut auf.

Bernhard wischte den Schweiß von der Stirn und stapfte hinter Julio her. Caroline bemerkte seine finstere Miene. Sie hakte sich bei ihm unter.

»Ihr scheint euch bestens zu verstehen«, sagte Bernhard Frank steif.

»Zwei Minuten und du bist schon eifersüchtig, Paps?«, fragte sie augenzwinkernd.

»Ach Quatsch«, widersprach er halbherzig.

»Julio hat eben erzählt, dass der aktuelle Spitzname der Stadt ›Klappspaten-City‹ lautet, da sie die meisten Arbeiten mit den Klappspaten aus den Beständen der chinesischen Volksbefreiungsarmee verrichten müssen, weil sie die arkonidischen Roboter nicht warten können.«

»Das ist ja beruhigend, was dieser ... dieser Julio erzählt.«

Caroline grinste. »Du solltest deinen Klappspaten auch wieder vergraben, Brumm... äh, Paps. Ich werde mich nicht in einen Mann verlieben, der ein Visier trägt.«

Julio blieb stehen. Er schob das Visier auf die Stirn. Bernhard Frank fühlte, wie sich sein Magen zusammenzog.

Anstelle des linken Auges prangte ein Metallsockel in der Augenhöhle, in das etwas eingelassen war, das wie eine künstliche Iris samt Pupille aussah.

»Etwas habe ich übrigens noch nicht erwähnt«, sagte Julio in akzentbehaftetem, aber klar zu verstehendem Deutsch: »Meine Fremdsprachenkenntnisse gehen über Spanisch und Englisch hinaus. Und für diese Bemerkung werden Sie mich auf einen Drink einladen müssen, Caroline.«

»Das werden wir noch sehen«, gab die junge Frau mit verschmitztem Grinsen zurück.

»Bueno. Ich akzeptiere die Herausforderung.«

Julio klappte das Visier herunter und ging weiter.

Caroline zuckte grinsend mit den Schultern. Sie zog ihren Vater mit sich.

Worauf habe ich mich bloß eingelassen?, fragte sich Bernhard Frank.

Nicht ganz zwanzig Minuten später standen sie im Parterre des Stardust Towers. Zwischen den mächtigen Säulen standen etliche Tische herum, vor denen sich Menschen aufreihten.

»Die Anlaufstelle für frisch Eingetroffene und Koordinationsstelle für Arbeitseinsätze«, erklärte Julio. Es klang, als hätte er es schon etliche Male gesagt.

»Müssen wir uns hier wieder anstellen?«, fragte Frank.

»Nein«, sagte Julio. »Mister Marshall will mit Ihnen sprechen. Die Bürokratie können Sie später erledigen.«

Er führte sie in ein spartanisch eingerichtetes Büro im ersten Stock.

»Warten Sie hier, Mister Marshall kommt gleich«, sagte Julio. »Wir sehen uns.«

Er schenkte Caroline ein strahlendes Lächeln, nickte Bernhard Frank zu und ließ sie allein.

»Nicht ganz der Schwiegersohn, den ich mir wünsche«, sagte Frank.

»Ach Paps.«

In diesem Moment öffnete sich die Tür erneut. Herein traten zwei Männer.

Der größere der beiden hatte kurze dunkelblonde Haare und wirkte auf Anhieb vertrauenerweckend. Bernhard Frank fühlte sich von ihm innerhalb dem Bruchteil einer Sekunde auf eine nicht unangenehme Art durchleuchtet. Er schätzte ihn auf Anfang bis Mitte dreißig.

Der zweite Mann war etwa doppelt so alt, klein gewachsen und besaß kaum noch Haare. Auf den zweiten Blick kam er Frank bedeutend jünger vor. Sein Gesicht wies eine jugendliche Straffheit auf.

»Mein Name ist John Marshall«, stellte sich der Größere vor. »Und das ist Mister Allan D. Mercant. Bitte verzeihen Sie mir, falls ich Sie überrumpeln sollte, aber es geht um eine Angelegenheit, die keinen Aufschub duldet.«

»Oh, das ist in Ordnung«, sagte Caroline. »Wir haben uns schon auf eine längere Wartezeit eingerichtet, um überhaupt in Terrania eingelassen zu werden – und nun sind wir bereits hier. Sie müssen sich also keineswegs entschuldigen, Mister Marshall.«

Der Mann blickte Caroline mit seinem durchdringenden Blick an. »Vielleicht sollte ich es doch«, sagte er nachdenklich. »Ich habe nämlich in Ihren Gedanken gelesen.«

»Sie haben *was?*«, fragte Caroline entgeistert.

Bernhard Frank schluckte. »Sie sind ein Telepath?«

Marshall nickte. Dann wies er auf vier Stühle, die an der Glasfront des Zimmers standen. »Wir sollten uns setzen, um die Angelegenheit in Ruhe zu besprechen.«

Es stellte sich heraus, dass John Marshalls Gabe zwar nicht so stark war, dass er damit alle Gedanken der *Wartenden* hätte erfassen können. Caroline habe aber unter den Anwesenden förmlich herausgestochen.

»Habe ich das richtig mitbekommen, dass Sie durch Ihre Gabe verschwundene Menschen oder Gegenstände finden können?«

Caroline nickte. »Ich weiß nicht ganz genau, wie es funktioniert. Aber es funktioniert nur, wenn jemand ein starkes Bedürfnis verspürt, etwas wiederzufinden, was ihm abhandengekommen ist.«

»Sie wollen damit sagen«, griff zum ersten Mal der kleinere Mann in die Unterhaltung ein, der von Marshall als Allan D. Mercant vorgestellt worden war, »dass es eine Verbindung zwischen einem verloren gegangenen Gegenstand oder verschwundenen Menschen und dem Suchenden gibt? Und dass Sie diese Verbindung quasi *erspüren?«*

»So etwas in der Art«, bestätigte Caroline.

Mercant lehnte sich zurück. Er warf Marshall einen langen Blick zu.

»Wir sollten es versuchen«, sagte der Telepath.

»Sie haben etwas verloren und ich soll es finden?«, fragte Caroline.

Mercant nickte. »Wir erhoffen uns von ihm wertvolle Hinweise, wie wir das Fantanproblem angehen oder noch besser: lösen können.«

»Was ist es?«

»Ein Roboter.«

Kapitel 10

Schiff der Fantan
Sid González

Sid huschte in einen dunklen Erker. Dort blieb er stehen, lehnte sich an die Wand, fühlte das kühle Metall an seiner Wange. Schweißperlen rannen seinen Hals hinab.

»Nur kurz ausruhen«, murmelte er. »Es geht gleich wieder.«

Sowohl Reginald Bull als auch Eric Manoli hatten ihm abgeraten, sich im Schiff der Fantan umzusehen. Aber er hatte es besser gewusst, wie zuvor, als er sich mit dem missglückten Sprung durch den Schutzschirm beinahe getötet hätte.

Vor seinem inneren Auge sah er die Flammen, die um ihn gezüngelt hatten. Dr. Manoli hatte ihm erklärt, dass sich der Zusammenprall mit den Energien des Schutzschirms wie ein starker Stromschlag auf seinen Körper ausgewirkt habe.

Sid wusste, dass es nicht so gewesen war. Die Flammen waren es gewesen, die ihn zu sich geholt hatten. Im Arbeitszimmer von Dr. Goratschin hatten sie es zum ersten Mal versucht – und beinahe Erfolg gehabt.

Seither waren Flammen seine Nemesis. Die Göttin der Vergeltung, die sich für alles rächte, was er in den Gassen vom Barrio San Sebastian angestellt hatte. Damals, in seinem früheren Leben, als sie ihn noch Chico gerufen hatten.

»Nur kurz ausruhen«, murmelte er. »Dann geht es wieder. Dann werde ich eine Lösung finden. Ich ganz allein.«

Irgendwo, tief in ihm drin, widersprach eine Stimme mit hämischem Ton. Sie hielt ihm vor, dass sie zu lange gewartet hätten, um aus der SREGAR-NAKUT, dem Schiff der Fantan, zu verschwinden.

Nun hatten sie die Erde verlassen. Sprangen durch Raum und Zeit, gerade so, wie er es früher in den Science-Fiction-Romanen erlebt hatte. Mit einem grundlegenden Unterschied: Damals war er im Geist mitgereist, hatte sich von den Bildern im Kopf entführen lassen.

Heute war die Entführung real. Sie brachte ihn weg von allem, was er kannte. Selbstverständlich mit Ausnahme von Bull, Manoli, Sue – und Hunderten von Gegenständen, die von den Fantan als Besun mit in ihr Raumschiff gebracht worden waren.

Wie hatte Skelir gesagt, als Sid gerade aus seiner Ohnmacht aufgewacht war?

Sie sind Besun. Für Sie ist kein Ort besser als der andere.

So war das. Als Besun – was das Wort auch immer bedeuten mochte – gehörten sie den Fantan. Weil Besun an Bord eines Fantanraumers nicht infrage gestellt wurde. Als Besun wurden sie als eine Art Beute angesehen, die man einsammelte, um ...

Um was genau damit zu machen?

Sid ballte die rechte Hand zur Faust. Gerade jetzt, als sich für ihn so vieles zu verändern begann und er seinen Wert für die Menschen beweisen konnte, musste er in eine solch missliche Lage geraten!

Er sah an sich hinunter. Nicht nur die Lage war misslich – er selbst war ebenfalls meilenweit von seiner Bestform entfernt. Der linke Arm steckte in einem nährstoffreichen Sprühgips, den Dr. Manoli ihm aufgetragen hatte.

Die Elektroden, mit denen sie ihn zu den Lebenden zurückgeholt hatten, hatten rotviolette Stellen und Blasen hinterlassen. Diese hatte der Arzt mit Salbe behandeln müssen.

Sid hatte sich geschämt, vor Sue mit entblößtem Oberkörper und so hilflos dazuliegen und darauf zu warten, bis der Doc fertig war mit ihm.

Sue war eigentlich nur ein Jahr jünger als er, auch wenn sie von vielen Menschen als Zwölfjährige eingeschätzt wurde. Sie war die Schwester, die er nie gehabt hatte. Und doch genierte er sich vor ihr, ihren Blicken.

Vorsichtig streckte er den Kopf aus dem Schatten des Erkers. Zwei Fantan kamen vorbei. Sie benutzten weder Schweberoboter noch Transportplattformen. Sie gingen auf drei oder vier ihrer Extremitäten, die sie in diesem Fall nicht als Greif-, sondern als Gehwerkzeuge einsetzten.

Sid schrak zurück. Er presste die Translatorscheibe gegen seinen Hals und versuchte, sie möglichst gut mit seiner einzigen freien Hand abzudecken. Sobald sie sprachen, begann die Scheibe zu übersetzen – und die Fantan würden höchstwahrscheinlich auf ihn aufmerksam werden.

Aber die Fantan unterhielten sich nicht.

Schweigend trippelten sie Seite an Seite durch den Gang, entfernten sich langsam von Sids Versteck.

Mit laut pochendem Herzen zählte er innerlich auf zweiundvierzig.

Er kam nur bis achtundzwanzig. Dann hieb ihm jemand in den Nacken.

Aufstöhnend fiel er in sich zusammen. Der Dämon der Ohnmacht kam zurück, streckte seine sanften schwarzen Arme nach Sid aus. Die Farben, das Licht, sie verschwanden, sein Gesichtsfeld engte sich ein, als schütte jemand eine dunkle Paste über die Scheiben eines Automobils aus. Wie eine warme Decke wickelte ihn der Dämon ein.

Sid presste die Lippen zusammen. Das Schiff hatte eine weitere Transition vorgenommen. Laut der Aussage des Fantan Skelirs sollten sie sich an die Vorgänge gewöhnen. Sid hielt den Gedanken fest, damit er ihm nicht abhandenkam.

Er durfte nicht ohnmächtig werden. Nicht jetzt!

Wenn ihn die beiden Fantan gehört hätten, wäre er aufgeflogen, bevor er etwas hätte entdecken können, was ihnen in ihrer üblen Lage half.

Sid hob den linken Arm und schlug sich mit dem Gips gegen die Stirn.

Nicht ohnmächtig werden! Nicht ohnmächtig werden, schrie er sich in Gedanken an.

Er fühlte den Schmerz im Arm und auf der Stirn. Erleichtert registrierte er, dass dies den hinterlistigen Dämon erschreckte. Er wich zurück. Das Sichtfeld vergrößerte sich wieder.

Ruhig atmete er durch und überlegte sich dabei, was er tun sollte, falls die beiden Fantan gleich bei ihm auftauchen würden.

Teleportieren?

Das war keine gute Idee, weil die Außerirdischen so wissen würden, dass er diese spezielle Gabe besaß. Damit wäre sein entscheidender Vorteil dahin.

Aber sie kamen nicht. Niemand kam.

Vorsichtig tastete Sid nach dem Boden, wälzte sich herum und erhob sich. Als er sicher war, dass er genügend Kraft gesammelt hatte, schob er seinen Kopf gerade so weit aus seinem Versteck, um den Gang einsehen zu können.

Verlassen lag er vor ihm.

So leise, wie es ihm möglich war, schlich er aus dem Erker. Der Gang war lang und beinahe leer. Vereinzelt baumelten skurrile Gegenstände an den Wänden.

Sid hob den Kopf, schnupperte vorsichtig. Ein schwerer Duft hing im Gang. Irgendwelche Kräuter, die der Junge kannte, aber nicht mochte. Dazwischen der Geruch nach Öl, das nicht mehr richtig frisch war.

Der Geruch der Fantan.

Erneut blickte er in beide Richtungen des Ganges. Was brachte es ihm, wenn er sich für eine Seite entschied?

Ich benötige Glück, dachte er. *Nichts anderes als Glück. Ich muss einen Ausweg finden. Ich werde für uns einen Ausweg finden!*

Er wiederholte den Satz wie ein Mantra. So lange, bis er davon ausging, selbst daran zu glauben. *Ich werde für uns einen Ausweg finden!*

Sid schloss die Augen. Er benötigte einen neuen Ort, an dem er seine Suche fortsetzen konnte. In diesem Gang würde er früher oder später einem Fantan in die Arme laufen. Was er brauchte, war eine Fluchtmöglichkeit für ihre kleine Gruppe.

Und Fluchtmöglichkeiten standen nicht in Gängen herum.

Er stellte sich vor, wie es am anderen Ende des Spindelraumschiffes aussehen würde. Irgendwo in der Peripherie. Er konzentrierte sich, meinte gar, mit seinen Sinnen einen Raum zu erspüren. Sein Körper verkrampfte sich. Der Vorgang raubte ihm Kraft.

Durch die geschlossenen Augenlider sah er einen Lichtfunken. Ein kurzer Schmerz, dann kam die Entspannung.

Sid schwankte, zwang sich, die Augen zu öffnen. Rasch sah er sich um, während seine Arme nach einer Wand suchten, an der er sich abstützen konnte. Sie fanden keine.

Er riss die Hand hoch, rieb sich den Schweiß aus den Augen. Blinzelnd wandte er sich um, versuchte, das gedämpfte Licht mit den Augen zu durchdringen.

Wenn jemand hier war, hätte er oder sie ihn bereits entdecken müssen. Die auffälligen Funken der Teleportation hätten ihn verraten.

Niemand war da.

Erleichtert ließ er sich zu Boden sinken. Mit zitternden Fingern tastete er nach der Jackentasche mit dem Energieriegel, den ihm Dr. Manoli gegeben hatte. Er riss die Verpackung auf, brach den Riegel entzwei und steckte sich eine Hälfte davon in den Mund. Den Rest brachte er wieder in seiner Tasche unter.

Sid fühlte, dass ihn das Teleportieren in seiner gegenwärtigen Form zu viel Kraft kostete. Er musste sich fortan zwischen zwei Sprüngen mehr Zeit lassen, durfte sich nicht überfordern.

Reginald Bull hatte ihm vorhin etwas gesagt, das Sid nicht mehr aus dem Kopf ging.

»Zum Erwachsenwerden gehört auch, ein realistisches Verständnis von sich und seinen Möglichkeiten zu erlangen. Mut ist gut. Übermut kann alles gefährden!«

Sid hatte mit dem üblichen *»Jaja«* geantwortet, wie es meistens reflexhaft aus seinem Mund kam, wenn er von einem Erwachsenen belehrt wurde.

Aber Bull hatte recht. Der Sprung in den Energieschirm der SREGAR-NAKUT hätte ihm beinahe das Leben gekostet. Das hätte ihr Schicksal besiegelt.

Sid González wusste, dass sie nur dann eine Chance hatten, wenn sie seine Teleportationsgabe einsetzen konnten. *Er* war dafür auserkoren, sie vier zu retten. Unterlief ihm vor Übermut ein neuerlicher Fehler, würden sie alle dafür bezahlen müssen.

Sid fühlte, wie sein Herz schneller schlug. Plötzlich spürte er das gesamte Gewicht der Verantwortung auf seinen Schultern lasten.

Er atmete tief durch.

Es brachte nichts, wenn er sich nun verrückt machen ließ. Er musste nur ein gutes Maß zwischen Vorsicht und Entdeckerfreude finden, das war alles.

Langsam gewöhnten sich seine Augen an das Halbdunkel des Raumes. Vor ihm waren drei Reihen von seltsamen Sesseln halb in den Boden eingelassen. Sie schienen auf eine Art Bühne ausgerichtet zu sein, auf der aber nur eine einzelne, absolut schwarze Wand aufragte.

Sid runzelte die Stirn. War er in einem Kino gelandet?

Er legte den Kopf in den Nacken, versuchte die ungefähre Höhe des Raumes zu bestimmen. Dazu hatte er sich eine Methode zurechtgelegt, für die er sich hasste. Aber er kam nicht davon los; die Assoziation war schlichtweg zu stark. Wann immer er sich fragte, wie hoch etwas war, stellte er sich automatisch Dr. Goratschin vor, der ziemlich genau zwei Meter groß gewesen war. Vor seinem inneren Auge stapelte er die Dr. Goratschins aufeinander, bis die Höhe des zu schätzenden Objekts erreicht war.

»Fünf oder sechs Meter«, flüsterte er, um die aufkommende Angst zu bekämpfen. *Konzentriere dich!,* befahl er sich in Gedanken.

Er wandte sich um. Hinter ihm standen mehrere metallisch schimmernde Geräte. An einigen leuchteten kleine Lichtpünktchen. Es musste sich um irgendwelche Terminals, vielleicht Arbeitsstationen, handeln.

Sid biss sich auf die Unterlippe.

Dieser Raum brachte ihn in seiner Suche nicht weiter. Angestrengt überlegte er, was er jetzt tun konnte. Er wünschte sich, Bull oder Dr. Manoli wären bei ihm und würden ihm einen Tipp geben.

In diesem Moment erfolgte die nächste Transition.

Sid verzog das Gesicht, als ihm der Schmerz in den Nacken und durch den Körper schoss. Er presste die Zähne zusammen, ballte die Hände zu Fäusten, spürte die dumpfe Pein in seinem gebrochenen Arm.

Er widerstand.

Es fühlte sich zwar an, als schlüge ihm eine ganze Horde von Leuten mit Zweigen auf jede einzelne Stelle seines Körpers, aber diesmal sah er den Dämon der Ohnmacht nicht einmal aus der Ferne.

Skelir hatte recht gehabt: Sids Körper gewöhnte sich langsam an die Transitionen.

Ein Geräusch erklang.

Sid zuckte zusammen.

Irgendwo öffnete sich eine Tür. Ein Lichtstrahl schnitt durch das Halbdunkel des Raumes.

Sid ignorierte die Schmerzen in seinem Körper, warf sich herum und krabbelte auf allen vieren weg von diesem Lichtstrahl, der rasch breiter wurde.

Er sah die Gerätschaften mit den Lichtpünktchen vor sich aufragen. So schnell es ging, zwängte er sich zwischen zwei Terminals hindurch, gerade rechtzeitig, bevor das Licht im Raum heller wurde.

Mühsam wandte er sich um. Mit pochendem Herzen sah er zu, wie vier Fantan in den Raum traten. Drei von ihnen setzten sich in die vorderste Reihe der Sessel, während sich der vierte an einem der Terminals zu schaffen machte.

Geistesgegenwärtig presste Sid die rechte Hand auf die Translatorscheibe.

»Mach schon«, erklang es dumpf aus der Scheibe, während einer der Fantan in der ersten Reihe sprach, »es ist gleich so weit!«

»Hetz mich nicht, Roog!«, gab der Fantan zurück, der nur etwa zwei Meter neben Sid stehen musste.

Seltsamerweise spürte Sid in diesem Augenblick keine Angst. Das Herz schlug zwar so laut, dass es ihn fast schmerzte, aber er fühlte keinerlei Fluchtreflex in sich. Stattdessen war er nur gespannt, was jetzt geschehen würde.

Der Fantan begab sich zu seinen drei Kollegen und ließ sich ebenfalls in einen der Sessel nieder.

Ein Geräusch erklang. Ein dumpfer Ton, der langsam anschwoll.

Weitere Töne kamen hinzu. Einige von ihnen regelmäßig und beruhigend, andere wiederum seltsam abgehackt und sprunghaft.

Musik! Die Musik der Fantan!

Sid fühlte, wie der Boden langsam angehoben wurde. Als er auf der Höhe der Bühne angekommen war, öffnete sich die einzelne schwarze Wand vor ihnen wie ein Vorhang. Die Musik schwoll an, dumpfe Bässe dröhnten, brachten jede Zelle in Sids Körper zum Vibrieren.

Der Weltraum kam zum Vorschein. Sid sah Sterne, unendlich viele Sterne. Staunend ließ er den Anblick auf sich wirken.

Die Sterne besaßen nicht dieses lebendige Flackern, das er vom Nachthimmel kannte. Sie standen ganz ruhig in der absoluten Schwärze des Alls, bildeten wunderbare Muster.

Der Boden glitt über die Bühne hinweg und hinaus in den Weltraum. Immer weiter, bis Sid über sich nicht mehr die Decke des Raumes sah, sondern ein milchiges Band.

Die Milchstraße!

Ein Schaudern lief über seinen Rücken. Überwältigt vom Anblick schob er alle Sicherheitsbedenken beiseite und erhob sich langsam. Einen Atemzug lang wurde es ihm schwindelig. Er tastete nach den Terminals, hielt sich daran fest.

Mit offenem Mund drehte er den Kopf.

So viele Sterne.

Mit einem Ruck hielt der Boden an. Er hatte Sid und die vier Fantan in ihren Sesseln etwa zehn Meter in den Weltraum hinausgeschoben. Sid wandte sich um, sah die dunkle Wand der SREGARNAKUT.

Ein Energieschirm beschützte sie vor dem Vakuum des Raums. Es musste sich um eine andere Energieform handeln als bei den Schirmen, die sie zuvor gesehen hatten. Das Feld leuchtete und flackerte nicht, sondern besaß eine so vollkommene Transparenz, dass es den Blick auf die Sterne in keiner Form behinderte.

»Sehr schön!«, rief einer der Fantan. »Gleich ist es so weit!«

Sid hatte keine Angst, dass die Stimme des Translators ihn verraten konnte, zu laut und wuchtig übertönte die Musik diese faszinierende Szenerie.

Plötzlich kam der Schmerz zurück, brachte die Sterne zum Verschwinden. Keuchend wartete Sid ab, bis die Pein abebbte. Dann öffnete er die reflexhaft geschlossenen Augen wieder.

Auf einmal erschien direkt vor ihm ein Lichtpünktchen, das rasch größer wurde.

Ein Planet.

Rote, gelbe und braune Schlieren überzogen ihn. Er wies Ähnlichkeiten zu Jupiter auf, dessen Poster ein paar Monate lang in Sids Zimmer gehangen hatte.

Dieser Planet hatte aber einen Ring, ähnlich wie derjenige von Saturn.

Und zwei Sonnen.

Sid kniff die Augen zusammen. Tatsächlich ergossen zwei Gestirne ihr Licht auf diesen Planeten. Eine große rote und eine viel kleinere gelbe.

»Schau, ein Zwiesel!«, rief einer der Fantan. Mit einem seiner Extremitäten wies er auf irgendeine Stelle des Planeten.

Ein zweiter Fantan stimmte ihm zu, während ein anderer meinte, dass ihn das Muster eher an ein *Krööh* erinnern würde.

Sid kniff sich in den Oberschenkel. Er musste doch träumen!

Wie lange hatte er sich vorgestellt, wie es wäre, zu den Sternen zu fliegen. Im Shelter John Marshalls hatte er jeden noch so kleinen Fitzel Information über die Wunder des Weltraums in sich aufgenommen – ständig im Wissen, dass er davon zwar träumen durfte, mehr aber auch nicht.

Und jetzt das.

Irgendwann erfolgte die nächste Transition. Der Schmerz war wiederum heftig, hielt aber nur kurz an. Dann sahen sie einen mächtigen Felsbrocken, der durch das All trieb. Die Strahlen einer riesigen gelben Sonne trafen ihn. Eisbrocken und Staub lösten sich, bildeten einen Schweif.

Die Musik veränderte ihre Tonlage. Elemente kamen hinzu, die Sid an ein Glockenspiel erinnerten.

»Ein Reisender durch Raum und Zeit«, sagte einer der Fantan andächtig. »Ist er nicht spektakulär?«

Sid fühlte sich vom Verlangen gepackt, sich zu den Fantan zu gesellen und mit ihnen das Erlebnis zu teilen. Im letzten Moment hielt er sich zurück. Das wäre nicht klug, sagte er sich.

Eigentlich war es auch nicht klug, dass er zwischen den Gerätschaften stand, anstatt sich hinter ihnen zu verstecken. Aber dieses Risiko wollte er eingehen. Zu märchenhaft schön war das Bild, das sich ihm bot.

»Mehr!«, rief einer der Fantan.

Die nächste Transition erfolgte.

Ein kurzer Schmerz, dann sah Sid erneut ein riesiges Band von Sternen. Hatten sie eine Transition weg von der Milchstraßenebene vollzogen und blickten nun auf einen ihrer Arme nieder?

Der menschliche Körper besitzt mehr Atome, als es Sterne im Universum gibt, hatte sein Freund Ellmer einmal zu ihm gesagt.

Sid fragte sich, ob das stimmen konnte.

Es gab so viele davon. Und es gab ebenso viele weitere Galaxien. Wenn er den Kopf hob, sah er verwaschene Gebilde, weit entfernte Wolken.

Sid wartete darauf, dass die Fantan erneut Kommentare abgeben würden. Das taten sie aber nicht.

Stumm blickten sie auf die Myriaden von Sonnen.

In diesem Moment wusste Sid, was ihn mit den Fantan verband. So fremdartig die Zylinderwesen aussahen, so seltsam sie sich verhielten, so stark glichen sie Sid in einem entscheidenden Punkt: ihre Ehrfurcht vor dem Universum und seiner Schönheit.

Sid bemerkte, wie ihm Tränen über die Wangen liefen.

Er spürte eine unglaubliche Ruhe in sich. Wenn es jemals einen Punkt in seinem Leben gegeben hatte, an dem er hätte sterben können, ohne dass es ihm etwas ausgemacht hätte, war es genau dieser Augenblick.

Hier und jetzt, dachte er. *Zwischen den Sternen.*

Die SREGAR-NAKUT vollführte weitere Transitionen, die sie an immer neue Orte mit atemberaubenden Aussichten brachte. Die Musik brach niemals ab, erzählte die Geschichte ihrer Entdeckungsreise auf ihre ganz eigene Weise.

Irgendwann ließ sich Sid zwischen den Terminals zu Boden sinken. Die Eindrücke wurden ihm fast ein wenig zu viel. Die Tränenbahnen trockneten ein.

Der Gedanke an seine Gefährten brachte ihn endgültig zurück in die Wirklichkeit. Sid richtete sich ruckartig auf.

Er hatte beinahe seine Mission vergessen!

Sid konzentrierte sich und sprang. Als er die Augen öffnete, fand er sich auf einem gewölbten Boden wieder. Helligkeit überschüttete ihn. Langsam rutschte er nach unten.

Erschrocken breitete er die Arme und Beine aus, um das Rutschen zu stoppen. Ein langes, dünnes Etwas kam auf ihn zu.

Sid streckte seinen gesunden Arm aus, bekam das Etwas zu packen und hielt sich mit aller Kraft daran fest. Es glich einem Fahnenmast, nur dass daran Streben und seltsame Schüsseln befestigt waren.

Eine Antenne?

Sid sah sich um.

Er war in einer Halle gelandet. Der gewölbte Boden gehörte zu einer metallenen Kugel, wie es sie in vier weiteren Ausführungen gab.

Kugeln, die auf dünnen Landebeinen ruhten. Kugeln mit Aufsätzen und Vertiefungen, allesamt aus Metall.

»Beiboote!«, flüsterte Sid aufgeregt.

Sie waren ähnlich groß wie die GOOD HOPE.

Ein Zittern erfasste seinen Körper. Er sah mehrere Fantan und roboterartige Metallgestalten unter sich.

Hatten sie ihn bereits entdeckt?

Sid schloss die Augen und dachte intensiv an den Lagerraum, in dem er seine Gefährten zurückgelassen hatte.

Sid sprang.

Er fühlte, wie sich seine Umgebung veränderte, erhob sich reflexartig und blickte gleich darauf in das vertraute Gesicht von Reginald Bull.

Erleichterung stand in seinen wasserblauen Augen. Seufzend ließ er sich in seine Arme gleiten.

»Sid!«, sagte Bull. »Endlich – wir haben uns schon Sorgen gemacht!«

Sid lächelte, während Bull ihn langsam zu Boden sinken ließ. »Wir sind gerettet«, sprudelte es aus ihm heraus. »Ich habe Beiboote entdeckt. Sie gleichen der GOOD HOPE. Riesige Kugeln! Sie müssen überlichttauglich sein, damit können wir zur Erde zurückkehren. Wir müssen nur ...«

Verwirrt brach Sid ab.

Er hatte erwartet, dass Bulls Augen bei dieser Neuigkeit aufleuchten würden. Stattdessen blieb der Mann ganz ernst. Viel zu ernst!

Anstelle von Begeisterung las Sid tiefe Sorge aus Bulls Miene.

»Was ... was ist los?«, stotterte Sid.

»Sue«, antwortete Manoli, der hinter Bull auftauchte. »Sie liegt im Sterben.«

Kapitel 11

In den Weltmeeren, 2. August 2036
Quiniu Soptor

Mit größter Vorsicht steuerte Quiniu Soptor den Aufklärer durch die zweiundachtzig Kilometer lange und meist nur wenige Dutzend Meter breite Wasserstraße.

Kritisch wurde es jeweils dann, wenn sie zu einer der insgesamt zwölf Schleusenkammern kamen. Sie hatten aber Glück und mussten nur vereinzelt auf geeignete Schiffe warten, unter deren Kielen sich der Aufklärer in die Kammern schmuggeln konnte.

Soptor fühlte bei jedem einzelnen Manöver große Anspannung – gleichzeitig empfand sie die Aufregung als absolut positiv. Noch nie in ihrem Leben hatte sie sich so ... *lebendig* gefühlt.

Selbst Rico schien die Reise auf seine Art zu genießen. Immer wieder gab er Kommentare von sich, die seine Hochachtung vor den baulichen Meisterleistungen der Menschen ausdrückte. Bisweilen klang es fast so, als empfände er dabei *Stolz.*

Mit den drei aufeinanderfolgenden Gatùn-Schleusen überbrückten sie den letzten Höhenunterschied von insgesamt 16,5 Metern. Anschließend folgten die beiden finalen Abschnitte, die Kanalausfahrt und die anschließende Bahía Limón, in der Dutzende Schiffe auf den Einlass in den Panamakanal warteten.

»Willkommen im Atlantik«, sagte Soptor, als sie wieder an Tiefe gewonnen hatten. »Ich hoffe, dein ... Instinkt schlägt bald an. Ich habe nicht vor, diesen Planeten durch die Gewässer einmal zu umrunden.«

»Es ist ganz nah«, sagte Rico. »Ich bin sicher.«

Quiniu Soptor antwortete nicht. Im Geist stellte sie sich vor, was sie mit dem Roboter anstellen würde, falls sich erweisen sollte, dass ihn seine *Gefühle* getrogen hatten.

Sie passierten die karibischen Inselgruppen.

Genüsslich wies die Kolonialarkonidin ihren Begleiter auf den Namen des Inselstaates *Puerto Rico* hin. Soptor wusste, dass Rico selbst mit dem besten Willen nichts mit der Namensgebung der

Insel zu tun haben konnte. Aber inzwischen genoss sie es, Rico auf diese Weise herauszufordern. Vielleicht konnte sie ihn dadurch zu einer Unbedachtsamkeit verleiten, die ihr echte neue Erkenntnisse brachte.

Weitere Stunden vergingen. Als sich Soptor bereits überlegte, ob sie es mit einigen gezielten Dagorschlägen nicht doch schaffen könnte, den Roboter in eine Notsituation zu bringen, reagierten unvermittelt die Umgebungssensoren.

Quiniu Soptor zuckte heftig zusammen. »Eine hohe Konzentration an Stahl!«, rief sie ungläubig. »Arkonstahl!«

Vor ihnen schälte sich eine Erhebung aus dem Untergrund. Obwohl sie über und über mit Geröll, Schlick und Korallenstöcken überwuchert war, ließen ihre Maße und die Ortungsergebnisse keinen Zweifel zu.

Der *Berg* wies eine kreisrunde Form auf, erhob sich fast vierhundert Meter in die Höhe. Vergraben im Meeresboden fand sich der klassische Ringwulst.

»Ein arkonidisches Schlachtschiff!«, rief Quiniu Soptor begeistert. »Am oberen Pol sind sogar überschwere Thermokanonen auszumachen!«

Von neuer Energie durchdrungen, steuerte sie den Aufklärer näher an den Kugelraumer heran. »Es ist ein Wrack«, sprudelte es aus ihr heraus. »Aber darin *muss* es Beiboote geben. Rettungsboote, die uns zurück auf eine Welt des Imperiums bringen können!«

»Beachte es nicht«, sagte Rico. »Das Schiff ist unwichtig. Wir müssen weiter!«

Im Zeitlupentempo drehte Quiniu Soptor den Kopf in Richtung ihres Passagiers.

Sprachlos sah sie ihn an.

»Das ist jetzt aber nicht dein Ernst?«, fragte sie entgeistert. »Wir suchen ein Raumschiff, finden es nach einer langen und ziemlich nervtötenden Reise quer durch die irdischen Ozeane ... Und dann sagst du, dass ich es nicht beachten soll?«

»Ich habe dir gesagt, dass es zwar ein Schiff gibt, es aber nicht das Ziel unserer Reise ist«, gab Rico zurück.

Sekundenlang starrte sie ihn an. Dann klappte sie den Mund zu und sagte: »Das hast du. Aber nicht in dieser Reihenfolge.«

Rico hob die Schultern kurz an. Eine weitere Entgegnung oder Erklärung schien er nicht als wichtig zu erachten.

Soptor atmete tief ein. »Du willst also, dass ich weiterfahre? Das Wrack des Kugelraumers hinter uns lasse?«

»Zweimal ja, Quiniu Soptor.«

»Danke!«, sagte sie. »Das wollte ich nur noch einmal hören. Es hätte ja sein können, dass mein fehleranfälliges Gehör falsche Impulse an mein Hirn weitergeleitet hätte. So sind wir biologischen Systeme nämlich: fehlerbehaftet.«

Der Roboter ging auf ihre Spitze nicht ein. Vielleicht wies er in Sachen Sarkasmus auch bloß eine Lücke in der Programmierung auf.

Quiniu Soptor schob den Steuerstick nach vorne. Der Aufklärer beschleunigte.

Wenige Kilometer später – sie hatten die Inselgruppe der Azoren beinahe erreicht – erklang das schrille Notifikationszeichen der Umgebungssensoren erneut.

Soptor wäre beinahe aus ihrem Sitz aufgesprungen. »Was ist denn das?«

Aus dem Dunkel der ewigen Nacht schälte sich eine Kuppel. Mehrere Positionslichter waren aktiviert.

Die Kuppel leuchtete.

Rico hob die linke Hand. Sie zitterte ein wenig. »Du kannst den Aufklärer dorthin steuern, Quiniu. Dort befindet sich eine Schleuse.«

Soptor drückte das Vorderteil des Aufklärers schräg nach unten, um die angezeigte Stelle in einer engen Parabel ansteuern zu können. »Ich gehe einmal stark davon aus, dass der gnädige Herr Roboter bereits einmal hier gewesen ist?«, fragte sie mit ätzendem Unterton.

Rico blickte sie mit weit aufgesperrten Augen an. »Plötzlich ist mir alles wieder bewusst«, sagte er. »Seit ich die Unterwasserstation mit eigenen Augen gesehen habe! Gleich sind wir bei ihm ...«

Soptor kniff die Augen zusammen. »Bei wem sind wir gleich?«

»Bei *ihm.* Ich werde dich ihm vorstellen. Er wird entscheiden, wie mit dir weiter zu verfahren ist.«

Übergangslos fröstelte ihr. *Wie mit dir weiter zu verfahren ist,* hallte in ihren Gedanken nach.

Worauf hatte sie sich bloß eingelassen? Die Unterwasserstation bestand zwar aus Arkonstahl – aber das hieß mitnichten, dass dort drinnen eine Arkonidin oder ein Arkonide darauf wartete, sie mit offenen Armen zu empfangen und ihr jeden Wunsch von den silberfarbenen Kolonialaugen abzulesen.

Sie steuerte den Aufklärer zu der angegebenen Stelle. Lautlos schob sich ein Tor zur Seite. Dahinter kam eine kläglich beleuchtete Schleusenkammer zum Vorschein.

Ohne auf ihre warnende innere Stimme zu hören – was hätte sie in diesem Moment darum gegeben, einen aktivierten Extrasinn zu besitzen, der sie hätte beraten können! –, steuerte sie ihr Gefährt in den geöffneten Rachen der Bestie hinein und stoppte dann den Aufklärer.

Das Tor schloss sich. Gleich darauf erwachten die Pumpen, die das Meerwasser aus der Schleuse beförderten. Unterstützt wurden sie von der einströmenden Luft. Der Druck nahm stetig zu, bis er genau ein Bar erreicht hatte – der irdische Umgebungsdruck auf Meereshöhe.

Mit lautem Knacken aktivierten sich die Beleuchtungsplatten an der Decke der Kammer. Quiniu Soptor erkannte das innere Schleusentor.

Schabend und quietschend öffnete es sich, indem die beiden Hälften auseinanderglitten. Vorsichtig drückte die Kolonialarkonidin den Stick nach vorne. Im Schritttempo schwebte der Aufklärer in eine von starken Lichtquellen beleuchtete Halle.

Ein Hangar.

Er war leer.

Rico setzte sich ruckartig auf. »Wir sind hier«, flüsterte er überflüssigerweise.

Quiniu Soptor überprüfte die Umweltverhältnisse. Die Zusammensetzung der Luft und die Schwerkraft entsprachen exakt den irdischen Verhältnissen.

Nicht den arkonidischen.

»Worauf wartest du?«, fragte Rico ungeduldig.

Soptor öffnete die Pilotenkanzel. Abgestandene Luft strömte herein. Das schlechte Gefühl, das sich in ihrem Magen ausgebreitet hatte, zeigte Nehmerqualitäten. Es verflog nicht.

Die Station erschien ihr unheimlich. Bedrohlich.

Sie fasste sich an das Oberteil des arkonidischen Kampfanzuges, den sie seit zwei Tagen trug, und schloss den Magnetverschluss.

Zusammen mit Rico verließ sie das sichere Innere des Aufklärers. Der Hangar war oval gebaut und hatte eine Deckenhöhe von nicht ganz zehn Metern. Abgesehen von drei Tauchbooten war der Hangar leer. Die Legierung der Metallwände schimmerte dunkel.

Seltsam.

»Ich grüße dich, Rico«, erklang unvermittelt eine tiefe Stimme. Sie sprach Arkonidisch, allerdings schwer verständlich, mit einer fremdartigen Betonung.

Ein Kolonialdialekt?

»Die Kuppelpositronik«, erläuterte Rico. Er wies mit dem Arm auf eine Tür. »Dorthin.«

»Rico«, erklang die Stimme erneut. »Ich muss dich darauf aufmerksam machen, dass deine Begleiterin nicht autorisiert ist. Entferne sie, oder ich muss sie eliminieren!«

Quiniu blieb stehen, als wäre sie gegen einen Prallschirm gelaufen.

Auf was für eine verrückte Idee hatte sie sich verstiegen! Rico würde sie wegschicken, vielleicht sogar töten lassen.

Weshalb hatte sie nicht klarer bedacht, dass es sich bei ihm um einen Roboter handelte? Sie hatte ihm geholfen, sein Ziel zu erreichen, damit war sie überflüssig geworden.

Sie blickte zum Aufklärer zurück. Sie hätte wenigstens eine Waffe mitnehmen sollen. Nun war es dafür wahrscheinlich zu spät.

Rico hob die rechte Hand. »Warte!«, befahl er. »Meine Begleitung nennt sich Quiniu Soptor. Wie kommst du darauf, dass sie nicht autorisiert ist?«

»Sie ist nicht autorisiert«, verkündete die Stimme lakonisch. »Das solltest du wissen.«

»Ich weiß, was ich weiß. Und was ich tue«, gab Rico zurück.

Verwundert sah sie ihn von der Seite her an. Der Roboter überraschte sie weiterhin. Diesmal sogar positiv.

»Erkläre mir, weshalb sie nicht autorisiert ist.«

»Sie ist auf der Liste der autorisierten Personen nicht aufgeführt, Rico«, antwortete die Kuppelpositronik.

»Dann führ sie auf!«

»Das kann ich leider nicht.«

»Weshalb?«

»Weil es gegen die Erste Anordnung verstößt. Die Erste Anordnung richtet sich gegen den Zutritt von Menschen und Individuen, die als Feinde des Imperiums einzuordnen sind.«

»Quiniu Soptor ist Teil des arkonidischen Imperiums«, sagte Rico. »Sie ist zweifelsfrei nicht als Feindin einzuordnen.«

»Das behauptest du«, sagte die Stimme in freundlichem Ton. »Meine Sensoren ermitteln einen hohen Grad der Fremdheit. Ich kann sie nicht als Arkonidin einstufen.«

»Weil sie keine reinrassige Arkonidin ist, stufst du sie automatisch als Feindin respektive als *persona non grata* ein?«

»Das ist korrekt.«

»Positronik«, sagte Rico nach winzigem Zögern. »Stufst du mich als berechtigt ein, Befehle auf Stufe eins zu geben?«

»Ja, Rico. Du bist dazu berechtigt.«

»Dann bestimme ich, dass dieses Merkmal ab jetzt obsolet ist. Von nicht reinrassigen Arkoniden geht keine Bedrohung aus. Sie sind dazu berechtigt, die Station zu betreten. Verstanden?«

»Befehl verstanden und akzeptiert«, sagte die Stimme im selben freundlichen Tonfall wie zuvor. »Von nicht reinrassigen Arkoniden geht keine Bedrohung aus. Sie sind dazu berechtigt, die Station zu betreten.«

»Gut«, sagte er.

Dann rannte er los. Vor ihnen öffnete sich die Tür, auf die Rico vor der Diskussion mit der Positronik hingewiesen hatte.

Quiniu Soptor folgte ihm, so schnell sie ihre Beine trugen. Die beiden Tage machten sich bemerkbar, in denen sie sich jeweils nur kurze Zeit aus ihrem Pilotensessel erhoben hatte, um sich in der winzigen Hygienekammer zu erleichtern und zu erfrischen.

Die steifen Gelenke schmerzten.

Durch einen schmucklosen, sich zweimal verzweigenden Gang erreichten sie einen Raum, in dem mehrere Reihen mit Liegen standen. Sie wirkten klinisch rein.

Eine Art Krankenstation?

»Was ist das hier für ein Ort?«, fragte Soptor.

Zu ihrer Überraschung erhielt sie Auskunft.

»Tiefschlafeinrichtungen«, erklärte Rico.

Täuschte sie sich, oder schwang Beunruhigung, vielleicht sogar Sorge in seiner Stimme?

Der Roboter ging alle Reihen ab. Dann fragte er die Positronik: »Wo ist er?«

»Er hat die Kuppel verlassen«, antwortete die freundliche Stimme mit dem seltsamen Dialekt.

»Das ist unmöglich!«, rief Rico. »Es existiert kein Hilfsmittel in der Kuppel!«

»Das ist richtig.«

»Wie kann er dann die Kuppel verlassen haben?«

»Ich weiß es nicht. Aber ich kann dir seinen letzten Standort mitteilen. Willst du ihn aufsuchen?«

Rico bejahte.

Zu hastig. Zu nervös.

»Folge den Richtungsanweisungen, Rico!«

Am Boden erschien eine leuchtende blaue Linie. Sie führte sie hinaus in den Gang und schließlich in eine Lagerhalle.

Sie war verlassen. Leer – bis auf ein Gerät, wie es die Kolonialarkonidin noch nie gesehen hatte. Es war eindeutig technischer

Natur. Etwa doppelt so hoch wie sie, einem seltsamen Tor nachempfunden – mehr einem Torbogen. Auf der rechten Seite war eine Art Terminal angebracht – allerdings keines, das sie in einer solchen Form je gesehen hatte.

Bevor sie ihren Begleiter fragen konnte, worum es sich dabei handelte, kam er ihr überraschenderweise zuvor.

»Was ist das für ein Gerät?«, fragte Rico laut.

»Ich weiß es nicht«, kam es von der allgegenwärtigen Stimme der Kuppelpositronik.

»Wie kommt es hierher?«

»Ich weiß es nicht.«

»Wie kann das sein? Du ...«

»Deine Freunde sind eingetroffen«, unterbrach ihn die Positronik. »Soll ich sie zu dir leiten?«

Rico stutzte sichtlich. »Welche Freunde? Ich ...«

»Nicht reinrassige Arkoniden.«

»Du hast Menschen eingelassen? Wieso?«

»Aufgrund deiner Anweisung, Rico«, verkündete die Positronik freundlich. »Larsaf-Drei gehört zum arkonidischen Imperium; die Menschen stufe ich sowohl historisch als auch biologisch als Kolonialarkoniden oder *nicht reinrassige Arkoniden* ein. Von ihnen geht keine Bedrohung aus. Das ist doch so, oder?«

Kapitel 12

Gefangenenlager, Ferrolia
Tako Kakuta

»Rod«, sagte Kakuta hastig. »Ich halte das für keine gute Idee.«

»Das werde ich nicht zulassen«, fügte Anne Sloane hinzu. »Tako wird uns jetzt sofort ...«

»Darf ich kurz mit dir sprechen?«, schnitt Nyssen ihr das Wort ab. Zu Hermot gewandt sagte er: »Du entschuldigst uns bitte einen Moment? Keine Angst – ich werde nicht weglaufen.«

Nyssen zog Sloane mit sich. In zwanzig Schritten Entfernung blieben sie stehen. Zuerst war es die dunkelhaarige Frau, die auf den ehemaligen amerikanischen Astronauten einredete.

Kakuta konnte sie nicht hören, aber allein die Körpersprache verriet ihm, dass Anne Sloane aufgebracht war. Mehrmals deutete sie auf Kakuta und breitete danach die Arme aus.

»Was hat sie denn?«, fragte die Ferronin, die Nyssens Jacke trug. »Sie ist eine Frau. Sie kann sich doch so viele Männer aussuchen, wie sie will. Weshalb hängt sie an dem einen?«

Niemand antwortete ihr.

Nyssen blieb aufrecht stehen, ließ die Frau reden. Als sie ihm zwei-, dreimal mit den Fäusten gegen die Brust schlug, packte er ihre Hände und zog sie nahe zu sich heran. Dann küsste er sie.

»Na, wer sagt's denn!«, sagte Hermot abschätzig.

Tako Kakuta senkte beschämt den Blick. Die Szene berührte ihn unangenehm. Anne Sloane schien ehrliche Gefühle für Nyssen zu empfinden. Nun fürchtete sie um sein Leben.

»Bist du so weit?«, rief Hermot. »Ich habe nicht den ganzen Tag Zeit. Wir müssen schließlich noch eine Feuerübergabe vorbereiten!«

Der Asiate sah wieder auf. Nun war es Nyssen, der sprach. Anne blickte ihn an, nickte mehrmals. Dann nahm er ihre Hand und kam zu den Wartenden zurück.

»Ich bin so weit«, sagte er. »Aber bevor wir beginnen, will ich sicher sein, dass wir uns ganz genau verstehen: Falls ich dich besiege, werdet ihr nur noch zu uns kommen, um uns zu fragen, ob ihr uns etwas zu essen oder trinken besorgen dürft. Und ihr werdet uns vor etwaigen Begehrlichkeiten anderer Gefangener beschützen. Ist das klar?«

»Sonnenklar«, sagte Hermot. »Und wenn ich gewinne ... ach, das werdet ihr ja dann sehen.«

Er griff sich an sein Hemd und zog es sich über den Kopf. Tako Kakuta schluckte schwer, als er die Muskelberge des Ferronen sah.

Falls er von Ferrol stammte, war sein Körper an eine um vierzig Prozent höhere Schwerkraft gewohnt, als es bei Nyssen der Fall war.

Hermot wandte sich um. Die anderen Ferronen standen zur Seite, bildeten eine Gasse für ihren Anführer.

Wie ein Gockel schritt er an ihnen vorbei und blieb etwa fünfzig Meter von ihnen entfernt stehen. »Seht her!«, rief er laut. »Dieser Kolonist hat mich zum Zweikampf herausgefordert.« Mit weit ausgestrecktem Arm zeigte er auf Rod Nyssen.

Dieser zog sich das Shirt über den Kopf und warf es zu Boden. Dann nestelte er sich ein Päckchen Zigaretten aus der Hose und zündete sich eine an.

»Seht nur dieses Mancha-Stängelchen an!«, rief Hermot aus voller Kehle. »Der zerbricht ja schon, wenn ich ihn mit zwei Fingern berühre!«

Ein paar Ferronen lachten. Immer mehr kamen hinzu und stellten sich im weiten Kreis um den Herausgeforderten.

Tako Kakuta sah entsetzt auf seinen Kameraden. Nyssen rauchte gemütlich seine Zigarette. Sein Körper schien tatsächlich alles andere als durchtrainiert und athletisch. Er wirkte sehnig, fast ein wenig ausgemergelt.

Kakuta wusste, dass ein solcher Anblick täuschen konnte. Aber wenn er Nyssen mit dem bulligen Ferronen verglich, dann hatte er ihm nichts, aber auch wirklich nichts entgegenzusetzen.

»Rod!«, flüsterte er eindringlich. »Dies ist nicht der Moment für Heldentaten. Ich werde in den Frachtraum teleportieren und einem der Topsider ein Gewehr abnehmen!«

»Wir dürfen wegen dieser Lappalie nicht deine Teleportationsgabe preisgeben«, flüsterte Nyssen zurück. Mit einem Grinsen fügte er hinzu: »Der Flötenschlumpf wird gleich sein blaues Wunder erleben.«

Dann klopfte er Kakuta ermutigend auf die Schulter, schnippte die Zigarette weg und schritt langsam zwischen Hermots Anhängern hindurch auf seinen Widersacher zu.

Starr vor Schrecken blickte Tako Kakuta seinem Gefährten hinterher. Nyssen schien absolut überzeugt zu sein von seinem Vorhaben.

Weitere Ferronen stellten sich zu den Zuschauern. Rufe und Gejohle schallten zu ihnen herüber. Hermots Anhänger mischten sich ebenfalls unter das Publikum, um eine möglichst gute Sicht auf den Zweikampf zu haben.

Kakuta blickte hoch, betrachtete die braungrünschlierige Scheibe Ferrols. Dort oben schlachteten inner- und außerhalb der Atmosphäre echsenhafte Wesen von einem anderen Gestirn die Ferronen ab. Und hier in diesem von einem Energieschirm überkuppelten Mondkrater schlug man sich aus bloßer Verzweiflung, Machtgier und Langeweile in Duellen die Köpfe ein.

Oben zerstören Topsider das Leben der Ferronen, hier unten besorgen sie dies selbst, dachte er bitter.

Er richtete seine Aufmerksamkeit wieder auf die entstandene Arena.

Mehrere Ferronen rannten mit bunten Folienschnipseln herum, schrieben etwas darauf, gaben sie ab und nahmen dafür andere in Empfang.

»Sogar Wetten werden abgeschlossen«, sagte Darja Morosowa. »Duelle sind ihre Unterhaltungsgötzen.«

Kakuta fasste sich an den Bauch, der wieder rebellierte. Er konzentrierte sich auf die beiden Gegner, die sich mit seitlich ausgestreckten Armen belauerten. Kakuta machte sich bereit, in Hermot hineinzuspringen, falls er Nyssen so stark in Bedrängnis brachte, dass man mit dem Schlimmsten rechnen musste.

Der Ferrone ist größer als Rod, dachte Kakuta. *Und fast doppelt so breit. Das kann nicht gut gehen.*

Einige der Zuschauer begannen, sich mit beiden Fäusten auf die Oberschenkel zu schlagen, wie es Hermots Gefährten zuvor getan hatten. Weitere Ferronen folgten dem Beispiel. Ein paar Atemzüge später machte jeder zweite der rund zweihundert Zuschauer mit. Das dumpfe Trommeln und Schlagen erfüllte die Halle.

Jemand schlug einen Gong. Die Zuschauer schrien auf.

Im gleichen Moment machte Hermot zwei rasche Schritte auf Nyssen zu und fuhr seine Faust aus. Nyssen duckte sich unter dem Schwinger, schnellte seinerseits auf seinen Gegner zu und prallte in dessen Seite.

Der bullige Ferrone wankte nicht einmal. Blitzschnell wirbelte er herum und schlug erneut zu. Nyssen bewegte sich rückwärts, leichtfüßig wie ein Tänzer. Einmal, zweimal wischte die blauhäutige Faust nur Zentimeter an seinem Kinn vorbei.

Beim nächsten Schlag des Gegners tauchte Nyssen darunter hinweg und bearbeitete in einer rasend schnell ausgeführten Links-rechts-links-Kombination Hermots Magen und Leber. Das brachte den Ferronen nur kurz aus dem Tritt, aber es genügte Nyssen, um beim nächsten Schwinger bereits wieder außer Reichweite von Hermots Fäusten zu sein.

Der Ferrone stieß einen wütenden Schrei aus. Er senkte den Kopf wie ein wilder Stier. Beeindruckende Nackenmuskeln traten hervor.

»Er reizt ihn«, sagte Darja. »Das kann gut sein, womöglich aber auch verheerend. Wenn der Ferrone ihn einmal richtig erwischt ...«

Sie sprach es nicht aus.

Hermot stapfte auf seinen Gegner zu, während Nyssen vor ihm zurückwich. Die Menge johlte. Der Kampf schien genau nach ihrem Geschmack zu sein.

Nyssen vollführte eine Körpertäuschung, und Hermot schlug sofort zu. Nyssen drehte sich in entgegengesetzter Richtung zum Schlag um die eigene Achse und trat dem Ferronen mit aller Kraft in die Seite.

Hermot brüllte vor Wut. Der Schlag selbst schien ihm wenig ausgemacht zu haben. Er stapfte weiter auf Nyssen zu, während der sich nach wie vor leichtfüßig wie eine Ballerina außerhalb der Reichweite des Gegners hielt.

»Rod ist dank seiner Schnelligkeit bislang im Vorteil«, sagte Kakuta zu Morosowa, ohne die Augen von den Kämpfern zu nehmen. »Aber wie lange hält er es aus?«

»Eine gute Frage. Ich weiß es nicht.«

»Lauf doch nicht weg!«, rief der Ferrone lautstark. »Ich will doch nur spielen!«

Wieder strich seine Faust nur Zentimeter vor Nyssens Gesicht durch die Luft. Beim nächsten Schlag duckte sich Nyssen darunter hinweg, drehte sich ab und trat seinem Gegner gegen das rechte Knie.

Begeistert schrien die Zuschauer auf. Hermot blieb kurz stehen, schüttelte das Bein und ging dann unbeirrt weiter auf Nyssen zu.

»Er zeigt keine Wirkung«, sagte Kakuta, mehr zu sich selbst. Die Anspannung schnürte ihm die Kehle zu.

Beim nächsten Schwinger des Ferronen wählte Nyssen erneut die Kombination aus Körperdrehung und Tritt gegen die Seite.

Diesmal hatte Hermot aber aufgepasst und griff pfeilschnell nach Nyssens Bein.

Anne Sloane stieß einen spitzen Schrei aus, als der Ferrone Nyssens Bein in die Höhe riss. Der ehemalige Astronaut verlor das Gleichgewicht und krachte mit Nacken und Hinterkopf auf den Boden.

Hermot schrie triumphierend auf und versetzte seinem Gegner seinerseits einen Tritt in die Seite.

Nyssens Körper flog einen Meter und schlug auf den Boden. Sofort war Hermot wieder bei ihm und nahm Anlauf für den nächsten Tritt.

Kakuta holte tief Luft. Jetzt kam der Moment, an dem er ins Geschehen eingreifen musste. Er konzentrierte sich ...

... und sah, wie Nyssen in einer unmöglichen Bewegung dem Tritt des Ferronen auswich, dessen Bein ergriff und ihn förmlich umriss.

Mit einem erschrockenen Aufschrei krachte Hermot auf den Boden. Nyssen wälzte sich herum. Er war sichtlich angeschlagen, schaffte es aber, vor dem Ferronen auf die Beine zu kommen.

Hermot stieß einen erschrockenen Schrei aus, als Nyssen ihn an den Haaren und am linken Oberarm packte und ihn in die Höhe riss. Als hätte der bullige Ferrone plötzlich jedes Gewicht verloren, schleuderte Nyssen ihn durch die Luft. Hermot krachte in die erste Linie der Zuschauer und ging mit ihnen zu Boden.

»Das wirst du mir büßen!«, schrie er, erhob sich und rannte wie ein wilder Stier auf Nyssen zu.

Dieser ließ sich im letzten Moment zu Boden fallen, schlug Hermot die Beine weg. Der Blauhäutige krachte mit dem Kopf voran zu Boden. Bevor er überhaupt wusste, wie ihm geschah, war Nyssen bereits wieder über ihm, wuchtete ihn hoch, hielt ihn eine halbe Sekunde lang wie ein Gewichtheber über seinem Kopf und schleuderte ihn mit aller Kraft zu Boden.

Hermot blieb verkrümmt liegen.

Das Publikum verstummte, als wäre bei einer Pod-Übertragung der Ton abgestellt worden.

Im Zeitlupentempo drehte Tako Kakuta den Kopf zu Anne Sloane, die mit grimmig-konzentriertem Gesichtsausdruck neben ihm stand.

»Du bist das«, flüsterte er. »Du hast Rod telekinetisch unterstützt!«

»Was denkst du denn?«, gab sie zurück. »Meinst du, ich lasse meine Freunde im Stich wie du?«

Kakuta erwiderte nichts. Er blickte wieder zu Nyssen. Das Publikum hatte sein Schweigen überwunden und jubelte dem unerwarteten Sieger des Kampfes zu.

Nyssen setzte seinen linken Fuß auf das Brustbein des Unterlegenen. »Gestehe deine Niederlage ein, und ich lasse dich am Leben!«, rief er laut.

Hermot wand sich röchelnd. »Ich ... ich ...«, stieß er aus.

»Schön laut, damit es alle hören können!«

In diesem Moment winkelte der Ferrone das linke Bein an und zog etwas Blitzendes aus dem Schaft seines Stiefels.

Kakuta hörte ein erschrockenes Keuchen aus Sloanes Richtung.

Hermot stieß Nyssen das blitzende Teil in das Bein. Der ehemalige Astronaut stieß einen Schrei aus, machte einen Schritt zurück und trat dem Ferronen die Waffe aus der Hand. Dann ließ er den Fuß auf den Brustkorb niedersausen.

Das Knacken von Hermots Rippen hörte man bis zu Kakuta. Kraftlos sanken Hermots Arme zur Seite.

Kakuta, Sloane und Morosowa rannten auf ihren Gefährten zu. Nyssen hatte sich zwei Schritte von Hermot entfernt und wartete, ob der bullige Ferrone endgültig genug hatte. Aus der Wunde am linken Bein sickerte Blut.

»Rod!«, rief Anne. »Du bist verletzt!«

»Nur ein Kratzer!« Nyssen keuchte. »Nicht der Rede wert.«

Er ließ es zu, dass Anne ihn kurz umarmte, dann rief er: »Jeder hat gesehen, wie ich Hermot besiegt habe. Jetzt verlange ich, dass ...« Er brach ab. Ein Ausdruck ungläubigen Staunens trat in sein Gesicht. »Dass wir ...«

Nyssen blinzelte, als sei ihm etwas ins Auge geflogen. Plötzlich standen Schaumblasen auf seinen Lippen. Er schwankte.

»Rod!«, rief Anne erschrocken. »Was hast du?«

Nyssen streckte einen Arm nach der Frau aus. Bevor er sich an ihr abstützen konnte, knickte er ein und sackte zusammen.

»Rod!«

Stöhnend rollte sich Hermot herum. Dunkelblaues Blut sickerte aus mehreren Wunden. »Ich ... ich habe ihn«, kam es gurgelnd aus seiner Kehle.

Sloane bettete Nyssens Kopf in ihren Schoß, strich verzweifelt über sein Gesicht. »Rod«, schluchzte sie. »Was ... was kann ich tun?«

Der ehemalige Astronaut verzog das Gesicht zu einem gequälten Lächeln. Er blickte an Sloane vorbei.

Ein Lichtstrahl traf sein Gesicht.

»Ich wollte immer ... zu den Sternen fliegen«, flüsterte er stockend. »Nie ... nie hätte ich gedacht, dass ich im ... Licht der Wega sterben würde.«

Dann flatterten seine Augenlider.

Und er starb.

Kapitel 13

Portugal, 2. August 2036
Bernhard Frank

Er hatte in den vergangenen Jahren immer wieder technische Innovationen vorgeführt bekommen. Gadgets, Apps, Biochips. Manchmal hatte er sie für den Eigengebrauch nach Hause nehmen oder sogar behalten dürfen. Mitunter nur Spielereien, die niemand ernsthaft benötigte, für die man die Bedürfnisse der potenziellen Käufer zuerst einmal mittels astronomisch hohen Marketingbudgets schaffen musste.

Unvergessen war sein Auftritt, als er die 3-D-Videotechnologie des neuen Facebook Pods den überraschten Moderatoren einer Frühstückssendung im TV vorgeführt hatte.

Daraufhin hatte sich Zuckerberg medienwirksam über den *Spoiler* seines »ehemaligen Freundes« beschwert. Die angebliche Fehde zwischen ihnen beherrschte anschließend die Medienwelt, bis sich – pünktlich zur öffentlichen Lancierung der neuen Hard- und Software – die beiden vor den TV-Kameras umarmt und offiziell Frieden geschlossen hatten.

Es war die erfolgreichste Lancierung neuer Unterhaltungstechnologie in der Geschichte der Menschheit gewesen.

Kurz: Bernhard Frank hatte sich seit jenen schicksalsträchtigen Ereignissen 2020 an technische Wunderwerke gewöhnt, bei denen man nicht einmal angenommen hatte, dass in dieser Richtung überhaupt geforscht wurde.

Seit er aber in die Wunderwelt der chinesisch-amerikanisch-arkonidischen Hybridtechnik eingetaucht war, wusste er, dass nun definitiv ein neues Zeitalter angebrochen war.

Sie standen am Strand einer menschenleeren Bucht in Portugal. Ein für diese Jahreszeit kühler Wind strich pfeifend über die sie umgebenden Klippen. Möwen schrien. Frank wusste nicht, ob sie erbost waren über die Störung ihres beschaulichen Idylls oder ob sie sich von den so überraschend gelandeten Besuchern eine Mahlzeit in Form von weggeworfenen Essensresten versprachen.

Vier Supercopter hatten die fünfzehn Menschen und fünf Hybrid-U-Boote abgesetzt und waren danach wieder mit summendem Rotorantrieb verschwunden.

Die Boote glichen silbernen, langgestreckten Fischen mit einem annähernd kreisförmigen Körperquerschnitt. Die Schnauze lief spitz zu, wobei der Unterkiefer weiter hervorstand als der Oberkiefer und dem Boot den Anschein von Gefährlichkeit vermittelte. Mit knallgelben Lettern waren sie von B1 bis B5 gekennzeichnet.

Allan D. Mercant leitete die »Operation Elliot/Ikarus/Ulysses«. Neben Bernhard Frank und seiner Tochter Caroline waren zwölf Männer und Frauen anwesend, ehemalige Angehörige der chinesischen Armee. Einer von ihnen – Frank war er als He Jiang-Dong vorgestellt worden – schien eine höhere Funktion als die anderen Soldaten innezuhaben.

Falls man bei Rhodans Gefolgsleuten überhaupt noch von »Soldaten« sprechen durfte. Frank wollte Mercant bereits danach befragen, als dieser eines der Hybrid-U-Boote öffnete – dazu klappte er den gesamten oberen Teil einfach zur Seite – und den Anwesenden befahl, sich im Halbkreis aufzustellen.

Anschließend gab er eine kurze Einleitung in die Funktionalitäten der Boote. Eine Chinesin übersetzte seine Worte ins Mandarin, da offenbar nicht alle der Anwesenden des Englischen mächtig waren.

»Wir nennen sie *Barrakuda,* erklärte er. »Sie besitzen je vier Torpedo- und Harpunenrohre, mit denen sie tatsächlich *zubeißen* können. Der Barrakuda ist mit etwa fünfundzwanzig Knoten oder fünfundvierzig Stundenkilometer nicht eines der schnellsten Unterwasserlebewesen. Der Blauhai bringt es immerhin auf achtunddreißig Knoten und der Schwarze Marlin auf stolze sechzig Knoten.«

Mercant tätschelte die silberschwarz schimmernde Hülle. »Unser Barrakuda bringt es auf bisher nie erreichte achtzig Knoten. Das sind nicht ganz hundertfünfzig Stundenkilometer oder einundvierzig Meter pro Sekunde! Lassen Sie sich diese Zahlen auf der Zunge zergehen! Da können uns die Franzosen mit den Atom-U-Booten, die nicht ganz zufälligerweise ebenfalls *Barracuda* getauft wurden, mit ihren fünfundzwanzig Knoten buchstäblich nicht das Wasser reichen.«

Er vollführte eine weite Armbewegung. »Die Boote messen drei mal drei mal einundzwanzig Meter. Der Antrieb basiert auf dem *Trinity-Prinzip,* das die Amerikaner erfunden haben. Es besteht aus drei Bestandteilen: ein klassischer Düsenantrieb, der durch zwölf

Brennstoffzellen Saft bezieht. Wasser wird angesogen, beschleunigt und wieder ausgestoßen. Dann gibt es die *Kinetikräder,* die sich während der Fahrt fortlaufend aufladen und ihre gespeicherte Energie entweder gleich wieder einsetzen oder aber den *Silent Mode* ermöglichen, bei dem alle Systeme auf null heruntergefahren werden und die Fortbewegung einzig auf der gespeicherten kinetischen Energie beruht.«

Mercant beugte sich in die Pilotenkanzel. Während er ein paar Hebel und Knöpfe betätigte, verkündete er: »Die dritte Komponente ist die wichtigste überhaupt. Sie beschleunigt den Barrakuda auf diese sagenhaften achtzig Knoten. Das ist schneller, als sich je ein Mensch auf Tauchfahrt fortbewegt hat – jedenfalls auf diesem Planeten.«

Bernhard Frank, Caroline und drei der Chinesen lachten. Als die Frau fertig übersetzt hatte, lachte niemand. Frank fragte sich, ob sie entweder falsch übersetzt hatte oder eine solche Aussage in Mandarin schlicht nicht lustig war.

Allan D. Mercant betätigte einen Hebel, und der Barrakuda bewegte sich.

Caroline ging unwillkürlich einen Schritt rückwärts. Fasziniert machte ihr Vater einen Schritt auf das Boot zu, von dem er vor Augenblicken noch behauptet hätte, dass es aus hartem, bewegungsunfähigem Stahl bestand. Wie Wellen glitten die Bewegungen durch den Körper des Barrakudas. Sie entstanden hinter dem grimmig nach vorne blickenden Kopf und endeten in einem kräftigen Schlag mit dem flossenförmigen Heck.

»Wow«, stieß Bernhard Frank aus.

Mercant legte den Hebel wieder in die Ausgangsposition zurück und richtete sich auf. Seine Wangen glühten.

»Gefällt er Ihnen, Mister Frank?«, fragte er. »Der mechanische Schwimmantrieb ist das *Pièce de Resistance* unserer kleinen Barrakudaflotte!«

Bernhard nickte. »Erstaunlich, wie er sich bewegen kann. Desaktiviert wirkt er ziemlich steif.«

Mercant nickte. »An der Außenhaut hat die chinesische Armee – aus ihren Beständen stammen die Grundkonstruktionen der Barrakudas – jahrzehntelang geforscht. Erst durch den Einsatz von elastischem arkonidischen Metallplast wurde das Problem der Balance von Robustheit und Elastizität geknackt. Die Software zur perfekten Wellenbewegung stammt übrigens aus den koreanischen Softwareschmieden. Wie könnte es auch anders sein?«

»Wie kann man im Innern sitzen, wenn sich der ganze Körper bewegt?«, fragte Frank.

»Die Besatzung – mindestens eine, maximal fünf Personen – sitzt hintereinander«, antwortete Mercant. »Die Schalensitze sind auf Gleitgestängen befestigt, die dafür sorgen, dass die Sitzenden fast nichts von der Bewegung mitbekommen. Für längere Einsätze können Hängematten längsseitig gespannt werden, in denen maximal drei Personen gleichzeitig schlafen können.«

Allan D. Mercant ging dazu über, die genaue Handhabung des Antriebs zu erklären.

Bernhard Frank fühlte Carolines kühle Finger in seiner rechten Hand. Er sah seine Tochter an und war froh, dass sie Mercant überredet hatte, ihn mitzunehmen.

Die junge Frau stellte sich auf die Zehenspitzen und flüsterte in sein Ohr: »Dieser He ist mir nicht ganz geheuer. Er hat auch etwas verloren, aber ich fühle nicht, was oder wo es ist.«

Er umarmte seine Tochter mit dem rechten Arm und hauchte ihr einen Kuss auf die Schläfe. »Mercant hat die Teilnehmer ausgewählt«, flüsterte er ebenso leise zurück. »Du musst keine Angst vor ihm haben.«

»Eben nicht«, gab Caroline leise zurück. »Ich habe mitbekommen, wie dieser ehemalige General ...«

»Bai Jun?«

»Ja. Wie dieser Bai Jun Mercant fast befohlen hat, He mitzunehmen. Merkst du nicht, dass die beiden kaum zusammen sprechen?«

»Vielleicht«, flüsterte Frank. »Aber ich denke, wir sollten jetzt wieder Mercants Ausführungen folgen.«

Der ehemalige Technische Redakteur prägte sich jedes Wort, jeden Handgriff Mercants ein. Dazwischen blickte er aber immer wieder zu He Jian-Dong.

Caroline hatte recht. Der Mann wirkte unheimlich.

Eine halbe Stunde später glitten Barrakuda Eins bis Fünf durch die Fluten des Atlantiks. In einem synchronisierten Manöver tauchten sie zuerst ab und schalteten danach den mechanischen Schwimmantrieb ein.

In jedem der Hybrid-U-Boote saßen drei Menschen. Damit blieb in jedem Boot etwas Raum für etwaige Fracht.

Bernhard Frank fühlte sich erleichtert, dass er dieses Abenteuer zusammen mit seiner Tochter und Allan D. Mercant in Angriff nehmen konnte. Mit Chinesen hätte er nicht unbedingt abtauchen wollen. Nicht, dass er etwas gegen die Frauen und Männer hatte – im Gegenteil: Sie hatten sich aus den engen Fesseln ihres früheren

Staates befreit und Rhodan angeschlossen. Aber es war schlicht angenehmer, von Mercant ab und zu eine Frage beantwortet zu bekommen und Caroline als seelische und moralische Unterstützung neben – oder vielmehr vor – sich zu wissen.

Ihr U-Boot – der Barrakuda Eins – glitt an der Spitze ihrer V-Formation dahin. Caroline machte möglichst genaue Angaben, in welche Richtung sie sich fortbewegen mussten.

Frank empfand unglaublichen Stolz für seine älteste Tochter. Auf dem Weg in die Gobi hatte er sich stets gefragt, wie um alles in der Welt sie ihre spezielle Gabe in Rhodans Sinn einsetzen wollte. Dann waren sie nicht einmal vierundzwanzig Stunden dort gewesen und wurden – wie es schien – bereits in den innersten Kreis des Vertrauens mit einbezogen.

Obwohl Perry Rhodan, Reginald Bull und eine Reihe anderer wichtiger Protagonisten der jungen Terranischen Union derzeit verschwunden waren, lief der Motor Terranias weiter. Alle schienen felsenfest davon überzeugt zu sein, dass die entführten oder überfälligen Personen schon bald zurückkehren würden.

Bis dahin wollte man Probleme wie die Invasion der Fantan, die Logistik der Lebensmittelversorgung Terranias oder den vermissten arkonidischen Roboter gelöst haben.

»Niemand will Rhodan erklären, dass wir die Zügel haben schleifen lassen, nur weil er nicht zum verabredeten Zeitpunkt von seiner Exkursion zurückgekehrt ist«, machte Allan D. Mercant deutlich, als ihn Bernhard Frank auf das Thema angesprochen hatte.

»Was ist mit diesem He?«, fragte Caroline. »Irgendwie scheinen Sie nicht glücklich darüber zu sein, dass er bei diesem Einsatz mit dabei ist.«

»War dies so offensichtlich?«, fragte der kleine Mann, auf dessen Glatze sich die Leuchtdioden der Steuerung und der GALILEO-Karte spiegelten. »Ich spreche grundsätzlich nicht schlecht über Leute, die für mich arbeiten. Über He wird Ihnen aber jeder, der ihn kennt, das Gleiche erzählen: He Jian-Dong ist der ehemalige Adjutant des Generals Bai Jun, eines unserer wichtigsten Leute in Terrania. Und wenn Bai Jun sagt, dass He wie er selbst eine innere Kehrtwende vollzogen hat, dann glaube ich ihm das. Selbst wenn dies vor wenigen Tagen noch ganz anders ausgesehen hat. Ich erspare Ihnen die Details.« Mercant strich sich über den Kopf. »Aber wir sind händeringend auf gute Leute angewiesen, und es besteht kein Zweifel daran, dass He ein hervorragender Soldat ist.«

Eine Weile schossen sie schweigend durch die Schwärze des Ozeans. Plötzlich wandte sich Mercant um.

»Sie kommen doch aus Bavaria«, sagte er. »Wird die Tradition von der Lederhose und den großen Bierkrügen noch gelebt?«

»Leider«, gab Bernhard Frank zurück. »Ich meine ... ich habe ja überhaupt nichts gegen das Bier einzuwenden. Aber vor den Lederhosen graut es mir. Als Kind wurde ich regelmäßig in diese Dinger gesteckt. Seither ist es mir ein Graus.«

»Man sagte mir einmal, dass Lederhosen praktisch unzerstörbar sind.«

Frank lachte. »Das sagt man tatsächlich. Vielleicht ist es deshalb so schwierig, sie auszurotten.«

Mercant schmunzelte und richtete seine Aufmerksamkeit wieder auf die Konsolen.

Bernhard Frank war froh über diese kurze Ablenkung. Mehrere Minuten legten sie in Schweigen zurück.

Dann fragte Caroline: »Was erwartet uns dort, wo sich dieser Rico aufhält?«

Mercant schüttelte nachdenklich den Kopf. »Ich weiß es nicht, Miss Frank. Ich habe tatsächlich nicht die geringste Vorstellung davon. Aber Sie haben gesehen, dass unsere Männer und Frauen bewaffnet sind. Nötigenfalls werden wir mit Waffengewalt vorgehen.«

Frank lehnte sich zurück. Carolines Hand tastete nach ihm. Er ergriff sie.

Jetzt wird's ernst, dachte er.

Kapitel 14

Schiff der Fantan
Reginald Bull

Es tat ihm leid, dass er auf Sids stolze Ankündigung nicht angemessen reagieren konnte. Aber Sues Zustand hatte sich in der vergangenen halben Stunde derart verschlechtert, dass er mit dem Schlimmsten rechnen musste.

»Was ist mit ihr?« Sid kniete sich neben das Mädchen, ergriff ihre Hand, blickte sogleich erschrocken auf. »Ihre Hand ist eiskalt!«

»Es sind die Transitionen«, erklärte Manoli. »Während Reginald und ich stets weniger Probleme damit haben, kosten sie Sue immense Kraft. Ich nehme an, dass du dich auch bereits an die Transitionsschocks gewöhnt hast?«

»Dann gib ihr Medikamente, Doc!« Sid überhörte Manolis Frage, zeigte dafür auf den roten Rucksack, den Bull aus dem Rettungswagen mitgebracht hatte.

Bull presste die Lippen aufeinander. Er hatte die ganze Zeit über beobachtet, wie Manoli um Sues Gesundheit gekämpft hatte. Aber weder kreislaufunterstützende Medikamente noch Energiepunktmassagen hatten bei Sue irgendwelche Fortschritte gebracht. So war aus dem Kampf um die Gesundheit in den letzten Minuten ein Kampf um ihr Leben geworden.

Zuletzt hatte Eric ihr sogar ein halbes Milligramm Adrenalin in die Vene ihres gesunden Armes gespritzt. Nach der letzten bisherigen Transition war das Mädchen ohnmächtig geworden. Zehn Minuten hatte es gedauert, bis sie erwacht war. Seither sank ihr Blutdruck rapide.

»Wie hoch ist er jetzt?«, fragte Bull.

»Der Gefäßdruck?« Manoli kontrollierte die Anzeige des Bandes, das um Sues Oberarm geschlungen war. »Fünfundsiebzig zu vierzig.«

Wütend blickte Bull auf die hilflose, zerbrechlich wirkende Gestalt, die vor ihm auf dem Boden lag – notdürftig in Bulls und Manolis Jacken eingewickelt. Ihm hatten die Ärzte stets einen zu hohen Blutdruck attestiert. Einer von ihnen – war es vielleicht sogar Manoli gewesen? – hatte einmal spaßeshalber behauptet, dass Bulls systolischer Druck wahrscheinlich auch nach dem Ableben nicht unter hundert kommen würde.

»Was können wir tun?«, fragte Sid aufgeregt.

»Krach«, murmelte Bull.

»Wie meinen Sie das?«

»Genau so.«

Bull bückte sich, nahm zwei der Schalen, in denen Skelir ihnen zuvor den ungenießbaren Brei gebracht hatte, und warf sie mit aller Kraft gegen die Panoramascheibe.

Scheppernd fielen sie zu Boden, während die grünliche Masse langsam die Scheibe hinunterrann. Bull hob die Schalen auf und schlug sie mehrmals gegen die Scheibe. »Ich verlange Skelir zu sprechen oder sonst jemanden!«, rief er aus vollem Hals. »Wir haben hier einen Notfall! Euer Besun ist in Gefahr!«

Aus dem Augenwinkel registrierte er, wie Manoli zusammenzuckte. Der Arzt drehte sich um und deutete mit einem bittenden Gesichtsausdruck auf seine Patientin.

Bull schenkte ihm ein grimmiges Nicken und stampfte auf den Verbindungskorridor zu. Verbissen schlug er die beiden Schalen aufeinander.

Zwei Minuten hielt er durch. Dann kehrte er zu den anderen zurück. Sue hatte die Augen halb geöffnet. Ihre Lippen zitterten, als wäre sie am Weinen.

»Wie ... was geschieht mit mir?«, fragte sie mit brüchiger Stimme.

Bull kniete sich an ihre Seite, strich Sue die Haare aus der Stirn. Er fühlte eiskalten Schweiß.

»Es wird alles wieder gut werden, Sue«, sagte er mit rauer Stimme. »Ich werde nicht zulassen, dass dir etwas geschieht.«

»Das ist ... gut so«, flüsterte das Mädchen. Dann fielen ihr die Augen zu.

Bull erhob sich, nahm Manoli zur Seite. »Wie geht es ihr, Doc?«, flüsterte er.

»Der Blutdruck ist auf vierundsechzig zu dreiunddreißig gesunken«, gab Manoli zurück. »Die nächste Transition sollte sie noch überstehen. Aber dann wird es ganz kritisch, Reg!«

Bull nickte. Er wusste, was der Arzt mit dem betonten *Reg* hatte aussagen wollen. Da sich die Fantan nicht mehr blicken ließen, musste Sid eben mit Sue zu ihnen springen.

Das würde eventuell die Überlebenschance des zerbrechlichen

Mädchens stark erhöhen. Auf der anderen Seite gab es keinen Zweifel darüber, dass die Enthüllung von Sids Teleportationsgabe die Wahrscheinlichkeit einer erfolgreichen Flucht stark einschränkten, wenn nicht sogar gänzlich zunichtemachen würde.

Verflucht!

Bull blies die angehaltene Luft aus. Es gab nur eine moralisch richtige Vorgehensweise. Womöglich hatten sie schon viel zu lange gewartet.

»Sid«, sagte er eindringlich. »Hör mir genau zu. Ich habe eine sehr wichtige Aufgabe für ...«

Sids dunkle Augen, die ihn eben noch mit dieser Mischung aus Entsetzen und Entschlossenheit angeschaut hatten, blickten plötzlich über seine Schultern.

Bull wandte den Kopf und sah, wie ein Fantan auf seinem seltsamen Gefährt angefahren kam.

Sofort erhob er sich, ging mit eiligen Schritten auf das Zylinderwesen zu. Es handelte sich um Skelir, den Fantan mit den fehlenden Gliedmaßen.

»Hören Sie mir gut zu, Skelir!«, sagte er. Der Zorn brandete in Bull auf. Er gab sich Mühe, den Fantan nicht noch härter anzugehen. »Sue Mirafiore geht es schlecht! Während meine anderen Begleiter und ich uns an die Transitionen gewöhnen, saugt es sie langsam, aber sicher aus. Verstehen Sie? Jede weitere Transition bringt Sue näher an den Tod. Sie müssen den Flug sofort unterbrechen!«

Das Zylinderwesen setzte sich in seinem Fahrzeug auf. Mehrere Öffnungen mit den Sinnesorganen richteten sich auf Bull. Wellen der Erregungen schienen über den fein geschuppten Körper zu laufen. Bull kannte die Physiognomie der Fantan aber noch immer zu wenig, um die Regung richtig einschätzen zu können. Hatte die Information Skelir emotional berührt – oder handelte es sich vielleicht um eine Art Fantan-Schluckauf?

Das Wesen bewegte die Steuerstange. Das Gefährt fuhr an Bull vorbei, hielt vor Sue. Sid erhob sich, verschränkte die Arme und starrte den Fantan mit zusammengezogenen Brauen an, sagte aber nichts.

»Sue Mirafiore ist Besun«, kam es schließlich schnarrend aus dem Leib des Fantan. Bull hörte die Übersetzung durch den Translator. »Sie ist wichtig für mich, weil sie mein Besun ist. Aber sie ist nur ein Besun unter viel, sehr viel Besun auf der SREGAR-NAKUT. Die anderen würden nicht begreifen, wenn meinem Besun besondere Aufmerksamkeit widerführe. Ich habe bereits große Probleme, weil du fremdes Besun beschädigt hast, Reginald Bull.«

Bull fühlte gewaltigen Zorn in sich aufsteigen. »Sie wollen Sue doch wohl nicht mit dem ganzen Ramsch vergleichen, den Sie angeschleppt haben?«

»Was ist Ramsch?«, fragte Skelir neugierig.

»Unnütze Dinge!«, schrie Bull. »Absolut wertlose ...« Er brach ab, so kam er nicht weiter. Im Moment brachte es überhaupt nichts, wenn sie eine Diskussion um den Wert der Besun-Beutestücke begannen, die zwangsläufig im Sand verlaufen musste. Ganz offensichtlich besaßen Fantan und Menschen unterschiedliche Wertvorstellungen. So müßig es war, mit einem anderen Menschen über Geschmack zu diskutieren, so überflüssig war es auch, mit einem Fantan die Wertigkeit von Besun zu erörtern.

»Skelir«, begann er erneut. Diesmal sprach er leiser, eindringlicher. »Sue wird sterben, wenn Sie weitere Transitionen durchführen! Und Sie werden sie auf dem Gewissen haben, denn Sie hätten es verhindern können!«

Der Fantan zögerte. »Was ist ein Gewissen?«, wollte er dann wissen.

Bull seufzte.

Manoli wandte sich um: »Wenn Sue stirbt, geht Ihnen Besun unwiederbringlich verloren, Skelir. Wollen Sie das?«

Der Fantan ruckte herum. Er richtete zwei seiner Glieder auf den Arzt. Sie zitterten.

Sekunden verstrichen.

Bull widerstand dem fast übermächtigen Reflex, den Fantan zu ergreifen und kräftig durchzuschütteln.

Da zog Skelir seine Ärmchen ruckartig an den Körper. »Ich habe eine Idee!«, verkündete er, startete sein Fahrzeug und stob an Bull vorbei Richtung Ausgang.

Mit offenem Mund sah der Terraner hinter ihm her.

»Soll ich ihm nach?«, fragte Sid.

»Nein«, sagte Manoli rasch. »Warte, wir ...«

In diesem Augenblick erfolgte die nächste Transition. Sue stieß ein Röcheln aus. Ihr Körper zuckte und bebte.

Manoli stieß einen Fluch aus. Bull konnte sich nicht daran erinnern, wann er den stets gefassten und abgeklärt handelnden Manoli zum letzten Mal hatte fluchen hören.

»Jetzt wird es ganz eng«, sagte der Arzt.

Bull tigerte zwischen seinen Gefährten und dem Ausgang hin und her. Seit der Transition waren bereits wieder einige Minuten vergangen. Sue hatte das Bewusstsein noch nicht wiedererlangt.

Wo blieb Skelir?

Reginald Bull vermochte die düstere Ahnung nicht zu vertreiben, dass der Fantan sie angelogen hatte, als er sagte, dass er eine Idee hätte. Hatte er sich nur aus der misslichen Situation fortstehlen wollen?

Plötzlich hörte er Schritte hinter sich.

Bull fuhr herum – und stutzte. Vor ihm stand ein Mensch.

Er war geradezu unmöglich dürr und überragte Reginald Bull um fast zwei Köpfe. Ein dünner weißer Kittel reichte bis über die Knie. Er vermochte die schlaksige Gestalt des Fremden nicht zu kaschieren. Die linke Hand hielt den Griff eines metallisch glänzenden Koffers.

Das ist kein Mensch!, dachte Bull verblüfft.

Verwirrt schüttelte er den Kopf, aber die sonderbare Erscheinung verschwand nicht. »Was ... wer sind Sie?«

»Fulkar ist mein Name«, sagte das Wesen in einer fremden Sprache, die Bulls Translator verzögerungsfrei übersetzte. »Wo ist die Patientin?«

Aus dem Translator kamen die Worte fließender, als der Mann sie sprach.

Bull trat unwillkürlich einen Schritt rückwärts. Er musste den Kopf leicht in den Nacken legen, um dem Fremden ins Gesicht sehen zu können.

Fulkar blickte Bull mit einem pikierten Gesichtsausdruck an. Eine Augenbraue wanderte kritisch in die Höhe.

Fasziniert blickte Bull auf den haarlosen Schädel des Fremden, der seltsam spitz zulief. Er hatte vor Jahren einmal einen Dokumentarfilm über ein inzwischen ausgestorbenes Inselvolk gesehen, das die Köpfe ihrer Kleinkinder in Holzgestelle gezwängt hatte, damit ihre Schädel eine konische Form erhielten.

»Ach, da ist sie ja. Lassen Sie mich vorbei, ich bin Arzt!«

Bull machte einen Schritt zur Seite.

»Danke!«

Der Fremde stakste auf seinen langen Beinen an Bull vorbei und baute sich vor Manoli auf. »Sie auch. Nehmen Sie Ihre unqualifizierten Hände von meiner Patientin und entfernen Sie auch gleich diese Anachronismen!«

Seine spinnendünnen Finger deuteten auf das Blutdruckmessgerät und die anderen Instrumente, die Manoli in Griffweite ausgelegt hatte.

»Zuerst will ich wissen, was Sie vorhaben«, protestierte Manoli.

»Ich habe bereits alle Informationen gegeben, die Sie benötigen«, kam es umgehend zurück. »Treten Sie zurück und lassen Sie mich meine Arbeit tun!«

»Tu, was er sagt, Eric«, sagte Bull. »Er meint es ernst.«

Manoli entfernte das Messgerät, raffte die Instrumente zusammen und warf sie in den geöffneten Notfallrucksack. Dann erhob er sich und stellte sich neben den fassungslosen Sid, der den Auftritt des Fremden mit offenem Mund verfolgte.

Fulkar tippte zweimal auf seinen Koffer. Er klappte auseinander und teilte sich in sechs unterschiedlich große Elemente. Der Mann ließ den Griff los, und die Segmente flogen selbstständig zu Sue. Zwei von ihnen legten sich an ihre Schläfen, zwei weitere schwebten neben dem Brustkorb, während die zwei letzten bei den Fußsohlen zum Stillstand kamen.

Wie ein Maestro vor seinem Orchester streckte Fulkar die Arme aus, drehte die Handflächen nach oben und hob langsam die Arme.

Sues Körper hob vom Boden ab, schwebte hoch, bis er in der Höhe von Fulkars Hüfte anhielt.

»Wie nennt sich das Volk der Patientin?«, fragte der Fremde, während er verschiedene Sensoren der Segmente betätigte.

Bull schluckte. Er hatte das Gefühl, als schnüre ihm jemand die Kehle zu. »Wir nennen uns Menschen. Terraner.«

Fulkar wandte sich um. Seine Augen standen nahe beieinander. Sie blickten über eine verhältnismäßig kleine, dafür aber stark gebogene Nase. »Sie entstammen alle demselben Volk?«, schnarrte er. »Interessant. Auf den ersten Blick hätte ich Sie für einen degenerierten Mehandor gehalten.«

Zorn flackerte in Reginald Bull auf. Er wusste zwar nicht, was der Fremde mit seiner Bezeichnung genau ausgesagt hatte, aber es war offensichtlich, dass es nicht freundlich gemeint gewesen war.

Fulkar wartete keine Antwort ab. Geschäftig umrundete er seine Patientin, tippte auf den Segmenten herum, die gleichzeitig die Funktionen von Schwebeelement, Instrumentenkoffer und Analysegeräte innehatten.

»Welch ein Hohn!«, murmelte der Mann. »Diese Barbaren von Fantan. Wie können sie nur so gedankenlos sein!«

»Wie meinen Sie das?«, fragte Manoli kühl.

Ohne aufzublicken, antwortete Fulkar: »Das Mädchen stirbt. Ein Leben vergeht, und alle Welt schaut nur zu. Dabei ist es so einfach zu retten.«

Er dirigierte eines der Kopfsegmente an Sues Hals. Ein leises Zischen erklang.

»So, das dürfte genügen.«

»Was haben Sie ihr injiziert?«, fragte Manoli.

Fulkar blickte auf. »Machen wir uns keine Illusionen«, sagte er leise. »Selbst wenn ich Ihnen die Zusammensetzung des Serums verraten würde, hätten Sie keine Ahnung, was ich soeben gemacht habe. Sie bilden sich ein, Arzt zu sein?

Ich bin mir fast sicher, dass Sie in Ihrer Entwicklungsstufe noch an dem Punkt stehen, an dem Sie Ihre Patienten mit einem Messer verstümmeln und anschließend die Wunde mit Nadel und Faden wieder zu verschließen versuchen. Ich sehe an Ihrem Gesichtsausdruck, dass ich die richtige Kanüle erwischt habe! Ist das überhaupt fassbar? Ein Patient, der wie ein Kleidungsstück behandelt wird!«

Manoli öffnete den Mund – und schloss ihn wieder, ohne etwas zu sagen.

So besonnen der Arzt in dieser Situation reagierte – für Bull war damit das Ende der Fahnenstange erreicht. Wütend stapfte er auf Fulkar zu, packte ihn am Arm.

»Jetzt hören Sie mir mal zu, Doktor Bohnenstange! Ich will sofort wissen, was für ein Spiel Sie spielen. Zu welchem Volk gehören Sie, und welche Funktion bekleiden Sie an Bord dieses Schiffes?«

Fulkars Kopf ruckte herum. Seine Augen blickten Bull drohend an. »Nehmen Sie Ihre kontaminierte Hand von meinem Ärmel!«, stieß er drohend aus, während er sich zu voller Größe aufrichtete.

Bull ließ ihn los. »Beantworten Sie mir sofort meine Fragen!«

»Mein Volk tut nichts zur Sache. Denn ich bin Besun – wie Sie!« Kaum hatte er es gesagt, stutzte er. »Allerdings habe ich hier einen Sonderstatus inne. Und, wie mir scheint, meine Patientin ebenfalls. Ansonsten hätte Skelir mir nicht diesen seltsamen Handel angeboten.«

»Was für einen Handel?«, fragte Bull schnell.

»Etwas noch nie Dagewesenes: Wenn ich das Leben dieses Mädchens rette, was ich soeben getan habe, will er mich ...« Fulkars Blick richtete sich auf Sues linken Arm. Sein Mund öffnete sich, die Oberlippe bog sich nach oben, als sähe er etwas ganz und gar Ekelhaftes. »Was ist denn das für eine ... eine *Barbarei?*«

Anklagend richtete er seinen spinnenbeinigen Zeigefinger auf Sues Armstumpf. »Das ist ja widerwärtig!«

Fulkar wandte sich um und rannte Richtung Ausgang. Bevor er ihn erreicht hatte, blieb er stehen, schüttelte den Kopf, als fiele ihm etwas Wichtiges ein. Er hob den rechten Arm und schnipste zweimal.

Die Schwebeelemente hoben Sue noch höher – und glitten Fulkar hinterher.

»He!«, rief Sid.

Bevor Reginald Bull reagieren konnte, waren Fulkar und seine Patientin im Korridor verschwunden.

Kapitel 15

Vor den Azoren, 2. August 2036
Allan D. Mercant

»Great Scott!«, stieß Allan D. Mercant aus. »Ein Schiff. Ein Raumschiff der Arkoniden!«

Mit aufgerissenen Augen starrte er auf den mächtigen runden Hügel, dessen metallenes Innenleben von den Sensoren des Barrakudas entlarvt worden war.

Das gewaltige Schiff musste durch sein eigenes Gewicht halb in den Meeresboden eingesunken sein.

Falls wir es schaffen, das Ding flottzumachen und zu bemannen, dachte er, *könnten wir vielleicht Rhodan hinterher und nachsehen, ob er in Schwierigkeiten steckt!*

»Woran erkennen Sie das?«, fragte der Deutsche hinter ihm.

»Wie bitte?«

»Na, dass es sich um ein Raumschiff der Arkoniden handelt, Sir.«

»Sehen Sie diese Form, Mister Frank? Warten Sie, ich lege Ihnen das Bild auf das Display vor Ihnen.« Mercant aktivierte den Bildschirm, der in die Rückenlehne von Carolines Schalensitz eingelassen war. »Das Schiff ist kugelförmig und besitzt entlang des Äquators einen Wulst. Falls uns Crest nicht angelogen hat, bauen nur die Arkoniden solche Schiffe.«

»Aber bloß weil nur die Arkoniden angeblich so bauen, heißt das nicht, dass sie ihre Schiffe nicht auch an andere Völker verkaufen können«, kam es zurück. »Ich fahre schließlich auch ein amerikanisches Motorrad und kein deutsches.«

»Nun gut, Mister Frank. Einen halben Punkt für Sie. Es stimmt, wir können nicht unbedingt davon ausgehen, dass die Arkoniden das Schiff dort unten geparkt haben. Es könnten auch Angehörige eines anderen Volkes gewesen sein. Das ändert aber nichts an der Tatsache, dass es sich höchstwahrscheinlich um einen arkonidischen Raumer handelt.«

»Wurde er tatsächlich geparkt oder ist er hier abgestürzt? Sehr heil sieht er mir nicht aus.«

Mercant wandte sich um. Er warf dem Deutschen ein grimmiges Lächeln zu. »Das werden wir hoffentlich bald erfahren ... Miss Frank? Können Sie erkennen, wo genau sich der Roboter aufhält?«

Die junge Frau runzelte die Stirn. »Ich bin mir nicht sicher«, flüsterte sie. »Ich ... mir ...«

»Was hast du, Caro?«, fragte Frank mit beunruhigtem Unterton in der Stimme. »Geht es dir nicht gut?«

»Verausgaben Sie sich nicht«, sagte Mercant. »Ich weiß, dass der Einsatz von Paragaben ungeheure Energien verbraucht.«

Sie stöhnte leise, während sie sich die Schläfen massierte. »Irgendetwas ist falsch. Ich glaube beinahe, wir sind hier falsch.«

»Das ist nicht der Zeitpunkt, um zu *glauben,* Miss Frank. Wir suchen einen Roboter, der *wahrscheinlich* arkonidischen Ursprungs ist, obwohl Crest ihn nicht als solchen erkennen wollte. Wir verfolgen dank Ihnen seine Spur und finden ein Schiff, das *höchstwahrscheinlich* ebenfalls aus einer arkonidischen Werkstätte oder Werft stammt. Sie sehen: Ich spreche von Wahrscheinlichkeiten, Miss Frank. Wie hoch schätzen Sie also die Wahrscheinlichkeit ein, dass sich Rico, der gesuchte Roboter, in diesem Raumschiff aufhält?«

Caroline verbarg das Gesicht in den Händen.

In diesem Augenblick erklang das Knacken des Funkgeräts. »Mercant, wir warten auf Befehle! Wir wollen dem Zielobjekt nicht durch unsere Anwesenheit die Möglichkeit zur Gegenwehr gewähren!«

Ohne den Kopf zu wenden, befahl Mercant: »Computer! Antwort an B-Zwo: Sie müssen sich gedulden, He! Wir sind uns über die Anwesenheit des Zielobjekts in diesem Raumschiff nicht sicher!«

»Aber ...«

»Computer: Verbindung unterbrechen!«

Hes Stimme brach ab.

»So, Miss Frank. Nehmen Sie sich ruhig Zeit mit der Antwort.«

Sie blickte ihn an. Ihre Augen sahen fiebrig aus. »Das ist nicht nötig. Ich kann zwar nicht sagen, ob ich zu siebzig oder achtzig Prozent sicher bin, aber ich *fühle,* dass Rico nicht hier ist. Aber wir sind ganz nah ...«

»In Ordnung, Caroline. Wohin sollen wir uns wenden?«

»Nach Osten ...«

»Aus dieser Richtung sind wir gekommen.«

»Südosten«, korrigierte sie sich matt. »Halten Sie sich südostwärts.«

»Danke!«

Mercant drehte sich wieder um, aktivierte die Funkverbindung zu den anderen Barrakudas und gab die neuen Anweisungen durch.

Zwei Minuten später wusste er, dass die junge Frau recht gehabt hatte mit ihrer Einschätzung.

»Er ist dort drin«, bestätigte sie gleich darauf.

»Eine beleuchtete Kuppel am Boden des Atlantiks!«, kam es vom Vater der Mutantin. »Das ist ja unglaublich!«

Mercant erwiderte nichts. Mit klopfendem Herzen starrte er auf die Kuppel, an der mehrere Positionslichter glommen. Er fragte sich, wie er diesen Anblick ertragen konnte, ohne augenblicklich verrückt zu werden. Wie alt mochte diese Anlage sein? Und wie viele von ihnen mochte es auf dem Grund der Weltmeere überhaupt noch geben? Vielleicht unter dem halb geschmolzenen Nordpol, den Tiefseegräben? Und gab es womöglich noch weitere geparkte oder abgestürzte Arkonidenraumer auf der Erde?

»Befehle?«, schnarrte es aus dem Funkempfänger.

He! Er brennt darauf, in den Einsatz zu gehen!

»Moment!«

Mercant schaltete verschiedene Filter über die optische Darstellung der Umgebung. Irgendwie musste er die Schwärze durchdringen, die in dreitausend Metern Tiefe herrschte.

Im Infrarotbereich machte er neben den gleißenden Punkten der Positionslichter eine schwach dunkelblaue Spur aus.

Sie führte zu einem Bereich am unteren Teil der Kuppel. Mercant vergrößerte die Darstellung und erkannte, dass an jener Stelle ein Teil der Pflanzen und des Schlicks fehlte, die das Gebäude ansonsten bedeckte.

»Schalten Sie Trinity auf die kinetische Restenergie und fahren ansonsten alle nicht notwendigen Systeme herunter«, gab er über Funk durch. »Dann folgen Sie mir! Ich weiß, wo sich die Schleuse befindet.«

Angetrieben durch die fast lautlosen Schwungräder des Kinetikantriebs, schwebte der Barrakuda Eins der Schleuse entgegen.

Bevor sich Mercant ernsthafte Gedanken darüber machen konnte, wie er weiter vorgehen wollte, glitt das mächtige Schleusentor zur Seite.

»Na, wenn das keine Einladung ist«, murmelte der ehemalige Geheimdienstchef.

Dann dirigierte er den Barrakuda in die gähnende Öffnung.

Das innere Schleusentor öffnete sich, gab den Blick auf eine beleuchtete Halle frei.

»Wie gehen wir jetzt weiter vor?«, fragte Bernhard Frank aufgeregt.

Mercant wandte sich erneut um. »Damit das klar ist: Sie beide bleiben im Barrakuda, bis ich oder He Jian-Dong Sie abholen oder wir diesen Ort wieder verlassen. Ist das klar?«

Caroline nickte müde. Er schloss sich seiner Tochter etwas widerwillig an. Er, Bernhard Frank aus Bayern, erlebte möglicherweise das Abenteuer seines Lebens – und musste buchstäblich draußen vor der Tür warten.

Links und rechts rannten die Chinesen an ihrem Barrakuda vorbei. Sie blieben am geöffneten Schleusentor stehen, richteten ihre Gewehre auf mögliche Ziele in der Halle.

»He Jian-Dong leitet ab jetzt den Einsatz«, sagte Mercant, während er ein Gewehr aus der Halterung neben seinem Sitz nahm und einen Funktionstest durchführte.

Dann reichte er es Frank. »Für den Notfall. Beten Sie zu Ihrem Gott, dass Sie es nicht benötigen.«

Misstrauisch beäugte es dieser. »Wir sind in einer Station von Außerirdischen«, sagte er vorsichtig. »Wie soll man da mit einem einfachen Sturmgewehr etwas ausrichten können?«

Mercant hatte die letzte verbliebene Waffe gepackt, hielt in seinem Check kurz inne. Ein düsteres Grinsen zeichnete sich plötzlich in seinem Gesicht ab. »Das stimmt, Mister Frank. Respektive das würde stimmen, wenn es sich um herkömmliche Sturmgewehre handeln würde. Aber was Sie hier sehen, sind praktisch noch Prototypen – die brandneue erste Reihe von militärischen Innovationen, die uns durch das arkonidische Know-how beschert worden sind. Sehen Sie diesen länglichen Stab, der vom Visier bis zum Korn reicht? Es handelt sich um einen arkonidischen Einmalstrahler. Wie es der Name besagt, kann man ihn ein einziges Mal abfeuern – danach muss er neu geladen werden. Wir hoffen, künftig stärkere Energiespeicher für Strahlenwaffen herstellen zu können. Diese müssen vorerst reichen.«

»Wie ... wie löse ich ihn aus?«

»Gar nicht«, sagte Mercant grob. Er klappte das Cockpit zur Seite. »Sie setzen die Waffe ausschließlich zum Drohen ein – wenn überhaupt! Am besten, Sie lassen sich so tief in Ihre Sitze sinken, dass man Sie nicht sehen kann. Dies ist kein Spiel für Zivilisten.«

Mercant stieg aus.

In diesem Augenblick veränderte er sich in seiner Haltung und der Art, wie er sich bewegte. Er wurde augenblicklich zum Jäger.

Bernhard Frank kannte diese Verwandlung. Er hatte einmal einen Kater besessen, der sich genauso verhalten hatte, sobald er die Residenz seiner Dosenöffner verlassen und sich in der freien Wildbahn wiedergefunden hatte.

Mercant eilte zu He Jian-Dong, danach verschwanden sie in der angrenzenden Halle.

Bernhard Frank und seine Tochter blieben allein zurück.

Das Schleusenschott schloss sich. Ein paar Atemzüge lang schwappte tintige Schwärze über Vater und Tochter, dann glommen im Innern des Barrakudas gedämpfte rote Lichter auf.

Die plötzliche Ruhe schmerzte Frank.

Stundenlang war er einer konstanten Geräuschkulisse ausgesetzt gewesen: die hastigen Missionsvorbereitungen in Terrania, das Beladen und der Flug mit dem Supercopter, das Kreischen der Möwen und das Heulen des Windes während Mercants Erläuterungen an der Küste Portugals sowie das Summen, Rauschen, Blubbern und leise Quietschen während der Barrakudafahrt, als sich die Wände im Takt ein- und ausgebeult hatten und die Schiene sich bewegte, während sein Sitz an Ort und Stelle verblieben war.

Und nun: Stille.

»Fürchtest du dich?«, fragte Caroline.

Er war froh über die Frage. Nicht unbedingt darüber, *was* ihn seine Tochter gefragt hatte, sondern *dass* sie ihn etwas gefragt hatte.

»Wie kommst du darauf?«, fragte er zurück und erschrak wegen seiner blechern klingenden Stimme.

»Dein Atem. Er geht so schnell.«

»Ich bin etwas ... angespannt, ja.«

»Ich verstehe nicht, weshalb sie so viele Waffen mitgenommen haben. Wollen sie, dass etwas geschieht?«

»Eine Vorsichtsmaßnahme«, riet Bernhard, ohne selbst davon überzeugt zu sein. »Ein fremder Roboter besitzt ein unbekanntes Gefahrenpotenzial. *Better save than sorry,* sagen sie doch, die Amis.«

»Genau. Hohle Phrasen und präventive Erstschläge sind optimale Mittel zum Zweck.«

»Hast ja recht. Mir gefällt es ja auch nicht, dass hier unten dieser He das Sagen hat und nicht Mister Mercant.«

Eine Minute verging, in der Frank seinem Atmen und dem Pochen des Blutes in seinen Ohren lauschte.

Dann sagte Caroline plötzlich: »Ich fühle etwas.«

»Was genau?«

Sie machte Anstalten, sich aus ihrem Schalensitz zu erheben. »Wir müssen hier raus! Wir müssen zu *ihm.*«

Kapitel 16

Gefangenenlager, Ferrolia
Tako Kakuta

Anne Sloane war untröstlich.

Sie klammerte sich an den toten Rod Nyssen, strich über seine Haare und weinte.

Kakuta und Morosowa standen hilflos daneben.

Hermot wurde derweil von seinen Gefährten versorgt. Sie sprachen mit ihm, flößten ihm aus einer Schale Wasser ein. Herrisch schüttelte er ihre Arme und Hände ab und erhob sich ächzend.

Nyssen – unterstützt von Sloanes telekinetischen Kräften – hatte ihn übel zugerichtet. Mit Blut vermischter Speichel rann aus seinem Mund. Mehrere Beulen und Schrammen zierten seinen Schädel, das linke Auge war vollkommen zugeschwollen. Der Körper war übersät mit schwarzblauen, blutunterlaufenen Stellen.

Hinkend kam er auf sie zu. Einer seiner Gefährten wollte ihn abstützen, wurde aber brüsk abgewiesen.

Sloane blickte auf, ihr Blick war tränenverschleiert. »Du ... du Monster«, stieß sie aus. »Ich werde dich zerdrücken wie ein Insekt!«

»Ich will ihm meine letzte Ehre erweisen«, presste der Ferrone zwischen geschwollenen Lippen heraus. »Ich habe den Kampf gewonnen. Aber er war ein mächtiger Kontrahent. Er hätte den Sieg verdient gehabt.«

Kakuta straffte sich. »Ihr Sieg war nicht ehrenhaft«, sagte er kühl. »Sie haben unseren Gefährten vergiftet, als Sie schon geschlagen am Boden lagen.«

»Es war ein Kampf ohne festgeschriebene Regeln«, beharrte der Ferrone.

»Es wäre trotzdem besser, wenn Sie sich zurückziehen würden«, gab Kakuta zurück. »Das Kämpfen muss ein Ende finden. Und ich kann für Ihre Sicherheit nicht garantieren, wenn Sie uns nicht in Ruhe lassen.«

»Das Kämpfen hat ein Ende gefunden. Niemand von uns wird

Sie wieder belästigen. Aber jetzt müssen wir dem Toten ein ehrenhaftes Begräbnis schenken und ihn in uns aufnehmen.«

Sloanes Kopf ruckte hoch. »Was soll das?«, schrie sie. »Das kommt gar nicht infrage. Rod wird nicht zerstückelt und verbrannt!«

Hermot sah sie erstaunt an. Unsicher breitete er die Arme aus. »Er ist ein Ferrone. Er hat ein ehrenhaftes Begräbnis verdient.« Er stutzte. »Von welchem Planeten seid ihr, dass ihr keine Rauchzeremonie durchführen wollt?«

»Selbstverständlich werden wir eine Rauchzeremonie durchführen«, sagte Darja Morosowa. »Wir müssen uns aber zuerst fassen. Es ist nicht leicht, das Ableben eines Freundes zu akzeptieren.«

»Das verstehe ich«, sagte der Ferrone dumpf.

»Geht und bereitet alles vor!«, befahl Kakuta. »Wir werden zu euch stoßen, sobald wir so weit sind.«

Hermot hob beide Arme und zeigte ihnen die Handflächen. »So sei es.« Er wandte sich seinen Gefährten zu. »Ihr habt es gehört! Entfacht ein Feuer und holt mir das Zeremonienmesser.«

»Seid ihr eigentlich wahnsinnig?«, rief Anne Sloane mit überschlagender Stimme. »Rod ist kaum von uns gegangen, und schon wollt ihr ihn beerdigen?«

»Komm!«, sagte Darja mit milder Stimme. »Du kannst nichts mehr für ihn tun.«

Sie fasste die Frau an der Schulter und zog sie sachte hoch. Sloane schüttelte Morosowas Hand ab, bückte sich und küsste Nyssen auf den Mund. Dann ließ sie sich von Morosowa zurück zum Lager führen.

Conrad Deringhouse war inzwischen aufgewacht und fragte verwirrt, was geschehen sei. Darja Morosowa erklärte es ihm. Tränen liefen über seine Wangen, je länger er zuhörte. Kakuta wusste, dass die beiden eng befreundet gewesen waren.

»Weshalb habt ihr es nicht verhindert?«, fragte Deringhouse schwach. »Weshalb habt ihr nicht eingegriffen?«

»Es ging zu schnell«, stieß Sloane aus. Ihre Lippen bebten. »Aber es lag nicht am Kampf. Rod wollte diesen Kampf. Er hat ihn für uns auf sich genommen. Der wahre Schuldige an Rods Tod ist nicht dieser Ferrone. Der wahre Schuldige ist einzig und allein Tako!« Anklagend zeigte sie auf ihn. »Wir hatten so viele Möglichkeiten zu fliehen, aber er hat nur gewartet und gewartet, bis es zu spät war! Er hat Rod auf dem Gewissen!«

»Nein«, sagte Darja sanft. »Das stimmt so nicht. Wenn wir die Möglichkeit gehabt hätten zu fliehen, wäre Tako der Erste gewesen, der die Anstrengungen auf sich genommen hätte. Aber diese Gelegenheit hat sich bisher nicht geboten!«

»Lüge!«, schrie Anne. »Jetzt haltet ihr alle zusammen und ich bin ... allein ...«

Sie presste sich die Hände vor das Gesicht, ließ sich zu Boden sinken. Morosowa setzte sich zu ihr, nahm sie in den Arm, strich sachte über ihr Haar. »Es war eine Verkettung unglücklicher Umstände. Rod wollte nicht sterben, aber er hat das Risiko auf sich genommen für uns.«

»Und jetzt wollt ihr sogar noch diese barbarische Zeremonie durchziehen.« Anne schluchzte. Sie zitterte am ganzen Leib.

»Du hast Rods Worte gehört«, sagte Morosowa. »Er fand die Idee dieser Rauchzeremonie schön. Ich denke, er würde sich freuen, wenn wir sie mit ihm vollziehen würden.«

»Und wir gelten hier als Ferronen«, wagte Tako Kakuta hinzuzufügen. »Es wäre nicht gut, wenn wir uns diesem ferronischen Ritual widersetzen würden.«

Sloanes Kopf ruckte hoch. »Halt deine verfluchte Klappe, Schlitzauge!«, schrie sie ihm ins Gesicht. »Noch ein Wort von dir und ich zerdrücke dir dein kaltes Herz!«

Kakuta presste die Lippen aufeinander, blickte zu Boden.

»Ist das klar?«, schrie Sloane. »Hast du mich verstanden?«

»Hai«, sagte Kakuta leise.

Dann wandte er sich ab, damit die anderen seine Tränen nicht sahen.

Zwei Stunden später begann die Zeremonie.

Hermot hatte Nyssens Körper nach der Sitte der Ferronen mit einem Messer zerteilt und in Tücher eingewickelt. In einer Schale brannte ein helles Feuer.

Hermot nahm das erste Bündel und warf es in die Flammen. Dann beugte er sich darüber und atmete den Rauch ein.

Morosowa war die Nächste. Tako sah, wie es sie Überwindung kostete, eines der Bündel zu nehmen und in die Feuerschale zu werfen. Wie es der Ferrone vorgemacht hatte, beugte sie sich über die Flammen und atmete den Rauch ein.

Tako folgte ihr. Er hatte in der Präfektur Fukushima etliche Leichenteile gesehen, aber auch er musste sich überwinden. Er ergriff eines der Stücke und übergab es den Flammen.

Er wartete, dann beugte er sich über die Schale und atmete den Rauch in sich ein, dachte dabei an den verstorbenen Rod Nyssen.

Mit jedem Atemzug nahm er einen Hauch des Gefährten in sich auf.

Irgendwann trat er zurück, verbeugte sich tief vor den Flammen und ging zu ihrem Lager, von wo Deringhouse und Sloane die Zeremonie aus der Distanz betrachteten.

Plötzlich öffnete sich das Schott, und mehrere Topsider kamen herein.

Kakuta erkannte das vorderste der Echsenwesen sofort. Es war der Topsider mit der auffälligen roten Augenklappe, der die Metzelei im Gesundenhaus unterbunden und gestattet hatte, dass Deringhouses Leben gerettet wurde.

Mit verschränkten Armen blieb er stehen. Schweigend beobachtete er die Rauchzeremonie.

Anne Sloane blickte auf. Ihr Körper zuckte zusammen. »Monster«, murmelte sie. »Überall nur Monster!«

Sie erhob sich, streckte die rechte Hand aus und formte sie so, als würde sie jemandem die Kehle zudrücken.

Bevor Tako etwas sagen konnte, stand Darja Morosowa bei ihr und drückte ihr den Arm hinunter.

»Damit hilfst du niemandem!«, flüsterte sie eindringlich. »Überlass das mir.«

Die ehemalige russische Kosmonautin ging auf den Topsider zu. Zwei von ihnen rissen die Gewehre hoch, aber der Topsider mit der Augenklappe, der im Gesundenhaus mit »Weiser« angesprochen worden war, hob bloß die Hand, und die Gewehrläufe richteten sich wieder auf den Boden. Die Situation entspannte sich.

Verwundert sah Kakuta zu, wie Morosowa den Topsider ansprach. Nach mehreren Minuten drehte sich dieser zu seinen Begleitern um und machte ihnen ein Zeichen. Sie zogen sich zurück.

Dann redete er wieder mit Darja Morosowa.

Kakuta hätte gerne gewusst, was sie mit ihm besprach. Es sah so gar nicht nach einem Gespräch zwischen einem Wärter und einer Gefangenen aus, fast so wie ...

... unter Gleichberechtigten, dachte Kakuta.

»Komm, Anne«, sagte Conrad Deringhouse in diesem Augenblick. »Jetzt sind wir dran. Du musst mich stützen, allein schaffe ich es nicht.«

»Was?«, stieß sie aus. »Ich will bei dieser Zeremonie nicht mitmachen!«

Deringhouse lächelte traurig. »Bist du sicher? Ich denke, dass Rod dies so gewollt hätte.«

Sloane öffnete den Mund, als ob sie etwas sagen wollte. Dann griff sie Deringhouse unter die Achseln und stellte ihn auf die Beine.

Schwankend gingen sie auf die Feuerschale zu.

Tako Kakuta folgte ihnen – für den Fall, dass Deringhouse plötzlich zusammenbrach.

Die beiden nahmen eines der vorbereiteten Bündel und legten es in die Schale. Sofort griffen die Flammen danach. Rauch stieg auf.

»Atme tief ein!«, flüsterte Deringhouse. »Rod wird immer bei dir sein.«

Kapitel 17

Unterwasserkuppel, 2. August 2036
Rico

Seit er in der Wüste zu sich gekommen war, hatte er dieses Gefühl der Unvollständigkeit gehabt. Es hatte Stunden und Tage gedauert, bis er sich körperlich so weit regeneriert hatte, um wieder zu »funktionieren«.

Die robotisch-biologischen Bereiche waren zwar auch wiederhergestellt gewesen, aber ihre *Heilung* hätte wohl einen längeren, intensiveren und von entsprechenden Spezialisten oder Maschinen begleiteten Prozess benötigt.

Seine Balance hatte er seither nicht gefunden.

Und genau jetzt waren *sie* hierhergekommen. Ausgerechnet jetzt.

Er kannte die Menschen – teilweise besser als sie sich selbst. Er schätzte ihren Erfindergeist, ihre Neugierde, die Sehnsucht nach dem unentdeckten Land.

Auf der anderen Seite kannte er ihren Zynismus, wenn es darum ging, einen eigenen Vorteil herauszuschlagen. Sie schafften aus der Welt, was ihnen im Weg lag. Teilweise war es mit ihrer Erziehung und labiler Psyche erklärbar, die sie verkennen ließ, dass von einem Kollektiv größere Werte geschaffen werden konnten als von einzelnen Personen.

Wenn ein Mensch die Möglichkeit besaß, im Alleingang zehn Goldstücke zu erhalten, während seine Mitmenschen leer ausgingen, dann schloss er sich nicht mit diesen zu einer Gruppe zusammen, die gemeinsam dreißig Goldstücke gewinnen konnten. Weshalb sollte er anstelle von zehn Münzen nur die Hälfte haben? Was brachte es ihm, wenn jeder ein paar Goldstücke erhielt?

Was brachte es ihm, genauso viel Gold zu besitzen wie alle anderen? Welche Erfüllung brachte es ihm? Welche individuelle Entfaltung?

Meist ließ sich dieser Trieb nach Erfüllung, Reichtum und Siegertum nicht durch Einflüsse rechtfertigen. Menschen waren so, wie sie waren.

Diese Unlogik des menschlichen Vorwärtsstrebens kannte Rico. Er *wusste,* dass sie in die Unterwasserkuppel nicht eingedrungen waren, um sich nach seinen Wünschen und Bedürfnissen zu richten.

Sie waren hier, um Ziele zu erreichen, sich zu bereichern, zu zerstören, was ihnen und ihren Zielen gefährlich werden konnte.

Genau *jetzt,* da es Ricos Aufgabe gewesen wäre, das wichtigste Rätsel überhaupt zu lösen. Genau jetzt, da er sich mithilfe von stationsinternen Daten hätte vervollständigen müssen, um herauszufinden, was mit ihm nicht stimmte. Welche Informationen ihm fehlten.

Was mit *ihm* geschehen war. *Er* hätte hier sein müssen.

Die Regung, die er empfand, als er die bewaffneten Eindringlinge auf den Überwachungsmonitoren erblickte, hätte bei einem Menschen oder Arkoniden nichts anderes als *Hass* bedeutet.

»Was werden wir unternehmen?«, fragte Quiniu Soptor.

»Es ist alles falsch«, gab er zurück. »*Er* hätte hier sein sollen. Stattdessen sind nun *sie* hier. Wir haben sie geradewegs in die Station geführt. Das ist falsch. Sie darf nicht in ihre Hände fallen. Wir müssen sie halten, um ...«

Rico bremste seinen Redefluss ein. Fast hätte er zu viel gesagt. Er vertraute der Frau nicht vollständig. Je weniger sie wusste, desto weniger Schaden konnte sie möglicherweise anrichten. Es lag nicht an Rico darüber zu bestimmen, wer Wissensträger sein durfte und wer nicht.

Er drehte sich um, rannte zum Arsenal. Die Kammer war in eine der rückwärtigen Wände eingelassen.

Der Roboter sandte die Kodezeile, und die scheinbar fugenlose Wand schob sich einen Fingerbreit nach innen und gleich darauf zur Seite.

»Wer hat diese Station gebaut?«, fragte Soptor. »Warst du es? Hast du dieses Arsenal angelegt?«

Die Frau verfügte über eine bemerkenswerte Intelligenz, wie sich Rico erneut eingestehen musste. Sie ordnete die Begrifflichkeiten korrekt zu.

»Was hast du vor?«

Erneut gab er keine Antwort. Er griff nach den Waffenringen, stülpte sie sich über die Handgelenke. Sofort versenkten sie Kontaktstifte in seinem Fleisch, die sich mit Ricos Metallskelett und der Energieversorgung verbanden.

»Du willst die Station verteidigen?«, fragte Soptor. »Wäre es nicht besser, wenn wir den Dialog suchen würden? Noch wissen wir nicht, welche Motive die Eindringlinge verfolgen.«

Er griff sich einen Schutzschirmgenerator und verhakte ihn an seinem Gürtel. Die Automatik erwachte, führte eine Funktionskontrolle durch. Gleich darauf sendete sie den Bereitschaftsimpuls. Sie besaß eine eigene Energiezelle und handelte autark.

»Das ist nicht nötig«, gab er Soptor zur Antwort. »Ich kenne ihre Motive. Sie widersprechen meinen.«

Soptor klappte den Helm ihres Kampfanzuges zu. »Erhalte ich ebenfalls zusätzliche Waffen?«

Rico warf ihr einen Blick zu. Kurz rechnete er die Wahrscheinlichkeiten der möglichen Konsequenzen durch. Dann ergriff er eine Granate und gab sie ihr.

»Was mache ich damit? Wie löse ich sie aus?«

Er deutete auf die Markierungen an der Schnittstelle der oberen und unteren Kugelhälfte. »Du drehst sie, bis die beiden gewünschten Markierungen aneinander liegen. Sie geben darüber Auskunft, wie lange die Verzögerung und wie stark die Detonation sein wird.«

Rico deutete auf die einzelnen Zeichen und erklärte, welche für Zeit und welche für Intensität standen.

Dann schloss er das Arsenal wieder. Die Platte fuhr zurück. Falls die Eindringlinge bis zu diesem Ort vorstoßen sollten, würden sie die versteckte Kammer nicht einmal mit Hohlraumsensoren finden können.

Er blickte Quiniu Soptor an. »Ich werde die Station verteidigen!«, befahl er. »Du wirst dich im Hintergrund aufhalten und nur eingreifen, wenn ich es dir befehle!«

»Rico, ich ...«, begann sie.

Aber der Roboter hatte sich bereits umgewandt und eilte den Eindringlingen entgegen.

Allan D. Mercant

Mercant trat an das diskusförmige Gefährt. Es sah aus, wie in den Medien und billigen Filmen seit jeher fliegende Untertassen dargestellt wurden.

Schlagartig erfasste ihn eine tiefe Ehrfurcht, wie er sie in den letzten Tagen und Wochen immer wieder erlebt hatte, wenn er sich mit der märchenhaften Technik der Arkoniden konfrontiert sah.

Der Diskus maß etwa fünfzehn mal drei Meter. In der Mitte ragte die transparente Pilotenkabine auf. Vier Kugeln waren in den Außenbereichen jeweils im Abstand von neunzig Grad angebracht. Mercant ging davon aus, dass sie die Triebwerke beinhalteten.

Er streckte die Hand aus, fühlte das kühle Metall unter seinen Fingern. Dann präsentierte er den anderen die Handfläche. Sie war nass. »Mit diesem Diskus sind sie hierhergekommen«, schloss Mercant.

He trat neben ihn. »Wir kennen die Möglichkeiten nicht, die sich dem Roboter in dieser Umgebung bieten«, raunte er. »Wir sollten keine Risiken eingehen.«

»Hören Sie mir gut zu«, flüsterte Mercant. »Ich sage es nur einmal: Rico ist für uns genauso wichtig, wie es diese Station ist. Ich will nicht, dass er oder sie durch zu ungestümes Vorgehen Schaden nehmen.«

»Ich kenne dieses Wort *ungestüm* nicht«, gab He ungerührt zurück.

Mercant versuchte in dem asiatischen Gesicht zu lesen. Eine Stimme in ihm schrie ihn an, dass es ein Fehler war, Bai Juns ehemaligem Adjutanten eine solch diffizile Aufgabe anvertraut zu haben. Eine andere innere Stimme warf ihm vor, rassistisch und alten Strukturen verhaftet zu sein. Hes Gesicht blieb ausdruckslos.

»Weisen Sie Ihre Leute an, vorsichtig vorzugehen, He.«

Kaum hatte er es gesagt, erlosch in der Halle die Beleuchtung. Von einem Moment auf den anderen war es stockdunkel.

He bellte ein Kommando, das Mercant nicht verstand.

Ein schabendes Geräusch erklang. Gleich darauf blitzte ein fingerdicker Lichtstrahl auf, brannte sich in seine Netzhaut ein.

Etwas fauchte. Mercant hörte einen Schlag, einen Schrei. Dann ging einer von Hes Soldaten in Feuer auf. Ein hoher, klagender Schrei wurde von den Wänden des Hangars zurückgeworfen, vermischte sich mit weiteren fauchenden Energiesalven und den ersten Schüssen aus den Sturmgewehren.

»In Deckung!«, rief Mercant.

He schrie weitere Befehle. Seine Stimme schien bereits mehrere Meter von ihm entfernt.

Mercant ließ sich fallen, presste das Gewehr an seinen Körper und rollte sich mehrmals über seine Ellbogen ab, bis er gegen etwas Hartes prallte.

Der Diskus.

Er riss das Gewehr ruckartig hoch, versuchte im Dunkel mehr zu erkennen als blitzende Waffenmündungen und den Soldaten, der sich ebenfalls über den Boden wälzte – im hilflosen Versuch, die Flammen zu ersticken.

Der furchtbare Gestank von verbranntem Fleisch breitete sich aus.

He gab erneut einen Befehl. Kurz darauf sprühten an verschiedenen Orten im Hangar Funken. Sie flogen durch die Luft, entzündeten sich zu faustgroßen grünen Flammen.

Hes Leute hatten Fackeln gezündet.

Eine hochgewachsene Gestalt wurde sichtbar. Sie hielt beide Arme ausgestreckt. Aus ihren Handgelenken lösten sich die Energiestrahlen, zerteilten wie Feuerklingen den Raum.

Rico!

Das Rattern der Sturmgewehre echote dröhnend von den Wänden. Fluchend griff sich Mercant an den Kopf, nestelte die Ohrstöpsel tiefer in die Gehörgänge hinein.

»Feuer einstellen!«, schrie er. »Verdammt noch mal, Feuer einstellen!«

Mercant hörte nicht einmal seine eigenen Worte. Zu laut, zu chaotisch ging es im Hangar zu. Männer und Frauen schrien. Ricos Energiesalven fauchten. Querschläger heulten durch die Luft.

Rauchiger Dunst breitete sich aus, verlieh der Szenerie eine zusätzliche bedrohliche Dimension.

Mercant rieb sich die Tränen aus den Augen. Rico stand nach wie vor an derselben Stelle. Er wirkte wie ein Rachegott, der auf die Erde herabgestiegen war und den Menschen seinen Zorn spüren ließ.

Um seinen Körper flackerte die Luft. Immer wieder leuchteten helle Punkte auf und verglommen gleich wieder.

Mercant erkannte, dass der Roboter durch einen Energieschirm geschützt wurde, gegen den die Gewehrprojektile nicht ankamen.

Ein weiterer Soldat wurde getroffen. Sein Oberkörper stand sofort in Flammen.

»Das ist Wahnsinn, He!«, schrie Mercant. »Befehlen Sie Ihren Leuten, sich zu ergeben!«

Er wusste nicht, ob He ihn verstanden hatte. Dafür setzte sich Rico in Bewegung. Schritt für Schritt kam er näher.

Direkt auf Mercant zu.

Caroline Frank

»Bleib hier, Caro!«, zischte Bernhard Frank. »Das da draußen ist nichts für uns!«

In diesem Augenblick drang ein dumpfer Schrei zu ihnen. Gleich darauf hörten sie das Rattern eines Gewehres.

»Er hat etwas verloren«, wiederholte seine Tochter. Sie löste die Gurte ihres Sitzes. »Wir ... ich muss sofort zu ihm gehen. Vielleicht kann ich den Wahnsinn stoppen!«

Mit einem Handgriff hatte sie das Cockpit geöffnet und zur Seite geklappt. Frank wollte sie an den Schultern packen. Die Gurte hielten ihn zurück. Er fluchte herzhaft, fand endlich den Verschlussmechanismus und ließ sie zurückfahren.

Caroline schwang sich ins Freie. Im letzten Moment bekam er ihr zierliches Handgelenk zu fassen.

»Du wartest!«, befahl er.

»Paps!« Sie drehte sich zu ihm um. »Meinetwegen sind wir alle in dieser Situation. Ich habe A gesagt, nun muss ich auch B sagen! Ich glaube, ich kann helfen! Lass mich gehen!«

»Kruzifix!«, rief er aufgebracht. »Was hat denn der Glauben schon wieder damit zu tun?«

»Lass mich los, Paps!«

Im gedämpften roten Notlicht sah Bernhard Frank die glitzernden Augen seiner Tochter. Eine tiefe Falte ragte über der Nasenwurzel auf. Ihre Wangen glänzten.

»Dein verdammter Dickschädel, Caro. Du wirst uns noch umbringen!«

Frank erhob sich, das Handgelenk seiner Tochter hielt er weiterhin eisern umschlossen. »Wir werden zusammen gehen. Du und ich.«

»Paps!«

»Hör mir auf mit ›Paps‹! Ich werde dich begleiten, was auch immer du im Sinn hast. Keine Widerrede!«

Rico

Die Eindringlinge hatten sich schlecht auf ihren Einsatz vorbereitet. Sie gaben sich zwar Mühe, hinter Stützpfeilern und in Erkern Deckung zu suchen. Aber gegen seine Energiewaffen hatten sie keine Chance. Sie besaßen nicht einmal Schutzschirmgeneratoren.

Einer der Angreifer machte sich an Soptors Aufklärer zu schaffen. Möglich auch, dass er dahinter nur Schutz suchte. Aber Rico wollte kein Risiko eingehen. Der Aufklärer versprach ein Mindestmaß an Bewegungsfreiheit; das wollte und durfte er nicht verlieren.

Gemächlich ging er auf den Mann zu. Im Gegensatz zu den anderen Angreifern schoss dieser nicht auf ihn. Weil er damit beschäftigt war, den Aufklärer zu manipulieren?

Im rechten Erfassungswinkel gewahrte Rico eine Bewegung. Das innere Schleusenschott glitt auf. Langsam wandte er den Kopf.

Ein stämmiger Mann und eine zierliche Frau standen in der Schleuse. In der Vergrößerung ihres Gesichts las er ihr Entsetzen über die Situation im Hangar.

Rico hob den rechten Arm mit dem Waffenring. Die automatische Zielkontrolle erfasste die beiden. Er registrierte die Waffe in der Hand des Mannes, die aber in Richtung des Bodens zielte.

Aus der Summe der Beobachtung las der Roboter, dass die beiden keine militärische Funktion innehatten.

Weshalb sind sie hier?

Die Frau bewegte ihre Lippen. Durch den Lärm der Waffen war es ihm trotz vielfacher Filterung nicht möglich, sie zu hören. Aber es gelang ihm, die Lippenbewegungen in Worte zu übersetzen.

Halte ein, sagte die Frau. *Ich weiß, wo du suchen musst. Ich helfe dir, ihn zu finden.*

Rico ließ den Arm sinken.

Seine Positronik rechnete ihm die Wahrscheinlichkeit dafür vor, dass die Frau wissen konnte, wonach er gesucht hatte. Sie war verschwindend gering.

Sekundenlang kämpfte er gegen sich selbst. Dann siegte sein biologischer Anteil. Seine *Gefühle.*

Er rannte zu Soptors Aufklärer, packte den Mann, der dahinter in Deckung gelegen hatte, und schleuderte ihn gegen die nächste Wand. Ohne abzubremsen, warf sich Rico herum und eilte auf die Frau zu.

Bevor sie oder ihr Begleiter reagieren konnten, hatte er sie gepackt und hastete mit ihr zurück in Richtung der Innenbereiche der Station.

Er benötigte Zeit. Er musste mit der Frau sprechen!

Da erhoben sich zwei der Eindringlinge. Sie standen genau zwischen ihm und dem Eingang zum Innenbereich.

Rico verzichtete darauf, auf sie zu schießen. Er würde sie einfach über den Haufen rennen. Sie hoben ihre Gewehre.

Sein optisches Fernanalysesystem verglich das Bild mit den Daten, die er laufend gesammelt hatte. Er kannte die Waffen. Modifizierte SIG mit einem Kaliber von 6,5 Millimetern. Die Projektile bestanden sowohl aus Metall als auch aus Keramik. Zu Hunderten waren sie bereits in seinem Schutzschirm verglüht.

Rico erkannte seinen Fehler erst, als die Daumen der beiden Gestalten einen Knopf an der Seite des Handschutzes betätigten. Erst jetzt identifizierte er die Natur der dünnen Stäbe auf der Oberseite des Gewehrs.

Es handelte sich um Energiewaffen.

Zu spät, seinen Arm hochzureißen, drückte er den Körper der jungen Frau enger an sich und sandte dem Schutzschirmgenerator einen Funkbefehl.

Dann hüllte sie ein Flammenmeer ein.

Kapitel 18

Schiff der Fantan
Sid González

Die Sprünge kosteten Sid viel Kraft.

Gleichzeitig fühlte er sich aber so gut wie noch nie in seinem Leben. *Er* hatte den Hangar mit den Beibooten entdeckt. *Er* war es, der Reginald Bull seit drei Tagen immer wieder in eines der Boote brachte, damit dieser sich mit der Einrichtung und der Steuerung vertraut machen konnte.

Und *er* war es gewesen, der nach vielen Fehlversuchen die kleine Krankenstation tief im Bauch der SREGAR-NAKUT gefunden hatte, in der Sue von diesem seltsamen Arzt Fulkar behandelt wurde.

Nun ging es um die letzten Vorbereitungen. Reginald Bull hatte ihm gesagt, dass – »wenn alles gut ging« – es ihm gelingen würde, die bisher erlernten arkonidischen Steuerungsprinzipien auch auf das Beiboot des Spindelschiffes anzuwenden.

»Wir haben nur einen Versuch, also müssen wir ihn nutzen«, hatte Bull gesagt. Und: »Wir hatten bisher Glück, dass die Fantan offenbar überhaupt keine Sicherheitskameras eingesetzt haben. Nun dürfen wir nicht übermütig werden, weil wir uns zu sicher fühlen. Die schönsten Pläne scheitern häufig am dümmsten Detail.«

Beim Wort »übermütig« hatte Bull selbstverständlich einen Seitenblick auf Sid geworfen. Als ob nur er ihr Unternehmen in Gefahr bringen konnte! Hatte Bull vergessen, wem er den Fund des Beibootes zu verdanken hatte?

Reginald Bull hatte ihn sogar bei der Benennung ihres Fluchtschiffes übergangen. Sid hatte vorgeschlagen, es SUERTE zu taufen, dem spanischen Wort für »Glück«. Bull hatte einen etwas abenteuerlicheren Namen haben wollen und das Beiboot ARSENE LUPIN getauft, nach einem angeblich berühmten Meisterdieb.

Sid hatte es nicht verstanden. Wie viele Leute hatten ihn in seinem Leben für die Vergangenheit als stehlendes Straßenkind getadelt oder zumindest die Nase deswegen gerümpft?

Wenn er seine Karriere fortgesetzt hätte – seine Teleportationsgabe hätte ihm buchstäblich fast jede Tür geöffnet –, wäre dann ebenfalls irgendwann mal ein Raumschiff CHICO oder SID GONZALEZ getauft worden?

Sid schüttelte verärgert den Kopf.

»Sid«, flüsterte eine Stimme. »Träumst du?«

Der Teleporter wirbelte herum. Dr. Manoli stand in der Türöffnung des Korridors, der von dem Lagerraum wegführte, in dem sie sich bisher meistens aufgehalten hatten.

Manoli sicherte den Gang ab, für den Fall, dass plötzlich Besuch auftauchen sollte. Dann war nämlich Eile geboten: Sid musste so schnell wie möglich in die ARSENE LUPIN teleportieren und mit Bull zurückkehren, bevor sein Fehlen in dem Lagerraum bemerkt würde.

Aus diesem Grund hatte Sid selbst die meiste Zeit Schmiere gestanden. Nur während der Schlafphasen, wenn er Sue gesucht hatte und wenn Bull sich nicht in der LUPIN befunden hatte, war er von der Pflicht befreit gewesen.

»Du siehst müde aus«, stellte der Arzt fest.

Sid machte eine abschätzige Geste, die seiner Meinung nach aber weniger überzeugend ausfiel, als dass er sich dies vorgestellt hatte.

»Wie weit ist Reg?«, fragte Dr. Manoli.

»Er sagt, dass er davon ausgeht, das Schiff kontrollieren zu können.«

»Hat er nun die Inbetriebnahme wenigstens einmal ausgetestet?«

Sid schüttelte den Kopf. »Nein, Reg meint, dass die Fantan trotz ihrer sicherheitspolitischen Differenzen ein Aufstarten der Systeme der LUPIN bemerken würden.«

Manoli lächelte fein. »Soso. Die Fantan leiden unter sicherheitspolitischen Differenzen? Du meinst nicht vielleicht Defizite?«

Sid merkte, wie er errötete. »Ja genau, das hat Reg gesagt. Pardón!«

Der Arzt griff in seine Jackentasche und zog ein zerknülltes Stück Zellophan heraus. Er faltete es auseinander. Darin lag der kümmerliche Rest eines Energieriegels.

»Viel Kraft wird er dir nicht geben, mein Junge«, sagte Manoli verzeihend. »Betrachte ihn daher in erster Linie als Glücksbringer.«

Sid betrachtete das Geschenk kritisch. »Aber essen darf ich das Stück schon?«

»Ich als dein Arzt bestehe sogar darauf.«

Sid griff zu. Fünf Sekunden später fand sich der zerkaute Riegel bereits auf dem Weg Richtung Magen wieder.

Manoli betrachtete das Ziffernblatt seiner Uhr. »Es wird Zeit«, sagte er. »Ab jetzt muss jeder Handgriff sitzen.«

Sid nickte ernsthaft.

Manoli bückte sich, nahm den roten Notfallrucksack auf und schlüpfte in die Tragegurte. »Ich bin bereit, wenn du es bist«, sagte der Arzt.

Sid atmete tief ein, zählte langsam auf fünf, ergriff Manolis Unterarm, konzentrierte sich auf die Zentrale der ARSENE LUPIN – und sprang.

Sie landeten punktgenau.

Die Zentrale ihres Fluchtschiffes durchmaß nicht ganz acht Meter und war kreisrund angelegt. In der Mitte saß der Befehlshaber, während die Arbeitsstationen und die verschiedenen Schirme an der Wand des Raumes an- und untergebracht waren.

Wollte der Befehlshaber selbst auf eine Station zugreifen, hatte er die Möglichkeit, sie zu sich heranfahren zu lassen. Auf diese Weise war es im Notfall möglich, das Schiff durch eine einzelne Person zu steuern.

Bull, der in einem weißen, überaus komfortabel aussehenden Sessel saß, zuckte kurz zusammen, als sie direkt vor ihm aus der Funkenwolke traten. Den Sessel sah Sid zum ersten Mal; zuvor hatte in der Mitte der Zentrale eine Art Gestell aufgeragt, das an die Körpermaße der Fantan angepasst war.

Der untersetzte Terraner mit den flammend roten Haarstoppeln steckte den kurzen Moment des Erschreckens weg, erhob sich und breitete theatralisch die Arme aus. »Willkommen!«, rief er. »In der ARSENE LUPIN, Terranias neuestem Schiff!«

Eric Manoli blickte sich um, stieß dann einen anerkennenden Pfiff durch die Zähne aus. »So sieht also ein Schiff fünf Minuten vor seinem Start aus!«

»Es ist alles genau durchgetimt, Eric.« Bull zog seinen Pod aus der Hosentasche und deutete auf das Display, auf dem eine Linie und mehrere Querstriche eingezeichnet waren. »Seht her: Da es sich bei der ARSENE LUPIN nicht nur um ein Bei- sondern auch um ein Rettungsboot handelt, kann sie innerhalb weniger Minuten aktiviert werden. Meinen Berechnungen zufolge in genau drei Minuten zwanzig – oder in zweihundert Sekunden. Das bedeutet nichts anderes, als dass der Countdown genau dann beginnt, wenn ich hier den Hauptschalter betätige.«

Bull deutete auf den Beginn der Linie. »Du, Sid, springst in die

Krankenabteilung und holst Sue heraus. Falls dieser Fulkar bei ihr ist und Sue weiterhin seine Pflege bedarf, nimmst du ihn ebenfalls mit. Eric: Deine Aufgabe wird sein, nach exakt einer Minute vierzig den Notschalter für das Außenschott der SREGAR-NAKUT zu betätigen. Das ist der gelbe Hebel dort drüben! Wir simulieren einen Notstart – deshalb habe ich beim lieben Gott die kleine Bitte deponiert, dass er doch dafür sorgen möge, dass die Fantan in den genau hundert Sekunden, die das Außenschott benötigt, um sich zu öffnen, nicht merken, was gespielt wird. Oder dass sie es zwar merken, aber wegen der cleveren Programmierung ihres Sicherheitssystems das notfallmäßige Öffnen des Schotts nicht unterbinden oder rückgängig machen können.«

Bull sah Sid und Manoli in die Augen. »Habt ihr verstanden, was der Papa von euch verlangt?«

Sid sah ihn kurz irritiert an, nickte dann eifrig.

Manoli verzog sein Gesicht zu einem kontrollierten Lächeln. »Als dein persönlicher Arzt möchte ich dir denselben Rat mit auf den Weg geben, den du unserem jungen Freund Sid immer wieder unter die Nase gerieben hast: *Mut ist gut, während Übermut alles gefährden kann.*«

Bull seufzte theatralisch. »Da fühlt man sich nach Tagen zum ersten Mal etwas beschwingt, und schon macht sich der Hausarzt Sorgen. Vielleicht sollte ich bei Doktor Haggard mal anfragen, ob er noch freie Sprechstunden hat.«

»Tu das, Reg«, sagte Manoli ruhig. »Sobald du uns heil zurück nach Terrania gebracht hast.«

Bull salutierte. »Aye, aye, Doc!«

Dann drehte er sich um, klappte auf dem kleinen Terminal, das an der rechten Lehne seines Sessels angebracht war, einen giftgelben Deckel nach oben. Darunter kam ein grüner Knopf zum Vorschein, den Reginald Bull, ohne zu zögern, in die Fassung drückte.

Sofort erfasste summendes Leben die Zentrale der ARSENE LUPIN. Bildschirme erhellten sich, die Terminals schoben gepolsterte Ringe aus, auf denen man sich wahlweise niederlassen oder an die man sich einfach anlehnen konnte.

Bull drehte sich wieder um, sah Sid an. »Worauf wartest du? Der Countdown läuft – du solltest bereits in der Krankenstation sein!«

Sid sah ihn einen Herzschlag lang erschrocken an, dann fasste er sich, schloss die Augen – und teleportierte.

Im Nachhinein konnte Sid nicht mehr sagen, weshalb ihm der Fehler unterlaufen war. Hatte er sich den Ort zu schlecht eingeprägt gehabt? Hatte er sich zu wenig konzentriert? Oder gab es andere Gründe für seinen leichten Fehlsprung?

Auf jeden Fall materialisierte er nicht direkt in der Krankenstation, sondern im breiten Gang, der in Fulkars Reich führte. Direkt vor ihm standen zwei Fantan.

Eiskalter Schrecken durchfuhr ihn. Sid hatte das Gefühl, dass sein Inneres vor lauter Kälte gefror.

Er starrte auf die beiden Zylinderwesen, während ihm tausend Gedanken durch den Kopf schossen.

Was sollte er tun? Flüchten? Angreifen? Beides?

Als die Fantan nach gefühlten zwanzig hastigen Herzschlägen noch immer nicht reagierten, flammte in Sid die leise Hoffnung auf, dass die Sinneslöcher an der oberen Kante auf seiner Seite vielleicht nur die Pendants von Ohren und Nase darstellten und sie ihn tatsächlich noch gar nicht entdeckt hatten.

Vorsichtig trat er einen Schritt rückwärts.

»Wir sehen Sie, Mensch«, kam es von einem von ihnen. »Was wollen Sie hier ... und wie kommen Sie überhaupt her?«

Wie in einem Karussell flitzten stets dieselben Gedanken durch seinen Kopf.

Flüchten?

Angreifen?

Angreifen und dann flüchten?

Einer der beiden Fantan hob ein silbernes Kästchen und richtete es auf Sid.

Mit weit aufgerissenen Augen starrte er auf das zierliche Objekt, das in der Greifhand des Fantan irgendwie fehlplatziert wirkte.

Im selben Augenblick erklang ein dumpfer Ton, der Sid an eine riesige Glocke erinnerte. Das Dröhnen erhob sich zu einem feineren Ton, der auf- und abschwoll.

»Oh«, sagte der Fantan und ließ das Kästchen sinken. »Da ist er ja schon.«

Sid benötigte keine Sekunde, um zu begreifen, was geschehen war. *Er hatte den Alarm ausgelöst!*

Reflexartig schloss er die Augen. Der Fantan sagte noch etwas, aber Sid hörte schon nicht mehr hin.

Er teleportierte.

Gleich darauf sah er den riesigen, dürren Mann. Er hatte sich gerade über Sue gebeugt, musste aber Sids Funken gesehen haben.

Schneller, als er es ihm zugetraut hatte, sprang der Arzt in die Höhe.

»Wie ... woher?«

Geistesgegenwärtig drehte sich Sid um und sah, dass der Zugang zu der Krankenstation offen stand. Er ignorierte die Trägheit, die ihn nach dem dritten Sprung innerhalb von kurzer Zeit befallen hatte. Mit drei weit ausholenden Schritten war er neben der Tür und betätigte den Schließmechanismus.

Am Ende des Ganges sah er kurz die beiden Fantan, die mit mehreren Extremitäten auf die Stelle zeigten, an der er soeben noch gestanden hatte. Dann schlossen sich die beiden Türflügel.

»Wie kamen Sie so schnell hier herein?«, rief Fulkar.

»Ich habe keine Zeit für Erklärungen«, stieß Sid aus. Er schwankte leicht, Schwindel kam auf. Er musste sich an der geschlossenen Tür abstützen. »Los! Wir dürfen keine Zeit verlieren!«

»Was ist los? Weshalb keine Zeit?«

»Wir müssen hier weg. Die Fantan haben Alarm gegeben!«

Der dürre Arzt mit dem seltsam spitzen Schädel blickte ihn entgeistert an. »Weg hier? Haben Sie den Verstand verloren?«

»Wir haben eine Möglichkeit gefunden, von diesem Schiff zu flüchten«, rief er, während er auf Fulkar und Sue zuwankte. »Schnell! Ich will kein Besun sein! Und Sie darf ich ebenfalls mitnehmen.«

Der Mann stemmte beide Fäuste in die Hüfte und richtete sich zu voller Größe auf. »Weshalb sollte ich das wollen? Ich würde auf Aralon niemals so viel Achtung erfahren wie hier. Weshalb sollte ich diese Situation aufgeben, ohne Not?«

Sid schüttelte verwirrt den Kopf. Ihm fiel ein, dass ihm nur wenig Zeit blieb, um in die ARSENE LUPIN zurückzukehren. Wie viele Sekunden mochten bereits vergangen sein? Fünfzig? Gar hundert?

»Dann eben ohne Sie«, rief er. Sid streckte die Hand nach Sue aus, die vor Fulkar in der Luft schwebte. Sie schien friedlich zu schlafen. »Was ... was ist mit ihr? Geht es Sue gut?«

»Selbstverständlich geht es ihr gut«, sagte der Arzt mit einem irritierten Unterton, den selbst der Translator wiedergab. »Die Behandlung gegen Transitionsschocks hat wie beabsichtigt angeschlagen. Sie werden der Patientin ab sofort nichts mehr ausmachen. Aber ...«

Der Dürre brach ab, als die Türflügel der Krankenstation aufschwangen. Sids Kopf ruckte herum.

Die beiden Fantan standen im Eingang.

»Keine Bewegung, Besun!«, rief einer von ihnen. »Wir wenden nötigenfalls Waffengewalt an, damit Sie nicht wieder verschwinden!«

Sid blickte von den Fantan hastig zurück zu Sue und Fulkar. »Was?«, fragte er. Panik stieg in Sid auf. »Was wollten Sie sagen? Da war noch ein ›Aber‹!«

»Der Arm«, sagte Fulkar, während sein entsetzlich dünner Zeigefinger auf den entsprechenden Körperteil deutete. »Ich habe ...«

»Weg da, Besun!«, gellte es vom Eingang her. »Oder ich schieße!«

Sid griff nach Sues rechter Schulter. Die andere Hand streckte er Fulkar entgegen. »Ich muss springen! Wollen Sie jetzt mitkommen?«

Der dürre Arzt zog die Hand zurück, als hätte er sich verbrannt.

»Ich danke Ihnen!«, stieß Sid hastig hervor. »Für alles!«

Das Letzte, was Sid sah, bevor er verschwand, war das vor Überraschung und Furcht verzogene Gesicht des Arztes.

Einen Herzschlag später fand er sich in der Zentrale der ARSENE LUPIN wieder.

»Endlich!«, rief Reginald Bull.

Reflexartig griff Sid nach Sues Körper. In der Zentrale wirkte das Schwebefeld nicht mehr, das sie zuvor hochgehalten hatte.

Zusammen mit dem Mädchen stürzte er zu Boden. Eine unglaubliche Erschöpfung breitete sich bleiern in ihm aus.

»Eric«, hörte er von weit her Bulls Stimme. »Kümmere dich um die beiden. Ich habe hier zu tun!«

Während sich Dr. Manoli neben Sue kniete und ihren Puls nahm, fühlte Sid, wie der Boden unter ihm erbebte.

Reginald Bull hatte es tatsächlich geschafft, das Schiff in Bewegung zu setzen!

Sid durfte sich den Anblick nicht entgehen lassen. Unter Aufbietung all seiner Kräfte kam er auf die Knie und erhob sich langsam.

Auf einem der Bildschirme sah er, wie die ARSENE LUPIN durch den Hangar glitt. Vor ihnen hatte sich die Außenschleuse geöffnet.

Allerdings nur zur Hälfte.

»Verdammt!«, rief Bull wütend. »Sie schließt sich wieder! Das wird verflucht knapp!«

Erschrocken blickte Sid auf den rechteckigen Ausschnitt des Weltraums, der stetig schmaler wurde, während die Schleuse in Bewegung geriet und langsam zuglitt.

Sid sah sofort, dass Bull nicht recht hatte. Das würde nicht einmal verflucht knapp werden – die ARSENE LUPIN würde niemals durch diesen Spalt hindurchpassen!

Der Junge schwankte. Seine Kräfte drohten zu versiegen.

Drei Tage lang hatten sie sich auf dieses Manöver vorbereitet, und nun würde es scheitern.

Seinetwegen? Hatte er zu lange gebraucht, um Sue aus der Krankenstation zu holen? Hatte er alles vermasselt?

Bull fluchte aus vollem Hals, während er das Schiff unbeirrt auf die schmaler werdende Öffnung zuhielt.

Sids Blick fiel auf den gelben Hebel, von dem Bull gesagt hatte, dass er das Außenschott notfallmäßig öffnen würde. Dr. Manoli hatte ihn wie beauftragt betätigt.

Dann kam Sid die Idee. Eine unglaublich einfache, simple Idee.

Plötzlich fühlte er sich absolut ruhig. Er wusste nun, was er zu tun hatte. Er schloss die Augen, konzentrierte sich.

Und sprang.

Sid materialisierte in der Zentrale. Es war stockdunkel.

Seine Beine gaben nach, er stürzte zu Boden.

Nicht jetzt!, dachte er verzweifelt. *Ich muss meine Aufgabe erledigen!*

Er bot seine letzten Kraftreserven auf, schaffte es irgendwie, auf die Knie zu kommen, und kroch, so schnell es ging, in irgendeine Richtung.

Er verdrängte den schlimmen Gedanken, dass er sich erneut geirrt hatte und gar nicht in der Zentrale des anderen Beibootes herausgekommen war, sondern irgendwo sonst. In einem Maschinenraum oder innerhalb einer sanitären Einrichtung.

Sid hatte eine einzige Chance, er musste sie einfach nutzen!

Er stieß mit einer Wand zusammen. Sid griff nach oben, bekam irgendeine Kante zu fassen und zog sich hoch. Seine Finger ertasteten ein ovales Board, auf dem etliche Sensormulden eingelassen waren.

Seine Gedanken rasten. Welches der Terminals hatte in der Zentrale der ARSENE LUPIN so ausgesehen? Er gab sich eine, zwei Sekunden Zeit zum Überlegen. Das Blut pochte quälend laut in seinen Ohren.

Dann wusste er es.

Nach rechts! Ich muss nach rechts!

Die Arme ausgestreckt, tastete er sich, so schnell ihn die

schrecklich zitternden Knie ließen, am großen Bildschirm vorbei, dann kam ein weiteres Arbeitsterminal, noch ein Bildschirm und dann ...

Seine hektisch herumtastenden Hände fanden den Hebel. Mit aller Kraft zog er daran.

Mit einem satten *Klack* gab er nach und kippte nach unten. Ein stechend gelbes Licht leuchtete neben dem Hebel auf.

Aufschluchzend ließ sich Sid zu Boden gleiten.

Er hatte es geschafft! Er hatte in der Dunkelheit der anderen Beibootzentrale den Nothebel für das Außenschott gefunden!

Sid hob die Hände, verknotete die Finger ineinander und betete zu der Jungfrau Maria, dass es seinen Gefährten gelingen würde, durch das Schott zu entkommen.

Dann wurde er ganz ruhig. Sid begriff, dass er im Schiff der Fantan zurückbleiben würde. Seltsamerweise verspürte er deswegen weder Trauer noch Enttäuschung noch Wut.

Es war gut so.

Seine Tat hatte geholfen – *bitte, bitte, mach, dass es auch wirklich geholfen hat!* –, dass Sue, Bull und Manoli aus den Fängen der Fantan entkamen und nicht als Besun enden würden.

Langsam ließ er die angehaltene Luft entweichen. Fühlte die wohlige Wärme seines Triumphes. Wie eine Flamme brannte er in Sids Brust.

Reginald Bull

Wohin war der Junge verschwunden – und vor allem: *Was zum Teufel hatte er angestellt?*

Es mussten wenige Zentimeter gewesen sein, die gefehlt hatten. Bull hatte die ARSENE LUPIN geradewegs zwischen Schott und Wand treiben wollen. In seiner verzweifelten Hoffnung, damit das Schott aufzubrechen und dadurch zu entkommen.

Dann hatte das Schott plötzlich angehalten – und war gleich darauf wieder auseinandergefahren!

Das Boot schrammte am Rand des Schotts vorbei. Metall kreischte über Metall – und dann waren sie draußen.

Bull stieß einen Triumphschrei aus.

Jetzt musste nur noch der Junge ...

»Sid!«, rief in diesem Augenblick Eric Manoli. Die Stimme des sonst so ruhigen und sachlichen Mannes bebte vor Erleichterung.

»Ich hatte mir gerade ernsthafte Sorgen gemacht, dass wir wieder zurückfliegen und dich holen müssen.«

»Ich ... habe ich ... haben wir es geschafft?«, hörte Bull die erschöpfte Stimme des Jungen.

»Ja, Sid. Du hast es geschafft«, sagte der Arzt.

Bull blickte in den Weltraum. Der Bildschirm füllte sich mit weißen Pünktchen. In der Mitte stand ein einzelner, fetter Punkt. Die anderen Reflexe umschwärmten ihn wie Bienen ihren Stock. Dahinter glomm ein noch viel größerer Ortungsreflex auf.

Schlagartig fiel die Euphorie von Reginald Bull ab. Das Hochgefühl gefror wie ein Wasserstrahl in der Eiseskälte im sibirischen Winter.

»Was für ein Reinfall«, murmelte er.

Bull ließ die beiden Sticks los, mit denen er die ARSENE LUPIN in der Handsteuerung gelenkt hatte.

Nie hätte er gedacht, dass er jemals so viele Weltraumobjekte so nahe beieinander sehen würde.

Beim riesigen Ortungsreflex handelte es sich um einen Planeten. In dessen Orbit schwebte eine gigantische Raumstation, die sich langsam um die eigene Achse drehte. Hunderte, nein: Tausende von Raumschiffen umschwirrten sie.

Etliche Dutzend waren bereits auf die ARSENE LUPIN aufmerksam geworden und kreisten sie ein.

Reginald Bull wusste, wann es vorbei war.

So überwältigend und faszinierend der Anblick der durch die Schwärze des Alls gleitenden Raumfahrzeuge war, so klar sagte er ihm auch, dass sie verloren hatten.

Kapitel 19

Unterwasserkuppel, 2. August 2036
Quiniu Soptor

Atemlos hatte sie das Gefecht im Hangar mitverfolgt. Die Quilranfedern sonderten ihr Sekret ab, das sie einigermaßen beruhigte.

Dann kam der Moment, in dem sich die Situation schlagartig änderte. Das Schleusenschott glitt auf. Nach kurzem Zögern rannte Rico zuerst Richtung Aufklärer, dann zum Schott. Dort packte er eine grazile Gestalt und bewegte sich zusammen mit ihr in Soptors Richtung.

Bevor er den Gang erreichen konnte, stellten sich ihm zwei Eindringlinge entgegen und schossen auf ihn.

Mit Energiewaffen!

Der Schock brachte Soptor kurz aus dem Konzept. Woher besaßen die Menschen solche Waffen? Gleich darauf jagte ihr ein Gedanke durch den Kopf, der nur allzu logisch war: *Crest!*

Wie konnte der Alte nur solchen Frevel begehen! Soptor wusste nun, dass es die richtige Entscheidung gewesen war, sich nicht mit Crest in Verbindung zu setzen, sondern sich einen eigenen Weg zu suchen.

Ricos Schutzschirm flackerte.

Soptor erkannte nicht, ob der Roboter sein Verhängnis erkannt hatte. Er bremste seinen Lauf jedenfalls nicht ab, prallte mit voller Kraft gegen die beiden Angreifer, die wie Spielfiguren von diesem brennenden Ball absprangen, in dem der Roboter und die Menschenfrau verborgen waren.

Die beiden Eindringlinge klatschten gegen die Wände. Ihre Uniformen brannten. Ihr eigenes Feuer war zu ihnen zurückgekommen.

Ricos Schutzschirm erlosch endgültig. Ein rauchendes Etwas schoss in überarkonidischer Geschwindigkeit an Soptor vorbei. Sie schaltete das Flugelement ihres Anzuges ein und flog ihm nach.

Erst vor dem Eingang zu der Halle mit den Tiefschlafeinrichtungen hielt Rico allmählich an.

Er schwankte. Aus seinen Armen löste sich mit einem Seufzen die junge Frau und sank zu Boden.

Der Roboter sah furchtbar aus. Ein großer Teil seiner äußeren Bioverkleidung war verkohlt. Blitzende Metallteile lugten unter den dunklen Fleischfetzen hervor.

Die blonde Frau hatte ebenfalls Verbrennungen erlitten, aber weit weniger als der Roboter. Hatte er den Schutzschirm so manipuliert, dass er sich um die Frau zusammengezogen hatte, während Rico den Energien fast schutzlos ausgesetzt gewesen war?

»Rico!«, rief sie. »Was soll ich tun?«

Der Roboter wandte sich um. Von der rechten Gesichtshälfte klebten nur noch Fetzen auf dem Metall. Das Auge sah aus wie ein zu hart gekochtes und aufgesprungenes Vogelei.

»Diese Frau hat Informationen«, sagte er. Es klang, als ob zwei abgebrochene Metallstreben aneinander reiben würden. Seine Stimmmodulation funktionierte nicht mehr richtig. »Tu das, was sie sagt.«

Sofort kniete sich Soptor zu der blonden Frau. Sie wälzte sich hin und her, hustete stark. Blutiger Schaum stand vor ihrem Mund.

Soptor hielt sie fest, bis sie sich nicht mehr wehrte. »Rico sagt, dass Sie Informationen haben«, sagte sie scharf. »Was für Informationen sind das?«

Die Frau blinzelte. Tränen rannen aus ihren Augen.

»Antworten Sie mir!«

»Die Verfolger kommen«, erklang es metallen knarrend von Rico. »Beeil dich!«

»Ich weiß«, sagte die junge Frau mit schwacher Stimme, »wo Rico suchen muss, um das zu finden, was er sucht.«

»Was sucht er?«

»Ich ... ich weiß es nicht.«

»Wie können Sie dann wissen, wo er suchen muss, wenn Sie nicht wissen, worum es sich handelt?«

Die Frau stöhnte. »Meine Gabe ... Ich weiß es einfach. Ich kann es fü... fühlen.«

Rico hob ruckartig beide Arme. Energiesalven zuckten den Gang hinunter, aus dem sie gekommen waren. Irgendwo schrie jemand gellend. Schüsse erklangen.

»Wohin müssen wir gehen?«

»Den ... den Gang hinunter. Eine ... eine Lagerhalle.«

Kurz entschlossen ergriff Soptor die junge Frau und legte sie sich über die Schulter. Die Kraftverstärker des Anzuges halfen mit, sodass sie ihr Gewicht kaum bemerkte.

»Rico!«, rief sie. »Folge uns!«

Sie startete das Flugmodul und hob mit ihrer Last ab. Mehrmals versicherte sie sich, dass der Roboter ihnen folgte.

Ricos Bewegungsapparat schien stark in Mitleid gezogen worden zu sein. Soptor machte sich darauf gefasst, die schwere Maschine ebenfalls mitschleppen zu müssen.

Sie kamen an die erste Abzweigung. Wie die Kolonialarkonidin es nicht anders erwartet hatte, gab die junge Frau die flüsternde Anweisung, dass sie sich nach links wenden mussten. An der nächsten Verzweigung wählte sie den Weg nach rechts.

Sekunden später standen sie in der Lagerhalle, die sie zusammen mit Rico bereits einmal besucht hatte.

Wo dieses bogenartige *Ding* stand.

Rico traf ein. Er schwankte stark, dann brach seine Hüfte auseinander. Krachend fiel der Roboter in sich zusammen.

»Rico!«, rief die Kolonialarkonidin. »Sag mir, was ich jetzt tun soll!«

Die Kiefer des Roboters bewegten sich. Ein mahlendes Geräusch erklang. Worte.

»Usque huc venies et non procedes plus ultra«, hörte sie, »et hic confringes tumentes fluctus tuos.«

»Was hast du gesagt? Was bedeutet das?«

Rico gab keine Antwort mehr.

Die Frau in ihren Armen schluchzte. Vorsichtig setzte Soptor sie auf den Boden.

»Hören Sie mir gut zu«, sagte sie eindringlich. »Ich muss wissen, wie oder wo ich weitersuchen muss. Was wissen Sie?«

Die Frau versuchte sie anzusehen. Der Blick glitt immer wieder ab. Ihre Augen rollten. »Ich weiß ... es nicht«, stotterte sie. »Nur hierher ... nicht weiter.«

Soptor erhob sich entschlossen.

»Stationspositronik!«, rief sie laut. »Ich benötige deine Unterstützung! *Rico* benötigt deine Unterstützung!«

Soptor wartete ein paar Atemzüge lang, aber die Positronik schwieg.

Alle schwiegen.

»Perfekt«, murmelte Quiniu Soptor. »Einfach nur perfekt. Heiliger Regent.«

Dann wandte sie sich dem Bogen zu. Sie fühlte, dass diese seltsame Apparatur mit der Lösung des Problems in Zusammenhang stand.

Wie hatte die Positronik der Station sich zuvor geäußert?

Ich kann dir seinen letzten Standort mitteilen.

Rico hatte entweder seinen Meister, seinen Erbauer oder sonst eine Kontakt- oder Bezugsperson gesucht. Und ganz offensichtlich, war er oder sie mithilfe dieses Bogens verschwunden.

In ihrem Rücken hörte sie Stimmen. Und Schritte. Sie wurden lauter.

An der rechten Bogenseite war eine Art Terminal befestigt. Wahllos drückte sie ein paar Kontakte.

Plötzlich erwachte die Maschine zu summendem Leben. Ein tiefschwarzes, waberndes Feld baute sich innerhalb des Bogens auf.

Quiniu Soptor machte zwei Schritte zurück, besah sich ihr Werk. Das Feld erinnerte sie an einen Schacht ohne Boden. An das seltsame Gefühl, das einen beschlich, wenn man sich einem schlecht ausgeleuchteten Antigravschacht anvertrauen sollte.

Wohin mochte dieses Tor führen? In eine andere Dimension? Oder irrte sie sich schrecklich, und das Tor war nichts anderes als ein besonders großer Abfallvernichter, der jede Materie sofort desintegrierte, die in das Feld eindrang?

Die Schritte wurden lauter. Jemand bellte Befehle in einer der asiatischen Idiome. Dazwischen mischte sich eine andere Stimme. Sie schien außer sich zu sein vor Panik.

Soptor warf einen Blick zurück. Noch hatten die Verfolger den Lagerraum nicht gefunden.

Was sollte sie tun?

Der Weg zurück zum Aufklärer war ihr versperrt. Sie besaß zwar den Kampfanzug, aber mit den Energiewaffenaufsätzen auf ihren Gewehren würden die Menschen ihr wahrscheinlich ebenso zum Verhängnis werden wie Rico .

Würden sie auch schießen, wenn sie den Anzug auszog und sich ihnen widerstandslos präsentierte? Auszuschließen war es nicht. Sie hatte in den Tagen, in denen sie sich auf der Erde versteckt hielt, zu viele Grausamkeiten gesehen. Menschen war schlichtweg alles zuzutrauen.

Sie könnte aber auch die Frau als Geisel nehmen. Vielleicht würde sie das davon abhalten, blindlings auf sie zu schießen.

Oder sie suchte sich einen anderen Ausgang. Eine zweite, vielleicht versteckte Schleuse? Eine solche Station musste über einen Notausgang verfügen. Rico packen, mit ihm die lange Reise an die Oberfläche des Ozeans antreten ...

Würden die Energien des Anzugs ausreichen, um den Schutzschirm gegen den enormen Druck lange genug aufrechtzuerhalten? Aber was würde es ihr nützen, wenn sie mit Mühe und Not die

Wasseroberfläche erreichte und der Anzug dann den Geist aufgab? Sie wäre wieder die Gestrandete – und in ihren Möglichkeiten eingeschränkter, als sie es zuvor gewesen war.

Und dann? Sich weiter vor den Regierungen verstecken, die ihrer habhaft werden wollten? Oder als Besun der Fantan enden?

Nein.

Nein!

Seit sie die AETRON hinter sich gelassen hatte, fühlte sie sich lebendiger als je zuvor. Sie hatte bewiesen – wenn auch nur sich selbst –, dass sie ganz allein Lösungen finden konnte.

Sie blickte in den bodenlosen Schacht.

Quiniu Soptor hatte bisher überlebt, sie würde auch dieses Feld überstehen. Irgendwie.

Schritte, Stimmen – sie waren da!

Nur noch Sekunden, dann würden sie mit ihren Energiewaffen hereinkommen.

Soptor bückte sich, packte den Roboter und schleifte ihn zum schwarzen Feld.

Die Eindringlinge stürmten den Raum. Jemand brüllte etwas. Seine Stimme überschlug sich.

Mithilfe der Kraftverstärker in den Anzuggelenken warf sie den Roboter wie eine willenlose Puppe in das schwarze Feld. Ohne ihm nachzuschauen, bückte sie sich erneut und wuchtete die blonde Frau in die Höhe.

Erst jetzt sah sie zum Eingang der Lagerhalle. Ein Mann stand dort. Er wirkte nicht wie ein Soldat. Sein Gesicht war gerötet. Beide Arme hatte er seitwärts erhoben und versperrte den Nachrückenden den Weg. Uniformierte zogen und zerrten an ihm.

Er stand wie ein Fels in der Brandung.

Soptor nestelte die Granate aus ihrer Gürteltasche und hielt sie in die Höhe, sodass er sie sehen konnte. »Einen Schritt weiter«, rief sie in englischer Sprache, »und ich lasse sie explodieren!«

Langsam ging sie rückwärts. Sie durfte die Frau nicht zurücklassen. Sie *wusste* etwas. Soptor hatte zwar nicht begriffen, wie sie den Zusammenhang zwischen Rico und dem Bogengerät hatte herstellen können, aber falls es sich tatsächlich um ein Gerät handelte, das sie irgendwohin abstrahlte, konnte die Frau ihr womöglich unschätzbare Hilfe leisten.

Nur noch wenige Schritte trennten sie vom Feld. Sie konnte es förmlich spüren, wie es in ihrem Rücken waberte.

Sie vergaß ihre Schmerzen. Ihre Angst.

»Paps«, röchelte sie. »Pass auf.«

Ihr Vater stand im Eingang, verteidigte ihn gegen die Soldaten, die den Lagerraum stürmen wollten.

»Lassen Sie sie los!«, rief er. Plötzlich klang seine Stimme nicht mehr panisch wie zuvor. Eher leise. Bestimmt. »Sie hat Ihnen nichts getan!«

Caroline fühlte, wie die Unbekannte sie in Richtung dieses seltsamen schwarzen Feldes zog, das sie im ersten Moment an einen unendlich tiefen Brunnenschacht erinnert hatte.

Da rannte ihr Vater auf sie zu.

»Nein, Paps, nicht!«, brachte Caroline heraus.

So schnell, wie sie ihren fünfundsechzigjährigen Vater noch nie hatte rennen sehen, kam er auf sie zu. Das Gesicht zu einer Maske aus Entschlossenheit erstarrt, die Lippen so stark aufeinandergepresst, dass nur weiße Linien übrig blieben.

Caroline wehrte sich gegen den eisernen Griff, mit dem die Frau sie umschlungen hielt. Sie kam nicht dagegen an.

Mit der letzten Kraftreserve, die sie aufbringen konnte, wandte sie sich um, soweit es ging. »Ich weiß ... was Sie suchen«, sagte sie. »Ich kann es fühlen.«

Caroline fühlte, wie sich ihre Widersacherin versteifte. Hinter der Frau breitete sich die namenlose Schwärze des Brunnenschachtes aus.

»Was?«, fragte die Frau.

Sie zögerte.

In diesem Augenblick fühlte sich Caroline von zwei weiteren Armen gepackt.

»Lassen Sie sie endlich los!«, schrie ihr Vater.

Durch das spiegelnde Helmvisier der Frau sah Caroline zwei weit aufgerissene Augen mit silbernen Iriden.

Sie verloren das Gleichgewicht. Zu dritt stürzten sie auf die Schwärze zu.

»Das Leben«, sagte Caroline. »Sie suchen das Leben. Es befindet sich hinter Ihnen. Gleich stürzen wir hinein.«

Sie sah, wie sich die silbernen Augen zusammenzogen. Dann löste sich der eiserne Griff. *Sie* löste sich.

Die Frau fiel in den Brunnenschacht, wurde von ihm verschluckt. Caroline streckte die Arme aus. Gleich würde sie ebenfalls in die Schwärze versinken.

Was hatte Rico auf Lateinisch gesagt?

Bis hierher sollst du kommen und nicht weiter. Hier sollen sich legen deine stolzen Wellen.

Ein leicht abgewandeltes Zitat aus der Vulgata.

Nun würde sie ebenfalls in den schwarzen Wellen verschwinden. Mit einem Male fühlte sie sich ganz leicht. Ganz frei.

»Kruzifix!«, rief ihr Vater.

Caroline lächelte. *Der alte Brummbär.* Musste er diesen Moment zerstören?

Sie schloss die Augen.

Und fühlte sich im nächsten Augenblick herumgewirbelt. Sofort riss sie die Augen wieder auf. Sie fiel nicht mehr in der Richtung des Feldes, sondern prallte zusammen mit ihrem Vater gegen die Säule der Maschine. Etwas splitterte.

Noch ein Geräusch hörte sie. Etwas Metallenes fiel zu Boden.

»Dieses verdammte Luder«, schrie ihr Vater.

Caroline sah, dass die Granate, mit der die Frau zuvor gedroht hatte, zu Boden gefallen war und auf sie zurollte.

Fluchend riss der Vater sie herum, hob sie auf seine kräftigen Arme und rannte mit ihr zum Ausgang.

Dann explodierte die Welt um sie herum. Das Letzte, was sie sah, war das Gesicht ihres Vaters. Fast zärtlich sah er sie an.

Dann war das Licht da.

Kapitel 20

Gefangenenlager, Ferrolia
Tako Kakuta

Einen Tag lang hatten sie sich Zeit gegeben, sich auszuruhen und von den körperlichen und geistigen Strapazen zu erholen.

Ferronen brachten ihnen Speisen und Getränke, die sie über Verteilklappen von den Wärtern erhalten hatten.

Tako Kakuta und Anne Sloane hatten kein einziges Wort miteinander gewechselt.

Er sträubte sich nun nicht mehr gegen eine Flucht. Er fühlte sich zum ersten Mal seit ihrem Absturz auf Ferrol wieder einigermaßen ausgeruht.

Währenddessen mehrten sich die Anzeichen, dass sich unter den Gefangenen etwas zusammenbraute. Hermot hatte ihnen verraten, dass sie einen Aufstand gegen die Wärter planten. Der Auftritt des Topsiders mit der Augenklappe hatte ihnen gezeigt, dass die Echsenwesen unvorsichtig wurden. Diese Chance wollten die Gefangenen nutzen.

Für die Menschen bedeutete diese Information, dass sie sich beeilen mussten. Bei einem Aufstand liefen sie alle Gefahr, dass die Topsider plötzlich den Energieschirm abstellten, um die Gefangenen mit einem Schlag zu töten. Dieses Risiko durften sie nicht eingehen.

Es war Darja Morosowa gewesen, die als Erste eine Idee für einen Fluchtplan präsentiert hatte. Niemand hatte einen Einwand vorgebracht; der Plan war angenommen.

Kakuta nahm Morosowas Hand und sprang mit ihr in den Frachtraum. Sie benötigten eine halbe Stunde, bis sie herausgefunden hatten, dass die Topsider zusammen in einem abgetrennten Raum saßen und in ein Kartenspiel vertieft waren.

Dann huschten sie zurück in den Frachtraum und nahmen sich jeden einzelnen Container vor. Zu Kakutas Erstaunen hatte Morosowa bereits einige Brocken Topsidisch gelernt, und es gelang ihr auch, mehrere topsidische Schriftzeichen zu deuten.

»Hier!«, raunte sie. »Dieser Container ist für Pigell bestimmt, das ist der sechste Planet der Wega.«

Kakuta sah sich um, aber keiner der Wärter ließ sich blicken.

»Okay«, sagte er. »Ich werde hineinspringen und schauen, ob der Container für unsere Zwecke geeignet ist!«

Er konzentrierte sich und teleportierte. Gleich darauf prallte er gegen einen Gegenstand. Schmerzen schossen durch seinen Körper.

Durchhalten, kleiner Tintenfisch, dachte er. *Sei zäh und geschmeidig!*

In der Dunkelheit tastete er sich vor. Kakutas Finger erfühlten Fässer, Kanister in verschiedenen Größen, Töpfe und Säcke. Er stellte fest, dass der Container grundsätzlich groß genug war, um Deringhouse, Morosowa, Sloane und ihn zu transportieren. Aber würde er es schaffen, mit einer Begleitperson hineinzuspringen, wenn er selbst es nur mit Mühe und unter Schmerzen geschafft hatte?

Er teleportierte zurück zu der ehemaligen Kosmonautin und legte ihr seine Bedenken dar.

»Dafür werden wir eine Lösung finden«, gab sie zurück. »Los, hol die anderen, solange die Luft rein ist!«

Kakuta nickte ihr zu und sprang. Gleich darauf stand er bei Deringhouse und Sloane.

»Hat uns jemand gesehen?«, fragte Kakuta.

Deringhouse verneinte, während Sloane die Lippen aufeinanderpresste und nichts sagte.

»Dann los!«

Kakuta ergriff ihre Hände – es fühlte sich seltsam an, Anne zu halten – und teleportierte zurück zu Darja Morosowa.

»Was ist mit dem Frischwasser, dem Hygienematerial und den beiden leeren Eimern, um die ich dich gebeten hatte?«, fragte Morosowa.

»Kommen sogleich«, murmelte Kakuta.

Er sprang nochmals zurück und holte die Dinge, die sie für die Zeit im Container benötigen würden. Schwer beladen kam er bei den Gefährten an. Er spürte, dass ihn die Kräfte schon wieder zu verlassen drohten.

»Dieser Container ist für Pigell bestimmt«, erklärte die ehemalige Kosmonautin gerade. »Anne, kannst du das Siegel und das Schloss öffnen?«

»Kann uns Tako nicht einfach hineinteleportieren?«

»Nein«, gab Darja Morosowa zurück. »Er ist zu voll. Ein Sprung wäre äußerst gefährlich!«

Sloane sagte nichts mehr. Sie trat an das Siegel, beobachtete es eine Weile, dann sprang es plötzlich auf.

»Das war Schritt eins«, sagte die Telekinetin. »Nun folgt Schritt zwei.«

Sie legte eine Hand auf das Schloss. Dann geschah eine halbe Minute lang nichts.

Nervös blickte Tako Kakuta zum Korridor, der in den abgetrennten Raum der Wärter führte. Wenn sie jetzt herauskamen, wäre es mit dem Plan, als blinde Passagiere von Ferrolia wegzukommen, vorbei gewesen.

Plötzlich erklang ein leises »Klick«.

»Ha!«, sagte Sloane triumphierend. Sie betätigte den Hebel und zog die Tür des Containers auf. Kurz blickte sie hinein. »Da haben wir niemals ausreichend Platz!«, beschwerte sie sich mit gesenkter Stimme.

»Kannst du nicht ein wenig Platz schaffen?«, fragte Deringhouse.

Sloane seufzte. Dann flogen plötzlich mehrere Fässer und Kanister wie von Geisterhand bewegt hinaus und landeten hinter einem Stapel anderer Container.

»Das dürfte fürs Erste reichen«, sagte Morosowa. »Schnell, jetzt ...«

In diesem Moment hörten sie die Schritte.

»Los!«, zischte Kakuta.

Die vier Menschen packten ihre Ausrüstungsgegenstände und sprangen in den Container. Tako Kakuta blieb bei der Tür stehen und schloss sie von innen. »Anne!«, rief er hastig. »Du musst den Container verriegeln und das Siegel wieder verschließen!«

»Gib mir keine Befehle – ich weiß, was ich zu tun habe!«, kam es drohend aus der Dunkelheit.

Tako Kakuta hielt den Atem an. Aus dem Innern des Containers waren die Schritte der Wächter nicht mehr zu hören. Er wusste aber, dass sie inzwischen den Frachtraum betreten haben mussten.

Plötzlich hörte er ein leises »Klick«.

»Das Schloss ist zu«, flüsterte Sloane. »Und das Siegel war ein Kinderspiel. Was machen wir jetzt?«

»Abwarten«, gab Darja Morosowa zurück.

Kapitel 21

In der Unterwasserkuppel, 2. August 2036
Bernhard Frank

»Wie fühlen Sie sich, Mister Frank«, fragte Mercant.

»Nicht gut«, antwortete Bernhard Frank. »Als wäre ich vor einen Bus gelaufen.«

Mercant lächelte säuerlich. Er schien die Kollision mit der Wand im Hangar ebenfalls nicht ohne Prellungen und schmerzende Glieder überstanden zu haben.

»Das war sehr dumm von Ihnen«, sagte der kleingewachsene Mann tadelnd. »Ihre Gegnerin hätte Sie erschießen können. Man läuft nicht einfach so auf jemanden zu, der eine Geisel in den Armen hält.«

»Sie wollte mit Caro in dieses Feld treten. Ich musste was tun.«

Allan D. Mercant lächelte. »Und wie Sie was getan haben. Ich werde Sie Rhodan als einen Spezialisten *zur besonderen Verwendung* empfehlen.«

Frank zwang sich dazu zurückzulächeln. »Bitte nicht. Ich denke, dass ich mein beschauliches Leben als Neureicher in Bayern dem ganzen Stress vorziehe.«

He trat zu Mercant. »Wir haben die Verbrennungen seiner Tochter so weit behandelt, dass sie transportfähig ist.«

»Wird sie wieder ganz gesund?«, fragte Bernhard.

»Wir hatten zuerst Angst um ihre Lunge«, antwortete He. »Aber ich kann Sie beruhigen. Es ist nur halb so schlimm.«

»Wir haben ein paar ausgezeichnete Ärzte in Terrania«, sagte Mercant, der Bernhard Franks entsetzten Blick gesehen hatte. »Ich bin sicher, dass sie der Verbrennungen Herr werden.«

»Einer unserer Männer wird Sie nun mit einem Barrakuda nach São Miguel transportieren, von wo aus Sie ein Kopter nach Terrania zurückbringt.«

»Danke!«

He nickte und zog sich zurück.

Mercant half ihm aufzustehen und geleitete ihn zu dem wartenden Barrakuda. Caroline lag bereits in einer der beiden Hängematten. Frank wollte trotz der Splitter in seinem Rücken in einem der Schalensitze zurück zur Oberfläche reisen.

Besorgt legte er eine Hand an Carolines Wange. »Wie geht es dir, Liebes?«

Ihr Kopf war bandagiert. Auf der linken Wange klebte ein Plastopack. Es versorgte das verbrannte Gewebe mit Feuchtigkeit und Heilung fördernden Stoffen.

Sie lächelte schwach. »Brumm...bär.«

»Du sollst mich doch nicht so nennen. Ich bin der Papa.«

Schnell wischte er sich über die Augen. Sie sollte seine Tränen der Erleichterung nicht sehen.

Mercant trat neben ihn. »Ich weiß, dass es Ihnen nicht gut geht, Miss Frank. Erlauben Sie mir aber eine wichtige Frage: Wissen Sie, was oder wen Rico und seine Helferin in der Station gesucht haben?«

Sachte bewegte Caroline ihren Kopf hin und her. »Nein ..., Sir. Etwas ... jemand. Ich habe ... nicht herausgefunden, wer es war.«

Mercant nickte. »Danke, Miss! Falls Ihnen noch etwas einfallen sollte, wenden Sie sich an Mister Marshall in Terrania.«

Er drehte sich zu Frank um. »Ich werde mir diese Station und die Trümmer in diesem Raum ansehen. Leider hat das Gerät die Explosion schlechter überstanden als Sie. Mir scheint, dass in Bavaria nicht nur die Lederhosen fast unzerstörbar sind.«

Bernhard Frank musste laut lachen. »Ich rate Ihnen trotzdem, keine Schutzanzüge aus Hirschleder zu schneidern.«

»Ich werde es mir zumindest überlegen.« Mercant hielt ihm die rechte Hand hin. »Es hat mich gefreut, Sie kennenzulernen, Mister Frank. Es wäre schön, Sie noch in Terrania anzutreffen, wenn ich hier fertig bin.«

Frank ergriff die Hand, schüttelte sie. »Ich würde vorerst nicht damit rechnen, Mister Mercant. Aber so, wie ich den Dickschädel meiner Tochter kenne, wird sie in Terrania bleiben. Dann kann es schon vorkommen, dass ich ab und zu vorbeischaue.«

»Das will ich hoffen.«

Mercant verabschiedete sich von Caroline und eilte aus der Schleuse.

Frank ließ sich ächzend in den Schalensitz gleiten, dessen Lehne man ihm extra dick gepolstert hatte.

Der chinesische Pilot nahm Platz und bedeutete ihm, die Gurte anzulegen.

Die Schleuse schloss sich, Wasser strömte rauschend herein.

Minuten später glitten sie durch die Schwärze der Unterwasserwelt.

Was für abenteuerliche Zeiten, dachte Bernhard Frank.

Dann wandte er sich an den Fahrer. »Haben Sie schon einmal von den Spezialisten *zur besonderen Verwendung* gehört? Wie fit muss man sein, um bei denen aufgenommen zu werden?«

Kapitel 22

ARSENE LUPIN
Reginald Bull

Ein starker Traktorstrahl erfasste die ARSENE LUPIN und zog sie unbarmherzig in Richtung der Raumstation. Bull ging stark davon aus, dass es sich bei dieser Station um das geheimnisvolle *Myranar* handelte, von dem Skelir gesprochen hatte.

Sue war inzwischen erwacht, und Sid hatte sich von seinen Strapazen so weit erholt, dass er ohne Hilfe neben Bull und Manoli stehen konnte.

Schweigend beobachteten sie die Schiffe, die ihnen am Ende ihrer Flucht das Geleit gaben.

Er blickte in das blasse Gesicht von Sid González, der die Hiobsbotschaft mit einer überraschenden Gelassenheit hinnahm. In Bull breitete sich eigenartige Betroffenheit aus.

Dann setzte sie der Traktorstrahl auf einer Plattform ab. Wie ein flirrender Vorhang aus Seide, stülpte sich eine Glocke über sie.

Ein Energieschirm.

Dutzende von den flunderartigen Raumschiffen der Fantan durchdrangen ihn, landeten ebenfalls auf der Plattform. Die Zylinderwesen stiegen aus. Nach kurzer Zeit bevölkerten mehrere Hundert von ihnen die Plattform.

Vor der ARSENE LUPIN teilte sich die Menge. Ein Korridor entstand, der geradewegs auf ein drohend geöffnetes Tor an der Raumstation führte.

Die Fantan hoben die dürren Ärmchen, bewegten sie im Takt einer Melodie, die wahrscheinlich nur sie verstanden.

»Gehen wir«, sagte Bull gefasst. »Blicken wir unserem Schicksal ins Auge!«

Sie verließen das Schiff.

Tatsächlich *sangen* die Fantan.

Bull verstand kein einziges Wort. Langsam schritten sie zu viert durch den Korridor. Manoli stützte Sue, Sid hielt sich an Bulls linker Schulter fest.

Was in aller Welt geht hier vor?, fragte er sich.

Er fühlte sich an die Bilder aus dem zwanzigsten Jahrhundert erinnert, als den ersten Astronauten, die den Mond betreten hatten, in den Häuserschluchten von New York ein begeisterter Empfang bereitet wurde.

Welch ein absolut seltsamer, skurriler Vergleich! Und doch schien er zutreffend zu sein.

Irgendwann schälten sich einzelne Worte und Sätze aus dem stakkatoartigen Gesang der Zylinderwesen.

»Besun!«

»Wie stark und listig sie sind!«

»Beinahe wäre ihnen eine Flucht gelungen!«

»Phantastisches Besun!«

»Wertvolles Besun!«

»Habt ihr je solch gutes Besun gesehen?«

»Wir müssen es gut bewahren.«

»Unser Besun.«

Bull fühlte sich innerlich und äußerlich taub an, als sie endlich das Innere der Raumstation erreichten. Klobige Roboter nahmen sie in Empfang, führten sie über verschlungene Wege immer tiefer in die Station hinein.

Hinter ihnen baute sich eine flirrende Wand auf, die ihnen auf jedem Schritt folgte.

Ein weiterer Energieschirm. Die Fantan mussten herausgefunden haben, dass der Junge, der sich in Funken auflösen und verschwinden konnte, gegen diese Schirme nicht ankam.

Sie erreichten einen mit dämmrigem Licht erfüllten Raum. Die Roboter ließen sie stehen, verschwanden im Korridor, durch den sie gekommen waren. Ein weiterer Energieschirm baute sich auf, verschmolz mit der Wand.

»Da wären wir«, sagte Reginald Bull lakonisch. »In einem Hochsicherheitsgefängnis mit mehrfach gestaffelten Energieschirmen.«

Sue kratzte sich am Armstumpf, dann presste sie die Augen zusammen, als würde sie von plötzlichen Kopfschmerzen überrascht.

»Etwas ist hier«, sagte sie. »Etwas Fremdes. Ein ... ein ...«

Sid fasste sich ebenfalls an den Kopf. »Ich kann es auch spüren. Es ... es will in meine Gedanken rein.«

Bull sah im Halbdunkel eine Bewegung. Er stellte sich schützend vor die beiden Jugendlichen. Manoli tat es ihm nach.

»Wer sind Sie?«, rief Bull in den Raum hinein. »Lassen Sie das, was Sie tun, und kommen Sie her!«

Ein Schatten löste sich aus dem Zwielicht, kam langsam auf sie zu.

Er schien nicht besonders groß, vielleicht einen Meter, aber Bull fühlte sich augenblicklich von ihm bedroht.

Das Wesen blieb stehen. Bull kniff die Augen zusammen, aber er schaffte es nicht, mehr als eine Silhouette wahrzunehmen.

»Wer bist du?«, kam eine seltsam hohe Stimme aus dem Halbdunkel.

Sie sprach lupenreines Englisch!

Bull schluckte. Er hatte eine gepfefferte Antwort auf der Zunge, aber er schaffte es nicht, sie loszuwerden. Dieses Wesen – es war ihm über alle Maßen unheimlich.

»Wir sind Besun der Fantan«, sagte er vorsichtig. Er sah keinen Anlass, dem Unbekannten mehr zu verraten als notwendig. »Wir kommen von der Erde ... von Terra.«

»So, so«, kam es zurück.

Endlich fühlte Bull Wut in sich aufsteigen, sie tat ihm gut, gab ihm Sicherheit. »Los, zeigen Sie sich endlich!«, rief er.

Das Wesen schien zu überlegen, ob es Bulls Befehl nachkommen sollte. Dann setzte es sich zögernd in Bewegung.

Bull hielt den Atem an.

Mehr und mehr Details schälten sich aus dem Dunkeln.

Runde Ohren, braunes Fell, eine spitze Nasenpartie ... zwei Arme, zwei kurze Beine ... ein flacher Schwanz, der über den Boden schleifte.

Bull schluckte den Kloß hinunter, der sich in seinem Hals gebildet hatte. Das Wesen erinnerte ihn an eine Mischung aus Maus und Biber.

Wenn er es irgendwo im Wald gesehen hätte, hätte er nicht daran gezweifelt, dass er einem Tier gegenüberstehen würde.

Aber dies war kein Tier. Seine Augen waren groß. In ihnen schimmerte Intelligenz ... und noch viel mehr.

Das akute Gefühl der Bedrohung wollte nicht von Bull abfallen.

»Du willst wissen, wer ich bin?«, fragte das Wesen. In seinem kleinen Mund blitzte ein einzelner Zahn auf. »Die meisten Leute nennen mich ›Retter des Universums‹, aber ihr als mein Mit-Besun dürft einfach Gucky zu mir sagen!«

ENDE

Die Reise in die Unendlichkeit geht weiter:

PERRY RHODAN Neo 4

»Kampf um Ferrol«

Kai Hirdt

Rhodans Geschenk

Ouvertüre: Die weiße Stadt

Terrania, 27. Juli 2036
Sonnenaufgang

General Joshua de Soto saß auf der weißen Pritsche in seiner weißen Zelle und zählte zum einhundertzwölften Mal die Gitterstäbe. Wer zählte, dachte nicht nach. Seit einem Tag war er eingeschlossen, ohne Pod, ohne Verbindung zur Außenwelt. Was geschah in den USA? Wie ging es seinem Sohn?

Er stützte den Kopf in beide Hände. Zwei Tage hatte er seinen Schädel nicht rasieren können, er fühlte schon erste Haarstoppeln. Er begann den nächsten Durchgang. Bei Stab Nummer vierzehn hörte er Schritte.

Seinen Besucher erkannte er sofort: Es war Perry Rhodan. Der Verräter. Er trug eine Art Overall, an dem er technische Applikationen zu erkennen glaubte; vielleicht war es arkonidische Kleidung.

»Guten Morgen, General«, sagte der blonde Mann fröhlich.

De Soto schwieg.

»Wir brauchen wohl einen kleinen Eisbrecher«, setzte Rhodan erneut an. »Unsere erste Begegnung verlief nicht ganz glücklich.«

Der General nickte. »Sie haben mich angegriffen, entführt und gedroht, mich zu ertränken.«

»Eigentlich war das Thora, nicht ich ... Und genauso könnte ich sagen: Ihre Leute haben mein Schiff zum Absturz gebracht, und als wir unser Eigentum abgeholt haben, wollten Sie sich selbst und uns lieber sprengen, als es uns zurückzugeben.«

»Dieses Schiff gehört den Vereinigten Staaten von Amerika!«

Rhodan seufzte. »Sehen Sie, und da kommen wir eben nicht zusammen. Ich sage: Dieses Schiff gehört der ganzen Menschheit.«

De Soto verschränkte die Arme. »Ich verlange eine Behandlung als Kriegsgefangener nach der Dritten Genfer Konvention.«

Rhodan runzelte die Stirn. »Die müsste ich ehrlich gesagt erst einmal lesen. Ich bin kein Soldat ... Aber was wir vorhaben, sollte okay sein.«

Mit einem seltsamen Gerät, nicht größer als eine Kinderhand, berührte Rhodan sechs Gitterstäbe, dann ging er einen Schritt zurück. »Fangen wir von vorn an, General. Ich bin nicht hier, um mit Ihnen zu streiten.« Das stahlharte Material ging in einen gasförmigen Zustand über und wurde von einem außerirdischen Gerät aufgesogen, dessen Wirkung der General nicht verstand.

Der General trat durch die Lücke im Gitter auf den Flur. Es war keine Leibgarde in Sicht, keine Kampfroboter, nicht einmal Überwachungskameras. Er könnte der Menschheit hier und jetzt einen großen Dienst erweisen ...

Rhodan blickte auf seine trainierten Armmuskeln. »Nur sicherheitshalber ... Ich weiß, dass Sie ein ausgebildeter Marine sind. Sie kennen sicher fünf originelle Arten, mir das Genick zu brechen. Ich trage also einen Energieschirm.«

Rhodan berührte ein Modul an seinem arkonidischen Anzug. Einen kurzen Augenblick lang flimmerte die Luft um ihn.

»Was passiert, wenn ich das Kraftfeld berühre?«, fragte de Soto.

»Sie würden verbrennen. Das wäre kein guter Eisbrecher.« Unternehmungslustig machte Rhodan eine Handbewegung. »Kommen Sie mit, ich möchte Ihnen etwas zeigen!«

In einem Geländewagen – zweifellos von chinesischen Deserteuren aus Heeresbeständen gestohlen – fuhr Rhodan sie durch Terrania.

»Wohin bringen Sie mich?«

»Das wird eine Überraschung. Aber erst bekommen Sie die Führung.«

Rhodan hielt an, als sie den Stardust Tower sehen konnten: jenes Monument des Größenwahns, das die sogenannten Terraner in die Wüste stellten. Nach gerade mal einem Monat ragte es fast hundert Meter in den Himmel. Mit auf der Erde entwickelten Methoden hätte das zehnmal so lange gedauert. Wer Arkons Möglichkeiten auf seiner Seite hatte, hielt also nicht nur militärisch alle Trümpfe in der Hand.

Diese Technik gehörte in die Hände der USA, nicht zu einer Horde von Abtrünnigen.

»In einem Jahr steht hier das höchste Gebäude der Welt«, sagte Rhodan. »Es gehört keiner Regierung, keinem Konzern und keinem superreichen Investorentrust. Es wird ein Symbol für die geeinte Menschheit.«

»*Wohlan, lasst uns eine Stadt bauen und einen Turm, dessen Spitze bis an den Himmel reicht.* Das ist eine sehr alte Geschichte, Mister Rhodan. Und sie geht nicht gut aus für die Menschen.«

»Der Turmbau zu Babel ... Wir machen das besser. Wir werden die Menschheit einen und nicht trennen.« Rhodan fuhr weiter. »Ich hätte Sie nicht für religiös gehalten.«

»Ich diene den Vereinigten Staaten von Amerika. Wir sind eine Nation unter Gott.«

»Puh. Erst die Bibel, dann der Fahneneid.« Rhodan schüttelte den Kopf. »Ehrlich, General, tragen Sie nicht etwas dick auf?«

»Jemand wie *Sie* muss das wohl so sehen.« Voller Abscheu blickte de Soto auf Rhodans Ärmel. Er wusste, dass er bis vor Kurzem eine amerikanische Uniform getragen hatte – aber dann hatte er die Aufnäher mit der amerikanischen Flagge abgerissen.

»Jemand wie ich ...« Sie fuhren die Straße entlang, die vielleicht Terranias Hauptstraße werden sollte. Elegante weiße Gebäude säumten ihren Weg. »Was sehen Sie in mir?«

»Sie sind der Verräter, der auf Amerikas Kosten ins All geflogen ist und seine Funde jetzt gegen sein Land einsetzt.« Der General bemühte sich, seinen Zorn zu beherrschen. Hier und jetzt konnte er ohnehin nichts gegen Rhodan unternehmen. Ein Wutausbruch wäre nur ein Zeichen von Schwäche.

»Eigentlich hat unsere Auseinandersetzung mit den USA erst begonnen, als Ihr Präsident einen meiner Gäste hinrichten wollte ...« Rhodan ließ einen Laster mit Baumaterial passieren.

»Crest hatte einen fairen Prozess«, schnappte de Soto.

Rhodan drehte den Kopf und zog eine Augenbraue empor.

Okay, das glaube ich nicht einmal selbst.

Nach und nach änderte sich die Art der Bebauung. Die weißen Bungalows aus dem arkonidischen Wundermaterial blieben zurück. Es wurde staubiger, dreckiger. Menschlicher. Hier gab es Baugruben, hier arbeiteten Menschen mit Spaten und errichteten normale Häuser aus Mörtel und den Steinen der Wüste.

»Reden Sie weiter«, sagte Rhodan. »Sie haben noch mehr auf dem Herzen.«

Etwas Menschenkenntnis konnte man dem Mann wohl nicht absprechen. Und de Soto hatte keinen Anlass, mit seiner Meinung hinterm Berg zu halten.

»Tun Sie nicht so unschuldig! Sie haben nur Ihren Mann befreit? Nur Ihr Schiff zurückgeholt?« Jetzt brach es aus ihm heraus. »Jeden Tag sterben Menschen, weil Perry Rhodan sagt, ihre Regierung hätte ausgedient. Amerikanische Bürger greifen U. S. Marines an! Das ist krank!«

Rhodan blickte de Soto traurig an. »Es tut mir leid, dass Ihr Sohn verletzt wurde ...«

Aber es ist deine Schuld!, wollte er ihn anschreien. Stattdessen sagte er: »Es geht nicht um meinen Sohn! Es geht darum, was richtig ist!

Ihre Rhodanisten kämpfen gegen aufrechte Amerikaner, und jeden Tag gibt es mehr Tote auf beiden Seiten.«

Rhodans Ton wurde hart. »Wer in meinem Namen Gewalt ausübt, hat mich falsch verstanden. Völlig falsch. Hier geht es um etwas anderes.«

Er parkte neben einer Baustelle und stieg aus.

»Sehen Sie sich um. Die Menschen wollen etwas Neues! Hier gibt es keine Amerikaner mehr, keine Chinesen, keine Russen, keine Deutschen. Es gibt nur noch Terraner.« Er deutete auf die Arbeiter: Männer und Frauen von allen Kontinenten. Sie gingen einander zur Hand, reichten Wasserrationen herum. »Bei unserer ersten Begegnung haben Sie gesagt, Sie verteidigen Amerikas Ideale. Schauen Sie. Hier sehen Sie Pioniergeist, Freiheit und das Streben nach Glück.«

Der General schüttelte den Kopf. »Ich sehe Dreck, Armut und Durst. Wo ist die Wunderwelt, die Sie der Menschheit versprechen? Sie haben diese Arkonidentechnik, und Ihre *Terraner* dürfen sie nicht einmal nutzen?«

Rhodan lächelte bitter. »Leider haben Chinesen und Amerikaner viel davon zerstört, deshalb brauchen wir jede Menge Muskelkraft. Aber ich bewundere diese Menschen dafür, dass sie anpacken und für ihren Traum arbeiten.«

Er sah de Soto direkt in die Augen. Ungetrübter Optimismus lag in diesem Blick. »Kommen Sie, wir wollen weiter.«

Sie fuhren aus der Stadt hinaus zum improvisierten Flugplatz von Terrania. Hauptsächlich standen dort Armeehubschrauber der chinesischen Überläufer, mächtige Waffensysteme, aber sie sahen wie Spielzeug aus vor dem Kugelraumschiff, das Rhodan den USA gestohlen hatte. *Ihm* gestohlen hatte, als er es für sein Land hatte schützen sollen.

De Soto kämpfte gegen den aufbrandenden Ärger. »Was soll das? Wollen Sie mir meine Niederlage unter die Nase reiben?«

»Glauben Sie ernsthaft, ich würde so unsere Zeit verschwenden? Nein, ich möchte Ihnen eine Chance geben.« Rhodan stieg aus und blickte hinauf zum oberen Pol der gewaltigen Kugel. »Sehen Sie das Schiff an. Es ist größer und mächtiger als alles, was Menschen je geschaffen haben. Dabei ist es nur ein Beiboot, winzig im Vergleich zu dem zerstörten Schiff auf dem Mond – und selbst das war für arkonidische Verhältnisse kein Riese.«

Der desertierte Astronaut machte eine ausladende Geste.

»Fünf Jahre, dann ist dieses Areal der Raumhafen von Terrania. Von hier werden die Schiffe der vereinten Menschheit starten und das Weltall erkunden. Eines Tages, wenn wir beide Terraner sind, wird es mir eine Ehre sein, mit Ihnen zu fliegen.« Seine Stimme wurde beschwörend. »General, in diesen Tagen entscheidet sich das Schicksal unserer Welt. Alles ist in Bewegung. Entweder wir stoßen gemeinsam das Tor zu den Sternen auf, oder wir taumeln einem alles vernichtenden Krieg entgegen. Diesen Krieg will ich auf jeden Fall verhindern, koste es, was es wolle. Aber dafür brauche ich Männer wie Sie.«

De Soto brauchte einen Augenblick, um zu begreifen, was der Verräter da vorschlug. Dann musste er lachen, so absurd war der Gedanke. »Ich soll überlaufen?« Er sah Rhodan ungläubig an.

Der blieb ernst. »Wenn es hart auf hart kommt – würden Sie auf den roten Knopf drücken? Würden Sie für Amerikas Ideale die Menschheit auslöschen?«

De Soto verschränkte die Arme. »Wir haben uns nichts zu sagen. Bringen Sie mich in meine Zelle.«

Rhodan schüttelte bedächtig den Kopf. »Nein. Ich glaube, das würde nichts nützen.«

Der General kämpfte gegen die aufsteigende Nervosität. Erinnerungen an seine erste Kriegsgefangenschaft wurden wach, an die Folter in Kolumbien. Was würde der Deserteur mit seinen unglaublichen Möglichkeiten ihm antun?

Rhodan zeigte auf einen Hubschrauber, vor dem zwei chinesische Ex-Soldaten herumlungerten. »Der Pilot bringt Sie in die Nähe von Beijing. Von dort bekommen Sie einen Flug nach Los Angeles.«

Das war so ziemlich das Letzte, womit er gerechnet hatte. »Sie lassen mich gehen? Warum?«

»Wenn der Tag kommt ... wenn in den USA jemand den Finger auf dem roten Knopf hat, hoffe ich, dass Sie das sind. Vielleicht erinnern Sie sich an unser Gespräch und treffen die richtige Entscheidung.«

Der General schüttelte den Kopf. »Sind wir fertig?«

Sein Gegner nickte stumm. De Soto drehte sich um und ging zum Hubschrauber.

Hinter ihm erklang die Stimme: »Warten Sie!«

Also war es doch nicht vorbei.

Rhodan eilte die paar Schritte zu ihm und zog einen knapp tellergroßen Gegenstand aus einer Tasche hervor – ein stark gewölbter Diskus aus Metall.

»Das habe ich vergessen. Ihr Präsident ist doch so scharf auf Arkonidentechnik. Das hier ist ein Erste-Hilfe-Set. Dieses Ding leistet mehr als ein irdisches Krankenhaus.«

De Soto wog die dicke Scheibe in der Hand. Sie war schwerer, als sie aussah. »Was ... Wie funktioniert es?«

Aus einer anderen Tasche kramte Rhodan das Gerät hervor, das man de Soto bei der Verhaftung abgenommen hatte. »Halten Sie Ihren Pod dran, dann sehen Sie die Gebrauchsanweisung. Leider ist die Übersetzung aus dem Arkonidischen ziemlich mies.« Rhodan lächelte. »Wenn Sie Fragen haben, rufen Sie mich an. Meine Pod-ID ist bei der Anleitung gespeichert. Ich mache eine kleine Reise, aber bis Sie in L. A. sind, bin ich wieder hier.«

De Soto war nun vollends verwirrt. »Wieso schenken Sie den USA diese Technik? Ist das eine Bombe?«

Rhodan lachte. »Nein, sicher nicht. Und ich schenke Sie *Ihnen*. Sie können sie pflichtbewusst zu Präsident Drummond tragen.« Er legte die Stirn in Falten. »Sie können natürlich auch Ihren Sohn aus dem Koma holen. Ganz Ihre Entscheidung.«

Befehl des Präsidenten

Los Angeles, 28. Juli 2038
Vormittag

De Soto kauerte auf einem Fensterplatz in der alten Boeing 848. Die Sitzreihen der Air-China-Maschine waren für chinesische Durchschnittsmaße ausgelegt, selbst hier in der Business Class. Die Economy Class auf der unteren Ebene verstieß sowieso gegen die Menschenrechte.

Nach der Hälfte des Fluges hätte er sich dennoch liebend gern hinuntergesetzt. Seit geschlagenen fünf Stunden plapperte sein Sitznachbar ununterbrochen: ein Zivilist namens Jimmy Duncan, laut eigener Auskunft Import-Export-Spezialist und Selfmade-Millionär. Seit sie sich in ihre Sitze gezwängt hatten, erzählte er über seine Deals mit amerikanischen Billigprodukten in China und mit welchen Ministern und Staatssekretären beider Staaten er befreundet war. Nicht einmal mit seinem Pod konnte sich der General ablenken. Über chinesischem Hoheitsgebiet blockierte die Fluglinie jeglichen Datenverkehr. Und China erstreckte sich nach dem Verständnis der Airline bis wenige Meilen vor die kalifornische Westküste.

Kurz vor Beginn des Landeanflugs meldete der Pod endlich eine funktionierende Verbindung. »Halleluja«, murmelte der General und rief das Newsnet auf.

Drei Tage hatte er so gut wie nichts von der Außenwelt mitbekommen: weder im entführten Raumschiff noch in Rhodans Zelle oder auf dem Rückweg zwischen den chinesischen Störsendern. In drei Tagen konnten Bürgerkriege ausbrechen und Regierungen stürzen. Er musste wissen, was Sache war.

Er scrollte durch die Nachrichten: weiterhin heftige Kämpfe in den USA, sogar verschärft, seit die Fantan auf der Erde gelandet waren. De Soto riss die Augen auf. Die was? Noch eine Spezies neben den Arkoniden, die der Menschheit ans Leder wollte? Er las mehrere Berichte. Alle waren reißerisch, das meiste war Hörensagen.

Aber anscheinend war ein seltsames Raumschiff bei Rhodan

und Co. gelandet, und es spuckte fliegende Untertassen in Flunderform aus, die überall auf der Erde auf Raubtour gingen. De Soto war fassungslos. Drei Tage war er aus dem Spiel, und er verpasste einen Angriff der Aliens?

Der Geschäftsmann schielte auf seinen Pod. »Ja, die Fantan. Die interessieren sich angeblich für die seltsamsten Dinge – da lassen sich bestimmt erstklassige Handelsbeziehungen aufbauen!«

»Wenn sie in friedlicher Absicht kommen. Wir sind auf alles vorbereitet.«

Duncan musterte de Sotos Uniform. »Wieder gleich die Waffe im Anschlag? Ich sag Ihnen was: Sie haben den falschen Ansatz. Wenn Sie Amerika hören, denken Sie an die Flagge, aber ich sehe den Dollarschein. Stellen Sie sich vor, welche Märkte wir auf anderen Planeten erschließen können!« Er klang immer begeisterter. »Ganz ehrlich, diese Außerirdischen sind das Beste, was unserer Wirtschaft passieren konnte! Das sag ich auch dem Handelsminister: Wir werden diesem Rhodan noch dankbar sein!«

De Soto verzog das Gesicht. Das war wirklich eine sehr amerikanische Denkweise, zugegeben, aber die Schlussfolgerung teilte er nicht.

Zum Glück entband ihn der Pod von der Pflicht, sich eine halbwegs höfliche Antwort auszudenken. Ein Anruf mit Regierungskode kam rein.

Er nahm an. Stanley Drummonds Gesicht erschien. De Soto setzte sich aufrecht. Sie beide verband zwar eine langjährige Geschichte inklusive ihrer gemeinsamen Gefangenschaft. Aber dennoch: Stan war jetzt Präsident der Vereinigten Staaten, und vor dem Präsidenten nahm ein Marine Haltung an – ein nicht zu unterdrückender Reflex.

»Endlich!«, rief Stan ohne Begrüßung. »Kannst du sprechen?«

»Moment ...« De Soto setzte die Ohrmodule ein. »Du bist auf Kopfhörer. Was ich sage, ist öffentlich, ich bin noch im Flugzeug.«

»Ich weiß. Rhodan hat uns benachrichtigt, dass du kommst.«

De Soto biss die Zähne zusammen. Ihm blieb keine Demütigung erspart. Rhodan hatte ihn abgeschoben wie einen mexikanischen Flüchtling und zudem die Regierung alarmiert.

»Bist du einigermaßen im Bilde?«, fragte Stan.

»Nur grob.« Der General fasste zusammen, was er sich gerade angelesen hatte. »Rhodans Arkonidenschiff ist mit unbekanntem Ziel gestartet, dafür ist ein völlig fremdes Schiff gelandet. Mit vielen kleinen Fluggeräten, die jetzt mit unbekanntem Ziel auf der Erde herumwimmeln.«

»Das trifft es ziemlich genau. Leider wissen unsere Geheimdienste auch nicht mehr. Wir wollen einen dieser Fantan einfangen und verhören, und von den fliegenden Untertassen brauchen wir ebenfalls eine. Wir müssen Amerika endlich ein Stück außerirdische Technik präsentieren, sonst machen wir uns lächerlich.«

De Soto dachte an das arkonidische Medizinset in der Beintasche seiner Felduniform. Er öffnete den Mund und schloss ihn wieder. Darüber konnte er im Flieger selbstverständlich nicht sprechen.

Der Präsident bemerkte es nicht. Er fuhr fort: »Ich lasse ein Spezialistenteam zusammenstellen. Ich brauche dich im Pentagon.«

»Wieso mich? Das Oberkommando wird nicht erfreut sein, wenn ein Frontschwein wie ich ihre heiligen Hallen beschmutzt.«

»Und wer von denen hatte schon Kontakt zu Außerirdischen?«

Sein Freund blickte ihn erwartungsvoll an, aber de Soto zögerte noch immer.

»Was ist?«, fragte der Präsident.

»Ich lande gleich in L. A. Gib mir bitte ein paar Stunden Zeit.«

Das Gesicht auf dem Pod wurde rot. »Wie bitte? Wir haben eine nationale Krise!«

»Stanley, bitte! Es geht um Philip.«

Stan starrte ihn einen Moment verwirrt an, dann schaute er kurz nach unten. »Oh Gott, das hatte ich vergessen. Selbstverständlich, du musst deinen Sohn besuchen. Grüß ihn von mir.«

De Soto schluckte. »Soweit ich weiß, liegt er im Koma. Tat er jedenfalls vor drei Tagen.«

»Joshua, das tut mir so leid. Seine Einheit hat meinen Auftritt abgesichert, als dieser Rhodanist mit dem Auto angerast kam ...«

Darüber wollte de Soto nicht sprechen, nicht einmal mit seinem alten Freund. »Ich komme so schnell wie möglich. Wird wohl eh nicht lang dauern. Die Basis liegt ja direkt am Flughafen.«

Der Präsident schüttelte den Kopf. »Er ist nicht auf der Air Force Base. Ich habe dafür gesorgt, dass er ins Cedars-Sinai verlegt wird.«

De Soto grübelte kurz. »In diese Promi-Klinik?«

»Bestes Krankenhaus der Stadt. Ich war selbst schon dort.«

»Aber ... Wieso?«

»Für meine Freunde tue ich, was ich kann.« Stan nickte ihm zu. »Drei Stunden, dann bewegst du deinen Hintern nach Washington, okay? Wir schnappen uns diese Fantan.«

Der Präsident beendete die Verbindung.

De Soto bemerkte, dass Jimmy Duncan neben ihm mit offenem

Mund auf das Pod-Display glotzte. Dann zog der Geschäftsmann stumm eine altmodische Visitenkarte hervor.

Der General nahm sie ihm aus der Hand. »Dollarschein statt Flagge, ja?« Lächelnd zerknüllte er die Karte in der Faust.

Das Cedars-Sinai lag etwa elf Meilen nördlich des Flughafens, normalerweise eine Fahrt von knapp einer halben Stunde. Aber die Geheimdienst-Limousine, die Stan für ihn hatte abstellen lassen, war mit Blaulicht ausgerüstet. Sie brauchten keine zwölf Minuten.

Sein Sohn lag im Ostflügel auf der obersten Etage. Die Glasfassade bot freien Blick auf Los Angeles' Wahrzeichen, die großen weißen Lettern am Hang der nahen Hollywood Hills. Der Anblick hätte Philip gefallen. Er war Filmfan, mochte sogar die alten 2-D-Schinken.

Der Arzt, ein schmächtiger Inder oder Pakistani, schaute mit hängenden Schultern auf sein Klemmbrett. »Die körperlichen Verletzungen sind gut versorgt«, sagte er mit dünner Stimme.

Philip lag zwischen klotzigen medizinischen Apparaturen. Er sah gesund aus bis auf ein paar kleine Schürfwunden. Seine Brust hob und senkte sich regelmäßig; die Muskeln zeichneten sich unter der weißen Leinendecke ab. Das Gesicht war entspannt. Sogar sein blondes Haar war perfekt gescheitelt. Aber ein Infusionsschlauch führte beständig eine durchsichtige Flüssigkeit in die Armvene, und Elektroden an den Schläfen maßen die Hirntätigkeit.

De Soto versuchte, seine Nervosität zu verbergen. »Wie ist die Prognose?«

»Sie müssen verstehen, Sir. Ihr Sohn hat ein schweres Schädeltrauma.«

Das war nichts Neues. Er hatte den Bericht gelesen: Ein Aufständischer war ungebremst in die Gruppe der Soldaten hineingefahren, hatte zwei Marines getötet und vier weitere verletzt, bevor er selbst im Kugelhagel starb. Philip war gestürzt und mit dem Kopf gegen den fahrenden Wagen geprallt. Seitdem hatte er das Bewusstsein nicht wiedererlangt.

Der Arzt steckte das Klemmbrett zurück in die Halterung am Bett. »Trotz aller medizinischen Fortschritte wissen wir wenig über die Funktionsweise des Gehirns. Es gibt Patienten, die erwachen nach ein paar Stunden und haben nie wieder Probleme. Andere bleiben über Jahrzehnte in diesem Zustand.« Er wedelte mit einer Hand durch die Luft. Die Geste wirkte hilflos. »Der menschlichen Heilkunst sind Grenzen gesetzt.«

De Soto hörte nur mit halbem Ohr zu. Philip sah so aus, als könne er jeden Moment aufstehen, eine Collegejacke überwerfen und tun, was immer Studenten tagsüber tun mochten. Aber sein Sohn hatte einen anderen Weg eingeschlagen, seit der General ihn aus dem Trailer seiner Mutter geholt und durch die Highschool gebracht hatte. Statt einer roten Jacke mit weißen Ärmeln lag seine Felduniform vom Einsatztag neben dem Stuhl, gewaschen und gebügelt. Und ...

... und Philip würde nicht aufstehen.

Nicht jetzt, nicht morgen. Vielleicht nie wieder.

»Was ist Ihr Sohn für ein Mensch?«, erkundigte sich der Arzt.

»Er ... Er ist ein Marine. Mit Leib und Seele, er liebt unser Land. Er ist ein echtes Vorbild.« So hatte er Philip immer beschrieben, und immer mit Stolz. Aber hier am Krankenbett klangen diese Worte auf einmal seltsam oberflächlich.

»Und wie ist er privat?«

»Er ist ...« De Soto dachte daran, wie sie vor ein paar Jahren miteinander Lachse aus dem Kenai River gezogen hatten. »Er ist der beste Sohn der Welt. Eigentlich machen wir viel zu wenig zusammen. Das müssen wir unbedingt ändern.«

Der Arzt sah aus, als wolle er etwas sagen; dann überlegte er es sich anders, deutete stumm eine Verbeugung an und zog sich zurück.

De Soto setzte sich ans Bett und nahm Philips Hand zwischen seine eigenen Hände. Sie war kalt.

Von den drei Stunden, die Stan ihm gegeben hatte, war bereits eine halbe verstrichen. Er konnte noch etwa zwei Stunden bleiben, bevor er Richtung Washington aufbrechen musste, um einen gefährlichen Einsatz vorzubereiten.

Würde er davon zurückkommen? Was, wenn dies ihre letzte Begegnung war?

Der menschlichen Heilkunst sind Grenzen gesetzt.

Sollte er?

Der menschlichen ...

Konnte er?

Durfte er?

Er griff in die Tasche seines Feldanzugs und zog Rhodans Geschenk hervor. Sein Herz schlug schneller. Zögerlich drehte er den Diskus in der Hand.

Es war seine Pflicht, das Gerät dem Präsidenten zu übergeben.

Neben ihm lag sein Sohn im Koma.

Die Anleitung konnte er ja mal ansehen ...

De Soto zog seinen Pod aus der Brusttasche und legte ihn an einen der Pole. Auf dem Display erschien wie angekündigt Perry Rhodans Pod-ID. *Absurd,* ärgerte er sich. *Am Sterbebett meines Sohnes gibt mir Amerikas Staatsfeind Nummer eins seine Privatnummer.*

Zwei Sekunden später änderte sich die Anzeige und zeigte eine Art Bedienungsanleitung in holprigem Englisch – eine Computerübersetzung mit einem nicht ausgereiften Programm.

Für Aktivation dreh Kreis auf Kuppel.

Er sollte zumindest ausprobieren, was das bedeutete. Er strich mit dem Finger im Uhrzeigersinn um die Mittelachse; nichts geschah. Ein neuer Versuch: Er hielt die untere Hälfte fest und versuchte, die obere zu drehen. Ein leises Klicken ertönte, und das Gerät öffnete sich. Viele kleine Einheiten klappten nach außen, kleine Diskussegmente in Form von Potato Wedges. Sie hatten verschiedene Farben und waren mit fremdartigen Zeichen beschriftet.

Deponier auf Unleiche.

Vorsichtig legte er das Gerät auf Philips Brust.

Heildiagnose mit ... Hier endete die Übersetzung und zeigte stattdessen eine komplexe Glyphe.

De Soto verglich die Anzeige auf dem Pod mit den Zeichen auf dem Gerät, fand dort das Gegenstück.

Lange Sekunden schwebte sein Zeigefinger über dem Symbol. Dann atmete er tief durch und berührte es sacht.

Das Zeichen leuchtete auf. Ein Summen ertönte. Eines der Segmente klappte auf und gab zahllose winzige ... *Dinger* frei, kleine schwarze Körner, die sich über Philips Körper verteilten. Zum Teil drangen sie über Mund, Nase und Ohren ins Innere.

Er sprang auf und versuchte die Körner wegzuwischen. Aber es waren zu viele, und die, die er erwischte, schwebten durch die Luft zu Philip zurück.

Das Gerät sirrte weiter. Andere Segmente öffneten sich. Ähnliche Schwärme in verschiedenen Farben folgten ihren Vorgängern in Philips Körper hinein.

Panik stieg in de Soto auf. Was passierte? Brachte er seinen Sohn um? Oder half er ihm? Aber was, wenn man die Arkonidentechnik später sah? Würde Philip zu einem Monster, das er vor Homeland Security verstecken musste? Das wäre die gerechte Strafe für den Diebstahl und Verrat, den er gerade beging.

Eine neue Gruppe von Teilchen floss aus dem Erste-Hilfe-Set über die Kante der Bettdecke und verschwand unter Philips Krankenhaushemd. Von dort verteilte sie sich und hüllte den gesamten Körper mit einem dünnen blauen Film ein. Nach einigen Sekunden verdampfte er auf der Haut. Sämtliche Abschürfungen waren verheilt.

Was die Mikrogeräte im Körperinneren taten, blieb verborgen. Doch die Anzeigen der medizinischen Überwachungsgeräte veränderten sich: Herzfrequenz und Blutdruck kletterten auf Normalwerte.

De Soto zwang sich zur Ruhe. Es tat etwas Gutes, und anscheinend gab es keine sichtbaren Spuren der Behandlung. Wenn es gelang, musste er seinen Sohn nicht im Keller vor dem Geheimdienst verstecken.

Oder?

Nein. Der Arzt hatte selbst gesagt, Philip konnte jederzeit erwachen. Zwar unwahrscheinlich, aber Wunder gab es immer wieder. Die Marines waren auch kein Problem: Wenn Soldaten sich gesund meldeten, stellten Militärärzte nicht viele Fragen.

Und Philip ... Er hätte ohne Zögern sein Leben riskiert, um ein solches Gerät für die USA zu erbeuten – nun wurde es veruntreut, um ihn zu retten. Davon durfte er nie erfahren.

Nein, außer Joshua de Soto selbst wusste niemand, was hier geschah. Und Perry Rhodan, aber der war weit weg. Der Vorfall blieb sein dreckiges kleines Geheimnis.

Etwa zwei Minuten später strömte bunter Dampf aus Philips Mund und Nase, in den Farben der Mikro-Geschwader, die in seinen Körper eingedrungen waren.

Die Segmente des Diskus klappten zurück in ihre Ursprungslage. Das Gerät schien wieder fugenlos.

Auf einmal schlug die Hirnstrommessung aus. Ein Ruck ging durch Philip. Er riss die Augen auf.

»Hallo ... Was machst du ...« Seine Stimme klang rau, aber kräftig. Er wandte den Kopf, bemerkte dabei die Elektroden. Verwirrt setzte er sich auf. »Was ist denn passiert, Sir?«

Sie brauchten eine ganze Weile, um den Papierkram zur Entlassung abzuwickeln – hauptsächlich, weil der fassungslose Arzt sie immer wieder für irgendwelche Nachuntersuchungen aufhalten wollte. Als sie endlich beim Wagen ankamen, räusperte sich der General. »Ich muss zum Flughafen, Stan erwartet mich in Washington. Soll ich dich bei der Air Force Base absetzen?«

»Das wäre prima, Sir!«

De Soto ärgerte sich über die militärische Anrede. Seit Philip bei den Marines angetreten war, sprach er ihn so an. Aber jetzt, wo

Philip dem Tod so knapp von der Schippe gesprungen war, wollte Joshua de Soto ein *Dad* von ihm hören.

Nach zwei Kurven fuhren sie den La Cienega Boulevard Richtung Süden. Philip fragte nach Geschehnissen während seiner Auszeit, wie er es nannte. Er selbst berichtete vom Kampf um das Arkon-Schiff. Er machte es allerdings kurz – wer erzählte schon gern von Niederlagen?

Auch Philip wollte über alles lieber sprechen als ausgerechnet den Einsatz, der ihn ins Krankenhaus gebracht hatte. So landeten sie bald bei den Fantan und spekulierten, was diese wohl auf der Erde suchten. Philip fasste die weltpolitische Lage in wenige Worte zusammen: »Die Fantan brauchen einen Tritt in den Arsch. Und dieses Schwein Rhodan gehört an die Wand gestellt.«

Noch vor zwei Tagen hätte der General zugestimmt. Aber Terrania hatte ihn gegen seinen Willen beeindruckt. Und Philip hing nur dank Rhodan nicht bewusstlos an Schläuchen und Drähten.

Ein Danaergeschenk. De Soto tastete nach dem Diskus in seiner Tasche. *Ich habe es angenommen, jetzt stehe ich in seiner Schuld.* Rhodan war klüger als gedacht.

Ein Podcall riss ihn aus den düsteren Gedanken. Die Scheibe, die sie vom Fahrer trennte, zeigte nun das Logo des Weißen Hauses. Stan Drummonds Gesicht erschien. Philip nahm im Sitzen Haltung an, als er den Präsidenten sah. De Soto erkannte darin seine eigene Reaktion aus dem Flugzeug wieder und grinste. Der Apfel fiel nicht weit vom Stamm.

»Joshua, bist du schon ... Oh! Hallo Philip!«

»Mister President!«

»Was ist nur aus *Onkel Stan* geworden ...« Der alte Freund seufzte theatralisch. »Wie geht's dir? So schnell wieder auf den Beinen?«

»Der Arzt war verblüfft. Aber einen echten Marine haut so schnell nichts um, Sir.«

De Soto schaltete sich ein, bevor Stan weiter nachhaken konnte. Sein Freund war jahrelang Chef von Homeland Security gewesen. De Soto roch, wenn etwas nicht stimmte.

»Was ist los, Stan?«

»Du kommst schneller zum Einsatz als gedacht. Eines dieser kleinen Fantan-Schiffe wurde bei Los Angeles gesichtet, wir haben aber nichts auf dem Radar. Ich möchte, dass du den Einsatz vor Ort leitest. Du kaperst das Ding für uns, falls da tatsächlich etwas ist.«

»Aye, Mister President«, sagte de Soto.

Stan schaute missbilligend. »Fängst du jetzt auch an?«

Philip neben ihm verbiss sich ein Lachen.

»Welche Ressourcen bekomme ich?«, fragte der General, nun völlig ernst.

»Ich unterstelle dir sämtliche Militäreinheiten im Großraum Los Angeles. Nimm dir, was du brauchst. Die Kommandanten sind informiert.«

»Mal schauen, wer davon wie schnell hier sein kann. Wann kommt der Fantan?«

»Wenn wir das mal wüssten ... Mach das gut, Joshua. Ich zähl auf dich!«

Stan trennte die Verbindung.

De Soto fuhr die Scheibe herunter, die den Fonds vom Fahrer trennte. »Sofort zur Air Force Base. Zeigen Sie uns, was Sie können.«

Sie rasten die Straße entlang, bis eine Vollbremsung sie in ihre Gurte schleuderte.

Der Homeland-Security-Agent deutete über das Steuer hinweg. »Da vorne ...«

Etwa zehn Meter über der Straße kam ihnen eine fliegende Untertasse entgegen.

»Hinterher!«

Das ließ sich ihr Chauffeur nicht zweimal sagen. Er gab wieder Gas, riss das Auto in einem U-Turn auf die Gegenspur und verfolgte das seltsame Gefährt, das gemächlich über sie hinwegflog. Bei freier Straße wäre das überhaupt kein Problem gewesen, doch sie mussten sich zwischen stehenden Autos mit gaffenden Fahrern hindurchschlängeln.

Das Fantan-Schiff war oval und sehr flach gebaut, vielleicht zweieinhalb Meter hoch bei zwanzig Metern Länge und fünfzehn Metern Breite. Es schien Ladung zu transportieren, allerdings nicht in seinem Inneren, sondern auf der Oberseite der Scheibe.

De Soto fluchte leise. Er verfolgte einen Feind, und er kannte weder dessen Möglichkeiten noch die Stärke und Position seiner eigenen Truppen. Das war nun wahrlich nicht die Kunst des Krieges.

»Philip, welche Truppen sind bei der Air Force Base stationiert?«

Im Angesicht eines potenziellen Feindes funktionierte sein Sohn wie eine gut geölte Maschine.

»Falls sich in meiner Auszeit nichts verändert hat: Vorm Besuch des Präsidenten letzte Woche wurden zwei Kompanien zum Schutz der Basis und des Flughafens nach L. A. verlegt, insgesamt sechs

Schützen- und zwei Waffenplatoons. Von den Schützen sind jeweils vier Platoons im Einsatz, zwei haben Freischicht. Die Einheiten mit den schweren Waffen sind in Bereitschaft. Luftunterstützung bieten fünf Helikopter, vier Apaches und ein Chinook, Sir.«

Ein Truppentransporter, das gab Sinn. Aber vier Kampfhubschrauber? Was hatte Stan vor, wollte er die Rhodanisten aus der Luft niederschießen lassen? Das wäre allerdings ein deutliches Zeichen dafür, wer in den USA das Sagen hatte.

Etwas irritierte ihn. »Das ist eine Air Force Base. Was ist mit Kampffliegern?«

Er wurde nach links geschleudert, als ihr Auto in eine scharfe Kurve ging. Der Fantan änderte den Kurs, er flog jetzt Richtung Nordost über die Häuser. Ihr Fahrer bog nach Osten und am nächsten Block wieder nordwärts, um an dem Schiff dranzubleiben.

»An der Basis sind keine Kampftruppen stationiert, sie ist ein reines Forschungs- und Verwaltungszentrum«, antwortete Philip. »Deshalb wurden überhaupt erst Marines zu ihrem Schutz abkommandiert.«

De Soto schüttelte den Kopf. Ein Luftwaffenstützpunkt neben einem Riesenflughafen und keine Flugzeuge. Lächerlich! Das Gute daran war, dass er tatsächlich nur Marines kommandieren würde – also Leute, die ihr Handwerk verstanden.

»Danke.«

»Sir, jawohl, Sir.«

Die schneidige Antwort wäre gegenüber einem Kommandeur korrekt gewesen, vor ihm als Vater nicht so sehr. Allmählich bekam er den Eindruck, sein Sohn sei etwas *zu* gut gedrillt. Sie sollten mal wieder zusammen angeln.

Aber jetzt galt es, eine andere Beute zu erlegen. Der General forderte Luftunterstützung und Truppen an.

Sie rasten durch den Verkehr. De Soto ließ einen Stadtplan auf der Trennscheibe einblenden. Sie waren fast am Hollywood Boulevard. Von dort war es nur noch ein kurzes Stück zur Stadtgrenze. Er hoffte, dass der Fantan nicht in die Hollywood Hills hinaussteuerte. Wenn das UFO dort nicht genau dem Straßenverlauf folgte, konnten sie mit dem Auto nicht dranbleiben. Und wenn die Hubschrauber sie erst aufsammeln mussten, verloren sie wertvolle Zeit.

Wieder bremste der Wagen abrupt.

»Was ist los?«, rief er.

»Er hält an!«, antwortete ihr Fahrer.

Sie sprangen aus dem Wagen. De Soto klopfte an die Fahrerscheibe: »Ihre Waffe!«

Der Agent zögerte.

»Geben Sie mir Ihre Pistole, Mann!«, brüllte der General ihn an.

Der Mann nickte und reichte sie aus dem Fenster. Eine Heckler & Koch P 2800 – eine gute, zuverlässige Waffe, sechzehn Schuss, durchsetzungsfähiges Kaliber. De Soto steckte sie in den Gürtel, dann rannten sie die Straße entlang in Richtung der Fantan-Flunder. Sie schwebte über einer Stelle, die links nur zweistöckig bebaut war: ein altes Kino, dann ein Parkhaus. Rechts und deutlich höher stand protzig die Wells-Fargo-Bank. Die Autos dazwischen waren stehen geblieben, sodass man nur noch zu Fuß vorwärts kam.

Oder durch die Luft ... Wo blieb ihre Verstärkung? Die Hubschrauber waren schon leise zu hören, hatten den Fantan aber sicher aus dem Blick verloren. Der General presste im Rennen den Pod an sein Ohr und kommandierte die Piloten.

»Wir sehen ihn, er ist einfach nur tiefer gegangen.« Er schaute im Laufen auf ein Straßenschild, dann suchte er eine Hausnummer. »Er schwebt über der ... über der Vine Street, etwa Höhe ... Höhe Block 1610.«

»Verstanden«, kam die Bestätigung.

Das UFO driftete auf das Bankgebäude zu. Sie wechselten von der Straße auf den Gehweg. De Soto bemerkte hellrote Sterne mit Messinginschriften – offenbar verlief ein Teil des Hollywood Walk of Fame in dieser Nebenstraße. Er las die Namen von Bing Crosby und Cary Grant.

Etwa fünfzehn Meter vor dem Schiff hielten sie an.

»Was machen wir jetzt?«, fragte Philip.

»Erst mal beobachten.« Der General schätzte das Terrain ein. Das Parkhaus links bot eine gute Landemöglichkeit für ihre Verstärkung. »Für bessere Vorschläge bin ich jederzeit offen.«

»Machen wir ihm die Hölle heiß!«

De Soto schüttelte den Kopf. »Noch hat er uns nichts getan.«

Das Knattern der Rotoren wurde lauter.

Die Fantan-Flunder rührte sich nicht. Unter ihr war umso mehr Bewegung: Menschen rannten voller Panik davon. Andere stellten sich unter das UFO, breiteten die Arme aus und warteten wohl darauf, endlich von Aliens entführt zu werden. Einige ganz abgebrühte Angelenos gingen allen Ernstes ihren normalen Geschäften nach und beachteten die Außerirdischen über ihren Köpfen nicht.

Die Flunder ging etwas tiefer, dann ruckte sie in ihre Ausgangsposition zurück.

»Er will landen!«, erkannte de Soto. »Die Straße ist zu schmal.«

Philip schloss und öffnete die Hände in der leeren Luft – ihm fehlte seine Waffe, ohne die kein Marine in einen Einsatz ging. »Wir müssen doch etwas tun können! Was machen diese Fantans denn normalerweise, weiß man das?«

Der Außerirdische ersparte dem General theoretische Überlegungen. In der Mitte der Flunder öffnete sich eine kreisrunde Luke. Ein hässliches und bizarres Wesen schwebte daraus herab: ein fetter Tentakel aus Fleisch, wie eine fast zwei Meter hohe Säule mit abgerundeter Spitze. Das Wesen trug keine sichtbare Kleidung. Seine Schuppenhaut wirkte nass und dunkel im Schatten der fliegenden Untertasse, an manchen Stellen grün, an anderen rötlich. Sechs Tentakel mit Greiforganen wuchsen an irgendwelchen Stellen aus dem Körper hervor. Es war nicht zu erkennen, was davon Arme und was Beine sein sollten. Auch ein Gesicht gab es nicht: nur dunkle Löcher in der oberen Körperhälfte, anscheinend genauso zufällig über den Leib verstreut wie die Glieder.

Der Fantan berührte den Boden mit zweien der Auswüchse. Zu de Sotos Erstaunen konnte er sich damit in senkrechter Position halten, ohne nach vorn oder hinten zu kippen. Die anderen vier Hände blieben frei – die fremde Intelligenz kam anscheinend unbewaffnet. Zeigte das Friedfertigkeit oder Arroganz?

Die Hubschrauber waren heran. Die vier Apaches verteilten sich im Halbkreis um das Fantanschiff und nahmen es ins Visier. Der Chinook mit den Infanteristen flog einmal die Straße ab, fand jedoch zwischen den stehenden Autos keinen Platz zum Landen.

»Ich nehme Kontakt auf«, rief de Soto über den Rotorenlärm.

Philip zögerte. »Darf ich frei sprechen, Sir?«

»Red schon! Ich mache das hier auch das erste Mal!«

Der Fantan stolzierte vor dem Wells-Fargo-Gebäude auf und ab. Die Hubschrauber ignorierte er völlig. Was tat er da nur?

»Ich denke nicht, dass der kommandierende Offizier an vorderster Front ...«

»Danke, Lieutenant, ich kenne das Einsatzhandbuch. Aber jemand sollte mit diesem Ding sprechen, bevor wir das Platoon darauf hetzen.«

Philip presste die Lippen aufeinander, als der General ihn mit seinem Dienstgrad ansprach. Sofort tat de Soto die Zurechtweisung leid. Sein Sohn sorgte sich nur um ihn.

Der Chinook schwebte jetzt über dem Parkhaus auf der linken

Straßenseite. Aus anderthalb Metern Höhe sprangen die Marines ab. Das Platoon teilte sich: Ein Squad ging auf dem Flachdach in Stellung. Die Soldaten legten auf den Fantan an. Zwölf Gewehrmündungen und ein Feldstecher lugten über die Dachkante. Die anderen zwei Squads konnte er nicht sehen. Wahrscheinlich suchten sie im Parkhaus einen Weg hinunter zur Straßenebene.

Ein sechster Hubschrauber erschien und kreiste über dem Gebiet.

»De Soto an alle!«, rief er in seinen Pod. »Was wird das? Wer kommt da?«

Das Fernglas ruckte nach oben, dann meldete sich eine bisher unbekannte Stimme: »Sir, Sergeant Croon hier. Das ist ein Kamerahubschrauber der ABC. Wir sind im Fernsehen, Sir.«

De Soto fluchte, das fehlte gerade noch. Aber damit hätte er rechnen müssen. Aliens landeten in L. A. *Natürlich* hatten sie sofort die Presse am Hals.

Bei der Ankunft der Soldaten hatten sich endlich die letzten Zivilisten in Sicherheit gebracht. Wenn die Flunder abstürzte, gäbe es ausschließlich Sachschaden. Immerhin etwas. Jetzt konnte er sich seiner eigentlichen Mission widmen: *Du kaperst das Ding für uns.*

Der Fantan blieb stehen. Der General baute sich in respektvollem Sicherheitsabstand vor ihm auf. Wer wusste, ob der Fantan nicht wie Rhodan einen Schutzschirm trug, dem man besser nicht zu nahe kam?

»Ich bin General Joshua de Soto vom United States Marine Corps«, sprach er den Außerirdischen an. »Sie sind in unseren Luftraum eingedrungen.«

Der Fantan reagierte nicht auf ihn. Redete er überhaupt mit seiner Vorderseite?

»Ich fordere Sie hiermit auf, zu kapitulieren und Ihr Flugobjekt zu übergeben.«

Statt zu antworten schwebte der Fantan in die Höhe – und mit ihm der Stern aus dem Walk of Fame, auf dem er gerade stand.

Kurz war de Soto verblüfft, dann wurde er zornig. Er würde nicht schon wieder scheitern. Der Fantan würde nicht entkommen, erst recht nicht mit einem Symbol für den American Way of Life und vor den Augen der Presse.

»Feuer!«, rief er in den Pod.

Das Inferno brach los. Die Maschinengewehre der Apaches schossen Salve auf Salve. Der Lärm der Geschütze und Rotoren war ohrenbetäubend. Eine Verständigung war nicht mehr möglich.

Der Fantan ließ sich nicht beeindrucken, weder von den Schüssen noch von dem Lärm. Ruhig und gleichmäßig schwebte er mit der gestohlenen Steinplatte empor.

Keines der Geschosse fand sein Ziel. Sie verglühten in kleinen, grellweißen Flammen in einem Energiefeld, das sich um das gesamte UFO gelegt hatte wie eine Glasglocke. Es reichte offensichtlich bis zur Straße hinab: Die Infanteristen auf dem Dach feuerten auf den Außerirdischen selbst, aber auch ihre Kugeln zerplatzten.

De Soto und Philip waren die einzigen Menschen innerhalb des Schirms. Nicht einmal ein Querschläger drang von außen durch. Wenn jemand etwas ausrichten konnte, dann sie.

Der General legte ebenfalls an und schoss. Seine Kugel explodierte nur Zentimeter vor dem Fantan in der Luft. Er verließ sich also nicht nur auf den Schutz des Schiffs, sondern hatte seinen eigenen Schirm am Körper. In aller Seelenruhe stahl er sich davon. Vier Kampfhubschrauber mit der besten Waffentechnik der Erde nahmen ihn unter Feuer, und es interessierte ihn nicht.

Und ABC übertrug die Machtlosigkeit der Regierung live in die ganze Welt.

De Soto nickte Philip zu. Sie agierten wie ein eingespieltes Team: Beide Männer starteten gleichzeitig und sprangen gemeinsam ab. Sie bekamen die Kanten des Sterns zu fassen, hielten sich fest und ließen sich in die Höhe ziehen – empor zu dem Schiff des außerirdischen Diebes.

Durch die runde Luke ging es in einen Schacht, der durch das flache Schiff hindurch bis an die Oberseite führte. Darin verharrten sie kurz. De Sotos Armmuskeln begannen zu zittern. Lange konnte er sich nicht mehr nur mit den Fingerspitzen halten.

Dann setzte sich die Platte wieder in Bewegung. Sie wurden an Deck gezogen.

Sofort rollten er und Philip sich in entgegengesetzte Richtungen vom Stern weg, um kein gemeinsames Ziel zu bieten. In der Drehung zog de Soto wieder die Waffe und sicherte seine Stellung. Wie es schien, waren sie nicht in akuter Gefahr. Der Fantan beachtete sie gar nicht. Er stand am Rand der Plattform hinter einem schillernden Energieschirm, der das vordere Drittel von der Ladefläche trennte. Vier seiner Körperauswüchse huschten über ein Steuerpult mit einigen Dutzend Touchscreens.

De Soto atmete durch und erhob sich. Sein Blick suchte ihren Stern. Hoffentlich hatten sie ihr Leben nicht für Bugs Bunny riskiert. »Charlton Heston«, las er die Messinglettern über einer stilisierten Kamera. Er grinste kurz. Heston war okay.

»Was ist das alles?«, fragte Philip.

Es war tatsächlich ein seltsamer Anblick: Die Oberfläche der fliegenden Untertasse war vollgestellt mit ... Gerümpel. Er sah einen Stapel von zirka dreißig Sandsäcken, einen Satz Golfschläger, einen Pick-up-Truck mit Gartengeräten auf der Ladefläche, ein auf der Seite liegendes Boot, sein Segel noch gesetzt, einen entwurzelten Ginkgo-Baum, eine altmodische Standuhr. Dann noch diverse Metallteile, deren Funktion er nicht erkannte – vielleicht musste man dafür wissen, woraus sie geklaut waren.

Es sah aus wie auf einem Schrottplatz.

»Ich möchte wissen, warum er dieses Zeug sammelt«, murmelte de Soto. »Was sieht er darin?«

Philip zuckte mit den Schultern. »Was machen wir jetzt, Sir?«

»Philip?«

»Ja?«

»Könntest du mir einen Gefallen tun und mich endlich einmal *Dad* nennen?«

Philip sah völlig überrascht aus. Nach ein paar Sekunden sagte er: »Natürlich ... Dad.«

Das fühlte sich gut an.

»Und jetzt, Dad? Was machen wir?«

De Soto strich mit der Hand über seinen kahlen Schädel. »Ehrlich gesagt: Ich habe keine Ahnung ...« Er konnte verkraften, dass er von Außerirdischen entführt wurde – zum zweiten Mal in drei Tagen. Aber dass der Fantan sie überhaupt nicht beachtete, setzte ihm zu.

Sie saßen auf einem fliegenden Schrottplatz mit Energieschirmen fest, ohne Ausrüstung, so gut wie unbewaffnet und ohne Handlungsmöglichkeit. Bei seiner Auseinandersetzung mit Rhodan hatte er wenigstens Menschen und Material zur Verfügung gehabt.

Rhodan!

Er biss die Zähne zusammen. Rhodan um Rat zu bitten, war die ultimative Demütigung. Aber wenn jemand so etwas Ähnliches schon mal erlebt hatte ... Ungewöhnliche Situationen erforderten ungewöhnliche Vorgehensweisen. Er zog seinen Pod aus der Tasche, wischte drei Hinweise zu verpassten Anrufen weg und aktivierte die gespeicherte Nummer.

Philip behielt den Fantan im Auge. Er blickte erst nach einigen Sekunden kurz herüber.

»Mit wem sprichst du?«, fragte er überrascht.

»Mit einem Experten für Außerirdische.«

»Wie bitte? So was haben wir wirklich?« Wahrscheinlich dachte sein Sohn an seine geliebten alten Filme mit Geschichten über geheime Militärbasen, in denen Wissenschaftler Aliens sezierten. Sollte er nur, das ersparte de Soto die Rechtfertigung für dieses Fraternisieren mit dem Feind.

Rhodan nahm den Ruf nicht an. *Bis Sie in L. A. sind, bin ich wieder hier,* hatte er gesagt. So viel dazu. Frustriert kickte de Soto ein herumliegendes 55-Meilen-pro-Stunde-Schild in den Energieschirm am Rand der Plattform. Es verglühte. Ein Gestank wie von einem auf dem Herd vergessenen Topf breitete sich aus.

Philip schaute zur Quelle des Geruchs, dann brach er einige Zweige von dem Ginkgo und warf sie an verschiedenen Stellen über Bord. Überall dasselbe Ergebnis: Sie verbrannten auf Höhe der Schiffskante. Die Apaches waren nur zwanzig Meter hinter ihnen, aber der Energieschirm zwischen ihnen war undurchdringlich. Genauso wie die flimmernde Wand zwischen Bug- und Heckteil des Schiffs.

Nach kurzer Zeit gab de Soto auf. Rhodan war nicht erreichbar. Er wollte den Pod schon wegstecken, zögerte jedoch. Wer hatte eigentlich versucht, ihn zu erreichen? So viele Leute kannten seine Pod-ID nicht.

Er rief die Anruf-Nachrichten wieder auf.

Stanley Drummond. Dreimal.

Er tippte auf das Rückruf-Feld. Allmählich konnten sie eine Standleitung aufbauen.

Der Präsident nahm das Gespräch sofort an. »Endlich!«, rief er statt einer Begrüßung.

»Stan, ich bin gerade ...«

»Ich weiß. Ich seh dich im Fernsehen.«

De Soto fuhr herum. Tatsächlich, der Nachrichten-Helikopter folgte dem Fantan und den Militärhubschraubern in sicherer Entfernung und ein gutes Stück höher.

Philip stellte sich dazu und nahm Haltung an.

Stan nickte ihm kurz zu. »Hört zu«, sprach er weiter. »Dass die Medien dabei sind, ist übel. Wenn diese Sache schiefgeht, ist die Regierung geliefert. Noch so ein Fiasko wie Crests Befreiung, und wir können geschlossen zurücktreten.«

Der General runzelte die Stirn: »Stan ... Dass wir gerade in aller Ruhe sprechen können, liegt daran, dass uns hier komplett die Hände gebunden sind. Wir haben keinerlei strategische Optionen!«

»Exakt. Ihr tut nichts, und die ganze Welt sieht zu.«

De Soto verbiss sich dem Präsidenten gegenüber die Antwort, die ihm auf der Zunge lag. Stattdessen überlegte er. Homeland Security hätte wahrscheinlich die Fernsehleute abgeschossen und den Fantan verantwortlich gemacht. Aber auf die Idee wollte er Stan nicht bringen.

»Wir sind hier in einer ziemlich aussichtslosen Situation, Stan! Also bitte gerade heraus: Was erwartet der Präsident der Vereinigten Staaten von uns?«

»Es gibt zwei Möglichkeiten. Entweder amerikanische Soldaten erobern diese Flugplattform, oder sie zerstören sie. Koste es, was es wolle.«

De Soto starrte den Präsidenten ungläubig an. Das war nichts anderes als ein Selbstmordbefehl – und zwar einer ohne militärischen Nutzen, wenn die Eroberung scheiterte.

Philip neben ihm nickte.

Stan sah de Soto direkt in die Augen. »Es tut mir leid, alter Freund. Alles andere wäre ein Zeichen von Schwäche, das die USA sich nicht leisten dürfen.«

Philip salutierte. »Sie können sich auf uns verlassen, Mister President.«

Joshua erhob ebenfalls langsam die Hand zum Ehrengruß. Dann beendete er die Verbindung und steckte den Pod ein.

»Du hast es gehört, Sohn. Rückzug ist keine Option, und ich möchte uns nicht nur deshalb in die Luft sprengen, um Stan schöne Fernsehbilder zu liefern. Wie bringen wir diese Plattform unter Kontrolle?«

Nach drei Minuten stand ihr Plan. Ein Plan mit viel zu vielen Unbekannten.

Philip postierte sich bei einem Stapel Gerümpel an der Kante des Schiffs. Joshua trat an den Energieschirm, der die Plattform teilte, zog seine Waffe und feuerte dreimal. Wie erwartet verdampften die Geschosse im Schirm, aber der Lärm drang anscheinend durch. Der Fantan wandte sich zu ihm um.

De Soto ging rückwärts, ohne den Blick abzuwenden, hob eine der seltsamen Metallstreben vom Boden auf und rammte sie durch das Segel der Bootes. Dann kantete er sie gegen den Metallboden und zerrte. Mit einem lauten Ratschen riss der Stoff.

Der Außerirdische gestikulierte wild und gab Laute ohne erkennbaren Sinn von sich.

Sie hatten seine Aufmerksamkeit – gut so!

Aus einem Fach am Steuerpult holte der Fantan drei handgroße silberne Scheiben hervor. Eine legte er an seine Brust. Sie blieb wie von selbst dort haften. Die anderen beiden warf er mit zwei Händen, eine zu Philip, die andere flog präzise auf de Soto zu. Mit dem vierten Arm berührte er zweimal eine Schaltfläche am Pult. Der trennende Energieschirm setzte beide Male kurz aus und ließ die Scheiben passieren.

Der General fing. Philip ließ seine fallen und warf ihm einen fragenden Blick zu.

»Ist okay, ich hab das Video von ihrer ersten Landung gesehen«, sagte er. »Das sind Übersetzungsgeräte.«

De Soto legte die Scheibe an die Brust. Philip tat es ihm nach. Auf einmal verstanden sie, was der Fantan sagte: »Lassen Sie das Besun in Ruhe!«

Oder auch nicht. Was zum Teufel war Besun?

De Soto ruckte an der Metallstange. Das Segel riss weiter ein.

»Lassen Sie das Besun!«, rief der Fantan.

War dieses ganze ... dieses Zeug etwa *Besun?*

Er ließ die Stange fallen. Sie blieb im Segel hängen. Er ging an den Rand der Plattform und gab der Standuhr einen Stoß. Sie kippte in den Energieschirm und verging in einer Stichflamme. Philip stand zehn Meter entfernt am Plattformrand und warf, was er zu fassen bekam, über Bord. Ausnahmslos alles verbrannte.

»Lassen Sie das Besun!«, rief der Fantan noch einmal. Er berührte die gleiche Schaltfläche wie bei der Übergabe der Translatoren, als er die mittlere Energiewand abgeschaltet hatte.

Dieses Mal erloschen alle Schirme. Sofort traf sie ein heftiger Fahrtwind. De Soto musste um sein Gleichgewicht kämpfen. Der Fantan blieb ungerührt. Ihn schützte immer noch die enge, schimmernde Blase, die ihn schon auf dem Walk of Fame vor dem Schuss gerettet hatte.

De Soto kickte ein altes Kinderfahrrad über Bord. Er lugte hinterher: Es verbrannte nicht, sondern wurde zwei Meter unterhalb des Schiffs von unsichtbaren Kräften festgehalten. Der Fantan rettete sein Besun. Was immer er damit meinte ...

Teil eins ihres Planes war tatsächlich aufgegangen – die Plattform war ungeschützt. Jetzt mussten sie dafür sorgen, dass es so blieb.

Er riss weiter am Segel. Der Fantan kam auf ihn zu.

De Soto legte auf ihn an.

»Das ist ohne Zweck, Mensch. Ich bin geschützt.«

Tatsächlich folgte der Schirm jeder Bewegung des Außerirdischen ohne Zeitverzögerung.

Der General nickte. »Sie haben recht.« Er hob beide Arme über den Kopf, wie um sich zu ergeben. Er sicherte die Waffe, dann ging er sehr langsam in die Knie und legte die Waffe ab.

Fast.

Kurz vor dem Ende der Bewegung sprang de Soto aus der Hocke ab. Im Sprung warf er die Pistole nach links an dem Fantan vorbei. Philip fing, entsicherte, wirbelte herum und jagte fünf Schüsse in das Steuerpult.

Jeder einzelne traf sein Ziel – geschossen wie ein echter Marine. Von der Schaltfläche, die den Schirm an- und ausschaltete, blieben nur Splitter übrig. Er war stolz auf seinen Sohn. Gemeinsam tricksten sie einen weit überlegenen Gegner aus.

Philipp gab das Victory-Zeichen.

De Soto antwortete mit dem Daumen nach oben. Er rappelte sich auf und trat dem Fantan gegenüber.

»Neue Situation. Sie haben zwar einen persönlichen Schutzschirm, aber Ihr Fluggerät können wir jederzeit abschießen.« Die vier Kampfhubschrauber verringerten den Abstand.

»Was wollen Sie, Mensch?«

»Dieses Fluggerät. Sie landen und lassen uns die Plattform übernehmen. Dafür erhalten Sie freies Geleit zu Ihrem Mutterschiff in Asien.« De Soto überlegte kurz, dem Fantan auch sein Besun mitzugeben.

Aber die Diebestouren der Fantan konnten die USA nicht dulden – es ging gar nicht um den Wert der gestohlenen Gegenstände, sondern um die Bloßstellung der wehrlosen Menschheit. Er durfte nichts von diesem wertlosen Ramsch abgeben, nicht einmal das Altmetall. Sonst hätten die Medien seine Eroberung zerredet, und Stan hätte nichts gewonnen.

Er wartete auf eine Reaktion, aber der Fantan schwieg. Nach einigen Sekunden schob der General hinterher: »Wenn Sie nicht kooperieren, schießen wir die Plattform ab.«

Der Fantan ging zur Steuerkonsole.

»Machen Sie nichts Dummes!« De Soto nahm seinen Pod und stellte eine Verbindung zu den Apaches her. »Ein Befehl von mir, und die Hubschrauber feuern!«

Würde der Außerirdische ihm glauben, dass sie sich opferten? Und hatte er das wirklich vor?

Der Fantan zog eine weitere Silberscheibe hervor und hielt sie an einen Metallträger. Sie blieb dort genauso haften wie an ihrer Kleidung. Sie glühte auf, dann explodierte sie und hinterließ ein kopfgroßes Loch im Metall.

De Soto schluckte. Dass die Translatoren eine Waffe sein konnten, damit hatte er nicht gerechnet. Aber eigentlich änderte es nichts, ob sie durch Bomben auf ihrer Brust starben oder durch die Raketen der Apaches. Wenn es so weit kam.

»Ich behalte mein Besun und meine Plattform. Sie gehen friedlich und leben. Oder Sie bleiben und sterben.«

Die de Sotos blickten sich an.

»Nach militärischen Gesichtspunkten wäre ein Rückzug die vernünftigste Entscheidung«, flüsterte der General. »Hier können wir nichts gewinnen.«

Philip entgleisten die Gesichtszüge. »Wir erobern diese Plattform oder zerstören sie! Das war ein direkter Befehl des Präsidenten, Sir!« Dann korrigierte er sich: »Dad.«

De Soto biss sich auf die Lippen und nickte. »Es war mir eine Ehre, mein Sohn.« Er sprach in den Pod. »Apaches – feuern Sie, wenn ...«

Aus den Augenwinkel sah er, wie die Haltung des Fantan sich änderte.

»Sie sind Vater und Sohn? Interessant.« Einer der Arme deutete auf Philip, doch die Translatorscheibe wies zum General. »Ich ändere das Angebot. Sie gehen jetzt, oder der junge Mensch stirbt. Sie werden leben.«

Ihm wurde schwindelig. Vor seinem inneren Auge erschien wieder Philip im Krankenbett. *Ist das wirklich erst zwei Stunden her?* Er sah, wie das arkonidische Gerät sein Wunder wirkte, das Erste-Hilfe-Set, das er Homeland Security hätte geben müssen ... Seinen ersten Verrat.

Nun war es Zeit für den nächsten Schritt auf diesem Weg. Er hatte seinen Sohn nicht über die USA gestellt, damit man ihn am gleichen Tag in einen sinnlosen Tod schickte. Nur, um ein Zeichen zu setzen.

Wie in Trance sprach er weiter. »De Soto an Apaches. Verfolgung abbrechen!«

Philip rief: »Dad, nein!«

»Ich wiederhole: Verfolgung des Fantan-Fluggeräts wird abge...«

Die Waffe in Philips Faust traf ihn am Kinn. Er stürzte.

Sein Sohn riss ihm den Pod aus der Hand. »Sorry, Dad.« Dann sprach er in das Gerät: »Apaches, hier First Lieutenant de Soto. Der General steht unter fremdem Einfluss. Feuern Sie nach Ermessen, falls ...«

Die Scheibe auf seiner Brust explodierte.

De Soto sah, wie der Feuerball eine tiefe, klaffende Wunde in die Brust seines Sohnes riss. Er sah den Pod aus Philips Hand fallen, die sich ein letztes Mal hob und die Stelle berührte, an der eben noch ein Herz geschlagen hatte. Er sah, wie Philips Beine nachgaben, wie sein Uniformhemd sich mit Blut vollsog.

Er sah, wie Philips Augen brachen.

Er wartete auf den Schmerz, irgendeine Empfindung; aber da war nichts. Er fühlte sich leicht, ihm war ein bisschen schwindelig.

Eine Stimme sagte: »Ich habe ihn unterschätzt. Ich hätte nicht gedacht, dass er diesen Befehl geben würde. Ich musste ihn aufhalten.«

De Soto hörte es kaum. Er kniete neben Philip, wollte eine Herzmassage beginnen. Doch es gab keine Brust mehr, nur einen Krater.

Im Sitzen wandte er sich dem Fantan zu. »Ich lasse uns in die Luft jagen.« Er lachte leise. »Dann ist Ihr Besun auch hinüber. Bringen Sie mich jetzt ruhig um, dann schießen die Piloten nach eigenem Ermessen.« Er zog den halb verdeckten Pod unter der Leiche hervor. »De Soto an Apaches. Feuer auf mein Kommando.«

»Warten Sie!«, rief der Außerirdische.

»Worauf?«, fragte er müde.

»Sie verstehen nicht, was geschehen ist. Das Besun musste geschützt werden.«

»Wissen Sie, was Ihr Besun mich kann?«

Der Außerirdische sprach weiter. »Besun ist wichtiger als jedes Leben. Er durfte diesen Befehl nicht geben.«

»Und jetzt gebe ich ihn. Sie haben nichts gewonnen.« Vielleicht war es sogar besser, die Plattform zu sprengen statt zu kapern, wenn hier sogar ein Übersetzungsgerät tödlich werden konnte.

»Sie sind fest entschlossen«, sagte der Fantan. »Gut. Sie bekommen das Schiff.«

Nein. *Nein!* War es so einfach? War Philip völlig umsonst gestorben?

Auf keinen Fall. So kam ihm der Fantan nicht davon. Er hob den Pod wieder.

»Und Sie bekommen Ihre Rache.« Der Außerirdische schaltete seinen Schirm ab. »Schießen Sie.«

De Soto zögerte kurz, dann nahm er die Waffe auf. Er legte an und drückte ab. Er leerte das ganze Magazin in den taumelnden Körper.

»Besun!«, sagte der Fantan ein letztes Mal. Dann fiel er.

Das führerlose UFO ging in einen gemächlichen Sinkflug über. Es landete auf dem felsigen Grund der Hollywood Hills, nicht weit entfernt von der Straße. Das Besun wackelte nicht einmal beim Aufsetzen.

De Soto kauerte neben seinem Sohn. An diesem Morgen hatte Philip nur geschlafen. Dann war er zu ihm gekommen mit Rhodans Erste-Hilfe-Set, und nun ...

Er riss die Augen auf. *Das Set!*

Hastig zog er Rhodans Scheibe hervor. Er drehte sie auf, die Segmente klappten aus. Er legte sie auf Philips Brust und berührte das Diagnose-Symbol.

Es leuchtete auf. Dasselbe Summen wie vorhin erklang. Wieder öffnete sich ein Segment, wieder schwärmten die schwarzen Körner aus und verteilten sich über den Körper. Dieses Mal drangen sie durch die Brustwunde ein.

Wieder blinkten mehrere Symbole. Weitere Segmente öffneten sich, doch sie waren leer. Die heilenden Schwärme hatte er am Morgen verbraucht. Nach einer Weile kehrten die schwarzen Diagnosekörper in ihr Fach zurück. Es schloss sich, dann klappten die Segmente in ihre Ausgangslage zurück. Der Diskus ruhte fugenlos auf Philips Brust.

Jetzt erst begriff de Soto. Er hatte es vorher gesehen und gewusst, aber jetzt *verstand* er es.

Sein Sohn war tot.

Coda: Weiße Steine

Nationalfriedhof Arlington, 2. August 2036
Dämmerung

Hufschläge durchbrachen die Abendstille. Der Sechsspänner näherte sich. Schon konnte man auf der Ladefläche das Blau-Weiß-Rot erahnen.

Das Gespann nahm eine Kurve und folgte nun dem Weg zwischen den zahllosen weißen Grabsteinen. Es hielt neben der offenen Grube. Sechs Marines traten vor und luden den Sarg mit der Flagge ab.

Im Gleichschritt traten sie an das Grab heran und ließen ihn langsam auf die beiden Planken herab, die quer über der Öffnung lagen. Sie hoben die Flagge an den Ecken und in der Mitte an und spannten sie. Colonel Patterson, Philips kommandierender Offizier, trat an das Kopfende. Er blickte kurz zu de Soto – nein, wohl eher zum Präsidenten, der neben ihm saß. Außer den am Zeremoniell Beteiligten waren sie die einzigen Besucher des Militärbegräbnisses.

Patterson salutierte. Kommandos erklangen, Philips Marines gaben drei Salutschüsse ab. In einiger Entfernung – zehn oder zwölf Reihen der weißen Steine lagen zwischen ihnen – blies die Trompete die ruhigen, getragenen Töne der traditionellen Abschiedsweise.

De Soto erhob sich und salutierte. Stan tat es ihm nach. Die Soldaten falteten die Flagge mit präzisen Bewegungen zu einem dreieckigen Bündel, das die weißen Sterne auf blauem Grund zeigte. Der Colonel nahm es und trat zu ihm.

»Im Namen des Präsidenten der Vereinigten Staaten ...«, begann er die traditionelle Formel. Sein Blick zuckte unsicher zu Stan hinüber. Dieser nickte. »... des Oberkommandierenden des Marine Corps und einer dankbaren Nation bitte ich Sie, diese Flagge anzunehmen als Symbol unserer Wertschätzung für den Dienst, den Ihr Angehöriger unserem Land und dem Corps erwiesen hat.«

Sein Dienst für unser Land. Philip hatte Heldentum gezeigt, wo er versagt hatte. Er hätte den Fantan entkommen lassen. Nur durch das Opfer seines Sohnes war die Alien-Technik doch in ihre Hand geraten.

Er ergriff das Bündel. Patterson salutierte und trat an den Sarg zurück. Die Zeremonie war beendet. Die Marines traten ab.

De Soto und Stan blieben sitzen. Es war kalt.

Der Präsident sprach als Erster. »Philip erhält die Medal of Honor. Der Kongress hat die Ehrung heute beschlossen. Meine Leute erledigen gerade den Papierkram.«

De Soto blickte auf die Flagge in seinen Händen. »Gleich noch ein Symbol der Wertschätzung?«

Stan war überrascht. »Ich dachte, du würdest dich freuen.«

»Stan ... Wir haben echte Probleme. Rhodan. Fantan. Arkoniden. Was helfen da Symbole? Letztlich hatte unser verdammter Einsatz gegen den Fantan viel zu viel Symbolkraft. Wenn ABC nicht die Kamera draufgehalten hätte, hätten wir vielleicht andere Möglichkeiten gehabt. Vielleicht würde Philip dann noch leben.«

Die Männer erhoben sich. Langsam gingen sie in Richtung der Staatskarosse, die auf den Präsidenten wartete.

»Ja, vielleicht. Aber das weiß man nicht.« Drummond sah ihn prüfend an. »Philip hat das höchste Opfer gebracht, aber es war erfolgreich. Seit ihr den Fantan erledigt habt, steht die Öffentlichkeit wieder hinter uns.«

»Nett von ihr. Und was ist mit dem UFO?«

»Was soll damit sein?«

De Soto konnte es nicht fassen. »Du wolltest außerirdische Technik, du hast sie bekommen, und eine Fantan-Leiche dazu«, fuhr er seinen Freund an. »Wie geht die Erforschung voran?«

Stan zögerte. »Das weißt du noch nicht?«

»Was weiß ich nicht?«

»Das UFO ist weg. Nach eurer Landung wollten wir es abtransportieren, aber es hat nur den ersten Moment abgepasst, in dem kein Marine an Bord war. Dann ist es selbstständig mit Fantan und Besun zum Mutterschiff zurückgeflogen.«

»Es war also alles sinnlos!« Entsetzt blickte de Soto auf die Fahne in seinen Händen. »Philip hat sich für schöne Fernsehbilder geopfert. Wir haben überhaupt keinen militärischen Vorteil erreicht!«

»Nein, das stimmt nicht!«, protestierte Drummond. »Ich habe dir gesagt, was ihr bewirkt habt! Philip hat den Vereinigten Staaten einen unschätzbaren Dienst erwiesen!«

»Gut, dass du nicht daran zweifelst.« De Soto straffte sich. »Wie geht es jetzt weiter?«

»Wir werden die Rhodanisten hier in der Heimat ausmerzen. Danach ist Rhodan selbst dran, sobald er sich wieder irgendwo zeigt. Wir kriegen ihn, und wenn wir ihm die gesamte Armee auf den Hals hetzen. Aber ...« Stan gestikulierte in Richtung des Grabes. »Ich würde verstehen, wenn du eine Auszeit brauchst.«

De Soto dachte nach, dann lächelte er kalt. »Nein, ich habe aus Philips Tod etwas gelernt.« Er klemmte die Fahne unter seinen linken Arm. »Ich bleibe an deiner Seite. Wenn der Tag wirklich kommt; wenn hier jemand den Finger auf dem roten Knopf hat, dann wäre ich gern dieser Mann. Du brauchst ... Die Welt braucht dann jemanden, der die richtige Entscheidung trifft. Das bin ich Philip schuldig.«

Stanley Drummond streckte ihm wortlos die Hand entgegen. Der Terraner de Soto ergriff sie. Er drückte die Rechte des Mannes, der schon so viele Söhne für Symbole geopfert hatte.

Viel zu viele.

ENDE

Nachwort

Im September 2011 wurde das fünfzigjährige Bestehen der »klassischen« PERRY RHODAN-Serie mit einem mehrtägigen WeltCon in Mannheim gefeiert. Diese Veranstaltung war zugleich eine Gelegenheit für die PERRY RHODAN-Redaktion, ein neues Projekt zu präsentieren: PERRY RHODAN NEO.

Mit PERRY RHODAN NEO wurde die Uhr wieder auf null gestellt. Die Abenteuer des Astronauten Perry Rhodan begannen noch einmal von vorn. Perry Rhodan reloaded sozusagen.

Aber es sollte nicht nur eine zeitliche Aktualisierung sein. Der Mondflug Perry Rhodans wurde nicht einfach aus dem Jahr 1971 der klassischen Serie in das Jahr 2036 verlagert.

Das Autorenteam um Frank Borsch wollte Alternativen wagen, zeigen, wie man den Aufbruch der Menschheit ins All auch anders erzählen kann. Die Autoren unternahmen eine Gratwanderung zwischen dem Bewährten und moderneren Sichtweisen und Handlungsstrukturen.

Kenner der alten Serie finden auf den ersten Blick viel Vertrautes wieder, seien es Kugelraumschiffe, seien es Völker, seien es Figuren. Und doch ist alles anders. Manche handelnden Personen mögen die bekannten Namen tragen, doch sind ihre Charaktere ein wenig anders gelagert, tiefer und schärfer ausgeformt. Man erfährt mehr über die Kultur und Lebensweise der Weltraumvölker, denen die Menschen der Erde begegnen. Das lässt sich im vorliegenden Buch insbesondere an den Fantan erkennen, denen in der klassischen PERRY RHODAN-Serie nur wenige Zeilen zukamen. Und dass sich die Handlung schrittweise immer mehr vom bekannten Verlauf entfernt, zeigt beispielsweise die Rolle, die der Roboter Rico bereits in dieser frühen Phase spielt.

Wie die klassische PERRY RHODAN-Serie erscheint nun auch PERRY RHODAN NEO in Buchform. Im Gegensatz zu den Silberbänden wird bei Neo bewusst darauf verzichtet, die einzelnen Romane zu einer Einheit zu verschmelzen. Vielmehr bleiben sie in ihrer Eigenart erhalten und erfahren lediglich eine behutsame Bearbeitung, in der unter anderem kleine Widersprüche und unnötige Wiederholungen entfernt werden.

Mit dem Neo-Buch, das Sie in Händen halten, hat der zweite große Handlungsabschnitt der Serie begonnen, in dessen Mittelpunkt Perry Rhodans Expedition ins Wegasystem steht. Der nächste Band wird ihn zu Ende führen und zugleich den Weg bereiten zu noch phantastischeren Abenteuern.

Michael Thiesen